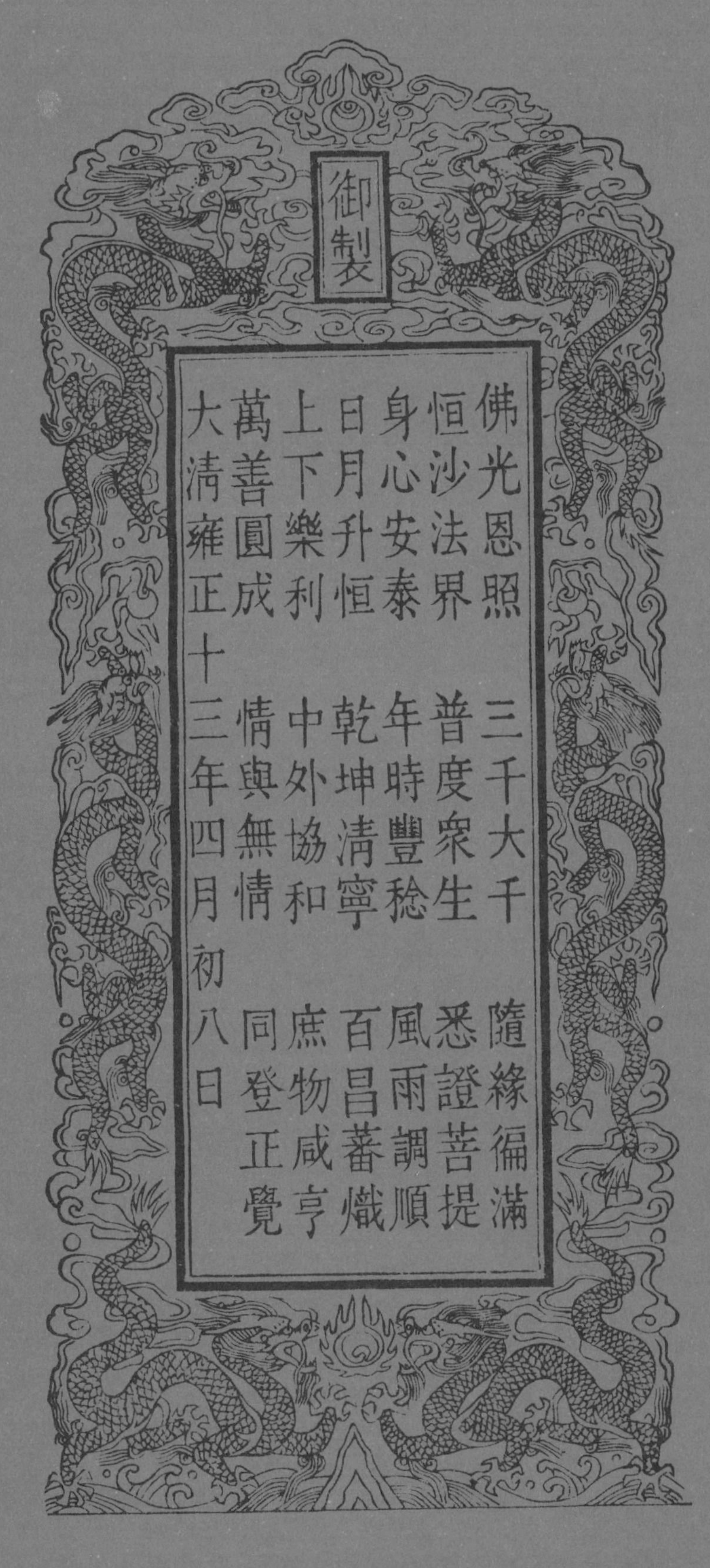

御製

佛光恩照　三千大千　隨緣徧滿
恒沙法界　普度衆生　悉證菩提
身心安泰　年時豐稔　風雨調順
日月升恒　乾坤清寧　百昌蕃熾
上下樂利　中外協和　庶物咸亨
萬善圓成　情與無情　同登正覺

大清雍正十三年四月初八日

宗鏡録
宋慧日永明妙圓正修智覺禪師延壽集

清刻龍藏佛說法變相圖

宗鏡録卷第六十三

宋慧日永明妙圓正修智覺禪師延壽集

第四作用不定難者於中分出三難第一難云復有何因患眩瞖者所見髮蠅等即無髮蠅等實用餘不患眩瞖者所見髮蠅等物是實用非無汝大乘既許皆是唯識者即須一時有實作用不然一時無實作用今既不同未審何者是其唯識第二難云復云何因有情於夢中所得飲食刀杖毒藥衣服等即無實作用及至覺時若得便有實用第三難云復有何因尋香城等即無實作用餘軋土城等便有實作用論主答前四難引三十唯識論頌云處時定如夢身不定如鬼同見膿河等如夢損有用若依此頌答前四難即足且第一答前處定難者論主云汝還許有情於

夢中有時見有村園或男或女等物在於一處即定其有情夢心有時便緣餘處餘處便不見前村園等物即夢心不定汝且總許是唯識不經部答云我宗夢中雖夢境處定夢心不定然不離有情夢心皆是唯識論主云我覺時境色亦復如然雖山處長定其有情能緣心不定然皆不離現心總是唯識量云我宗覺時所見境色是有法決定是唯識爲宗因云境處定心不定故喻如汝宗夢中之境皆是唯識第二答前時定難者論主云且如有情於夢中所見村園等物其夢心若緣時可是唯識若不緣時應非唯識經部答云我夢中之境若夢心緣時亦是唯識若夢心有不緣時然不離夢心亦是唯識論主云我覺時境色亦復如然我今長時緣南山山不離心是唯識有時緣山心雖不生然不離現心亦是唯識頌云處時定如夢此一句答前二難第三答身不定難論主云汝經部還許衆多餓鬼同於一處於中有三有五業同之者即同見膿河定又有三五隨自業力所見不定即同於一處或有見猛火或有見糞穢或有見人把棒欄隔如是餓鬼同於一處一半見境定一半所見各異汝總許是餓鬼唯識不答云雖見有同異然不離餓鬼自業識所變皆是唯識論主云我宗唯識亦復如然雖一類悉眩瞖者所見各別有一類不患眩瞖者所見即同然不離此二類有情識之所變皆是唯識頌云身不定如鬼同見膿河等此兩句頌答此一難成唯識寶生論偈云身不定如鬼者實是清河無外異境然諸餓鬼

悉皆同見膿滿而流非唯一覩然於此處實無片許膿血可得何容得有溢岸而流雖無實境決定屬一理定不成此即應知觀色等心雖無外境不決定性於身非有遮却境無即彼成立有境之因有不定過於無境處亦有多身共觀不定如何實無膿流之事而諸餓鬼不別觀之由其同業感於此位俱見膿流慳悋業熟同見此苦由昔同業各熏自體此時異熟皆並現前彼多有情同見斯事實無外境為思憶故準其道理人亦如斯共同造作所有熏習成熟之時便無別相色等相分從識而生是故定知不由外境識方得起豈非許此同一趣生然非決定彼情同業由現見有良家賤室貧富等異如是便成見其色等應有差別同彼異類見成非等故知斯類與彼不同彼亦不由外境力故生色等境然諸餓鬼雖同一趣見亦差別由業異相所見亦然彼或有見大熱鐵團融煑迸濆或時見有屎尿橫流非相似故雖同人趣薄福之人金帶現時見為鐵鎖赫熱難近或見是蛇吐其毒火是故定知雖在人趣亦非同見若如是類無別見性由其皆有同類之業然由彼類有同分業生同分趣復有別業各別而見此一功能隨其力故令彼諸人有同異見復以此義亦答餘言有說別趣有情鬼傍生等應非一處有不別見由別作業異熟性故此雖成趣業有差別同觀之業還有不異即諸有情自相續中有其別異業種隨故彼任其緣各得生起第四總答作用不定中三難者論主云汝經部等還許有情夢中所得刀

杖飲食等無實作用是唯識不答云爾又問只如有情於夢中有時遺失不淨及失尿等事即有實作用汝亦許是唯識不答云爾論主例答汝既許夢中有實作用及無實作用俱是唯識者即知我宗患眩瞖及不患者并夢中現覺兼假城實城此三般皆是有實作用亦如汝夢中有實無實作用皆是唯識論主以量成立云我宗覺時境色是有法定是唯識宗因云有實作用故如汝夢中境色不然汝夢中境色是有法應非唯識宗因云有實無實作用故如汝覺時境色唯識頌云如夢損有用此一句答上難境又都將一喻總答四難三十唯識頌云一切如地獄同見獄卒等能爲逼惱事故四義皆成且如世間處定時定身不定作用不定等事亦如地獄中受罪有情各見治罰事亦有處定時定身不定作用不定此皆唯識但是諸有情惡業增上雖同一獄然受苦時所見銅狗鐵蛇牛頭獄卒治罰之具或同或異如是苦器逼害罪人此皆是罪人自惡業心現並無心外實銅狗等物今世間事法亦復如然若罪人同一獄者是總報惡業力若各別受苦者即是別報惡業力諸經要集云夫云罪行妄見境染執定我人取著違順便令自他皆成惡業是以經偈云貪欲不生滅不能令心惱若人有我心及有得見者是人爲貪欲將入於地獄是故心外雖無別境稱彼迷情强見起染如夢見境起諸貪瞋稱彼夢者謂實不虚理實無境唯情妄見故智度論說如夢中無善事而善無瞋事而瞋無怖事而怖三界衆生亦

復如是無明眠故不應瞋而瞋等故知心外雖無別境稱彼迷情妄見起染心外雖無地獄等相惡業成時妄見受苦如正法念經云閻摩羅人非是衆生罪人見之謂是衆生手中執持熖然鐵鉗彼地獄人惡業既盡命終之後不復見於閻羅獄卒何以故以彼非是衆生數故如油炷盡則無有燈業盡亦爾不復見於閻羅獄卒如閻浮提日光既現則無暗冥惡業盡時閻羅獄卒亦復如是惡眼惡口如衆生相可畏之色皆悉磨滅如破畫壁畫亦隨滅惡業畫壁亦復如是不復見於閻羅獄卒可畏之色以此文證衆生惡業應受若者自然其中妄見地獄問曰見地獄者所見獄卒及虎狼等可使妄見彼地獄處閻羅在中判諸罪人則有此境云何言無答曰彼見獄主亦是妄見直是罪人惡業熏心令心變異無中妄見實無地獄閻羅在中又唯識論中問曰地獄中主烏狗羊等爲是衆生爲非衆生答曰非是衆生問曰以何義故非是衆生答曰以不相應故此以何義有五種義彼地獄主及烏狗等非是衆生何等爲五一者如地獄中罪衆生等受種種苦地獄主等若是衆生亦應如是受種種苦而彼一向不受如是種種苦惱以是義故彼非衆生二者地獄主等若是衆生應遞相殺害不可分別此是罪人此是主等而實不共遞相殺害可得分別此是罪人此是獄主以是義故彼非衆生三者地獄主等若是衆生形體力等應遞相殺害不應偏爲受罪人畏而實偏爲罪人所畏以是義故彼非衆生四者彼地獄地

常是熱鐵地獄主等是衆生者不能忍苦云何能害彼受罪人而實能害彼受罪人以是義故彼非衆生五者地獄主等若是衆生非受罪人不應於彼地獄中生而實生於彼地獄中以是義故彼非衆生此以何義彼地獄中受苦衆生造五逆等諸惡罪業於彼中生地獄主等不造惡業云何生彼以如是等五種義故名不相應問曰若彼主等非是衆生不作罪業不生彼者云何天中得有畜生此以何義如彼中有種種鳥諸畜生等生在彼處於地獄中何故不爾畜生餓鬼種種雜生今彼爲主答曰偈言畜生生天中地獄不如是以在於天上不受畜生苦此偈明何義彼畜生等生天上者彼於天上器世間中有少分業是故於彼器世間中受樂果報彼地獄主及烏狗等不受諸苦以是義故彼地獄中無有實主及烏狗等除罪衆生又寶生論云如上所言得差别體地獄苦器不同受之或諸猛火由業力故便無燒苦斯則自非善友誰能輒作斯説凡是密友性善之人不論夷險常爲思益爲欲顯其不受燒苦故致斯言然於此時助成立義即是顯出善友之意由其不受彼之苦故意欲成立非那洛迦今復更云由其業力説有大火言不燒者斯則眞成立唯識義由無實火但唯業力能壞自性既定不受如斯苦故便成此火自性元無然有實性是宗所許若也許其是識現相事體元無此由業力故無火斯成應理由其先業爲限劑故若異此者彼增上業所招之果既現在彼如何不見如無智者欲求火滅更復

澆酥令唯識宗轉益光熾由斯衆理證此非成那洛迦類故知唯心所現正理無差如觀佛三昧海經觀佛心品云是時佛心如紅蓮華蓮華葉開有八萬四千諸白色光其光徧照五道衆生此光出時受苦衆生皆悉出現所謂苦者阿鼻地獄十八小地獄十八寒地獄乃至五百億刀林地獄等○問若衆生惡業心感現地獄事理即可然且如觀佛心時云何純現地獄答此略有二義一若約理而觀佛之心性本含法界無一塵而不徧無一法而不通二若約事而觀佛唯用救苦爲意以物心爲心則地獄界全是佛心運無緣慈不間同體所以觀佛心品云佛告大王欲知佛心光明所照常照如此無間無救諸苦衆生佛心所緣常緣此等極惡衆生以佛心力自莊嚴故過筭數劫令彼罪人發菩提心乃至爾時世尊說是語時佛心力放十種白光從佛心出其光徧照十方世界一一光中無量化佛乘寶蓮華時會大衆見佛光明如玻瓈水或見如乳見諸化佛從佛胷出入於佛臍遊佛心間乘大寶船經往五道受罪人所一一罪人見諸化佛如已父母善友所親漸漸爲說出世間法是時空中有大音聲告諸大衆汝等今者應觀佛心諸佛心者是大慈也大慈所緣緣苦衆生乃至次行大喜見諸衆生安隱受樂心生歡喜如已無異既生喜已次行捨法是諸衆生無來去相從心想生心想生者因緣和合假名爲心如此心想猶如狂華從顛倒起苦從想起樂從想生心如芭蕉中無堅實廣說如經十譬作是觀時不

見身心見一切法同如實性是名菩薩身受心法依因此法廣修三十七助菩提分若取證者是聲聞法不取證者是菩薩法又寶生論云時處定如夢者有說由心惑亂遂乃便生時處定解然於夢中無其實境決定可得故世共許如何將此比餘定事爲作過耶乃至爾時於彼夢中實亦無其時處決定相狀在心由何得知如有頌言若眠於夜裏見日北方生參差夢時處如何有定心又云此之夢心有何奇異營大功業不假外形而能巧利構茲壯麗或見崇墉九仞飛甍十丈碧條霏靡紅華璀璨匠人極思亦未能雕若言於他同斯難者彼無此過不假外色功力起故但由種熟仗識爲緣即於此時意識便現又未曾見有經論說於彼夢中生其別色百法

鈔云論主言如於夢中與女交會流泄不淨夢被蛇螫能令悶絕流汗心迷雖無實境而有實作用此是唯識不經部答云此是唯識論主云汝既許夢中有實作用無實作用皆是唯識即我宗夢中現覺眩瞖者不眩瞖者假城實城此三般有實無實作用如汝夢中亦是唯識論主立量云有瞖無瞖等是有法有用無用其理亦成宗因云許無實境故如夢中染汙等所以唯識論云如夢損有用第三明聖教相違難者小乘難意云論主若言一切皆是唯識無心外實境者何故世尊於阿含經中說有十二處若一切皆唯識者世尊只合說意處法處即不合說有十色處今世尊既說有十二處者明知離却意法處外別有十色處是心外有何言一切皆是唯識

論主答中分三初假答二正答三踰答初假答引三十唯識頌云識從自種生似境相而轉爲成内外處佛說彼爲十言識從自種生者即五識自證分現行各從五識自種而生將五識自種便爲五根言似境相而轉者即五識自證分從自種生已而能變似二分現其所變見分說名五識所變相分似外境現說名五境其實根境十處皆不離識亦是唯識此是假將五識種子爲五根答經部師以經部許有種子問設許有種子豈不執離識有答彼許種子在前六識中持亦不離識有論主云其所變相分似外五境亦不離識有能變五識種即五根亦不離識有雖分内外十處然皆是唯識言佛說彼爲十者以佛密意爲破外道執身爲一合相我故遂於無言之法强以言分別說有根塵十處有大勝利故唯識頌云依此教能入數取趣無我解云爲若有智者即依此佛說根塵十處教文便作觀云我於無量劫來爲惡慧推求愚癡迷闇妄執自他身爲一合相我因此生死沉淪今依教觀自他身但有根塵十處以成其體於一一處中都無主宰自在常一等用何曾有我因此便能悟入無我之理成我空觀此即大乘假將五種子爲五根答小乘也小乘又難云若爾者且如五塵相分色是五識所變故可如汝宗是唯識其本質五境色未審是何識之唯識謂五識及第六皆不親緣本質五境即此本質五境豈不是離心外有何成唯識因此問故便是論主第二正答唯識論云依識所變非別實有解云此依大乘

自宗正解即約已建立第八識了既論主云五塵本質色此是第八識之親相分相分不離第八識亦是唯識第三喻答者即論主舉喻答小乘世尊建立十二處之所以唯識論云如遮斷見說續有情但是佛密意破於衆生一合相我假說有十二處名令衆生觀十二處法都無有我便入我空次依唯識能觀一切諸法之上皆無實執持勝性等用既除法執便成法空小乘難云既言一切諸法皆無實執持自在勝性等用成法空觀者即此唯識之體豈不亦空因此便成第四唯識成空難論主答云唯識體即不空非所執故我前言空者但是空其一切法上妄心執有實執持勝性等用徧計虛妄之法此即是空非空離執唯識之體即如根本智正證如時離言絶相其徧計虛妄一切我法皆不現前於此位中唯有本智與理冥合不分能所此識體亦空便無俗諦俗諦無故眞諦亦無眞俗相依而建立故唯識論云撥無二諦是惡取空諸佛說爲不可治者第五色相非心難唯識論云若諸色處亦識爲體何緣不似色相顯現一類堅住相續而轉小乘難意云若言一切外色皆心爲體由心自證分變似能取說名見分變似可取說爲相分者何故所變色相即顯現其能變心即不顯現又若外色以心爲體者何故所變色即一類相續而轉且如外色山河大地等即千年萬年一類更無改變又相續不斷得多時住若有情能變心即有改變不定又不得多時今外色既不以內心者明知離以有外實色何言一切皆

是唯識答云唯識論云名言熏習勢力起故此但由一切有情無始時來前後遞互以名言虚妄熏習作心外堅住相續等解由此勢力有此相現非是眞實有心外堅色等外人又問既言唯識者有情何要變似外色而現答唯識論云謂此若無應無顛倒便無雜染亦無淨法是故諸識變似色現論主云一切有情若不變似外色現者便無染淨之法且如一切凡夫由先迷色等諸境顛倒妄執由此雜染便生雜染體即二障汝外人若不許識變似外色現者即有情不起顛倒顛倒妄執既若不起即雜染煩惱不生雜染既若不生淨法因何而有所以攝論頌云亂相及亂體應許爲色識及與非色識若無餘亦無言亂相者即所變色相言亂體者即能變心體應許爲色識者即前所變亂相及與非色識者即前變心是體若無餘亦無者若無所變似外色境爲亂相者亦無能變之識體故知須變似外境現所以諸色皆不離心總是唯識第六現量違宗難者唯識論云色等外境分明現證現量所得寧撥爲無小乘難意云且如外五塵色境分明五識現證是現量所得大小乘皆共極成何故撥無言一切唯識三十唯識論中亦有此難云諸法由量刊定有無一切量中現量爲勝若無外境寧有此覺我今現證如是境耶意云論主若言無外實境者如何言五識現量取外五塵境若是比量非量偏計所起偏計所執强思計度構畫所生相分下離於心可成唯識今五識既現量得外實五塵境者何故亦言皆是唯識

答唯識論云現量證時不執爲外後意分別妄生外想論主云且如現量五識正緣五塵境時得法自性不帶名言無籌度心不生分別不執爲外但是後念分別意識妄生分別便執爲外言有實境問且小乘許現量心中不執爲外不答許問與大乘何別答唯識鏡云若是大乘即五識及同時意識皆現量不執爲外若小乘宗即唯是五識不執爲外論主云汝小乘既許五識緣境是現量不執爲外者明知現量心中皆無外境是其唯識外人又問云其五識所緣現量五塵境爲實爲假答是實難云若爾者即是離心外有實五塵境何言唯識答五識緣五塵境時雖即是實但是五識之所變自識相分不離五識皆成唯識故唯識論云故現量境是自相分識所變故亦說爲有意識所執外實色等妄計有故說彼爲無意云五識各有四分其五塵境是五識之親相分由五識自證分變似色等相分境現其相分又不離見分皆是唯識若後分別意識起時妄執心外有其實境此即是無不稱境體而知故問且如五識中瞋等煩惱起時不稱本質何言唯是現量答雖不稱本質然稱相分亦是現量由心無執故其第六意識相應瞋若與執俱時相分本質皆不稱若不與執俱起時即同五識問何故五識無執答由不通比非二量故無執故知五識現量緣境不執爲外皆是唯識又小乘都申一難若唯識無外境者由何而得種種心生既若無境牽生心即妄心由何而起未有無心境曾無無境心答論頌云由一切種

識如是如是變以展轉力故彼彼分別生一切種識者即是第八識此識能持一切有爲之法種故即一切種子各能自生果差別功能名一切種識功能有二一現行名功能即似穀麥等種能生芽功能是二第八識中種子名功能有能生現行功能故今言一切種識者但取本識中種子功能能生一切有爲色心等法即色爲所緣心便是能緣即色是境不離心是唯識即此心境但從本識中而生起何要外境而方生如是如是變者如是八識從種生即是八識自證分轉變起見相二分相分不離見分是唯識以展轉力故者即餘緣是展轉力以心法四緣生色法二緣起彼彼分別生者即由彼見相二分上妄執外有實我法等分別而生故知但由本識中種而生諸識不假外妄境而亦得生故知一切皆是唯識又唯識論云問曰如汝向言唯有内識無外境界若爾内識爲可取爲不可取若可取者同色香等外諸境界若不可取者則是無法云何説言唯有内識無外境界答曰如來方便漸令衆生得入我空及法空故説有内識而實無有内識可取若不如是則不得説我空法空以是義故虚妄分別此心知彼心彼心知此心問曰又復有難云何得知諸佛如來依此義故説有色等一切諸入而非實有色等諸入又以識等能取境界以是義故不得説言無色等入答曰偈言彼一非可見多亦不可見和合不可見是故無

塵法

宗鏡録卷第六十三

音釋

迸濆　迸北諍切涌也濆則冊切濺也

墉　餘封切城垣也

甍　眉庚切屋棟也

靃靡　上息委切下毋彼切靃靡弱貌

璀璨　上取猥切下蒼按切璀璨猶鮮明也

洩　先結切

螫　施隻切蟲毒也

宗鏡録卷第六十四

宋慧日永明妙圓正修智覺禪師延壽集

第七夢覺相違難唯識論云若覺時色皆如夢境不離識者如從夢覺知彼唯心何故覺時於自色境不知唯識答唯識論云如夢未覺不能自知要至覺時方能追覺覺時境色應知亦爾未眞覺位不能自知至眞覺時方能追覺未得眞覺恒處夢中故佛說爲生死長夜由斯未了色境唯識即第七是生死長夜根本能令起惑造業三界輪迴直須至眞覺位時方知一切皆是唯識所以唯識樞要問云若諸識生似我法時爲皆由我法分別熏習之力爲亦不由若皆由者八識五識無二分別生果時應不似二若不由者此中何故但說我法熏習爲因答二解俱得其皆由解者一切有漏與第六二分別俱故或第六識二分別引故後生果時皆似我法其不由解者此說第六根本兼緣一切爲因緣發諸識令熏習故後生果時似我法相起或非外似外六七計爲似外起故如夢者夢娑刺拏王事此云流轉其王容貌端正自謂無雙求覔形容欲同等比顯已殊類時有人言王舍城中有大迦旃延形容甚好世中無比遣使迎之迦旃延至王出宫迎王不及彼人視迦旃延無看王者王問所以衆曰迦旃延容貌勝王王問大德今果宿因迦旃延答曰我昔出家王作乞兒我掃寺地王來乞食我掃地竟令王除糞掃除糞掃訖方與王食以此業因生人天中得報端正王聞此已尋請出家爲迦旃延弟子後共迦旃延往阿槃地國山

中修道別處坐禪阿槃地王名鉢樹多將宮人入山遊戲宮人見王形貌端正圍繞看之鉢樹多王見娑刺拏王疑有欲意問娑刺拏王曰汝是阿羅漢耶王答言非次第二問餘三果皆答言非又言汝離欲不答言非鉢樹多王瞋曰何故入我婇女之中遂鞭身破悶絕而死至夜方惺至迦旃延所迦旃延見巳心生悲愍共諸同學方為療治娑刺拏王語迦旃延曰我從師乞暫還本國舉軍破彼阿槃地國殺鉢樹多王事畢當還從師修道迦旃延從請語曰汝若欲去且停一宿迦旃延安置好處令眠欲令感夢夢見舉軍征阿槃地國自軍破敗身被他獲堅縛手足赤華插項嚴鼓欲殺王於夢中便大恐怖叫喚失聲云我今無歸願師濟拔作歸依處得壽命長迦旃延以神力手指火喚之令寤問言何故其心未惺尚言災事迦旃延以火照而問之此是何處汝自看其心方寤迦旃延語言汝若征彼必當破敗如夢所見王曰願師為除毒意迦旃延為說一切諸法譬如國土假名無實離舍屋等無別國土乃至廣說種種因緣至一極微亦非實事無此無彼無怨無親王聞法巳得預流果後漸獲得阿羅漢果故知萬法唯識夢覺一如覺中所見即明了意識夢中所見即夢中意識分別之意既同差別之境何異迷悟若此曷疑慮馬昏覺如斯可洞達矣第八外取他心難若論主言外色實無是內識之境者即可然且如他人心是實有豈非自心所緣耶意云且如此人心若親緣得他人心著即離此人心別有心為境

若此人心緣他人心不著者即有境而不緣若緣著即乖唯識義若緣不著者即何成他心智耶論主答云雖說他心非自識境但不說彼是親所緣意云雖說他人心非此人境若此人親緣他人心即不得若託他人心為質自變相分緣亦有他心智但變相分緣時即不得他人本質但由他人影像相自心上現名了他心即知他心相分不離自心亦唯識意云此人心緣他人心時變起相分當情相分無實作用非如手等執物亦非如日舒光親照其境緣他人心時但如鏡中影似外質現鏡中像亦無實作用緣他人心時亦復如是非無緣他人心體故名了他心非親能了親所了者謂自所變又古德問他心智者謂既有他人心為自心之所知即是離自心外有他人心為自心之境何得言無境唯有識耶答謂緣他身浮塵根相分色亦不親得但託為質如自身眼識緣第八識所變器世間色時亦但託為質亦不親得其耳等四識緣本識所變聲等亦爾以本質是第八識變今望五識故名影識如五識等緣本識所變本質境亦不親得雖亦得緣只成疎所緣緣若如實知即是佛境者論云二智於境各各由無知所覆蔽故不知如佛所行不可言境此有二解一云是真如妙理言詮不及不可言境謂此離言真如之境唯佛獨能顯了分別證餘不能證者由第七恒行不共無明所覆故不知二云不可言境者即他心智境及自心智境此二智名不可言境謂真如自相假智及詮俱非境故詮謂名言能詮之名既

不得自相即顯自他二智之境是佛智所行不可言境由此二智所知之境自相是佛智所行不可言境餘人由恒行不共無明所覆蔽故不得如實而知也又既言此人緣他人心時託他人心爲質自變相分緣者即相分不離此人心是唯識若他人心本質緣不著者即離此人心外有他人心何成唯識耶因此便申第九異境非識難小乘云唯識之義但離心之外更無一物方名唯識既他人心異此人心爲境何成唯識耶又他人境亦異此境即離此人心外有異境何成唯識答責云奇哉固執觸處生疑豈唯識言但說一識汝小乘何以此堅執處處生疑豈唯識之言但說一人之識若言有一人之識者即豈有凡聖尊卑若無佛者衆生何求若無凡夫佛爲誰說應知我唯識言有深旨趣論云唯識言總顯一切有情各有八識六位心所所變相分分位差別及彼空理所顯眞如言識之一字者非是一人之識總顯一切有情各各皆有八識即是識之自體五十一心所識之相應何獨執一人之識○問維摩詰即入三昧令此比丘自識宿命曾於五百佛所植衆德本迴向阿耨多羅三藐三菩提即時豁然還得本心者且如過去心已過去未來心未至現在心不住云何觀他過去善根心答約眞即無隨俗故有一念心起尚具十世四運分別不可作龜毛兎角斷滅之見過去之法雖念念不住然皆熏在第八識中有過去種子知過去事者過去所熏得種現在阿賴耶識自證分中含藏然過去世時雖即無體但

將識中種爲本質變影而緣即知過去世事此帶質境知也或云可緣心上影像相者即第六意識見分之上變起過去影像相而知也此即獨影境謂過去無體無本質也又過去之法若不落謝不名過去若已落謝無法可知若但曾逕心中有種影現前故說憶知者是則但見自心不見彼法如月燈三昧經云佛言云何菩薩摩訶薩得過去未來現在智藏童子是菩薩如實知一切衆生心行準自心行次第所起觀自心法以無亂想修習方便如自心行類他亦爾隨所見色聞聲有愛無愛心皆如實知童子是名菩薩得過去未來現在知藏○問觀他心智者爲實知他心爲不實知二俱有過答如前已說若立自他於宗俱失此皆約世諦識心分別故識論頌云他心知於境不如實覺知以非離識境唯佛如實知他心智者不如實知以自內心虛妄分別以爲他心以自心意意識雜故如彼佛地如實果體無言語處勝妙境界唯佛能知餘人不知以彼世間他心智者於彼二法不如實知以彼能取所取境界虛妄分別故此唯是識無量無邊甚深境界非是心識可測量故如上約法相宗說若約法性宗先德云知他心者皆如實知審於事實見理實故亦非心外可見亦非無境可知若自他相絶則與衆生心同一體故無心外也不壞所故能知也又他心者安慧云佛智緣他心緣得本質餘皆變影若緣本質得心外法壞唯識故今以攝境唯心不壞境故能所兩亡不礙存故第一義唯心非一非異正緣他時即

是自故以即佛心之衆生心爲所緣非即衆生心之佛心即衆生心之佛心爲能緣非即佛心之衆生心如是鎔融非一非異若離佛外别有衆生更須變影却失眞唯識義釋云攝境從心不壞境者即示心境有無彼得本質恐壞唯心既不壞境得之何妨壞有何失以無心者無心於萬物萬物未嘗無此得在於神靜失在於物虚謂物實有故若唯心壞境則得在於境空失在於心有故以境由心變故説唯心所變不無何必須壞若以緣生無性則心境兩亡故借心以遣境境遣而心亡非獨存心矣若能所兩亡不礙存故者上不壞境且遣懼質之病今遣空有之理故心境並許存亡心境因藉故空相依緣生故有有即存也空即亡也空有交徹存亡兩全云

第一義唯心非一非異者正出具分唯心之理上第一釋雖有唯心之義尚通生滅唯心第二義雖兩亡不羈而未言心境相攝今明具分唯識故云第一義唯心同第一義故非異不壞能所故非一非一故有能所緣他義成矣非異故能所平等唯心義成矣云正緣他時即是自故者結成得於本質無心外過以即自故不失唯識云以即佛心之衆生心正示法性他心之相此有兩對語前對明所緣後對明能緣今初言即佛心之衆生心者此明所緣衆生心即是佛心此明不異次云非即衆生心之佛心者此句明衆生心與佛心非即非即故有所緣義非異故不壞唯心義言爲所緣者結成所緣簡非能緣也次下辯能緣云以即衆生心之佛心者此句明能

緣佛心即是衆生心此明非異次云非即佛心之衆生心者此明佛心與衆生心有非一義非一故爲能緣非異故不壞唯識之義言爲能緣者結成能緣簡非所緣也更以喻況如水和乳乳爲所和喻衆生心是所緣水爲能和喻佛心爲能緣以此二和合如似一味鵝王唼之乳盡水存則知非一然此水名即乳之水此乳名即水之乳二雖相即而有不一之義故應喻云以即水之乳非即乳之水爲所和以即乳之水非即水之乳爲能和義可知矣云如是鎔融非一非異者結成正義若離佛外結彈護法言却失眞唯識者不知外質即佛心故又諸佛如來隨多心念意能頓了如金剛經云爾所國土中所有衆生若干種心如來悉知華嚴經頌云無量億劫勤修學得是無上菩提智云何不於一念中善知一切衆生心此是意圓對如來一念之中皆一時頓應無一不應故名圓對斯乃了心非心方能徧應若心在有無則成隔礙故金剛經云如來說諸心皆爲非心是名爲心華嚴論問何謂諸佛知衆生心時與非時答曰以如來心與一切衆生心本不異故是一心一智慧故以知時與非時諸佛悟了而與衆生共之衆生迷自謂爲隔一切諸佛以一切衆生心智慧而成正覺一切衆生迷諸佛智慧而作衆生及至成佛時還成衆生迷理之佛所說法門還解衆生心裏迷佛衆生以此不異故知衆生心又問曰大衆何不以言自問因何默念致疑何不自以言讚勸請云何供養雲出音請佛答曰明佛得法界心與一

切衆生同心故以心不異故知彼心疑供具説頌者明一切法總法界體也法界不思議一切法不思議故明聖衆心境無二故凡夫迷法界自見心境有二故即顛倒生也又云心無内外中間萬法自他同體一亦不一他亦不他故知凡聖同一真心衆生妄隔而不知諸佛契同而頓了如鏡面照而鏡背昏俱一銅體而分明昧猶河水清而河泥濁在一濕性而有混澄凡心聖心可喻斯旨○問衆生緣佛身時是識所變只如佛緣所化有情身土之時是何所變答若衆生見佛是有漏轉識所變相分等流色攝若佛緣有情是無漏智所變定果色攝識智雖殊俱不出自心之境並是增上緣力互令心現如義天鈔云依大乘宗通説依於他身及非情法謂以自心緣他身時不親緣彼但緣自識所變相分爲親所緣此相分色雖託他身本質而起然非依彼他識而生由自識中種子生故故此相分等流色攝是五塵色之流類故託他爲質方變影像是增上緣此所變相分從自種生是因緣義即顯自心緣得他身得依現行處有是於他身現行成就以從自心種子生故亦是依種建立而得即種子成就也以此理故有情見佛色身之時所緣佛身唯是有漏自識變故自種生故等流色攝緣佛所變淨土亦爾若佛緣所化有情色身及穢土時所變相分皆是無漏無實有情離染等用如鏡中像全是明鏡無漏定果色攝亦是等流色收是外五塵之流類故佛識變故無垢識中淨種生故○問若論一心無外境界如前

九難答已分明則眼際無色耳外無聲如今所見所聞爲當是一爲當是二爲復是有爲復是無若言是一則壞能所若言是二又違自宗若言是有根境常虛若言是無現見不濫如何融會得契斯旨答如大地一生種種芽類八識心現種種法所觀是藏識之相分能見是眼識之見分能所雖分俱不離識皆是現量不帶名言則非有非空非一非二若落比量執作外塵則一二情生内外心起密嚴經偈云如地無分別庶物依以生藏識亦如是衆境之依處如人以已手還自摩捫身亦如象與鼻取水自霑沐復以諸嬰兒以口含其指如是自心内現境還自緣是心之境界普徧於三有久修觀行者而能善通達内外諸世間一切唯心現華嚴經頌云譬如深大海珍寶不可盡於中悉顯現衆生之形影甚深因緣海功德悉無盡清淨法身中無像而不現正法念處經云又修行者内心思惟隨順正法觀察法行乃至云何世間愚癡凡夫眼見色已或貪或瞋或生於癡彼諸凡夫若見知識若見婦女心則生貪若復異見則生於瞋見他具足貪瞋所覆以眼於色不如實見癡蔽於心愚癡凡夫唯有分別眼見於色若貪若瞋若癡所覆愛誑之人自意分別此我我所如是染著譬如狗齩離肉之骨涎汁和合望得其髓如是貪狗齒間血出得其味已謂是骨汁不知自血有如是味以貪味故不覺次第自食其舌復貪其味以貪覆故謂骨汁味愚癡凡夫亦復如是虛妄分別眼識見色貪著喜樂思量分別以色枯骨著眼

口中境界如齒如是齩之染意如涎愛血流出貪愛血味爲色爲美於色得味猶如彼狗凡夫愚癡眼識見彼如骨之色虛妄分别如狗齩骨如是觀察眼見於色猶如枯骨如是一切愚癡凡夫虛妄分别之所誑惑又云閻羅王說偈責疏罪人云若屬邪見者彼人非黠慧一切地獄行怨家心所誑心是第一怨此怨最爲惡此怨能縛人送到閻羅處故知諸苦所若貪欲爲本若貪心瞥起爲五欲之火焚燒覺意纔生被三界之輪繫縛如帝釋與脩羅戰勝造得勝堂七寶樓觀莊嚴奇特梁柱榰榍皆容一縱不相著而能相持天福之妙力能如此目連飛往帝釋將目連看堂諸天女皆羞目連悉隱逃不出目連念帝釋著樂不修道本即變化火燒得勝堂爀然崩壞仍爲帝釋廣說無常帝釋歡喜後堂儼然無灰煙色釋曰以帝釋恃其天福執著有爲故目連垂方便門示無常境○問天堂既爀然崩壞云何儼然無灰煙之色答此火非是目連神通之火即是帝釋心中火故法華經云貪著所愛則爲所燒既以貪著之心遂見宮殿焚爇及悟無常之事則貪欲之火潛消所以即見堂殿宛然無有灰煙之色以目連爲增上緣故自見被燒然則堂本不燒故知迷悟唯心隱顯在已例餘見聞悉亦如是又經云惡從心生反以自賊如鐵生垢消毀其形樹繁華果還折其枝蚖蛇含毒反害其軀方知無始已來至于今日四威儀內十二時中皆是將心取心以識緣識畢竟內外無有一塵爲對爲治可取可捨堪嗟世俗迷倒之

人背覺合塵日用心行損他害彼潤己資身並是自陷自傷不知不覺未窮此旨物我難忘直了斯宗自他無寄百論問云如虛空華無故不可見如瓶現見故當知有瓶答曰不見何故不見汝言現見爲眼見爲識見若眼見者死人有眼亦應見若識見者盲人有識亦應見若根識一一别不見和合亦不見喻一盲不能見衆盲亦不見五根亦爾四性皆空大智度論云色等諸法不作大不作小故凡夫人心於諸法中隨意作大小如人急時其心縮小安隱富樂時心則寬大又如八背捨中隨心故外色或大或小等故摩訶般若經云般若波羅蜜無聞無見諸法鈍故是以凡夫界中觀相元妄聖人境内觀性元眞以觀相故不得無以觀性故不得有以不得無故如但見其波不見其水以不得有故但見其水不見其波又如向瞖眼人說空中無華對狂病人說目前無鬼徒費言語終不信受直待目淨心安自然無見

宗鏡録卷第六十四

音釋

唼所甲切食也　挃竹栗切撞也　齩五巧切齧也　黠胡八切聰慧也

榰枊榰章移切柱砥也又斜柱也枊五剛切飛枊斜桷也　綖蘇旬切與線同

爇而劣切燒也

宗鏡録卷第六十五

宋慧日永明妙圓正修智覺禪師延壽集

夫能所之見則心境宛然聖人知見如何甄別答雙照有空不住内外似谷答聲而絶慮如鏡鑒像而無心妙湛圓明寂而常照故云常在正念亦名正知非是有念有知亦非無念無知有無皆想俱非正知但無念而照名曰正知若唯無念寂而失照若但照體照而失寂並稱不正正在雙行還原集云聖人不二種用心一不見一切物皆空唯見於空有見一切物二見一切物即空了了見一切有不住於有了了見一切空不住於空雙照有無分別宛然而無念動猶如明鏡覩其色像一切皆於中現用心亦爾得其妙性起照照見一切了了知無所知了了見無能見無能不廢常見見性既常無一間斷分明徹照十方淨無瑕穢内外圓明廓周法界亦名毗盧遮那無障礙眼圓滿十方照見一切佛刹即此義也所以達人見聞不落能所既非是有見亦非無見但不生二相常合眞空是以全色爲眼常見色而無緣全眼爲色恒稱見而非我以色是所緣之境眼是能緣之根今即是眼故無緣也又眼是我能見今全爲色正見之時即非我也則色心無二能所非殊所以影公頌云法性不並眞聖賢無異道故大集經云慧燈三昧者即是諸法無二相也無二相者不在有無不出有無夫有無者以惑情所執有無皆失理無惑計有無皆眞是知諸法非實非虚非空非有若無於有不成於無若無於無不成於有有無交徹萬化齊融

又約聖人親證見聞之境有其四種所以大涅槃經云約佛妙證有四種聞一不聞聞二不聞不聞三聞不聞四聞聞台教釋云初入證道修道忽謝無所可有名爲不聞眞明豁開無所不照即是於聞故名不聞聞證得如是大般涅槃無有聞相故名不聞不聞證起惑滅名聞不聞寂而常照隨扣則應名曰聞聞初句證智次句證理第三句證斷第四句證應若事若理智斷自他於初智證之中具足無鈌此一妙證盡涅槃海復次不聞聞是證了因聞不聞是證緣因不聞不聞是證正因聞聞是證境界乃至明四種生生生不生不生生不生不生亦同四種聞義一生生是因緣所生法二生不生是我說即是空三不生生是亦名爲假名四不生不生是亦名中道義若能了此四生之無生方達聖人見聞之境是以不取不捨達一道之原非有非空見諸法之實如肇論云且夫心之有也以其有有有自不有故聖心不有有不有有故有無有有無有故則無無無無故聖心不有不無不有不無故其神乃虛何者夫有也無也心之影響也言也象也影響之所攀緣也有無既廢則心無影響影響既淪則言象莫測言象莫測則道絕群方道絕群方故能窮靈極數窮靈極數乃曰妙盡妙盡之道本乎無寄夫無寄在乎冥寂冥寂故虛以通之妙盡在乎極數極數故數以應之數以應之故動與事會虛以通之故道超名外道超名外因謂之無動與事會因謂之有謂之有者應夫有爲強謂之然耳彼何然哉故經云聖智無

知而無所不知無爲而無所不爲此無相寂然之道豈曰有而爲有無而爲無動而乖静静而廢用耶而今之談者多即言以定旨尋大方而徵隅懷前識以標玄存所存之必當是以聞聖有知謂之有心聞聖無知謂等太虚有無之境邊見所存豈是處中莫二之道乎何者萬物雖殊然性本常一不可而物然非不物可物於物則名相異陳不物於物則物而即真是以聖人不物於物不非物於物不物於物物非有也不非物於物物非無也非有所以不取非無所以不捨不捨故妙存則真不取故名相靡因名相靡因非有知也妙存即真非無知也故經云般若於諸法無取無捨無知無不知此攀緣之外絶心之域而欲以有無詰者不亦遠乎釋曰夫説有説無是心之影響豈當真實乎若能窮其靈智之原極乎心數之表則可妙盡其道矣自然真心無寄不屬有無不以有故虚以通之不以無故數以應之然此猶是强言則聖智無心於彼此故云聖人不物於物不非物於物不物於物故名相靡因者以不取諸法無法當情則名相無因得起不非物於物故妙存即真者以不捨諸法故無法可捨則見諸法之實性湛然常住妙體恒真此真實甚深般若豈在即言審定隨意思量説有説無非有非無之所能及故云此攀緣之外絶心之域而欲以有無詰者不亦遠乎應當妙證之時自然明了○問此佛之知見如何開示悟入答若約教天台文句疏配圓教四位開即十住示即十行悟即十向入即十地華嚴記釋

大意云謂開除惑障顯示真理令悟體空證入心體若禪門南北二宗釋者北宗云智用是知慧用是見心不起名智智能知五根不動名慧慧能見是佛知見心不動是開開者開方便門色不動是示示者示真實相悟即妄念不生入即萬境常寂南宗云衆生佛智妄隔不見但得無念即本來自性寂靜爲開寂靜體上自有本智以本智能見本來自性寂靜名示既得指示即見本性佛與衆生本來無異爲悟悟後於一切有爲無爲有佛無佛常見本性自知妄想無性自覺聖智是故菩薩前聖所知轉相傳授即是入義海龍王經云心不住内亦不遊外識無所住度於一切墮顛倒者乃至見諸法寂觀諸法默諸法寂寞無行無處諸法澹然無所成就普觀諸法皆已如是如是觀者是爲法觀法觀如是不見諸法之所歸趣其有見法而不觀者不以見法而成觀也無求無曉不知不見是爲見法法華經云不得諸法不知不見亦不分別是男是女又昔人云亦無見亦無聞無見無聞真見聞又肇法師云閉智塞聰獨覺冥冥者矣如是則默契寂知俱通宗鏡矣所以首楞嚴經云佛告阿難吾復問汝諸世間人說我能見云何名見云何不見阿難言世人因於日月燈光見種種相名之爲見若復無此三種光明則不能見阿難若無明時名不見者應不見暗若必見暗此但無明云何無見阿難若在暗時不見明故名爲不見今在明時不見暗相還名不見如是二相俱名不見若復二相自相陵奪非汝見性於中暫無

如是則知二俱名見云何不見是故阿難汝今當知見明之時見非是明見暗之時見非是暗見通之時見非是通見塞之時見非是塞四義成就汝復應知見見之時見非是見見猶離見見不能及云何復說因緣自然及和合相○問聖人見實相之妙色惑情還見不答唯見不實不見不實之實如見杌爲賊不見杌也又如一眞空理見成二諦若世人知者名爲世俗諦出世人知名第一義其所知處未必懸殊其所知境各從心現如瞖目見明珠有類淨眼觀瑩淨無瑕美惡唯自見殊珠體本末如一○問衆生不見實色者凡有所見還成妄不答雖然不實亦不成妄如見杌爲賊賊何所有以無體故華嚴經頌云若能了邪法如實不顛倒知妄本自眞見佛即清淨起信論云雖有染心而常恒不變法藏和尚云衆生異見不妄所以從凡願求佛地若異見妄終不從凡趣眞佛地何以故衆生界即佛界佛界即衆生界是以從凡入聖從聖現凡名字有差一體不動然此宗鏡録唯論一實如法華經以實相爲體此實之一字雖普該萬法以是彼之體性故統論其宗即不簡眞僞若以見解智證論之則須分優劣以情懷取捨智有淺深故法華玄義云夫正體玄絶一往難知又邪小之名亂於正大譬如魚目混雜明珠故須簡僞即爲六意一就凡簡二就外簡三就小簡四就偏簡五就譬簡六就悟簡一就凡簡者釋論云世典亦稱實者乃護國治家稱實也外道亦稱實者邪智僻解謂爲實也小乘稱實者猒苦穌息

以偏眞爲實也如是等但有實名而無其義何者世間妖幻道術亦稱爲實多是鬼神媚法此法入心迷醉狂亂自衒善好謂勝眞實立異動衆示奇特相髑髏盛屎約多人前張口大咽或生魚臭肉增狀餔食或躶形弊服誇傲規矩或直來直去不問不答種種譎詭詃誘無智令信染惑著已求脫叵得內則病害其身外則誅家滅族禍延親里現受衆苦後受地獄長夜之苦生生障道無解脫期此乃世間現見何實可論鈍使愛論攝若周孔經籍治法禮法兵法醫法天文地理八卦五行世間墳典孝以治家忠以治國各親其親各子其子敬上愛下仁義揖讓安于百姓覇立社稷若失此法强老陵弱天下燋遑民無聊生鳥不暇栖獸不暇伏若依此法天下太平牛馬內向當知此法乃是愛民治國而稱爲實金光明經云釋提桓因種種勝論即其義也蓋十善意耳修十善上符天心諸天歡喜求天然報此法爲勝故言勝論耳又大梵天王說出欲論即是修定出欲淤泥亦是愛論攝耳世又方術服藥長生鍊形易色飛仙隱形者稱此藥方祕要眞實此亦愛論鈍使攝耳二就外簡者即是外道典籍也若服藥求知聰利明達推尋道理稱此藥方爲勝爲實者藥力薄知不能鑒遠觸藥則得藥歇則失亦非實也若此間莊老無爲無欲天眞虛靜息諸誇仙棄世絕智等直是虛無其抱尚不出單四見外何關聖法縱令出單四見外尚墮複四見中見網中行非解脫道若外國論力受梨唱募撰五百明難其一云瞿曇爲

一究竟道爲衆多究竟道佛言但一究竟道論力云諸師各各説究竟道佛指鹿頭汝識其人不論力言識究竟道中其爲第一佛言若其得究竟道云何自捨其道爲我弟子耶論力即悟歎佛法中獨一究竟道又如長爪云一切論可破一切語可轉觀諸法實相于久不得一法入心釋論云長爪執亦無見又云亦計不可説見如斯流類百千萬種虚妄戲論爲惑流轉見網浩然邪智瀾漫觸境生著或時禘牒有無爲有無有爲無乃至有非有非無爲有無非有非無爲無百千番牒悉皆見倒生死諸邊非眞實也大涅槃經云被無明枷繫生死柱遶二十五有不能得脱即此義也三就小簡者聲聞法中亦云離有離無名聖中道大集經云拘隣如沙門最初獲得眞實之知見然小乘不運大悲不濟衆生功德力薄不求作佛不深窮實相則智慧劣弱雖云離有離無名聖中道乃以斷常二見邊眞諦爲中道無漏慧名爲見證涅槃法名爲知雖斷見思除滅分段而住草庵非究竟理對前生死有邊即涅槃無邊二俱可破可壞非眞實道故不名實相也四就偏簡者諸大乘經共二乘經人帶方便説者名字既同義須分別如摩訶衍中云三乘之人同以無言説道斷煩惱中論云諸法實相三人共得者二乘之人雖共稟無言説道自求出苦無大悲心得空則止鈍根菩薩亦爾利根菩薩大悲心爲物深求實相共實相者智如螢火是故非實不共實相智如日光是故爲實大涅槃經云第一義空名爲智慧二乘但空空

無智慧菩薩得不但空即中道慧即此慧寂而常照二乘但得其寂不得寂照故非實相菩薩得寂又得寂照即是實相見不空者復有多種一見不空次第斷結從淺至深此乃相似之實非正實也二見不空具一切法初阿字門則解一切義即中即假即空不一不異無三無一二乘但一即別教但二即圓具三即三即眞實相也釋論云何等是實相謂菩薩入於一相知無量相無量相又入一相二乘但入一相不能知無量相別教雖入一相又入無量相不能更入一相利根菩薩空故入一相即假故知無量相即中更入一相如此菩薩深求智度大海一心即三是眞實相體也華嚴不共二乘但約菩薩三智次第得亦非正實不次第得者是正實也若方等中四人得三智三人爲虛一人爲實大品三慧説三智屬三人前二不深求淺而非實後一人深求一心三智是故是實此經云汝實我子無復四三之人十方諦求更無餘乘但一實相智決了聲聞法但説無上道純是一實體也大涅槃經云一實諦者則無有有無有無無二故名一實諦又一實諦名無虛僞又一實諦無有顛倒又一實諦非魔所説又一實諦名常樂我淨常樂我淨無空假中之異異則爲二二故非一實諦一實諦即空即假即中無異無二故名一實諦若有三異即爲虛僞虛僞之法不名一實諦無三異故即一實諦若異即是顛倒顛倒未破非一實諦無三異故無顛倒無顛倒故名一實諦異者不名一乘三法不異具足圓滿名爲一乘是

乘高廣衆寶莊校故名一實諦魔雖不證別異空假而能說別異空假若空假中不異者魔不能說魔不能說名一實諦若空假中異者名顛倒不異者名不顛倒不顛倒故無煩惱無煩惱故名爲淨無煩惱則無業無業故名爲我無業故無報無報故名樂無報則無生死無生死則名常常樂我淨名一實諦一實諦者即是實相實相者即經之正體也如是實相即空即假即中即空故破一切凡夫愛論一切外道見論即假故破三藏四門小實破三人共見小實即中故破次第偏實無復諸顛倒小偏等因果四諦之法亦無小偏等三寶之名唯有實相因果四諦三寶宛然具足亦具諸方便因果四諦三寶何以故實相是法界海故唯此三諦即眞實相也又開次第之實即是圓實證道是同故又開三人共得實深求即到底故又開三藏三實決了聲聞法又開諸見論實於見不動而修道品故又開諸愛論實魔界即佛界故行於非道通達佛道一切諸法中悉有安隱性即絶待明實是經體也五譬簡者今借三喻正顯偽眞兼明開合破會等意一譬三獸渡河同入於水三獸有强弱河水有底岸兎馬力弱雖濟彼岸浮淺不深又不到底大象力强俱得底岸三獸喻三人水喻即空底喻不空二乘智少不能深求喻如兎馬菩薩智深喻如大象水輭喻空同見於空不見不空底喻實相菩薩獨到智者見空及與不空到又二種小象但到底泥大象深到實土別智雖見不空歴別非實圓不空窮顯眞實如是喻者非但

簡破兎馬二乘非實亦簡小象不空非實乃取大象不空爲此經體也此約空中共爲眞諦作如此簡也二譬玻瓈如意雨珠相似形類欲同而玻瓈但空不能雨寶如意珠亦雨寶玻瓈無寶以喻偏空如意能雨以喻中道此就有無合爲俗簡僞顯眞今經體同如意也又但約一如意珠爲譬者得珠不知力用唯珠而已智者得之多有所獲二乘得空證空休息菩薩得空方便利益普度一切此就合中眞諦簡其得失也今經如智者得如意珠以爲經體三譬如礦石中金愚夫無識視之謂石擲在糞穢都不領録賈客得之鎔出其金保重而已金匠得之造作種種釵釧環璫仙客得之鍊爲金丹飛天入地捫摸日月變通自在愚人喻一切凡夫雖具實相不知修習賈客喻二乘但斷煩惱礦保即空金更無所爲金匠喻別教菩薩善巧方便知空非空出假化物莊嚴佛土成就衆生仙客喻圓教菩薩即事而眞初發心時便成正覺得一身無量身普應於一切今經但取金丹實相以爲體也就同而爲喻從初至後同是於金凡夫圓教俱是實相也就異爲喻者初石異金次金異器器異丹丹色淨徹類若清油柔輭妙好豈同鐶釧狀乖色別故不一種此就與奪破會簡其得失引此三喻者前喻根性根性有淺深淺得其空深得其假又得其中次喻三情初情但出苦不志求佛道見眞即息次情歷別不能圓修後者廣大徧法界求第三喻三方便二乘方便少守金而住別教方便弱土能嚴飾營生圓教方便深故能呑

雲納漢令明此經實相之體如大象得底堅不可壞以譬體妙圓珠普雨譬其用妙巧智成仙譬其宗妙如此三譬即是三德不縱不横名爲大乘於大乘中别指真性以爲經體六就悟簡者夫法相眞正誠如上説行未會理豈得名諦徒勞四説逐語生迷聞粖謂輭聞雪謂冷聞貝謂鞹聞鵠謂動終不能見乳之眞色情闇夜遊何能見諦㘘喚求食無有飽理執已爲實餘是妄語此有彼無是非互起更益流動云何名諦若欲見諦慙愧有羞若苦到懺悔機感諸佛禪慧開發觀心明淨信解虛融爾時猶名闇中見杌髣髴不明人木蟲塵尚不了了若能安忍法愛不生無明豁破如明鏡不動淨水無波魚石色像任運自明清淨心常一如是尊妙人則能見般若金鎞抉眼一指二指三指分明爾時見色言有亦是言無亦是云何爲有的的之色與眼相應諦諦之理與智相稱名之爲有云何爲無無堅冷輭動之相名之爲無論云一切實一切非實亦實亦不實非實非不實如是皆名諸法之實相如舍利弗云汝住實智中我定當作佛爲天人所敬爾時乃可謂永盡滅無餘是名眞實見體故涅槃經云八千聲聞於法華經中見如來性如秋收冬藏更無所作約理明無所作此是究竟之理也約教無所作聞此教已更不他聞也約行無所作者修此行已更不改轍如是等種種無所作義略而言之隨智妙悟得見經體當以隨智妙悟意歷諸諦境中節節有隨情隨情智隨智種種分别簡餘情想唯取隨智明見經體也

問唯識正理我法本空衆生妄執我法二心從何而起答從六七二識緣識所起唯識論云諸心心所依他起故亦如幻事非眞實有爲遣妄執心心所外實有境故説唯有識若執唯識眞實有者如執外境亦是法執然諸法執略有二種一者俱生二者分別俱生法執無始時來虚妄熏習内因力故恒與身俱不待邪教及邪分別任運而轉故名俱生此有二種一者常相續在第七識緣第八識起自心相執爲實法二者間斷在第六識緣識所變蘊處界相或總或別起自心相執爲實法此二法執細故難斷後十地中數數修習勝法空觀方能除滅分別法執亦由現在外緣力故非與身俱要待邪教及邪分別然後方起故名分別唯在第六意識中有此亦二種一緣邪教所説蘊處界相起自心相分別計度執爲實法二緣邪師所説自性等相起自心相分別計度執爲實法此二法執麤故易斷入初地時觀一切法法空眞如即能除滅如是所説一切法執自心外法或有或無自心内法一切皆有是故法執皆緣自心内法一切皆有是故法執皆緣自心所現似法執爲實有然似法相從緣生故是如幻有所執實法妄計度故決定非有故世尊説慈氏當知諸識所緣唯識所現依他起性如幻事等如是外道餘乘所執離識我法皆非實有故心心所決定不用外色等法爲所緣緣緣用必依實有體故釋云若執唯識眞實有者如執外境亦是法執者由是理故但應遣彼心外之境同兎角無能緣彼心如幻事有故

少分不同非謂即心亦名實有又夫心外執我執法者有其兩種一者如外道等執離心等别有一物是常是一名之爲我此乃是妄計所執其體都無二者踈所緣緣本質之法能緣之心親緣之不著亦名心外此是依他其體是有○問六七二識執生我見能起計處於心内外云何有無答論云如是所説一切我執自心外蘊或有或無者釋云能緣緣不著處皆名心外第七計我心外唯有第六計我心外之蘊或是於無論云自心内蘊一切皆有者親所緣也不問即離計爲我者影像必有故無有少法能取少法唯有自心還取自心故皆緣蘊此皆辯我所依也論云是故我執皆緣無常五取蘊相妄執爲我者結成前義影像相分必是蘊故緣此爲我義顯大乘親緣於無心不生也成所緣緣必有法故論云然諸蘊相從緣生故是如幻有妄所執我横計度故決定非有又諸外道等多於心王計爲主宰作者受者由不能知本無自性隨緣流轉故大寶積經佛言迦葉譬如咽塞病即能斷命如是迦葉一切見中唯有我見即時能斷於智慧命故知法我見者違現量境障法空智人我見者爲生死根斷智慧命不入宗鏡二難患消○問我法各以何爲義答我者是主宰二義我有自在力宰割斷力義同我故主是我體宰是我所或是我用法者則是軌持軌謂軌範可生物解持謂任持不捨自相○問我是主宰義者主宰二義各屬何識須知有我之病原方施無我之妙藥答主是俱生我無分别故屬第七識我宰

是分別我有割斷故屬第六識我○問凡有施爲無非我爲主宰云何言一切唯是識乎答西天外道多執身有神我故能使身動作若無神我誰使身耶龍樹菩薩破云心是識相自能使身不待神也如火性能燒物非假於人密嚴經云阿賴耶識恒與一切染淨之法而作所依是諸聖人現法樂住三昧之境人天等趣諸佛國土悉以爲因常以諸乘而作種性若能了悟即成佛道一切衆生有具功德威力自在乃至有生險難之處阿賴耶識恒住其中作所依止此是衆生無始時界諸業習氣能自增長亦能增長餘之七識由是凡夫執爲所作能作内我諸仁者意在身中如風速轉業風吹種徧在諸根七識同時如浪而起外道所計勝性微塵自在等悉是清淨阿賴耶識諸仁者阿賴耶識由先業力及愛爲因成就世間若干品類妄計之人執爲作者楞伽經云觀諸衆生如死屍無知以妄想故見有往來若離妄想如彼死屍無鬼入中是知人亦如是但有四大無人入中大智度論問云有出入氣則是我相視眴壽命心苦樂愛憎精勤等是我相若無我誰有是出入息視眴壽命心苦樂愛憎精勤等當知有我在内動發故壽命心亦是我法若無我如牛無御有我故能制心入法不爲放逸若無我者誰制御心受苦樂者是我若無我者爲如樹木則不應別苦樂愛憎精勤亦如是我雖微細不可以五情知因是相故可知爲有答曰是諸相皆是識相有識則有出入息視眴壽命等若識離身則無汝若云我常徧

故死人亦應有視眴出入息壽命等復次出入息等是色法隨心風力故動發此是識相非我相壽命是心相應行亦是識相問曰若人無心定中或眠無夢時息亦出入有壽命何以故言皆是識相答曰無心定等識雖暫無不久必還生識不捨身故有識時多無識時少是故名識相如人出行不得言其家無主苦樂憎愛精勤等是心相應共緣隨心行心有故便有心無故便無以是故是識相非我相又云復次四大及造色圍虛空故名爲身是中內外入因緣和合生識種身得是種和合作種種事言語坐起去來空六種和合中强名爲男强名爲女若六種是男應有六男不可以一作六六作一既於地種中無男女相乃至識種亦無男女相若各各中無和合中亦無如六狗各各不能生師子和合亦不能生無性故○問經說所有我見一切皆緣五取蘊起實我若無云何得有憶識誦習恩怨等事若實無我憶識等事不成誰爲主宰答五蘊之法約衆生界說情有邊事以智推檢五蘊俱空經云是身如聚沫不可撮摩即色蘊空是身如泡不得久立即受蘊空是身如燄從渴愛生即想蘊空是身如芭蕉中無有堅即行蘊空是身如幻從顛倒起即識蘊空五蘊既空誰爲主宰所有分別是妄識攀緣言語去來唯風力所轉離情執外中間唯有空性故知我但有名名亦無性名體俱空我法何有唯識論云又諸所執實有我體爲有作用爲無作用若有作用如手足等應是無常若無作用如兎角等應非實我故所

執我二俱不成又憶識等事皆從本識熏習之力而得成就乃至所執實我既常無變從應如前是事非有前應如後是事非無以後與前體無別故若謂我用前後變易非我體者理亦不然用不離體應常有故體不離用應非常故然諸有情各有本識一類相續任持種子與一切法更互爲因熏習力故得有如是憶識等事故寶積經偈云法同草木無覺知若離於心不可得衆生自性無所有一切諸法亦如是若現在陰入界是念念不住何以故世法無有一念住者若有一念是一念中住亦有生住滅是生住滅亦復不住如生住滅中有内外陰界入是内外陰界入亦有生住滅若如是不住者即是非我非我所又佛言從本已來無我無人無有丈夫但是內心見有我人內心起時彼已害我即名爲害乃至是中無有一法和合聚集決定成就得名爲佛名法名僧名父名母名阿羅漢定可取者又頌云俯仰屈伸立去來瞻視言語中無實風依識故有所作是識滅相念念無彼此男女有我心無智慧故妄見有骨鎖相連皮肉覆機關動作如木人內雖無實外似人譬如熱金投水中亦如野火焚竹林因緣和合有聲出華嚴經頌云菩薩一切業果報悉爲無盡智所印如是無盡自性盡是故無盡方便滅菩薩觀心不在外亦復不得在於內知其心性無所有我法皆離永寂滅彼諸佛子如是知一切法性常空寂無有一法能造作同於諸佛悟無我大集經云若復有言眼色因緣故有我者是義不然何以故眼中

無我色亦如是而和合中亦復無我和合因緣生於眼識如是識中亦復無我風中空中悉亦無我如是推尋竟不可得此識但是十二因緣循環流轉離十二因緣識不可見但因識生名色乃至則有衰老及以病死如是等法因眼識生而是眼識非東方來南西北方四維上下亦復如是所因之念生眼識者是念亦滅眼識不住第二念中亦不語念汝住我滅而是滅法亦非復去至十方面亦復不專一處住止是故諸法因緣故生若離因緣則不得生因因緣生因因緣滅如是因緣名相續法是故當知實無有我而是因緣亦無作者無有受者無有起者無他起者是故無我若無我者我既是空我所亦空何以故然體性爾故是故眼性無我我所無有積聚非合非散即生滅故一切諸法亦復如是是風因緣亦入根中左旋右轉清淨照了彼風如幻亦不可捉又雖似有能作所作二事相成但從緣生俱無自性不知唯識之人盡執爲實我如大涅槃經云佛言比丘譬如二手相拍聲出其中我亦如是

宗鏡録卷第六十五

音釋

杭五骨切樹無枝也 衚黃綃切鶩也 餔博孤切歠也 詃古犬切誘也 禰陟葉切猶摺也 礦古孟切銅鐵樸也 釧尺絹切臂鐶也 鐶獲頑切指鐶也 璫都郎切玉充耳也 鞕魚孟切與硬同 鵠胡沃切水鳥也 鎞邊迷切掠器也 抉於決切剔也 眴輪閏切與瞬同

宗鏡錄卷第六十六

宋慧日永明妙圓正修智覺禪師延壽集

夫既無我亦無於人乃至衆生壽者十六知見等如大涅槃經云佛言如說名色繫縛衆生名色若滅則無衆生離名色已無別衆生離衆生已無別名色亦名名色繫縛衆生亦名衆生繫縛名色師子吼言世尊如眼不自見指不自觸刀不自割愛不自受云何如來說言名色繫縛名色何以故言名色者即是衆生言衆生者即是名色若言名色繫縛衆生即是名色繫縛名色佛言善男子如二手合時更無異法而來合也名之與色亦復如是以是義故我言名色繫縛衆生若離名色則得解脫釋曰如二手合時更無異法者二手雖有相合以但是一身之用故無異法雖非異法若以一手合義不成如名色衆生雖然不異要因名色繫縛衆生要離名色方得解脫一切諸法離合縛脫亦復如是維摩經云法無有人前後際斷故肇法師曰天生萬物以人爲貴始終不改謂之人外道以人名神謂始終不變若法前後際斷則新新不同新新不同則無不變之者無不變之者則無人矣既前際無人後際無壽者中際無我無衆生世間凡所有法皆是意言分別立其名相都無實義衆生不了妄有所得沒在其中不能出離是以諸佛方便說人法二空唯識正義於虛誑名相中而能拔出如大智度論云須菩提白佛言世尊若一切法空無根本如夢如幻等衆生在何處住而菩薩拔出須菩提意謂如人沒深泥而得拔出佛答衆生

但住名相虛誑憶想分別中佛意一切法中無決定實者但凡夫虛誑故著如人暗中見似人物謂是實人而生畏怖又如惡狗臨井自吠其影水中無狗但有其相而生惡心投井而死衆生亦如是四大和合故名爲身因緣生識和合故動作言語凡夫人於中起人相生愛生恚起罪業墮三惡道菩薩行般若波羅蜜時憐愍衆生種種因緣教化令知空法而拔出之作是言是法皆畢竟空無所有衆生顛倒虛妄故見似有如化如幻如乾闥婆城無有實事但誑惑人眼乃至佛告須菩提若諸法當實有如毫氂許菩薩坐道場時不能覺一切法空無相無所有得成阿耨多羅三藐三菩提亦不能以此法利益衆生等又云如人遠行獨宿空亭夜中有鬼擔一死屍來著其前復有一鬼從後而來瞋罵前鬼云是我屍何以擔來前鬼復言本是我物我自擔來二鬼各以一手爭之前鬼語曰可問此人後鬼即問是誰死人誰擔將來是人思惟此之二鬼皆有大力實語虛語皆不免死我今不應妄語答鬼便答後鬼前鬼擔來後鬼大瞋拔其手足出著地上前鬼愧之取屍補之補之便著臂手足等舉身皆易於是二鬼共食所易活人之身各各拭口分首而去其人思惟父母生身眼見食盡我今此身盡是他肉爲有身耶爲無身耶如是思惟心懷迷亂不知所措猶如狂人天既明矣尋路而去至前國土見有佛塔凡見衆僧不論餘事但問已身爲有爲無諸比丘問汝何人耶答曰我亦不知是人非人即爲衆僧廣說上事

衆僧皆云此人自知已身無我易可化度即語之言汝身本來恒自無我但以四大和合聚集計爲本身如汝本身與今無異時諸比丘度爲沙門斷煩惱盡得阿羅漢是故有時於他人身亦計爲我已無我故有時於我謂爲他人故文殊問經云有老人夜卧手捉兩膝而便問云那得有此兩小兒耶身若有我云何不識謂爲小兒故知橫計皆無定實又云菩薩作是念諸法空無我無衆生而從因緣故有四大六識是十法各各有力能生能起能有所作如地能持水能爛火能消風能迴轉識能分別是十法各有所作衆生顛倒故謂是人作我作如皮骨和合故有語聲感者謂人語如火燒乾竹林出大音聲此中無有作者又如木人幻人化人雖能動作無有作者此十法亦如是廣百論云若隨自覺執有我者豈不但緣無常身等虚妄分别執爲實我所以者何現見世間但緣身等前後隨緣分位差别虚妄計度我肥我瘦我勝我劣我明我暗我苦我樂身等無常可有是事常住實我無此差别由此比知一切我見皆無實我以爲境界唯緣虚妄身等爲境隨自妄想覺慧生故如緣暗繩顛倒蛇執寶行王正論偈云如人依淨鏡得見自面影此影但可見一向不眞實我見亦如是依陰得顯現如實檢非有猶如鏡面影顯揚論問曰若唯有藴無别我者誰見誰聞誰能了别乃至偈答云如光能照用離光無異體是故於内外空無我義成論曰現見世間即於光體有能照用說爲照者離光體外無别照者 如是眼等

有見等用說爲見者乃至了別者無別見者等是故内外諸法等無有我問若實無我云何世間有染有淨答染淨諸法從因緣生不由實我何以故頌曰如世間外物離我有損益内雖無實我染淨義應成論曰如世外物雖無有我而有種種災橫順益事業成就如是内法雖無有我而有種種染淨義成是故無過○問既人法俱空若實無我誰受生死依正果報或復猒苦求趣涅槃縛解去來昇沉等事答雖無作者而有作業以衆緣力至於後世相續不斷但以識爲種能有猒求記憶等事大涅槃經云師子吼菩薩言世尊衆生五陰空無所有誰有受教修集道者佛言善男子一切衆生皆有念心慧心發心勤精進心信心定心如是等法雖念念滅猶故相似相續不斷故名修道乃至如燈雖念念滅而有光明除破闇冥念等諸法亦復如是如衆生食雖念念滅亦能令饑者而得飽滿譬如上藥雖念念滅亦能愈病日月光明雖念念滅亦能增長草木樹林善男子汝言念念滅云何增長者心不斷故名爲增長如淨名經偈云雖無我無造無受者善惡之業亦不亡失善惡之業因苦樂之果報非有人我能作能受但是識持因果不亡如古師云衆生爲善惡而受其報者皆由衆生心識三世相續念念相傳如今世現行五蘊猶前世識種爲因起今世果今世有作業熏種而爲來世現行因展轉相續爲因果故又善惡之業皆由心識而起謂前念造得善惡業然此一念識雖滅而後念心識生既心識相傳不斷即

能任持善惡之業而亦不亡以由識持故識論云然有情類身心相續煩惱業力轉迴諸趣猒患苦故求趣涅槃由此故知定無實我但有諸識無始時來前滅後生因果相續由妄熏習似我相現愚者於中妄執爲我故知猒苦求樂捨此生彼則驗知無我若定有我有體則不能去來隨緣起滅以定有故不可移易只爲識心如幻無定故乃有從凡入聖之理猒妄求眞之門則不壞因緣能合正理大莊嚴論問有縛則有解無我則無有縛若無有縛誰得解脫答雖無有我猶有縛解何以故煩惱覆故則爲所縛若斷煩惱則得解脫是故雖復無我猶有縛解問若無我者誰至後世答從於過去煩惱諸業得現在身及以諸根從今現世復造諸業以是因緣得未來身及以諸根譬如穀子衆緣和合故得生芽然此種子實不至芽種子滅故芽便增長子滅故不常芽生故不斷佛說受身亦復如是雖復無我業報不失問若無我者先所作事云何故憶而不忘失答以有念覺與心相應便能憶念三世之事而不忘失又復問若無我者過去已滅現在心生生滅既異云何而得憶念不忘答一切受生識爲種子入母胎由愛水潤漬身樹得生如胡桃子隨類而生此陰造業能感後陰然此前陰不生後陰以業緣故便受後陰生滅雖異相續不斷如嬰兒病與乳母藥兒患得愈母雖非兒藥之力勢能及於兒陰亦如是以有業力便受後陰憶念不忘又大智度論云問曰心所趣向心爲去爲不去若去此則無心猶如死人若

不去云何能緣如佛言依意緣法意識生意若不去則無和合答心不去不住而能知如般若中說一切法無來無去相云何言心有來去若有來去即墮常見諸法無有定相知心不住爲無常相結使未斷或生吾我如是思惟若心無常誰知是心心爲屬誰誰爲心主而受苦樂一切諸物誰之所有即分別知無有別主但於五陰計有人相而生我心以我心故生我所我所心生故有利益我者生會欲違逆我者而生瞋恚愛等諸煩惱假石爲縛若修道解是縛而得解脫即名涅槃更無有法名爲涅槃如人被械得脫而作戲論是械是脚何者是解脫是人可怪於脚械外更求解脫衆生亦如是離五陰滅更求解脫故知有識則繫縛無識則解脫若離五陰空別求解脫者如離此方空別求他方空故思益經云愚於陰界入而欲求菩提陰界入即是離是無菩提華嚴會意問云若準六根無我誰造誰受耶答佛說作善生天爲惡受苦者此但因緣法爾非是我能爲受也若言是我非因緣者作惡何不生天乃墮地獄耶我豈愛彼地獄故受苦耶我既作惡而不受樂者故知善惡感報唯因緣非是我也如論云因緣故生天因緣故墮地獄是此意也問既言無我誰感因緣若言無我但是因緣自爲者草木亦稟因緣何不生天與受苦耶答内外雖但稟因緣因緣有二一善惡增上業因緣但感生天及地獄異熟等二善惡等流業因緣生天者感寶地金華墮地獄者感刀林銅柱等此是因緣業作非我能爲豈謂受報

不同而計有我也故經云無我無造無受者善惡之業亦不亡問若言造業受報但是因緣非由我者何故有證無我者雖有已造惡業因緣而不感受報耶既得無我即不受報者故知我造惡業受報非是業因緣也答由得無我已即斷惡業因緣無彼因緣故不受報非謂有我無我受不受也故經云因緣故法滅等此之謂也即以如實推究我不可得是故無我唯六根也外我所執外分有六塵也非實我所有問若言唯是色聚等無實財寶非我所者即我等徧有何得世人有富饒財寶有貧無一錢等答財寶是色從業因生以業增勝故即財寶豐盈由業不清淨故貧無一物也此則有無因業非是我所能爲也若言財寶實有非由業因緣有者即一切衆生執有我所何故有貧富不同故知由業因緣非我實有也説長者多盈財寶餓鬼無一毛覆身業是也破中間見聞等病故於中間分爲六識也見聞等病空無所有也若言見聞等是我非是識者如聾盲人有我何不得見聞等耶既聾盲等人雖有於我而不得見聞者故知見是識非是我也是知於此根塵識三處推擇唯有法而無我人問或言有我由迷似生非實有者何不迷他爲自今既以自爲自不得爲他以他爲他不得爲自者故知自他實有非由計生也又但是迷心非實有者何不於水迷見爲火於火迷見於水故知水火實有不是迷生也答曰有二初者然此分別計我藉三緣生謂邪師邪教邪思惟等由此三緣久久熏力慣習遂計彼爲他執

自爲我此但由計有實有故若言實有非熏習而計有者初出胎時何不執自及以他身既初出胎時未熏習故不計自他故知計有自他由妄熏故也如説分别我執藉三緣生故又云惡見熏習等二者凡所見執實必迷似生離似則無所執性故知如計水火由執似生也何者以水火似有但是虚相誑心以不了相虚執爲實有何以故所得冷熱但是觸塵所見青黄赤白是色法故流相騰燄是法塵故執實水火但唯法塵妄見有也如説從自心生與心作相等是也問既親驗水火但唯塵等云何有水火相别答六塵不别但是虚似有殊即此似相由迷執所起故是故似之與執但有迷生如説餓鬼恒河見水爲火喻等此但從自心生外非實有也又云凡

有見自見他皆是迷心自現如迷東爲西然迷人西不離悟人東但爲迷人迷故不見悟人東也非謂迷見西處無彼東也若言迷見西處無實東者即見西是悟不是迷也以無悟人東無所迷故既知實東謂爲西者足見人不離東也信知衆生不離佛界佛界不離衆生界但爲迷故癡盲對目不知見深自悲哉如大涅槃經云外道先尼言瞿曇若無我者誰見誰聞佛言善男子内有六入外有六塵内外和合生六種識是六種識因緣得名善男子譬如一火因木得故名爲木火因草得故名爲草火乃至衆生意識亦復如是因眼因色因明因欲名爲眼識善男子如是眼識不在眼中乃至欲中四事和合故生是識乃至意識亦復如是若是因緣和合故生智

者不應說見即是我乃至觸即是我善男子是故我說眼識乃至意識一切諸法即是幻也云何如幻本無今有已有還無乃至内外六入是名衆生我人士夫離内外入無別衆生我人士夫又言瞿曇如汝所言内外和合誰出聲言我作我受佛言先尼從愛無明因緣生業從業生有從有出生無量心數心生覺觀覺觀動風風隨心觸喉舌齒脣衆生同想聲出言說我作我受我見我聞善男子如幢頭鈴風因緣故便出音聲風大聲大風小聲小無有作者又百論云我若是有應如色等從緣而生生定歸滅則非常住若非緣生應如兎角無勝體用何名爲我又念念滅所以非常相似相續所以非斷如是佛子遠離二邊悟入緣生處中妙理○問既無我人云何有生有死答但生是空生死是空死畢竟無有我人可得如經云一切世間法唯因果無人但是依空法還生於空法是知衆生果中但有名數名數本空萬法何有如法性論云數盡則群有皆空名廢則萬像自畢因茲以觀斯乃會通之津徑反神之玄路是以境因名立名虛則境空有從數生數虛則有寂名數起處皆是自心心若不生萬法何有所以華嚴經頌云世間一切法但以心爲主隨解取衆相顛倒不如實若能如實觀之則見自心之性可謂會通之津徑反神之玄路矣又淨名疏智者廣釋六大性無我如經云是身無我爲如地此正約地種明無我也今例作兩釋一作破外人解二約内觀明義一破外人者外人計云若言身無神我那得能擔

輕負重内人破言地亦能荷負山嶽可有神我耶次約内觀解者若毗曇明衆生是假名地大是實法成論明地大亦是假名四微是實法今明雖復假實之殊同是苦諦下無我行觀門所攝如地是四微所成若一微是主三亦是主若一非主三亦非主當知無主若内地四微所成無主者外地四微所成亦無有主也若内外地無主者此三事所成何得有主若無主即是無我故云此身無主爲如地也又請觀音經云地大地無堅性地若是有者爲自性有他性有共性有無共性有四種中隨計一性即是有見若謂是事實餘妄語實即是剛義是性是主義也若檢四性不得此爲見地是無是事實餘妄語實即是剛是性是主若見地亦有亦無是事實餘妄語實即是剛是性是主若見地是非有非無是事實餘妄語實即是性是主若於此四句有所計執者即是性實是剛是主金剛般若經云是諸衆生若心取相則著我人衆生壽者若取法相亦著我人衆生壽者若取非法相亦著我人衆生壽者也若不取四句則是觀地無剛性若無剛實則無主無我故說是身無主猶如地也經云是身無我爲如火亦作兩釋一作破外人解者外人計有神我云何知耶見身能東西馳走及出音聲故知有神我也内人破曰約火一法破其兩計所以者何火燒野草亦能東西自在亦是我也又燒著竹木出諸音聲亦是有神我也次約内觀釋者火爲三微所成無有定性無性即是無火也今身爲名色所成身無定性若身無定

性即無我也復次此身中諸煖即是火若外火無我内火亦無我也又請觀音經云火大火性從因緣生若從緣生即無自性無實即無我破性及四句類地可知經云是身無壽爲如風亦作破内外觀釋破外人者外人計有壽者云何知耶若無壽者何得有出入息相續不斷内人破曰出入息者但風相外風無壽者内風豈是壽者也次内觀解者風相觸擊故輕虛自在遊中無礙有何壽命大集云出入息者名爲壽命若觀此出入息入無積聚出無分散來無經遊去無履涉如空中風求不可得風既非壽息亦何得是壽也又請觀音經云風性無礙今以四句觀風若言有性有生四句可得者即是礙相不得入道若四句觀風風不可得即是無礙無礙故即是入如實之際觀身三事息非壽命如風故説是身無壽爲如風也經云是身無人爲如水此約水種破人亦作破外人内觀解初明破外人者外人計有神即是人云何知耶若身中無神何能慈恩潤下曲隨物情也内人破曰我見水能下潤隨器方圓水無神無人者而汝能恩潤順物亦無神無人也今明内觀解者水爲三微所成無有定性無性即無水三事成身無有定性無性即無身無身即無人故説是身無人爲如水也又解如小兒水中見影謂言水裏有人入水求人終不可得凡夫三事中生身見謂身是人深觀三事不見身相即無人也又如請觀音經云水性不住以其住者池沼方圓礙之即住非水有住性也今檢人亦如是隨諸法得人名無定

性若四句檢水有性有著即是住義若檢水四句無性無著即是無住無住故入如實際經云是身不實四大爲家此是總約四大破我說無我行也若作破外人解外人計云若身中無實有神我者今現見六情依身而住故知實有神我也內人破曰現見六情依四大住無別我神之所依也若約內觀解者身名是一一身不應在四我住若一大我住三大應無假名身若各有者即有四身若即若離四句約四大中檢身不得故知身無有實若不得身實即身見破身見破即我見十六知見皆破也經云是身爲空離我我所者此是第二約空種破說無我行也若作破外人解外人計有我所若無神我何得所有國土人物是實所若見實當知我亦是實內人破曰若爾所是空我亦應空如身中空種空種及一切外空是所所空故我亦空也若約內觀解者即是正約空種破身見也四大造色圍虛空故假名爲身離空即無身若外內空不名身今約空種檢身不可得即身見破身見破即離我我所也經云是身無知如草木瓦礫者此是第三檢識種破我是知說無我行也若作破外人解外人計云若身中無神那得知四時氣序等事也內人破曰如草木瓦礫亦猶陰陽氣候逐時轉變似有所知而非神知者今身雖有知如草木瓦礫無神知也又外人計身內有神神使知知之內人破曰若神使知知復誰使神知遂無使神何須使若無神使即無知者無知者即如草木瓦礫也若約內觀的觀識種所以者何三事成

身命煖無知知只是識若謂識能知者過去識已滅滅故不能知現在識刹那不住無暫停時亦不得知未來識未有未有之識豈得有知三世求識知不可得離三世無别有知故説此身無知如草木瓦礫也經云是身無作風力所轉次約風動助成破識有作説無我行也若作破外人解外人計身内有神我故能執作施爲作一切事内人破曰此非神作身有所作皆風力轉也若約内觀心解妄念心動身内依風得有種種所作故大集經云有風能上有風能下心若念上風隨心牽起心若念下風隨心牽下運轉所作皆是風隨心轉作一切事若風道不通手脚不遂心雖有念即舉動無從譬如人牽關棙即影技種種所作棙繩若斷手無所牽當知皆是依

風之所作也今觀此依風不自生亦不他生若無生即是空尚不能自有今三事成身不可得誰是作也釋曰夫外計内執我者皆於地水火風空識六大種中及身内識煖息三事等起執今觀六大三事内唯是識之一大世多堅執以爲實我今只用於内外三世中推自然無我無識内外推者只如執識實在身内者且何者是識若言身分皮肉筋骨等是識者此是地大若言精血便利等是識者此是水大若言身中煖觸是識者此是火大若言折旋俯仰言談祇對是識者此是風大除四大外唯是空大何者是識各各既無和合豈有如一砂壓無油合衆砂而豈有似一狗非師子聚群狗而亦無此四大種現推無體即是内空死後各復外四大一一歸空即

是外空内外俱空識性無寄又内推既無識應在外者外屬他身自無主宰及同虛空有何分别内外既空中間奚有以因内外立中間故但破内外中間自虛若識内外空者應在三世何者因三世以辯識因識以立三世若無有識誰分三世若無三世何以明識以此三識若不思過去即想未來過未不緣即住現在離三際外更無有識故祖師云一念不生前後際斷今則念念成三世念念識不住念念唯是風念念無主宰故金剛經云過去心不可得未來心不可得現在心不可得以因現在立過去因過去立未來現在既不住過未亦無生互檢互無徹底空寂但有微毫起處皆從識生今推既無分别自滅分别既滅境界無依如依水生波依鏡現像無水則波不起無鏡則像不生故知非關法有法無但是識生識滅如金剛三昧經偈云法從分别生還從分别滅滅是諸分别是法非生滅如是洞達根境豁然自覺既明又能利他普照故經偈云究竟離虛妄無染如虛空清淨妙法身湛然應一切是以世間麤浮不於自身子細明察妙觀不習智眼全盲執妄迷眞以空作有若能善觀即齊諸聖如圓覺經云爾時世尊告普眼菩薩善男子汝等乃能爲諸菩薩及末世衆生問於如來修行漸次思惟住持乃至假設種種方便汝今諦聽當爲汝說時普眼菩薩奉教歡喜及諸大衆默然而聽善男子彼新學菩薩及末世衆生欲求如來淨圓覺心應當正念遠離諸幻先依如來奢摩他行堅持禁戒安處徒衆宴坐淨

室常作是念我今此身四大和合所謂髮毛爪齒皮肉筋骨髓腦垢色皆歸於地唾涕膿血津液涎沫痰淚精氣大小便利皆歸於水煖氣歸火動轉歸風四大各離今者妄身當在何處即知此身畢竟無體和合爲相實同幻化四縁假合妄有六根六根四大中外合成妄有縁氣於中積聚似有縁相假名爲心善男子此虛妄心若無六塵則不能有四大分解無塵可得於中縁塵各歸散滅畢竟無有縁心可見善男子彼之衆生幻身滅故幻心亦滅幻心滅故幻塵亦滅幻塵滅故幻滅亦滅幻滅滅故非幻不滅譬如磨鏡垢盡明現善男子當知身心皆爲幻垢垢相永滅十方清淨善男子譬如清淨摩尼寶珠映於五色隨方各現諸愚癡者見彼摩尼實有五色善男子圓覺淨性現於身心隨類各應彼愚癡者說淨圓覺實有如是身心自相亦復如是由此不能遠於幻化是故我說身心幻垢對離幻垢說名菩薩垢盡對除即無對垢及說名者善男子此菩薩及末世衆生證得諸幻滅影像故爾時便得無方清淨無邊虛空覺所顯發覺圓明故顯心清淨心清淨故見塵清淨見清淨故眼根清淨根清淨故眼識清淨識清淨故聞塵清淨聞清淨故耳根清淨根清淨故耳識清淨識清淨故覺塵清淨如是乃至鼻舌身意亦復如是善男子根清淨故色塵清淨色清淨故聲塵清淨香味觸法亦復如是善男子六塵清淨故地大清淨地清淨故水大清淨火大風大亦復如是善男子四大清淨故十二處十八界二十五有

清淨彼清淨故十力四無所畏四無礙智佛十八不共法三十七助道品清淨如是乃至八萬四千陀羅尼門一切清淨善男子一切實相性清淨故一身清淨一身清淨故多身清淨多身清淨故如是乃至十方衆生圓覺清淨善男子一世界清淨故多世界清淨多世界清淨故如是乃至盡於虛空圓裹三世一切平等清淨不動善男子虛空如是平等不動當知覺性平等不動四大不動故當知覺性平等不動如是乃至八萬四千陀羅尼門平等不動當知覺性平等不動善男子覺性徧滿清淨不動圓無際故當知六根徧滿法界根徧滿故當知六塵徧滿法界塵徧滿故當知四大徧滿法界如是乃至陀羅尼門徧滿法界善男子由彼妙覺性徧滿故根性塵性無壞無雜根塵無壞故如是乃至陀羅尼門無壞無雜如百千燈光照一室其光徧滿無壞無雜善男子覺成就故當知菩薩不與法縛不求法脫不猒生死不愛涅槃不敬持戒不憎毀禁不重久習不輕初學何以故一切覺故譬如眼光曉了前境其光圓滿得無憎愛何以故光體無二無憎愛故善男子此菩薩及末世衆生修習此心得成就者於此無修亦無成就圓覺普照寂滅無二於中百千萬億不可說阿僧祇恒河沙諸佛世界猶如空華亂起亂滅不即不離無縛無脫始知衆生本來成佛生死涅槃猶如昨夢善男子如昨夢故當知生死及與涅槃無起無滅無來無去其所證者無得無失無取無捨其能證者無作無止無任無滅於此證中無能

無所畢竟無證亦無證者一切法性平等不壞善男子彼諸菩薩如是修行如是漸次如是思惟如是住持如是方便如是開悟求如是法亦不迷悶所以凡夫迷夢怕怖生老病死以二乘偏見猒離成住壞空若頓悟之時不猒不怖全將生死法度脫於群生以生死性空故如釋迦如來不離不著生則王宫降誕演獨尊之文老則壽八十年示遷壞之法病則背痛偃卧警泡幻之身死則示滅雙林顯無常之苦令小根者悟其遷變俾大器者頓了圓常故知生老病死之中盡能發覺行住坐卧之内俱可證眞豈同怖猒凡小之見乎

宗鏡録卷第六十六

音釋

礫（郎擊切小石也）　棙（郎計切關棙也）

宗鏡録卷第六十七

宋慧日永明妙圓正修智覺禪師延壽集

夫雖説我相起盡根由皆是外道凡夫麤重情執如何是内教修行之人微細法我之見答法執難亡更是微細以法執爲本人執爲末所以法愛不盡皆爲頂墮之人圓證涅槃猶是我見之者如圓覺經中淨諸業障菩薩白佛言大悲世尊爲我等輩廣説如是不思議事一切如來因地行相令諸大衆得未曾有覩見調御歷恒沙劫勤苦境界一切功用猶如一念我等菩薩深自慶慰世尊若此覺心本性清淨因何染汙使諸衆生迷悶不入乃至佛言善男子一切衆生從無始來妄想執有我人衆生及與壽命認四顛倒爲實我體由此便生憎愛二境於虛妄體重執虛妄二妄相依生妄業道有妄業故妄見流轉猒流轉者妄見涅槃由此不能入清淨覺非覺違拒諸能入者有諸能入非覺入故是故動念及與息念皆歸迷悶何以故由有無始本起無明爲已主宰一切衆生生無慧目身心等性皆是無明譬如有人不自斷命是故當知有愛我者我與隨順非隨順者便生憎怨爲憎愛心養無明故相續求道皆不成就善男子云何我相謂諸衆生心所證者善男子譬如有人百骸調適忽忘我身四支絃緩攝養乖方微加針艾則知有我是故證取方現我體善男子其心乃至證於如來畢竟了知清淨涅槃皆是我相善男子云何人相謂諸衆生心悟證者善男子悟有我者不復認我所悟非我悟亦如是悟已超過一切證者悉

爲人相善男子其心乃至圓悟涅槃俱是我者心存少悟備殫證理皆名人相善男子云何衆生相謂諸衆生心自證悟所不及者善男子譬如有人作如是言我是衆生則知彼人說衆生者非我非彼云何非我我是衆生則非是我云何非彼我是衆生非彼我故善男子但諸衆生了證了悟皆爲我人而我人相所不及者存有所了名衆生相善男子云何壽命相謂諸衆生心照清淨覺所了者一切業智所不自見猶如命根善男子若心照見一切覺者皆爲塵垢覺所覺者不離塵故如湯消氷無有別氷知氷消者存我覺我亦復如是善男子末世衆生不了四相雖經多劫勤苦修道但名有爲終不能成一切聖果此我法二執經論偏治助業潤生順情發愛於六七識上妄起端由向根塵法中强爲主宰固異生之疆界爲煩惱之導師立生死之根原作衆苦之基址壞正法之寶藏違成佛之妙宗塞涅槃之要津盲般若之智眼障菩提之大道斷解脱之正因背覺合塵無先於此如上廣引破斥分明頓斷疑根頓消氷執則正修有路功不唐捐一念證眞全成覺道

○問不了唯識之徒妄執我法聖教之内云何復言有我法等答對機假設非同情執假有二種一者無體隨情假多分世間外道所執雖無如彼所執我法隨執心緣亦名我法故說爲假二者有體施設假聖教所說雖有法體而非我法本體無名强名我法不稱法體隨緣施設故說爲假又凡聖通論我有六種一執我謂分別俱生在於凡位二慢我謂

但俱生在有學位三習氣我謂二我餘習在無學位四隨世流布我謂諸佛等隨世假稱五自在我謂八自在等如來後得智爲性六眞我謂眞如常樂我淨等以眞如爲性圓中稱我通後三種○問云何是無二我義答人我見如六陰七情畢竟無體法我見猶乾城焰水徹底唯空如經論明二無我者一人無我者梵云補特伽羅唐言數取趣謂諸有情起惑造業即爲能取當來五趣名之爲趣雖復數數起惑造業五趣輪回都無主宰實自在用故名無我二法無我者謂諸法體雖復住持軌生物解亦無勝性實自在用故言無我○問執有我見雖順所緣是顛倒體無我之心成何勝善答了二無我理證會眞如則成佛之正宗超凡之妙軌若論法利功德難

量古德云無我之心雖不稱境違於緣故名非顛倒如緣眞如作有如解即是法執若作無解雖不稱如仍因成聖釋曰若作如解即是法執者若起能解之心即立所證之理所境既立迷現量心知解纔生便成比量皆爲法執失唯識宗所以華嚴經云智外無如爲智所入如外無智能證於如則心境如如一道清淨廣百門論云識能發生諸煩惱業能牽後有如是識心緣色等起無所緣境識必不生若能正觀境爲無我所緣無故能緣亦無能所既亡衆苦隨滅證寂無影清淨涅槃至此位時名自利滿諸有本願爲利益他住此位中化用無盡亦令有識住此涅槃是故欲求自他勝利眞方便者應正勤修空無我理○問涅槃經佛說有眞我佛性之理諸菩

薩等皆申懺悔我等無量劫來常被無我之所漂流今廣説無我者莫不達涅槃之教不答今言無我者謂破凡夫外道迷唯識理妄執心外實有我法如外道所執略有三等一僧佉等執我體常周徧量同虚空隨處造業受苦樂等二尼乾子執我其體雖常而量不定隨身大小有卷舒故三徧出執我體常至細如一極微潛轉身中作事業故餘九十種所計我等不異此三故此等妄執倶無道理唯成五見之邪思豈同四德之眞我如涅槃經云外道言如瞿曇説無我我所何緣復説常樂我淨佛言善男子我亦不説内外六入及六識意常樂我淨我乃宣説滅内外入所生六識名之爲常以常故名之爲我有常我故名之爲樂常我樂故名之爲淨夫眞我者是佛性義常恒不變非生因之所生具足圓成唯了因之所了又如經云爾時世尊讃諸比丘善哉善哉汝等善能修無我想時諸比丘即白佛言世尊我等不但修無我想亦更修習其餘諸想所謂苦想無常無我想世尊譬如人醉其心惛眩見諸山河石壁草木宫殿屋舍日月星辰皆悉回轉世尊若有不修苦無常想無我等想如是之人不名爲聖多諸放逸流轉生死世尊以是因緣我等善修如是諸想爾時佛告諸比丘言諦聽諦聽汝向所引醉人喻者但知文字未達其義何等爲義如彼醉人見上日月實非回轉生回轉想衆生亦爾爲諸煩惱無明所覆生顛倒心我計無我常計無常淨計不淨樂計爲苦以爲煩惱之所覆故雖生此想不達其義如彼

醉人於非轉處而生轉想我者即是佛義常者是法身義樂者是涅槃義淨者是法義汝等比丘云何而言有我想者憍慢貢高流轉生死汝等若言我亦修集無常苦無我等想是三種修無有實義我今當說勝三修法苦者計樂樂者計苦是顛倒法無常計常常計無常是顛倒法無我計我我計無我是顛倒法不淨計淨淨計不淨是顛倒法有如是等四顛倒法是人不知正修諸法汝諸比丘於苦法中生於樂想於無常中生於常想於無我中生於我想於不淨中生於淨想世間亦有常樂我淨出世亦有常樂我淨世間法者有字無義出世間者有字有義何以故世間之法有四顛倒故不知義所以者何有想倒心倒見倒以三倒故世間之人樂中見苦常見無常我見無我淨見不淨是名顛倒以顛倒故世間知字而不知義何等爲義無我者名爲生死我者名爲如來無常者聲聞縁覺常者如來法身苦者一切外道樂者即是涅槃不淨者即有爲法淨者諸佛菩薩所有正法是名不顛倒以不倒故知字知義若欲遠離四顛倒者應知如是常樂我淨釋曰夫迷四眞實起八顛倒者無非人法二我之見爲生死之樞穴作煩惱之基址成九結之樊籠開十使之業道二乘雖斷人我常被無我之所漂流外道謬認識神恒爲妄我之所輪轉所以上云無我者名爲生死者以昧一眞我之門無大自在之力我者名爲如來者達佛性之妙理承如實之道來無常者聲聞縁覺者修生滅之妄因證灰斷之小果常者如來

法身者入不動之眞宗契圓常之妙體苦者一切外道者運無益之苦行墮生滅之邪輪樂者即是涅槃者斷二死之妄原入四德之祕藏不淨者即有爲法者積雜染之情塵成夢幻之虛事淨者諸佛菩薩所有正法者乃究竟之圓詮履無爲之至道是以外道執有我見如蒸砂作飯認妄爲眞二乘證無我門似捉石爲珠以常爲斷俱不達無我之中而有眞我又常樂我淨者但是一法以心性不變異故常常故樂樂故我我故淨以不了心性常住故心外別求妄有所作作故無常無常故無樂無樂故無我無我故無淨何者以無常遷變純受其苦寧有樂乎既不得樂恒俱繫縛不得自在豈成我乎既不見眞我佛性長隨染緣豈得淨耶如上剖析皆屬一期教門不可於此定執有無迷於方便如廣百論云爲止邪見撥無涅槃故說眞有常樂我淨此方便言不應定執既不執有亦不撥無如是乃名正智解脫○問外塵無體唯識理成正教昭然妙旨非謬今凡夫所執多徇妄情以見聞之心熏習之力多執現見之境難斷纖疑前雖廣明猶慮未信更希再示以破執情答法性無量得之者有邊眞如相空執之者形礙如還原觀云眞空滯於心首恒爲緣慮之場實際居在目前翻爲名相之境起信鈔云若是唯心則不合有境以心無相不可見故既有所見云何唯心意云一切法從心起故所起無體即是一心何用說見與不見根本是心故又云境本非善但以順巳之情便名爲善境本非惡但以違巳之情便名

爲惡故知妍醜隨情境無定體既無自體曷有境乎唯心之門從兹明矣故知佛爲信者説不爲疑者施垢重障深自生疑謗遮輕根利頓入玄微廣百論云一切所見皆識所爲離識無有一法是實爲無始來數習諸見隨所習見隨所遇緣隨自種子成熟若差別變似種種法相而生猶如夢中所見事等皆虚妄現都無一實一切皆是識心所爲難若爾大乘應如夢啞撥一切法皆悉是虚不能辯説一切世間出世間法自性差別是大苦哉我等不能隨喜如是大乘所立虚假法義以一切法皆可現見不可撥無現見法故答奇哉可愍薄福愚人不能信解大乘法義若有能見可見所見能見既無誰見所見以諸能見不能自審知自有體亦不審他於審察時能見所見皆無所有是故不應執現見法決定有體以回心時諸所緣境皆虚假故所以者何起憶念時實無見等種種境界但隨因緣自心變似見等種種境相而生以所憶念非真實故唯有虚假憶念名生如曾更諸法體相回心追憶故名爲念當憶念時曾所更境皆無有故能念亦無而名念者隨順慣習顛倒諸見假名施設由此念故世間有情妄起種種分別評論競執諸法自性差別沒惡見泥不能自出若無所見亦無所聞是則一切都無所有云何今時編石爲筏唯識論問云依信説有四種一現見二比知三譬喻四阿含此諸信中現信最勝若無外境云何世人言我現見此青等物偈答現見如夢中見所見不俱見時不分別云何言現見諸凡夫

人煩惱夢中有所見事皆如夢中如現見色不知色義以後時意識分別然後了知意識分別時無眼等識先滅故以一切法念念不住故以見色時無彼意識意識起時無彼眼識入大乘論問云諸法體相世間現見云何無耶答凡愚妄見此非可信生滅之法皆悉是空生滅輪轉無暫停時相似相續故妄見有實猶如燈焰念念生滅凡夫愚人謂爲一焰中觀論問汝雖種種門破去去者住住者而眼見有去住答肉眼所見不可信若實有去去者爲以一法成爲以二法成二俱有過夫肉眼者是過去顛倒業因所成 如牛羊眼不辯方隅實不可信唯佛眼眞實只可從實不可憑虛又問現見衆生作業受報是事云何答如化人無有實事但可眼見又化人口業說法身業布施等是業雖無實而可眼見如是生死作者及業亦應如是諸業皆空無性如幻如夢又問曰世間人盡見諸法是有是無汝何以獨與世間相違言無所見答曰若人未得道不見諸法實相愛見因緣故種種戲論見法生時謂之爲常取相言有見法滅時謂之爲斷取相言無智者見諸法生即滅無見見諸法滅即滅有見是故於一切法雖有所見皆如幻如夢乃至無漏道見尚可滅何況餘見是故若不見安隱法者則見有無大智度論問若一切諸法空如幻何以故諸法有可見可聞可齅可嘗可觸可識者若無而妄見者何不見聲聞色若皆一等空無所有何以有可見不可見者答曰諸法相雖空亦有分別可見不可見譬如幻化象馬及

種種諸物雖知無實然色可見聲可聞不相錯亂與六情對故諸法亦如是雖空而可見可聞不相錯亂詳斯論意是約世間凡情所見以眼根對色塵及中間眼識三種和合得稱爲見此根塵識自性俱空各各不能生見和合亦不能生見但虚妄情識所對見聞不無故經云以凡夫見之爲世諦以聖人見之爲眞諦所稱諦者審實不虚故稱爲諦世諦不無執假爲諦眞諦非有證實爲諦○問一切内外諸法皆有流類於諸類中約有幾種差别及隨類通别等義答古釋有五一異熟類一通即一切草木皆是初青後黄豈非異熟二别唯善惡二業感異熟果二長養類一通即是一切皆有長養二别唯是飲食睡眠梵行等持所益故三等流類一通即一切自類相似皆是等流二别唯同類因之所生四實事類一通即一切有體諸法二别唯是無爲簡有爲非是實事故五刹那類一通即一切有生滅法二别唯是見道初一刹那也○問有情所住徧三界中云何維摩經云七識處爲種答有情通凡至聖有六十二有情身約依處有四十二居止若通門由業繫故樂與不樂並立居止下在七識心住之例爲識心唯樂於七處住故四十二居止者八地獄傍生餓鬼四洲六欲天色界十八無色有四都成四十二居止七識處者一種種身種種想種種身者欲界人天有尊卑上下也種種想者有苦樂捨三受想二種種身一想種種身者初禪梵王爲尊梵衆爲卑故有種種身一想者有一戒取想也梵王自謂我能生諸

梵諸梵謂巳從梵王生非因計因是戒取三一身種種想一身者二禪地上無尊卑上下也種種想者有喜樂想也四一身一想一身者三禪無尊卑上下也一想者唯一樂想也空識巳上無身唯有一想五空處唯一空想六識處唯一識想七無所有處唯一慧想此上七識處對治衆生計識爲我樂住七處以有漏五陰爲體第四禪有無想定非想地中有滅盡定三塗之中能受諸苦識不樂住故不說也又第四禪及非想地雖復滅識不滅假名衆生居所以不立三惡趣中爲苦所逼衆生不樂居所以不立○問破外境空立唯識有者境從何而空識從何而有答境隨情起識逐緣生情唯偏計之心緣是依他之性緣法是有依勝義之門情執本空歸世俗之道識論云外境隨情而施設故非有如識内識必依因緣生故非無如境由此便遮增減二執境依内識而假立故唯世俗有識是假境所依事故亦勝義有釋云外境是偏計所執心外實境由隨妄情施設爲假體實都無非與依他内識相似内識體是依他故必依種子因緣所生非體全無如偏計境彼實我法猶如龜毛識依他有故非彼類此中色等相見二分内識所變不離識故總名内識由此内識體性非無心外我法體性非有便遮外計離心之境實有增減執及遮邪見惡取空者撥識亦無妄空減執即離空有說唯識教有心外法輪回生死覺知一心生死永棄可謂無上處中道理○問境唯世俗之有識通勝義之門者云何爲世俗諦云何說勝義

諦答夫一切諦智皆從無諦而起無諦者即絶待真心非是對有稱無故云絶待猶如虚空非對小空而稱大空從此無諦立一實諦此一實之名是對三權而名一實待虚名實此是對待得名又從此一實對機約教或分開二諦等此二諦者約情智而開如涅槃經云如出世人之所知者名第一義諦世間人知者爲世諦仁王經云於解常自一於諦常自二所以仁王雖分二諦智照常一涅槃本唯一諦解惑分二斯則二而不二不二而二一二自在爲真二諦故昔人頌云二諦並非雙恒乖未曾各即其義也生公云是非相待故有真俗名生梁攝論云智障甚盲闇謂真俗別執然法相務欲分析法性務在融通各據一門勿生偏滯何者若但分析而不融通法成差異若不分析事成混濫又無可融通則性相歷然而非異事理融即而非同非同非異非同圓中妙理又境則不礙真而恒俗智則不礙寂而常照意以心寂對於境真心照對於境俗以照對俗則心境非一以寂對真則心境非異雖雙融空有二境寂照二心終不得言境則不礙真而恒俗智則不礙照而恒寂境則不礙俗而恒真智則不礙寂而常照中觀論偈云若人不能知分別於二諦則於深佛法不知真實義金剛般若不壞假名論云佛所說法咸歸二諦一者俗諦二者真諦俗諦者謂諸凡夫聲聞獨覺菩薩如來乃至名義智境業果相屬真諦者謂即於此都無所得如說第一義非智之所行何況文字乃至無業無業果是諸聖種性是故此般若波

羅蜜中說不住布施一切法無相不可取不可說生法無我無所得無能證無成就無來無去等此釋眞諦又說內外世間出世間一切法相及諸功德此建立俗諦又台教約四教四證三接立七種二諦及五種三諦如法華玄義云夫經論異說悉是如來善權方便知根知欲種種不同略有三異一謂隨情二隨情智三隨智隨情說者情性不同說隨情異如毗婆沙明世第一法有無量種眞際尚爾況復餘耶如順盲情種種示乳盲聞異說而諍白色豈即乳耶衆師不達此意各執一文自起見諍互相是非信一不信一浩浩亂哉莫知孰是若世三說及能破者有經文證皆判是隨情二諦意耶無文證者悉是邪見謂同彼外道非二諦攝也隨情智者情謂二諦二皆是俗若悟諦理乃可爲眞眞則唯一如五百比丘各說身因身因乃多正理唯一經云世人心所見名爲世諦出世人心所見名第一義諦如此說者即隨情智二諦也隨智者聖人悟理非但見眞亦能了俗如眼除瞙見色見空又如入禪者出觀之時身虛心豁似輕雲藹空已不同散心何況悟眞而不了俗毗曇云小雲發障大雲發障無漏逾深世智轉淨故經偈云凡人行世間不知世間相如來行世間明了世間相此是隨智二諦也若解此三意將尋經論雖說種種於一一諦皆備三意也二正明二諦者取意存略但點法性爲眞諦無明十二因緣爲俗諦於義即足但人麤淺不覺其深妙更須開拓則論七種二諦一一二諦更開三種合二十一種

二諦若用初番二諦破一切邪謂執著皆盡如劫火燒不留遺芥況鋪後諸諦逈出文外非復世情圖度所言七種二諦者一者實有爲俗實有滅爲眞二者幻有爲俗即幻有空爲眞三者幻有爲俗即幻有空不空共爲眞四者幻有爲俗幻有即空不空一切法趣空不空爲眞五者幻有幻有即空皆名爲俗不有不空爲眞六者幻有幻有即空皆名爲俗不有不空一切法趣不有不空爲眞七者幻有幻有即空皆爲俗一切法趣有趣空趣不有不空爲眞實有二諦者陰入界等皆是實法實法所成森羅萬品故名爲俗方便修道滅此俗已乃得會眞大品經云空色色空以滅色故謂爲空色不滅色故謂爲色空病中無藥文字中無菩提皆此意是爲實有二諦相也約此亦有隨情智等三義準此可知幻有空二諦者斥前意也何者實有時無眞滅有時無俗二諦義不成若明幻有者幻有是俗幻有不可得即俗而眞大品經云即色是空即空是色空色相即二諦義成是名幻有二諦也約此亦有隨情情智智等三義隨智小當分别何者實有隨智照眞與此不異隨智照俗不同何者通人入觀巧復局照俗亦巧如百川會海其味不别復局還源江河則異俗是事法照異非疑眞是理法不可不同只就通人出假亦人人不同可以意得例三藏出假亦應如是幻有空不空二諦者俗不異前眞則三種不同一俗隨三眞即成三種二諦其相云何如大品明非漏非無漏初人謂非漏是非俗非無漏是遣著何者行人緣

無漏生著如緣滅生使破其心還入無漏此是一番二諦也次人聞非漏非無漏謂非二邊別顯中理中理爲真又是一番二諦也又人聞非有漏非無漏即知雙非正顯中道中道法界力用廣大與虚空等一切法趣非有漏非無漏又是一番二諦也大涅槃經云聲聞之人但見於空不見不空智者見空及與不空即是此意二乘謂著此空破著空故故言不空空著若破但是見空不見不空也利人謂不空是妙有故言不空利人聞不空謂是如來藏一切法趣如來藏還約空不空即有三種二諦也復次一切法趣非漏非無漏顯三種異者初人聞一切法趣非漏非無漏者諸法不離空周行十方界還是瓶處如又人聞趣知此中理須一切行來趣發之又一人聞一切趣即非漏非無漏具一切法也是故說此一俗隨三真轉或對單真或對複真或對不思議真無量形勢婉轉赴機出沒利物一一皆有隨情情智智等三義若隨智證俗隨智轉智證偏真即成通二諦智證不空真即成別入通二諦智證一切趣不空真即成圓入通二諦三人入智不同復局照俗亦異何故三人同聞二諦而取解各異者此是不共般若與二乘共說則深淺之殊耳大品經云有菩薩初發心與薩婆若相應有菩薩初發心遊戲神通淨佛國土有菩薩初發心即坐道場爲如佛即此意也幻有無爲俗不有不無爲真者有無二故爲俗中道不有不無不二爲真二乘聞此真俗俱皆不解故如啞如聾大涅槃經云我與彌勒共論世諦五

百聲聞謂説真諦即此意也約此亦有隨情情智智等三義圓入别二諦者俗與别同真諦則異别人不空但理而已欲顯此理須緣修方便故言一切法趣不空圓人聞不空理即知具一切佛法無有闕減故言一切趣不空也約此亦有隨情等三義圓教二諦者直説不思議二諦也真即是俗俗即是真如如意珠以珠譬真用以譬俗即珠是用即用是珠不二而二分真俗耳約此亦有隨情情智等三義身子偈云佛以種種緣譬喻巧言説其心安如海我聞疑網斷即其義焉問真俗應相對云何不同耶答此應四句俗異真同真異俗同真俗異相對真俗不異而異相對三藏與通真同而俗異二人通真異而俗同别真俗皆異而相對圓真俗不異而異相對

不同而同若不相入當分真俗即相對七種二諦廣説如前略説者界内相即不相即界外相即不相即四種二諦也别接通五也圓接通六也圓接别七也問何不接三藏答三藏是界内不相即小乘取證根敗之士故不論接餘六是摩訶衍門若欲前進亦可得去是故被接問若不接亦不會答接義非會義未會之前即論被接判麤妙者實有二諦半字法門引鈍根人蠲除戲論之糞二諦義不成此法爲麤如幻二諦滿字法門爲教利根諸法實相三人共得比前爲妙同見但空方後則麤以别入通能見不空是則爲妙教談理不融是故爲麤以圓入通爲妙妙不異後帶通方便是故爲麤别二諦不帶通方便故爲妙教談理不融是故爲麤圓入别理融爲

妙帶別方便爲麤唯圓二諦正直捨方便但說無上道是故爲妙次約隨情智等判麤妙者且約三藏初聞隨情二諦執實語爲虛語起語見故生死浩然無佛法氣分若能勤修念處發四善根是時隨情二諦皆名爲俗發得無漏所照二諦皆名爲眞從四果人以無漏智所照眞俗皆名隨智二諦隨情則麤隨智則妙譬如轉乳始得成酪既成酪已心相體信入出無難即得隨情情智智等說通別入通圓入通令其恥小慕大自悲敗種渇仰上乘是時如轉酪爲生酥心漸通泰即爲隨情情智智等說別圓入別明不共般若命領家業金銀珍寶出入取與皆使令知既知是已即如轉生酥爲熟酥諸佛法久後要當說眞實即隨情情智智等說圓二諦如轉熟酥爲醍醐是則六種二諦調熟衆生雖成四味是故爲麤醍醐一味是則爲妙又束判麤妙前二教雖有隨智等一向是隨情說他意語故故名爲麤別入通去雖有隨情等一向束爲情智智說自他意語故亦麤亦妙圓二諦雖有隨情等一向是隨智說佛自智說佛自意語故稱爲妙問前二二諦一向是隨情應非見諦亦不得道答不得中道故稱隨情諸佛如來不空說法雖非中道第一義悉檀不失三悉檀益大槩判之皆屬隨情爲麤耳次明三諦者妙却前兩種二諦以不明中道故就五種二諦得論中道即有五種三諦約別入通點非有漏非無漏三諦義成有漏是俗無漏是眞非有漏非無漏是中當教論中但異空而已中無功用不備諸法圓入通三諦

者二諦不異前點非漏非無漏具一切法與前中異也別三諦者彼俗爲兩諦對眞爲中中理而已圓入別三諦者二諦不異前點眞中道具足佛法也圓三諦者非但中道具足佛法眞俗亦然三諦圓融一三三一判麤妙者別圓入通帶通方便故爲麤別不帶通爲妙圓入別帶別方便爲麤圓不帶方便最妙約五味教者乳教說三種三諦二麤一妙酪教但麤爲妙生酥熟酥皆是五種三諦四麤一妙此經唯一種三諦即相待妙也開麤顯妙者決前諸麤入一妙三諦無所可待是爲絶待妙也又明一諦者大涅槃經云所言二諦其實是一方便說二如醉未吐見日月轉謂有轉日及不轉日醒人但見不轉不見於轉轉二爲麤不轉爲妙三藏全是轉二同彼醉人諸大乘經帶轉二說不轉一今經正直捨方便但說無上道不轉一實是故爲妙諸諦不可說者諸法從本來常自寂滅相那得諸諦紛紜相礙一諦尚無諸諦安有一一皆不可說可說爲麤不可說爲妙不可說亦不可說是妙亦妙言語道斷故若通作不可說者生生不可說乃至不生不生不可說前不可說爲麤不生不生不可說爲妙若麤異妙相待不融麤妙不二即絶待妙也問何故大小通論無諦答釋論云不破聖人心中所得涅槃爲未得者執涅槃生戲論如緣無生使故破言無諦也問若爾小乘得與不得俱皆被破大乘得與不得亦俱應破答不例小乘猶有別惑可除別理可顯故雖得須破中道不爾云何破問若爾中道唯應有一實諦不

應言無諦答爲未得者執中生惑故須無諦實得者有戲論者無又唯識論於眞俗二諦各開四重都成八諦俗諦四者一假名無實諦謂瓶盆等但有假名而無實體從能詮說故名爲諦二隨事差別諦謂蘊界等隨彼彼事立蘊等法三方便安立諦謂苦集等由證得理而安立故四假名非安立諦謂二空理依彼空門說爲眞性由彼眞性内證智境不可言說名二空如但假說故勝義四者一體用顯現諦謂蘊界等有實體性過初世俗名勝義隨事差別說名蘊等故名顯現二因果差別諦謂苦集等智斷證修因果差別三依門顯實諦謂二空理過俗證得故名勝義依空能證以顯於實故名依門四廢詮談旨諦謂一實眞如體妙離言已名勝義又眞不自眞待俗故眞即前三眞亦說爲俗俗不自俗待眞故俗即後三俗亦名爲眞至理沖玄彌驗於此又華嚴經約其圓數立於十諦等乃至一一法圓融無盡

宗鏡録卷第六十七

音釋

殫 多寒切極盡也 愐眩 愐彌兗切眩黃絢切愐眩憒亂也 齅 許救切以鼻攬氣也 婉 於阮切順也

宗鏡録卷第六十八

宋慧日永明妙圓正修智覺禪師延壽集

夫既云約俗假立心境雙陳開之則兩分合之則一味今約開義則互相生未有無心境曾無無境心凡聖通論都有幾境答大約有三境頌云性境不隨心獨影唯從見帶質通情本性種等隨應性境不隨心者性境者性是實義即實根塵四大及實定果色等相分境言不隨心者爲此根塵等相分皆自有實種生不隨能緣見分種生故獨影唯從見者影爲影像是相分異名爲此假相分無種爲伴但獨自有故名獨影即空華兔角過去未來諸假影像法是此但從能緣見分變生與見分同種故名獨影唯從見帶質通情本者即相分一半與本質同一種生一半與見分同一種生故言通情本情即能緣見分本即所緣本質言性種等隨應者隨應是不定義謂於三境中名隨所應有性種界繫三科異熟等差别不定又廣釋云性境者爲有體實相分名性境即前五識及第八心王并現量第六識所緣諸實色得境之自相不帶名言無籌度心此境方名性境及根本智緣眞如時亦是性境以無分别任運轉故言不隨心者都有五種不隨一性不隨者其能緣見分通三性所緣相分境唯無記性即不隨能緣見分通三性二種不隨者即見分從自見分種生相分從自相分種生不隨能緣見分心種生故名種不隨三界繫不隨者如明了意識緣香味境時其香味二境唯欲界繫不隨明了意識通上界繫又如欲界第八緣種子

境時其能緣第八唯欲界繫所緣種子便通三界即六八二識有界繫不隨四三科不隨者且五蘊不隨者即如五識見分是識種收五塵相分即色蘊攝是蘊科不隨十二處不隨者其五識見分是意處收五塵相分五境處攝是處科不隨十八界不隨者其五識見分是五識界收五塵相分五境界攝此是三科不隨五異熟不隨者即如第八見分是異熟性所緣五塵相分非異熟性名異熟不隨獨影境者謂相分與見分同種生名獨影唯從見即如第六識緣空華兔角過未及變影緣無爲并緣地界法或緣假定果極迥極略等皆是假影像此但從見分變生自無其種名爲從見獨影有二種一者無質獨影即第六緣空華兔角及過未等所變相分是其相分與第六見分同種生無空華等質二者有質獨影即第六識緣五根種現是皆託質而起故其相分亦與見分同種而生亦名獨影境三帶質者即心緣心是如第七緣第八見分境時其相分無别種生一半與本質同種生一半與能緣見分同種生從本質生者即無覆性從能緣見分生者即有覆性以兩頭攝不定故名通情本質即第七能緣見分本即第八所緣見分又四句分别一唯别種非同種即性境二唯同種非别種即獨影境三俱句即帶質境四俱非即本智緣如以真如不從見分種生故名非同種又真如當體是無爲但因證顯得非生因所生法故名非别種性種説隨應者性即性境種謂種類謂於三境中各有種類不同今皆須隨應而説又

約八識分別者前五轉識一切時中皆唯性境不簡互用不互用二種變中唯因緣變又與五根同種故第六意識有四類一明了意識亦通三境與五同緣實五塵初率爾心中是性境若以後念緣五塵上方圓長短等假色即有質獨影亦名似帶質境二散位獨頭意識亦通三境多是獨影通緣三世有質無質法故若緣自身現行心心所時是帶質境若緣自身五根及緣他人心心所是獨影境亦名似帶質境又獨頭意識初刹那緣五塵少分緣實色亦名性境三定中意識亦通三境通緣三世有質無質法故是獨影境又能緣自身現行心心所故是帶質境又七地已前有漏定位亦能引起五識緣五塵故即是性境四夢中意識唯是獨影境第七識唯帶質境第八識其心王唯性境因緣變故相應作意等五心所是似帶質眞獨影境○問三境以何爲體答初性境用實五塵爲體具八法成故八法者即四大地水火風四微色香味觸等約有爲說若能緣有漏位中除第七識餘七皆用自心心所爲體第二獨影境將第六識見分所變假相分爲體能緣即自心心所爲體第三帶質即變起中間假相分爲體若能緣有漏位中唯六七二識心心所爲體又成唯識論樞要誌云眞色眞心俱是所緣所變相分俱名性境或能緣心而非妄執分別構畫名爲眞心眞心緣彼眞色等境所變相分方名性境若心緣心所變相分相分無實但帶質故性者體也體性是實名爲性境獨影者獨者單也單有影像而無本質故

相名獨如緣龜毛石女等相或雖有質相分不能熏彼質種望質無能但有假影亦名爲獨如分別心緣無爲相及第八識心所相分餘準此知帶質之境者質者周易云形體也帶者說文謂之紳也紳也謂束又方言云帶謂行也今云帶質義通二也若依說文謂即挾帶逼附之義如紳束也若依方言影仗質生如因其路行義方有然此相分雖有能熏自及質種然無實用如緣心相相分之心無慮用故通情本者情謂見分本謂質也顯所變相隨見隨質以判種性二義不定又境有二一衆生徧計所執情境心外見法名之曰境二諸聖自在德用智境以從心現故成其妙用智境又二一分劑境廣大無邊故二所知境唯佛能盡故又有二種一是心境唯心現故張心無心外之境張境無境外之心常舍一味故二是境界之境謂心境無礙隱顯同時體用相成理事齊現○問心外無境境外無心云何又說心說境答前已廣明何須重執一心四分理教無差有境有心方成唯識如心緣境時必有相分故如鏡照面時有面影像也量云心緣境是有法心上必帶境之影像宗因云心對外質同喻如鏡照面時○問智境各一何分多種答智因境分有眞俗之異境從智立標凡聖之殊約用似多究體元一如起信鈔問云境智爲一爲異答云智體無二境亦無二智無二者只是一智義用有殊約知眞處名爲眞智約知俗處名爲俗智境無二者謂色即是空爲眞境空即是色爲俗境由是證眞時必達俗達俗時必證

眞了俗無性即是眞空豈有前後耶況無心外之境何有境外之心是即心境渾融爲一法界○問一心二諦理事非虛證理性而成眞審事實而爲俗皆具極成之義不壞二諦之門大小二乘同共建立如何是極成之義答所成決定不可移易隨眞隨俗各有道理瑜伽論云一有世間極成實眞二道理極成眞實世間極成眞實者謂一切世間於彼彼事隨順假立世俗慣習悟入覺慧所見同性謂地唯是地非是火等乃至苦唯是苦非是樂等樂唯是樂非是苦等以要言之此即如此非不如此是即如是非不如是決定勝解所行境事一切世間從其本際展轉傳來想自分別共所成立不由思惟籌量觀察然後方取是名世間極成眞實道理極成眞實者依止現比及至校量極善思擇決定智所行所知事由證成道理所建立所施設義是名道理極成眞實○問離識有色文義俱虛心外無塵教理同證其奈名言熏習世見堅牢若不微細剖陳難圓正信只如外色若麤若細云何推檢知其本空了了分明成就唯識答麤細之色皆從識變既從識有外色全空故經云色性自空非色滅空爲未了者更須破析直至極微方信空現識論云餘乘所執離識實有色等諸法如何非有彼所執色不相應行及諸無爲理非有故且所執色總有二種一者有對極微所成二者無對非極微成彼有對色定非實有能成極微非實有故謂諸極微若有質礙應如瓶等是假非實若無質礙應如非色如何可集成瓶衣等又諸

極微若有方分必可分析便非實有若無方分則如非色乃至雖非無色而是識變謂識生時内因緣力變似眼等色等相現即以此相爲所依緣然眼等根非現量得以能發識比知是有此但功能非外所造外有對色理既不成故應但是内識變現發眼等識名眼等根此爲所依生眼等識此眼等識外所緣緣理非有故決定應許自識所變爲所緣緣謂能引生似自識者乃至由此定知自識所變似色等相爲所緣緣見託彼生帶彼相起故然識變時隨量大小頓現一相非别變作衆多極微合成一物爲執麤色有實體者佛説極微令其除析非謂諸色實有極微諸瑜伽師以假想慧於麤色相漸次除析至不可析假説極微雖此極微猶有方分而不可析若更析之便似空現不名爲色故説極微是色邊際由此應知諸有對色皆識變現非極微成餘無對色是此類故亦非實有或無對故如心心所定非實色諸有對色現有色相以理推究離識尚無況無對色現無色相而可説爲眞實色法○問表無表色不居身外内所動作顯現非虚如成業論偈云由外發身語表内心所思譬彼潛淵魚鼓波而自表此表無表色是實有不答識論云且身表色若是實有以何爲性若言是形便非實有可分析故長等極微不可得故若言是動亦非實有纔生即滅無動義故有爲法滅不待因故滅若待因應非滅故若言有色非顯非形心所引生能動手等名身表業理亦不然此若是動義如前破若是動因應即風界風無

表示不應名表故身表業定非實有然心爲因令識所變手等色相生滅相續轉趣餘方似有動作表示心故假名身表語表亦非實有聲性一刹那聲無詮表故多念相續便非實故外有對色前已破故然因心故識變似聲生滅相續似有表示假名語表於理無違表既實無無表寧實然依思願善惡分限假立無表理亦無違○問經中說有三業善惡果報不濫昇沉云何撥無豈不違教答不撥爲無爲顯識故推其不實於世俗門善順成立識論云不撥爲無但言非色能動身思說名身業能發語思說名語業審決二思意相應故作動意故說名意業起身語思有所造作說名爲業是審決思所遊履處故通生苦樂異熟果故亦名爲道或身語表由思發故假說爲業思所履故說名業道由此應知實無外色唯有内識變似色生○問不相應行是實有不答識論云不相應行亦非實有所以者何得非得等非如色心及諸心所體相可得非異色心及諸心所作用可得由此故知定非實有但依色等分位假立此定非異色心心所有實體用問二無心定無想異熟應異色心等有實自性若無實性應不能遮心心所法令不現起答識論云若無心位有別實法異色心等能遮於心名無心定應無色時有别實法異色心等能礙於色名無色定彼既不爾此云何然又遮礙心何須實法如堤塘等假亦能遮謂修定時於定加行猒患麤動心心所故發勝期願遮心心所令心心所漸細漸微微微心時熏異熟識成極增

上猒心等種由此損伏心等種故麤動等暫不現行依此分位假立二定此種善故定亦名善無想定前求無想果故所熏成種招彼異熟識依之麤動想等不行於此分位假立無想依異熟立得異熟名故此三法亦非實有○問世間依想建立有爲之法皆虛俗諦從識施爲無體之門盡僞且如聖教文句能詮乃廣長舌相之所宣妙觀察智之所演云何俱稱不實咸是虛耶答諸聖演教談詮是依世俗文字所以佛告三乘學者只令依義不依語權藉教以明心是以文字俱無自性亦從識變廣百門論云然諸世間隨自心變謂有衆字和合爲名復謂衆名和合爲句謂此名句能有所詮能詮所詮皆自心變諸心所變情有理無聖者於中如實知見云何知見謂彼法皆是愚夫虛妄識心分別所作假而非實俗有真無隨順世間權說爲有○問音聲可聞色塵有對可言心變只如時法無相應爲實有答有相尚空無相何有時亦無體延促由心以始從一念終成於劫念若不起時劫本空但有初中後等時量皆是唯識之時廣百論破時品云復次是則一切若假若實皆依世俗假相施設云何汝等定執諸法皆是實體難若一切法皆非實有如何現前分明可見答鏡像水月乾闥婆城夢境幻事第二月等分明可見豈實有耶世間所見皆無有實云何以現證法是真覺時所見一切非真是識所緣如夢所見夢心所見決定非真亂識所緣如第二月如是雖無真實法體而能爲境生現見心因斯展轉發生憶念

前後俱緣非眞有境是故不可以生憶念證法是眞法既非眞時如何實難若緣妄境生於倒見境可是虚見應是實答境既是虚見云何實如在夢中謂眼等識緣色等境覺時知彼二事俱無妄境倒心亦復如是愚夫謂有聖者知無難有倒心境二種皆虚無倒境心俱應是實答世俗可爾勝義不然以勝義中心言絶故若於勝義心言絶者云何數説心境是虚爲破實執故且言虚實執若除虚亦不有若實若虚皆爲遣執依世俗説非就勝義勝義諦言亦是假立爲翻世俗非有定詮難現見心境可言是無憶念境心云何非有答現見尚無憶念豈有難若一切法都非實有如何世間現造善惡若無善惡苦樂亦無是則撥無一切因果若撥無因果則成邪見豈不怖此邪見罪耶答奇哉世間愚癡難悟唯知怖罪不識罪因一切善惡苦樂因果並世俗有勝義中無我依勝義言不可得不撥世俗何成邪見於世俗中執勝義有不稱正理是爲邪見今於此中爲破時執畧説諸法俗有眞無又古釋云凡如來三時説法或云一時三世十世等時皆從能變心生外無三世之境離自心外諸法無體如世尊説彌勒作佛即聽者於自心上變作過去相分生起世尊答云從今十二年後必得往生聽者心上又變作未來相分而起能變心即現在也此過去時無其實境盡從心變但隨心分限變起長時短時是以時因心立無有定性因現在則有過去未來因延有促因一念有大劫若無現在心何處立過未西域記第七

云昔有隱士結廬屏跡博習技藝究極神理能使瓦礫成寶人畜變形但未能馭風雲陪仙駕閲圖考古更求仙法遂得求仙方云將欲求仙當築壇場命一烈士按長劒立壇隅屏息絶言自昏達曙求仙者壇中而坐按長劒誦神呪收視返聽達曙登仙既得此方數年之間求烈士不得後遇一人先爲人傭力艱辛五載一旦違失遂被笞辱又無所得悲號巡路隱士見命數加優贈烈士欲求報効隱士曰我彌歷多年幸而遇會奇貌應圖非有他故願一旦不語耳烈士曰死尚不辭何況不語於是隱士立壇受仙依事行之日暮之後各思其事隱者誦呪烈士按劒俟將曉矣烈士忽然大叫時空中火下烟焰雲蒸隱士疾引此人入池避難問曰誡子無聲何乃驚叫烈士曰受命之後至夜昏然若夢見昔所事主人躬來至傍感厚恩而不語被打震怒而見致害遂見託生南印土大婆羅門家受生乃至出胎苦厄備受荷恩不語洎乎受冠生子毎念前恩忍而不語闔家親戚咸見怪矣年過六十而有一子其妻謂曰汝若不語我殺汝子我自懷念今已隔生唯有一子寧忍令殺因止其妻遂發此言隱士曰我之過也被魔所嬈烈士感激其事忿恚而死故知聽夢與覺所見唯心延促之時不離一念故引夢時以明覺位又法華經安樂行品夢入銅輪成道度生經無量時唯只一夜夢心所以無性攝論須云處夢謂經年覺乃須臾頃故時雖無量攝在一剎那可證聽者心上自變長短二時實唯現在心心所也故義海

云如見塵時是一念心所現此一念心之時全是百千大劫成何以故百千大劫本由一念方成大劫既相由成立俱無體性乃至遠近世界佛及衆生三世一切事物莫不於一念中現何以故一切事法依心而現念既無礙法亦隨融是故一念即見三世事物顯然所以華嚴經頌云一念普觀無量劫無去無來亦無住如是了知三世事超諸方便成十力又頌云始從一念終成劫悉從衆生心想生一切刹海劫無邊以一方便皆清淨又頌云或從心海生隨心所解住如幻無處所一切是分别故知横收刹海竪徹僧祇皆一念心前後際斷既無大小之刹亦無延促之時以一方便唯心之門令衆生界悉皆清淨何者以知境唯妄識分别則不起心以心不起故則妄境不現妄境不現垢淨之法無依麤想不生長短之時自絶若教中所説劫量延促皆是善巧逗機方便或爲怯弱衆生説成佛只在刹那或爲懈怠衆生説須經阿僧祇劫若成佛之旨一際無差延促之詮盡歸權智又古釋云一方便者即了唯心也一念與劫並由想心心想不生長短安在非長非短是謂清淨不壞於相則劫海無邊故知一切諸法皆無自體悉不堅牢唯從想生若執爲實但是顛倒所以廣博嚴淨經云文殊師利告阿難言愚小之人以日爲晝想無黠慧故所以者何若令此晝是眞實者是常住者是堅牢者應有積聚不應過去唯應有晝不應有夜○問此三世時既從心變於八識内何識所緣答古釋云唯意所緣謂時之一法是

假前五第八俱不能緣第七又常緣内第八見分爲我兼無分別故唯第六能緣又四種意識中唯明了意識不能緣時是假故即定中夢中獨散此三俱能緣若約三境中是獨影境○問不相應行中諸有爲法似有作用應不離識如六種無爲無有作用應離色心等有其實性答有無之法皆依識變虚空等五無爲皆依妄識所變眞如無爲是淨識之性亦不離識乃至有無眞假一切性相離眞唯識性更無所有

宗鏡録卷第六十八

音釋

慣古患切習熟也　闥他達切　馭牛倨切乘也　曙常恕切旦也　笞丑知切擊也

宗鏡録卷第六十九

宋慧日永明妙圓正修智覺禪師延壽集

夫覺王隨順世法曲徇機宜欲顯無相之門先明有相之理因方便而開眞實假有作而證無生非稱本懷但施密意於四俗諦中立第二隨事差别諦說三科法門謂蘊處界等今欲會有歸空應當先立後破須知窟宂方可傾巢只如五蘊初科四大元始以何爲義答蘊者藏也亦云五陰陰者覆也即蘊藏妄種覆蔽眞心雜集論云蘊者積聚義又荷雜染擔故名爲蘊如肩荷擔此約俗諦所釋若論眞諦無一法可聚以各無自體亦無作用故楞伽經云佛告大慧當善四大造色云何菩薩善四大造色大慧菩薩摩訶薩作是學彼眞諦者四大不生於彼四大不生作如是觀察觀察已竟名相妄想分劑自心現分劑乃至大慧彼四大種云可生造色謂津潤妄想大種生内外水界堪能妄想大種生内外火界飄動妄想大種生内外風界斷截色妄想大種生内外地界釋云堪能妄想者即計火大堪能成熟萬物之性斷截色妄想者即計可斷截性爲地大四大既空五蘊無主是以先觀色陰從四大所造展轉相因而生四大中既無主宰誰能合集以成色乎以此觀之色陰即空色陰既空四陰何有善學眞諦第一淨心不住一相則無四大可生故知一切莫非眞覺則一覺一切覺統括一心無不覺故外法本無名相所見分劑皆唯心量以般若照五蘊皆空聚沫之色既虛水泡之受何有陽焰之想非實芭蕉之行唯空幻識倏

爾無依空大湛然不動窮四大根本性相尚無則六根枝條影響奚有身見既不立妄境又無從唯一眞心神性獨立恒沙海藏無量義門該括指歸理窮於此不出一念人法俱空如持世經云佛言諸凡夫於見聞覺知法中計得識陰貪著念有是人貪著見聞覺知法爲識陰所縛貴其所知以心意識合繫故馳走往來所謂從此世至彼世從彼世至此世皆識陰所縛故不能如實知識陰識陰是虛妄不實顛倒相應因見聞覺知法起此中無有實識者若不能如是實觀或起善識或起不善識或起善不善識是人常隨識行不知識所生處不知識如實相持世諸菩薩摩訶薩於此中如是正觀知識陰從虛妄識起所謂見聞覺知法中衆因緣生無法生法想

故貪著識陰故知諸陰不出一念法空之心所以永嘉集云明識一念之中五陰者謂歷歷分明即是識陰領納在心即是受陰心緣此理即是想陰行用此理即是行陰汙穢眞性即是色陰此五陰者舉體即是一念一念者舉體即是五陰歷歷見此一念之中無有主宰即人空慧見如幻化即法空慧故最勝王經云佛告善天女五蘊能現法界法界即是五蘊○問處以何爲義答論云識生長門義當知種子義攝一切法差別義亦是處義○問界以何爲義答是界分建立義以內外中間各對待立故雜集論云一切法種子義謂依阿賴耶識中諸法種子說名爲界界是因義又能持自相義又能持因果性義又攝持一切法差別義○問何因五蘊說唯有五

答雜集論云爲顯五種我事故一身具我事謂内外色蘊所攝二受用我事即受蘊三言說我事即想蘊四造作一切法非法我事謂行蘊五彼所依止我自體事謂識蘊是身具等所依我相事義世間有情多於識蘊計執爲我於餘蘊計執我所問色蘊何相答變現相是色相有一一觸對變壞謂由手足乃至蚊蛇所觸對時即便變壞二方所示現謂由方所可相示現問受蘊何相答領納相是受相由此受故領納種種淨不淨業所得異熟若清淨業受樂異熟不清淨業受苦異熟淨不淨業受不苦不樂異熟所以者何由淨不淨業感得異熟阿賴耶識恒與捨受相應唯此捨受是實異熟體苦樂兩受從異熟生故假說名異熟問想蘊何相答構了相是想相由此想故構畫種種諸法像類隨所見聞覺知之義起諸言說諸言說者謂詮辯義問行蘊何相答造作相是行相由此行故念心造作謂於善惡無記品中驅役心故問識蘊何相答了別相是識相由此識故了別色聲香味觸法等種種境界○問何因處唯十二答雜集論云唯由身及具能與未來六行受用爲生長門故謂如過現六行受用相爲眼等所持未來六行受用相以根及義爲生長門亦爾唯依根境立十二處不依六種受用相識問處以何爲相答如界應知隨其所應謂眼當見色及此種子等隨義應說○問何因界唯十八答雜集論云由身具等能持過現六行受用性故身者謂眼等六根具者謂色等六境過現六行受用者謂六識能持者謂

六根六境能持六識所依所緣故過現六識能持受用者不捨自相故當知十八以能持義故説名界問眼界何相答謂眼曾現見色及此種子積集異熟阿賴耶識是眼界相眼曾見色者謂能持過去識受用義以顯界性現見色者謂能持現在識受用義以顯界性及此種子積集異熟阿賴耶識者謂眼種子或唯積集爲引當來眼根故或已成熟爲生現在眼根故此二種名眼界者眼生因故如眼界相耳鼻舌身意界相亦爾問色界何相答諸色眼曾現見及眼界於此增上是色界相眼界於此增上者謂依色根增上力外境生故如色界相聲香味觸法界相亦爾問眼識界何相答謂依眼緣色似色了别及此種子積集異熟阿頼耶識是眼識界相如眼識界耳鼻舌身意識界相亦爾是以真諦不有世諦非無迷之則一二情生悟之則性相無礙故先德云真俗雙泯二諦恒存空有兩亡一味常現如瑜伽論云思正法者乃至云何以稱量行相依正道理思惟諸藴相應言教謂依四道理觀察何等爲四一觀待道理二作用道理三證成道理四法爾道理云何名爲觀待道理謂略説有二種觀待一生起觀待二施設觀待生起觀待者謂由諸因諸緣勢力生起諸藴此藴生起要當觀待諸因諸緣施設觀待者謂由名身句身文身施設諸藴此藴施設要當觀待名句文身是名於藴生起觀待施設觀待即此生起觀待施設觀待生起施設諸藴説名道理瑜伽方便是故説爲觀待道理云何名爲作用道理謂諸藴

生已由自緣故有自作用各各差别謂眼能見色耳能聞聲鼻能齅香舌能嘗味身能覺觸意能了法色爲眼境爲眼所行乃至法爲意境爲意所行或復所餘如是等類於彼彼法别别作用當知亦爾即此諸法各别作用所有道理瑜伽方便皆説名爲作用道理云何名爲證成道理謂一切蘊皆是無常衆緣所生苦空無我由三量故如實觀察謂由至教量故由現量故由比量故由此三量證驗道理諸有智者心正執受安置成立謂一切蘊皆無常性衆緣生性苦性空性及無我性如是等名證成道理云何名爲法爾道理謂何因緣故即彼諸蘊如是種類諸器世間如是安布何因緣故地堅爲相水濕爲相火煖爲相風用輕動以爲其相何因緣故諸蘊無常諸法無我涅槃寂静何因緣故色變壞相受領納相想搆了相行造作相識了别相由彼諸法本性應爾自性應爾法性應爾即此法爾説名道理瑜伽方便或即如是或異如是或非如是一切皆以法爾爲依一切皆歸法爾道理令心安住令心曉了如是名爲法爾道理如是名爲依四道理觀察諸蘊相應言教故知法性自爾一切如然未有一法而爲障礙了之無過執之患生但依觀待作用證成法爾四種道理觀察則二諦雙通一心無礙○問萬法唯識正量可知又云境滅識亡心境俱遣今觀陰入界等如上分析性相宛然云何同境一時俱拂答上約世諦分别似有非眞但立空名終無實體所以首楞嚴經微細推檢陰入界處一一皆空非因非緣

非自然性非因即是不自生非緣即是不他生既無自他二法無法和合即是不共生非自然性即是非無因生四句無生陰從何有又當觀此一念心不從根塵離合而生若言合生者譬如鏡面各有像故合生應有兩像若各無像合不應生若鏡面合爲一而生像者今實不合合則無像若鏡面離故生像者各在一方則應有像今實不爾根塵離合亦復如是當知即念無念自他起處俱空即生無生離合推之無體破五陰文云佛告阿難譬如有人取頻伽瓶塞其兩孔滿中擎空千里遠行用餉他國識陰當知亦復如是阿難如是虛空非彼方來非此方入如是阿難若彼方來則本瓶中既貯空去於本瓶地應少虛空若此方入開孔倒瓶應見空出是故當知識陰虛妄本非因緣非自然性釋曰此破識陰也瓶喻於身空喻於識若執有識隨身往來者此處識陰滅往彼處生時如將此方虛空遠餉他國若此陰實滅如於本瓶地應少虛空若彼陰復生如開孔倒瓶應見空出故知虛空不動識無去來一陰既虛四陰皆爾大涅槃經云若人捨命之時然心意識即生善道而是心法實無去來亦無所至直是前後相似相續相貌不異如是之言即是如來秘密之教又佛告阿闍世王如汝所言先王無辜橫加逆害者何者是父但於假名衆生五陰妄生父想於十二入十八界中何者是父若色是父四陰應非若四陰是父色亦應非若色非色合爲父者無有是處何以故色與非色性無合故大王凡夫衆生於是色

陰妄生父想如是色陰亦不可害乃至阿闍世王即白佛言世尊我今始知色是無常乃至識是無常我本若能如是知者則不作罪持世經云佛言是諸菩薩如實觀時知識陰虛妄不實從本已來常不生相知非陰是識陰像陰是識陰幻陰是識陰譬如幻所化人識不在內亦不在外不在中間識性亦如是如幻性虛妄緣生從憶想分別起無有實事如機關木人識亦如是從顛倒起虛妄因緣和合而有幻人豈有心識木像誰稱覺知比妄識而況同從幻緣而似有大智度論云日初出時見城門樓櫓宮殿行人出入日轉高轉滅但可眼見而無有實是名乾闥婆城有人初不見乾闥婆城晨朝東向見之意謂實樂疾行趣之轉近轉失日高轉滅飢渴悶極見熱氣如野馬謂之爲水疾走趣之轉近轉滅疲極困厄至窮山狹谷中大喚啼哭聞有響應謂有居民求之疲極而無所見思惟自悟渴願心息無智人亦如是空陰界入中見吾我及諸法婬瞋心著四方狂走求樂自滿顛倒欺誑窮極懊惱若以智慧知無我無實法者是時顛倒願息故知色陰如勞目睛忽現空華之相受陰如手摩觸妄生冷熱之緣想陰如人說酸梅口中自然水出行陰如水上波浪觀之似有奔流識陰如瓶貯虛空持之用餉他國斯則非內非外不即不離和合既不成自然亦非有若此況是實則五陰不虛既並世相而非真審知陰入而無體唯是性空法界如來藏心無始無終平等顯現是以首楞嚴經云佛告阿難是故如來與汝發

明五陰本因同是妄想汝體先因父母想生汝心非想則不能來想中傳命如我先言心想酸味口中涎生心想登高足心酸起懸崖不有酸物未來汝體必非虛妄通倫口水如何因談酸出是故當知汝現色身名爲堅固第一妄想即此所說臨高想心能令汝形眞受酸澁由因受生能動色體汝今現前順益違損二現驅馳名爲虛明第二妄想由汝念慮使汝色身身非念倫汝身何因隨念所使種種取像心生形取與念相應寤即想心寐爲諸夢則汝想念摇動妄情名爲融通第三妄想化理不住運運密移甲長髮生氣消容皺日夜相代曾無覺悟阿難此若非汝云何體遷如必是眞汝何無覺則汝諸行念念不停名爲幽隱第四妄想又汝精明湛不摇處名恒常者於身不出見聞覺知若實精眞不容習妄何因汝等曾於昔年覩一奇物經歷年歲憶忘俱無於後忽然覆覩前異記憶宛然曾不遺失則此精了湛不摇中念念受熏有何籌筭阿難當知此湛非眞如急流水望如恬靜流急不見非是無流若非想元寧受想習非汝六根互用合開此之妄想無時得滅故汝現在見聞覺知中串習幾則湛了內罔象虛無第五顛倒細微精想阿難是五受陰五妄想成汝今欲知因果淺深唯色與空是色邊際唯觸及離是受邊際唯記與忘是想邊際唯滅與生是行邊際湛入合湛歸識邊際此五陰元重疊生起生因識有滅從色除理則頓悟承悟併消事非頓除因次第盡是以若見五陰有即衆生世間若了五陰空

即眞諦世間若達五陰實相即中道第一義正智世間離此五陰三世間外更無一法能建能立爲俗爲眞一代時教所詮除此別無方便悟此成佛迷此爲凡唯是一心開合無異何者以一陰名色四陰名心從心所生故稱爲色心是所依色是能依攝能歸所但是一心本末元同體用常合宗鏡大旨於此絶言破六入文云佛告阿難譬如有人勞倦則眠睡熟便寤覽塵斯憶失憶爲忘是其顚倒生住異滅吸習中歸不相逾越稱意知根兼意與勞同是菩提瞪發勞相因于生滅二種妄塵集知居中吸撮内塵見聞逆流流不及地名覺知性此覺知性離彼寤寐生滅二塵畢竟無體如是阿難當知如是覺知之根非寤寐來非生滅有不於根出亦非空生何以故若從寤來寐即隨滅將何爲寐必生時有滅即同無令誰受滅若從滅有生即滅無孰知生者若從根出寤寐二相隨身開合離斯二體此覺知者同於空華畢竟無性若從空生自是空知何關汝入是故當知意入虛妄本非因緣非自然性釋曰此破意入也疏云覽塵斯憶者憶即是生失憶爲忘者忘即是滅失憶不離自心妄謂爲境故云是其顚倒生住異滅吸習中歸不相逾越者吸習生住異滅歸識心内故云中歸前念滅後念生無雜亂失故云不相逾越故經云心性生滅猶如猿猴當知見境生滅者即是自心生滅相故故云心生種種法生吸撮内塵見聞逆流流不及地名覺知性者謂眼耳取外塵境刹那流入意地從外入内名爲逆流眼耳唯緣

現境至第二念緣不及故故云流不及地唯意根獨取名覺知性此覺知性因前塵起畢竟無體以妄知强覺成内衆生因滅想凝空爲外國土經云想澄成國土知覺乃衆生迷湛寂一心作内六入更無别體唯是眞空意入既虚前眼等五入亦爾破十二處文云佛告阿難汝常意中所緣善惡無記三性生成法則此法爲復即心所生爲當離心别有方所阿難若即心者法則非塵非心所緣云何成處若離於心别有方所則法自性爲知非知知則名心異汝非塵同他心量即汝即心云何汝心更二於汝若非知者此塵既非色聲香味離合冷煖及虚空相當知何在今於色空都無表示不應人間更有空外心非所緣處從誰立是故當知法則與心俱無處所則意與法二俱虚妄本非因緣非自然性釋曰此破意法二處也夫分能標所構畫成持立境立心皆是意法先破其分别惑本則前五根十處自傾法處是所緣意處是能緣只如法處爲復即心不即心若即心者法則全心心不見心云何成處若離於心别有方所則法之自性爲有知無知若有知則名心不成於法若無知則不屬自心同他心量以知二處俱無自體則善惡無記三性等法四種意根等心皆同一性無有能緣所緣之異心境皆空故論云凡所分别皆分别自心心不見心無相可得則無相理現有作情亡因緣自然名義俱絶例十處色心亦復如是破十八界文云佛告阿難汝所明意法爲緣生於意識此識爲復因意所生以意爲界因法所

生以法爲界阿難若因意生於汝意中必有所思發明汝意若無前法意無所生離緣無形識將何用又汝識心與諸思量兼了別性爲同爲異同意即意云何所生異意不同應無所識若無所識云何意生若有所識云何識意唯同與異二性無成界云何立若因法生世間諸法不離五塵汝觀色法及諸聲法香法味法及與觸法相狀分明以對五根非意所攝汝識決定依於法生汝今諦觀法法何狀若離色空動靜通塞合離生滅越此諸相終無所得生則色空諸法等生滅則色空諸法等滅所因既無因生有識作何形相相狀不有界云何生是故當知意法爲緣生意識界三處都無則意與法及意界三本非因緣非自然性釋曰此破意識界也如十八界中皆因意識建立根本立處尚空所生枝末何有既無處所可得又無界分可憑事誑理虛情危執劣惡見之根株盡拔妄識之巢穴齊傾獨朗真心圓周法界安國云謂色等五塵界是現量境五識親證都無塵相如來藏中頓現身器無塵相六七妄想謂有我法想所現相是分別變分別變相但可爲境而無實用如日發焰帶微塵而共紅非實紅也如水澄清含輕雲而俱綠非實綠也若了藏性則知塵境而爲妄也故知諸法但從分別而生分別既空名相何有夫人空易了法我難除不達法遂緣生執有自體如攝論云若執法體是有名法我執如二乘人依麤分別事識修行但了法中無我不知法體全空聞諸法空生大怖畏是知法空是本人空是末夜

繩未曉蛇想寧除瞖目猶存空華豈滅破七大性文云佛告阿難識性無原因於六種根塵妄出汝今徧觀此會聖衆用目循歷其目周視但如鏡中無别分析汝識於中次第標指此是文殊此富樓那此目揵連此須菩提此舍利弗此識了知爲生於見爲生於相爲生虚空爲無所因突然而出阿難若汝識性生於見中如無明暗及與色空四種必無元無汝見見性尚無從何發識若汝識性生於相中不從見生既不見明亦不見暗明暗不矚即無色空彼相尚無識何所發若生於空非相非見非見無辯自不能知明暗色空非相滅緣見聞覺知無處安立處此二非空則同無有非同物縱發汝識欲何分别若無所因突然而出何不日中别識明月汝更細詳

微細詳審見託汝睛相推前境可狀成有不相成無如是識緣因何所出識動見澄非和非合聞聽覺知亦復如是不應識緣無從自出若此識心本無所從當知了别見聞覺知圓滿湛然性非從所兼彼地水火風均名七大性眞圓融皆如來藏本無生滅阿難汝心麤浮不悟見聞發明了知本如來藏汝應觀此六處識心爲同爲異爲空爲有爲非同異爲非空有汝元不知如來藏中性識明知覺明眞識妙覺湛然徧周法界含吐十虚寧有方所循業發現世間無知惑爲因緣及自然性皆是識心分别計度但有言說都無實義釋曰此破識大性也諦詳佛旨本契無生但以有情唯迷妄識以昏擾之性起徧計於覺原逐雜染之緣沉圓成於識海眠三界之夢

宅一覺而塵劫不悍造四大之幻身生滅而恒沙莫筭今推此識決定無體從緣所起悉順無生四句檢之自含妙理此識了知爲生於見者如無明暗色空元無見性見性尚無從何發識此破自生也爲生於相者不從見生則不見暗明明暗不矚即無色空彼相尚無識何所發此破他生也既不得自見之性又不得他相之觀自他既虛即無和合所以推云見託汝睛相推前境可狀成有不相成無如是識緣因何所出識動見澄非和非合聞聽覺知亦復如是以動靜相乖事非和合此破共生也爲生虛空爲無所因突然而出者若生於空非相非見縱發汝識欲何分別若無所因突然而出何不日中別識明月日屬朝陽月含陰魄時候晷刻今古不移各有所因無因非有此破無因生也四句纔空百非俱殄則妄計所執內因外緣心和境合無因自然等妄想情塵皆無實義狂華之影跡俱虛不真何待戲論之名言頓息意解全消虛空之性既融六大之體何有以地大無性四輪所成水大無性凝流不定火大無性寄於諸緣風大無性附物影動空大無性對色得名見性從緣和合而有識性無體如幻即虛且如火大無性者如首楞嚴經云性火真空者古釋云性是本覺性火是本覺火皆是衆生心變如第六識心熱徧身即狹若第八識中變起即徧同法界悟法界性皆是我心中所變之火如西京崇慧法師於大曆四年在京與道士鬪能入火不燒是求觀音之力何況自證證得巳後入地獄中皆不被燒今

世間火隨處發現應衆生業力多少隨意如龍闘亦起火燒林藪乃至雲中霹靂火如人欲心熾盛火燒天祠皆從心火起由心動揺故有火起但心不動即不被燒譬如人畏時非人得其便如來得性火三界火燒不得如來自起智火焚得舍利其火猛盛諸大弟子將水求不得乃至龍王求亦不得唯天帝釋云我本願力始求得雖有性火而不自燒如刀能割不自割如眼能看不自看如火大性唯心七大性亦如是隨心俱徧法界法界本徧由執心故不能徧如三界中三乘天眼俱不能徧唯如來無執性合真空故能周徧如般若經中佛自言我以無執故得真金身圓光常現火燒天祠者昔有漁師河上見公主過因生染心思求不得身漸羸疾其母遂問

病因與作方便日送鯉魚一頭公主怪問毋直陳其事遂許云我因拜天祠即潛相見子知便喜公主後來正見漁人睡熟撼之不覺便繫帛子在手上公主去後漁人睡覺見手上帛子知公主來心生恨憶心中欲火内燒自身爛壞并燒天祠房室淨盡所以三界有法識外無文皆從四大内外成盡是一心虚妄變何者最初因不覺故有業識從業識因動故有轉識從轉識起見故有現識因見分成相分能所纔分心境頓現古鈔釋首楞嚴經云明妄非他覺明爲咎者六識取塵由業識發起後有第七識執第八識中明變起外四大四大引起六根塵六根塵引起六識六識依六根塵因外有色内引眼根等明妄非他者其妄最初因自心動有風因執有金因

愛有水因求有火皆是自心變起四大還自分別結業受生故非他累覺明爲咎者由强覺了本體明爲咎則無知覺明有知明覺如人見不漏便生猒心由分別故以猪狗見便生淨想皆由强覺無明但無分別妄見唯見法性淨土是知内外四大地水火風念念發現所以經云或各各發明若俱發明各各發明者汝見圓明知心欲取失却本明性空思想摇動心生風輪情愛相續性感水輪執心熾盛金輪則現求心若起火輪方興若俱發明初起强覺四大俱現如人恨憶瞋則火生身心動轉以況於風目中淚盈而衣於水面發赤相則表於地是以内外四大元是我心之性以爲自性又自第八識變起根身器内外四大之相分爲自相又因妄念而起强覺而知所以萬像森羅參然顯現若能窮因體本皆是自心之性自心之相於中妍醜憎愛全是意識計度分別而成既識根由須存正智但除强覺一念不生自然心境俱空前後際斷故知七大之性性眞圓融一一大俱徧法界皆是一體如七顆氷將火鎔爲一水亦如因陀羅網同而不同如水與氷異而不異乃至五陰六入十二處十八界等皆滿法界一一微塵亦滿法界一一毛孔亦徧法界一一身心亦徧皆如來藏如香水海中常説一切法爲諸菩薩不見菩薩相不見邪師相不見生住異滅相所以盡合眞空俱徧實際如説龜毛兔角焰水乾城但有言説之名且無實事例凡夫界中所有見聞陰入之根名色之境亦但有其名都無實事今將世間共知

龜毛易解之虚破如今現執名色難解之虚還同龜毛無所執著即知從來所執一切境界皆從識變盡逐想生離識無塵識寂則諸塵並寂離想無法想空則諸法皆空因緣自然俱成戲論知解分別本末無從但有意言都無真實如此明達頓悟前非終不更待空裏之華將期結果取夢中之物擬欲牢藏杌見思空繩消蛇想渴鹿罷馳於陽焰癡猿息弄於月輪遂乃靜慮虚襟若陵空之逸翮隨緣養性猶縱浪之虚舟畢故不造新任真而合道如是五陰六入十二處十八界七大性等非是本來自然無因而有非從今日和合因緣所生但是識心分別建立今破此識性則七大性乃至一切法皆空如尋流得源捕賊獲贓則無明怨對生死魔軍應念俱消如湯沃雪唯如來藏妙湛明心性真圓融徧十方界如波澄秋渚合虚洞然雲朗晴空逈無所有所以首楞嚴經云佛告阿難汝猶未明一切浮塵諸幻化相當處出生隨處滅盡幻妄稱相其性真爲妙覺明體如是乃至五陰六入從十二處至十八界因緣和合虚妄有生因緣別離虚妄名滅殊不能知生滅去來本如來藏常住妙明不動周圓妙真如性性真常中求於去來迷悟生死了無所得是以先令照徹心境分明後乃頓融須亡心境如華嚴演義云謂此華嚴經中教人觀察若心若境如頌云欲知諸佛心當觀佛智慧佛智無依處如空無所依此令觀佛心也又頌云若有欲知佛境界當淨其意如虚空此教觀佛境也次空心境頌云法性本空寂無取亦

無見性空即是佛不可得思量無取即無境無見即無心又頌云若有欲得如來智應離一切妄分別有無通達皆平等疾作人天大導師即空心境也菩薩凡夫所有心境觀照例知故經頌云知妄本自真見佛則清淨又云心佛與衆生是三無差別

宗鏡録卷第六十九

音釋

荷擔荷胡可切擔都藍切　餉式亮切饋也　辜古胡切罪也　皺側救切　矚之欲切視也　晷居洧切日景也　殄徒典切絶也

宗鏡録卷第七十

宋慧日永明妙圓正修智覺禪師延壽集

夫祖佛正意本顯一心何必教中更談陰界答隨妄心而破妄境謂顯人空除異執而説異門成法解脱無有定法故號之爲阿耨菩提病差藥消如筏喻之法尚應捨識論問云以有阿含證驗知故若但心識虚妄分別見外境界不從色等外境界生眼識等者以何義故如來説眼色等十二種入明知有色香味等外境界也答曰偈言説色等諸入爲可化衆生依前人受法説言有化生如來依彼心業相續不斷不絶是故説有化生衆生又説言無我無衆生無壽者唯因緣和合有諸法生如來如是説色等入爲令前人得受法故以彼前人未解因緣諸法體空非謂實有色香味等外諸境界問若實無有色等入者以何義故如來經中作如是説答曰偈言依彼本心智識妄取外境是故如來説有内外諸入此依無始心意識等種子轉變虚妄見彼色香味等外諸境界是故如來依此虚妄二種法故作如是説一本識種子二虚妄外境界等依此二法如來説有眼色等入問依如是偈説有何功德利益答偈曰觀虚妄無實如是入我空觀知諸法異入諸法無我爲令聲聞解知因彼六根六塵生六種識無有一法是實覺者乃至無有一法是實見者爲令可化衆生等作是觀察入人無我空觀知諸法異者謂菩薩觀實無色等外塵一法可見乃至實無一觸可覺如是觀察得入因緣諸法體空爲欲遮彼虚妄分別故説色等一

切諸法畢竟空無非無言處皆悉空無無言處者所謂諸佛如來行處如是唯有真識更無餘識不能如是分別觀察入於識空如是依識說入一切諸法無我非謂一向謗真識我說言無有佛性實我又如來方便漸令衆生得入我空及法空故說有内識而識無有内識可取若不如是則不得說我法空以是義故虛妄分別此心於彼心彼心知此心辯中邊頌云識生變似義有情我及了此境實非有境無故識無變似義者謂似色等諸境性現變似有情者謂似自他身五根性現變似我者謂染汙末那與我癡等恒相應故變似了者諸餘六識了別相麤故此境實非有者謂似義似相無行相故似我似了非真現故皆非實有境無故識無者謂所取義有情我了別等四境無故能取諸識亦非實有是以若約大根頓悟之人尚不得一何況說多何以故以執多故迷了一故悟於迷多中根有不同遂開陰處界若迷心不迷色則數爲五陰若迷色不迷心則數爲十二處若心色俱迷者則數爲十八界若直見真心神解之性則非一非多非法非數其餘能詮之教皆是善巧之門將逗機宜廣申破立欲顯真空之理先明幻有之端究竟指歸一心之海○問於世間法五藴身中作何見解成外道義云何通達成佛法義答外道不達諸法因緣和合成諸藴凡有所爲皆是識陰便於藴上執有實我受用自在名爲神主於似常似一相續之中說有神性是外道義若了内外和合因緣所成唯識所變似境所現即第八識

任持不斷似有相續即佛法義外道不知將爲實有迷無性之理執身見之愚○問前破五陰六入十八界七大性識義俱無云何建立唯識答一爲遣境故立識何者若不因識何以立境若不顯識何以遣境二爲以有妄想心故能知名義何者若無妄則不能顯眞若無眞則不能破惑故知破立在我染淨由心三無性論云今爲成就此依他性故說成立道理此性不但以言說爲體何以故言說必有所依故若不依亂識品類名言得立無有是處若不爾所依品類既無有所說名言則不得立若爾則無二性無二性故則無惑品無惑品故則有二過一不由功用自然解脫二則生死涅槃不可顯現由無此二過失故是故應知決有依他性有此性故世諦立

若不立世諦亦不得眞諦何者以了俗無性故即成眞諦若撥無二諦是惡取邪空非善通正理又若無眞諦之本何以垂俗諦之跡本跡雖殊不思議一如法華玄義廣釋本跡爲六本者理本即是實相一究竟道跡者除諸法實相其餘種種皆名爲跡又理之與事皆名爲本說理說事皆名教跡也又理事之教皆爲本稟教修行名爲跡如人依處則有行跡尋跡得處也又行能證體體爲本依體起用用爲跡又實得體用名爲本權施體用名爲跡又今日所顯者爲本先來已說者爲跡約此六義以明本跡也一又約理事明本跡者從無住本立一切法無住之理即是本時實相眞諦也一切法即是本時森羅俗諦也由實相眞本垂於俗跡尋於俗跡即顯眞

本本跡雖殊不思議一故經云觀一切法空如實相但以因緣有從顛倒生二理教明本跡者即是本時所照二諦俱不可說故皆名本也昔佛方便說之即是二諦之教教名爲跡若無二諦之本則無二種之教若無教跡豈顯諦本本跡雖殊不思議一也經偈云是法不可示言詞相寂滅以方便力故爲五比丘說三約教行爲本跡者最初稟昔佛之教以爲本則有修因致果之行由教詮理而得起行由行會教而得顯理本跡雖殊不思議一也經偈云諸法從本來常自寂滅相佛子行道已來世得作佛四約體用明本跡者由昔最初修行契理證於法身爲本初得法身本故即體起應身之用由於應身得顯法身本跡雖殊不思議一也經云吾從成佛已來甚大久遠若斯但以方便教化衆生作如此說五約權實明本跡者實者最初久遠實得法應二身皆名爲本中間數數唱生唱滅種種施權法應二身故名爲跡非初得法應之本則無中間法應之跡由跡顯本本跡雖殊不思議一也經云是我方便諸佛亦然六約今已論本跡者前來諸教已說理事乃至權實者皆是跡也今經所說久遠理事乃至權實者皆名爲本非今所明久遠之本無以垂於已說之迹非已說迹豈顯今本本迹雖殊不思議一也經偈云諸佛法久後要當說眞實

○問世間無有一法不從緣生具幾因緣能生萬法偈答曾無心外法能與心爲緣但是自心生還與心爲相義海云明緣起者如見塵時此塵是自心現由自心現即與自心

爲緣由緣現前心法方起故名爲緣起法也經云諸法從緣起無緣即不起乃至則知塵體空無所有令悟緣非緣起無不妙但緣起體寂起恒不起達體隨緣不起恒起如是見者名實知見何謂實知見若見緣而不見體即是常見若見體而不見緣即是斷見今從因緣而見性則不落常於眞性中而緣起則不墮斷名實知見所以廣辯因緣行相者謂因事而顯理令理不孤因理而成事令事融即然約經論隨順世諦所立有四因緣內外假立不無行相一因緣者論云一因緣謂有爲法親辦自果此體有二一種子二現行釋云若一切煩惱種被加行智折伏已永無生現行用雖種子是因緣法以不能生現行故不得名因緣又如將心種望色現亦不名因緣若心種生心現色種生色現等皆是因緣此雙通新本二類種子故二等無間緣謂八現識及彼心所前聚於後自類無間等而開導令彼定生釋云八現識及心所者出緣體唯見自證此是緣體總名現識簡色不相應種子無爲非此緣性論說等無間緣唯望一切心心所說以前生開導所攝受故開者避義與彼處義導者招引義即前往避其處招引後法令生前聚於後者簡俱時及後爲前緣義非開導故自類者顯非他識爲緣無開者顯雖前無間爲後緣非中間隔要無間者等而開導者顯緣義令彼定生即顯後果雖經久遠如經八萬劫前眼識望後亦爲此緣以彼後果當定生故即簡入無餘依最後心無果定生故非此緣雖有開義無導引力故

問心與心所既非自類如八種識恒時俱轉體用各殊如何俱起望後並得互爲緣義答論云心與心所雖恒俱轉而相應故和合似一不可施設離別殊異故得互作等無間緣和合似一者同一所緣及同一依同一時轉同一性攝不可離別令其殊異不同八識行相所緣及依各不等故非互爲緣又但除却入無餘依者外餘一切心心所皆是等無間緣以力用齊等無自類間隔故三所緣緣謂若有法是帶已相心或相應所慮所託此體有二一親二踈若與能緣體不相離是見分等内所慮託應知彼是親所緣緣若與能緣體雖相離爲質能起内所慮託應知彼是踈所緣緣親所緣緣能緣皆有離内所慮託必不生故踈所緣緣能緣或有離外所慮託亦得生故釋云謂若有法者謂非徧計所執所執無體不能發生能緣之識故非是緣緣者必是依他今此必是有體方緣是帶已相者謂能緣心等帶此色等已之相也帶者是挾帶義相者體相非相狀義謂正智等生時挾帶眞如之體相起與眞不一不異非相非非相若挾帶所緣之已以爲境相者是所緣故若相言體即有同時心心所之體相亦心挾帶而有相者分義或體相義眞如亦名爲相無相之相所以經言皆同一相所謂無相親所緣緣者若與見分等體不相離者簡他識所變及自八識各各所緣別唯是見分内所慮託此有二種一是有爲即識所變名内所慮託二是無爲眞如體不離識名所慮託即如自證緣見分等並是此例此説親緣踈所

緣緣與能緣心相離法是謂即他識所變及自身中別識所變仗爲質者是又親所緣者即謂見分是帶巳相此踈中即影像相分是帶本質之相故名所緣又親所緣緣但是能緣之心皆有離内所慮託之相分一切心等必不行故今大乘中若緣無法不生心也踈所緣緣能緣之法或有或無以是心外法故如執實我法雖無本質然離彼法心亦生故又觀所緣緣論頌云内色如外現爲識所緣緣許彼相在識及能生識故以自内識所變之色爲所緣緣是依他性有體法故不緣心外所執無法故論云見託彼生帶彼相起見託彼生即是緣義然心起時帶彼相起名爲所緣帶是挾帶逼附之義百法云護法明此所緣如見相無定相分以本智親證如體不取相故與如體冥合故即無相狀之相即但有體相之相即挾帶之義亦所緣緣難云若有見分即有分別相何名無分別相也又云無能取耶答雖有見分而無分別復無能取正智緣如親挾附體相緣故更無相狀之相說無相分言無能取者即無分別妄執實能取故不無内分能緣見分又難若言無相分者所緣緣論云依彼生帶彼相故名所緣相若無眞如相分者即無所緣護法云亦有所緣緣義雖無相分而可有帶如相起不離如故即本智見分親挾帶眞如之體相起者名所緣緣如自證分親帶見分名所緣緣此亦應爾實無變帶之義唯有挾帶名所緣緣故與後得別也若變相分緣者便非親證即如後得智應有分別既異後得即明知有見分

無相分也又一切見分皆有挾帶境相義者由相不離見故即是挾帶之義不離有二一者有爲相分望自能變之識血脉相連猶如父子故名不離二者真如等境雖非識變然是識等實體故名不離問所緣緣論偈云內色如外現爲識所緣緣許彼相在識及能生識故是以外境雖無而有內色似外境現爲所緣緣既外相在識即是俱起以相在故云何復能生識能作識緣答如眼等識帶彼相起雖即同時不礙前後以展轉相因成所緣緣之理論問云此內境相既不離識如何俱起能作識緣頌答云決定相隨故俱時亦作緣或前爲後緣引彼功能故境相與識定相隨故雖俱時起亦作識緣而外諸法理非有故定應許在識非餘此根功能與前境色從無始際展轉爲因如是諸識唯內境相爲所緣緣理善成立○問所明挾帶是親所緣緣者爲復挾體挾用答應作四句分別一體挾體者即自證分緣證自證分證自證分却緣自證分是也二用挾用者即八識心心所見分緣自親相分是也三用挾體者即根本智見分緣真如是也四體挾用者即自證分緣見分也○問所緣緣義於八識如何料簡親踈答百法云護法解此第八心及心所名此品若因若果踈所緣有無不定若因中第八識託他人挾塵器世間境自變相分緣即可互受用有踈所緣義若是自他緣義五根及種子不互變緣即無踈所緣緣義也又有色界即有浮塵器世間可互扶託即有踈所緣緣若無色界即無色可扶託故即無踈所緣

緣義也若自第八識緣自三境唯有親所緣緣也此是因中料簡若至佛果位中第八識若緣自境及緣真如及緣過未一切無體法時即無踈所緣緣也若緣他佛身土即變影而緣亦有踈義即第八識心王自果位中踈所緣緣有無不定若第八五心所因果位中皆有踈所緣緣也若爲託第八心王三境爲質而緣故若第七識者論云第七心品未轉依位是俱生故必扶外質故亦定有踈所緣緣於轉依位此非定有緣真如無外質故今言此第七識有漏位中者體是俱生任運無力必扶第八識以爲外質故自方變影緣故即定有踈所緣緣若約無漏時即踈所緣緣有無不定若第七根本智相應心品緣真如即無踈緣若後得智緣如即有踈緣若是無漏第七緣過未及諸無體法皆無踈所緣緣問何故有漏第七起執事須扶託本質起耶夫是執者構畫所生即不合假於外質而起答執有二一有强思分别計度而起執者即所託本質有無不定如第六識獨生散意是也二者有任運起執即第七識是爲第七心心所是俱生任運自無力起要假外質自方起執也故知第七有漏位中踈所緣緣有無不定若第六識者此識身心品行相猛利於一切位能自在轉所仗外質或有或無踈所緣緣有無不定於因果位中皆自在轉或分别起或俱生故緣一切法時有仗質起有不仗質起緣境最廣故踈所緣緣有無不定若前五轉識者未轉依麤觀劣故必仗外質故即定有踈所緣緣若轉依位此非定有緣過

末等無外質故前五轉識因果位中約諸根互用亦須仗質而起定有踈所緣緣若至果位有無不定又諸識互緣者第八識與前七爲所緣緣卽八識相分與五識爲所緣緣第六識緣第八四分爲所緣緣第七卽唯託第八見分爲所緣緣卽第八識四分爲本質卽前七識見分變相分緣卽第八與前七爲所緣義故八於七有也卽第八與前七爲踈所緣緣七於八無者卽前七不與第八爲所緣緣以第八不緣前七故不託前七生故唯緣自三境爲所緣緣又廣釋云古大乘師立所緣緣義者彼云謂若有法者卽有體本質法名緣言是帶已相者卽相分名所緣相相質合說名所緣緣所言帶已相者帶字屬心已字屬本質相卽相分謂能緣心緣所緣境時帶起本質家已有之相分故名是帶已相被小乘正量部般若毱多不立相分師造謗大乘論七百偈破古大乘師所緣緣義云汝若言已相是相分將爲所緣者且如汝大乘宗無分別智緣眞如時不帶起眞如相分其眞如望能緣智見分應無所緣緣義必若言本智緣如亦有相分者卽違汝自宗一切經論如何通會古大乘師被此一難當時絕救經一十二年無人救得大乘所緣緣義唐三藏救云我宗大乘解帶有二義一者變帶變二者挾帶變若變帶者卽變帶似質之已相起是相狀之相令根本智緣如時卽無若挾帶者卽有根本智親挾帶眞如體相而緣更不變相分故亦成所緣緣三藏云謂若有法卽眞如是有體法名緣卽此眞如是本智所慮

處又名所緣二勢合説名所緣緣所緣即緣持業釋亦如八識見分各緣自親相分時皆是挾帶乃至内二分相緣亦爾故知本智緣如雖不變相分然親挾帶眞如體相而緣亦成所緣緣古大乘師錯解所緣緣義者夫所緣緣義者以有體法是緣即此有體法是能緣心所慮處故便名所緣今古大乘師既唯將實相分爲所緣者錯之甚矣正解所緣緣義者謂若有法是帶已相者謂若有法者即有實法簡於假法及徧計相分無體法無體法但是所緣不成緣夫爲緣者須是有體實法有力用故能牽生識即實圓成依他是有體法言是帶已相者帶有二義一者變帶即八箇識有踈所緣緣本質是爲託此有體境爲本質變似質之相起名爲變帶二者挾帶即一切親所緣緣實相分是爲此相分不離能緣心故其能緣心親挾此相分而緣名爲挾帶言已相者亦有二義且第一於變帶踈所緣緣上説者即變似質之已相已者體也即相分似本質已體此是相狀之相二於挾帶親所緣緣上説者即能緣心上親挾帶所緣相分之已相此是境相之相即不同於踈所緣緣帶本質家之已相起忽有人問云言是帶已相者未審能緣心帶誰家之已相而緣應答云若踈所緣緣即變帶本質家之已相緣若親所緣緣即挾帶相分家之已相緣又踈所緣緣是帶相狀之相即帶似質之相狀若親所緣緣即帶境相之相以親挾境相而緣故有人云帶能緣心之已相者此人不會所緣義問若言親挾帶境相及變帶似質

之相狀起成親踈二緣者即外色法亦成親踈二緣且如將鏡照人時於鏡面上亦能親挾於人影像以人影不離於鏡面故應成親所緣緣又鏡面望外邊人本質應成踈所緣緣答將所慮簡之意云夫爲所緣緣者須對能緣慮法所慮方名所緣緣今鏡面既非能緣慮法者即鏡中人影及外邊人本質亦不得名所慮法既闕所慮義者不成所緣緣外人又難若爾者且如第六識緣空華無體法時有所慮義應成所緣緣爲識是能緣慮故答將所託簡之意云其意緣無體法時難有所慮義又闕所託義以空華等無體不與能緣心爲所託不妨但成所緣即不成緣由是應須四句分別一有所慮非所託即徧計妄執我法等是以無體故但爲所慮不爲所託二有所託非所慮即鏡水所照人等是此但有所託而無所慮以鏡水等非能慮故三俱句即一切所緣緣實相分是四俱非即除鏡水等所照外餘不緣者是又親緣者是逼附義近義即如相分親逼附近於見分更無餘分閒隔故言踈者是遠義被相分隔故即本質法是又親所緣緣都有四類一有親所緣緣從質及心而變起即五識緣五塵境所緣相分是二有親所緣緣但從心變不仗質起即第八識緣三境相分是三有親所緣緣不由心變亦不由質起即根本智所證眞如是四有親所緣緣而非相分即内二分互相緣是慈恩云若與能緣體不相離是見分等内所慮託應知彼是親所緣緣者若與能緣者是見分體不相離者即與自證分體不相離

意云相分是見分親所緣緣見分是自證分親所緣緣皆不離自證分體此正簡踈所緣緣本質法望能緣見分有相離八識故此亦簡他人所變相分及自身八識各各所變相分更互相望皆不是親今唯取自識所變相分名親望能變見分體不相離中間更無物隔礙方是親義言是見分等內所慮託者言見分等者即等取自證分及第四分并本智緣如等此皆成親所緣緣且如相分是見分家親所緣緣見分即自證分親所緣緣自證分是證自證分親所緣緣又真如是根本智親所緣緣又等取心心所緣親相分亦是親所緣緣此上皆是挾帶而緣

宗鏡録卷第七十

宗鏡錄卷第七十一

宋慧日永明妙圓正修智覺禪師 延壽集

夫心不孤起託境而方生還有不仗境質起不答有護法菩薩云心生不必有本質正義者若踈所緣緣有無不定不假本質心亦得生唯識之境若親相分若待外質方生慈恩云良恐理乖唯識若第八第六有無不定即如八識緣境時前五第七定有本質第八若緣他人浮塵根并異界器及定果色時即有本質若緣自三境者唯是親變親緣即無本質第六若緣現在十八界時可有本質若緣過去十八界或緣無體法時將何爲質故知六入所仗本質有無不定若定果色有變有化言有變者託質即有本質言有化者是離質或有緣他起者即有變之義即託他爲質自變影像如攪長河爲酥酪變大地爲黃金此皆有本質或有定力生者即有化之義即離質化無而忽有如虛空華化出樓臺七寶等事此皆從定心離質而化應作四句分別本質相分三境有無一有本質相分是實性境即前五識及明了意識初念并少分獨頭意識是二有本質相分是假即有質獨影及帶質境是三無質相分是假即無質獨影是四無質相分是實性境即第八心王緣三境及本智緣如是又別行鈔云所緣緣者謂是心之所慮處故名爲所緣只此所緣境又有牽心令生是心之所託故復說名緣即所緣爲緣名所緣緣緣是體所緣是用六識之中所緣即緣持業釋也今先立正義者汝毱多師不解我大乘所緣緣義只如我大乘言是

帶已相者帶與已相各有二義言帶有二義者一者挾帶即能緣心親挾境體而緣二者變帶即能緣心變起相分而緣已相亦有二義一體相名相二相狀名相且初挾帶體相者根本智緣眞如是挾帶體相而緣是所緣緣乃至內二分相緣及自證分緣見分亦是挾帶體相名所緣緣謂能緣心親挾帶內二分見相也二變帶相狀相者有兩解不同初龍興鈔主云即有漏心心所及無漏後得智見分緣境之時變相而緣不簡有質無質皆是變帶名帶相狀名相爲所緣緣也第二顯幽鈔云八識見分緣自親相時皆是挾帶者然雖多此說理恐未然若爾即有三失一挾帶變帶無別失親挾境體緣名爲挾帶變起相分而緣名爲變帶今既呼相分爲挾帶故知無別二令古相違失古時挾帶有少乖理若於變帶即乃無違今言相分是挾帶古云變帶豈不相違三變帶唯緣本質失豈無質相分非心變耶今以理而推但是相分非論有質無質皆名變帶若不變相分直附境體即名挾帶所以唐三藏將挾帶以救前義謂古大乘師但明變帶也次依論破小乘所緣緣義分二初破正量部師論主云夫五識所緣者謂能緣識帶彼相起及有實體令能緣識託彼而生汝正量部師若言所緣緣義但有能生識之一義不許能緣眼識帶彼相起者即應非是所緣緣大乘量云汝眼識所緣緣是有法應非眼識所緣緣宗因云但有能生識一義故同喻如眼識因緣又返立量破云汝眼識因緣是有法應是眼識所緣緣宗

因云但有能生一義故如眼緣色時此中意云古大乘師不說挾帶即本智緣眞如時爲所緣緣義如有失若正量部不許變帶即眼識緣色時所緣緣義不成次破經部師者論主云汝經部師將外和合假色作所緣緣者不然設許汝眼識帶彼麤色相故許作所緣亦不得名緣以汝執假色無體故猶如眼識錯亂見第二月彼無實體不能生識但名所緣不得名緣和合假色亦復如是立量破云汝和合麤色是有法設爲眼識所緣非緣宗因云汝執是假無體故同喻如第二月故觀所緣緣論偈云和合於五識設所緣非緣彼體實無故猶如第二月經部有執云和合麤色雖即是假有能成一一極微是其實有各得爲緣引生五識又何不可論主破云其和合色等能成極微設許爲緣又非所緣以眼等識生不帶彼極微相故如眼識生不帶彼眼根相其眼等五根但能生眼等五識然眼等五識即不能緣眼等五根將根爲喻立量云汝色等能成極微是有法設爲五識緣非所緣宗因云五識生不帶彼相故同喻如五根觀所緣緣論偈云極微於五識設許非所緣彼相分無故猶如眼根等若十八部師義已許帶彼相故所以不破今正解者疏云謂若有法是帶己相所言有法者有兩解初顯幽鈔解云有法即有體實法揀於假法及徧計相無體法但是所緣不成緣夫爲緣須是有體實法有力用能牽生識即圓成依他起是有體法二龍興云謂若有法者即依圓二性以有體故能牽於心名之爲緣不通無體

若是徧計以無體故但有所緣而非緣體若是所緣即體通有無問徧計所執既已無體不能生心何得名爲所緣答無體所緣依有體緣生於有體法上妄增益而有非緣故兩解之中後解爲正問前解有何過答若前解有法唯取實法爲所緣者然先徳雖多確此義今略推徵有三過失一固違疏文失假法若非有體者何以疏主將依圓二性出百法體以百法通假實故今言假法無體豈不相違二徧計無别失依圓假法既言無體與徧計所執無體何别論云依圓是有徧計是無豈不相違三有法例不成失所緣緣體論云有法便言唯實增上緣體論云有法何乃通假即命根等豈是實耶若依今明有法通取三境假之與實但名有法盡作所緣緣於八識中分别前五第八性境爲所緣緣揀諸假法及徧計所執第七帶質境爲所緣緣唯假非實及簡徧計所執第六意識緣於三境作所緣緣通於假實唯簡徧計所執更立量云諸假相分是有法定爲能變心親所緣緣宗因云法處有無門中影字攝故同喻如實定果色徧計所執爲異喻或作量云帶質獨影是有法是親所緣緣宗因云影之差别故同喻如性境問實法有體名所緣緣假法無體非所緣緣答假法有二種一有體假即依圓性中諸假法也二無體假即徧計所執也若我若法空華兔角等但簡無體非所緣緣不簡有體故問若徧計所執非所緣者如何第六緣空華等時亦有所緣緣義豈即有體耶答但望自親相分爲親所緣緣非望空華也

若是空華等但於相分上妄執生華解其體是無若所變相分其體是有得成所緣緣問有何教說帶質獨影境假相分得爲所緣緣答其教極多下約識分別辯所緣緣䟽云八於七有七於八無餘七非八所仗質故且如第七緣第八見分豈非帶質境作所緣緣乃至䟽云第六於五無餘五於彼有亦是帶質境作所緣緣又唯識論云親所緣緣一切心生決定皆有離内所慮託必不能生爲證極多不能繁引問應一切有體法總是所緣緣以是有法故答䟽云是帶已相須是能緣之心緣所緣時帶起所緣已相此有體法即是所緣緣餘不帶起已相者雖是有法不爲所緣緣如眼識緣境時所帶起色已相此有體法即是眼識家所緣緣餘不帶起已相者雖是有法不是眼識所緣緣眼識既爾餘識亦然帶與已相各有二義且帶二義者一者挾帶即能緣心親附境體而緣二者變帶即能緣心變起相分而緣言已相亦有二義一體相相二相狀相若無分別智緣眞如是挾帶體相而緣是所緣緣及内二分相緣并自證緣見分是挾帶若有漏心心所見分及無漏後得智起見分緣境時即是變帶相狀而緣是所緣緣謂若有法是緣是帶已相是所緣具此二義名所緣緣義又簡法辯果者先引慈恩徵云緣生於誰誰帶已相䟽答云心或相應此辯所緣緣果也以所緣爲緣是因生得心心所是果言心者即八識心王言或相應者即五十一心所有起有不起不定故而言或也即簡不立色及不相應無爲等爲所

緣緣彼非心法無緣慮故○問親踈所緣緣中於相分內何者是實答二俱不實唯識鏡云相見二分之中見分唯實就相分中眞如是實餘親踈相皆非是實䟽云以踈所緣緣等取親相不即親得不爲行相者踈所緣緣能緣之心不親得本質故踈所緣不名行相如前五識緣五塵時必託第八所變五塵爲其本質五識緣時但得自識所變相分以此相分必帶本質緣相分時踈緣本質故踈所緣不即親得不名行相五識相分各望自識依他中假攝假從實無心外境故名唯識其本質境望於能變第八識體本質之境亦非實有故親踈二境皆不實也夫所緣緣義者大小雖通踈親莫辯親則挾帶逼附而起如鉗取物似日舒光親照親持體不相離踈則變帶仗託附影而起緣似質之狀離相分之親體不相收內生慮託若如是了達親踈不濫方知心外無境見法是心或愚暗不分則心境宛爾深窮緣性始蕩情塵細達見原方明佛旨四增上緣者謂若有法有勝勢用能於餘法或順或違則成增生緣義釋云謂若有法亦是有體此簡所執有勝勢用者謂爲勝義即有爲無爲有勝勢用此用非是與果等用但不障力能於餘法者簡其自體顯不同前所緣緣故或順或違者顯與順違俱能爲緣與後生異法爲緣非前滅法謂十因中前九是順第十是違亦是此緣故○問增上緣約逆順有力無力都有幾種答古釋有四種夫增上緣者即簡徧計所執是無體法須是有體法得爲增上緣即是依圓二性皆是

有體法爲增上緣義若無體法即是我法等全無體故從妄執生非增上緣一順如水土與青草等作順增上緣六波羅蜜行與佛果爲順增上緣受取二支與五果種子爲順增上緣二違即如霜雹與青草作違增上緣又如智與惑作違增上緣即一念間智起時惑便斷即知一念有二增上一念正與惑作違增上便與二空理作順增上三有力增上亦名親增上如五根發生五識等四無力增上即此人五根望彼人五識是無力增上亦名踈增上如燈餤正生時一切大地等法不礙此餤生名踈增上但取不障礙義邊名增上緣問因緣與緣起二義同別答古德云因緣者隨俗差別即是因緣相望顯無自性義正是俗諦體也緣起者順性無分別即是相即相融顯平等義正順第一義諦體也○問染淨諸法有因有緣因親緣踈成其二義緣義巳顯因理如何廣略備陳都有幾種答經論共立有六因十因且六因者一能作因除自餘能作者除自體外餘一切法不障有爲法生總名能作因因是一切有爲無爲法是體體上有能作之用能作即因持業釋持即任持業即業用因是體能作是用攝用歸體名持業釋二俱有因俱有互爲果心於心隨轉俱時而有果與因俱名俱有因互爲果者有三一四大種互爲俱有因互爲士用果二如能相所相法能相爲因所相爲果所相爲因能相爲果三心心所法心王爲因心所爲果心所爲因心王爲果三同類因即因似果果似因如染性五蘊中色蘊能引色蘊色蘊引

餘四蘊四蘊引色蘊雖心色不同同是染性故四相應因決定心心所同依即心王心所具五義一同一所依根二同一所緣境三同一時四同一事五同一行相具足五義名相應相應之因且如心所引起心王時心王是相應法是果即勝心所是因即劣依主釋也五徧行因爲同地染因即十一徧使徧行即因徧行即十一徧使是體上有徧行五部爲因之用持業釋也六異熟因有漏善不善業爲異熟因因通善惡果唯無記異熟即因因即善不善業是體上有異熟之用持業釋也十因者瑜伽論云五明中諸佛語言名内明云何内明論云顯示正因果相謂有十種因當知建立無顛倒因攝一切因或爲雜染或爲清淨或爲世間彼彼稼穡等無記法轉云何十因一隨說因謂一切法名爲先故想想爲先故說是名彼諸法隨說因二觀待因觀待此故此爲因故於彼彼事若求若取此名彼觀待因如觀待手故手爲因故有親持業觀待足故足爲因故有往來業三牽引因一切種子望後自果名牽引因四攝受因除種子外所餘諸緣名攝受因五生起因即諸種子望初自果名生起因六引發因即初種子所生起果望後種子所牽引果名引發因七定異因種種異類各別因緣名定異因八同事因從隨說因至定異因如是諸因總攝爲一名同事因九相違因於所生法能障礙因名相違因十不相違因此障礙因若闕若離名不相違因此一切因二因所攝一能生因二方便因當知此中牽引種子生起種子名

能生因所餘諸因名方便因當知此中若能生因是名因緣若方便因是增上緣若等無間緣及所緣緣唯望一切心心法說由彼一切心及心法前生開導所攝受故所緣境界所攝受故方生方轉是故當知等無間緣及所緣緣攝受因攝○問一心建立已具因緣因緣所感必有其果所以法華經云如是因如是緣如是果如是報其果有幾種各依何處而得答凡聖通論略有五種識論云一者異熟果謂有漏善及不善法所招自相續異熟生無記釋云有漏善者簡無漏善自相續者簡他身及非情若但言異熟即六識中報非眞異熟攝今爲總攝彼故言異熟生然本識亦名異熟生是無記故此位稍長至金剛心頓通三乘無學一眞異熟即第八識二異熟生即前六識或本識亦名異熟生故從自異熟種子而生起故若前六識從眞異熟識生起故亦名異熟生是一分心心所緣境昧劣不明利不熏解心種故是無記性異熟有四一異時而熟異謂是别異屬因熟謂成熟是果異因居過去熟果即現在故名異熟二異性而熟過去修異因因五戒十戒等業所招天人總别報異熟果若因十不善惡業所招三塗不善總别報異熟果總無記性三異類而熟造異類業受異類生五趣各别四異聖而熟謂異熟果依分别二障種上有趣生差别功用故聖人已無八識之中唯第八具三義一徧簡前五識二相續簡第六三業招簡第七二等流果者等謂平等流謂流類等流不同有二一眞等流爲善不善無記三性

爲因所引同類果故名等流果如第八識中三性種子各生三性現行果果與因性同故即心種子生心現行色種子生色現行有漏種生有漏現行無漏種生無漏現行名等流者是流類義二假等流者前生令他命短今生自身亦命短是先殺業同類果故依所招總報第八識有短長名假等流理實是增上果但取殺他令他命短今生自命亦短有相似義故假名等流實是善惡感無記果三增上果者增勝殊上但除四果外餘一切所得果者皆是此增上縁果收此增上果最廣如四縁中增上縁五見中邪見不簡有漏無漏有爲無爲但有所得果於前四果中所不攝皆是增上果中收此有二種一與力增上果如外器能受用順益義故二不與力增上果如他人金帛妻子等復有二種一順如眼識得明縁二違如遇暗相等四士用果者謂諸作者於諸器等成辦種種事業名士用果瑜伽論云一類於現法中依止隨一切工巧業處起士夫用所謂士農商賈書筭占卜等事由此士夫之用成辦諸稼穡財利等果名士用果○問於八識中一一識如何各具四果答古釋云且如眼識從種生現是等流果眼根爲所依故名增上果眼識作意警心爲士用果或眼識能縁實色等亦士用果眼根是第八親相分故亦異熟果耳等四識亦皆例此若第六識種生現是等流果前念意根爲能引或能引前五識爲增上果又能縁三世内外境等名士用果能造當來總别報名異熟果約與異熟爲因故名異熟果若第七識

種生現名等流果前念第七與後念爲所依即增上果内能緣第八見分爲我即士用果能與眞異熟識爲所依故名異熟果若八識種生現名等流與第七爲所依故是增上果能緣三境及持種受熏名士用果當體是眞異熟故五離繫果者以擇滅無爲爲體體是無漏能斷道之所證得名離繫果唯聖人非凡夫得瑜伽顯揚等論皆云異生以世俗智滅諸煩惱不究竟故非此果攝唯識論云離繫果謂無漏道斷障證得無漏法故若本智與眞如合時是離繫果攝若後得緣眞如時是士用果攝○問六因能感幾果答六因總感五果能作因感增上果相應俱有二因得士用果同類徧行二因得等流果異熟因感異熟果及離繫果問相應俱有二因何别答相應唯心心所法俱有即通色通心得士用果者緣二種因各於所得果有士夫力用名同體别問同類徧行二因何别答同類徧三性通有漏無漏徧行唯染汙别也二種因所得之果皆似於因名等流果也夫四緣六因十因五果者收盡凡聖之道能成教法之門闕之則一法不圓昧之則終爲外道且四緣者因緣則於有爲之門親辦自果無間則爲開導之義萬有咸生所緣則具慮託而方成約親踈而俱立增上則有勝勢力不障他緣六因者能作因則業用成辦俱有因則更互同時同類因初後相似相應因則決定一緣徧行因則同其染類異熟因則成熟後果十因者隨說因爲諸法先導之門觀待因了現得作用之事牽引因則令成自果攝受因則

能攝萬緣生起因令萬類能生引發因使諸果成辦定異因則種類各别同事因則體總一如相違因能起障礙之門不違因隨順緣生之理五果者異熟果則因生果熟異時而成等流則因果性同流類無濫增上則力用殊勝能助他緣士用則功業所成能獲財利離繫則斷障證眞超諸漏縛總攝如上因緣報成五果咸歸眞異熟第八識中斯異熟果門於異時而熟若起一念善如將甜種子下於肥田内或生一念惡似植苦種子下向瘦田中以水土因緣時節際會則抽芽布葉次第而生華發果成積漸而熟此染淨種子異熟亦然若作善因下人天之樂種或興惡行生四趣之惡田靡起善惡因終無苦樂報不下麤好種豈有華果生故知因果相酬唯識變定如鏡現像似影隨形無有影而不隨形無有鏡而不現像斯則無有作而不受報無有果而不酬因法爾如然世所共悉唯有不作者業果定難羈但了一心宗諸緣皆頓息是以了唯識理無所用心終不妄與三界業果以唯識變定故懼業之人方能信受如前定録云昔韓公滉之在中書也嘗召一吏不時而至怒將鞭之吏曰某别有所屬不得遽至晉公曰宰相之吏更屬何人吏曰某不幸兼屬陰官晉公以爲不誠怒曰既屬陰司有何所主吏曰某所主三品已上食料晉公曰若然某明日當以何食吏曰此雖細事不可顯言乞疏於紙過後爲驗乃如之而繫其吏明旦遽有詔命既對適遇太官進食餻糜一器上以其半賜晉公晉公食之美又以賜之

既退而腹脹歸于私第召醫視之曰食物所壅宜服少橘皮湯至夜可飲漿水明旦疾愈思前吏言召之視其書云明晨相公只食一飣半餻糜橘皮湯一椀漿水一甌則皆如其言公固復問人間之食皆有籍耶答曰三品已上日支五品已上有權者旬支無則月支凡六品至一命皆季支其不食禄者年支耳故知飲啄有分豐儉無差所謂玉食錦袍鵜衣藜藿席門金屋千駟一瓢皆因最初一念而造心跡纔現果報難逃以過去善惡爲因現今苦樂爲果絲毫匪濫孰能免之猶響之應聲影之隨形此必然之理也唯除悟道定力所排若處世幻之中焉有能脱之者所以經偈云

假使百千劫　所作業不忘　因緣會遇時　果報還自受

所以財命論云貧者無立錐之地刁彝則田逾萬頃餓者無擔石之儲李衡則木號千奴故史記楚相孫叔敖盡忠於國及身死其子貧無立錐之地漢書云刁彝歷官尚書郎不隨德行種植爲務有田萬頃奴婢千人魏志云華歆効官清貧家無擔石之儲晉書云李衡植橘千株號爲木奴千頭又不但貧富唯識變定壽命亦然以先心所作慈殺之因今定受後報脩短之果非于今身善惡之行故云無禮必斃跖何事而獨壽行善則吉橐何事而早終如莊子云盜跖從卒九千横行天下侵暴諸侯而其壽考論語疏云項橐七歲爲孔子之師而少殀焉

宗鏡録卷第七十一

音釋

攪古巧切手動也　趜渠六切　確苦角切　覊居宜切縻也　滉胡廣切

餻古勞切　糜美爲切　飣丁定切餖也　鶤光倫切鵾鷄也　瓢毗霄切

錐朱惟切鑽也　斃毗祭切死也　跖之石切盜跖也

宗鏡録卷第七十二

宋慧日永明妙圓正修智覺禪師延壽集

夫對登地大士天鼓演無依印之法門破外道邪倫教主述有因緣之正道既立因依之處須憑開析之門未審依處當有幾種答廣有十五依處略有三依且十五依處者一語依處二領受依處三習氣依處四有潤依處五無間滅依處六境界依處七根依處八作用依處九士用依處十眞實見依處十一隨順依處十二善功能依處十三和合依處十四障礙依處十五不障礙依處百法鈔以十五依處配十因一語依處者即以法名想三爲語因所言法者即一切法爲有此所詮諸法故便能令諸有情内心起想想像此等所詮諸法已次方安立其名内心安立名後方能發語即法名想三爲先是能起方起得所起之語即語依處立隨説因二領受依處者領謂領納受通五受五受皆以領納爲性即領受依處立觀待因觀者對義待者藉義即能所相對藉以立其因三習氣依處者所謂内外一切種子未成熟位未經被潤已前此名習氣依處即依此未潤種上立爲牽引因且内種者如第八識中有無量種子若有漏種子未被愛取水潤已前雖未便生現行然此種上且有能牽引生當起現行果之功能即以此種子名牽引因四有潤依處爲前習氣依處種子若曾被潤已去雖未便生現行然且潤了即此有潤種子能與後近現行果爲依處前習氣依處約内外種未被潤者今有潤依處即約内外種曾被潤已去説即有

潤依處立生起因五無間滅依處者即心心所法等無間緣謂前滅心心所爲緣緣者是開闢導引功能即前滅爲緣能與後念一聚心心所爲依處其後念心心所依他前念爲緣處生故名無間滅依處即無間滅依處立攝受因此一因寬自下六種依處皆是攝受因攝六境界依處者即是一切所緣緣境爲此一切所緣緣境能與一切能緣心心所爲依憑起處故以心不孤起託境方生亦立攝受因七根依處者即內六處謂五色根及意根成六即此六根是八識心所心所依之處前無間滅依處即取八識前念功能爲依處引後念令生今此根依處即取現在五色根及第七意名根依處亦立攝受因八作用依處者問何名作用依處答此通作業幷作具之作用且作業者即有情工巧智能造殿堂或造立種種器具等物是言作具者即世間種種作具如斤斧車船等所受用之具是但知一切踈助現緣能成辦種種事業者皆是此作用依處即除却識中種子及外法種子及種子生現行現行熏種子種子引種子及親助現緣非作用依處此處亦立攝受因九士用依處者即於前作用依處中唯取作者士夫之用此處亦立攝受因十眞實見依處者謂一切無漏見不虛妄故名眞實能與餘一切無漏有爲法及無爲法而所依名依處此處亦立攝受因此前立攝受因者攝受即是因果相關涉義但除却親因緣外取餘一切踈助成因緣者名爲攝受因故對法論云如日水糞望穀麥芽等雖有自種所生然增

彼力名攝受因十一隨順依處者即一切色心等種現皆有隨順自性及勝同類品諸法故名隨順依處言隨順自性者即簡他法不得爲此依因如第八識中三性種子各各自望三性現行爲依爲因言勝同類品諸法者如無漏法即唯與自無漏有爲及無爲勝品法爲因處不與下品劣有漏法爲因就有漏位中亦自有勝劣爲因果亦爾此處立引發因引謂引起發謂發生爲因能引起發生果故十二差别功能依處者謂一切法不簡自性他性各各自有因果相稱名爲差别功能如五八戒善業定引人天第八非引三塗第八以不相稱故若十不善業定引三塗第八非引人天第八性不相稱爲因故若自界法即與自界爲因如是等三界一切有漏法各各自有差别功能爲因如長安一百二十司官職各各自有公事爲因與所綰相稱若淨因者即自三乘種子各望自三乘有爲無爲果爲因此處立定異因定者是因果自相稱義不共他故名異如僧人以持齋戒相稱名定不共他俗人四業同故名異即一切諸法各各相望皆有定異因十三和合依處者立同事因從前第二領受依處乃至第十二差别功能依處即總攝前六因十一依爲此和合處體謂前十一依各各於自所獲生住成得果中皆有和合力故名和合依處即依此處立同事因爲觀待乃至定異如是六因各共成一事故説六因爲同事略舉一法以辯者且如眼識生時待空明等緣立此爲觀待因由有新本二類種故如其次第得有牽引

及生起因次取等無間緣及根境等立爲攝受因望前引於後是引發因由名言種故有定異因餘法亦爾十四障礙依處立相違因者惑能障智明能障暗等即明爲因暗立爲果即依此處立相違因十五不障礙依處立不相違因者唯識論云十五不障礙依處謂於生住成得事中不障礙法即依此處立不相違因略說三依者一因緣依即是俱有依亦種子依二增上緣依即增上緣三等無間緣依即開導依一因緣依者謂自種子諸有爲法皆託此依離自因緣必不生故此因緣依者對果得名因即是緣即不取因由之義此因是果之所依故即現行名果能生種子名因緣又因者是現行果之因緣者即此因有親生現行果之用名緣問因緣依與因緣何別答依狹緣寬若因緣即有三義一種引種二種生現三現熏種若因緣依即唯取種生現一義是真因緣依若種生種但名因緣不得名依以異念因果故即前念無體非依定須同時問且如現熏種亦是同念因果何不爲依答現熏種雖同念然又闕因沉隱果顯現義亦非因緣依故知唯取真因緣義名依都具三義方名因緣依一是主即種是主二因沉隱果顯現即簡現熏種三因果同時即簡種生種問此種子爲因緣依體者取何法爲能依答諸有爲法皆託此依即一切有爲緣生法色之與心皆須託自種爲依有此種故一切色心現行方始得生離自因緣必不生故意云心現若離自心種必不生色法亦爾二增上緣依者若增上緣即寬謂通有

無及踈增上若爲依即狹唯取有力及親增上以五色根幷意根處唯此内六處爲增上依體即箇外六處望心心所法但爲增上即不得爲依體又唯取同時八識心王爲意根處以意根處緣得八箇識故若是等無間意即自爲一依故不取即此增上依須具三義一有力二親三内其外六處以不具三義但爲緣非依若能依法即諸心心所皆託此依言諸心心所者即簡色不相應行無爲後三位皆無增上依問其一切心心所法若無内六處時亦得轉不答離俱有根必不轉故意云若無所依根時其心心所定不得轉三等無間緣依者等無間依即狹唯取心王心王有主義故若四緣中等無間緣即寛雙通心心所爲前念心王有力能引生後念一聚心心所法名等以力用齊等故無自類爲間隔名無間問此依以何爲體答以前念八識心王總名等無間此是依體即前念心王與後念心心所爲依問前念心法已滅無體何得爲依答彼先滅時已於今識爲開導故意云彼前念心王臨欲滅時有其力用能引後念令生作此功能了便滅即現在一念有引後功能以爲法體非取過去已滅無體法爲依問其前念心王有引後力用名爲依者未審將何法爲能依答諸心心所皆託此依即一切心心所法起定能須託此前滅意爲依方起問諸心心所法若不依前滅心王亦得起不答離開導根必不轉故意云心心所若不得前念心王爲開闢引導即無因得起問心法四緣生何故三緣別立爲依所緣緣不爾

答三緣有常義主義故亦緣亦依所緣緣皆有常義闕主義故但爲緣不爲依又種子依具六義六義者一剎那滅二果俱有三恒隨轉四性決定五待衆緣六引自果一剎那滅者謂體纔生無間必滅有勝功能方成種子二果俱有者謂與所生現行果俱現和合方成種子三恒隨轉者謂要長時一類相續至究竟位方成種子四性決定者謂隨因力生善惡等功能決定方名種子五待衆緣者謂此要待自衆緣和合功能殊勝方成種子六引自果者謂於別別色心等果各各引生方成種子又俱有依者即所依與能依俱時而有依者但是一切有爲生滅法仗因託緣而生住者皆名爲依依具四義一決定二有境三爲主四令心心所取自所緣方名所依此四依各有所簡且第一義者若法決定此正簡將前五識與第六識作不定依夫爲所依者且須決定有方得令有第六時不決定有前五故亦簡將五色根與第八爲依亦是不定有如生無色界第八即無色根爲依又簡將能熏七現與所熏種子爲生長依等即此能熏現識有間斷故無決定義問若有決定義便是所依者即如四大種及命根五塵等及種子皆有決定義應是所依有現行識時必決定有種子故答將第二義簡云有境言有境者即有照境緣境功能除心心所及五色根識餘法皆非有境令四大五塵命根等雖有決定義而闕有境義故非所依問若具二義即名所依者且如徧行五數亦具決定有境二義應與心心所爲所依答將第三義

簡云爲主令徧行五數雖有二義闕主義故亦非所依問若具三義便成所依者且如第八識現行望識中種子亦有決定有境爲主三義即此等八識現行應與種子爲俱有依答將第四義簡云令心心所取自所緣即令能依心心所緣取自所依家境方成所依令第八現行識不能令種子取自所緣故非所依令第八識中種子無緣慮不能取自所緣故第八非種子所依但爲依義問未審何法具此四義足得名所依答爲五色根及意處即此六處具前四義足獨名所依問内六處爲俱有依與六根體義何別答俱有依唯取六處現行不取種子闕有境義故若但言六根即通種現又俱有依取所依義若言六根即取生長義各據勝以論又若心心所法生時住時即具俱有依若色法生時住時但有因縁依即得定無俱有依以色法無所緣故自體不是能緣法故又瑜伽論云於五識有三依一種子依二俱有依三開導依問所依有幾重答有四重謂五色根六七八識即五識各依自根若後三識即通與五識爲依問五色根六七八識四重所依各有何用而言隨闕一種即便不轉答謂一同境二分別三染淨四根本等所依別故言同境者即自五色根是如眼根照青色境時眼識亦緣青色境以青色境同故名同境乃至身根識亦爾言分別者即第六識能與前五爲分別依同緣境時起分別故此是第六自體與五識爲分別依瑜伽論云有分別無分別同緣現在境故即第六名有分別前五名無分別解深

密經云五識起時定有意識同緣境言染淨者即第七識第七識能與五識爲染淨依第七若在有漏位中即與五識爲染依若成無漏時即與前五爲淨依有此染淨依前五方轉若無即不得生言根本者即第八識第八識與前五識爲根本依前五識是枝條又第八能持前五識種種方生現推功歸本皆從第八識中成故此第八不唯與前五識爲根本依亦與萬法爲根本以能持萬法種故於因果位中第八皆爲根本此四重依各各不同即八識俱有所依四種名義不同者如眼等五識即同境等四種所依各有決定義且如眼識以眼根爲決定同境依以決定共取一境故餘四境與四根各決定取自境亦爾以第六識爲決定分別依以第七識爲決定染淨依以第八識爲決定根本依又能所依四句分別一唯能依非所依即心所法二唯所依非能依即五色根三俱句即八識心王四俱非即外色法又開導依者開者闢也即開闢處所導謂導引導引令生即前念心王臨滅時開闢處所引後念心心所令彼生起即後念心心所託前念開導心王所依而生名開導依夫因依之處則染淨出生之始果報之境乃苦樂成熟之時則十因五果以無差三依四緣而非濫皆爲最初一念背覺合塵轉作能心現爲諸境三細識全因不覺六麤相永爲所緣入生死旋火之輪未曾暫歇處塵勞無間之獄曷有出期若能明萬法元起之由了一念最初之際方知自我心起起處無蹤唯我心亡滅時無跡則永枯苦本六

趣爲之冰消頓竭愛原二死因茲雲散二十八祖之正意從此皎然三世諸佛之本懷於斯釋矣○問般若無相不受一塵云何廣辯四緣及諸因果答夫佛道正法皆從緣生故云心法四緣生色法二緣起若執不從緣生者皆非正法悉屬外道自然邪見且心之一法若無第一因緣者無有親生現行果之義則諸法不成立若無第二等無間緣者則無開導引後生義無有相續全成間斷若無第三所緣緣者則心無所慮處不能牽心用心無所託乃心境俱成斷滅若無第四增上緣者雖具前三緣若無增上即成障礙法亦不生四緣具足方成心法若能明了世間因緣所生之法方乃見無生之旨以即生法達無生故且生法尚不知正因云何能了無生妙理所以華嚴鈔云緣起深義佛教所宗自古諸德多云三教之宗儒則宗於五常道宗自然佛宗因緣然老子雖云道生一一生二二生三三生萬物似有因緣而非正因緣言道生一者道即虛無自然故彼又云人法地地法天天法道道法自然謂虛通曰道即自然而然是雖有因緣亦成自然之義耳佛法雖有無師智自然智而是常住眞理要假緣顯則亦因緣矣故教說三世修因契果非無善因惡因故楞伽經大慧白佛佛說常不思議彼諸外道亦有常不思議何以異耶佛言彼諸外道無有常不思議以無因故我說常不思議有因因於內證豈得同耶是則眞常亦因緣顯淨名經云說法不有亦不無以因緣故諸法生法華經云諸佛兩足尊知法常無

性佛種從緣起是故說一乘又經云一切諸法因緣爲本中論云未曾有一法不從因緣生是故一切法無不是空者則眞空中道亦因緣矣若爾涅槃經云我觀諸行悉皆無常云何知耶以因緣故若一切法從緣生者則知無常是諸外道無有一法不從緣生是故無常則外道有因緣矣釋曰此明外道在因緣内執於緣相以爲常住是故破之言無常耳今明教詮因緣妙理具常無常豈得同耶況復宗者從多分說所以因緣是所宗不應致疑故知唯是一心緣起法門以法無自性隨心所現所現之法全是自心終無心外法能與心爲緣所以本末相收皆歸宗鏡何者内即是本外即是末以唯心義則本收外託境生心則末亦收内若以法性爲本法性融通緣起相由則塵包大身毛容刹土故合爲一大緣起也故知有智慧無多聞有多聞無智慧俱不達實相聞慧具足眞見心原又經云若欲學般若應學一切法以色無邊故般若無邊又經云若欲了達因緣等無間緣所緣緣增上緣者應當學般若智論釋云不破四緣之義唯破四緣之執如水中之月不破所見只破所取故知但有能取執情則非幻而成幻法若成無所得慧則非幻尚自不生執喪情虛萬法無咎般若眞性何所滯乎如大涅槃經云菩薩善知諸緣菩薩摩訶薩不見色相不見色緣不見色體不見色生不見色滅不見一相不見異相不見見者不見相貌不見受者何以故了因緣故如色一切法亦如是又前十因四緣等義是約法相宗說

略明行相令依法性宗自在無礙法門說明其體性據華嚴法界緣起無盡宗亦有因門六義緣起十義今且釋因門六義者一空有力不待緣是刹那滅義由刹那滅故即無自體是空也由此滅故果法得生是有力也然此謝滅非由緣力故不待緣二空有力待緣是俱有義由俱有故方有即顯是不有空義也俱故能成有是有力也俱故非散是待緣也三空無力待緣是待緣義由無自性故是空也因不生緣生故是無力也四有有力不待緣是決定義由自類不改故是有義然自不改而生果故是有力義然此不改非由緣力故不待緣五有有力待緣引自果義由引現自果是有義雖得緣方生然不生緣果是有力義即由此故是待緣義六有無力待緣恒隨轉義由隨他故無力是故待緣正因對緣唯有三義一因有力不待緣全能生故不雜緣力故二因有力待緣相資發故三因無力待緣全不作故用緣故又由上三義因中各有空有二義二門各三唯有六故不增減也何故不立第四句無力不待緣義者以彼非因義故不立問果中有六義不答果中唯空有二義謂從他生無體故是空義酬因故是有義若約互爲因果說即爲他因時具斯六義與他作果時即唯有二義是故六義唯在因中待緣者待因事之外增上等三緣也若緣起祕密義皆具此六義六義約體用各有四句一約體有無四句一是有謂決定義故二是無謂刹那滅義故三亦有亦無謂合彼引自果及俱有無二是也四非有非無謂

合彼恒隨轉及待衆緣無二是也二就用四句一由合彼恒隨及待衆緣無二故是不自生二由合彼刹那滅及決定義無二故是不他生三由合彼俱有及引自果無二故不共生也四由具三句合其六義因義方成故非無因生也中觀八不據遮詮六義約表詮八不約反情理自現六義據現理情自亡有斯左右耳六義開合者或約體唯一以因無二體故或約義分二謂空有以無自性故緣起現前故或約用分三一有力不待緣二有力待緣三無力待緣初即全有力後即全無力中即亦有力亦無力第四句無力不待緣非因故不論六義據緣起自體六相據緣起義門六義由空有義故有相即門由有力無力義故有相入門由有待緣不待緣義故有同體異體門由諸義門故得有毛容刹海等事也若論相入相持皆因有力無力即此二義不得同時若俱有力無無力者即成多果過一一各生故若俱無力無有力者即成無果過俱不生故論云因不生緣生故緣不生因生故以一有力能持多以多無力即入一中以多有力能持一以一無力即入多中是以一塵有力能含刹海刹海無力潜入一中問有力無力其義如何答若以一有力者是空無性義無性故能成諸法以有空義故一切法得成則是一有力爲主多無力爲伴若以多有力者則無一法而有自體能獨立者皆假衆緣相待而成則多有力爲主一無力爲伴所以立伴相成自他互立無伴則主不立闕自則他不成又約用由相待故具有力無

力義是故相收及相入二約體由相作故具有體無體義是故相即及相是經偈云諸法無作用亦無有體性是故一切法各各不相知以他而爲自故無體性以相待而成故無作用此是無力義又因此無知無性方有緣起若一法有體則不假相依若無相依則無諸法若諸法不空則無道無果此是有力義次緣起十門者即緣起相由之力謂一與多互爲緣起相由成立故有相即相入等此有二種一約緣用有有力無力相待相依全體相收故有相入二約緣體有空不空能作所作全體相是故有相即此即入二門復有二義一異體相望故有微細隱顯謂異體相容是微細義異體相是具隱顯義二同體内具德故有一多廣狹謂同體相入故有一多無礙同體相即故有廣狹無礙又由以異攝同故有帝網義於時中故有十世義緣起無性故有性相無礙義相關互攝故有主伴義十緣義者一諸緣各異義大緣起中諸緣相望要須體用各别不相雜亂方成緣起若雜亂者失本緣法緣起不成此則諸緣各各自守一位經頌云多中無一性一亦無有多二互徧相資義要互相徧方成緣起如一緣徧應多緣名與彼多全爲一故此一即是多箇一也此即一一各具一切經頌云知以一故衆知以衆故一三俱存無礙義凡是一緣要具前二以要住自一方能徧應徧應多緣多緣方是一故以一不自作一以多作一以多不自多以一作多是故唯一多一自在無礙或舉體全住是唯一也或舉體徧應是多一也

或俱存或雙泯或總合或全離經頌云諸法無所依但從和合起此三門總明緣起本法竟四異體相入義謂法門力用遞相依持互形奪故各有全力全無力義由一有力必不與多有力俱是故無有一而不持多也由多無力必不與一無力俱是故無有多而不入一也多持一依亦然五異體相即義諸緣相望全體形奪有有體無體義是故一緣是能起能成故有體多緣是所起所成故無體由一有體必不得與多有體俱多無體必不得與一無體俱是故無有不多之一無有不一之多六體用雙融義一以體無不用故舉體全用即有相入無相即義二用無不體故舉用全體即唯有相即無相入義三歸體之用不礙用全用之體不失體無礙雙存亦即亦入自在俱現四全用之體體泯全體之用用亡非即非入圓融一味五合前四句同一緣起無礙雙存六泯前五句絕待離言冥同性海此上三門於初異體門中顯義理竟七同體相入義謂前一緣所有多一與彼一緣體無別故名爲同體又由此一緣應多緣故先明相入謂一緣有力能持多一多一無力依彼一緣是故一能攝多多便入一八同體相即義謂前一緣所具多一亦有有體無體義故亦相即以多一無體由本一成多即一也由本一有體能持多一全一攝多如一有多空既爾多有一空亦然九俱融無礙義同前六句體用雙融此三門於前第二同體門中辯義理竟十同異圓滿義以前九門總合爲一大緣起令多種義門同時具足由住一徧

應故有廣狹自在門由就體有相即就用有相入由異體相容具微細門由異體相即具隱顯門就用相入爲顯就體相即爲隱又由異體相入帶同體相入具帝網門由此大緣起即無礙法界有託事門顯於時中有十世門相關互攝有主伴門此圓滿門就第三門中以辯義理竟經頌云菩薩善觀緣起法於一法中解衆多衆多法中解了一如是理事開合緣性融通方達一心無盡之用華嚴演義釋云夫緣起者初有三門一異體門二同體門三同異合明門所有同異體者以諸緣起門內有二義故一不相由義謂自具德故如因中不待緣是二相由義如待緣等是也初即同體門後即異體門若爾何以初異體門中云諸緣各別不相雜亂第二同體門中云互相徧應方成緣起釋曰謂要由各異方得待緣要由徧應方自具德耳所以前之二門各生三者一互相依持有力無力故二互相形奪有體無體故三體用雙融無前後故此即緣起大意次第一異體門者然由相成方各有體二互徧相資義者即同體門則具多箇一如十錢爲緣當體自是本一應二之時乃詺初一以爲二一應三爲三一乃至應十爲十一故有多一若此一緣不具多一則資應不徧不成緣起此則一一各具一切者一既有十二三四等亦各有十故云一一各具如十錢爲喻其法界差別無盡法中各各徧應故隨一一各具法界差別法也三俱存無礙義者唯一多一自在無礙者總明欲多常多欲一常一故云自在一或舉體徧應二

或舉體全住二或俱存者俱存住自及徧應也亦俱存唯一及多一也四雙泯者即由俱存則相即奪故住一即徧應非住一也徧應即住一非徧應也五或總合者合前四句爲解境故六或全離者全離前五成行境故四異體相入義者遞相依持者以是緣起一多等非定性一多等謂一有定性不由於多多有定性不由於一今由一無定性假多而起多無定性由一而生故由無性平等之義方成緣起若有一可一此是定性一若有多可多此是定性多若是定性多多不因於一若是定性一一不因於多今由多故一此一不自一今由一故多此多不自多此多則無力此一不自一此一則無力無力隨有力一多互相收故隨一佛會即一切佛會一切法會即是一法會故此一法會不動而常徧不分而常多前後互相成如何不信又謂前一望多中一爲持邊一能攝多一爲依邊一能入多如一望多有依有持者有依者即前多持故一成也有持者即前一有力爲多依故言全力者成上持言無力者成上依言常含多在巳中者一有力爲持能攝多故言潛入巳在多中者一無力爲依便入多故俱存雙泯者謂一攝多是第一句多攝一是第二句俱存即第三句謂即一攝一入時即多攝多入故雙泯者即第四句一攝一入故則多攝多入故便一攝一入泯多攝多入故即一攝一入故則多攝多入泯故云雙泯對前別明二句則有四句亦可成六五俱照前四成解境故六頓絶前五成行境故五異體相即義者

爲能起邊即有體爲所起邊即無體如云法從緣生是法即空意取所生空也空即無體義若形奪者以能起之緣形對所起奪彼所起令無體也由一有體不得與多有體俱者謂有難言一之與多俱有有體無體二義云何獨言一有體耶故今通云由有無義不得並故今一爲能起邊多必是所起故若不爾者能所不成緣起亦壞是故無有不多之一者此一是多故無有不一之多者此多是一故問一不即多有何過答有二過故一不成多過謂既不成多餘亦不成多故如一不成十二三四等亦不成十故無十過二不成一過謂若一不成十此即不成一由十不成故一義亦不成以無於十是誰一故一不即多成過既爾多不即一成過亦然又若不相即緣起門中空有二義即不成立便有自性斷滅等過故俱存雙泯者俱謂正一攝他同巳廢巳同他時即是多攝一同巳廢巳同一也雙泯者以一望於他二義即是多望於一二義故則一望於他二義泯矣多望於一二義即是一望於多二義故即多望於一二義泯也旨不異前思之六體用雙融義者一以體就用二以用就體三體用雙存四體用雙泯以體用交徹形奪兩亡即入同原故圓融一味五成解境六成行境七同體相入義者此門即指前第二門以第二是本同體門故如一本自是一爲本一應二爲二一應三爲三一等只是一箇一對他成多亦如一人望父名子望子名父望兄爲弟望弟爲兄等同一人體而有多名今本一如一人多一如諸名

也八同體相即義者一有多空既爾者例多一有體也由有多一方諾本一爲本一故多一有體本一無體也多一有體故能攝本一本一無體潛入多一九俱融無礙者同前異體門也即前第六門謂同體緣起法中力用交涉全體融合方成緣起十同異圓滿義者謂前來異體四門同體四門及第三同異俱存並不出同異合居一處不偏一門故云圓滿若具足皆具十玄有多種義門有本有末有同有異有即有入四句六句等合前九門爲同時門也且如由異體相入帶同體相入故有帝網門者同體相入一中已含於多更入異體故有重重之義同體相入如鏡已含多影更入異體如含影之鏡更入餘鏡故有重重無盡之義餘九玄如文今結屬者由第一本門之中融同異故今則融前六門則異體中二門與同體三門相成無異體同體不成無同體異體不成故六門相成後之七門從前三生前三融故後七必融故十門一際也例前第三融通亦有六句一或舉體全異具入即俱二或舉體全同亦具入即俱三或具同異雙現無二體故四或雙非同異以相奪俱盡故謂同即異故非同異即同故非異五或具前四爲解境故六或絕前五成行境故故約智顯理諸門不同廢智志筌一切叵說說與不說無礙難思沒同果海唯亡言遺照庶幾玄取耳如上緣起總因云外由內變本末相收外諸器界內識頓變增上之果亦因自業故云內變內即是本外即是末以唯心義則內收外以末攝本若以法性爲本法

性融通緣起相由則塵包一身毛容刹土故合為一大緣起

宗鏡録卷第七十二

音釋

綰(烏板切繫也)詺(彌正切目也)

宗鏡録卷第七十三

宋慧日永明妙圓正修智覺禪師延壽集

夫八識之中覆眞習妄何識造業何識爲因何識爲依成其妄種答前五識取塵第六識爲因第七識計我造業第八識爲依以此生死苦果不斷楞伽經偈云如水大流盡波浪則不起如是意識滅種種識不生釋云謂五識取塵轉入六識六識記法爲因七識攀緣六識造善惡業得未來生死覆障八識不得顯現若五識不取塵即無六識六識無故七識不生七識不生故則無善惡業無善惡業故即無生死無生死故如來藏心湛然常住即是六七識滅建立八識又八識爲五六七識所依與諸識作因者即第六識心諸識依之如水盡則無波浪六識滅七識亦不生故云一念無明風鼓動眞如海無明風盡識浪不生則覺海性澄源源澄覺元妙問一切世間因果相酬生死不絶於諸識中何識爲主答生滅因緣最初依阿賴耶識爲體以意識爲用如是三世因果流轉不絶功在意識以是義故意名相續識起信論云復次生滅因緣者謂諸衆生依心意識轉此義云何以依阿賴耶識有無明不覺起能見能現能取境界分別相續説名爲意此意復有五種異名一名業識謂無明力不覺心動二名轉識謂依動心能見境相三名現識謂現一切境界相猶如明鏡現衆色像現識亦爾如其五境對至即現無有前後不由功力四名智識謂分別染淨諸差別法五名相續識謂恒作意相應不斷任持過去善惡等業令無失壞成

熟現未苦樂等報使無違越已曾經事忽然憶念未曾經事妄生分別是故三界一切皆以心爲自性離心則無六塵境界何以故一切諸法以心爲主從妄念起凡所分別皆分別自心心不見心無相可得是故當知一切世間境界之相皆依衆生無明妄念而得建立如鏡中像無體可得唯從虛妄分別心轉心生則種種法生心滅則種種法滅故釋云通論五種之識皆名爲意就本而言但取業識以最微細作諸識本故如是業識見相未分然諸菩薩知心妄動無前境界了一切法唯是識量捨前外執順業識義故名業識心不見心無相可得者是明諸法非有之義入楞伽經偈云身資生住持若如夢中生應有二種心而心無二相如刀不自割如指不自觸如心不自見其事亦如是若如夢中所見諸事是實有者即有能見所見二相而其夢中實無二法三界諸心皆如此夢離心之外無可分別故言一切分別即分別自心而就自心不能自見如刀指等故言心不見心既無他可見亦不能自見所見無故能見不成能所二相皆無所得故言無相可得又一心隨無明動作五種識故說三界唯心轉也此心隨熏似現雖有種種然窮其因緣唯心作也離現識則無六塵境反驗六塵唯是一心故云離心則無境等問現有六塵境云何唯心答以一切法皆是此心隨熏所起更無異體故說唯心疑云何作諸法耶答由妄念熏故生起諸法故云從妄念起亦可疑云法既唯心我何不見而我所見唯是異心釋云異

心者是妄念分別而作故云妄念生也既境唯識無外異法是故種種分別皆是自心即塵無相識不自緣是故無塵識不生則心不見心矣攝論云無有別法能取別法能所既窮故無相可得也心生種種法生心滅種種法滅者瑜伽論問諸修觀行者見徧計所執無相時當言入何等性答入圓成實性問入圓成實性時當言遣何等性答遣依他起性以此當知唯識觀成則無有識楞伽經偈亦云無心之心量我說爲心量此之謂也若依此論無明動眞如成生滅緣起無明風滅識浪即止唯是眞如平等平等也此境界離心之外無體可得也又亦即是心故復無體也如鏡外無體鏡內復無體也疑云既其無體何以宛然顯現釋云並是眞心之上虛妄顯現何處有體而可得也疑云何以知心上顯現釋云以心生則種種法生以無明力不覺心動能現一切境界則心隨熏動故云生也若無明滅境界隨滅諸分別識皆滅無餘故言心滅則種種法滅此則心原還淨故云滅也既心隨不覺妄現諸境則驗諸境唯心無體也又夫心者形於未兆動靜無不應於自心如詩云願言則嚏願思也言我也謂人或思巳則嚏故知心應千里設有處遠而思者我皆知矣是以萬事唯心先知故得稱心靈斯之謂也如太山吴伯武與弟相失二十餘年相遇於市仍共相敺伯武覺心神悲慟因問乃兄弟也○問生滅因緣別以何爲因以何爲緣而得生起答古師釋云生滅因緣體相有二一阿賴耶心體不守自性變作諸法

是生滅因根本無明熏動心體是生滅緣又復無明住地諸染根本起諸生滅故說爲因六塵境界能動七識波浪生滅是生滅緣依此二義以顯因緣諸生滅相聚集而生故名衆生而無別體唯依心體故言依心即是阿賴耶自心相也又眞妄和合諸識緣起以四句辯之一以如來藏唯不生滅如水濕性二七識唯生滅如水波浪三賴耶識亦生亦滅亦不生滅如海含動靜四無明倒執非生滅非不生滅如起浪猛風非水非浪問賴耶既通動靜不應唯在生滅門答爲起靜以成動無別有動體是故靜性隨於動亦在生滅門中非直賴耶具動靜在此生滅中亦乃如來藏唯不動亦在此門中何以故彼生滅無別體故如水作波又起信論說無明爲因境界爲緣生三細之識六麤之相則隨迷昧之緣而沉六趣始覺爲因五度爲緣則隨悟解之緣而昇一乘又說迷則有過恒沙等妄染之法即染緣生而淨緣滅悟則有過恒沙等諸淨功德即淨緣起而染緣亡然但一心所作更無二原義說逐悟逐迷實無能逐所逐故論云以一切法皆從心起妄念而生凡所分別皆分別自心心不見心無相可得如古德釋波水以喻眞如生滅二門以水濕喻心眞如以波動喻心生滅波無異濕之動則無異也水無異動之濕則無有離生滅之眞如即眞如之生滅即水以辯於波不變性而緣起波以明於水不捨緣而即眞也○問記憶之事定屬何法而生答大乘說能記憶法有三一自證分能記憶見分二別境中念能記憶

曾所更事三識中種子能不忘生自現行唯識疏云如不曾更境必不能憶如現行色曾被見分緣者後必能憶若不曾爲見分緣者後時必不能記憶也以能緣見分於過去時及現在世但緣相分不曾自緣前已滅心既過去已今時見分有何所以能自憶持以於昔時不曾返緣自見分故既許今時心心所法能自記憶明由昔時有自證分緣於見分證彼緣境作量果故今能憶○問生滅門中有漏位內約教所論有幾種生死答略有二種一分段二變易識論云一分段生死謂諸有漏善不善業由煩惱障緣助勢力所感三界麤異熟果身命短長隨因緣力有定劑限故名分段二不思議變易生死謂諸無漏有分別業由所知障緣助勢力所感殊勝細異熟果由悲願力改轉身命無定劑限故名變易無漏定願正所資感妙用難測名不思議或名意生身隨意願成故如契經說如取爲緣有漏業因續後有者而生三有如是無明習地爲緣無漏業因有阿羅漢獨覺已得自在菩薩三種意生身亦名變化身無漏定力轉令異本如變化故○問論云所知障不障解脫無能發業潤生用故何用資感生死苦爲答成二利故更須資生論云自證菩提利樂他故謂不定性獨覺聲聞及得自在大願菩薩已永斷伏煩惱障故無容復受當分段身恐廢長時修菩薩行遂以無漏勝定願力如延壽法資現身因令彼長時與果不絕數數如是定願資助乃至證得無上菩提彼復何須所知障助既未圓證無相大悲不執

菩提有情實有無由發起猛利悲願又所知障障大菩提爲求斷除留身久住又所知障爲有漏依此障若無彼定非有故於身住有大助力若所留身有漏定願所資助者分段身攝二乘異生所知境故無漏定願所資助者變易身攝非彼境故由此應知變易生死性是有漏異熟果攝於無漏業是增上果釋云得自在大願菩薩已永斷伏煩惱障者謂八地已去菩薩雖藉煩惱生死受生不同凡夫及二乘說現及種潤由起煩惱利益有情業勢方能感生死果煩惱若伏業勢便盡故須法執助願受生故已永斷伏無容復受當分段果既有二利之益觀知分段報終恐廢長時修菩薩行遂入無漏勝定勝願之力如阿羅漢延壽之法資現身之因即資過去感今身業令業長時與果不絕既未圓證無相大悲不執菩提有情實有無由發起猛利悲願者既未成佛圓證無相大悲一味平等之解若不執菩提可求有情可度爲實有者無有因由可能起猛利大悲及猛利願以所知障可求可度執爲先方能發起無漏業故說業爲因以是勝故無明爲緣以疎遠故非如煩惱資有漏業但緣義同少分相似又所知障障大菩提正障智故爲求斷除此所知障留身久住說之爲緣爲所斷緣故又此所知障能爲一切有漏之依由有此障俱諸行法不成無漏故此所依之障若無彼能依有漏決定非有今既留身久住由有所知障爲緣故說此障爲於身住有大助力說爲緣也此變易生死乃是菩薩成就悲願圓滿菩提若

分段生死即是凡夫妄心所造念念耽著入大苦輪無有休息如大涅槃經云佛告迦葉世間衆生顛倒覆心貪著生相猒患老死迦葉菩薩不爾觀其初生巳見過患迦葉如有女人入於他舍是女端正顔貎績麗以好瓔珞莊嚴其身主人見巳便問言汝字何等繫屬於誰女人答言我身即是功德大天主人問言汝所至處爲何所作女人答言我所至處能與種種金銀瑠璃玻瓈真珠珊瑚琥珀硨磲碼碯象馬車乘奴婢僕使主人聞巳心生歡喜踊躍無量我今福德故令汝來至我舍宅即便燒香散華供養恭敬禮拜復於門外更見一女其形醜陋衣裳弊壞多諸垢膩皮膚皴裂其色艾白見巳問言汝字何等繫屬誰家女人答言我字黒闇復問何故名爲黒闇女人答言我所行處能令其家所有財寶一切衰耗主人聞巳即持利刀作如是言汝若不去當斷汝命女人答言汝甚愚癡無有智慧主人問言云何名爲癡無智慧女人答言汝舍中者即是我姊我常與姊進止共俱汝若驅我亦當驅彼主人還入問功德天言實外有一女云是汝妹實爲是不功德天言實是我妹我與此妹行住共俱未曾相離隨所住處我常作好彼常作惡我常利益彼作衰耗若愛我者亦應愛彼若見恭敬亦應敬彼主人即言若有如是好惡事者我俱不用各隨意去是時二女俱共相將還其所止爾時主人見其還去心生歡喜踊躍無量釋曰功德天者即喻於生黒闇女者即喻於死只是世間生死二法諸惡之本衆苦之原賢聖共

訶愚癡所蔽主人見已者心屬於境名爲見也即便問言者以解觀生求生之實名爲問女人答言者境對於心義稱答也功德大天者喻生是出相也功德報主具六識光明照六塵境界名功德天也繫屬於誰者應言屬惑業我今福德者宿修善因今受天報名至我宅也復於門外者死捨身家義云門外繫屬誰家者緣應即死無所屬也我字黒闇者死是没相雖有五根無所覺知名黒闇也我常與姊進止共俱者即生即死爲進止俱主人即言若有如是好惡事者我俱不用者夫於生不喜者見死則不憂也爾時主人見其還去心生歡喜踊躍無量者證初地時離分段死入歡喜地故云歡喜無量○問唯有内識而無外緣云何復説六處輪廻生死相續

答識論頌云由諸業習氣二取習氣俱前異熟既盡復生餘異熟諸業謂福業罪業不動業即有漏善不善思業思業之眷屬亦立業名同招引滿異熟果故此雖纔起無間即滅無義能招當異熟果而熏本識起自功能即此功能説爲習氣是業氣分熏習所成簡曾現業故名習氣如是習氣展轉相續至成熟時招異熟果此顯當果勝增上緣相見名色心及心所本末彼取皆二取攝彼所熏發親能生彼本識上功能名二取習氣此顯來世異熟果心及彼相應諸因緣種俱謂業種二取種俱是疎親緣互相助義業招生顯故頌先説前異熟者謂前前生業異熟果餘異熟者謂後後生業異熟果雖二取種受果無窮而業習氣受果有盡由異熟果性別難招等

流增上性同易感由感餘生業等種熟前異熟果受用盡時後別能生餘異熟果由斯生死輪轉無窮何假外縁方得相續此頌意說由業二取生死輪廻皆不離識心心所法爲彼性故釋云此雖纔起無間即滅無義能招當異熟果者雖現用無有過去體能招當來眞異熟果而現行之業當造之時熏於本識起自業之功能功能即習氣習氣展轉相續至成熟時招異熟果相見名色心及心所本末彼取皆二取攝者一者相見謂即取彼實能取實所取名二取二者取名色色者色蘊名者四蘊即是執取五蘊爲義前言相中亦通取無爲以爲本質故今此唯顯取親所縁不能縁得心外法故又變無爲之影相分亦名所攝不離心等故三者取心及心所一切五蘊法不離此二故四者本末謂取親果第八識是諸異熟之根本故又總報品故名本餘識等異熟別報品故名末即取一異熟也五彼取者即彼上四取也此諸取皆是二取所攝即是現行之取也雖二取種受果無窮而業習氣受果有盡由異熟果性別難招等流增上性同易感者二取種子受果無窮攝論說習氣有盡所以者何由異熟果一者性別與業性殊不多相順二者難招業雖招得謂必異世果方熟故業習氣有盡如沉麝穢草有萎歇故其等流果及增上果一者性同體性相順二者易感同時生故此念熏巳即能生果故二取種易感果也何者爲等流何者爲增上增上寬但等流必增上等流者謂種子與現行及自種爲俱生同類因故也增

上處無别體即等流性故又是等流果故性同是增上果故易感又種望現行是增上望自類種是等流業種望彼現及種皆異性故但是異熟前異熟受用盡時復别能生餘異熟果意由感當來餘生業等種子熟故於今身中前異熟果受用盡時即是此身臨終之位彼有熟業復别能生彼餘果起即先業盡時後果種熟時其異熟果而復得生所以生死不斷絶也由此業果無斷生死相續輪轉無窮何假藉心外之緣方得生死相續此相續識無有斷時若未觸途成觀諦了自心皆對境生疑執有前法一切生死盡是疑情但了唯心自然無咎若疑蛇得病豈有實境居懷猶懸砂止飢但是自心想起如晉書樂廣傳廣有親客久闊不復來廣問其故答曰前在座蒙賜酒見盃中有蛇意甚惡之既飲而疾于時河南廳署壁上有角角邊畫作蛇廣意盃中蛇即角影也復置酒前處客豁然意解沉痾頓愈又律中四食章古師義門手鈔云思食者如饑饉之歲小兒從母求食啼而不止母遂懸砂囊誑云此是飯兒七日諦視其囊將爲是食其母七日後解下視之其兒見是砂絶望因此命終方驗生老病死皆是自心地水火風終無别體是以衆生耽著生死二乘猒畏生死皆不了心外無法爲境所留取捨雖殊俱非解脱何者衆生爲生死縛二乘被涅槃縛如楞伽經云復次大慧諸聲聞衆畏生死妄想苦而求涅槃不知生死涅槃差别之相一切皆是妄分别有無所有故妄計未來諸根境滅以爲涅槃不知證自知

境界轉所依藏識爲大涅槃彼愚癡人不知去來現在諸佛所説自心境界取心外境常於生死輪轉不絶○問生死相續由二取有支我執名言二種習氣成異熟果者其生死業先來後去定屬何識答唯第八識是諸異熟之根本若無此識生死不成由前七轉識有間斷非主故此識亦名執持識能執持種子根身初一念有執趣結生相續義即是界趣生義此執趣結生不通果位八地已上不通執趣結生也今但取執持種子根身義故名執持義此通一切位此是生位最初攬胎成體乃至死時前諸識悉皆惛昧遷謝唯異熟識最後執受身分捨執受處冷觸便生壽煖識三不相離故冷觸起時即是非情雖變亦緣而不執受故由此爲凡爲聖常作所依捨生趣生恒爲其主○問生死依處約有幾事答生死流轉所依事有三經云有三種流轉一是處流轉於三世處由我分別二是事流轉由外六處由我取執三如是而轉諸業異熟相續流轉○問由二取習氣成生死者必因現行功能方成習氣且現行何法熏成生死答初因無明不了發業次因情愛貪著潤生故云從癡有愛則我病生以癡愛故則念念相續當知念即生死經云起一念善受人天身起一念惡受三塗身故知日夜念念造未來生死之身有何窮盡安般守意經序云彈指之間心九百六十轉一日一夕十三億意意有一身心不自知猶彼種大也菩薩處胎經云一彈指頃有三十二億百千念念念成形形皆有識佛之威神入彼微識中

皆令得度此識教化非無識也○問生死之法是有是無答非有非無何者若言是有一身内外地水火風各各性空未曾聚散所以無生之生可説爲生無滅之滅可説爲滅如菴提遮女師子吼了義經云若能明知地水火風四緣畢竟未曾自得有所和合而能隨其所宜有所説者是爲生義乃至若能明知地水火風畢竟不自得有所散壞而能隨其所宜有所説者是爲死義若言是無以染淨眞如不守自性不覺隨緣起幻生滅故云法身流轉五道號曰衆生如上所明凡聖二種生死須知生死中道方離斷常是以生之無生眞性湛然無生之生業果宛然眞性湛然不可執常業果宛然不可執斷又復諸佛出世尚如空華亂生亂滅況衆生顛倒生死但如妄夢如狂醉豈是實邪融大師云一切凡聖三塗已上種智已還皆妄想謂有並是夢中如人夢中見在地獄種種方便求脫浪生辛苦但抖擻令覺即一切事盡無如今並是夢中所作還受夢報又如狂醉之人恒隨物轉所以一切衆生飲無明酒卧五住地長劫惛然孰有醒者忽得見性之時如同醉醒如經偈云譬如惛醉人酒消然後醒得佛無上體是我眞法身又若入宗鏡中頓明實性反觀世間生死名相虛誑猶如見戲復以技人然雖改换千差一性宛然不動如草堂和尚偈云樂見本是一形軀乍作官人乍作奴名目服裝雖改變始終奴主了無殊

宗鏡録卷第七十三

音釋

嚏丁計切噴嚏也 毆烏后切捶擊也 劑在詣切分限也 繢黄外切 皴七倫切 屬朱欲切注也 麝神夜切獸名臍有香因名麝香 痾烏何切 攬盧敢切猶攬結也 抖擻抖當口切擻蘇后切抖擻振舉也

宗鏡録卷第七十四

宋慧日永明妙圓正修智覺禪師延壽集

夫生死輪廻不待外縁既由内識此即有漏異生生死相續諸佛菩薩淨法相續爲復亦由内識爲復别有淨體答淨法相續應知亦然論云謂無始來依附本識有無漏種由轉識等數數熏發漸漸增勝乃至究竟得成佛時轉捨本來雜染識種轉得始起清淨種識任持一切功德種子由本願力盡未來際起諸妙用相續無窮由此應知唯有内識釋云由法爾種新所熏發由本願力即佛世尊利他無盡清淨種識皆通現種皆唯第八能持種故由此上來所説染淨道理應知諸法相續唯有内識也○問人法二空一心妙理云何又説四相所遷二死相續且如四相之中生相則内外無從推不可得住相則念念不住異相則雖似遷移體未嘗變滅相則法本不然今亦無滅答四相有二一麤約果報而説即生老病死此亦四相二細即生住異滅據惑業而論如起信論中釋云不覺心起名爲生能見能現妄取境界起念相續名之爲住執取計名名之爲異造作諸業名之爲滅雖即四相似分俱是一心而轉然世人多執住相以爲現見今須推破以顯真空凡有一切住持境界悉如夢中似有非實以隨心所現外境本空故心亦無生念念不住如大智度論云佛説諸法無有根本定實如毫氂許所有欲證明是事故説夢中受五欲譬如須菩提云若一切法畢竟空無所有性今何以故現有眼見耳聞法以是故佛説夢譬喻如

人夢力故雖無實事而有種種聞見瞋處喜處覺人在傍則無所見如是凡夫人無明顛倒力故妄有所見聖人覺悟則無所見一切法若有漏若無漏若有爲若無爲皆不實虚妄故有見聞又云現在色亦無住時若法後見壞相當知初生時壞相已隨逐微細故不識如人著屐若初日新而無有舊後應常新不應有舊若無舊應是常常故無罪無福無罪無福故則世俗法亂復次生滅相常隨作法無有住時若有住時則無生滅夫受生死者初因妄識造分別業因茲有身今先推此身聚散非有以身是積聚我内外四大假和合成微細推窮事無和合以風火常舉地水恒沉一一大性各無定體風以動爲性乃附物而彰眞理不遷湛然常寂火以熱爲性未必皆燒如雲中身内之火何不焚爇地以堅爲性且如銅鐵遇鎔成水剛柔不定水以濕爲性因火即乾又寒堅煖釋凝流無體各各既無和合非有如一狗無師子性聚群狗而亦不成似一盲不見於明合衆盲而終不覩寶藏論云清虚之理畢竟無身既知身空又執識煖息三事實有能爲生死成就命根者台教云此身無常攬壽煖識三事而有身身但假名三事無常無別身也息之出入計爲壽命息出不反身如瓦礫命寧可保若煖氣持水水潤於地妄謂此身爲常存者火從緣生緣散故即火滅身便臭爛業計妄識剎那異趣謂我常自在業若纔斷心即託生身便散滅大集經云出胎盛年衰老皆是業持三事生滅相續不斷凡夫不了妄取身相不覺

氣斷三事分離又如出入息相纔百千萬出入息一一息中身不可得刹那心識次第生滅無量一一刹那身不可得不臭不爛三大成皮肉骨髓一一驗之虛假身不可得離此三事無別有身故知身命本空生死恒寂凡夫不了枉入苦輪命如風裏之殘燈刹那磨滅身似潭中之聚沫倏爾消洋所以經云解無不生了有不死若了有空而無我無我令誰生解本無而不生不生令誰死唯持種本識妙湛眞心體性圓明寂然常住處異生位持無漏而常熏至佛果門續菩提而不斷又心性本來離生滅相而有無明迷自心性由迷心性離相寂靜故能生起動四相四相無明和合力故能令心體生住異滅經云即此法身爲諸煩惱之所飄動往來生死名爲衆生起信論明自性清淨心因無明風動四相流轉唯一夢心處夢之士謂爲前後各隨智力淺深分分而覺大覺之者知夢四相唯一淨心無有體性可辯前後故論云四相俱時無有自立生住異滅一心而轉四相俱有爲心所成離一心外無別自體故言俱時而有無有自立者本來平等同一本覺故如般若燈論偈云生死有際不佛言畢竟無此生死無際前後不可得如般若經云復次極勇猛如涅槃無際一切法亦無際何者生死以涅槃爲際涅槃以生死爲際既不得生死亦不得涅槃生死涅槃既不可得則一切法悉無際如是但了本覺一心念念契圓常之道若逐無明散意塵塵成生死之輪得失在人法無邪正取捨任已道絶昇沉但自內觀躡普

門而頓入唯當正眼履一道以圓成問動識相與眞心性既非一異爲復可壞不可壞若不可壞則爲墮常若可壞則歸斷滅答既非一而非是異即亦可壞而不可壞起信論云一切心識相即是無明相與本覺非一非異非是可壞非不可壞如海水與波非一非異波因風動非水性動若風止時波動即滅非水性滅衆生亦爾自性清淨心因無明風動起識波浪如是三事皆無形相非一非異然性淨心是動識本無明滅時動識隨滅智性不壞根本無明滅者是合風滅相續即滅者業識等滅合動相滅也智性不壞者隨染本覺神解之性名爲智性是合濕性不壞○問生死種子不斷皆因發業潤生於煩惱中何法發業何法潤生答夫業性本空結成多種

先論黒白行相後辯發潤根由今初黒白行相者如大涅槃經云佛言復次善男子次當觀業何以故有智之人當作是念受想觸欲即是煩惱者能作生業不作受業如是煩惱與業共行則有二種一作生業二作受業是故智者當觀於業是業三種謂身口意善男子身口二業亦名爲業亦名業果意唯名業不名爲果以業因故則名爲業善男子身口二業名爲外業意業名内是三種業共煩惱行故作二種業一者生業二者受業善男子生業者即意業也受業者謂身口業先發故名意業從意業生名身口業是故意業得名爲正智者觀業已次觀業因業因者即無明觸因無明觸衆生求有求有因緣即是愛也愛因緣故造作三種身口意業善男子智者

如是觀業因已次觀果報果報有四一者黑黑果報二者白白果報三者雜雜果報四者不黑不白果報黑黑果報者作業時垢果報亦垢白白果報者名無漏業迦葉菩薩白佛言世尊先說無漏無有果報今云何言不白不黑果報耶佛言善男子是義有二一者亦果亦報二者唯果非報黑黑果報亦名爲果亦名爲報黑因生故得名爲果能作因故復名爲報淨雜亦爾無漏果者故名爲果不作他因不名爲報迦葉菩薩白佛言世尊是無漏業非是黑法何因緣故不名爲白善男子無有報故不名爲白對治黑故故名爲白我今乃說受果報者名爲黑白是無漏業不受報故不名爲白名爲寂靜故知業不可作果不可逃如經偈云非空非海中非入山石間無有地方所脱之不受報唯除不作則無果得道則業亡如氣歔旃陀羅造惡業而得生天鴦崛魔羅作逆罪而得解脱果是知受身已來無有不作業者設今生不作過去曾爲但悟此宗無不解脱何以解脱若入宗鏡人法自空人空則不見有能作業之人法空則不見所受果之處只爲妄執人法而造業不出心境而受殃但心境俱亡即當處解脱故知一切善惡諸法無有定相由心迴轉得失任緣如大涅槃經云佛言善男子若言諸業定得報者則不得有修習梵行解脱涅槃當知是人非我弟子是魔眷屬若言諸業有定不定定者現報生報後報不定者緣合則受不合不受以是義故應有梵行解脱涅槃當知是人真我弟子非魔眷屬乃至譬如二人

俱涉險路一則有目一則盲瞽有目之人直過無患盲者墜落墮深坑險故知得宗鏡之眼者終不墮三有之險陷五欲之坑自然直過無疑常居覺地次辦發潤根由者若分别煩惱正發業俱生無明助發業發者動作義業者招感義俱生能潤生分别能造業招生過重俱生能潤生過輕若分别發人天業即俱生助發以人天業難發要假俱生助若分别發三塗業不假俱生助發以分别猛利故不要助發○問俱生分别二種何别答古釋經論正意即分别麤俱生細唯識論云俱生我執無始時來虚妄熏習内力常與身俱不待邪教及邪分别任運轉故名俱生十地論云遠隨現行不作意縁無始至今任運而有不假作意分别尋伺如小孩兒見母生喜是

俱生貪見別人啼哭是俱生瞋即不假別縁分别尋伺求自任運起故知俱生細唯識論云分别我執亦由現世外縁方起非與身俱要待邪教邪師及邪分别然後方起又此三縁前二是麤第三自思惟細經云縁力斷善根地獄生時續因力斷善根地獄死時續即自邪思惟是因力餘二是縁力所以首楞嚴經云佛告阿難一切衆生輪迴世間由二顛倒分别見妄當處發生當業輪轉云何二見一者衆生别業妄見二者衆生同分妄見云何名爲别業妄見阿難如世間人目有赤眚夜見燈光别有圓影五色重疊於意云何此夜燈明所現圓光爲是燈色爲當見色阿難此若燈色則非眚人何不同見而此圓影唯眚之觀若是見色見已成色則彼眚人見圓

影者名爲何等復次阿難若此圓影離燈別有則合傍觀屏帳几筵有圓影出離見別有應非眼矚云何眚人目見圓影是故當知色實在燈見病爲影影見俱眚見眚非病終不應言是燈是見於是中有非燈非見如第二月非體非影何以故第二之觀揑所成故諸有智者不應說言此揑根元是形非形離見非見此亦如是目眚所成今欲名誰是燈是見何況分別非燈非見云何名爲同分妄見阿難此閻浮提除大海水中間平陸有三千洲正中大洲東西括量大國凡有二千三百其餘小洲在諸海中其間或有三兩百國或一或二至于三十四十五十阿難若復此中有一小洲只有兩國唯一國人同感惡緣則彼小洲當土衆生覩諸一切不祥境界或見二日或見兩月其中乃至暈適珮玦彗孛飛流負耳虹霓種種惡相但此國見彼國衆生本所不見亦復不聞阿難吾今爲汝以此二事進退合明阿難如彼衆生別業妄見矚燈光中所現圓影雖現似境終彼見者目眚所成眚即見勞非色所造然見眚者終無見咎例汝今日以目觀見山河國土及諸衆生皆是無始見病所成見與見緣似現前境元我覺明見所緣眚覺見即眚本覺明心覺緣非眚覺所覺眚覺非眚中此實見見云何復名覺聞知見是故汝今見我及汝幷諸世間十類衆生皆即見眚非見眚者彼見眞精性非眚者故不名見阿難如彼衆生同分妄見例彼妄見別業一人一病目人同彼一國彼見圓影眚妄所生此衆同分所現不祥同見業

中瘴惡所起俱是無始見妄所生例閻浮提三千洲中兼四大海娑婆世界并洎十方諸有漏國及諸衆生同是覺明無漏妙心見聞覺知虛妄病緣和合妄生和合妄死若能遠離諸和合緣及不和合則復滅除諸生死因圓滿菩提不生滅性清淨本心本覺常住楞嚴經䟽釋云別業妄見者分別煩惱也同分妄見者俱生無明也夜見燈光五重圓影者喻五見也蘊喻燈光此之五見於蘊上起妄生推度是徧計性情有理無色實在燈見病爲影者依他蘊性緣起不無故云色實在燈我見體空從妄心起故云見病爲影影見俱眚者能執所執分別惑故見眚非病者正證眞時了知徧計胱體全空故云見眚非病分別惑亡同一眞性離能所取故云終不應言是燈是見及非燈非見即釋上來見見之時見非是見如第二月非體非影者本來無月將何爲形形旣不立非形亦無是非一相能所俱亡故云何況分別非燈非見然見眚者終無見咎者若知眚即是眼病終不執影以爲實有故無見咎見與見緣似現前境者皆是妄心變起非實有境見相二分俱不離心況是徧計唯影無質此釋妄見也元我覺明見所緣眚者本元眞覺也以眞能覺妄了彼妄見及與所緣俱是眚故覺見即眚本覺明心覺緣非眚者結前眞妄二覺也妄見即是於眚能覺眞心不是於眚但能覺彼妄緣體非是眚故云覺緣非眚覺所覺眚者牒妄覺能所俱眚也覺非眚中者牒眞覺非眚也此之眞妄二見俱離能見所見故云此實見見

以證眞時無此二見故能見所見旣不安立云何復名覺聞知見是故汝今見我及汝并諸世間十類衆生皆即見眚非見眚者彼見眞精性非眚者故不名見者何故眞見不名見以無眚病故只由見病分能立所遂見世間自他相異故云皆即見眚言非見眚者眞見非是眚也以眞無見相可立故不名眚旣不名眚亦不名見正明離見之意是以有見即妄徧計情生如眚目人見夜燈之圓影無見即眞圓成智現如明眼人見虛空之清淨又若別業妄見如增上惡業熟生身變爲蛇虎等此不動總報自受別報唯自業識變不同業者即不見如燈上圓影唯眚之觀若非眚人則不同見若同分妄見如同造阿鼻地獄業同受總報同若無間若不同其惡業者即不見如唯一國人同感惡緣同見一切不祥境界若彼國衆生不同其惡緣者則本所不見亦復不聞故知苦緣樂緣總報別報因緣和合當處出生因緣離散當處滅盡未曾有一法非出我心耶故經云若能遠離諸和合緣則見清淨本心常住又若分別煩惱則麤因邪思而方起俱生無明則細自任運而常生雖分麤細之文俱同妄識如別業妄見之者因目眚而見燈上圓光似同分妄見之人因瘴惡而覩國中災怪雖分同別之境皆是妄心可驗衆生界中凡有一切見聞之事皆如一人別業之眚影多人同分之不祥若能知燈影是目眚所成識災境乃瘴惡所起則燈上之重光自沒天中之兩日俄沉如不動一心萬緣俱寂則見聞和合之病分別全

消根本生死之災俱生永絶問三塗之内還具分别俱生不答護法云三塗内總無分别而不發業如猿猴之類所有煩惱皆是强盛俱生而非分别設造業者但是别報若有分别造總報者即永無出期問既有分别種子何不造總報答關主伴故現行是主種子助發是伴問若説三塗不造業者如何大力鬼打舍利弗頭便入地獄鸜鵒鳥聞四諦法而得生天答此等造别報此業有力能助昔日總報總報被助已便能隨業勢墜地昇天又古德問人天趣中定總發業不答人中北洲不造總别二報業以無分别相餘三洲即發業并此洲癡人不發業問前言三塗無分别如何知父母等如慈烏反哺猫狗識人知人嗔喜答此不是分别煩惱彼任運分别非煩惱分别○問無明發業有幾種無明答有四種一隨眠二纒無明三相應四不共外法異生具四内法異生除不共無明入信位第七心及加行位中是内法十信第七心前有退故及資粮位中名外法若内法異生頓悟即造業漸悟不造頓悟中悲增造智增不造十地位中八地已去定不發業惑體無故七地已前或云聖人以無漏明爲縁而不發業設有俱生但助願潤生而已又云七地已前俱生起時亦造别報善業問聖人因何不造總報業答無分别煩惱故以無漏明爲縁故違生死故但以俱生潤舊總報業受分段生死居人中除北洲人修無我觀無分别不能造業此中除極愚昧者天上唯除無想天以無心故不造業四種無明總能發業隨眠是種

子餘三即現行○問無明發業貪愛潤生者於煩惱中幾法能潤答古釋云即識等五支種子要假貪等煩惱資潤溉灌方得出生若俱生惑業者即六俱生十分別及二十隨煩惱是於此三十六煩惱中貪一法准正中正潤餘五俱生即正中助潤若十分別即助中助潤又四句料簡一有是貪愛而能潤生第六識愛也前五識不强盛故但是兼支攝正唯第六二有是貪愛不能潤生即第七識雖有貪愛以内縁故及所知障中有三有是生支而貪愛潤即一切凡夫身中生支也四有是生支非貪愛潤爲最後身菩薩大乘説是化現故或變易身中生支○問心爲起惑之因身是造業之本身約幾種有何身能造業答身總四有一生有即中有後本有前正結生相續時刹那五蘊起名生有二本有者即生有後死有前於其中間所有五蘊皆名本有以是本總報業所招故俱舍頌云本有爲死前居生刹那後三死有者即本有後中有前將死正死諸蘊滅時名死有四中有者即死有後生有前於兩中間有故名爲中有俱舍頌云死生二有中五蘊名中有即生死二有身不能發業以無心故若中本二有身即能發業○問於中有身處中有住及欲趣生時行相如何答准二十四不相應行中有勢速一法於勢速中有士用勢速古釋云士用勢速者如中有身往當受生處迅疾名士用勢速所言中者對前後以得名有則有其情識身爲此五趣有情身在死有後生有前兩形中間故名中有亦以異熟五蘊爲體爲同

本有身是業招故其中有身便如當生本有身形狀如人中有似於人等五趣亦爾但如五六歲等孩兒大其形量雖小然諸根猛利如本有身能作諸事業於父毋起顛倒想而生愛惡此中有身唯同類及淨天眼者見於中有中唯食香氣在中有住時其不善不惡中容性者在中有位極遲受生不過四十九日剎此無有緣不會者若極善極惡中有不論近遠但一剎那便往受生起顛倒心趣欲境即第八識結生門於胎卵二中有見父毋和合生顛倒想而便受生若濕化二生中有由先業力故不簡近遠染著稱情當染香處便即受生問同類眼見中有身未知中有眼爲能見本有身不答亦有見本有身瑜伽論云或云唯見男或唯見女如是漸近彼之處所漸漸不見父毋餘處唯見男女根門又若薄福中有當生下賤貧窮家者彼於死時及入胎時便聞種種紛飛不可意聲若是福德位中有當生富貴家者彼於爾時自然聞美妙可意音聲乃至香昧觸境亦有階降問中有末位皆起愛受生不答於中有位第六識先起愛潤生若執取結生即唯第八若男中有緣毋起愛生於欲心女中有緣父起愛生於欲心由起此二種愛心已便爲已身與所愛境合所洩不淨流至胎藏認爲已有後便生歡喜此心生已中有身便没受生有身竇積經云彼中有身入毋胎時心生顛倒作邪解心生寒冷想大風雨想雲霧想作此想已隨業優劣復起十種虛妄之心一我入舍宅二我昇樓閣三我昇殿堂四我昇牀座五入

草菴六入草舍七入草叢八入林間九入墻孔十入籬間作是念已即入母胎問中有身作何顏色答瑜伽論云造惡業者中有如黑羺光或陰闇夜造善業者中有如白衣光或晴明夜寶積經云地獄中有如燒了杌木傍生中有如煙餓鬼中有如水人天中有如白衣光問如人生身變作蛇虎等有中有身起不答慈恩云無中有身以不改轉總報故但是順現轉別報若總報第八即不轉又如地獄中萬死千生亦無中有以不轉總報故問如將水蛭蟲乾成末已後置水中一一塵皆却成水蛭蟲有中有不答此但是一類有情同業者合託此爲增上緣而受生即不是變作多蟲若不爾者犯有情界增過問平等王見中有身不答不見問且如有人被冥司追將亦有見者此是何身答此但是本有身攝有云以此人有業但於自識心上妄見閻羅王鬼所有等是獨影境上自變起離識無見是以唯識頌云境隨業識轉是故說唯心故知識是善惡之原心爲苦樂之本世人唯知尋流徇末失本迷源練行而徒滿三祇違眞漸遠積功而空經永劫去道猶賖是以得果聖人遇斯而甘稱絕分出假大士對此而未得證眞豈況矯亂邪徒冥初外道漆園傲吏恍惚狂生者而能希奧信受乎故知宗鏡難信悟者希奇不唯得宗兼能深達因果故云深信大乘不謗因果是以一切含識唯以自心造善惡因招苦樂果或居中有之時作善因者承白淨之光起惡因者見黑闇之色或處胎之日集白業者登樓殿之上造黑業者

投草棘之中及出世間爲人依正亦分優劣若有福者挺鸞頷龍顏之相受華堂金屋之榮若尠德者現五露眇小之形處甕牗席門之弊可謂風和響順形直影端因果同時緣會不失則應觀法界性一切唯心造內德論云小乘以依報爲業有大乘以萬境爲識造隨幻業而施之天地逐妄心而現之土草若瞖目覩于空華比睡夢現其生老若悟之於心業則唯聞於佛道

宗鏡録卷第七十四

音釋

礫郎擊切小石也 歔休居切吹氣也 瞽公戶切目有眹而無瞳子也 眚所景切目疾也 捏乃結切指捻也 暈適暈王問切日月傍氣也適陟革切 羺奴侯切胡羊也 杌五忽切樹無枝也 蛭陟果切馬蟥也 頷胡感切口下曰頷 尠息淺切少也 瞖於計切目病也

宗鏡録卷第七十五

宋慧日永明妙圓正修智覺禪師延壽集

夫總別二報障於八識中定屬何識答古釋云總報唯屬第八識者以第八最初生起其前七色心等皆依他第八方生即第八能通與前七色心等爲所依得名總報別報唯在前六識受報各別不同名爲別報若總報定不通今世順現受唯是順生來世受若別報即不定通今世來世皆受不遮又問第七識何不辯報障答非是業招故無報障又若有報障而無業障即第八識若具有業報二障即前六識若業報二障俱無即第七識又若唯有別報障無總報障者即前六識若唯有總報障無別報障者即第八識○問衆生造生死染淨二業受苦樂兩報皆從心起則離心無體於八識內定是何心答今古有二解一古師解云是第六識心由識心分別作業受報報起由心故知無有實衆生也以心淨故衆生淨無有別淨心垢故衆生垢無有別垢以垢淨由心得衆生但名耳二神錯和尚解云心者是第八識由其識內持染淨種子種子遇縁即能招苦樂兩果果起由心故知無衆生也若古師取第六識爲垢淨心爲此六識與善十一相應能造人天善業與根隨相應能造三塗惡業此總別業成能招當來苦樂兩報故言染淨由心也此據造業者爲心神錯和尚取第八識爲心者此是總報主眞異熟識識中能含藏善不善業種子然識體因中唯無覆無記性爲含藏染淨業種故又言持染淨種子者即三雜染種子一煩惱

雜染即是見修煩惱二業雜染一切善不善總報業三果雜染即三界總別報異熟果淨亦三種一世間淨即是伏惑道故二出世間淨謂無漏三所斷果清淨即所證理上來俱是第八含藏業也古師約能熏能造業心名心鍇師約所熏能持種名心又古師約緣慮以解心鍇師約集起以解心釋云此之二解各出一途前以能熏能造爲心若無能熏所熏無用則唯眞不立單妄不成眞妄和合方有是事又若無能造所造亦不成因能立所故經云一切唯心造後約所熏能持種子爲心所熏是本若無所熏能熏亦無用又若無能熏種子即善惡種子散壞將何受未來苦樂果報如有物無可盛故即當散失則後解爲勝以是諸識中根本故前解亦不失是枝末故今若雙取正理方圓本末相資能所和合非一非異方立世間染淨之位故知生死由識心無衆生可得昇降屬因緣無實我可得○問總別二報之業如何分別答如持五戒招得人身是總報業由於因中有瞋忍等於人總報而有妍媸名別報業唯識亦名爲引滿業能招第八引異熟果故名引業能招第六滿異熟果名爲滿業俱舍論亦云一業引一生多業能圓滿猶如繢像先圖形狀後塡衆彩等然其引業能造之思要是第六意識所起若其滿業能造之思從五識起然五識無執不能發潤故非迷理無推度故不能造業雖造滿業亦非自能但由意引方能作故所以海龍王經云爾時世尊告海龍王猗世間者作若干緣心行不同罪福各異以是

之故所生殊别龍王且觀衆會及大海若干種形顔貌不同是諸形貌皆心所畫又心無色而不可見一切諸法誑詐如是因感與相都無有主隨其所作各自受之譬如畫師本無造像諸法如是而不可議自然如幻化相皆心所作温室經云佛言觀彼三界天人品類高下長短福德多少皆由先世用心不等是以所受各異不同般若燈論云如阿毗曇中偈云自護身口思及彼攝他者慈法爲種子能得現未果所言思者謂能自調伏遠離非法與此心相應思故名爲思攝他者謂布施愛語救護怖畏者以如是等能攝他故名爲攝他慈者謂心心即名法亦是種子種子者亦名因爲誰因耶謂果之因是何等果謂是現在未來之果云何名心爲種子耶謂能

起身口業故名爲種子又如論偈言如芽等相續而從種子生由是而生果離種無相續釋曰此謂從芽生莖乃至枝葉華果等各有其相種子雖滅由起相續展轉至果若離種子芽等相續則無流轉以是故其義云何故論偈言種子有相續從相續有果先種而後果不斷亦不常釋曰云何不斷謂有種子相續住故云何不常謂芽起已種子壞故内法亦爾如論偈云如是從初心心法相續起從是而起果離心無相續釋曰此謂慈心不慈心名爲業此心雖滅而相續起此相續果起者謂愛非愛有受相故若離心者果則不起今當説相續法其義云何故論偈言從心有相續從相續有果故業在果先不斷亦不常釋曰云何不斷謂相續能起果故云何不常

不至第二刹那住故是知三業難防應須密護意爲苦聚口是禍胎但閉門而守津方斷相續如正法念處經云彼地獄地見閻羅人苦切以偈責言心不可調御甚於大猛火速行不可調牽人到地獄心第一難調此火甚於火難調速疾行地獄中地獄若人心自在則行於地獄若人能制心則不受苦惱欲爲第一火癡爲第一闇瞋爲第一怨此三秉世間汝前作惡時自心思惟作汝本癡心作今受此惡報心好偷他物竊婬他婦女常殺害衆生自心之所誑如是業自在將汝到此處是汝本惡業何故爾呻喚又偈云作惡不失壞一切惡有報惡皆從作得因心故有作由心故作惡由有心果報一切皆心作一切皆因心心能誑衆生將來向惡處此地獄惡處最是苦惡處如上經文此是惡心招苦果若善心招樂果者又云復次比丘知業果報觀鬘持天所住之處乃至其地柔輭猶若生酥天人行時隨足上下如兜羅綿一一住處足躡隨平亦如前説一一寶樹出妙色光其光如日光明悦樂妙色金樹華葉常鮮無有萎落善業所生不可喻説戒力自在善業所得如印印物如是天子遊戲園林蓮華浴池自業受報有上中下受大戲樂自業身相光明可愛色聲香味觸等恣情悦樂身無病惱無有飢渴常恣五欲未曾猒足多起愛欲心不充滿若天憶念隨念所得他不能破自在無礙心常歡喜隨念能至化身隨心大小任意廣大輕輭一晌目頃能行至於百千由旬無少疲極如風行空無所障礙天亦如是無有

波極天身威德從心而生輕淨無垢一切行處如意光色天子天女歡喜遊戲釋曰然雖善惡由心苦樂不等斯乃先明因果知一念無差若論至道之中俱非解脫如經云迦留足天乘閻浮檀金殿入天戲林其林柔軟衆鳥音聲和合美妙天子入已鳥名天音天同業生天善業故即說偈言若有人能作愛樂之善業彼人業果報成就極端嚴既得受天樂若不行放逸從樂得樂處彼必至涅槃一切樂無常要必終歸盡莫受此天樂以爲自歡娛此天樂無常壽盡必退没既知此法已常求涅槃道一切法皆盡高者亦當墮和合必有離有命皆歸死又云如是比丘以聞慧觀天樂已而說頌曰五根常愛樂欲境所誑惑欲火未曾有須臾聞猒足一一諸境界處處見天女一切勝境界欲火燄熾然若合若離散或說或憶念以天女因緣火起燒天人火法和合有不合則不生若合若不合欲火常熾然因緣不合故火遠則不然欲火無遠近常燒愛衆生以意想薪力邪憶念所使愛油投欲火焚燒愚癡人是以既知苦樂由心事非究竟應當斷想薪乾愛油止念風息欲火防制意地恒順真如圓滿菩提常樂妙果故經偈云若正善心者常順法觀察不爲過所使如日光除暗又經云寧作心師不師於心若師心則隨六趣而不返作心師則冥一道而常歸如庚桑子云心平正不爲外所誘曰清清而能久則明明而能久則虚虚則道全而居之所以阿差末經云常正其心不尚餘學夫心常正直本自玄虚道全是心心全

是道以不違故隨思慮心爲外緣所拘内結所亂乃令志當歸一不尚餘學虛明自現返本之稱也如是開示可謂把行人手直至薩婆若海保不孤然若信受之人可謂不動塵勞頓成正覺○問識生於身身依於識諸根壞日識遷離時捨此故身別受餘質去來之識相狀如何斯旨難明舉世皆惑如寶處藏莫有知者答此理綿密約教可知顯識經云佛告賢護識之運轉遷滅往來猶如風大無色無形不可顯現而能發動萬物示衆形狀或揺振林木摧折破裂出大音聲或爲冷爲熱觸衆生身作苦作樂風無手足面目形容亦無黑白黃赤諸色賢護識界亦爾無色無形無光明顯現以因緣故顯示種種功用殊異當知受覺法界亦復如是無色無形以因緣故顯發功用賢護衆生死此受覺法界識界皆捨離身識運受覺法界受餘身者譬如風大吹衆妙華華住於此香流至遠風體不取妙華之香香體風體及與身根俱無形色而非風力香不遠至賢護衆生身死識持受覺法界以至他生因父母緣而識託之受覺法界能隨於識亦復如是如從華勝力而鼻有齅從齅勝力而得香境又如從風身勝力得風色觸因風勝力香得至遠如是從識有受從受有覺從覺有法遂能了知善與不善乃至識之遷身如面之像現之於鏡如印之文顯之於泥譬如日出光之所及衆暗咸除日没光謝暗便如故暗無形質非常無常能得其處識亦如是無質無形因受想顯識在於身如暗無體視不可見不可執持如母懷

子不能自知是男是女黑白黄色根具不具手足耳目類與不類飲食熱糲其子便動覺知苦痛衆生來去屈申視眴語笑談説擔運負重作諸事業識相具顯而不能知所在止於身中不知其狀賢護識之自性徧入諸處不爲諸處之所染汙六根六境五煩惱陰識徧止之不爲其染由此而顯識之事用賢護如木機關繫執一所作種種業或行走騰躍或跳擲戲舞於意云何機關所作是誰之力賢護白佛言智慧狹淺非所能了佛告賢護當知皆是作業之力作業無形但智運耳如是身之機關以識之力作諸事業仙道乾闥婆龍神人天阿脩羅等種種趣業咸悉依之識能生身如工作機關識無形質普持法界智力具足乃至能知宿命之事故知識性是一無住無形但隨智而彰逐念而轉此陰纔滅彼陰便生如印文現之於泥似面像臨之於鏡至於入胎處卵託質現生來去無蹤隱顯非礙猶珠吐照類日傳光火出木中種生地上其體是一用出千差此一識門亦復如是因念力分十二類種之差殊隨業果變無量生死之形質又大乘同性經云毗毗沙那楞伽王言世尊衆生神識爲當幾大爲作何色佛言楞伽王衆生神識無邊大無色無相不可見無礙無形無定處不可説毗毗沙那白世尊識相如此無有邊大無色無相不可見無礙無形無定處不可説者豈非斷絶佛言楞伽王吾今問汝隨汝意答當爲汝説楞伽王譬如大王在宫殿中或高樓上婇女圍繞安樂坐時著種種衣及諸瓔珞時大園林

阿輸歌樹種種雜華莊嚴精麗其園在處有細輭風或大駛風吹彼園林阿輸歌樹衆華香氣至王所者王聞之不毗毗沙那白言世尊我聞此香佛言楞伽王汝聞此香分別知不王言世尊我能得知佛言楞伽王此華香氣王言知者見大小耶定作何色楞伽王言不也世尊何以故此香氣相無色無現無礙無相無定處不可説是故不見大小形色佛言楞伽王於意云何若不見彼香氣大小非斷絶相耶毗毗沙那言不也世尊何以故若此衆香是斷相者無人得聞佛言如是如是楞伽王識相亦爾應如是見楞伽王若識斷相則無生死而可得知如是楞伽王識相清淨唯是無明貪愛習氣業等諸客煩惱之所覆障楞伽王譬如清淨虛空之界唯有四種客塵汙染何等爲四所謂煙雲塵霧楞伽王識相如是本清淨故無邊不可捉無有色染唯是諸客煩惱之所覆染所以者何楞伽王若正觀時不得衆生無我無衆生無壽命無畜養無人無衆數無知者無見者無覺者無受者無聽者乃至無色受想行識等○問外之境色因識分別故名唯識只如夢中無境唯識云何夢中識見種種荅顯識經云佛言賢護色有二種一内二外内謂眼識眼則爲外乃至身識爲内身則爲外賢護如生盲人夢見美色手足面目形容姝麗便於夢中生大愛悅及睡覺已冥無所見乃至此生盲人未曾見物云何夢中而能見色賢護白佛言唯願開示佛告賢護夢見見者名内眼所是慧分別非肉眼見其内眼所以念力故盲者

夢中須臾而現復以念力覺而憶之識之内色亦復如是故於所見唯識聞齅甞觸亦然見有境界但是念慧分別若離念慧分別決定無有前塵毫末之相○問識性無形至極微細云何能任持大身又持小質答識性微妙不可思議以隨業故則妍醜俄分以無形故則小大咸等顯識經云佛言大藥如風大無質無形止於幽谷或竅隙中其出暴猛或摧倒須彌碎爲塵粉風大微妙無質無形識亦如是妙無形色大身小身咸悉能持或受蚊身或受象身乃至如尼瞿陀子極微細種子生樹婆娑廣大枝條百千於意云何其子與樹大小類不大藥言世尊其子與樹大小相懸如藕絲孔比虚空界如是大藥樹於子中求不可得若不因子樹則不生微細尼瞿陀子能生大樹微細之識能生大身識中求身身不可得若除於識身則無有又毗耶娑問經云佛言復次大仙此識微細無色無質非是可見識非有色非青等色色中無根識若離根則無境界若人心中驚動怖畏若疑思量如是一切皆是識力○問六趣昇沉皆唯是識初生善惡之趣其相如何答隨福所資果報不等勝福資識則境大劣福資識則相微顯識經云大藥復白佛言世尊衆生捨身云何生諸天中乃至云何生於地獄等中佛言大藥衆生臨終之時福業資者棄本之視得天妙視以天妙視見六欲天爰及六趣見身摇動見天宫殿及歡喜園雜華園等乃至如睡不睡安隱捨壽將捨壽時天父天母同止一坐天母手中自然華出天母見華顧

謂天父甚爲福吉希奇勝果天今當知慶子之歡時將不久天母遂以兩手摇弄其華弄華之時命便終盡無相之識棄捨諸根持諸境業棄捨諸界持諸界事遷變果報猶如乘馬棄一乘一如愛日引光如木生火又如月影現澄清水識資善業遷變天報如脉風移速託華内天父天母同坐視之甘露欲風吹華七日寶瑠嚴身耀動炫煥天童朗潔現天母手大藥白佛言世尊無形之識云何假因緣力而生有形云何有形止因緣内佛言大藥如木和合相觸生火此火木中不可得若除於木亦不得火因緣和合而生因緣不具火即不生木等之中尋火色相覺不可見然咸見火從木出如是大藥識假父母因緣和合生有形身有形身中求識不得離有形身亦無有識大藥如火未出火相不現亦無煖觸諸相皆無如是大藥若未有身識受想行皆悉不現大藥如見日輪光明照曜而諸凡夫不見日體是黒是白黄白黄赤皆不能知但以照熱光明出没環運諸作用事而知有日識亦如是以諸作用而知有識大藥白佛言云何爲識作用佛言大藥受覺想行思憂苦惱此爲識之作用復有善不善業熏習爲種作用顯識大藥白佛言云何識離於身便速受身識捨故身新身未受當爾之時識作何相佛言大藥如有丈夫長臂勇健著堅甲冑馬疾如風乘以入陣干戈既交心亂墜馬武藝勁捷還即跳上識棄於身速即受身亦復如是又如怯人見敵怖懼乘馬退走識資善業見天父母同座而坐速託生彼亦復如

是大藥如汝所問識棄故身新身未受當爾之時識作何相大藥譬如人影現於水中無質可取手足面目及諸形狀與人不異體質事業影中皆無無冷無熱及與諸觸亦無疲乏肉段諸大無言音聲苦樂之聲識棄故身新身未受相亦復如是大藥是資善果生諸天者大藥白佛言云何識生地獄佛言大藥行惡業者入於地獄汝當諦聽大藥此中衆生積不善根命終之時作如是念我今此身死棄捨父母親知所愛甚大憂苦見諸地獄及見巳身應合入者見足在上頭倒向下又見一處地純血見此血巳心有味著緣味著心便生地獄腐敗惡水臭穢因力識託其中譬如糞穢臭處臭酪臭酒諸臭因力蟲生其中入地獄者託臭物生亦復如是般若燈論云言從死有相續至生有時如授經如傳燈如行印如鏡像現如空聲響如水中日月影如種子生芽如人見酸口中生涎如是後陰相續起時無有中陰往來傳此向彼是故智者應如是解故知識託業現境逐心生刃利刀山誰人鍛鍊華含德水非彼開敷辯果知因見末識本故云心能作佛心作衆生心作天堂心作地獄心異則千差競起心平則法界坦然心凡則三毒縈纏心聖則六通自在心空則一道清淨心有則萬境縱横如谷應聲語雄而響厲似鏡鑒像形曲而影凹以知萬行由心一切在我内虚外終不實外細内終不麤善因終值善緣惡行難逃惡境蹈雲霞而飲甘露非他所授卧煙焰而噉膿血皆自能爲非天之所生非地之所出只在最初

一念致此昇沉欲外安和但内寧靜心虚境寂念起法生水濁波昏潭清月朗修行之要靡出於斯可謂衆妙之門群靈之府昇降之本禍福之原但正自心何疑別境是以離衆生罪行福行不動行終無三界苦樂果報若離衆生見聞覺知豈有陰處界等境界如大般若經云佛言若夢若覺要於見聞覺知法中有覺慧轉由斯起染或復起淨若無見聞覺知法無覺慧轉亦無染淨故知夢覺唯識染淨由心前賢後學之所宗千經萬論之同指如楞伽經偈云衆生及瓶等種種諸形相内外雖不同一切從心起但一念不生諸緣自斷故云一念心不生六根總無過又云一心不生萬法無咎如今猒生患老隨思隨造捨妄除身業果恒新若能了生無生知妄無妄一念心寂萬慮俱消如云畏影畏跡逾走逾極端坐樹陰跡滅影沉是知悟心即休更無異術如祖師云一切由心邪正在已不思一物即是本心智者能知更無別行所以本師云此事唯我能知

宗鏡録卷第七十五

音釋

鍇口駭切　妍媸妍五堅切美也媸赤脂切醜也　躡女輒切路也　眴輸閏切目動也　齅許救切以鼻擸氣也　糲盧達切麤糲也　跳擲跳徒弔切超越也擲直炙切通作躑謂躑躅也　駛踈士切疾也　姝抽居切美好也　窔苦弔切空穴也　璫都郎切充耳珠也　炫胡絢切火光也　鍛鍊鍛丁貫切鍊連彥切　凹於交切不平也

宗鏡録卷第七十六

宋慧日永明妙圓正修智覺禪師延壽集

夫論一期眞妄生死約事而言還有終始不答第一義中尚無生死何有始終順世諦門中隨衆生見而妄說生死如古德云眞妄相循難窮初後者釋云若言先妄後眞眞則有始若謂先眞後妄妄由何生若妄依眞起眞亦非眞若妄體即眞則妄亦無始爲破始起立無始言始既不存終從何立無終無始豈有中間故中論云大聖之所說本際不可得生死無有始亦復無有終若無有始終中當云何有是故於此中先後共亦無眞妄兩亡方說眞妄眞妄交徹何定始終○問如上所說生死惡業無量無邊纔了此心得一切同時解脫不答實有此理全在當人若障薄遮輕直了直入緣深機熟頓悟頓修如鏡淨明生雲開月朗或垢濃重習觀劣心浮雖信解一心行門難立有八重妄想之垢猶緻網稠林具六種繫縛之門若堅冰膠漆若非大力曷能解分如持地論云妄想有八種一自性妄想即執色等法各有自體二差別妄想即執色等有可見不可見對無對色差別三攝受積聚妄想即於陰中執我衆生於軍林等中起定執實此一分別即前執人後執於法四我見妄想無我計我也五我所妄想即執我用六有念妄想即緣可愛淨境分別七不念妄想即緣可憎不淨境分別八俱相違妄想即緣中容境分別約經論有六種縛先論心境二種縛者一相應縛二所緣縛煩惱是心心所起必託於心王心所染心名相應縛

心心所法俱能緣境境不離繫名所緣縛次三界中四種縛者一貪二嗔三見取四戒取貪嗔二縛不令衆生出於欲界論家舉喻如守獄卒見取戒取二縛不令有情出色無色界何者見取執劣爲勝執非想非非想處及無想天執爲解脫涅槃名爲見取戒取者非因計因執非想定及無想定并鷄戒爲生天因解脫因名戒禁取由此二縛令諸有情不得出色無色界如上妄想繫縛除上根頓修外即須約地位現觀之力如經所明現觀有六現謂現前觀謂觀察即真理常現在前妙智恒能觀察不令間斷任運相應瑜伽論云一思現觀謂上品思慧引生煖等四加行道中觀察諸法名爲現觀二信現觀謂緣三寶世間出世間淨信此助現觀令不退轉立現觀名三戒現觀謂道共無漏戒能除破戒垢令觀增明亦名現觀四智諦現觀謂正體後得二智緣真俗真俗二諦也五邊現觀謂智諦觀後觀諸緣安立世出世智六究竟現觀謂盡無生等究竟位智古釋前思現觀資粮加行所有智慧但能伏未能斷也初地已上信戒智諦及邊現觀當地即斷後地即伏究竟一觀非伏非斷此斷有二一共相斷二自相斷若斷惑證理之時作空行相及無我行相即名共相爲空無我該通四諦故名共相斷若斷惑證理之時作真如寂滅行相不通諸諦唯在滅諦名自相斷又有三種斷一自性斷如燈破闇智慧起時煩惱闇障自性應斷二不生斷謂得初地法空之時能令三塗惡道苦果永更不生人中無根二形北洲無

想天等種子不生後果名不生斷也三緣縛斷者但斷心中之惑於外塵境不起貪嗔於境雖緣而不染著名緣縛斷也於三斷之中自性不生此二任運能斷皆由緣縛一斷能令三界因果不生又古釋智障有其三門一是智障所謂分別有無之心二是體障謂觀非有非無之解立已能者故曰體障三是治想謂妄識中合如正慧依此地有其三初一四地乃至七地斷除四五六地斷除分別取有之心謂解法慢身淨慢等入七地時斷除分別取無之心八地已上斷除體障前第七地雖除分別有無之心猶見已心以爲能觀如爲所觀其所觀如不即心能觀之心不即如心如別故心外求法故有功用法外立心故有體障從第七地入八地時破捨此障觀察如外由來無心心外無如如外無心心不異如心外無如如不異心故能如心泯同法界廣大不動以不異故息外推求故捨功用不復如外建立神智故滅體障體障滅故名無障想第三治想至佛方滅故入八地雖無障想而有治想從八地已上無生忍體轉轉寂滅令彼治想運運自亡至佛乃窮故知萬境雖空須得無心契合不可口雖說空行在有中境智相應能所冥合方能解縛隨順無生耳纔生取著便成魔業如華嚴經云佛子菩薩摩訶薩有十種魔何等爲十所謂蘊魔生諸取故煩惱魔恒雜染故業魔能障礙故心魔起高慢故死魔捨生處故天魔自憍縱故善根魔恒執取故三昧魔久耽味故善知識魔起著心故菩提法智魔不願捨離故是

爲十菩薩摩訶薩應作方便速求遠離䟽釋云一蘊魔者身爲道器體與佛同豈即是魔蘊魔之名特由取著下九例爾皆以下句釋成魔義是知以心分別萬法皆魔何但此十故舉菩提法智以勝況劣不以心分別一切皆佛豈捨魔界求佛界耶然四魔直就體明十魔多約執取十表無盡故菩提法者即所證智是能證能所冥合故名菩提若不捨於分別菩提之見即是魔矣若入宗鏡分別自亡既無能證之心亦無所證之理又華嚴經云無有少法爲智所入亦無少智而入於法是以駕一智箭破衆魔軍揮一慧刀斬羣疑網斯乃宗鏡之力餘何言哉若不悟自心未達斯旨雖修智慧不入圓常縱練行門唯增我慢以未達一際法門故但生分別長養無明如經云若分別是聲聞法是緣覺法是菩薩法是諸佛法此名爲淨此名不淨此名爲道此名非道是名菩薩憍慢若入宗鏡智行俱成我慢山崩貪癡水竭勝負情盡差別業亡如弄珠吟云消六賊兮鑠四魔摧我山兮竭愛河龍女靈山親獻佛貧兒衣裹枉蹉跎○問五陰一法即妄即真既作塵勞生死之門又成出世菩提之道今且推妄住死無從經云此陰纔滅彼陰便生既唯識無人前陰滅後陰如何得生答五陰性空非常相續不斷不常不斷即是正因如華嚴䟽云五蘊相續即是正因亦名生因言正因者是中道義中道即是佛性謂現在陰滅中陰陰生是現在陰終不變爲中陰五陰故現陰非常如種生芽種不至芽雖不至芽而能生芽此現在

陰雖不至後而能生後則現陰非斷而中陰五陰亦非自生不從餘來因現五陰生中陰陰斯則後陰非無因故後陰非常旣能續前故後陰非斷非斷非常是中道義正因性也又依台教略有九種五陰皆無自體唯逐心生是以華嚴經頌云一切衆生界皆在三世中三世諸衆生悉住五蘊中諸蘊業爲本諸業心爲本心法猶如幻世間亦如是九種五陰者一期色心名果報五陰平平想受無記五陰起見起愛者二種穢汚五陰動身口業善惡兩種五陰變化示現工巧五陰五善根人方便五陰證四果者無漏五陰如是種種原從心出正法念經云如畫師手畫出五綵黒青赤黄白白畫手譬心黒色譬地獄青譬鬼赤譬畜黄譬脩羅白譬人白白譬天此六種陰止齊界内若依華嚴經云心如工畫師畫種種五陰界内界外一切世間中莫不從心造世間色心尚叵窮盡況復出世寧可凡心知凡眼瞖尚不見近那得見遠彌生曠劫不覩界内一隅況復界外邊表如渴鹿逐燄狂狗齩雷何有得理所以龍樹破五陰一異同時前後皆如燄幻響化悉不可得寧更執於五數同時異時耶然界内外一切陰入皆由心起佛告比丘一法攝一切法所謂心是論偈云一切世間中但有名與色若欲如實觀但當觀名色心是惑本其義如是輔行記云若示不思議境體觀心即足以心徧故攝餘法又非但心攝一切亦乃一切攝心故四念處觀云非但唯識亦乃唯色唯聲等今從廣之狹正示境體陰界入三並可爲境以

寛縵難示故從指的略二界入就陰如去丈就尺略四陰從識陰如去尺就寸以由界入所攝寛多陰唯有爲有爲之中義兼心色故置色存心心名復舍心及心所今且觀心王置於心所則一念心十界三科如丈一界五陰如尺唯在識心如寸若達心具一切法已方能度入一切色心如一一尺無非是寸及一一丈無非是尺是故丈尺全體是寸故知若眞諦若俗諦若有爲若無爲一刹一塵無非心矣今宗鏡撮其樞要盖爲斯焉今但觀識陰識陰者心是也既從心生非空非有不生不滅無住無依於生死業果之門不可思議以因緣和合相似相續如有主宰諸趣往來至理窮之畢竟無體如磁石吸鐵明鏡現像此皆法爾豈有情乎般若假名論云諸蘊循環受諸異趣名爲取者是中無人能取諸趣捨於現蘊而受後蘊如去故衣而著新衣然依俗諦譬如因質而現於像質不至像而有像現由前蘊故後蘊續生前不至後而後相續是故菩薩無取者想大涅槃經云如蠟印印泥印與泥合印滅文成文非泥出不餘處來以印因緣而成是文經合喻云現在陰滅中陰陰生是現在陰終不變爲中陰五陰亦非自生不從餘來因現陰故生中陰陰譬合云如印印泥即滅文成名雖無差而時節各異是故我説中陰五陰非肉眼見天眼所見釋曰現陰如印中陰生處喻之如泥現在陰滅名爲印壞中陰陰起名爲文成於此復以中陰爲印業逼受胎名爲印泥中陰陰滅名爲印壞未來陰起名爲文成業種未斷文

復爲印印復爲文文印相成不可窮已生死不斷法喻可知又如燈燄前燄引後燄後燄續前燄相續不斷似常似一凡夫不達或執生死爲常不知前燄無體因後燄續起後燄無體仗前燄引生燄燄皆虚自性寂滅此一念心亦復如是新新生滅續續輪廻乃至一念不住猶如燈燄不細觀察執此生滅爲一爲常又不了前燄纔滅後燄續生念念相續未曾間滅或執生死爲斷若深達因緣之理自然不落斷常何者以因緣無性不可得故非常以無性因緣能相續故非斷又此五陰只是一法若執成斷常是凡夫見若破析成空是藏教人若了陰無性體此成空是通教人若悟此五陰不空具足佛法修習斷惑次第生起是别教菩薩若了此即眞更無别法

念念圓滿具十法界即圓教菩薩如薄運者覩金成蛇厚福人捉石爲寶法無高下人自昇沉耳但不造貧富業終無勝劣報如大智度論偈云先世業自作轉爲種種形虚空不受害無業亦如是○問生死相續由諸習氣有幾習氣能成輪轉答古釋習氣自體總有三義習氣者與種子名異體同習氣即約熏習時而論種子即對現行立號都有三義一種子名習氣氣者氣分習謂熏習由彼現行熏習得此氣分故二現行亦名習氣謂都由種子能生現行是種子家之氣分三習氣名習氣如裛香紙而有氣分唯識論云而熏本識起自功能即此功能説爲習氣功能者是習氣義體即種子略有三種習氣一名言習氣二我執習氣三有支習氣一名言習氣謂

有爲法各別親種名言有二一表義名言即能詮義音聲差別二顯境名言即能了境心心所法隨二名言所熏成種作有爲法各別因緣二我執習氣謂虛妄執我我所種我執有二一俱生我執即修所斷我我所執二分別我執即見所斷我我所執隨二我執所熏成種令有情等自他差別三有支習氣謂招三界異熟業種有支有二一有漏善即是能招可愛果業二諸不善即是能招非愛果業隨二有支所熏成種令異熟果善惡趣別應知我執有支習氣於差別果是增上緣前云生死因業習氣者應知即是有支習氣二取習氣應知即是我執名言二種習氣取我我所及取名言而熏成故皆說名取釋云表義名言者唯第六識能緣其名能發其名餘皆不緣亦不能發即唯詮義音聲之差別簡非詮表聲彼非名言故名唯無記然名是聲上屈曲差別唯無記性不能熏成色心等種然因名故心隨其名變似五蘊三性法等而熏成等種因名起種號名言種一切熏種皆由心心所心心所種有因外緣有不依外者不依外者名顯境名言若依外者名表義名言分二別然名自體不能熏種顯境名言者即能了境心心所法即是一切七識見分等心非相分心不能顯境故是以分段生死從正使有即是凡夫若變易生死從習氣生即是二乘雖斷正使不斷習氣於中有二一煩惱習氣二業習氣一煩惱習氣者如難陀有欲習往昔數生身爲國王習近五欲故舍利佛有嗔習往昔數生曾受蠍身畢陵伽婆蹉有

慢習往昔數生身是大婆羅門博學多才我慢輕物乃至槃特比丘有癡餘習等二業習氣者如牛呞比丘往昔是牛身林間奔走觸著遺棄故破袈裟以是因緣雖獲道果以業習故使之然也又如迦葉聞琴起舞阿難常好歌吟倶以往昔曾爲樂人以業習之餘故若煩惱餘習是變易緣有業餘習是變易因感變易生死即是果報此二乘人未得如來一心三點涅槃於無學位雖見修惑盡所有無知皆是無明之餘習亦名無明住地亦名所知之障亦名塵沙無知又菩薩約化門有十種習氣華嚴經離世間品云佛子菩薩摩訶薩有十種習氣何等爲十所謂菩提心習氣善根習氣教化衆生習氣見佛習氣於清淨世界受生習氣行習氣願習氣波羅蜜習氣思惟平等法習氣種種境界差別習氣是爲十若諸菩薩安住此法則永離一切煩惱習氣得如來大智習氣非習氣智故知染淨二業昇沉兩門皆從熏習而生不是無因而得應須勤修白業淨法時熏念念功夫自成妙果所以一一衆生八識藏中各具十法界種子本自具足非從新生雖常內熏須假外緣熏發若聞十惡熏發三塗種子若聞戒善熏發人天種子若聞諦緣熏發二乘種子若聞六度熏發菩薩種子若聞一乘熏發諸佛種子各隨習熟濃厚處先發如今多習三塗種子人天尚少豈况佛乘然地獄界現行時佛種子亦不没只是轉更賖遠如今既在人天直須努力常親知識樂聽一乘內外資熏一生取辦故佛誡羅睺羅頌云十方無量諸

衆生念念已證善逝果彼既丈夫我亦爾何得自輕而退屈○問生死涅槃苦樂報應以何爲因答如來藏爲因○問如來藏是無漏常住非剎那生滅之法云何與生滅爲因答一切異生因覺故迷迷無自體楞伽經云佛言大慧七識不流轉不受苦樂非涅槃因大慧如來藏者受苦樂與因俱若生若滅古釋云七識念念生滅不能往來六道故名不流轉以念念滅故不知苦樂不與涅槃爲因又七識從緣本無自性尚不能爲生死苦樂之本豈復與涅槃作因明如來藏常令諸識知苦樂七識若無如來藏自體念念滅不知苦樂依如來藏故知苦樂名如來藏受苦樂如來藏體不受苦樂也言與因俱者如來藏與七識生死苦樂因俱念念生滅也又云七識念念生滅無常當起即謝如何流轉自體無成故不受苦樂既非染依亦非無漏涅槃依矣其如來藏眞常普徧而在六道迷此能令隨緣成事受苦樂果與七識俱名與因俱不守自性而成故七識依此而得生滅云若生若滅此明如來藏即是眞如隨緣故受苦樂等又釋云以本害末令末空故無可流轉唯如來藏受苦樂者末害本故不守自性清淨之體隨緣成有若相順則如水乳之和常恒共器若相背則如父母之讎不與同天又存上有不存之義泯上有不泯之義若唯泯無不泯則色空俱亡無可相即以不泯故雖相即而色空歷然若唯存無不存則色空各有定性不得相即由有不存故雖歷然而得相即如起信眞如生滅二門無礙唯是一心者

結歸起信依一心法立二種門故須具足二義方名具分唯識問唯識第九亦說其所轉依有其二種一持種依謂第八識二迷悟依謂即眞如何以說言然依生滅八識唯有心境依持答彼雖說迷悟依非即心境持種以眞如不變不隨於心變萬境故但是所迷耳後還淨時非是攝相即眞如故但是所悟耳今乃心境依持即是眞妄非有二體故說一心約義不同分成兩義說二門别故論云然此二門皆各總攝一切法以此二門不相離故所以楞嚴經云生滅去來本如來藏如今世人只信有生滅不信有如來藏不知生死有名無體如來藏有名有體只可從實不可憑虛憑虛則妄執所宜從實則佛所印可。問夫論心含教法如何是一心四諦法門答

四諦法門橫該竪徹法無不備教無不窮今約台教一心具無作四諦者一念心中具十界苦名爲苦諦具十界惑名爲集諦苦即涅槃名爲滅諦惑即菩提名爲道諦此唯論一心四諦又四教四種四諦藏教生滅四諦通教無生四諦别教無量四諦圓教無作四諦今但論圓教無作四諦止觀云法性與一切法無二無别凡法尚是況二乘乎離凡法更求實相如避此空彼處求空即凡法是實法不須捨凡向聖經言生死即涅槃一色一香皆是中道即無作四諦又玄義云以迷理故菩提是煩惱名集諦涅槃是生死名苦諦以能解故煩惱即菩提名道諦生死即涅槃名滅諦即事而中無思無念無誰造作故名無作亦名一實諦一實諦者無虛妄無顛倒常

樂我淨等是故名爲無作四聖諦法華經偈云更以異方便助顯第一義又云唯此一事實即是無作一實諦也以眞如之性是自心之實名一實諦念念圓成更何所作名無作四諦所以八千聲聞於法華會上見如來性如秋收冬藏更無所作以達本故法爾如斯若未見性人不可安然拱手偷無作無修直須水到渠成自然任運故又但了一心自然無作非是強爲故云陰入皆如無苦可捨無明塵勞即是菩提無集可斷邊邪皆中正無道可修生死即涅槃無滅可證無苦無集故無世間無道無滅故無出世間純一實相實相外更無別法又文殊道行經云佛告文殊師利若見一切諸法無起即解苦諦若見一切諸法無住即能斷集若見一切諸法畢竟涅槃即能證滅文殊師利若見一切諸無自體即是修道

宗鏡録卷第七十六

音釋

緻直利切密也 膠古肴切黏膏也 鑠書藥切銷鑠也 蹉跎蹉七何切跎徒何切失時也 叵普火切不可也 齩五巧切噬也 磁疾之切引鍼石 呞抽知切

宗鏡録卷第七十七

宋慧日永明妙圓正修智覺禪師　延壽集

夫一念無明心鼓動真如海成十二緣起作生死根由若了之爲佛智海之波瀾昧之作生死河之漩澓云何成佛智云何成生死答天真之佛智本有妄緣之生死體空雖有二名但是一義只謂不了第一義諦號曰無明因不了之所盲成惑業之衆苦了無明之實性成涅槃之妙心若迷爲惑業則成三道一無明愛取是煩惱道二行有是業道三識名色六入觸受生老死是苦道若悟爲三因佛性一識名色六入觸受生老死七支是正因佛性二無明愛取三支是了因佛性三行有二支是緣因佛性如是等義差別不同唯是一心迷成多種雖成多種不離一心華嚴經云佛子此菩薩摩訶薩復作是念三界所有唯是一心如來於此分別演說十二有支皆依一心如是而立何以故隨事貪欲與心共生心是識事是行於行迷惑是無明與無明及心共生是名色名色增長是六處六處三分合爲觸觸共生是受受無猒足是愛愛攝不捨是取彼諸有支生是有有所起名生生熟爲老老壞爲死大集經云十二因緣一人一念悉皆具足但隨一境一念起處無不具足且如眼見色不了名無明生愛惡名行是中心意名識色共識行即名色六處生貪名六入色與眼作對名觸領納名受於色纏綿名愛想色相名取念色心起名有心生名生心滅名死乃至意思法亦復如是一日一夜凡起幾念念念織幾十二因緣成六趣無窮

之生死是以生死無體全是如來藏第一義心迷悟昇沉了不可得輔行記云十二因縁華嚴大集等經皆云一念心具凡諸大乘云一念者意皆如是若不爾者云何偏收一切諸法止觀亦云縁生止一念心十二門論問云爲在一心爲在異心論問意者爲在一人多人一念心耶如是一念異念並得多人一人於今一念悉皆具足多人一人所起之心不出百界百界爲多一念爲一一多相即非一非多大品明一切諸法皆趣因縁百界因縁不出一念是故名爲是趣不過故得名爲一念具足遠法師云無明縁行者有四無明一迷理無明義通始終二發業無明在於行前三覆業無明此在行後識前四受生無明與識同時或在識後望過去種子心識在於識後望結生識與識同時又内外諸法皆具因縁如稻稈經云爾時彌勒語舍利弗言世尊常説見十二因縁即是見法見法即是見佛乃至有因有縁是名因縁法此是佛略説因縁相以此因能生是果如來出世因縁生法如來不出世亦因縁生法性相常住無諸煩惱究竟如實非不如實是眞實法離顛倒法復次十二因縁法從二種生云何爲二一者因二者果因縁生法復有二種有内因縁有外因縁外因縁法從何而生如似種子能生於芽從芽生葉從葉生節從節生莖從莖生穗從穗生華從華生實無種子故無芽乃至無有華實有種子故芽生乃至有華故果生而種子不作念我能生芽芽亦不作念我從種子生乃至華亦不作念我能生實實亦

不作念我從華生而實種子能生於芽如是名爲外因生法云何名外緣生法所謂地水火風空時地種堅持水種濕潤火種成熟風種發起空種不作障礙又假於時節氣和變如是六緣具足便生若六緣不具物則不生地水火風空時六緣調和不增減故物則得生地亦不言我能持水亦不言我能潤火亦不言我能熟風亦不言我能發起空亦不言我能不作障礙時亦不言我能令生種亦不言我從六緣而得生芽芽亦不言我從爾數緣生雖不作念從爾數緣生而實從衆緣和合得生芽亦不從自生亦不從他生亦不從自他合生亦不從自在天生亦不從時方生亦不從本性生亦不從無因生是名生法次第如是外緣生法以五事故當知不斷亦非常亦不從此至彼如芽種少果則衆多相似相續不生異物云何不斷從種芽根莖次第相續故不斷云何非常芽莖華果各自別故非常亦不種滅而後芽生亦非不滅而芽便生而因緣法芽起種謝次第生故非常種芽各各相異故不此至彼種少果多故當知不一是名種少果多如種不生異果故名相似相續以此五種外緣諸法得生内因緣法從二種生云何爲因從無明乃至老死無明滅則行滅乃至生滅故則老死滅因無明故有行乃至因有生故則有老死無明不言我能生行行亦不言我從無明生乃至老死亦不言我從無明生而實有無明則有行有生則有老死是名内因次第生法云何名内緣生法所謂六界地界水界火界風界空界識界

何謂爲地能堅持者名爲地界何謂爲水能潤漬者名爲水界何謂爲火能成熟者名爲火界何謂爲風能出入息者名爲風界何謂爲空能無障礙者名爲空界何謂爲識四陰五識亦言爲名亦名爲識如是衆法和合名爲身有漏心名爲識如是四陰爲五情根名爲色如是等六緣名爲身若六緣具足無損減者則便成身是緣若減身則不成地亦不念我能堅持水亦不念我能濕潤火亦不念我能成熟風亦不念我能出入息空亦不念我能無障礙識亦不念我能生長身亦不念我從爾數緣生若無此六緣身亦不生地亦無我無人無衆生無壽命非男非女亦非非男非非女非此非彼水火風乃至識等亦皆無我無衆生無壽命乃至亦非此非彼云何名無明無明者於六界中生一想聚想常想不動想不壞想内生樂想衆生想壽命想人想我想我所想生如是種種衆多想是名無明如是五情中生貪欲嗔恚想行亦如是隨著一切假名法名爲識四陰爲名色陰爲色是名色名色增長生六入六入增長生觸觸增長生受受增長生愛愛增長生取取增長生有有增長故能生後陰爲生生增長變名爲老受陰敗壞故名爲死能生嫉熱故名憂悲苦惱五情違害名爲身苦意不和適名爲心苦乃至如月麗天去地四萬二千由旬水流在下月耀於上玄像雖一影現衆水月體不降水質不昇如是舍利弗衆生不從此世至於後世不從後世復至於此然有業果因緣報應不可損減是以如月不動影現衆流

類識不行身分六趣雖無作者業果宛然但逐緣生不垂法爾又有德女所問大乘經云爾時有德婆羅門女白佛言世尊所言無明爲内有耶爲外有耶佛言不也有德女言世尊若於内外無有無明云何得有無明緣行復次世尊有他世法而來至於今世得不佛言不也有德女復白佛言世尊無明行相是實有耶佛言不也無明自性從於虚妄分别而生非眞實生從顛倒生非如理生有德女復白佛言世尊若如是者則無無明云何得有諸行生起於生死中受諸苦報世尊如樹無根則無枝葉華果等物如是無明無自性故行等生起定不可得佛言有德女一切諸法皆畢竟空凡愚迷倒不聞空義設得聞之無智不了由此具造種種諸業既有衆業諸有則生於諸有中備受衆苦第一義諦無有諸業亦無諸有而從業生及以種種衆苦惱事有德女如來應正等覺隨順世間廣爲衆生演説諸法欲令悟解第一義故有德女第一義者亦隨世間而立名字何以故實義之中能覺所覺一切皆悉不可得故有德女譬如諸佛化作於人此所化人復更化作種種諸物其所化人虚誑不實所化之物亦無實事此亦如是所造諸業虚誑不實從業有生亦無實事是以但了唯心之旨自然萬法常虚隨有見聞悉順無生之道凡關動作皆歸無得之門○問此十二有支云何名緣生復何名緣起答無有主宰作者受者無自作用不得自在從因而生託衆緣轉本無而有有已散滅唯法所顯能潤所潤墮相續法名爲

縁生論云由煩惱繫縛往諸趣中數數生死故名縁起又因名縁起果名縁生○問一念無明心起十二有支爲自生他生共生無因生答縁起甚深非四句能測了則一心冥寂迷則六道輪迴非妄非眞不常不斷若云是妄妄不可得若云是眞復能流轉若云是斷相續恒生若云是常念念起滅所以從心生故生無能生無有定性佛性論云復次一切諸法無有自性何以故依因縁生故譬如火依他而生離樵即不可見亦如螢火若火有自性則應離樵空中自然雜集論云諸縁起法雖刹那則成滅而住可得雖無作用縁而有功能縁可得雖離有情而有情可得雖無作者而諸業果不壞可得是故甚深業果不壞者雖内無作者而有作業受果異熟又諸縁起法有差別謂待衆縁生故非自作雖有衆縁無種子不生故非他作彼俱無作用故非共作種子及衆縁皆有功能故非無因作如上所説是約世俗縁起之門若如實説尚不見一法是縁非縁何況十二湛然尊者云不見色相是行支滅不見色縁是無明滅不見色體是識名色六入觸受滅不見色生是愛取有生滅不見色滅是老死滅不見一相是不見十二因縁空不見見者是不見因縁假眞俗雙亡二諦俱泯亦不見中如是通達了知因縁若爲此例見萬法亦復如然○問萬境無明與一心法性爲是一爲是二若是一不合分染淨二名若是二云何教中説無明即法性答體一是眞名二是假名因情立眞以智明情智自分眞原不動不可定同不

壞世諦故不可定異不失眞諦故涅槃經云明與無明愚人爲二智者了達其性無二無二之性即是實性古德約十法界釋云愚人者九界之愚也愚人取相見一切法法性隨其取相心悉無明也如寒谷千年堅氷未曾作水也智者佛界之智也圓觀行人開佛眼者見同古佛也圓眼所見無明本元是清淨法性如太陽常照海水未曾作氷也氷水性一隨緣成二一不守性恒自隨緣雖復隨緣不壞自性況法性無明亦何定一亦何定異則不隨事而失體非共非分不守性而任緣亦同亦別○問三界初因四生元始莫窮本末罔辯根由莊老指之爲自然周孔詺之爲渾沌最初起處如何指南答欲知有情身土眞實端由無先我心更無餘法謂心法剎那自類相續無始時界展轉流來不斷不常憑緣憑對非氣非稟唯識唯心肇論鈔云老子云無名天地始有名萬物母若佛教意則以如來藏性轉變爲識藏從識藏變出根身器世間一切種子推其化本即以如來藏性爲物始也無生無始物之性也生始不能動於性即法性也南齊沈約均聖論云然則有此天地以來猶一念也融大師問云三界四生以何爲道本以何爲法用答虛空爲道本森羅爲法用問於中誰爲造作者答此中實無造作者法界性自然生金剛三昧經云善不善法從心化生可謂總持之門萬法之都矣光未發處尚無其名念欲生時似分其影初因強覺漸起了知見相纔分心境頓現首楞嚴經云皆是覺明明了知性因了發相從妄

見生山河大地諸有爲相次第遷流因此虛妄終而復始釋曰此皆最初因迷一法界故不覺念起念起即是動相動相即是第一業識未分能所乃覺明之咎也從此變作能緣流成了相即明了知性爲第二見分轉識後因見分而生相分即因了發相爲第三相分現識能所纔分盡成虛妄何者見分生於瞖眼相分現於幻形於是密對根塵堅生情執從此隔開眞性分出湛圓於內執受知覺作有識之身於外離執想澄成無情之土遂使鏡中之形影滅而又生夢裏之山河終而復始但以本源性海不從能所而生湛爾圓明照而常寂只爲衆生違性不了背本圓明執有所明成於妄見因明立所觀之境因所起能觀之心能所相生心境對待隨緣失性莫反初原不覺不知以歷塵劫所以經云覺非所明因明立所所既妄立生汝妄能無同異中熾然成異異彼所異因異立同同異發明因此復立無同無異如是擾亂相待生勞勞久發塵自相渾濁由是引起塵勞煩惱起爲世界靜成虛空虛空爲同世界爲異彼無同異眞有爲法覺明空昧相待成摇故有風輪執持世界因空生摇堅明立礙彼金寶者明覺立堅故有金輪保持國土堅覺寶成摇明風出風金相摩故有火光爲變化性寶明生潤火光上蒸故有水輪含十方界火騰水降交發立堅濕爲巨海乾爲洲潬以是義故大海之中火光常起彼洲潬中江河常注水勢劣火結爲高山是故山石擊則成炎融則成水土勢劣水抽爲草木是故林藪遇燒成土

因絞成水交妄發生遞相爲種以是因緣世界相續古釋云覺明空昧相待成摇者由初妄覺影明不了遂成空昧如障明生闇二相相形覺明即是動相空昧即是靜相一明一昧一動一靜刹那相生如風激浪相待不息於内初起即名爲摇於外即成風輪世界空昧即是虚空既無形相不名世界因空生摇堅明立礙者地相也因空異明相待成摇摇能堅明以成於礙如胎遇風即成堅礙亦是執明生礙義於内即是覺明堅執於外即成金寶故云彼金寶者明覺立堅故知寶性因覺明有是故衆寶皆有光明小乘但知業感而不知是何因種堅覺寶成摇明風出風金相摩故有火光爲變化性者堅執覺性即成於寶摇動所明即出於風動靜不息即是風金相摩於外即成火光能成熟萬物故言爲變化性寶明生潤火光上蒸故有水輪含十方界者寶明之體性有光潤爲火熱蒸水便流出又覺明生愛愛即是潤於内即是愛明於外即成寶潤火性上蒸融愛成水一切業種非愛不生一切世間非水不攝故四大性互相因藉體不相離同一妄心所變起故如虚空華不離心故又妄性不恒前後變異所感外相優劣不同愛心多者即成巨海執心多者即成洲潬風性生慢火性生瞋於色起愛潬中流水違愛生瞋海中火起慢增愛劣結爲高山愛增慢輕抽爲草木瞋愛慢三互相滋蔓異類成形草木山川千差萬品先從妄想結成四大從四大性愛慢滋生離有情心更無别體故云交妄發生遞相爲種又云

富樓那而白佛言世尊若復世間一切根塵陰處界等皆如來藏清淨本然云何忽生山河大地諸有爲相次第遷流終而復始又疑云若此妙覺本妙覺明與如來心不增不減無狀忽生山河大地諸有爲相如來今得妙空明覺山河大地有爲習漏何當復生佛言富樓那如汝所言清淨本然云何忽生山河大地汝常不聞如來宣說性覺妙明本覺明妙富樓那言唯然世尊我甞聞佛宣說斯義佛言汝稱覺明爲復性明稱名爲覺爲覺不明稱爲明覺富樓那言若此不明名爲覺者則無所明佛言若無所明則無明覺有所非覺無所非明無明又非覺湛明性性覺必明妄爲明覺覺非所明因明立所所既妄立生汝妄能無同異中熾然成異異彼所異因異立同同異發明因此復立無同無異如是擾亂相待生勞勞久發塵自相渾濁由是引起塵勞煩惱起爲世界靜成虛空虛空爲同世界爲異彼無同異眞有爲法釋曰此二覺義幽旨難明若欲指陳須分皂白大約經論有二種覺一性覺二本覺又有二種般若一本覺般若二始覺般若又有二種心一自性清淨心二離垢清淨心又有二種眞如一在纏眞如二出纏眞如此四種名隨義異體即常同今一切衆生只具性覺清淨本覺自性清淨心在纏眞如等於清淨本然中妄忽生於山河大地以在纏未離障故未得出纏眞如等若十方諸佛二覺俱圓已具出纏眞如等無有妄想塵勞永合清淨本然則不更生山河大地諸有爲相等如金出礦終不染於塵

泥似木成灰豈有再生枝葉將此二覺已豁疑情性覺妙明者是自性清淨心即如來藏性在纏眞如等本性清淨不爲煩惱所染名性覺經云佛告阿難及諸大衆汝等當知有漏世界十二類生本覺妙明覺圓心體與十方佛無二無别由汝妄想迷理爲咎癡愛發生生發徧迷故有空性化迷不息有世界生則此十方微塵國土非無漏者皆是迷頑妄想安立當知虚空生汝心内猶如片雲點太清裏況諸世界在虚空耶汝等一人發眞歸元此十方虚空皆悉消殞云何空中所有國土而不振裂以此文證即知凡聖本同此妙明之覺本覺明妙者出纏眞如等從無分别智覺盡無始妄念名究竟覺始覺即本覺悟本之覺得本覺名論云於眞如門名爲性覺於生滅門名爲本覺由迷此性覺而有妄念妄念若盡而立本覺以性覺不從能所而生非假修證而起本自妙而常明故云性覺妙明以始覺般若明性覺之妙故云本覺明妙又眞如之性性自了故則性覺妙明始覺之智了本性故則本覺明妙又摩訶衍論有四種覺一清淨本覺二染淨本覺三清淨始覺四染淨始覺若論本始明昧之事皆依染淨之覺得名若清淨覺原愚智俱絶非迷悟之所得豈文義之能詮經中佛常説眞如爲迷悟依故如萬像依虚空虚空無所依所以滿慈領言我常聞佛宣説斯義此二覺義亦同起信論所立一心分眞如生滅二門以本性清淨是性覺義但以性中本覺如木中火性未具因縁有而無用非是悟已而更起迷悟

時始立本覺之號悟本覺已更不復迷諸佛重爲凡夫無有是處佛問汝稱覺明爲復覺性自明名爲覺明爲復覺體不明能覺於明富樓那意必有所明當情爲其所覺若無所覺之明則無覺明之號但可稱覺而無所明故云則無所明佛意性覺體性自明不因能覺所明方稱覺明起信論云眞如自體有大智慧光明義徧照法界義等只緣迷一法界强分能所故成於妄若要因所明方稱覺明者此乃因他而立非自性覺故云有所非覺如緣塵分別而有妄心離塵則無有體不可將斷滅之心以爲本來眞覺故若以無體之法爲究竟者故經云法身則同龜毛兔角其誰修證無生法忍又釋若以不明名爲覺者則無所明者故知覺體本無明相佛證眞際實不見明若見於明即是所明旣立所明便有能覺但除能所之明方稱妙明此妙之明是不明之明不同所明因明起照故般若無知論云難曰聖智之無惑智之無俱無生滅何以異之耶答曰聖智之無者無知惑智之無者知無其無雖同所以無者異也何者夫聖心虛靜無知可無可曰無知非謂知無惑智有知故有知可無可謂知無非曰無知也故云般若無知無所不知無知者無能所之知無不知者眞如自性有徧照法界義又聖人唯有無心之心無見之見非同凡夫有心有見皆是分別能所相生故涅槃經云不可見了了見華嚴經頌云無見即是見能見一切法於法若有見此則無所見又云菩薩悉見諸法而無所見普知一切而無所知則般

若無知無所不知矣但不落有無之知能所之見非是都無知見矣諸佛皆具五眼三智四辯六通三諦理圓一心具足若不見空與不空非空非不空方與實相相應耳故楞伽經云一一相相應遠離諸見過者若於諸相常與實相相應自然遠離諸過會第一義清淨眞心朗然明徹而無念著即事即如唯心直進即諸佛所知唯實相矣離此立見皆成諸過無所非明者若能覺之體要因所明者若無所覺之明則能覺之體便非是明故云無所非明故知覺之與明互相假立本無自體豈成自性圓明之覺無明又非覺湛明性者顯妄覺體無湛明之用若言但覺於明何須覺體自明者則自性非明便無覺湛之用故云無明又非覺湛明性性覺必明妄爲明覺者釋妄覺託眞之相也何以得知妄覺初起有覺明只緣性覺必有眞明所以妄覺託此性明而起影明之覺執影像之明起攀緣之覺迷眞認影見相二分自此而生覺明之號覺非所明因明立所者夫一眞之覺體性雖明不分能所故覺非所明由影明起覺能所斯分故云因明立所所既妄立生汝妄能無同異中熾然成異者此則元因覺明起照生所所立照性遂亡則是識精元明能生諸緣緣所遺者乃是但隨能緣之相覆眞唯識性一向能所相生如風動水波浪相續澄湛之性隱而不現從此迷妄生虛空之性復因虛空成立世界之形於眞空一心畢竟無同異中熾然建立成諸法究竟之異皆因情想擾亂勞發世間之塵迷妄昏沉引起虛空之

界分世界差別爲異立虛空清淨爲同於分別識中又立無同無異皆是有爲之法盡成生滅之緣未洞本原終爲戲論

宗鏡録卷第七十七

音釋

漩澓漩似宣切澓房六切水洄流也　稈古旱切禾莖也　穗徐醉切禾穎也

漬疾智切浸潤也　渾沌渾户衮切沌徒混切元氣未判也　肇治小切

潬蕩旱切水中沙處也　礦古猛切銅鐵樸也

宗鏡録卷第七十八

宋慧日永明妙圓正修智覺禪師延壽集

夫言一覺一切覺云何教中分其多種答覺體是一隨用分多用有淺深覺無前後如瓔珞經云妙覺方稱寂照等覺照寂又覺有三義一覺察如睡夢覺亦如人覺賊賊無能爲妄即賊也二覺照即照理事也亦如蓮華開照見自心一眞法界恒河性德如其勝義覺諸法故三妙覺即上二覺離覺所覺故爲妙耳非更别覺故經云無有佛涅槃遠離覺所覺又覺性無覺即根本智覺相歷然即後得智○問旣云眞如一心古今不易因何而有衆生相續答平等眞法界無佛無衆生隨於染淨緣遂成十法界以眞心隨緣不守自性只爲衆生不自知無性之性故但隨染緣成凡隨淨緣成聖如虛谷響任緣所發又如太虛忽雲明鏡忽塵求一念最初起處了不可得故號無始無明首楞嚴經云佛告阿難云何名爲衆生顛倒阿難由性明心性明圓故因明發性性妄見生從畢竟無成究竟有此有所有非因所因住所住相了無根本本此無住建立世界及諸衆生迷本圓明是生虛妄妄性無體非有所依將欲復眞欲眞已非眞眞如性非眞求復宛成非相非生非住非心非法展轉發生生力發明熏以成業同業相感因有感業相滅相生由是故有衆生顛倒古釋云因明發性性妄見生因託性明變影而起託影而生從虛執有故云從畢竟無成究竟有即業相也此有所有非因所因轉相也業相爲能有轉相爲所有能所旣分二

相斯有故云有所有相即此轉相能行現形而立因前而起引後而生展轉相因名非因所因即此現相能引六塵境界現相是能住六塵是所住故云住所住相本此無住以立世界者現相從妄所立本無所依此現相以成世界之本故云本此無住以立世界從無住本立一切法無住者即是無明無明無因故無住此之三相俱是無始一念妄心總號無明迷本圓明是生虚妄妄性無體非有所依將欲復真欲真已非真真如性非真求復宛成非相非生非住非心非法者初是業相即是妄覺之心體即虚妄此妄初起更無因始名非有所依將欲復真欲真已非釋轉相即真上影像相似真非真妄覺執此爲真即初念名動動必有靜靜復似真形動立靜非真不動故云欲真已非真真如性本不因動而立於靜故云非真求復宛成非相釋現相從此現相變起一切境界非相現相非生現生非住現住非心現心非法現法釋次第者初從明暗二相相形而生於色即是結暗成色形顯色也因色即有根塵留礙名之爲住因有根塵即有能分別識名之爲心覽此塵像爲識境界名之爲法此等展轉相因而有返顯真如相無明暗無相形故非相無起滅故非生無留礙故非住無縁慮故非心離塵像故非法又解或前標三相相因而有以列次第後三相合釋都言三相虚妄體即無明更無所因故云非有所依即此三相影真而起似真非真執影爲實故云將欲復真影既不實故云欲真已非宛成非相下對妄説真

以立名號既依妄顯眞以立名號故知建立地位從此而有若不因妄說眞亦無地位名字可説故知三界有法皆揑所成本無根緒無始妄習展轉相傳迄至于今成其途轍如最初一人揑出一事後人信受展轉相傳則一人傳虚萬人傳實從迷積迷以歷塵劫若識最初一念起處不眞即頓悟前非大道坦然更無餘事如云但知今日是何憂昔年非是知有情無情究其初原皆不出一心本際如法性論云問本際可得聞乎答理妙難觀故有不知之説旨微罕見故發幢英之問有天名曰幢英問文殊師利所言本際爲何謂乎文殊答曰衆生之原名曰本際又問衆生之原爲何謂乎答曰生死之本爲衆生原又問於彼何謂爲生死本答曰虚空之本爲生死原幢英於是抱玄音而輟問始悟不住之本若然則因縁之始可聞而不可明可存而不可論問虚空有本乎答無問若無有本何故云虚空之本爲生死原答此猶本際之本耳則於虚空無本爲衆本之宗化表無化爲萬化之府矣又凡亦是心聖亦是心以所習處下不能自弘則溺塵勞耳若以心託事則狹劣若以事從心則廣大凡世人多外重其事而内不曉其心是以所作皆非究竟以所附處卑故耳如摶牛之蝱飛極百步若附鸞尾則一翥萬里非其翼工所託迅也亦如墻頭之草角裏之聲皆能致其高遠者所託之勝也如入宗鏡一一附於自心則毛吞巨浸塵含十方豈非深廣乎○問内外唯識心境皆空云何教中又立外相答因了相空方談

唯識若執有相唯識義不成若執無相眞空理不顯以無相即相方達眞空相即無相始明唯識所以攝大乘論云唯識道理須明三相一通達唯量外塵實無所有故二通達唯二相及見唯識故三通達種種色生但有種種相貌而無體故所以攝大乘論云一切相有二種謂現住及所立散心所緣六塵名現住定心所緣骨鎖等爲所立復次似塵顯現名相謂所緣境似識顯現名見謂能緣識此二法一是因二是果又一是所依二是能依是知因内起念想像思惟則外現其相貌念若不起相不現前以因内生外故攝末歸本全境是心何者若心不起境本空故一切境界唯心妄動○問約世間妄見定是何識答衆生所見即是亂識中邊分別論云謂一切世間但唯亂識此亂識云何名虚妄由境不實故由體散亂故又若執永無亂識繫縛解脱皆不成就即起邪見撥淨不淨品故知因迷得悟非無所以從凡入聖蓋有緣由如影像表鏡明因妄識成眞智○問定中所見定果色是定心自現非緣現在外色又非憶持過去境可驗唯心未得定者皆是散意所見外色云何證是自心答定内定外靜亂雖殊所見之色皆唯自識以外境無體從緣而生性本空無相可得識論云如觀行人定中所見色相境界識所顯現定無境界此青等色相是定境非所憶持識憶持識有染汙此起現前所見分明清淨則唯識之旨於此彌彰如依鏡面但有自面無有别影何以故諸法和合道理難可思議不可見法而令得見

定心亦是定心有二分一分似識一分似塵此二種實唯是識若憶持識是過去色此定中色若在散心五識可言緣現在外塵起若散意識緣過去塵起若在觀中必不得緣外色爲境色在現前又非緣過去境當知定心所緣色即見自心不見別境以定中色比定外色應知亦無別境是知一心即萬法萬法即一心何者以一心不動舉體爲萬法故如起信鈔釋疏云舉體者謂眞如舉體成生滅生滅無性即是眞如未曾有眞如處不生滅未曾有生滅處不眞如又云不同空者靈然覺知覺知即神解義陰陽不測謂之神解即是智智即是知知即一心也故以知爲心體所以祖師云空寂體上自有本智能知大意云於一切染淨法中有眞實之體了然鑒覺目之爲心○問外諸境界既稱內識似色顯現但是唯識者云何不隨識變異答若執外色實住即是於無色中見色妄生顛倒如揑目生二相豈是眞實攝論問云若無別色塵唯是本識何故顯現似色等云何相續堅住前後相似若是識變異所作則應乍起乍滅改轉不定云何一色於多時中相續久住故知應有別色答由顛倒故顛倒是煩惱根本由識變異起諸分別依他性與分別性相應即是顛倒煩惱所依止處顛倒煩惱又是識變異所依止處若無互爲依止義則識無變異於非物中分別爲物不應有此顛倒若無煩惱豈有聖道故此義亦不成是故應信離識無別法○問內心分別稱識外色不分別如何是識答能見所見皆是亂識無中執有

色本自虚攝論云亂識者無中執有名亂十一識中世等六識隨一識唯二分一分變異成色等相一分變異成見等不出此二識性能分別則成見不能分別則成相如無所有菩薩經云爾時世尊告無所有言汝當爲此諸菩薩等説五陰聚和合身事無所有菩薩言世尊如我所見如佛色空我色亦爾如佛色一切衆生色一切樹林藥草色亦爾如一切樹林藥草色彼一切界和合聚色亦爾所有空色及我色如來色一切衆生色一切樹林藥草等色一切界和合聚色無有二相非法非非法諸少智者於無色中或作是想希望欲入此法行於無色中妄起行想略説乃至受想行識中如是作如色所作如虚空識我識亦爾如彼識如來識亦爾如如來識彼識一切衆生識亦爾如一切衆生識彼識一切樹林藥草識亦爾眞虚空識如來識及我識一切衆生識一切樹林藥草識亦爾一切和合識無二相不可知不可分別不生無等等。○問既稱唯有識何得立色名答一切名皆是客義名中無法法中無名名不當法法不當名經云是自性無生無滅無染無淨此色無所有爲通相若有生即有染若有滅即有淨由無此四義故色無別相經云由假立客名隨説諸相攝論云一切法以識爲相眞如爲體又云一切相有二種一如外顯現二如内顯現如外是相如内是思惟故知一體現二内外雙分則心非内外内外是心又能所相成心境互攝二而不二常冥一味之眞原不二而二恒分心境之虚相。○問心念念

滅剎那相内身外色亦剎那滅耶答内外諸色唯心執受亦隨心念念剎那滅心外更無一法可作常住可作生滅雜集論云如心心法是剎那相當知色等亦剎那相有其八義一由心執受故謂色等身由剎那心念念執受故剎那滅等二等心安危故謂色等身恒與識俱識若捨離即便爛壞三隨心轉變故謂世間現見心在苦樂貪瞋等位身隨轉變隨剎那心而轉變故身念念滅四是心所依故謂世間共知心依止有根身如火依薪如芽依種等是故此身是剎那心依止故亦剎那滅五心增上生者謂一切内外色皆心增上所生能生因剎那滅故所生果亦剎那滅六心自在轉故謂若證得勝威德心於一切色如其所欲自在轉變由隨剎那能變勝解轉變生故色等剎那生滅道理成就七於最後位變壞可得故謂諸色等初離自性念念變壞於最後位欻爾變壞不應道理然此可得故知色等從初已來念念變壞自類相續漸增爲因能引最後麤相變壞是故色等念念生滅八生已不待緣自然壞滅故謂一切法從緣生已不待壞緣自然壞滅故知一切可滅壞法初纔生已即便壞滅是故諸法剎那義成大智度論云若諸法實有不應以心識故知有相若以心諸故知有是則非有如地堅相以身根身識知故有若無身根身識知則無堅相又因緣和合生故空唯心故空是知内色外色皆識建立隨心有無實無自體○問論唯有内心實無外境者如修十善業受天堂樂作五逆罪受地獄苦昇忉利則

五欲悦目躋泥犁則萬苦攢身悦目有靈鳳翔鸞作歡樂之事攢身有鐵蛇銅狗爲逼惱之殃明知非但內心實有外境答天堂地獄苦樂之相皆是自心果報業影既以自心所作爲因還以自心所受爲果故經云未有自作他受今且約地獄界受苦以證唯心十法界中例皆如是識論問云何名爲四大轉變彼四大種種轉變動手脚等及口言說令受罪人生於驚怖如有兩羊從兩邊來共殺害彼地獄衆生見有諸山或來或去殺害衆生以是義故不得說言唯有內心無外境界答曰偈言若依衆生業四大如是變何故不依業心如是轉變汝向言彼罪人業外四大等如是轉變何故不言依彼衆生罪業力故內自心識如是轉變又偈言業熏於異法果云何異處善惡熏於心何故離心說故偈言業熏於異法果云何異處者此以何義彼地獄中受苦衆生所有罪業依本心作還在心中不離於心以是義故惡業熏心還應心中受苦果報何以故以善惡業熏於心識而不熏彼外四大等以四大中無所熏事云何虛妄分別說言四大轉變於四大中受苦果報是故偈言善惡熏於心何故離心說如無盡意菩薩經云菩薩所作精進常與身口意相應雖身口精進皆由於心心爲增上云何菩薩心精進所謂心始心終云何心始初發心故云何心終菩提心寂滅故是知起盡俱心初終咸爾非唯淨業萬事皆然不出一心圓滿覺道又如油盡燈滅業喪苦亡若定有外境可觀非內所感只合長時受苦無解脱期既

有休時當知無實可驗心生法生心滅法滅矣是以一切衆生從無始來作虚妄因受虚妄果皆從情結唯逐想生所以首楞嚴經云即時阿難及諸大衆乃至而白佛言世尊若此妙明真淨妙心本來徧圓如是乃至大地草木蠕動含靈本元真如即是如來成佛真體佛體真實云何復有地獄餓鬼畜生脩羅人天等道世尊此道爲復本來自有爲是衆生妄習生起世尊如寶蓮香比丘尼持菩薩戒私行婬欲妄言行婬非殺非偷無有業報發是語已先於女根生大猛火後於節節猛火燒然墮無間獄瑠璃大王善星比丘瑠璃爲誅瞿曇族姓善星妄説一切法空生身陷入阿鼻地獄此諸地獄爲有定處爲復自然彼彼發業各各私受唯垂大慈開發童蒙令諸一切持戒衆生聞決定義歡喜頂戴謹潔無犯佛告阿難快哉此問令諸衆生不入邪見汝今諦聽當爲汝説阿難一切衆生實本真淨因彼妄見有妄習生因此分開内分外分阿難内分即是衆生分内因諸愛染發起妄情情積不休能生愛水是故衆生心憶珍羞口中水出心憶前人或憐或恨目中淚盈貪求財寶心發愛涎舉體光潤心著行婬男女二根自然流液阿難諸愛雖别流結是同潤濕不昇自然從墜此名内分阿難外分即是衆生分外因諸渴仰發明虚想想積不休能生勝氣是故衆生心持禁戒舉身輕清心持呪印顧眄雄毅心欲生天夢想飛舉心存佛國聖境冥現事善知識自輕身命阿難諸想雖别輕舉是同飛動不沉自然超越此名

外分故知因情滯著能成愛水浸漬不休自然成墜以情地幽隱故爲内分以舉念緣塵取像名想運動散亂故名外分一切境界非想不生故經云若知一切國土唯想持之是則名爲初發心菩薩又華嚴經頌云勇猛諸佛子隨順入妙法善觀一切想纏網於世間衆想如陽燄令衆生倒解菩薩善知想捨離一切倒衆生各别異形類非一種了達皆是想一切無真實十方諸衆生皆爲想所覆若捨顛倒見則滅世間想世間如陽燄以想有差别知世住於想遠離三顛倒譬如熱時燄世見謂爲水水實無所有智者不應求衆生亦復然世趣皆無有如燄住於想無礙心境界若離於諸想亦離諸戲論愚癡著想者悉令得解脱遠離憍慢心除滅世間想住盡無盡處是菩薩方便又云譬如有人將欲命終見隨其業所受報相行惡業者見於地獄畜生餓鬼所有一切衆苦境界或見獄卒手持兵仗或瞋或罵囚執將去亦聞號叫悲歎之聲或見灰河或見鑊湯或見刀山或見劒樹種種逼迫受諸苦惱作善業者即見一切諸天宫殿無量天衆天諸婇女種種衣服具足莊嚴宫殿園林盡皆妙好身雖未死而由業力見如是事大智度論云如乾闥婆城者非城人心想爲城凡夫亦如是非身想爲身非心想爲心故知地獄天堂本無定處身猶未往已現自心境不現前唯心妄見可驗苦樂之境本無從出善惡之事唯自召來空是空非妄生妄死如達磨大師云由已見故不得道已者我也若無我者逢物不是非是者我

自是而物非是也非者我自非而物非非也若入宗鏡我法俱空心境自亡是非咸寂神性獨立對待無從斯皆悟本而成非因學得如先德云境自虚不須畏終朝照矚元無對設使任持浮幻身任運都無舌身意又昔人偈云寧神泯是非現身安樂國所以論云智境豁然名爲佛國又如有學人問百丈和尚云對一切境如何得心如木石答一切諸法本不自言是非垢淨亦無心繫縛人但人自虛妄計著作若干種解起若干種見生若干種畏愛但了諸法不自生皆從自己顛倒取相而有知心與境本不相到當處解脫一一諸法一一諸心當處寂滅當處是道場又本有之性不可名目本來不是凡不是聖不是愚不是智不是垢不是淨亦非空有善惡與諸染法相應名衆生界與諸淨法相應名人天二乘若垢淨心盡不住繫縛解脫無一切有爲無爲縛脱等心量處於生死其心自在畢竟不與諸虚幻塵勞蘊界生死諸入和合迥然無住一切不拘去來無礙往來生死如門開相似○問地獄既是非情云何動作答是有情不思議業力所感令受罪衆生自見有如是事如成劫風雖是無情亦能成劫似磁毛石豈有識想令鐵轉移設使衆生輪迴六趣善惡昇沉實無主宰人法俱空所以先德云往復無際動静一原含衆妙而有餘超言思而迥出者其唯法界乎故知若入一際法界之中有何差别能所冥合境智同如豈可更有一法爲動爲静隨業識之轉乎若未入法界不悟此宗但有一法當情皆是自之

業識離識之外決定無法○問凡所施爲皆是自心者云何殺生而得殺罪答皆是依於自心分別强執善惡之因妄受苦樂之果若究三輪之體能殺所殺本空是以文殊執劒於瞿曇鴦崛持刀於釋氏終不見生見殺執自執他妄受輪迴酬還罪報識論問云若彼三界唯是內心無有身口外境者何故屠獵師等殺害猪羊等得殺生罪偈答云死依於他心亦有依自心依種種因緣破失自心識釋曰如人依鬼毗舍闍等是故失心或依自心是故失心或有憶念愛不愛事是故失心或有夢見鬼著失心或有聖人神通轉變前人失心如一比丘夜蹋瓜皮謂殺蝦蟇死入惡道故云死依於他心亦有依自心者以依仙人嗔心嗔毗摩質多羅阿脩羅王故殺餘衆生此依他心他衆生心虛妄分別命根謝滅以彼身命相續斷絶應如是知頌云經說檀拏迦迦陵摩登國仙人嗔故空是故心業重問依仙人嗔心依仙人鬼殺害如是三國衆生非依仙人嗔心而死答佛問尼乾子言摩登伽等三國衆生汝頗曾目云何而死爲身業殺爲意業殺尼乾子言瞿曇我昔曾聞仙人嗔心以意業殺爾所衆生佛言以是成我義三界唯心無身口業何以故如世人言賊燒山林聚落城邑不言火燒此義亦爾唯依心其善惡業得成故偈云諸法心爲本諸法心爲勝離心無諸法唯心身口名成實論云若離心有業非衆生亦應有罪福如風頹山惱害衆生風應有罪若吹香華來墮塔寺亦應有福是則不可故知離心無罪福也以

此文證罪福據心無身口業身口業者但有名字實是意業身口名說華嚴會意云凡有見自見他皆是迷心自現何者如見他持刀殺自當知他自皆從自生以離自見心無自他故非但自他是心妄現即所持刀杖故亦是自心何以故心外無彼實刀杖故見所持者唯六塵故由不知自心現見殺即惶懼不安若了唯是自心縱殺誰憂誰懼皆由妄心生故種種有妄心滅故種種無既知唯心妄現心不見心即物我俱亡憂喜咸寂又如夢中殺事亦如是也如說世間恒如夢不可得有無密嚴經云内外境界心之所行皆唯是識惑亂而見此中無我亦無我所能害所害及害具一切皆是意識境界依阿賴耶識如是分別又古師問云若所見皆是自相分如何殺自相分而得怨報答雖觀他人浮塵根是自相分於他是親相分有執受故如悞殺他即斷命根即有罪於自即是疎相分○問經中所云一切法如夢以證唯心者云何夢中事虛寤中事實果報不等法喻不齊云何引證答所申譬況皆為不信之人假此發明所以智不難喻但求見道證會自心何用檢方便之詮執圓常之理此夢喻一法證驗最親識論答外難云汝言夢中所見飲食飢飽刀杖毒藥如是等事皆悉無用寤時所見如是等事皆悉有用此義不然頌云如夢中無女動身失不淨如夢交會漏失不淨衆生如是無始世來虛妄受用色香味等外諸境界皆亦如是實無而成又問若夢中無境寤亦爾者何故夢中寤中行善惡法愛與不愛

果報不等答唯有内心無外境界以夢寤心差别不同是故不依外境成就善不善業是以在夢位心由睡眠壞勢力羸劣心弱不能成善惡業覺心不爾故所造行當受異熟勝劣不同非由外境設覺中所受苦樂實果報亦無作者受者悉如幻夢又論云睡眠昧略爲性者疏云昧簡在定略别寤時義天鈔云昧簡在定者此睡眠位雖然專注一類微細之境與定不同定意識取境明了故此乃闇昧略别寤時者彼覺寤時心極明利具能緣於六塵之境則寤時心心所緣境寬廣也此睡眠位心心所不明利故唯緣一法塵境取境少故名爲略也寶積經偈云諸法自性不可得如夢行欲悉皆虚但隨想起非實有世尊之法亦如是以一切法念念無住故念念生滅故念念不可得故念念無自性故夢寤所受憂喜苦樂雖延促不等果報有殊然悉從識變皆因想成道理推窮無不平等並是明闇意識所行境界覺中是明了意識夢中是夢中意識覺夢雖殊俱不出意故經云寤則想心寐爲諸夢若無夢則諸境不現無想則萬法不成以隨意生形從想立法故若有入此如夢法門則親證唯心疾成佛智能滿菩提之道廣興法利之門如華嚴經頌云菩薩了世法一切皆如夢非處非無處體性恒寂滅諸法無分别如夢不異心三世諸世間一切悉如是夢體無生滅亦無有方所三界悉如是見者心解脱夢不在世間不在非世間此二不分别得入於忍地譬如夢中見種種諸異相世間亦如是與夢無差别住於夢

定者了世皆如夢非同非是異非一非種種衆生諸刹業雜染及清淨如是悉了知與夢皆平等菩薩所行行及以諸大願明了皆如夢與世亦無别了世皆空寂不壞於世法譬如夢所見長短等諸色是名如夢忍因此了世法疾成無礙智廣度諸群生修行如是行出生廣大解巧知諸法性於法心無著成唯識寶生論云如夢有損用雖無外境理亦得成由於夢内男女兩交各以自根更互相觸雖無外境觸而有作用成現流不淨但是識想自與合會爲其動作此既如是於餘亦然惡毒刀兵霜雹傷害雖無外境但依其識有毒乃等何理不成乃至若爾夢餐毒等應成身病此亦申其唯識有用猶如於境而有定屬還將後答用杜先疑或復有時見其毒等雖無實境而有作用由見不被蛇之所螫然有疑毒能令悶絶流汗心迷若遭蛇螫亦於夢中由呪天等增上力故遂令飽食氣力充强又復聞乎爲求子息事隱林人夢見有人共爲交集便得其子如何得知於彼夢内被毒等傷是爲非有睡覺之後不覩見故今此所論還同彼類於現覺時將爲實事見毒藥等執爲非謬眞智覺時便不見故同彼夢中體非是實然於夢中許實色等彼亦獲斯非所愛事毒等果用便成實有若言無者但有毒相等用無此云毒狀便成違害許毒相等固成無益於其識上藥體無故是故定知實無外境但於覺心生其作用猶如於夢覺亦同然斯乃眞成稱契道理釋曰且如夢中實無蛇螫識心纔變怖境縱然如同蛇螫若覺

中實被蛇螫疑心不生亦不爲害近聞世間有人於路被毒蛇螫脛其人自見爲是樹椿所傷行經三十餘里毒亦不發忽遇禁蛇之人指云汝被毒蛇螫了纔聞是語疑心頓起毒發便終若執心外實有毒蛇之境心未生時毒何不發故知心外無境蛇毒不能殺人心毒起時自能成害是以境無心有境便現前境有心無境終不現例一切法悉亦如然可驗唯心成就宗鏡如教中佛密意說如幻等總有十喻於中夢喻所悟不同隨智淺深且約五種一世間凡夫解者只知浮生短促如夢不久二聲聞證處但了夢心生滅無常苦空無我三小菩薩悟夢不實徹底唯空四大菩薩達夢唯心非空非有夢中所見故非空覺後寂然故非有五祖佛圓證法界如正夢時只一念眠心現善惡百千境界況暫起一念心時具十種法界因果重重無盡歷歷區分如法華夢入銅輪成佛度生經無量劫華嚴善財登閣於一念夢定之心剎那之間悉見不可思議三世佛事如古詩云枕上片時春夢中行盡江南數千里

宗鏡録卷第七十八

音釋

翥章恕切舉也　欻許勿切忽也　蠕而兖切蟲動貌　眄莫甸切邪視也　鑊黃郭切釜屬　蹋徒洽切踐蹋也　螫施隻切蟲毒也　樅七恭切樅然猶森然也　脛胡定切脚脛也　椿株江切橛也

宗鏡録卷第七十九

宋慧日永明妙圓正修智覺禪師延壽 集

夫心外無法法外無心如是了知則眞善知識一心妙理圓證無疑何故聞外善惡知識而生聽受答皆是增上因緣和合虛妄分別而成彼此情生無有眞實識論問云何故遇善知識聞說善法值惡知識聞說惡法若無外一切外境者彼云何說若不說者云何得聞若不聞者此云何成偈答遞共增上因彼此心緣合以一切衆生虛妄分別思惟憶念彼說我聞而實無有彼前境界是以若執內外則心境對治尚未入於信門何乃稱於聽法持心梵天所問經云眼耳鼻舌身意無所流聞乃曰聽經其有染汙於諸入者則無所聞便在於色金剛場陁羅尼經云無有諸法是名一字陀羅尼法門若能如是信解則聽者無聞無得心境不二方聞佛所說經可謂眞聞遇善知識若以緣心聽法此法亦緣非得法性則隨境界流遂因緣轉皆爲不了自法遂令內外緣分如經云佛言隨有是經之處則爲有佛若我住世無異故知自心之佛無處不徧寧論前後出沒耶若隨異境則生滅無常見他佛則隱顯無恒誦他經則音聲間斷故祖師云外求有相佛與汝不相似志公云每日誦經千卷紙上見經不識又先德云出息不依外緣入息不依陰界而住常轉如是經非但百千萬卷爭如悟此眞善知識念念現前自轉無盡藏經熾然恒演○問若心虛境寂理實無差現對根塵事相違反如何明徹境智一如答一期根境俗有眞無畢

竟自他皆無所得又若定執眞有俗無則成增減二謗但二諦雙會圓了一心如佛性論難云若諸法無實性者即與證量相違則能所習不可得我現見聲耳相對所以得聞故知不空釋曰是義不然何以故是能所及證量自性皆不可得自性不成若一性不成者多性云何成又汝説證量云何成者今我立證量顯了二空諸法空故自性不可得如見幻事幻物者證量所見不如實有諸法亦爾不如所見而有所見由體不實故不有由證量故不無由體無故空義得成以證量故假有不失又云依他性相者能執所執增益又損減由解此性故此執不生若見眞爲有則是增益名爲常見若見俗定無則是損減名爲斷見唯有似塵識故別無能所無能所故無增益執由有似塵識故無損減執若知外塵是識而似顯現則非無了外相太虛如幻所作則非有非無則不壞俗諦非有則不隱眞諦是以眞俗融即而常異空有雙現而恒同方超戲論之情始會一心之旨如摩訶般若經云説是般若波羅蜜品時佛在四衆中天人龍鬼神緊那羅摩睺羅伽等於大衆前而現神足變化一切大衆皆見阿閦佛比丘僧圍繞説法乃至爾時佛攝神足一切大衆不復見阿閦佛聲聞人菩薩摩訶薩及其國土不與眼作對何以故佛攝神足故爾時佛告阿難如是阿難一切法不與眼作對法法不相見法法不相知如是阿難如阿閦佛弟子菩薩國土不與眼作對如是阿難一切法不與眼作對法法不相知法法不相見何以

故一切法無知無見無作無動不可捉不可思議如幻人無受無覺無眞實菩薩摩訶薩如是行爲行般若波羅蜜釋曰若行般若者則是直了一心智性了色無形非眼境界乃至達法體寂非意所知但是隨心暫現還隨心滅故云一切法無知無見大智度論云相不能知無相譬如刀雖利不能破空無相不能知相者有人言内智慧無定相外所緣法有定相心隨緣而生是故說無相不應知相譬如無刀雖有物無刀可斫是知若心有境俱無亦不知見若心無境有亦不知見若心境俱有各無自性各既不知合豈成見若心境俱無亦不知見有尚不知無豈成見則心境俱空萬有咸寂如是則尚無一法冥合相順寧有根境對待而作相違者乎如一切差別違順之境皆是一心之量無有障礙亦無解脱譬如水不洗水火不滅火何者以一體故不相陵滅若有異法方成對治如今但先得旨自合眞如故經云法隨於如無所隨故若有所隨則有能隨之別既無所隨亦無能隨故則法外無如如外無法所以經云如理作意於一切法平等相應是則具足一切佛法華嚴疏云以如爲佛則無境非如者大品經答常啼云諸法如即是佛金剛經云如來者即諸法如義既以如爲佛一切法皆如也何法非佛耶若信一如此是開悟本法生決定解入自在門如華嚴論云經云善男子我得自在決定解力信眼清淨智光照曜普觀境界離一切障善巧觀察普眼明徹具清淨行往詣十方一切佛國土恭敬供養一切諸佛

此明舉本果法令凡信樂修行從初發心修行慣習十地功終方依及此初時本様果法也還以法界中時不遷智不異慈悲不異願行不異之所成就以於法界大智無延促中修行故不如情解有修行者莫作延促時分修學應須善觀法界體用莫如世情作一刹那計作三僧祇計如法界中都無脩短遠近故以此解行如法修行於諸境界善照生滅令使執盡而成智之大用於自心境莫浪攝持但知故蕩任性坦然習之觀照執盡智現生滅自無業垢自淨會佛境界同如來心佛見自會非由捉搦縵作别治令心狂惑但自明心境見融執業便謝見亡執謝一切萬法本自無瘡智境朗然名爲佛國也無煩强生見執永自沉淪自作自殃非他能與○問若約見聞外境則色不至眼眼不至色可言唯心無相可得只如飲噉之時根境相入若言無相不可以心喫心答六根六境雖則離合不同皆唯識變味性本空若非是識誰知鹹淡古師云只喫相分本質自在○問如喫了質亦亡如何答能隨既亡所隨亦滅亦如二十人共一株樹一人伐之十九人所隨亦滅又唯識義鏡釋云共果同在一處不相障礙者○問且如一樹有情共變而一有情伐用之時爲用自變爲兼用他若唯自者餘人變者應存不亡樹何不見若亦用他何名唯識答有云樹等既是共相種生皆相隨順互相增益彼一有情自所變者所緣親用他所變者與自所變爲增上縁亦踈縁用一切相望自爲所順他爲能順由所順無能順亦滅由

斯樹喪唯識亦成問何以得知互相增益答對法論云有情共業爲增上緣○問既但唯心無有萬法目前差别從何建立答萬法但名實無體相因名立相相狀無空因相施名名字本寂唯想建立名相俱虚反窮想原亦但名字既無想體分别則空故知萬法出自無名萬名生於無相名不當相相不當名彼此無依萬法何在相待之名既寂分别之想俄空如幻之境冥真所執之情合覺密嚴經頌云世間種種法一切唯有名但想所安立離名無别義又頌云能知諸識起無有所知法所知唯是名世法悉如是以名分别法法不稱於名諸法性如是不住於分别以法唯名故想即無有體想無名亦無何處有分别若得無分别身心恒寂静如木火燒已畢竟不復生又頌云如見杌爲人見人以爲杌人杌二分别但有於名字諸大和合中分别以爲色若離於諸大色性即無有○問若以唯識爲宗則世出世間唯是一識萬法皆決定空耶答以唯識故則有世俗諦既有世俗則有似塵識幻相不無以無實不可得故稱空耳不可起蛇足鹽香決定斷空之見如密嚴經偈云瓶等衆境界悉以心爲體非瓶似瓶現是故説爲空世間所有色諸天宫殿等皆是阿賴耶變異而可見衆生身所有從頭至手足頓生及漸次無非阿賴耶習氣濁於心凡愚不能了此性非是有亦復非是空如人以諸物擊破於瓶等物體若是空即無能所破譬如須彌量我見未爲惡憍慢而著空此惡過於彼又經云寧可執有如須彌不可執

空如芥子大般涅槃經云解脱者名不空空空空者名無所有無所有者即是外道尼乾子等所計解脱而是尼乾實無解脱故名空空眞解脱者則不如是故不空空不空空者即眞解脱眞解脱者即是如來又解脱者名曰不空如水酒酪酥蜜等瓶雖無水酒酪酥蜜時猶故得名爲水等瓶如是瓶等不可説空及以不空若言空者則不得有色香味觸若言不空而復無有水酒等實解脱亦爾不可説色及以非色不可説空及以不空若言空者則不得有常樂我淨若言不空誰受是常樂我淨者以是義故不可説空及以不空空者謂無二十五有及諸煩惱一切苦一切相一切有爲行如瓶無酪則名爲空不空者謂眞實善色常樂我淨不動不變猶如彼瓶色香味觸故名不空是故解脱喻如彼瓶彼瓶遇緣則有破壞解脱不爾不可破壞不可破壞即眞解脱眞解脱者即是如來○問經云五陰即世間者一陰名色四陰名心云何説内外種種世間皆從心出答種種五陰皆從心起從心現相名之曰色經偈云一切世間中但有名與色若欲如實觀但當觀名色色即收盡無情國土名即收盡有識世間五陰即世間故若了五陰俱空則是出世間是知世出世間皆從心起何者若意地起貪嗔心覽三塗五陰罪苦衆生發現意地修戒善心覽人天五陰受樂衆生發現意地證人空心覽無漏五陰眞聖衆生發現意地立弘誓心覽慈悲五陰大士衆生發現意地運平等心覽常住五陰尊極衆生發現今所以置前

四陰但觀識陰如伐樹除根炙病得穴則生死之苦芽永絶煩惱之沉痾不生又若毗藍之風卷群疑而淨盡猶劫燒之火蕩異執而無餘所以一切世間凡聖同居之處無不悉是自心如此悟入名住眞阿蘭若正修行處非論大小之隱不墮喧靜之觀所以古德云處衆不見諠譁獨自亦無寂寞何故不見喧寂以但了一心故如大乘本生心地觀經云爾時佛告彌勒菩薩摩訶薩言汝善男子當修學者但有一德是人應住阿蘭若處求無上道云何爲一謂觀一切煩惱根原即是自心了達此法堪能住止阿蘭若處所以者何譬如狂犬被人驅打但逐瓦石不逐於人未來世中住阿蘭若新發心者亦復如是若見色聲香味觸法其心染著是人不知煩惱根本不知五境從自心生即此名爲未能善住阿蘭若處以是因緣樂住寂靜求無上道一切菩薩摩訶薩等若五欲境現前之時觀察自心應作是念我從無始至于今日輪迴六趣無有出期皆自妄心而生迷倒於五欲境貪愛染著如是菩薩名爲堪住阿蘭若處是知不悟自心徒栖遠谷避喧求靜古人云舉世未有其方若頓了自心是眞阿蘭若乃至光明徧照萬德俱圓若不自明則輪迴諸趣如頓證毗盧遮那法身字輪瑜伽儀軌釋如來法身觀者先觀發起普賢菩薩微妙行願復應以三密加持身心則能入文殊師利大智慧海然修行最初於空閑處攝念安心閉目端身結加趺坐運心普緣無邊刹海諦觀三世一切如來徧於一一佛菩薩前慇懃恭

敬禮拜旋繞又以種種供具雲海奉獻如是等一切聖衆廣大供養已復應觀自心心本不生自性成就光明徧照猶如虛空復應深起悲念哀愍衆生不悟自心輪廻諸趣我當普化拔濟令其開悟盡無有餘復應觀察自心諸衆生心及諸佛心本無有異平等一相成大菩提心瑩徹清淨廓然周徧圓明皎潔成大月輪量等虛空無有邊際故知心無際故猶若虛空豈存初後如華嚴經頌云心住於世間世間住於心於此不妄起二非二分別是以說一說二是世間語言立是立非屬意地分別若頓悟自心直入宗鏡尚不見無分別豈特生分別乎如經頌云了知非一二非染亦非淨亦復無雜亂皆從自想起不唯世法施爲乃至諸聖作用起盡根由皆不出宗鏡故經偈云刹海無邊妙莊嚴於一塵中無不入如是諸佛神通力一切皆由業性起如斯妙旨是現證法門但初生此信猶可虛襟況證入之時自斷餘惑言亡象絕識滅情消故祖師云唯證乃知難可測起信論云證發心者從淨心地乃至菩薩究竟地證何境界所謂眞如以彼轉識說爲境界而此證者無有境界唯眞如智名爲法身○問內外唯心是平等理云何身土不同內身有覺外境無知答世界身土法爾如然不可執一執異自生情見若言法爾者即法如是或云法性者若是法性即以本識如來藏身爲所依持恒頓變起外諸器界不出此二一法應如是二藏識變起又衆生業力亦菩薩萬行爲因等所現世界皆是藏識相分相分之中半爲

外器而不執受半爲内身執爲自性生覺受故如來藏識何緣如此法如是故行業引故上雖分執受不執受二義俱無自性全以佛法界如如一真心爲體當知依即正正即依不出一心真性矣且性無不包有情無情有覺無覺皆自心性爲體隨緣發現應處方知如世間致生祠堂有政德及民往往有遺愛去思爲立祠宇中塑像以四時饗之其人當饗祭日則酒氣腹飽亦如丁蘭至孝刻木爲母晨昏敬養形喜愠之色且土木不變唯心感耳○問立識方成唯識義云何境識俱遣答顯識論云立唯識乃一往遣境留心究竟爲論遣境爲欲空心是其正意是故境識俱泯即是實性實性即是阿摩羅識所以唯識論亦名破色心論佛性論云經中佛以幻師爲譬佛告迦葉譬如幻師作諸幻像所作等幻虎還食幻師迦葉如是觀行比丘隨觀一境顯現唯空故實無所有虚無真實云何能得離此二邊由依意識生唯識智唯識智者即無塵體智是唯識智若成則能還滅自本意識何以故以塵無體故意識不生意識不生故唯識自滅故意識如幻師唯識智如幻虎以意識能生唯識故唯識觀成還能滅於意識何以故由塵等無故意識不生譬如幻虎還食幻師如提婆法師説偈言意識三有本識塵是其由若見塵無體有種自然滅入楞伽經云但不取諸境名爲識滅實不滅識何者以境本空從識變故以識無體不須滅故是以識心無體隨境有無見空生空見色生色事來即起事去還無如傳奥法師云妄

念所緣於有色處則不見空但見於色於無色處則見有空緣有時無時亦爾緣有時則見有心生見無心滅緣無時則見無心生見有心滅此皆妄念所緣之境又事上無事本全是心念起塵生念寂塵滅如起信論云以一切色法本來是心實無外色然既無外色亦無外空空尚是無色焉能有論云若無色者則無虚空之相疏釋云本以待色爲空今旣唯心無色何得更有於空也故知萬法皆相待而有若入宗鏡自然諸法絶待歸本真心故論云所謂一切境界唯心妄起若心離於妄動則一切境界滅唯一真心無所不徧

○問世人多執有情動作有識無情不動作無識且如葵藿向日而轉芭蕉聞雷而生橘得屍而敷榮鐵因石而移動又如麴發酒醋火爇山林此等皆是無情云何動作答有情無情各有二義若有情生死一是衆生業力所爲二是法界性自然生若無情轉動一是異法性自爾二是法作如大涅槃經云佛告師子吼菩薩善男子汝言衆生悉有佛性得阿耨多羅三藐三菩提如磁石者善哉善哉以有佛性因緣力故得阿耨多羅三藐三菩提若言不須修聖道者是義不然善男子譬如有人行於曠野渴乏遇井其井極深雖不見水當知必有是人方便求覓罐綆汲取則見佛性亦爾一切衆生雖復有之要須修集無漏聖道然後得見乃至譬如衆生造作諸業若善若惡非内非外如是業性非有非無亦復非是本無今有非無因出非此作此受此作彼受彼作彼受無作無受時節和合而

得果報衆生佛性亦復如是亦復非是本無今有非内非外非有非無非此非彼非餘處來非無因緣亦非一切衆生不見有諸菩薩時節因緣和合得見時節者所謂十住菩薩摩訶薩修八聖道於諸衆生得平等心爾時得見不名爲作善男子汝言如磁石者是義不然何以故石不吸鐵所以者何無心業故善男子異法有故異法出生異法無故異法滅壞無有作者無有壞者善男子猶如猛火不能焚薪火出薪壞名爲焚薪善男子譬如葵藿隨日而轉如是葵藿亦無敬心無識無業異法性故而自迴轉善男子如芭蕉樹因雷增長是樹無耳無心意識異法有故異法增長異法無故異法滅壞善男子如阿叔迦樹女人摩觸華爲之出是樹無心亦無覺觸異法有故異法出生異法無故異法滅壞善男子如樹得屍果則滋多如是橘樹無心無觸異法有故異法滋多異法無故異法滅壞善男子如安石榴樹甎骨糞故果實繁茂安石榴樹亦無心觸異法有故異法出生異法無故異法滅壞善男子磁石吸鐵亦復如是異法有故異法出生異法無故異法滅壞衆生佛性亦復如是不能吸得阿耨多羅三藐三菩提善男子無明不能吸取諸行行亦不能吸取識也亦得名爲無明緣行行緣於識有佛無佛法界常住故知法法無心塵塵本寂寂而常用用而常寂法無心而隨緣成壞人無心而諸行遷流如芭蕉聞雷葵藿向日無明不取諸行諸行不吸識心則法法不相到法法不相知法法不相待法法不相借皆

性自爾故法如是故是以金剛三昧經云心不生境境不生心何以故凡所見境唯所見心即不相到也華嚴經頌云諸法無作用亦無有體性是故彼一切各各不相知即不相知也維摩經云一切法生滅不住如幻如電諸法不相待乃至一念不住即不相待也寶藏論云火不待日而熱風不待月而涼堅石處水天皷遊光明暗自爾乾濕同方物尚不相借豈況道乎即不相借也如火以熱爲性風以涼爲性豈假藉他緣乎天皷者日也常遊光照四天下日出即明日没即暗皆是法爾非關造作堅石處水者石雖處水水不入石雖同一處石自乾而水自濕故知法法標宗塵塵絶待則非因緣亦非自然矣○問既唯一真心教中云何復説諸法如幻答了境是心萬法奚有以依心所起無有定體皆如幻化畢竟寂滅寶積經云爾時世尊告幻師言一切衆生及諸資具皆是幻化謂由於業之所幻故諸比丘衆亦是幻化謂由於法之所幻故我身亦幻智所幻故三千大千一切世界亦皆是幻一切衆生共所幻故凡所有法無非是幻因緣和合之所幻故又教中總明十喻如幻如化如夢如影等此是諸佛密意破衆生執世相爲實起於常見世間共知幻夢等法是空則不信人法心境等如幻夢亦空所以將所信之虚破所信之實令所信之實同所信之虚然後乃頓悟真宗徧一切處心内心外決定無有實法建立大莊嚴論云我昔曾聞有一幻師有信樂心至耆闍山爲僧設會供養已訖幻尸陁羅木作一女人

端正奇特在大衆前抱捉此女而嗚呞之共爲欲事時諸比丘見此事已咸皆嫌忿而作是言此無慙人所爲鄙褻知其如是不受其供時彼幻師既行欲巳聞諸比丘譏訶嫌責即便以刀斫刺是女分解支節挑目截鼻種種苦毒而殺此女諸比丘等又見此事倍復嫌忿我等若當知汝如是寧飲毒藥不受其供乃至爾時幻師即捉尸陀羅木用示衆僧合掌白言我向所作即是此木於彼木中有何欲殺欲安衆僧身故設此飲食欲令衆僧心安故爲此幻耳願諸比丘聽我所説豈可不聞佛於脩多羅中説一切法猶如幻化我今爲欲成彼語故故作斯幻如斯幻身無壽無命識之幻師運轉機關令其視眴俯仰顧眄行步進止或語或笑以此事故深知此身眞實無我華嚴經頌云世間種種法一切皆如幻若能如是知其心無所動諸業從心生故説心如幻若離此分别普滅諸有趣譬如工幻師普現諸色像徒令衆貪樂畢竟無所得世間亦如是一切皆如幻無性亦無生示現有種種度脱諸衆生令知法如幻衆生不異幻了幻無衆生衆生及國土三世所有法如是悉無餘一切皆如幻幻作男女形及象馬牛羊屋宅池泉類園林華果等幻物無覺知亦無有住處畢竟寂滅相但隨分别現菩薩能如是普見諸世間有無一切法了達悉如幻衆生及國土種種業所造入於如幻際於彼無依著如是得善巧寂滅無戲論住於無礙地普現大威力又入法界品時童子童女告善財言善男子我等證得菩薩解脱名

爲幻住得此解脱故見一切世界皆幻住因緣所生故一切衆生皆幻住業煩惱所起故一切世間皆幻住無明有愛等展轉緣生故一切法皆幻住我見等種種幻緣所生故一切三世皆幻住我見等顛倒智所生故一切衆生生滅老死憂悲苦惱皆幻住虚妄分別所生故一切國土皆幻住想倒心倒見倒無明所現故一切聲聞辟支佛皆幻住智斷分別所成故一切菩薩皆幻住能自調伏教化衆生諸行願法之所成故一切菩薩衆會變化調伏諸所施爲皆幻住願智幻所成故善男子幻境自性不可思議大集經偈云如來法界無差別爲鈍根者說差別宣說一法爲無量如大幻師示衆生清涼疏釋如幻忍者如一巾幻作一象楞伽經云智不得有無而興大悲心由了體空不壞幻相差別故如象生即是象死此二對應成四句謂此二無二故非異無不二故非一非一即非異故非非一非異即非一故非非異亦絶雙照故非亦一亦異若以巾上二義對象上二義辯非一異略有十句一以巾上成象義對象上差別義合爲一際名不異此是以本隨末就末明不異經云法身流轉五道號曰衆生如來藏受苦樂與因俱若生若滅等二以巾上住自位義與象上體空義合爲一際名不異此是以末歸本就本明不異經云一切衆生即如不復更滅等三以攝末所歸之本與攝本所從之末此二雙融無礙不異此是本末平等爲不異以前二經文不相離故四以所攝歸本之末亦與所攝隨末之本此二相奪故名

不異此是本末雙泯明不異以真妄平等異不可得次下四門明非一謂五以巾住自位義與象上差别義此二本末相違相背故名非一楞伽經云如來藏不在阿賴耶中是故七識有生滅如來藏者不生滅此之謂也六巾上成象義與象上體空義此二本末相反相害故非一勝鬘經云七識不流轉不受苦樂非涅槃因唯如來藏受苦樂等七以初相背與次相害此二義別故名非一謂相背則各相背捨相去懸遠相害則相與敵對親相食害是故近遠非一以前經文不相離故八以極相害俱泯而不泯與極相背俱存而不存不存不泯義爲非一此是成壞非一以七識即空而是有故真如即隱而是顯故九上四非一與四非異而亦非一以義不雜故又相違是存相害是泯然存上有不存之義泯上有不泯之義若唯泯無不泯則色空俱亡無可相即以不全泯故雖相即而色空歷然若唯存無不存則色空各有定性不得相即由有不存故雖歷然而得相即以體虛故十然亦不異以理徧通故法無二故若以不異門取諸門極相和會若以非一門取諸門極相違害極違而極順者是無障礙法也又釋云別明義理於中有二先成有無後成四句言有無者以三性中各有二義皆有無故圓成二者一性有二相無依他二者一緣有二性無徧計二者一情有二理無今初巾中即圓成二義術馬皆是依他二義而術是能成之因託真而起故用有體無用有即是緣有體無即是性無三馬是所成之果故相有實

無相有即是緣有實無即是性無四明依圓不離即事同真生喻於事死喻於真事泯理顯故生無死有以無礙故者出其所因即事理無礙也五中就情則有妄見分明故就理則無以是妄計必非有故所以幻喻廣說有無者以惑情所封有無皆失理無惑計有無皆真是知幻喻諸法非實非虛非空非有若無於有不成於無若無於無不成於有有無交徹萬化齊融又五中各具四句顯成四句者於中有二初一重四句後重重四句今初又二先正顯後簡非今初也初性有相無四者一有真性有故二空無諸相故三亦有亦空義門異故四非有非空互融奪故二用有體無四者一有迷真有用故二空依真無體故三亦有亦空體用不壞故四非有非空無體之用故非有即用之體故非空三相有實無四者一有事相現故二空圓成無實故三俱存無性不礙圓成圓成不礙無性故四俱非圓成即無性故非有無性即圓成故非空四生即是無死即是有四者一真性顯故二依他即無性故三性相雙存故四性相即奪故五情有理無四者一徧計妄情能招生死故二即理而求不可得故三要由理無方即情有若無情有不顯理無故四情有即理無理無即情有故已上四句然皆具德以稱真故不同情計定執四句成謗皆即有之空方爲具德之空即空之有方爲具德之有又盡有之空盡空之有方爲具德又四句齊照成解境故四句齊泯成行境故皆言亡慮絶方爲具德耳所以昔人云巫山臺上託雲雨以

去來舒姑水側寄泉流而還往故知聚沫之身非有如幻之心本空豈有欲情而成實事又如莊周達體虚如幻見自身爲蝴蝶及夢中自見巳身遊天涯是以凡夫盲無慧目妄取前塵男女等相如幻化法但誑心眼都無實事皆業識心動起見現相意識分别强立我人自他差别若能識幻方悟前非終不於空而興造作又此幻法多人錯解執一切法如幻如化便作空無之見如方廣外道立空無爲宗不知實義故華嚴論云了如幻法是堅固義言堅固者即是常住義豈可作空無之解故知此幻即眞幻不可得無幻之幻名爲幻法絶見之見方名見幻○問諸法不眞各無自性刹那變異故稱爲幻佛身常住豈稱幻耶答諸佛略有二身一眞實身二方便身以衆生有不見如來眞實身故示方便身令入眞實若悟入時即方便身是常住體了幻不可得故如鴦崛魔羅是一切寶莊嚴國一切世間樂見上大精進佛以本願力入幻網門現跡同凡示行殺害後見佛悟道惡業頓消令一切衆生知得道業亡不生邪執皆令仰慕佛法難量不可思議有大威力所以鴦崛魔羅經偈云如來所變化衆生悉不知如來所作幻衆幻中之王大身方便身是則爲如來○問一切法如幻云何有垢淨能所對治答只爲如幻故垢淨不定由心迴轉凡聖法生故思益經云垢法説淨見垢實性故淨法説垢貪著淨相故又莊嚴經論云問若諸法同如幻以何義故一爲能治一爲所治偈答云譬如强幻王令餘幻王退如是清淨

法能令染法盡釋曰彼能治淨法亦如幻王由能對治染法得增上故彼所治染法亦如幻王由於境界得增上故如是清淨法能令染法盡者如彼强力幻王能令餘幻王退以染淨法各有增上力隨境自在轉故稱爲王所以圓覺經云爾時世尊告普眼菩薩言善男子彼新學菩薩及末世衆生欲求如來淨圓覺心應當正念遠離諸幻先依如來奢摩他行堅持禁戒安處徒衆宴坐靜室恒作是念我今此身四大和合所謂髮毛爪齒皮肉筋骨髓腦垢色皆歸於地涕唾膿血津液涎沫痰淚精氣大小便利皆歸於水煖氣歸火動轉歸風四大各離今者妄身當在何處即知此身畢竟無體和合爲相實同幻化四緣假合妄有六根六根四大中外合成妄有緣氣於中積聚似有緣相假名爲心善男子此虚妄心若無六塵則不能有四大分解無塵可得於中緣塵各歸散滅畢竟無有緣心可見善男子彼諸衆生幻身滅故幻心亦滅幻心滅故幻塵亦滅幻塵滅故幻滅亦滅幻滅滅故非幻不滅譬如磨鏡垢盡明現善男子當知身心皆爲幻垢垢相永滅十方清淨善男子譬如清淨摩尼寶珠映於五色隨方各現諸愚癡者見彼摩尼實有五色善男子圓覺淨性現於身心隨類各應彼愚癡者說淨圓覺實有如是身心自相亦復如是由此不能遠於幻化釋曰珠中無五方之色因光所映性中無五趣之身隨業而現迷珠者執珠中實色昧性者認性内虚身法喻皎然眞僞可驗

宗鏡録卷第七十九

音釋

遞大計切更迭也阿閦梵語此云無動閦初六切斫之若切斲也搦昵格切持也諠譁諠許袁切譁胡瓜切塑蘇故切土像物也麴去匊切酒媒也鑵綆鑵古玩切汲器也綆古杏切汲井索也鄙褻褻先結切洿也

宗鏡録卷第八十

宋　慧日永明妙圓正修智覺禪師延壽集

夫入此宗門云何了一切法如化答以萬法無體名相本空無而忽有名之曰化如華嚴經十忍品云佛子云何爲菩薩摩訶薩如化忍佛子此菩薩摩訶薩知一切世間皆悉如化所謂一切衆生意業化覺想所起故一切世間諸行化分別所起故一切苦樂顛倒化妄取所起故一切世間不實法化言說所現故一切煩惱分別化想念所起故復有清淨調伏化無分別所現故於三世不轉化無生平等故菩薩願力化廣大修行故如來大悲化方便示現故轉法輪方便化智慧無畏辯才所說故菩薩如是了知世間出世間化現證知廣大知無邊知如事知自在知真實知非虛妄見所能傾動隨世所行亦不失壞譬如化不從心起不從心法起不從業起不受果報非世間生非世間滅不可隨逐不可攬觸非久住非須臾住非行世間非離世間不專繫一方不普屬諸方非有量非無量不厭不息非不厭息非凡非聖非染非淨非生非死非智非愚非見非不見非依世間非入法界非黠慧非遲鈍非取非不取非生死非涅槃非有非無有菩薩如是善巧方便行於世間修菩薩道了知世法分身化往不著世間不取自身於世於身無所分別不住世間不離世間不住於法不離於法以本願故不棄捨一衆生界不調伏少衆生界不分別法非不分別知諸法性無來無去雖無所有而滿足佛法了法如化非有非無佛子菩薩摩訶

薩如是安住如化忍時悉能滿足一切諸佛菩提之道利益衆生是名菩薩摩訶薩第九如化忍故知善不善法從心化生以無作之因受忽有之果故六祖云思惡法即化爲地獄思善法化爲天堂毒害化爲畜生慈悲化爲菩薩乃至皆是自性變化大智度論問云若一切法皆空如化何以故有種種説法别異答曰如佛所化及餘人所化雖不實而有種種形像别異夢中所見種種亦如是人見夢中好惡事有生喜者有生怖者如鏡中像雖無實事而隨本形像有好醜諸法亦如是雖空而各各有因緣如佛此中説於是化法中有聲聞變化有辟支佛變化有菩薩變化有佛變化有煩惱變化有業變化又云如化者化主無定物但以心生便有所作皆無有實人身亦如是本無所因但從先世心生今世身皆無有實以是故諸法如化問不應言變化事空何以故變化心亦從修定得從此心作種種變化若人若法是化有因有果云何空答如佛説觀無生從有生得脱依無爲從有爲得脱雖觀無生法無而可作因緣無爲亦爾變化雖空亦能生心因緣復次空不以不見爲空以其無實用故言空以是故言諸法如化故知一切法皆從心生悉如幻化雖幻化不實亦可作善惡之因緣受昇沉之報應不可生於斷見但了體虚莫生取捨○問凡有相法皆從變化心無形相云何化現答心本是化理不思議從心現心如化起化佛地論云心化唯二一自身相應謂自心上化現種種心及心法影像差别二他身相應

謂令他心亦現種種心及心法影像差別此並相分似見分現有義定力能令自心解非分法名化自心加被有情令愚昧者解深細法令失念者得正憶念名化他心然心無化無形質故如論說言心無形故不可變化又說法身無心心法此就二乘及諸異生定力而說彼定力劣不能化現無形質法諸佛菩薩不思議定皆能化現若不爾者云何如來現貪瞋等云何聲聞及傍生等知如來心云何經說化無量類皆令有心云何此論說諸化意業云何經說有依他心但諸化色同實色用化根及心但有相現不同實用又就下類故作是說若爾云何不化非情令心相現非情已是心等相分云何復令有心相現若心相現則名有情非非情攝是故化心但說二種一自身二他身化等○問此一心門理無異轍約機對法教有多門於一法中名字差別或名佛性或稱如來藏云何成藏義云何名佛性答如來藏者是真識心是真心中具有一切恒沙佛法如妄心中具有恒沙染法是心與法同一體性故名如來藏即一切衆生有如來藏能爲佛因名有佛性如睡心中有覺悟性如黄石中有金性白石中有銀性如是一切世間法中皆有涅槃性此性即是衆生自實故名爲我我即佛性隱則名爲如來藏顯則名爲法身○問若衆生自實名爲佛性覺此性故名爲佛者但了一性即契本原云何教中或說二三四五種等佛性不同答大涅槃經云正因佛性衆生心是也又云佛性者不名一法不名十法不名百法不

名千法不名萬法未得菩提時一切善惡無記皆名佛性故知未得菩提時一切諸法尚非名數豈況悟了更説二三然雖開合一性無差約本末因果而分多種佛性論云佛性有三種所謂三因三種佛性三因者一應得因二加行因三圓滿因此三因前一因則以無爲如理爲體後二因則以有爲願行爲體三種佛性者應得因中具有三性一住自性性二引出性三至得果性此三性復成三藏一所攝藏二隱覆藏三能攝藏一所攝爲藏者佛説約住自性如如一切衆生是如來藏言如者有二義一如如智二如如境並不倒故名如如言來者約從自性來來至至得是名如來故如來性雖因名應得果名至得其體不二但由清濁有異在因時爲違二空故起無明而爲煩惱所雜故名染濁雖未即顯必當可現故名應得若至果時與二空合無復惑累煩惱不染説名清淨果已顯現故名至得所言藏者一切衆生悉在如來智内故名爲藏以如如智稱如如境故一切衆生決定無有出如如境者並爲如來之所攝持故名所藏衆生爲如來藏二隱覆爲藏者如來自隱不現故名爲藏言如來者有二義一者現如不顛倒義由妄想故名爲顛倒不妄想故名之爲如二者現常住義此如性從住自性性來至至得如體不變異故是常住義如來性住道前時爲煩惱隱覆衆生不見故名爲藏三能攝爲藏者謂果地一切過恒沙數功德住如來應得性時攝之已盡若至果時方言得性者此性便是無常何以故非如今

得故知本有是故言常雖說三因佛性但是一性何以故正因是本有以衆生不覺故爲客塵所蔽如金在礦金體不現要假其功方成金用此正因佛性亦復如是在纏不現處煩惱礦中須先假了因智慧知有開發次藉緣因方便助顯方成大用緣用雖分體恒一味不動衆生性而成佛性矣以住自性之理在凡而即具以引出性之事成果而不虛以應得之文處染而何失以至得之道證聖而無疑又因自性有故能引出應得至果剋證非虛如大涅槃經云一闡提等定當得成阿耨多羅三藐三菩提故善男子譬如有人家有乳酪有人問言汝有酥耶答言我有酪實非酥以巧方便定當得故故言有酥衆生亦爾悉皆有心凡有心者定當得成阿耨多羅三藐三菩提以是義故我常宣說一切衆生悉有佛性又經論通明四種佛性初因性即染淨緣起二因因性即內熏發心三果性即始覺已圓四果果性即本覺已顯又初隨緣隱顯二微起淨用三染盡淨圓四還原顯實又初自性住性即正因二是引出佛性即了因三四皆是至得果性即緣因又初二因中理智後二果中理智因果雖異智不殊理契同無二唯一心轉絶相離言無不包融故名佛性又涅槃疏云涅槃正性有五一正性非因非因因非果非果果二因性十二因緣三因因性十二因緣所生智慧四果性三藐三菩提五果果性大般涅槃雖復分別只是一法又古釋有三種性一理性謂眞如二行性謂無漏種子三隱密性即塵勞之疇三性隱

顯雖分一體凡聖共有又約常住隨緣而分二種佛性一常住義經云其藥本味停留山中如常不輕菩薩敬四衆等以此佛性混煩惱而不汙顯菩提而不淨以常住不變故所以菩薩不敢輕一小衆生以佛性不壞故二隨緣義經云隨其流處成種種味如常慘菩薩愍四衆等以真心不守自性舉體隨緣而作人法經云法身流轉五道號曰衆生以衆生隨緣失性不覺不知所以菩薩常生悲慘又衆生佛性皆有二義一是所依佛性如上二義一是常住二是隨緣二能依雜染一緣成似有義二無性即空義由染法有即空義故所依佛性常淨不變也由染法有似有義故所依佛性隨緣成染也故知以衆生無性即空故在凡不凡以法身隨緣故處聖非聖又以衆生緣成似有故聖不是凡以法身常住不變故凡不是聖則真俗一際染淨恒分凡聖兩途生佛無異如是鎔融方明一心佛性古德問一切衆生佛性常住爲現爲當答三世皆常問若現常者衆生即佛耶答如胎中子豈不同父姓若同父姓寧責耆少又佛性非當現者只見此理不可推當修道乃得不可言現只見此理則約理無差修道乃得則隨事不濫又涅槃經明六盲摸象各說異端雖說不諦亦不離象如各執五陰空大等六法爲佛性雖說不著亦不離六法如頭足之中既無有象不可即也頭足之外亦無別象不可離也非即非離非内非外而得言象衆生佛性亦復如是非即六法非離六法非内非外故名中道名爲佛性若取六法爲佛

性者乃是衆盲之佛性若離六法爲佛性者如指虚空爲佛性如諸婆羅門所謗爲仙預所害取不即不離中道爲佛性者如大王智臣所見佛性十地經云衆生身中有金剛佛性猶如日輪佛者是覺人有靈知之覺今第一義空與之爲性故名佛性非情無覺但持自體得稱爲法今真性與之爲性故名法性故云假說能所而實無差云何無差同一性故外典亦云天地萬物同稟陰陽之元氣也○問夫言佛性境智俱收故云菩提菩提斷俱名爲菩提說智及智處俱名爲般若云何教中云在有情數中稱佛性在無情數中稱法性答在心稱佛性在境稱法性從緣雖别能所似分約性本同一體無異如瓶貯醍醐隨諸器而不等猶水分江海逐流處而得名一味真心亦復如是凡聖境智一際無差所以法王經云一切衆生一心佛性平等等諸法故只爲真心不守自性隨緣轉動於轉動處立其異名古德云譬如珠向月出水向日出火一珠未曾異而得水火之名以珠體是一能應二緣且如月爲水緣時月中未曾無火性日爲火緣時日中未曾無水性何以故二性相寘故但緣水火事有優劣故使二性冥伏不現各從自體得水火名非全無性真如一心亦復如是在有情中名佛性在無情中名法性一如未曾異而得法佛之名以真如體一能應二緣且如有情正爲佛緣時有情未曾無法性無情正爲法緣時無情未曾無佛性何以故二性相冥故但由色心事有優劣故二性冥伏不現各從自體得法佛名

非全無性清涼記云法性即佛性者故經云知一切法即心自性若以心性爲佛性者無法非心性則不隔内外而體非内外内外屬相性不同相何有内外然迷一性而變成外外既唯心何有非佛所變無實故説牆壁言無佛性以性説相無非性矣如煙因火煙即是火而煙鬱火依性起相相翳於性而相即性如水成波波即是水境因心變境不異心心若有性境寧非有況心與境皆即眞性眞性不二心境豈乖若以性從相不妨内外若以外境而例於心令有覺知修行作佛即是邪見外道之法故須常照不即不離不一不異無所惑矣故知佛性非内非外隨物迷悟强説昇沉又今爲遮妄執一切無情有佛性義就計此義自有淺深一謂精神化爲土木金石梟獍負塊以成於子情變非情非情變情斯爲邪見不異外道衆生計生草木有命故不可也若説無情同一性故則稍近宗亦須得意彼本立意約於眞如自體徧故眞實之性無有二故涅槃經説第一義空爲佛性故一切法中有安樂性攝境從心無非心故色性智性體無二故如是等文諸經具有今謂此釋太即太過失情無情壞於性相若以涅槃第一義空該通心境涅槃可以簡於瓦礫言無性耶今直顯正義謂性與相非一非異情與非情亦非一異故應釋言以性從緣則情與非情異一如涅槃簡去牆壁瓦礫等故二無覺不覺者眞性之中無心境故三無非覺悟以無情性融覺性故故起信論問云若諸佛法身離於色相者云何能現種種色

相答曰即此法身是色體故能現於色所謂從本已來色心不二以色性即智故色體無形說名智身以智性即色故說名法身徧一切處今取二性相即互融之義說耳百門義海云謂覺塵及一切法從緣無性名爲佛性經云三世佛種以無性爲性一切處隨了無性即爲佛性不以有情故有不以無情故無今獨言有情者徧世勸人了性常於一毛一毫之處明見一切理事無非如來性是開如來性起功德名爲佛性是知六道四生山河大地情與非情皆同一性如世尊最後垂示應盡還原品三告之文經云爾時世尊如是逆順入諸禪已普告大衆我以甚深般若徧觀三界一切六道諸山大海大地含生如是三界根本性離畢竟寂滅同虛空相無名無識永斷諸有本來平等無高下想無見無聞無覺無知不可繫縛不可解脫無衆生無壽命不生不起不盡不滅非世間非非世間涅槃生死皆不可得二際平等等諸法故閑居靜住無所施爲究竟安置必不可得從無住法法性施爲斷一切相一無所有法相如是其知是者名出世人是事不知名生死始汝等大衆應斷無明滅生死始又復告大衆我以摩訶般若徧觀三界有情無情一切人法悉皆究竟無繫縛者無解脫者無主無依不可攝持不出三界不入諸有本來清淨無垢無煩惱與虛空等不平等非不平等盡諸動念思想心息如是法相名大涅槃眞見此法名爲解脫凡夫不知名曰無明作是語已復入超禪從初禪出乃至入滅盡定從滅盡定

出乃至入初禪如是逆順入超禪已復告大衆我以佛眼徧觀三界一切諸法無明本際性本解脱於十方求了不能得根本無故所因枝葉皆悉解脱無明解脱故乃至老死皆得解脱以是因緣我今安住常寂滅光名大涅槃如上眞實慈父廣大悲心不可思議三告之文或有偶斯教者可以析骨爲筆剥皮爲紙刺血爲墨而書寫之不可頃刻暫忘刹那失照且如第一文云徧觀三界一切六道諸山大海大地含生如是三界根本性離畢竟寂滅第二文云徧觀三界有情無情一切人法悉皆究竟第三文云徧觀三界一切諸法無明本性性本解脱是以徧法界内盡十方中若有情若無情若有性若無性山河大地草芥人畜不在三界不出三界不隨生死不住涅槃皆同眞如一心妙性如是信解頓入一乘更無祕文能出斯旨離此有説皆是權施誘引提攜咸歸宗鏡○問既云一切衆生皆有佛性云何涅槃經云或有佛性闡提人有善根人無等答一切衆生實有佛性經約善惡無記理果等互説有無薦福疏云今准經明佛性略有五種謂善不善無記及理果等今言一闡提有善根人無者此是不善佛性也然善根人有其二種一是離欲善根人離欲斷一切不善故二是五住已上五住已上無不善性故此之二人俱無不善性也善根人有闡提人無者此是善佛性也闡提斷一切善故云無也二人俱有者理及無記也二人俱無者俱無果性故涅槃經云如來佛性則有二種一有二無有者所謂三十二

相乃至無量三昧是名爲有無者所謂如來過未諸善不善無記業因果報煩惱五陰十二因緣是名爲無乃至闡提佛性亦爾是則上從于佛下至闡提皆有有無二性非全無性是知但約三性及果而論有無若言理性尚無凡聖豈說有無則約理無不具者所以生法師云夫稟質二儀皆是涅槃正因闡提含生之類何得獨無佛性蓋是此經度未盡耳故生法師忍死十年以證斯旨及涅槃後分到後果有斯文遂踞師子座因而坐蛻○問如上決定說一切衆生有佛性者衆生既具云何不免沉淪答衆生雖具正因而無緣了所以圓覺經云未出輪迴而辯圓覺彼圓覺性即同流轉若免輪迴無有是處故先德頌云圓成沉識海流轉若飄蓬是以眞如本覺不守自性以無性故但隨緣轉如云法身流轉五道故號衆生應須以善巧方便發之以智照助之以良緣了了見時方逃境縛如起信鈔云且夫眞之與妄皆依一法界心所說蓋以此心本來有體有用即用之體則蕩然空寂即體之用則了然覺知以無始時來迷故於空寂之處確然根身塵境於覺知之處則紛然分別緣念故肇論云法身隱於形轂之中眞智隱於緣慮之內然其形轂緣念元來體空空寂覺知元來不變不變之眞元來隨緣體空之妄元來成事非因造作法爾如斯衆生身心現今若此即約此義以明染淨緣之義相也大涅槃經云佛告善男子如汝所言若一闡提有佛性者云何不遮地獄之罪善男子一闡提中無有佛性善男子譬

如有王聞箜篌音其聲清妙心即耽著喜樂愛念情無捨離即告大臣如是妙音從何處出大臣答言如是妙音從箜篌出王復語言持是聲來爾時大臣持箜篌置於王前而作是言大王當知此即是聲王語箜篌出聲出聲而箜篌聲亦不出爾時大王即斷其弦聲亦不出取其皮木悉皆拆裂推求其聲了不能得爾時大王即嗔大臣云何乃作如是妄語大臣白王夫取聲者法不如是應以衆緣善巧方便聲乃出耳衆生佛性亦復如是無有住處以善方便故得可見以可見故得阿耨多羅三藐三菩提一闡提輩不見佛性云何能遮三惡道罪善男子若一闡提信有佛性當知是人不至三惡是亦不名一闡提也以不自信有佛性故即墮三惡故名一闡提

是知一切衆生雖有正因不得了緣枉沉生死爲不知故甘稱下凡爲不聞故不親善友常迷智眼豈有了因恒習惡緣何成善本今爲未聞者廣搜祕藏發起信心爲未知者直指心原了然無滯爲已聞者智慧開發萬善資熏爲已知者一向任保理行成就有斯深益豈厭文繁普望後賢廣垂傳授○問佛性若定有無即成斷常之見如何體會理合正因答非一非異能契一乘之門亦有亦無不謗三因之性如大涅槃經云佛言善男子若有説言一切衆生定有佛性常樂我淨不作不生煩惱因緣故不可見當知是人謗佛法僧若有説言一切衆生都無佛性猶如兔角從方便生本無今有已有還無當知是人謗佛法僧若有説言衆生非有如虚空非無如

兔角何以故虛空常故兔角無故是故得言亦有亦無有破兔角無破虛空如是說者不謗三寶○問教說一心佛性之理有何因緣獲何善利答佛眼諦觀正理不謬若人決定信受則除五種過失生五種功德佛性論云如來爲除五種過失生五種功德故說一切衆生悉有佛性除五過失者一爲令衆生離下劣心故有諸衆生未聞佛說有佛性理不知自陰必當有得佛義故於此身起下劣想不能發菩提心二爲離慢下品人故若有人曾聞佛說衆生有佛性故因此發心旣發心已便謂我有佛性故能發心作輕慢意謂他不能爲破此執故佛說一切衆生皆有佛性三爲離虛妄執故若人有此慢心則於如理如量正智不得生顯故起虛妄虛妄者是衆生過失過失有二一本無二是客一本無者如如理中本無人我作人我執此執本無乃至故知能執皆成虛妄由於此執所起無明諸業果執並是虛妄無受者作者而於中執有是虛妄故言本無二是客者有爲諸法皆念念滅無停住義則能罵所罵二無所有但初剎那爲舊次剎那爲客能罵所罵起而即謝是則初剎那是怨次則非怨以於客中作於舊執此執不實故名虛妄若起此執正智不生爲除此執故說佛性佛性者即是人法二空所顯眞如由眞如故無能所罵通達此理離虛妄執四爲除誹謗眞實法故一切衆生過失之事並是二空由解此空故所起清淨智慧功德是名眞實言誹謗者若不說佛性則不了空便執實有違謗眞如淨智功德

皆不成就五爲離我執故若不見虛妄過失眞實功德於衆生中不起大悲由聞佛說佛性故知虛妄過失眞實功德則於衆生中起大悲心無有彼此故除我執爲此五義因緣佛說佛性生五種功德一起正勤心二生恭敬意三生般若四生闍那五生大悲由五功德能翻五失由正勤故翻下劣心由恭敬故翻輕慢意由般若故翻妄想執由生闍那俗智能顯實智及諸功德故翻謗眞法由大悲心慈念平等故翻我執乃至曰般若故不捨涅槃由大悲故不捨生死由般若故成就佛法由大悲故成就衆生是以若了一切衆生皆有佛性自然不謗不慢無失無違何者以衆生妙故皆不可思議如佛在竹林中說法授白鴿鳥劫國名號八相之記諸大菩薩等皆由懺悔咸云若智未齊如來我等自此已後更不敢稱量衆生寶堅和尚云我見老鵶在生槃上迴頭轉腦便全體見渠法身又有俗官入寺與盤山和尚登殿問云此雀見還有佛性不師云有問既有佛性爲甚麽向佛頭上屙師云是何不向鷂子頭上屙。問佛性於五眼中何眼能見答涅槃經云佛眼見故而得明了然佛眼見一切美惡差別等事悉皆不動爲見性故維摩經云善能分別諸法相於第一義而不動此是心鑒無礙爲眼非取根塵所對是以肉眼見麤天眼觀細慧眼明空法眼辯有佛眼觀不二相一實之理華嚴經離世間品說十眼所謂肉眼見一切色故天眼見一切衆生心故慧眼見一切衆生諸根境界故法眼見一切法實相故佛眼

見如來十力故智眼見諸法故光明眼見佛光明故出生死眼見涅槃故無礙眼所見無障故一切智眼見普門法界故又慧眼所見無法可見故名爲見者見法空故名爲慧眼非獨慧眼能見五眼俱現如是五眼照如千日十方之中無處不見於一切處地平如掌無諸穢惡若有可見即是生盲何以故無所有故當知無空色空俱遣又見一切塵全是眼更不可見聞一切聲全是耳不復更聞所以云一切聲是佛聲一切色是佛色又云離心之外更無一法縱見内外但是自心所見無別内外此無過也乃至若了塵時塵全是知也終不以知知於塵即有所知也若知於無知不異知也今塵即知不復更以知及不知知於無知但無能所之知非無知也此方顯無知也經云顯現一切法各各不相知見亦如是又聞者圓教明我我即聞故能聞所聞皆法界故故使我外更無別聞是以若見若聞若知若覺皆一心故華嚴經云所見不可見所聞不可聞所知不可知一心不思議

○問五眼凡聖共有則衆生具佛眼如來有肉眼云何唯佛眼能觀十住菩薩等不見佛性答以十住菩薩有行有住故所以不了了見若見性了了證實之時不見巳外更有菩提可行可住以十住位緣觀未盡故心有所在心有所在故有所不在是故不能覺一切法至佛位息緣眞心平等無處不在無不在故無有一法在於心外亦無一心在於法外心與法界同體照明故覺一切又此心性是眞實了知義徧照法界義以本有爲所照以

浮眼智明爲能照如涅槃經云見性肉眼即名佛眼大涅槃經明二種見佛性一相貌見二了了見相貌見者謂登地菩薩方便權智識變似空名相貌見了了見者謂地上菩薩根本正智親證眞理不變相縁名了了見即是親證相貌見者比量知了了見者現量得○問既云佛眼能觀佛性如何教中又言我以五眼不見三聚衆生狂愚無目而言見耶答若約實相體性徧法界以實相無相故則不可見若論照用相徧法界以無相之相亦可得見又五眼圓照三諦之理諸境分明雖云洞鑒未必是有雖云不見未必是無斯乃無相之相不觀之觀當知相中無相只勿相觀中無觀只勿觀體萬物而自虚同一道之清淨豈同執實隨塵作能所斷常之見耶○

問夫佛眼者皆是圓修圓證方具十住菩薩尚未分明云何無明煩惱凡夫尚未得天眼云何得同佛眼答如來五眼衆生悉具非待證聖方有涅槃經云若學大乘人雖是肉眼而名佛眼二乘雖具天眼不名佛眼又云見如來性者雖有煩惱如無煩惱若實明宗見性即肉眼而明佛眼以智照爲眼故台教約五品初位中以凡夫心同佛所知用所生眼齊如來見若論明昧淺深即落修證今直論見性即無前後所以鴦崛摩羅經偈云所謂彼眼根於諸如來常具足無減修了了分明見者止觀釋云彼是九法界眼根也於如來常者九界自謂各各非眞如來觀之即佛法界無二無別無減修者觀諸眼即佛眼一心三諦圓因具足無有缺減也了了分明見者

照實爲了了照權爲分明三智一心中五眼具足圓照名爲了了見佛性也見論圓證修論圓因又具足修者觀於眼根捨二邊漏名爲檀眼根不爲二邊所傷名爲尸眼根寂滅不爲二邊所動名爲羼提眼根及識自然流入薩婆若海名爲精進觀眼實性名爲上定以一切種智照眼中道名爲智慧是爲眼根具足無減修無減故了了分明見眼法界乃至彼意根於諸如來常具足無減修了了分明見於一一根即空即假即中三觀一心名無減修證慧眼法界佛眼一心中得名了了見皆如上說根既如此塵亦復然一切諸法亦復如是是爲圓教調伏諸根滿足六度此則究竟調伏究竟滿足如是助道助究竟道當知六度徧能調伏一切諸根也又若論差別者則諸天是報得二乘是修得我此宗門非報非修是發得五眼以本圓具故若悟佛乘人雖具煩惱性能知如來祕密之藏即肉眼而名佛眼二乘人雖證滅修道具漏盡通即天眼而爲瞖眼所以志公云大士肉眼圓通二乘天眼有瞖融大師云不取天眼等五通造事外道唯取入理凡夫耳

宗鏡録卷第八十

音釋

黠胡八切聰慧也　慘七感切悽愴也　貯展呂切盛也　梟獍梟古堯切食母鳥也獍居慶切食父獸也　蛻輸芮切猶化也　㲉苦角切　伺烏何切　鷂弋照切

宗鏡録卷第八十一

宋慧日永明妙圓正修智覺禪師延壽集

夫眞如一心平等法界衆生不了妄受沉淪令悟此宗欲入圓覺位於六度萬行莊嚴門中以何法助道保任速得成就答若論莊嚴無非福智二業於六波羅蜜中前五是福德業後般若是智慧業前五福德業中唯禪定一門最爲樞要前已廣明今更再述此宗鏡所集禪定一門唯約宗說於諸定中而稱第一名王三昧總攝諸門囊括行原冠戴智海亦名無心定與道相應故亦名不思議定情智絶待故亦名眞如三昧萬行根本故亦名一行三昧一念法界故亦名金剛三昧常不傾動故亦名法性三昧恒無變異故諸佛智光明海無量觀行皆從此生若不體此理非佛智故以此佛智證斯本理理則不待照而自了智則必資理而成照若本覺性智性自了故以平等性智了本性故故知理無興廢寂照靈知弘之在人覺有前後人有照分功由理發失理則失照要見此理方成佛耳此理即是一心總該萬有頓悟頓修更無漸次爲未了不入者於一心法分出多門義演恒沙乃至無盡故法華經偈云少智樂小法不自信作佛是故以方便分別說諸果是以信心是佛罕遇其機乃諸佛出世之本懷祖師西來之正意自古先德一聞即心是佛之言疑根頓盡或欲燈傳後嗣便坐道場或樂灰息遊心住深蘭若其或障濃信薄唯思向外馳求隨他意似鸚䳇之徒借彼眼如水母之屬纔生不信便起謗心今則廣引徧搜探微

撮要所冀證成後學決定無疑頓悟自心成佛妙軌若論法利功德無邊虛空可量斯旨難盡所以台教云若人欲得一切佛法相好威儀説法音聲十方無畏者當行此一行三昧勤行不懈則能得入如摩尼珠隨磨隨光證不思議功德一行三昧者繫緣法界一念法界信一切法皆是佛法無前無後無復際畔住佛所住如諸佛住安處寂滅法界秘密藏中則理無不圓事無不足故稱秘密亦號總持究竟指歸自他俱利云何俱利以平等故云何平等以無相故如入佛境界經偈云入諸無相定見諸法寂靜常入平等故敬禮無所觀又一切諸法有事有理具體具用不可偏執乖此圓乘以自性定爲理用引發定爲事因事顯理理則昭然因理成事事方圓足以性實之理相虛之事體用交徹隱顯同時無礙雙行能契宗鏡若唯修事定但集世禪雖曰修行猶生惡覺以不制意地未斷其原長劫練磨返沉苦道所以大涅槃經云一切凡夫雖護身心猶故生於三種惡覺三惡覺者欲覺恚覺害覺以貪欲故即生瞋恚因瞋恚故便行損害夫修行趣道本爲出五欲之泥翻求利養名聞如踐蛇虺之地凡修禪定護念之人尚被外緣覺觀破壞何況縱情放逸之人故知日夜常爲煩惱欲火焚燒覺觀怨賊侵害是以鬱頭藍弗以世俗智伏下地惑獲非想定具五神通時君敬重就宮供養鬱頭藍弗每來與去皆乘神通赴宮供養王因出巡命其愛女依前舊儀供養藍弗王女珍敬接足作禮鬱頭藍弗觸女身手因兹

起貪便生欲覺遂失神通飯食已訖矯施異計語王女言我頃來去皆乘神通國人思敬莫由見我我今食竟意欲步歸令國內人咸得見我王女謂實送出閤門步遊歸山既失神通情懷悵怏端坐林藪潔志安禪林間鳥鳴喧噪鬧亂久不得定移就池邊安布求禪池中魚遊驚聒禪思又不得定因玆起瞋便生恚覺遂發惡願願我來生作著翅水獺身上樹害鳥入水食魚報魚鳥怨誓不相放因玆便起害覺現前復移異處專志習禪久方得定依前證得非想三昧命終之後生非想天順生受業八萬大劫受異熟果八萬劫滿順後受業酬前惡願生于欲界作水獺身亦云飛狸身若到所在水陸空行一切物命悉皆喫盡故經云雖斷煩惱生非想處猶故還墮三惡道中即其義也故須先入宗鏡達一心萬行根本然後福智莊嚴則不枉功程永無退轉得其旨則大智圓明得其事則大用成就如師子奮迅成熟法界衆生猶象王迴旋啓發十方含識故華嚴論云師子奮迅三昧者於十方世界普同一切衆生想念作用而成熟之大用而無作是奮迅義夫入宗鏡萬事周圓鏡外更無一法可得如遺教經云是故汝等當好制心制之一處無事不辦若不制心無有是處一念纔起生死如煙駕五陰六入之舟航結十二種類之窟宅如從一妄念中結成十二類根塵相對發識造業因色有情見時生想於此情想二法各生四相從情上生一有色二無色三非有色四非無色從想上生一有想二無想三非有想四非

無想胎因情有卵爲想生情想合爲濕生情想離爲化現情上無色則是空散消沉想上無想則爲土木株杌此二雖屬無情然皆從識變若一念不生則諸類皆絶所以信心銘云心若不異萬法一如眼若不睡諸夢自除又經云譬如動目能揺湛水以眼勞觀水見水有動眼若不瞬池水則不揺妄見若除亦無草木成壞之相若舉眼見色由有色陰舉身受苦樂由有受陰舉心即亂由有想陰舉眼見生滅由有行陰精明湛不揺處即識陰又若以徧身針刺俱知不帶分別則是識陰若次第分別則餘識陰故知一念纔起五陰俱生微識未亡六塵不滅若唯識之義燈常照妄何由生一心之智鏡恒明旨終不昧○問四弘十度皆可發行云何須依一心具足菩提之道答若不依一心求大乘之人疑情不斷古德云求大乘者所疑有二夫大乘法體爲一爲多如其是一即無異法無異法故無諸衆生菩薩爲誰發弘誓願若是多法即非一體非一體故物我各別如何得起同體大悲由是疑惑不能發心今爲遣此二疑立一心法開眞如生滅體用二種門立一心法者遣彼初疑明大乘法唯有一心一心之外更無別法但有無明迷自一心起諸波浪流轉六道雖起六道之浪不出一心之海良由一心動作六道故得發弘誓之願六道不出一心故能起同體大悲如是依於一心能遣二疑得發大心具足佛道華嚴演義記一釋如來法身觀者先觀發起普賢菩薩微妙行願復應以三密加持身心則能入文殊師利

大智慧海然修行最初於空閑處攝念安心閉目端身結跏趺坐運心普緣無邊剎海諦觀三世一切如來徧於一一佛菩薩前慇懃恭敬禮拜旋遶又以種種供具雲海奉獻如是等一切聖衆廣大供養已復應觀自心心本不生自性成就光明徧照猶如虛空復應深起悲念哀愍衆生不悟自心輪迴諸趣我當普化拔濟令其開悟盡無有餘復應觀察自心諸衆生心及諸佛心本無有異平等一相成大菩提瑩徹清淨廓然周徧圓明皎潔成大月輪量等虛空無有邊際是以垢淨世界大小法門乃至六度萬行皆從凡聖心現故經云菩薩摩訶薩以離垢心現見無爲眞如法界以自在心現生三界爲教化彼諸衆生故又經云依自虛妄染心衆生染依自性清淨心衆生淨諸法無行經云雖讚發菩提心而知心性即是菩提雖讚大乘經而知一切諸法皆是大相雖說菩薩道而不分別阿羅漢辟支佛諸佛雖讚布施而通達布施平等相雖讚持戒而了知諸法同是戒性雖讚忍辱而知諸法無生無滅無盡相雖讚精進而知諸法不發不行相雖種種讚歎禪定而知一切法常定相雖種種讚於智慧而了智慧之實性雖說貪欲之過而不見法有可貪者雖說瞋恚之過而不見法有可瞋者雖說愚癡之過而知諸法無癡無礙雖示衆生墮三惡道怖畏之苦而不得地獄餓鬼畜生之相如是諸菩薩雖隨衆生所能信解以方便力而爲說而自信解一相之法故知心外無法於第一義而不動爲未信者以方便力雖

說種種道其實爲一乘所以般若說一切法皆摩訶衍靡不運載思益明解諸法是菩薩徧行華嚴入法界不動祇園淨名一念知一切法是道場故知一法周備無事不該可謂圓滿菩提成就佛道乃至坐禪見境諸魔事起但了一心境界自滅可謂降魔妙術治惑靈方匪用心神安然入道起信論云修行止者住寂靜處結跏趺坐端身正意不依氣息不依形色不依虛空不依地水火風乃至不依見聞覺知一切分別想念皆除亦遣除想以一切法不生不滅皆無相故前心依境已捨於境後念依心復捨於心以心馳外境攝住內心後復起心不取心相以離眞如不可得故乃至魔事現前念彼一切皆是思惟剎那即滅遠離諸相入眞如三昧心相既離眞相亦盡摩訶衍論釋云若眞若僞唯自妄心現量境界無有其實無所著故又若眞若僞皆一眞如皆一法身無有別異不斷除故是以但了一心不忘正念一切境界自然消滅可謂應念斷除豈勞功行此乃西來的旨諸佛正宗圓信圓修不同權漸直下得力如師子就人一槌便成猶王之寶器可謂等賜高廣大車悉與如來平等滅度豈同貧所樂法下劣之乘者哉若有人不信此宗鏡正義反墮邪思徇假執權而迷眞實如金易鍮石鳳換山鷄如此愚盲過在無眼如昔人乘馬著著金帶見乘驢者著驢絛帶即便問之市中何物貴彼即答云驢絛甚貴其人即易之或爲色聲而棄正法其猶如是耳問既一心圓滿覺道云何又發菩提等諸心若有能發則

有所證能所旣成唯一之義即墮荅夫言發者即無所發終不離心有菩提離菩提有心大寶積經云菩提中心不可得心中菩提亦不可得離菩提心不可得離心菩提亦不可得乃至若言見有菩提而取證者當知此輩即是增上慢人若能如是信解乃爲眞發菩提之者般若經云若菩薩知心性即是菩提而能發起大菩提心是名菩薩又無所發菩薩云知一切法皆無所發而發菩提心然於所證眞如如外無智能發妙智智外無如雙照雙遮不存不泯不二而二理智似分二而不二能所俱寂則是一心菩提萬行之本旣能通達法爾利他運同體之大悲豈存能所以無得之方便誰立自他止觀云發眞正菩提心者旣深識不思議境知一苦一切苦自悲昔因起惑躭湎麤弊色聲縱身口意作不善業輪環惡趣嬰諸熱惱身苦心苦而自毁傷而今還以愛繭自纏癡燈所害百千萬刼一何痛哉設使欲捨三塗欣五戒十善相心修福如市易博換飜更益罪似魚入䇶口蛾赴燈中狂計邪黠逾迷逾遠渴更飲醎龍鬚縳身入水轉痛牛皮繫體向日彌堅盲入棘林溺墮洄澓把刃抱炬痛那可言虎尾蛇頭悚焉悼慄自惟若此悲他亦然假令臨路叛出怨國備歷辛苦絶而復甦往至貧里傭賃一日止宿草庵不肯前進樂爲鄙事不信不識可悲可怪思惟彼我哽痛自他即起大悲興兩誓願衆生無邊誓願度煩惱無邊誓願斷雖知衆生如虛空誓度如虛空之衆生雖知煩惱無所有誓斷無所有之煩惱雖知衆

生數甚多而度多多之衆生雖知煩惱無邊底而斷無底之煩惱雖知衆生如如佛如而度如佛如之衆生雖知煩惱如實相而斷如實相之煩惱何者若但拔苦因拔苦果此誓雜毒故須觀空若偏觀空則不見衆生可度是名著空者諸佛所不化若偏見衆生可度即墮愛見大悲非解脱道今則非毒非僞故名爲眞非空邊非有邊故名爲正如鳥飛空終不住空雖不住空跡不可尋雖空而度雖度而空是故誓與虛空共鬭故名眞正發菩提心即此意也又識不思議心一樂心一切樂心我及衆生昔雖求樂不知樂因如執瓦礫謂如意珠妄指螢光呼爲日月今方始解故起大慈興兩誓願謂法門無量誓願知佛道無上誓願成雖知法門永寂如空誓願修行永寂如空雖知菩提無所有無所有中吾故求之雖知法門如空無所有誓畫績莊嚴虛空雖知佛道非成所成如虛空中種樹使得華得果雖知法門及佛果非修非不修而修非證非得以無所證得而證而得是名非僞非毒名爲眞非空非見愛名爲正如此慈悲誓願與不可思議境智非前非後同時俱起慈悲即智慧智慧即慈悲無緣無念普覆一切任運拔苦自然與樂不同毒害不同但空不同愛見是名眞正發菩提心義○問華嚴經頌云禪定持心常一緣智慧了境同三昧云何悟入一心能令根境悉成三昧答内外一切境界皆從眞如一心而起眞心不動故稱爲三昧王以統御一切萬法萬行故得稱爲王無有一法不從一心眞如三昧起此

是一切三昧根本了此根本則從本所現念念塵塵盡成三昧以本末無異故寶積經偈云如鑽木出火要假衆緣力若緣不和合火終不得生是不悦意聲畢竟無所有知聲性空故瞋亦不復生瞋不在於聲亦不身中住因緣和合起離緣終不生如因乳等緣和合生酥酪瞋自性無起因於麤惡事愚者不能了熱惱自燒然應當如是知究竟無所有瞋性本寂靜但有於假名瞋恚即實際以依眞如起了知如法界是名瞋三昧又偈云是大夜叉身從於自心起是中無有實妄生於恐怖亦無有怖心而生於怖畏觀法非實故無相無所得空無寂靜處現此夜叉身如是知虛妄是夜叉三昧且夜叉一身於外相分甚爲麤惡令人怖畏瞋之一門是根本煩惱最能煩亂此内外二法尚成三昧舉一例諸可爲龜鏡其餘一切心境即無非三昧矣楞伽經云佛言大慧云何三昧樂正受意生身謂第三第四第五地三昧樂正受故種種自心寂靜安住心海起浪識相不生知自心現境界性非性是名三昧樂正受意生身故知了境即心更無一物會於本寂即心海常安分別不起即是正受是以無物可納名爲正受無境可動名爲正定首楞嚴三昧經云問現意天子菩薩當修何法得是三昧天子答欲得三昧當行凡法若見凡法不合不散是名修行楞嚴三昧又問諸佛法中有合散耶天子曰凡法尚無合散況佛法耶云何修習若見凡法佛法不二是名修習是以了一心成現之門則無修而修達萬法具足之體乃不

習而習出入無際心境一如即於一切差別法中念念入念念起故所以華嚴經云佛子菩薩摩訶薩入一切衆生差別身三昧於此三昧内身入外身起外身入内身起同身入異身起異身入同身起乃至眼處入耳處起耳處入眼處起鼻處入舌處起舌處入鼻處起身處入意處起意處入身處起自處入他處起他處入自處起一微塵中入無數世界微塵中起無數世界微塵中入一微塵中起不唯根境盡成三昧萬法咸作智門承此宗鏡之光可謂盡善盡美何者體含虛寂不能讃其美理絶見聞不能書其過降茲已下皆墮形名則難逃毀讃矣如昔人云夫大道混然無形寂然無聲視之不見聽之不聞非可以影響知不得以毀譽稱也降此以往則事不雙美名不竝盛矣雖天地之大三光之明聖賢之智猶未免於毀譽也故天有坼之象地有裂之形日月有謫蝕之變五星有勃彗之妖堯有不慈之誹舜有諂父之謗湯有放君之稱武王有弑主之譏齊桓有貪婬之目晉文有不臣之聲伊尹有無君之迹管仲有僭上之名以夫二儀七曜之靈不能無虧沵堯舜湯武之聖也不能免嫌謗桓文伊管之賢也不能遣纖過由此觀之宇宙庸流奚能自免怨謗而無悔悋也若以心智通靈成無爲之化則萬累不能干矣○問一心旨趣蓋是總門法義難明廣須開演如何是法如何是義答法本無差隨義有別從法生義差別難明因義顯法一心易了禪原集以況解釋法義二門如眞金隨工匠等縁作鐶釧等物

金性必不變爲銅鐵金即是法不變隨緣是義設有人問何物不變何物隨緣只令答云金也以喻一藏經論義理只是說心心即是法一切是義故論云所言法者謂衆生心經云無量義者從一法生然無量義統唯二種一不變二隨緣諸經只說此心隨迷悟緣成垢淨凡聖等亦只說此心垢淨等時元來不變常自寂滅眞實如如等設有人問何法不變何法隨緣只答云心也不變是性隨緣是相當知性相皆是一心上義今性相二宗互相非者良由不識眞心每聞心字將謂只是八識不知八識但是眞心上隨緣之義故馬鳴以一心爲法以眞如生滅二門爲義論云依於此心顯示摩訶衍義心眞如是體心生滅是相用只說此心不虛妄故云眞不變易故云如不守自性故隨緣以隨緣故成無量義又由不變故始能隨緣由隨緣故方能不變何者謂若變自體將何隨緣如無水豈能成波浪故知一心不動義徧恒沙雖徧恒沙皆是一心之義○問欲淨其土當淨其心則心外有土何成自淨答至極法身常寂光土離身無土離土無身依報是心之相正報是心之體體相無礙依正本同所以攝境歸心眞空觀中則攝相歸體顯出法身從心現境妙有觀中則依體起用修成報身若心境祕密圓融觀中則心境交參依正無礙心謂無礙心諸佛證之以成法身境謂無礙境諸佛證之以成淨土淨名疏中觀心釋四種境界者一因緣境二空境三假境四中道境境是心所依住即是土也衆生者佛告比丘汝等

日夜常生無量百千衆生今因緣心多境亦多心少境亦少觀心照少境即是小國土觀心照多境亦是多國土如是觀因緣境即是化衆生或調惡境而悟即是穢土入佛智慧或觀善境而悟即是淨土入佛智慧起菩薩根者隨所觀善惡之塵了知此塵即是一切法此法本來畢竟常寂常寂之境發於眞智眞智所依佛土即常寂光土也復次行人觀是四境非爲貪著境界但化伏煩惱心數衆生用此四心而起誓願願法界衆生皆得如我化此心數悉令清淨即是淨土安立有爲緣集衆生也行人當知一切菩薩淨佛國土根本從此而起合抱之樹起於毫末又凡聖共居同一妙土眞俗所依唯一法身所依不二能依自殊所既不殊能亦何別無始妄習謂依正殊若能一切皆融豈有身土別見如此觀心實眞淨土是眞了義若離此者多是執文隨語生見義海云塵毛剎海是依佛身智慧光明是正今此塵是佛智現擧體全是佛智是故光明中見佛剎等又剎海塵等全以佛法界如如爲塵體是故塵中現一切佛事當知依即正正即依乃至一事一法一毛一塵各各如是合佛依正也故知萬像繁興唯一致矣

宗鏡録卷第八十一

音釋

括古活切包也　虺許委切蝮也　鬱於物切　矯居夭切詐也　藪蘇后切　聒古活切擾也　獺他達切捕魚獸也　奮迅奮方問切迅息晉切　瞬舒閏切目動也　嬰於盈切縈也　悼慄悼徒到切傷也慄力質切懼也　繢黄外切畫也　鑚作官切穿也　坼丑厄切裂也　謫蝕謫陟

華切罰也蝕乘力切侵虧也切妖氣也又相傷爲之沴

誷文紡切誣也

僣子豔切侵也

沴計間

宗鏡録卷第八十二

宋慧日永明妙圓正修智覺禪師延壽集

夫云何一心而成止觀答法性寂然名止寂而常照名觀非能所觀但是一法若台教總論二種止觀一相待止觀二絶待止觀前是拙度後是巧度相待止觀者有三止三觀三止者一止息義二停止義三不止止義三觀者一觀穿義二觀達義三不觀觀義絶待止觀者有三止三觀三止者一體眞止二方便隨縁止三息二邊分別止三觀者一從假入空名二諦觀二從空入假名平等觀三二觀爲方便道得入中道雙照二諦心心寂滅自然流入薩婆若海名中道第一義諦觀今宗鏡所明唯論一心圓頓之旨圓頓止觀相者以止縁於諦則一諦而三諦以諦繫於止則一止而三止譬如三相在一念心雖一念心而有三相止諦亦如是所止之法雖一而三能止之心雖三而一也以觀觀於境則一境而三境以境發於觀則一觀而三觀如摩醯首羅面上三目雖是三目而是一面觀境亦如是觀三即一發一則三不可思議不權不實不優不劣不前不後不並不别不大不小故中論云因縁所生法即空即假即中又如金剛般若經云譬如人有目日光明照見種種色若眼獨見不應頂目若無色者雖有日眼亦無所見如是三法不異時不相離眼喻於止日喻於觀境喻於色如是三法不前不後一時論王三中論一亦復如是若見此意即解圓頓教止觀相也何但三一一三總前諸義皆在一心其相云何體無明顛倒即是

實相之眞名體眞止如此實相徧一切處隨緣歷境安心不動名隨緣方便止生死涅槃淨散休息名息二邊止體一切諸假悉皆是空空即實相名入空觀達此空時觀冥中道能知世間生滅法相如實而見名入假觀如此空慧即是中道無二無別名中道觀體眞之時五住磐石沙礫一念休息名止息義心緣中道入實相慧名停止義實相之性即非止非不止義又此一念能穿五住達於實相實相非觀亦非不觀如此等義但在一念心中不動眞際而有種種差別經言善能分別諸法相於第一義而不動雖多名字蓋乃般若之一法佛説種種名衆名皆圓諸義亦圓相待絶待對體不可思議不可思議故無有障礙無有障礙故具足無減是圓頓教相顯止觀體也又三止三觀爲因所得三智三眼爲果三智者一切智道種智一切種智三眼者慧眼法眼佛眼若一心眼智者眼即是智智即是眼眼故論見智故論知知即是見見即是知佛眼具五眼佛智具三智王三昧一切三昧悉入其中首楞嚴定攝一切定如來雖具五眼實不分張只約一眼備有五用能照五境所以者何佛眼亦能照麤色如人所見亦過人所見名肉眼亦能照細色如天所見亦過天所見名天眼達麤細色空如二乘所見名慧眼照達假名不謬如菩薩所見名法眼於諸法中皆見實相名佛眼當知佛眼圓照無遺故經云五眼具足成菩提永與三界作父母而獨稱佛眼者而衆流入海失本名字非無四用也佛智照空如二乘所見名

一切智佛智照假如菩薩所見名道種智佛智照空假中皆見實相名一切種智故言三智一心中得故知一心三止所成三眼見不思議三諦此見從止得故受眼名一心三觀所成三智知不思議三境此智從觀得故受智名境之與諦左右異耳見之與知眼目殊稱不應別說雖作三止三觀之三說實是不思議一法耳又云善巧安心者以觀止安於法性無明癡惑本是法性以癡迷故法性變作無明如眠來變心有種種夢雖顛倒起滅如旋火輪不信顛倒起滅唯信此心但是法性起是法性起滅是法性滅體其實不起滅妄謂起滅以法性繫法性以法性念法性常法性無不法性時體達既成不得妄想亦不得法性還源反本法界俱寂是名爲止觀者

觀察無明之心等於法性本來皆空譬如劫盡下等一切妄想善惡皆如虛空無二無別又如劫盡從地上至初禪炎炎無非是火如虛空藏菩薩所現之相一切皆空如海慧如來所現一切皆水介爾念起所念念者無不即空空亦不可得如火木能使薪然亦復自然法界洞朗咸皆大明名之爲觀上所言止者尚不得法性何況妄想所言觀者尚不得空何況有法則有無俱寂染淨雙融方成究竟一心止觀耳又絶待止觀者絶橫竪諸待絶諸思議絶諸教觀悉皆不生故名止止亦不可得觀冥如境境既寂滅清淨尚無清淨何得有觀世人約種種語釋絶待義終不得絶若得意忘言心行亦斷隨智妙悟無復分別緣理分別皆名爲待眞慧開發絶此諸待

絶即復絶諸法不相待乃至一念不住故即此意也輔行記云若無生門千萬重疊唯是一心者為欲修觀人措心難當故撮示其正意名為一心此即正明一心無生之門乃至既於念念止觀現前約此心念名為衆生何者總撮前來若横若竪既入一心凡一念起不離於我我即衆生達念念心而寂而照寂故名止照故名觀一心既爾諸心例然止觀為因眼智為果一一念中無非止觀眼智也如上三一若有三可三便成差别有一可一便成無差若差則失無差若無差則失差開一為三則失一合三為一則失三今明不爾昔三猶是今一今一猶是昔三開三不失一合一不失三即是差即無差無差即差若得此意本有今無三世有法無有是處亦應例云本無今有三世有法斯有是處無常非無常境智非境智因果非因果例皆如是昔三猶是今一今一猶是昔三者即是不動衆生之性能成諸佛之性亦是從實開權會權歸實亦是因果同時迷悟一際故云汝等所行是菩薩道一切衆生即涅槃相又説一心三觀三觀一心若三觀一心即約縱説一心三觀即約横説今非縱故不一非横故不三三一一三但是眞心上義不可定執為一為三非三非一之解以宗非數量道絶名言故。問經云一切無礙人一道出生死云何立多種觀門行相差别答所觀是一能觀自殊諸佛徇機密施善巧又法是心體觀是心用自心起用還照自體如炷生燄明還照炷似珠吐光反照珠體如華嚴經善財參見彌伽長

者徹見十方佛海顯此定者唯心之觀知衆生界無量無邊皆心現故明隨心念佛諸佛現前以唯心觀徧該萬有是以湛然尊者云上根唯觀一法謂觀不思議境境爲所觀觀爲能觀所觀者謂陰界入不出色心色從心造全體是心此之能造具足諸法衆生理具諸佛已成成之與理莫不性等頌云一一心中一切心一一塵中一切塵一一心中一切塵一一塵中一切心一一塵中一切剎一切剎塵亦復然諸法諸塵諸剎身其體悉然無自性無性本來隨物變所以相入事恒分故我身心剎塵徧諸佛衆生亦復然一一身土體恒同何妨心佛衆生異異故分別染淨緣緣體本空空不空三諦三觀三非三三一一三無所寄諦觀名別體復同是故能所二非二如是觀時名觀心性隨緣不變故名爲性不變隨緣故名爲心故此妙境爲諸法本故此妙觀爲諸行原上根一觀横竪該攝便識無相衆相宛然若中下根不逗此門則隨機差別敎分多種雖說種種道其實爲佛乘佛乘不動種種隨心猶玻瓈珠隨前塵而變衆色若金剛寶置日中而無定形○問自性清淨心本無垢染云何說斷惑之義答有二種心一自性清淨心二離垢清淨心以自性心雖本清淨以客塵不染而染修諸對治得成離垢未必有垢可離以自性離故此即不斷而斷雖有能斷而無所斷此是圓斷惑義如古師云斷惑相者要性相無礙由能斷無性方爲能斷所斷本空方成所斷若定有者則墮於常不可斷故若定無者則墮於斷失聖

智故中論偈云能説是因緣善滅諸戲論拙度爲不善滅巧度爲善滅也善滅者不斷斷不善滅者是定斷也又智障有其三門一是智障所謂分別有無之心二是體障謂觀非有非無之解立已能知故曰體障三是治想謂妄識中合如正慧若四五六地斷除分別取有之心入七地時斷除分別取無之心八地已上斷除體障前第七地雖除分別有無之心猶見已心以爲能觀如爲所觀其所觀如不即心能觀之心不即如心如別故心外求法故有功用法外立心故有體障從第七地入八地時破捨此障觀察如外由來無心心外無如如外無心心不異如心外無如如不異心故能如心泯同法界廣大不動以不異故息外推求故捨功用不復如外建立神智故滅體障體障滅故名無障想第三治想至佛方滅故入八地雖無障想而有治想從八地已上無生忍體轉轉寂滅令彼治想運運自亡至佛乃窮令此末盡又若依頓教一切煩惱本來自離不可説即與不即如法界體性經云佛告文殊師利汝依何教法發菩提心文殊言教發我見心何以故我見際即是菩提故若華嚴圓教一切煩惱不可説其體性但約其用即甚深廣大以所障法一即一切具足主伴故能障惑亦如是也是故不分使習種現但如法界一得一切得是故煩惱亦一即一切即也普賢品明一障一切障經云以普賢眼見一切衆生皆已究竟矣故知但了眞心無惑可斷設有餘習還以一心佛知見而治之不入此宗皆成權漸以此懺

罪何罪不消除三毒根如劖大地以此發行何行不成徹十地源似窮海底遊行奮迅猶師子之王自在翺翔若金翅之鳥○問唯一眞心入平等際云何學者證有差殊答此於能證智見有淺深向無爲法自生差別涅槃疏云佛性如世間道有未行者有欲行者有正行者有已行者雖有未行等不同不可言道有二佛性亦爾有未見欲見正見已見雖見不同理無有二諸佛同一法界則理無二是一塵無非法界則事弗毫差此即是所證一若能證殊者如藏通二教只見空而不見不空如尋夢得眠若别圓二教見不空中道之理如尋夢得心又别門猶執教道次第生起若圓乘直了心性即今具足又藏通以滅心爲極果頓背圓乘台教云六識是緣因種善惡並是六識起七識是了因種惑之與解皆是七識八識是正因種無八識則無生死涅槃若此三種非佛種類此外何處更有圓頓之法二乘斷結結盡便無佛慧之因不能成一切種智失了因種也若除惡有善惡盡則不能生一切善豈有緣因種若離生死入無餘涅槃滅身不受生者豈有正因種所以圓覺經云清淨慧菩薩白佛言世尊願爲一切諸來法衆重宣法王圓滿覺性一切衆生及諸菩薩如來世尊所證所得云何差别乃至佛言善男子圓覺自性非性性有循諸性起無取無證於實相中實無菩薩及諸衆生何以故菩薩衆生皆是幻化幻化滅故無取證者譬如眼根不自見眼性自平等無平等者衆生迷倒未能除滅一切幻化於滅未滅

妄功用中便顯差別若得如來寂滅隨順實無寂滅及寂滅者善男子一切衆生從無始來由妄想我及愛我者曽不自知念念生滅故起憎愛耽著五欲若遇善友教令開悟淨圓覺性發明起滅即知此生性自勞慮若復有人勞慮永斷得法界淨即彼淨解爲自障礙故於圓覺而不自在此名凡夫隨順覺性善男子一切菩薩見解爲礙雖斷解礙猶住見覺覺礙爲礙而不自在此名菩薩未入地者隨順覺性善男子有照有覺俱名障礙是故菩薩常覺不住照與照者同時寂滅譬如有人自斷其首首已斷故無能斷者則以礙心自滅諸礙礙已斷滅無滅礙者修多羅敎如標月指若復見月了知所標畢竟非月一切如來種種言説開示菩薩亦復如是此名菩薩已入地者隨順覺性善男子一切障礙即究竟覺得念失念無非解脱成法破法皆名涅槃智慧愚癡通爲般若菩薩外道所成就法同是菩提無明眞如無異境界諸戒定慧及婬怒癡俱是梵行衆生國土同一法性地獄天堂皆爲淨土有性無性齊成佛道一切煩惱畢竟解脱法界海慧照了諸相猶如虚空此名如來隨順覺性善男子但諸菩薩及末世衆生居一切時不起妄念於諸妄心亦不息滅住妄想境不加了知於無了知不辯眞實彼諸衆生聞是法門信解受持不生驚畏是則名爲隨順覺性釋曰居一切時不起妄念者念雖即空不可故起或串習而生或接續而起或覺前念非別生後念改悔總皆是病但一坐之時内外心不生即是眞如

定設有異境牽生唯明正念正念者即一心本法心境俱虚了無所得於諸妄心亦不息滅者即推初念不見起處何須斷滅不見起處是名真滅住妄想境不加了知者妄想内外諸境皆空何須强生分別則不取不捨妙定相應於無了知不辯真實者亦不住無分別非實非虚心無所寄則得本之正宗還原之妙性矣○問一切衆生皆同法性故思益經云衆生如即是漏盡解脱如云何衆生不具性起功德答性有二種一種性義因所起故二法性義若真若應皆此性故若是法性凡聖皆同若是種性須萬善熏修以淨奪染性方起故妄雖即性不順性故清凉記云如來出現義亦名緣起亦名性起若八相覽緣出現故名緣起謂由衆生業感如來大悲而出現故八相成道從法性故名性起今以從緣無性緣起即名性起又淨緣起常順於性亦名性起故云應雖從緣不違性故即無不從此法界流即相成門明性成於緣故此性起自有二義一從緣無性而爲性起二法性隨緣故名性起無不還證此法身故此乃緣起能成性起即是相成門也以淨奪染性即起故者明相奪門亦是通妨謂有問言性起唯淨緣起即是性起故爲此通謂起有二一染二淨淨謂如來大悲菩薩萬行等染謂衆生惑業等若以染奪淨則屬衆生故唯緣起今以淨奪染唯屬諸佛故名性起乃至萬法出興皆是真性中緣起所以菩薩凡有施爲皆順法性衆生以無明根本未盡我執情見不亡所有施爲皆違法性但成有爲生滅之

行不成性起功德之門如起信論云此菩薩知法性離慳貪相是清淨施度隨順修行檀波羅蜜知法性離五欲境無破戒相是清淨戒度隨順修行尸羅波羅蜜知法性無有苦惱離瞋害相是清淨忍度隨順修行羼提波羅蜜知法性離身心相無有懈怠是清淨進度隨順修行毗棃耶波羅蜜知法性無動無亂是清淨禪度隨順修行禪那波羅蜜知法性離諸癡闇是清淨慧度隨順修行般若波羅蜜故知菩薩所修一度一行皆順眞如一心法性之理非是於自性外別有所修以隨順心性故所有功德皆如性起無盡無爲不取不捨凡夫所造慳貪乃至癡闇皆是違眞背性起我見心所以不隨性起成無漏功德設有妄修皆於自心外別有所得盡成外道天魔有爲生滅以不順眞如違法性故又以修顯性以性成修若無性修亦不成若無修性亦不顯如古德云本有如眞金修生如嚴具由嚴具方顯金德嚴具無體全攬金成喻顯二德者如修生在因漸顯於本有在果圓滿於本有非本有理有漸有圓如初生月明雖漸滿而常帶圓月以圓月常在故故十五日月徧在初一二三等中則知滿果徧在因位亦令後後常具前前前常具後後以初一日有二日月乃至十五日月以十五日月即初月故法合可知由此故云修生本有以初圓時先已圓故本有修生以初生時亦已圓故忘懷思之若不能如是思之而失大利猶如窮子於己庫藏以爲他物或持衣珠而乞匃或守金藏以貧窮皆爲不知自心之寶

致茲況矣又如首楞嚴經云佛言一切衆生從無始來迷巳爲物失於本心爲物所轉故於是中觀大觀小若能轉物則同如來身心圓明不動道場於一毛端徧能含受十方國土夫云轉物者物虚非轉唯轉自心以一切法皆從分別生因想而成隨念而至所以金剛三昧經頌云法從分別生還從分別滅滅諸分別法是法非生滅故知一切諸法皆從分別識生若能悟了分別識空則知諸法寂滅若生若滅俱是分別分別若亡法非生滅亦如法華經三變土田唯是變心非變土耳首楞嚴經鈔云若能轉物即同如來者心外無物物即是心但心離分別爲正智正智即是般若周徧法界無有障礙是故西方國土水鳥樹林悉皆說法說法之處即如如心所以如來一一根門徧塵刹土乃至毛端而說妙法如今但得離念便同如來眞實知見昔有禪師在蜀地綿竹縣無爲山修道時有三百餘家設齋俱請和尚皆由心離分別即應機無礙○問法界羣機以何智證悉入平等一心究竟如來之藏答約佛性論有五種如來藏釋摩訶衍論列十種如來藏且佛性論云藏有五種一如來藏在纏含果法故二自性清淨藏在纏不染三法身藏果位爲切德所依四出世間二上藏出纏超過二乘菩薩五法界藏通因徹果外持一切染淨故名法界内含一切恒沙性德故名藏次釋摩訶衍論云如來藏有十種於契經中別別說故一者大總持如來藏盡攝一切如來故諸佛無盡藏契經中作如是說佛告文殊有如來藏

名曰大寶無盡殊勝圓滿陀羅尼盡攝諸藏無所不通無所不當圓滿圓滿平等平等一切所有諸如來藏無有以此非爲根本何以故此如來藏如來藏王如來藏主如來藏天如來藏地以此義故名曰大寶無盡殊勝圓滿陀羅尼如來藏故此經文明何義所謂顯示陀羅尼藏所依總相餘契經中諸如來藏能依別相故以何義故名如來藏謂攝持故二者遠轉遠縛如來藏一清一滿故實際契經中作如是說佛子如來藏者唯有覺者唯有如如離流轉因離處知縛一一白白是故名爲如來之藏故此經文明何義所謂顯示眞如一心無有惑因無有覺因無有惑果無有覺果一眞一如唯有淨妙如來體故以何義故名如來藏諸無雜故三者與行與相如

來藏與流轉力法身如來令覆藏故楞伽契經中作如是說如來藏者爲善不善因受苦樂與因俱若生若滅猶如技兒故此經文明何義所謂顯示生滅一心於惑與力於覺與力出現生死涅槃之法譬如非幻幻人於諸幻事隨其所應與力用故以何義故名如來藏謂令覆故四者眞如眞如如來藏唯有如故眞修契經中作如是說如理如理如來藏非建立非誹謗非常非無常非正體智之所證得亦非意意識之所緣境界何以故唯有理理無彼彼故此經文明何義所謂顯示眞如門中性眞如理唯理智理非智自理故以何義故明如來藏謂無他故五者生滅眞如如來藏不生不滅被生滅之染故楞伽契經中作如是說大慧愚癡凡夫不覺不知執著

諸法剎那不住墮在邪見而作是言無漏之法亦剎那不住破彼眞如如來藏故復次大慧金剛如來藏如來證法若剎那不住者一切聖人不成聖人故此經文明何義所謂顯示生滅門中性眞如理遠離無常之相不生不滅之法故以何義故名如來藏謂被染故六者空如來藏一切謂空覆藏如來故勝鬘契經中作如是說世尊空如來藏若離若脫若異一切煩惱藏故此經文明何義所謂顯示生滅門中一切染法隱覆自相本覺無量性功德故以何義故一切染法總名爲空所謂一切染法幻化差別體相無實作用非眞故名爲空而能隱覆法身如來實德眞體是故名爲如來之藏從能藏染立其名故七者不空如來藏一切不空被空染故勝鬘契經中作如是說世尊不空如來藏過恒沙不離不脫不異不思議佛法故此經文明何義所謂顯示生滅門中自相本覺備過恒沙一切功德被過恒沙一切染法之所染故以何義故一切淨法總名不空所謂一切淨法自體中實作用勝妙遠離虛假超越巧僞故名不空被染之覆名如來藏於出現時名爲法身於隱覆時名如來藏故從所淨立其名故八者能攝如來藏無明藏中自性淨心能攝一切諸功德故不增不減契經中作如是說如來藏本際相應體及清淨法此法如實不虛妄不離不脫智不思議法無始本際來有此清淨相應法體故此經文明何義所謂顯示一切諸衆生自性清淨心從無始已來具足三智圓滿四德無所闕失故以何義故名如

來藏由顛倒心不知不覺故從能淨立其名故九者所攝如來藏一切染法無明地藏既乃出離圓滿覺者爲所攝故不增不減契經中作如是說如來本際不相應體及煩惱纏不清淨法此本際離脱不相應煩惱纏不清淨法唯有如來菩提智之所能斷故此經文明何義所謂顯示始覺滿佛斷一切障具一切智智明爲外障闇爲内一切染法智所攝持故以何義故名如來藏謂攝持故十者隱覆如來藏法身如來煩惱所覆隱没藏故不增不減契經中作如是說如來藏未來際平等恒及有法即是一切諸法根本備一切法具一切法於世法中不離不脱故此經文明何義所謂顯示多一心體等於法界徧於三際具足圓滿染淨諸法無所不通無所不至故復次顯示隨緣門中自性淨心於染法中隱藏沉没法身如來未出現故是名爲十今取佛性論中第五法界藏及釋摩訶衍論中第一大總持如來藏此義弘通總攝一切以實相智當能證入如星拱北似海會川猶太虚空無一塵而不入若宗鏡内無一法而不歸衆聖之所乘諸佛之同證其餘諸藏隨染淨緣成眞如生滅二門功德過患隱顯對治故以不差而差不守自性故以差而不差不失自性故則總别同原本末一際如究竟一乘寶性論偈云法身徧無差皆實有佛性是故說衆生常有如來藏此偈明何義有三種義是故如來說一切時一切衆生有如來藏何等爲三一者如來法身徧在一切衆生心識偈言法身徧故二者眞如之體一切衆生

平等無差別偈言無差故三者一切衆生皆悉等有眞如佛性偈言皆實有佛性故○問能證智與所證藏爲同爲異答約分別門亦同亦異若寘合一味則無境智之殊若言用即同而異境不能照智有照故言寂即異而同境智無異味故同故無心於彼此忘心契合故異故不失於照功智異木石故是以境智之原非離非合合則境智俱壞離則境智相乖無境而不成智以離法無有人故無智而不成境以離人無有法故是以智心常寂雖照境而無緣寂不失照雖空寂而恒用斯則智照境亦照境寂智亦寂寂照雙分而一味境智融即而歴然若一二情生則違眞理或作有情無情之見自分彼我之懷或執有用無用之心唯隨斷常之網都爲不了萬法之實性一道之眞宗若洞斯文諸情頓破○問三界五趣即唯一心云何而有迷悟不同凡聖昇降答只爲因心故迷因心故悟又因悟成聖因迷作凡凡聖但因迷悟得名名亦本空唯有眞心湛然不動但於一眞心上妄執人法二我所以似迷又因了人法二空所以似悟古德云覺非始終以迷故執我以悟故見性如闇中迷杌爲鬼至明杌有鬼無迷杌爲鬼見杌非新有了鬼本無悟鬼非始無既唯得杌不得鬼者故知鬼不新無杌非新有無取捨也既二念不生即爲實觀何以故念盡心澄無生現故如說水澄得眞寶等又凡有所見一切或見自見他皆是迷心自現如迷東爲西方實不轉以迷人西不離悟人東但爲迷人迷故不見悟人東也若至悟時

西全是東也故知迷常在悟生不離佛經云衆生界即佛界佛界即衆生界但爲迷故癡盲對目不知見深自悲哉故知依方故迷方位不動因覺故昧覺體靡移則迷無所迷悟無所悟迷則以眞爲妄悟則以妄爲眞如夜見杌爲人晝見人爲杌一物未甞異二見自成差既知迷悟空眞妄亦何有○問若無迷悟平等一心云何斷惑證果遲速不等答雖了一心本末平等以妄習衆生界中差别種子不熏而熏無始堅牢卒難除遣至十地位猶有色心二習若不勇猛精進念念常以佛知見治之無由得淨如華嚴經云爾時文殊師利菩薩問勤首菩薩言佛子佛敎是一衆生得見云何不即悉斷一切諸煩惱縛而得出離然其色藴受藴想藴行藴識藴欲界色界無色界無明貪愛無有差别是則佛敎於諸衆生或有利益或無利益時勤首菩薩以頌答曰佛子善諦聽我今如實答或有速解脱或有難出離若欲求除滅無量諸過惡當於佛法中勇猛常精進譬如微少火樵濕速令滅於佛教法中懈怠者亦然如鑽燧求火未出而數息火勢隨止滅懈怠者亦然如人持日珠不以物承影火終不可得懈怠者亦然譬如赫日照孩稚閉其目怪言何不覩懈怠者亦然如人無手足欲以芒草箭徧射破大地懈怠者亦然如以一毛端而取大海水欲令盡乾竭懈怠者亦然又如劫火起欲以少水滅於佛教法中懈怠者亦然如有見虚空端居不摇動而言普騰躡懈怠者亦然釋云如鑽燧求火未出而數息火勢隨止滅懈

急者亦然者當以智慧鑽注於一境以方便繩善巧廻轉心智無住四儀無間則聖道可生瞥爾起心暫時忘照皆名息也所以寶積經云譬如繫綵帛在頭上火來燒綵帛無暇救帛救頭是急故外書勸學尚云輕尺璧而重寸陰況學般若求出生死法豈可暫忘乎

宗鏡録卷第八十二

音釋

薩婆若梵語也此云一切智若人者切　摩醯首羅梵語也此云大自在　醯呼雞切　玻瓈梵語也此云水玉　玻滂禾切　瓈呂支切　羼初限切　匃古太切乞與也　鬘莫環切　燧徐醉切鐩木出火也

宗鏡録卷第八十三

宋慧日大明妙圓正修智覺禪師延壽集

夫眞心是一字之王般若之母云何論說諸佛常依二諦說法荅若約正宗心智路絶若離二諦斷方便門以眞心是自證法有何文字凡能詮教無非假名故云依二諦說法金剛三昧經偈云因緣所生義是義滅非生滅諸生滅義是義生非滅論釋云此四句義有總别别則明二門義總則顯一心法如是一心二門之内一切諸法無所不攝前二融俗爲眞顯平等義後二融眞爲俗顯差别門總而言之眞俗無二而不守一由無二故則是一心不守一故舉體爲二又眞俗無二一實之法諸佛所歸名如來藏明無量法及一切行莫不歸入如來藏中無邊教法所詮義相更無異起唯一實義所言實者是自心之性除此之外皆是虚幻智度論云除一實相外其餘盡成魔事法華經云唯此一事實餘二即非眞凡經論大意並是顯宗破執獨標心性若通達者一切諸法即心自性心外無法性無不包猶若虚空徧一切處則一切諸法無非實相故知諸義但一念心一理應一切名以理外無名故一切名即一理以名外無理故則是無名之眞名無理之眞理是以一心二諦體用周足本約眞論俗從一起多還約俗論眞從多會一如如意珠珠以譬眞用以譬俗即珠是用即用是珠不二而二分眞俗耳起信論明一心二門心眞如門者是體以一切法無生無滅本來寂靜唯是一心如是名爲心眞如門楞伽經云寂滅者名爲一

心心生滅門者是用此一心體有本覺而隨無明動作生滅故於此門如來之性隱而不顯名如來藏楞伽經云一心者名如來藏又云如來藏者是善不善因此二門約體用分二若以全體之用用不離體全用之體體不離用還念其一以一心染淨其性無二眞妄二門不得有異故名爲一此無二處諸法中實不同虛空性自神解故名爲心旣無有二何得有一一無所有就誰曰心如是道理離言絶慮不知何以言之强爲一心也○問摩訶衍論云一即是心心即是一無一别心無心别一一切諸法平等一味一相無相作一種光明心地之海者云何復説同相異相答若同若異俱一心作故如海涌千波千波即海以衆生差别性故不能同種以如來平等性故不能異種衆生雖差别不能自異如來雖平等不能自同不能自異故即異無異也不能自同故即同非同也摩訶衍論云同相者一切諸法唯一眞如異者唯一眞如作一切法金剛三昧論云平等一味故聖人所不能異也有通有别故聖人所不能同也不能同者即同於異不能異者即異於同又不可説異故可得説是同不可説同故可得説是異耳説與不説無二無别也又云依甚深教如言取義者有二種失一者聞佛所説動靜無二便謂是一一實一心由是撥無二諦道理二者聞佛所説空有二門計有二法法無一實由是誹謗無二中道又云如是一心通爲一切染淨諸法之所依止故即是諸法根本本來靜門恒沙功德無所不備謂一切是

隨緣動門恒沙染法無所不具然舉染法以望心體不能徧通所以經云若離若脱若舉心體望諸淨法無所不徧故經言於世法中不離不脱總明一心通於動靜爲染淨所依別顯動門染法所依別顯靜門淨法所依亦如起信於一心立眞如生滅二門若卷若舒或總或別皆是一心之體用如日月之光明似江河之波浪眞心無寄不落言思但約世諦隨緣門中分其二義以眞心不守性故隨緣成異即成異門以隨緣時不失自性故隨緣不變即成同門雖立同異常冥一際古釋一眞心非一非異者眞心全體動故心與生滅非異而恒不變眞性故與生滅不一先明不異門有三義一本從末明不異經云如來藏是善不善因能徧造一切趣生又經云佛性隨流成別味二攝末同本明不異經云衆生即如也又云十二因緣即佛性地論云三界唯一心者第一義諦也前即末之本本無別本唯有生滅更無別法可相異也後即本之末末無別末故唯有不生滅亦無別法可相異也三本末平等明不異經偈云甚深如來藏而與七識俱又論云唯眞不立單妄不成此顯本末鎔融際限不分故云不異也次明不一門者此中非直不乖不異以明不一亦乃由不異故成於不一何以故若如來藏隨緣作生滅時失自不生滅者即不得有生滅也如水失濕性則不能成大小之波是故由不生滅得有生滅是故即不異故不一也起信明如來藏與生滅和合非一非異而成辦世出世間染淨等事○問論云同相者一

切諸法唯一眞如異相者唯一眞如作一切法此同異二義爲復法爾自作爲復因人所置答法性不動豈有同異之文改變從心自起一多之見如大乘起信論云復次覺與不覺有二種相一者同相二者異相言同相者譬如種種瓦器皆同微塵性相如是無漏無明種種業幻皆同眞如性相是故修多羅中依於此義説一切衆生本來常住入於涅槃菩提之法非可修相非可作相畢竟無得亦無色相可見而有見色相者唯是隨染業幻所作非是智色不空之性以智相無可見故言異相者如種種瓦器各各不同如是無漏無明隨染幻差別性染幻業差別故論釋曰即此文中故有二門一者同相門二者異相門爲明何義故建立同相門爲欲顯示一切諸法唯一眞如無餘法故當眞如門爲明何義故建立異相門爲欲顯示唯一眞如作一切法名相各別義用不同故當生滅門依何契經所建立耶謂文殊師利答第一經彼契經中當何説耶謂彼經中作如是説佛問文殊汝久遠來恒無休息普徧遊行十方刹中見何殊事文殊答曰我久遠來不見餘事唯見微塵又佛問言汝百年中居于輪家不見種種瓦器相耶文殊對曰我唯見塵不見瓦器又佛問言汝實不見地水火風山川林樹等種種相耶對曰我實不見如是等相唯見微塵如是如是世尊問訖文殊答曰至一百數佛問文殊見微塵耶文殊對曰我久遠來不見微塵爾時世尊告文殊言善哉善哉汝是大士能覺一相能覺一相即無相法文殊

師利汝一仁者非如是覺依一相門一切衆生本來常住入於涅槃菩提之法非可修相非可作相畢竟無得亦無色相可見而有見色相者唯是隨染業幻所作非是智色不空之性以智相無可見故異相門者彼契經中作如是說佛告身子汝見此土作何心見身子答曰我見此土山川林樹沙礫土石日月宫殿舍宅等種種相各各形相名字差别不同佛言汝智慧力下劣狹少心有高下見如是異非汝一人作如是見一切衆生亦復如是乃至諸法亦復如是眞妄互熏染淨相待功德過患形相名字各各差别隨凡夫心所立名相有而非實皆如幻化○問一心開眞如生滅二門有何所以答甚有功能深諧事理一心者起大乘之信二門者破邪見之執約眞如門信妙理決定約生滅門信業用不亡可謂理事圓通眞俗無滯釋摩訶衍論云心眞如門有十種名一者名爲如來藏門無雜亂故二者名爲不二平等門無差别故三者名爲一道清淨門無異岐故四者名爲不起不動門離作業故五者名爲無斷無縛門無治障故六者名爲無去無來門無上下故七者名爲出世間門無四相故八者名爲寂滅寂靜門無往向故九者名爲大總相門無别相故十者名爲眞如門無虚僞故是名爲十如是十名總攝諸佛一切法藏平等義理法門名字生滅門有十種名一者名爲藏識門攝持一切染淨法故二者名爲如來藏門覆藏如來法身故三者名爲起動門相續作業故四者名爲有斷有縛門有治障故五者

名爲有去有來門有上下故六者名爲多相分異門染淨之法過恒沙故七者名爲世間門四相俱轉故八者名爲流轉還滅門具足生死及涅槃故九者名爲相待俱成門無自成法故十者名爲生滅門表無常相故如是十名總攝諸佛一切法藏種種差別法門名字又夫眞如者雖在不起不動門非是凝然不動寂爾離緣此落靜塵生於斷見斯乃隨緣會寂約法明眞是以無性因緣理事一際因緣無性隱顯同時如義海云入眞如者謂塵隨心迴轉種種義味成大緣起雖有種種而無生滅雖不生滅而恒不礙一切隨緣令無生滅是不變不礙一切是隨緣隨緣不變是眞如義○問上說一切衆生皆有本覺常熏無明成其淨用此眞如妙用諸佛化門爲在眞如門中生滅門中答此是生滅門中本覺眞如故有熏義眞如門中則無此義由此本覺内熏不覺令成猒求反流順眞故云用也涅槃經云闡提之人未來佛性力故還生善根佛性力者即本覺内熏力成其淨用乃至八相成道十地行位並約世諦門收○問上立一心眞如生滅二門爲復從何門入疾得成就答但從生滅門入直至道場不動塵勞而成正覺起信論云復次爲令衆生從心生滅門入眞如門故令觀色等相皆不成就云何不成就謂分析麤色漸至微塵復以方分析此微塵是故若麤若細一切諸色唯是妄心分別影像實無所有推求餘蘊漸至剎那相別非一無爲之法亦復如是離於法界終不可得如是十方一切諸法應知悉然猶

如迷人謂東爲西方實不轉衆生亦爾無明迷故謂心爲動而實不動若知動心即不生滅即得入於眞如之門如上二諦之義不可一向作一解亦不可一向作二解所以仁王經二諦品云爾時波斯匿王白佛言世尊勝義諦中有世俗諦不若言無者智不應二若言有者智不應一一二之義其事云何佛言大王汝於過去龍光王佛法中已問此義我今無說汝今無聽無說無聽是即名爲一義二義汝今諦聽當爲汝說爾時世尊即說偈言無相勝義諦體非自他作因緣如幻有亦非自他作法性本無性勝義諦空如諸有幻有法三假集假有無無諦實無寂滅勝義空諸法因緣有有無義如是有無本自二譬如牛二角照解見無二二諦常不即解心見無二求二不可得非謂二諦一一亦不可得於解常自一於諦常自二了達此一二眞入勝義諦世諦幻化起譬如虛空華如影如毛輪因緣故幻有幻化見幻化愚夫名幻諦幻即見幻法諦幻悉皆無若了如是法即解一二義偏於一切法應作如是觀故涅槃經況二鳥雙遊者生死倶常無常涅槃亦爾在下在高雙飛雙息即事而理即理而事二諦即中中即二諦非二中而二中是則雙遊義成二鳥者即鴛鴦鳥雙飛雙止雙飛即況雙照雙止即況雙遮亦是體用理事不即不離○問眞諦云何不稱第一義諦答眞但對俗得名未是中道又通了一切法無我但是眞詮未窮實性不通眞俗如中道第一義諦者非離二邊稱中即是一切法之實性偏通凡聖情

與非情故稱稱第一亦云無等以無法可過故稱第一以無法可比故稱無等此非約勝劣而言以一切法即眞如一心故所以起信論云所言法者謂衆生心古釋云諸法旣無故唯心矣如萬像本空唯是一鏡○問妙明眞心徧一切處云何涅槃經云佛性除於瓦礫答能所不同不可執一心境一味不可稱異若以性從緣則情非情異爲性亦殊若泯緣從性則非覺不覺若二性互融則無非覺悟華嚴經云眞如無少分非覺悟者則眞如徧一切有情無情之處若無少分非覺悟者豈無情非佛性乎又經意但除執瓦礫無情之見非除佛性則性無不在量出虛空寧可除乎又古德云覺性是理覺了屬事如無情中但有覺性而無覺了如水中但有火性亦無火照今言性者但據理本誰論枝末又覺智緣慮名情自性不改名性愚人迷性生情故境智不一智者了情成性故物我無二○問萬法唯心誠證非一入楞伽經偈云三界上下法我說即是心離於諸心法更無有可得若四維上下皆是自心者則行住坐卧依何而住若無依報所居正報如何成立答有識之身無情之土皆是内外四大悉皆無體且如地大唯依風輪衆微所成本無自性但是有情心變更無異理安庠動止皆在心中似鳥飛空不離空界如魚潛水豈越水源入楞伽經偈云若一切唯心世間何處住去來依何法云何見地中如鳥虛空中依心風而去不住不觀察於地上而去如是諸衆生依分别風動自心中來去如空中飛鳥見是資生

器佛說心如是故知舉足下足不離自心如鳥若離空何以騫翥魚若離水豈得浮沉所以西天祖師彌遮迦問婆須蜜曰何方而來復往何所答曰自從心來欲往無處又此土五洩和尚臨終歇食三日而告寂學人問云師何處去答無處去學人云某甲何不見答非眼所覩故大集經云佛言即四大中求於菩提不餘處求求時不見一切諸物不見見者即是無處無處者即是無住無住者即是一切諸法之性一切諸法若無性者即是實相實相者非常非斷名畢竟空金剛三昧經云無住菩薩言尊者我從無本來今至無本所佛言汝本不從來今亦不至所汝得本利不可思議乃至色無處所清淨無名不入於內眼無處所清淨無見不出於外心無處所清淨無上無有起處清淨無動無有緣別性皆空寂乃至如彼心王本無住處凡夫之心妄分別見如如之體本不有無有無之相見唯心識云何無本以無住故有本則有住無住則無本明知衆生業趣去來諸聖淨界動止來是心來去是心去動是心動止是心止畢竟無有去來動止而可得不離法界故則未有一法非心所標是以文殊師利化善財童子現三千世界滿中臺觀善財覩之忽然不現世界皆空問世界來去之處文殊答言從來處來却歸去處去即是清淨法界中來却歸清淨法界中去故知諸法所生唯心所現生滅去來皆如來藏斯乃窮迹達本見法明宗矣又如瑠璃光法王子云我憶往昔經恒沙劫有佛出世名無量聲開示菩薩本覺

妙明觀此世界及衆生身皆是妄緣風力所轉我於爾時觀界安立觀世動時觀身動止觀心動念諸動無二等無差別我時了覺此群動性來無所從去無所至十方微塵顛倒衆生同一虛妄如是乃至三千大千一世界內所有衆生如一器中貯百蚊蚋啾啾亂鳴於分寸中鼓發狂鬧乃至我以觀察風力無依悟菩提心入三摩地令十方佛傳一妙心斯爲第一故知群動無二唯一妄風風賴衆緣本無依處若能諦觀風力無依頓悟唯心不動則本覺妙明恒照法界故云十方諸佛傳此一妙心耳風力既無依萬法皆無主來從緣有去逐幻空唯本覺心本無生滅所以法華經但說一乘開示於此般若經唯言無二付囑於此涅槃經佛性平等廣喻於此華嚴經法界無盡顯現於此無邊妙旨同歸宗鏡矣○問楞伽經云佛語心爲宗既立一心爲宗云何復云無心是道答心爲宗者是眞實心此心不是有無無住無依不生不滅有佛無佛性相常住爲一切萬物之性猶如虛空體非一切而能現一切只爲衆生不了此常住眞心以眞心無性不覺而起妄識之心遂遺此眞心妙性逐妄輪迴於畢竟同中成究竟異一向執此妄心能緣塵徇物背道違眞則是令息其緣慮妄心若不起妄心則能順覺所以云無心是道亦云冥心合道又即心無心常順本覺未必滅心取證却成背道然雖即心無心又不可故起此妄識心對境而生無體可得如海上波隨風斷續境界妄風不起分別識浪不生密嚴經云一切諸世

問譬如熱時燄以諸不實相無而妄分別覺因所覺生所覺依能覺離一則無二譬如光共影無心亦無境量及所量事但依於一心如是而分別能知所知法唯依心妄計若了所知無能知則非有所知無者則是無境能知無者則是無心妄心幻境旣空一道眞心自現故知但心不起萬法無生纔有起心即成住著如大法炬陀羅尼經云佛言一切住即是非住但是思想移來次第相續故有生耳乃至若正思惟一切皆是無住住也故知一切萬法皆從思生凡有思惟皆是邪思惟若無思惟即是正思惟故云若正思惟一切皆是無住住也無住住者乃萬法之根本矣

○問若云心同境空了不可得者如今介爾心起果報非虛一念善心遠階佛果一念惡想長劫受殃豈同外色前塵性是無記依心假有體畢竟無若緣念心即應是有答此一念心亦不孤起依他假有内外皆空此一念暫起覺了能知之心如阿難妄執在其七處世尊一一推破俱無所在然因依之處不過此七世人同執熏習堅牢若非大聖仔細推尋情見無由可脫此七處旣破則一切處皆無可以即今現知無勞更執如首楞嚴經云佛告阿難如汝所說眞所愛樂因于心目若不識知心目所在則不能得降伏塵勞譬如國王爲賊所侵發兵討除是兵要當知賊所在使汝流轉心目爲咎吾今問汝唯心與目今何所在阿難白佛言世尊一切世間十種異生同將識心居在身内縱觀如來青蓮華眼亦在佛面我今觀此浮根四塵只在我面

如是識心實居身内佛告阿難汝今現坐如來講堂觀祇陀林今何所在世尊此大重閣清淨講堂在給孤園今祇陀林實在堂外阿難汝今堂中先何所見世尊我在堂中先見如來次觀大衆如是外望方矚林園阿難汝矚林園因何有見世尊此大講堂戸牖開豁故我在堂得遠瞻見乃至佛告阿難如汝所言身在講堂戸牖開豁遠矚林園亦有衆生在此堂中不見如來見堂外者阿難答言世尊在堂不見如來能見林泉無有是處阿難汝亦如是汝之心靈一切明了若汝現前所明了心實在身内爾時先合了知内身頗有衆生先見身中後觀外物縱不能見心肝脾胃爪生髮長筋轉脉揺誠合明了如何不知必不内知云何知外是故應知汝言覺了能知之心住在身内無有是處阿難稽首而白佛言我聞如來如是法音悟知我心實居身外所以者何譬如燈光然於室中是燈必能先照室内從其室門後及庭際一切衆生不見身中獨見身外亦如燈光居在室外不能照室是義必明將無所惑同佛了義得無妄耶佛告阿難是諸比丘適來從我室羅筏城循乞摶食歸祇陀林我已宿齋汝觀比丘一人食時諸人飽不阿難答言不也世尊何以故是比丘雖阿羅漢軀命不同云何一人能令衆飽佛告阿難若汝覺了能知之心實在身外身心相外自不相干則心所知身不能覺覺在身際心不能知我今示汝兜羅綿手汝眼見時心分別不阿難答言如是世尊佛告阿難若相知者云何在外是故應知汝言

覺了能知之心住在身外無有是處阿難白佛言世尊如佛所言不見内故不居身内身心相知不相離故不在身外我今思惟知在一處佛言處今何在阿難言此了知心既不知内而能見外如我思忖潛伏根裏猶如有人取瑠璃椀合其兩眼雖有物合而不留礙彼根隨見隨即分別然我覺了能知之心不見内者爲在根故分明矚外無障礙者潛根内故佛告阿難如汝所言潛根内者猶如瑠璃彼人當以瑠璃籠眼當見山河見瑠璃不如是世尊是人當以瑠璃籠眼實見瑠璃佛告阿難汝心若同瑠璃合者當見山河何不見眼若見眼者眼即同境不得成隨若不能見云何說言此了知心潛在根内如瑠璃合是故應知汝言覺了能知之心潛伏根裏如瑠璃合無有是處阿難白佛言世尊我今又作如是思惟是衆生身腑藏在中竅穴居外有藏則闇有竅則明今我對佛開眼見明名爲見外閉眼見闇名爲見内是義云何佛告阿難汝當閉眼見闇之時此闇境界爲與眼對爲不對眼若與眼對闇在眼前云何成内若成内者居暗室中無日月燈此室闇中皆汝焦腑若不對者云何成見若離外見内對所成合眼見闇名爲身中開眼見明何不見面若不見面内對不成見面若成此了知心及與眼根乃在虛空何成在内若在虛空自非汝體即應如來今見汝面亦是汝身汝眼已知身合非覺必汝執言身眼兩覺應有二知即汝一身應成兩佛是故應知汝言見闇名見内者無有是處阿難言我常聞佛開示

四衆由心生故種種法生由法生故種種心生我今思惟即思惟體實我心性隨所合處心則隨有亦非内外中間三處佛告阿難汝今説言由法生故種種心生隨所合處心隨有者是心無體則無所合若無有體而能合者則十九界因七塵合是義不然若有體者如汝以手自挃其體汝所知心爲復内出爲從外入若復内出還見身中若從外來先合見面阿難言見是其眼心知非眼爲見非義佛言若眼能見汝在室中門能見不則諸已死尚有眼存應皆見物若見物者云何名死阿難又汝覺了能知之心若必有體爲復一體爲有多體今在汝身爲復徧體爲不徧體若一體者則汝以手挃一支時四支應覺若咸覺者挃應無在若挃有所則汝一體自不能成若多體者則成多人何體爲汝若徧體者同前所挃若不徧者當汝觸頭亦觸其足頭有所覺足應無知今汝不然是故應知隨所合處心則隨有無有是處阿難白佛言世尊我亦聞佛與文殊等諸法王子談實相時世尊亦言心不在内亦不在外如我思惟内無所見外不相知内無知故在内不成身心相知在外非義今相知故復内無見當在中間佛言汝言中間中必不迷非無所在今汝推中中何爲在爲復在處爲當在身若在身者在邊非中在中同内若在處者爲有所表爲無所表無表同無表則無定何以故如人以表表爲中時東看則西南觀成北表體既混心應雜亂阿難言我所説中非此二種如世尊言眼色爲緣生於眼識眼有分别色塵

無知識生其中則爲心在佛言汝心若在根塵之中此之心體爲復兼二爲不兼二若兼二者物體雜亂物非體知成敵兩立云何爲中兼二不成非知不知即無體性中何爲相是故應知當在中間無有是處阿難白佛言世尊我昔見佛與大目連須菩提富樓那舍利弗四大弟子共轉法輪常言覺知分別心性既不在內亦不在外不在中間俱無所在一切無著名之爲心則我無著名爲心不佛告阿難汝言覺知分別心性俱無在者世間虛空水陸飛行諸所物像名爲一切汝不著者爲在爲無無則同於龜毛兔角云何不著有不著者不可名無無相則無非無則相相有則在云何無著是故應知一切無著名覺知心無有是處如上所推即今生滅身中妄心無寄現量所知分明無惑可謂頓悟眞心直了無生矣

宗鏡録卷第八十三

音釋

鎔 餘封切銷也 闡提 梵語也具云一闡提此云信不具闡昌演切 匿 女力切 騫翥 騫去乾切翥陟慮切騫翥飛舉也 貯 知呂切盛也 瞥 普蔑切過目暫見也 矚 之欲切視也 筋脈 筋舉欣切骨絡也脈莫白切 摶 度官切捏聚也

宗鏡録卷第八十四

宋慧日永明妙圓正修智覺禪師 延壽集

夫妄心虚假諸聖同推此執堅牢故須具引又約經論有三種假一因成假因前境對方乃生心二相續假初心因境後起分別念念相續乃至成事三相待假如待虚空無生説心有生又計於有心待於無心如短待長似近待遠此三非實故稱爲假所以異相互無如中觀論偈云異中無異相不異中亦無無有異相故則無彼此異如長與短異長中無短相長無可對故無有長短中無長相短無可對故無有短長中無長相短無可對故無有短短中無短相長無可對故無有長既無長短孰言異耶又百論云若實有長相若長中有若短中有若共中有是皆不可得何以故長中無長相以因他故因短爲長故短中亦無長相性相違故若短中有長不名爲短共中亦無長二俱過故長相既無短相亦爾若無長短云何相待故遮異言不異非謂有無異此雙絶以契性若約雙顯者謂上但顯實則唯性而非異今性相皆具故云雙顯謂由體一故非異相差別故非不異此舉雙是以顯雙非斯乃非一非異而一而異遮照無礙性相融通長短既然萬法皆爾若以初心破此三假一念無生得入空觀夫空觀者乃一切觀之根本從此次入假觀因不得假而入空復不得空而入假以非空非假後入中觀乃至絶觀所以止觀廣破四句撿而不得横竪推而無生性相俱空名字亦寂若一念心起即具三假當觀此一念心若心自生者

前念爲根後念爲識爲從根生心爲從識生心若根能生識根爲有識故生識根爲無識故生識根若有識根識則竝又無能生所生根若無識而能生識諸無識物不能生識根既無識何能生識根雖無識而有識性故能生識者此之識性是有是無有已是識竝在於根何謂爲性根無識性不能生識又識性與識爲一爲異若一性即是識無能無所若異還是他生非心自生若言心不自生塵來發心故有心生引經云有緣思生無緣思不生若爾塵在意外來發内識則心由他生今推此塵爲是心故生心爲非心故生心塵若是心則不名塵亦非意外則同自生又二心竝則無能所塵若非心那能生心如前破若塵中有生性是故生心此性爲有爲無性若是有性與塵竝亦無能所若無無不能生若根塵合故有心生者根塵各各有心故合生心各各無心故合生心若各各有有合則兩心生墮在他性中若各各無合時亦無又根塵各有心性合則心生者當撿此性爲有爲無如前破若根塵各離而有心者此是無因緣生爲有此離爲無此離若有此離還從緣生何謂爲離若無此離無何能生若言此離有生性爲有爲無若性是有還從緣生不名爲離若性是無無何能生如是四句推求知心畢竟不生是名從假入空觀若不悟者轉入相續假破之何以故雖因成假四破不得心生今現見心念念生滅相續不斷何謂不生此之念念爲當前念滅後念生爲前念不滅後念生爲前念亦滅亦不滅後念生爲前

念非滅非不滅後念生若前念不滅後念生此則念自生念兩生相並亦無能所若前念有生性生於後念此性爲有爲無有則非性無則不生如前破若前念滅後念生者前不滅生名爲自性今由滅生不滅望滅豈非他性他性滅中有生故生無生故生有生是生生滅相違乃至生生何謂滅生若滅無生無何能生若滅有生性性破如前若前念亦滅亦不滅後念生者若滅已屬滅若不滅已屬不滅若不滅合滅能生即是共生共自相違相違何能生又若各有生即有二過各各無生合亦不生若滅不滅中有生性者爲有爲無若性定有何謂滅不滅若性定無亦何爲謂滅不滅此不免斷常之失還墮共過若前念非滅非不滅而後念生者爲有此非滅非不滅爲無此非滅非不滅若有則非無因若無無因不能生若無因有生性此性即因何謂無因若無無不能生如是四句推相續假求心不得無四實性但有心名字是字不住内外兩中間不常自有相續無性即世諦破性名爲性空相續無名即眞諦破假名爲相空性相俱空乃至作十八空若不得入者猶計有心待於無心相待惑起此與上異因成假取根塵兩法和合爲因相續假豎取意根前後爲相續豎望生滅此是別滅別滅則狹今相待假待於通滅此義則寛通滅者如三無爲雖不併是滅而得是無生待虛空無生而説心生即是相待假令檢此心爲待無生心生爲待有心生爲待亦生亦無生而心生爲待非生非無生而心生若待無生而生心

者有此無生無此無生若有生可待還是待有何謂待無有有相待即是自生若無此無生無何所待若只待此無無而生心者一切無無亦應生心無望於有無即是他生又無生雖無而有生性待此性故而知有心此性爲巳生爲未生若巳生生即是於生何謂爲性性若未生未生何能生若待生而心生者生還待生長應待長旣無此義何待心生若待生無生故有心生如待短得有於長此墮二過各有則二生並各無生全不可得如前破若待非生非無生而有心生者論云從因緣生尚不可得何況無因緣又此無因爲有爲無若有還是待有若無還是待無何謂無因若言有性性爲有爲無性若是有爲生非生若生巳是生何謂爲性若無生云何能生

如是四句推相待假求心不得不起性實但有名字名字之生生則無生復次性相中求陰入界不可得即是法空性相求人我知見不可得名衆生空乃至十八空等輔行記釋因成假初破自生中云前念爲根後念爲識者根無別體還指無間滅意爲體根名能生由前意滅生後意識故俱舍論云由即六識身無間滅爲意身者體也無間滅時爲意根體爾時五識亦依無間滅意以爲親緣用五色根以爲踈緣而生五識五識無間分別生時即名意識今此文意不是五識是第六識緣於有見以爲法塵即名爲識即以此識對根研責故云根爲有識故生識根爲無識故生識大智度論問曰前念若滅何能生後答有二義一念念滅二念念生有此二故故滅

得生恐生斷見是故須立令爲破故又故須責生滅雖殊根之與識俱是自心從根從識俱屬自性於自性中根識互責求不可得又心之與識俱對於塵以立心名乃至根若有識則有二妨謂根識並及能所並則有生生無窮之過若無能所生義不成云何言生又無間滅方名生識根若有識生滅相違故並有過根若無識即類無識能生識也又責有識性此是縱破有還同有亦成並生無還同無同無情生又識性作一異責若一者凡言性者後方能生識與性一故無能所若異者若異識則同外境境能生識即同他如何計自次破他性者雖言心不自生由有外塵而來發心塵望於根塵名爲他先責是心則有三妨一塵非心妨則心不名塵二塵非意外同自生妨三並生妨塵若非心容許塵生塵若是心還成心處生心即名並生子若生苗則有能所子還生子則二子並生有何能所塵若非心則與前根中無識義同責意亦爾故云如前破塵有識性例前可知破共生者墮自他性名爲共生令破若自他各各無生和合亦無如二砂無油和合亦無破無因不生亦爾結成性相二空者但無性計名爲性空性既破已但有色心内外之相既不住於無四句中故相亦叵得名爲相空言不在内外中間者内只是因外只是緣中間是不共常自有者只是無因無此計故即無四性此之二空言雖前後意不異時復以二諦結成二空若有性執世而非諦破性執已乃名世諦故云世諦破性性執破巳但有名字名之

爲假假即是相爲空相故觀於法性觀理證眞名眞諦破相空非前後二諦同時爲辯性相前後說耳又有四運心一未運二欲運三正運四運已傅大士頌云獨自作問我心中何所著推撿四運併無生千端萬累何能縛釋曰未起欲起二運之心屬未來未來何處有心正起一運之心屬現在現在不住何處有心又屬生時因未生已生立生時未生已生既無生生時亦無生如已去未去去時俱無去法如中論所破起已一運之心屬過去過去已謝何處有心所以金剛經云過去心不可得未來心不可得現在心不可得三際俱空一心何有以所依根本之心尚不有能依枝末一切萬法寧是實耶故云千端萬累何能縛故知但了一念空諸塵自然破所依既不有能依何得生如源盡流乾根危葉謝所以阿難七處執而無據故知邪法難扶二祖直下求而不生可驗解空方悟祖佛大約只指斯宗既不得能起之心亦不得所生之境心不可得故即我喪境不可得故即法亡若能人法俱空即顯一心妙理但以心塵相對萬法縱横境智一如千差頓寂如是方能豁悟本覺靈智眞心無住無依徧周法界廣百論云經言無有少法自性可得唯有能造能造即是心及心法又云三界唯心如是等經其數無量是故諸法唯識理成豈不決定執一切法實唯有識者亦成顛倒境既無識云何有經言唯識者爲令觀識捨彼外塵既捨外塵妄心隨息妄心息故證會中道故經偈言未達境唯心起種種分别達境唯心已

分別則不生若知境唯心便捨外塵相從此息分別悟平等眞空顯識論問境識俱遣何識所成答境識俱泯即是實性實性即是阿摩羅識維摩經云華嚴菩薩曰從我起二爲二見我實相者不起二法若不住二法則無有識無所識者是爲入不二法門故知見有二法乃至纖毫並皆屬識境識俱亡乃入眞空之理所以智光論師立中根說法相大乘境空心有唯識道理未能全入平等眞空爲上根說無相大乘辯心境俱空平等一味爲眞了義是以因唯識入眞空究竟之門離此別求非眞解脱唯識鈔問云内心唯識者爲是眞實有爲非眞實有耶答論云諸心心所依他起故亦如幻事非眞實有前陳也因也喻也法也問若爾心境都無差別何故乃說唯有識耶答爲遣外道等心心所外執實有境故假說唯有識非唯識言便有實識論云爲遣妄執心心所外實有境故說唯有識若執唯識眞實有者如執外境亦是法執若法執不生即入眞空矣○問約唯識理人法俱空者即今受用是何等物答所受用法但是六塵因緣故生因緣故滅決定内無人能受外無塵可用十八空論云外空者亦名所受空離六外入無別法爲可受者若諸衆生所受所用但是六塵内既無人能受外亦無法可受即人法俱空唯識無境故名外空以無境故亦無有識即是内空乃至十八空○問人法俱空識又不立即今見聞從何而有答一切前塵所現諸法盡隨念而至皆對想而生念息境空意虚法寂故經云想滅閑靜識停無爲又

經云一切諸佛一切諸法從意生形又經云諸法不牢固唯立在於念以解見空者一切無想念故知見聞但是緣起見畢竟空如世幻施爲似空華起滅故云見聞如幻翳三界若空華且如眼根具五緣得見然此能見只是五緣無見者故若言具五緣發識能見者未知何緣定能生識若言一一不生和合故能生見者即如五盲和合應成一見衆盲旣不見和合云何生故知非別識生但有見即是衆緣所以名緣起也故經云眼不自見屬諸因緣緣非見性眼即是空眼根旣然諸根例爾但起唯緣起滅唯緣滅起滅唯緣人法俱寂若了此我法二空即證圓理故云若見因緣法是名爲見佛○問凡夫界中取捨分別逆順關念欣猒盈懷常縛六塵以爲隔礙如何得根境融通一切如意答但見法性證大涅槃尚無一法可通豈有諸法爲礙則常如意無有不如意時故涅槃論云今言涅槃如意者一切苦樂善惡無不是理故名如意釋曰無不是理者皆一心眞如理故以苦樂是心受善惡從心生則無外塵所違所隔若了一心豈非如意若有一法當情則成諍競楞伽經偈云乃至有所立一切皆錯亂若見唯自心是則無違諍所以迷時人逐法悟後法由人且如摩尼珠無情色法尚能無私雨寶周給群情故稱如意況靈臺妙性豈弗能耶但歸一心得大無礙故云轉變天地自在縱橫○問論云唯是一心故名眞如者眞則無僞如則不變妙色湛然不空之性云何經中復說心空則一切法空答夫言空者說世

間一切妄心染法是空以徧計情執無道理故若出世佛法眞心則不空以有道理故起信論云眞如有二一如實空以能究竟顯實故二如實不空以有自體具足無漏性功德故所言空者從本已來一切染法不相應故謂離一切法差別之相以無虛妄心念故當知眞如自性非有無一異等相乃至總說依一切衆生以有妄心念念分別皆不相應故說爲空若離妄心實無可空故所言不空者已顯法體空無妄故即是眞心常恒不變淨法滿足則名不空清涼記釋云不與妄合則名爲空性具萬德即名不空及至釋文乃云若離妄心實無可空則顯空藏因妄而顯而不空藏要由翻染方顯不空故云以顯法體空無妄故即是眞心等如本有檀德今爲慳貪本有尸德今隨五欲本有寂定今爲亂想本有大智今爲愚癡是則慳藏於施乃至癡藏於慧故論云以知法性無慳貪故隨順修行檀波羅蜜等萬行例然故論云本有眞實識知義也若心有動非眞識知明妄心之動藏其眞知是以即妄之空藏不空之萬德故經頌云知妄本自眞見佛則清淨故論云以能究竟顯實故名爲空故知空藏能藏不空能藏既空則顯不空之藏本來具矣二者自性心上無妄爲空隨所無者即不空德如空無慳悋即顯有檀空無妄動顯有性空故是空藏藏不空也故知一切衆生本覺佛智本自圓具但以妄覆而不自知若了妄空眞覺頓現如雲開月朗塵去鏡明見性之時故云發得非是修成三身滿日亦云萬行引出不

從外來皆約一心本有具足故知不空之空體含萬德不有之有理合圓宗空有相成無諸障礙若離空之有有則是常若離有之空空則成斷今有無齊行不違一旨是以智能達有慧能觀空若達有而不知空則失慧眼觀空而不鑒有則喪智心菩薩不盡有爲不住無爲盡有則智業不成住無則慧心不朗故義海云若空異於有即淨不名淨以迷空故若有異於空即染不名染以執有故今有即全空方名染分空即全有方名淨分由空有無礙染淨自在也若空即有有即空乃至一切法皆互相即也既互相即則畢竟無一異空有等法於心外發現設有發現皆是自心相分不同凡小不知取而執有捨而沉空若入此一心中道之門能成萬行方便之道

如大莊嚴法門經云文殊師利言方便有二種一者不捨生死二者不住涅槃復有二種一者空門二惡見門復有二種一者無相門二者相覺觀門復有二種一者無願門二者願生門復有二種一者無作門二者種善根行門復有二種一者無生門二者示生門是以悟宗則逆順同歸達體則善惡並化○問論云說智及智處俱名爲般若智處即是境云何成般若答般若有二種一眞實常住般若二觀照有用般若若眞實般若性徧一切處寂而常照唯一眞心不分能所即不同世間頑境以爲所照亦不同偏小妄心以爲所照又亦不同假立眞如以爲所照今則一體潛通心心互照以無心外境亦無境外心以心是境心境是心境故如是融鎔豈非般若

乎所以云色無邊故般若無邊故知離色無心離心無色如般若經云復次勇猛菩薩摩訶薩應如是行色非所緣何以故一切法無所緣無有少法可取故彼若是可取此則是所緣如是勇猛非色行色乃至非識行識勇猛一切法不行故非色見亦非識見乃至非色知亦非識知若色至識非知非見是名般若波羅蜜又文殊般若經云文殊師利白佛言世尊修般若波羅蜜時不見法是應住是不應住亦不見境界可取捨相何以故如諸如來不見一切法境界相故乃至不見諸佛境界況取聲聞緣覺凡夫境界不取思議相亦不取不思議相不見諸法有若干相自證空法不可思議如是菩薩摩訶薩皆已供養無量百千萬億諸佛種諸善根乃能於是甚深般若波羅蜜不驚不怖又云復次修般若波羅蜜時不見凡夫相不見佛法相不見諸法有決定相是爲修般若波羅蜜○問世出世間唯是一心者云何復分眞妄及與内外答眞妄内外但約世間文字分别所以心非内外内外是心體非眞妄眞妄是體因内立外而成對治假妄顯眞非無所以進趣大乘方便經云心義者有二種相一者内心相二者外心相内心相者復二一眞二妄所言眞者謂心體本相如如不異清淨圓滿無障無礙微密難見以徧一切處常恒不壞建立生長一切法故所言妄者謂起念分别覺知緣慮憶想等事雖復相續能生一切種種境界而内虛僞無有眞實不可見故所言心外相者謂一切諸法種種境界等隨有所念境界

現前故知有內心及內心差別如是當知內妄想者爲因爲體外妄想者爲果爲用依如此等義是故我說一切諸法悉名爲心又復當知心外相者如夢所見種種境界唯心想作無實外事一切境界悉亦如是以皆依無明識夢所見妄想作故復次應知內心念念不住故所見所緣一切境界亦隨心念念不住所謂心生故種種法生心滅故種種法滅而生滅相但有名字實不可得以心不往至於境界境界亦不來至於心如鏡中像無來無去是故一切法求生滅定相了不可得所謂一切法畢竟無體本來常空實不生滅如是一切法實不生滅者則無一切境界差別之相寂靜一味名爲真如第一義諦自性清淨心彼自性清淨心湛然圓滿以無分別相

故無分別相者於一切處無所不在無所不在者以能依持建立一切法故是以華嚴經頌云如金與金色其性無差別法非法亦然體性無有異又云刹平等不違衆生平等衆生平等不違刹平等一切衆生平等不違一切法平等一切法平等不違一切衆生平等離欲際平等不違一切衆生安住平等一切衆生安住平等不違離欲際平等過去不違未來未來不違過去過去未來不違現在現在不違過去未來世平等不違佛平等佛平等不違世平等菩薩行不違一切智一切智不違菩薩行釋曰刹與衆生云何平等以各無體故悉不成就若自類相望如刹望刹平等若異類相望如刹望衆生平等以一無性之理乃至心境自他同異高下十方三世悉

皆平等又事事無違理理無違事事無違者略有三因一法性融通二緣起相由門此二即事事無礙義三直語同一緣起通事通理如觀一葉落知天下秋同一秋矣由不壞之事不變之性皆同一緣起故理理無違者亦有二門一刹無性即衆生無性二理同故以無可即亦無可違

宗鏡録卷第八十四

音釋

竝 蒲迥切竝併也　慳悋 慳苦閑切悋良刃切

宗鏡録卷第八十五

宋慧日永明妙圓正修智覺禪師延壽集

夫稱一心無外境界者云何華嚴經十地品説初地見百佛乃至地地增廣見於多佛答所見多少皆從念生心狹見少佛心廣鑒多形舒卷由心開合在我離心之外實無所得大集經云憍陳如復作是念我當云何得見諸佛爾時隨其所觀方面悉得見佛多觀多見少觀少見見已復念諸佛世尊無所從來去無所至我觀三界是心是心因身我隨覺觀欲多見多欲少見少諸佛如來即是我心何以故隨心見故心即我身身即是虛空我因覺觀見無量佛我以覺心見佛知佛心不見心心不知心我觀法界性無堅牢一切諸法皆從覺觀因緣而生是故法性即是虛空虛空之性亦復如空我因是心見青黃亦因雜色虛空作神變已所見如風無有眞實則名爲共凡夫如實陀羅尼又云復次賢護如人盛壯容貌端嚴欲觀已形美惡好醜即便取器盛彼清油或持淨水或取水精或執明鏡用是四物觀已面像善惡姸醜顯現分明賢護於意云何彼所見像於此油水水精明鏡四處現時是爲先有耶賢護答言不也曰是豈本無耶答言不也曰是爲在內耶答言不也曰是豈在外耶答言不也世尊唯彼油水精鏡諸物清朗無濁無滓其形在前彼像隨現而彼現像不從四物出亦非餘處來非自然有非人造作當知彼像無所從來亦無所去無生無滅無有住所時彼賢護如是答已佛言賢護如是如是如汝所說諸物清淨

彼色明朗影像自現不用多功菩薩亦爾一心善思見諸如來見已即住住已問義解釋歡喜即復思惟今此佛者從何所來而我是身復從何出觀彼如來竟無來處及以去處我身亦爾本無出趣豈有轉還彼復應作如是思惟今此三界唯是心有何以故隨彼心念還自見心今我從心見佛我心作佛我心是佛我心是如來我心是我身我心見佛心不知心心不見心心有想念則成生死心無想念即是涅槃諸法不眞思想緣起所思旣寂能想亦空賢護當知諸菩薩等因此三昧證大菩提首楞嚴經云隨衆生心應所知量者古釋云隨衆生根熟處即現所知量者即衆生差別境即知一法塵中等周法界爲隣虛塵無自性自性是虛空虛空即是眞空眞空即是本覺故知如來於一毛孔中爲無量衆生常說妙法即知一切毛孔微塵亦不出我但解得一微塵法即數得等周法界微塵是以如來能知四大海水滴數大地須彌皆知斤兩皆由觀此一身於一身上觀一毛髮俱知無自性但於一毛孔中觀實無有自性一毛孔亦不可得不可得處徧法界知一切智也所以信心銘云一即一切一切即一若能如是何慮不畢若能如是了達一塵一毛無有自性唯心所現則知一切諸法悉然更無別體以徇塵執見一切衆生一法不通諸塵自滯華嚴論云以實而論初發心住中如一滴之水入海水中總同海體諸龍魚寶藏咸在其中爲教化衆生故教網筌罤方法不可不具以名言竹帛著錄即似如前後義生

體道者應須明鑒如持寶鏡普臨萬像又須云無限智悲成佛德佛以智悲成十地還將十地成諸位前後五位加行門不離十地智悲起是故十地初發心發心即入十地智雖然五位方便殊只爲成熟十地智猶如迅鳥飛虛空不廢遊行無所至亦如魚龍遊水中不廢常遊不離水如是五位行差別不廢差別不離智所有日月歲差別以智法印無別異智體不成亦不壞以明諸位除習氣了習無習悲行成萬行常與無作智○問若心外無法唯是一心者於外則無善惡業果苦樂報應何成佛法翻墮群邪答若了一心有無見絕境智雙寂契彼性空根塵兩亡內外解脫亦常照內外脫於無知空尚不存妄從何起所現外諸苦樂境界如鏡中像以自心爲明鏡還照自之業影古德云以如來藏性而爲明鏡隨業緣質現果影像夫業通性及相謂此業體以無性之法而爲其性以不失業果之相而爲其相由無性故能成業果由不壞相方顯眞空何者若有性則善惡業定不可改移無有苦樂果報若壞業相則成斷滅以一切因果從自心生心外實無善惡業可得以業無自性但由心起故所以如影如幻無有定相又以業無自性故不落有以不壞業果故不墮無非有非無則一心中理○問雖然心即是業業即是心既從心生還從心受如何現今消其虛妄業報答但了無作自然業空所以云若了無作惡業一生成佛又云雖有作業而無作者即是如來秘密之教又凡作業悉是自心橫計外法還自對治妄

取成業若了心不取境自不生無法牽情云何成業義海云除業報者謂塵上不了自心爲心外有法即生憎愛從貪業成報然此業報由心迷塵妄計而生但似有顯現皆無眞實迷者謂塵相有所從來而復去是迷今了塵相無體是悟迷本無從來悟亦無所去何以故以妄心爲有本無體故如繩上蛇本無從來亦無所去何以故蛇上妄心横計爲有本無體故若計有來處去處還是迷了無去來是悟悟之與迷相待安立非是先有淨心後有無明此非二物不可兩解但了妄無妄即爲淨心終無先淨心而後有無明故知迷悟唯只一心如手反覆但是一手如是深達業影自消如華嚴經云爾時文殊師利菩薩問德首菩薩言佛子一切衆生等有四大無我無我所云何而有受苦受樂端正醜陋内好外好少受多受或受現報或受後報然法界中無美無惡時德首菩薩以頌答曰隨其所行業如是果報生作者無所有諸佛之所説譬如淨明鏡隨其所對質現像各不同業性亦如是亦如田種子各各不相知自然能出生業性亦如是又如巧幻師在彼四衢道示現衆色相業性亦如是如機關木人能出種種聲彼無我非我業性亦如是亦如衆鳥類從鷇而得出音聲各不同業性亦如是譬如胎藏中諸根悉成就體相無來處業性亦如是又如在地獄種種諸苦事彼悉無所從業性亦如是譬如轉輪王成就勝七寶來處不可得業性亦如是又如諸世界大火所燒然此火無來處業性亦如是淨業障經云觀

一切法即是佛法是則爲淨諸業障如有學人問安國和尚云若未悟時善惡業緣是有不答非有喻如夜夢被惡人逐或作梵王帝釋將爲是有豁然睡覺寂然無事信知三界本空唯是一心又有問大珠和尚云若爲得知業盡答現前心通前生後生猶如眼見前佛後佛萬法同時經云一念知一切法是道場成就一切智故是知從心所生皆無真實如夢心不實夢事亦虚世間共知可深信受是以善惡之業理皆性空不壞緣生恒冥妙旨量云正業是有法定即有即空故是宗因云即緣成即無性故同喻云如幻幻法術等生即有不礙虚正業從緣生空有不相礙故知萬法從徧計情生但有虚名都無實義如首楞嚴經云妙覺湛然周徧法界含吐十虚寧有方所循業發現世間無知惑爲因緣及自然性皆是識心分别計度但有言說都無實義含吐十虚者含即一真不動在如來藏中吐即依妄分别乃隨處發現但有纖塵發現之處皆是自心生從分别有若知發處虚妄則頓悟真空真空現前豈存言說○問真心不動三際靡遷云何說心流轉又云絶流轉義答所云隨流返流皆約衆生緣慮之心妄稱流轉其體常寂但不見一念起處即是不流未必有念可斷智嚴經云文殊師利言云何斷流轉以於過去心不起未來識不行現在意不動不住不思惟不覺不分别故知以境對境將心治心猶逐塊而逾多人避影而徒乏若能知身是影捨塊就人則影滅迹沉安然履道故知萬動皆揺悉成魔業若知

心不動則不隨流方入宗鏡之中永超魔幻自然心智寂滅諸見消亡如大虚空藏菩薩所問經云山相擊王菩薩曰譬如有孔隙處風入其中摇動於物有往來相菩薩亦爾若心有間隙心則摇動以摇動故魔則得便是故菩薩守護於心不令間隙若心無間隙則諸相圓滿以相圓滿故則空性圓滿是爲菩薩超魔法門乃至文殊師利菩薩曰仁者汝等所説悉是魔境何以故施設文字皆爲魔業乃至佛語猶爲魔業無有言説離諸文字魔無能爲若無施設即無我見及文字見以無我故則於諸法無有損益如是入者則超魔境是爲菩薩超魔法門大乘千鉢大教王經云佛言諸天魔幻惑種種相貌障修學人心眼聖道乃至令見一切幻相前後生死之事善惡諸相魔作幻惑非關正智唯心所變莫取外縁修學行人必不得於夢境界及現眼前取相執著動轉人心恐畏怕怖則被天魔鬼神之所障礙行人正見須常諦觀心性見性寂静心性無物是相莫取則無境界妄想因縁是故行人勤行精進實勿退轉懈怠嬾墮則得速證無上正等菩提大智度論云除諸法實相皆菩薩魔事若證般若能契實相即過魔事此是約説證實相時事當親證時如人飲水不可取説而不證若但説過魔不離魔界若過魔界説證俱絶是知心無境魔但從心起何者若内心樂生死則身爲天魔内心著邪見則身爲外道乃至心外見法理外别求皆成外道○問凡聖一心同其種性種性無異云何所受因果不同報應有别

答雖自業各受妄有昇沉而緣性無生了不可得諸法無行經云佛告文殊師利一切衆生其心皆一是名種性種性即根本義根本常一而衆生妄起自他差別凡聖高下雖起差別一體不動以差別性非有故但是妄起無實體故所以經云佛言文殊師利一切衆生皆無有心緣性不可得故是名種性又一切善惡境界皆是心光一切勝劣受用皆是心果大莊嚴論偈云種種心光起如是種種相光體非體故不得彼法實種種心光即是種種事相或異時起謂貪瞋光等或同時起謂信進光等如是染位心數淨位心數唯有光明而無光體是故世尊不說彼爲眞實之法又云諸行刹那增上者如佛說心將世間去心牽世間來由心自在世間隨轉識緣名色此說亦爾故知諸行是心果又隨淨者淨是禪定人心彼人諸行隨淨心轉修禪比丘具足神通心得自在若欲令木爲金則得隨意故知諸行皆是心果又隨生者如作罪衆生可得外物一切下劣作福衆生可得外物一切妙好故知諸行皆是心果當知一切萬法既以心爲因亦以心爲果雖然淨穢顯現不同於心鏡中如光如影了不可得○問入唯識門觀一切境自然無相何用更言破相顯理復云棄有觀空若有所破之宗則立能空之理既存空法還成有相之因若守觀門豈合無爲之道答夫言破相者是未入唯識去其妄執雖言破相實無所破既無所破之有亦無能破之空情執若消空有俱寂前塵無定破立隨心迷眞之妄不生對妄之眞亦

絶大智度論云種種取相皆爲虛妄如玻瓈珠隨前色變自無定色諸法亦如是無有定相隨心爲異若常無常等相如以瞋心見此人爲弊若瞋心休息婬欲心生見此人還復爲好若以憍慢心生見此人以爲卑賤關其有德還生敬心如是等有理而憎愛無理而憎愛皆是虛妄憶想若除虛誑亦無空相無相相無作相無所破故尙不宗無相之理豈存破立之門以成壞去取皆自心故若直了心自然絶觀如楞伽經偈云一切無涅槃無有涅槃佛無有佛涅槃遠離覺所覺若有若無有是二悉俱離牟尼寂靜觀是則遠離生是名爲不取今世後世淨有二偈半大雲解云初一偈了今一如謂此約無願觀以顯圓成無涅槃佛故無願矣初句謂色心等一切法中無得涅槃以一切法本如故若得涅槃是斷常見滅法是斷證得是常次句既無涅槃云何有佛故經云見斷煩惱而得成佛此則名爲壞佛法者煩惱與佛性寂靜故第四句中所覺如故無有涅槃能覺如故無有得佛離覺所覺混同一如○問見聞覺知不出俗諦心量眞諦無得無生還出心量不答夫量者是能緣心但有對俗說眞因虛立實斥差別論平等遣異相建如如盡是對待得名破執設教若能眞俗雙拂空有俱消了邊即中無邊可離達中即邊無中可存能證之智既亡所證之理亦寂方超心量入絶待門若有得無得有生無生盡不出於心量楞伽經偈云離一切諸見及離想所想無得亦無生我說爲心量非性非非性性非性悉離謂彼

心解脱我說爲心量如如與空際涅槃及法界種種意生身我說爲心量所以涅槃經云若有一法過涅槃者我亦說如幻如化以涅槃無相若取於相即自心現量非眞涅槃故佛說言設有一佛過於涅槃趣所得心亦成心量自心所變盡爲幻化故知似形言跡皆生妙解皆是心量所牧未有一法不關心矣若能悟心無心了境無境理量雙消可入宗鏡○問夫論心量不出見聞若約見聞則存前境云何成唯心之義答此是無心之心量非有實體○問若無實體云何建立一切諸法答只由無體無性方成萬有萬有所起不離眞空若言有性一法不成則空不自空豈能容色若色不自色方能合空摩訶衍論云一切諸法唯心迴轉無餘法者如是心法亦不可得楞伽經云無心之心量我說爲心量由心不可得之句立大空之義由無心之心量句成幻差別之義由大空之義諸法得成由幻差別義空理得顯○問妄能覆眞全成生死眞能奪妄純現涅槃眞妄若離互不生起眞妄若合二諦不成如何會通一心妙理答一心二諦敎理所歸開即迷眞合則壞俗何者相隨眞起即相而可辯眞原覺因妄生因妄而能知覺體無妄則覺不自立無眞則相無所依眞妄相和染淨成事唯眞不立無妄而對誰立眞單妄不成無眞而憑何說妄眞妄各無自體名相本同一原是則二諦恒分一味常在藏性不動緣起萬差故知實無一法而有自體獨立者皆從眞妄二法和合而起如起信論云不生不滅與生滅和合非

一非異名阿賴耶識變起根身器世間等釋摩訶衍論云生滅因緣者有二一者不相應生滅因緣二者相應生滅因緣論云現鏡識體六塵境界如其次第爲彼三種相應染法能作因緣是故說言麤聖生滅之因緣門現識體中又有緣義應審思惟復次更有二重因緣一者本徧因緣二末徧因緣言本徧者舉本無明及本覺心望於六塵相應有因緣義言末徧者舉業轉現相望於三相應有因緣義故復次更有二因緣一者上下因緣二者下上因緣言上下者無明爲始果報爲終上下與力不越其數作因緣故言下上者果報爲始無明爲終下上與力不越其數作因緣故復次一切有爲生滅之法刹那不住無因無緣故復次因緣之法空而無生其實自性不可得故復次不可得法不可得亦不可得故復次生滅因緣者所謂衆生心意意識轉故此文爲明何義謂欲顯示所依能依之差别故云何所依謂本覺心云何能依謂即衆生言衆生者當何法耶謂意意識何故意及意識名爲衆生意及意識一切衆染合集而生故名衆生而無别自體唯依心爲體是故說言依心而轉又云無明之相不離覺性非可壞非不可壞猶如大海風相水相不相捨離者大海喻阿賴耶識水喻本覺心風喻根本無明不覺能起動轉慮知之識如彼風故波動者喻諸戲論識遷流無常水相風相不相捨離者喻眞妄相資俱行合轉謂本覺心不自起故當資無明之力方得而起根本無明不自轉故要因眞心之力方得而轉如

水不自作波當因風力風不自現動要資水力方得現動相經云煩惱大海中有圓滿如來宣說實相常住之理本覺實性中有無明衆生起無量無邊煩惱之波如經云佛告大衆始覺般若者從具縛地漸漸出離乃至金剛圓滿因行發究竟道頓斷根本無明住地漸漸遠離乃至信初發究竟智斷滅相品入覺日圓照無所不徧二本覺般若從清淨性無明海隨緣轉動於是大衆聞此事已覺知諸法一相一體亦無一相亦無一體而諸法性亦是實相亦是常住亦是決定亦是實有○問本始二覺從何立名答本覺者因始得名始覺者從本而立如起信鈔云未審始覺從何而生爲本所對故此云也元其始覺是本所生斬新而有故名爲始反照其體元來有之敵對於始故名爲本苟無其始何所待耶如毋生子對子稱毋乃至問始覺本覺既殊何因無二又既同本覺因何名始答即是本覺初顯相用名爲始覺相用非别外來故得融同一體又若非本覺舉體之相用即不是始覺以心外有法故若不然者但名相似覺亦名隨分覺是知直待合同本體方得名眞始覺也既合於本始即非始既無於始即無於本本始之名既喪但可名爲覺焉如上所釋若入宗鏡方爲究竟之覺未入宗鏡但稱相似覺耳此雖稱覺乃是不覺故論云又以覺心原故名究竟覺不覺心原故非究竟覺即其義矣○問上說眞心無生妄念起滅如何會妄歸眞入一乘平等之道答妄元無體本自全眞何須更會今爲情見妄執之人

引祖佛善巧洞心原之智搜經論微細窮性海之詮令頓豁情塵便成眞覺如釋摩訶衍論云一心眞如體大通於五人平等平等無差別故云何名爲五種假人一者凡夫二者聲聞三者緣覺四者菩薩五者如來是名爲五如是五名人自是五眞自唯一所以者何眞如自體無有增減亦無大小亦無有無亦無中邊亦無去來從本已來一自成一同自作同猒異捨別唯一眞如是故諸法眞如一相三昧契經中作如是說譬如金剛作五趣像五人平等亦復如是於諸人中無有增減故起信論云心眞如者即是一法界大總相法門體以心本性不生不滅相一切諸法皆由妄念而有差別若離妄念則無境界差別之相古釋云執者問云現見諸法差別遷流云何乃云性無生滅釋云差別相者是汝徧計妄情所作本來無實如依病眼妄見空華故云皆依妄念而有差別疑者又云以何得知依妄念生釋云以諸聖人離妄念故盡無其境即驗此境定從妄生又若此境非妄定實有者聖人不見應是迷倒凡夫既見應是覺悟如不見空華是病眼返結準之故若離於念即無差別也所執本空故眞心不動由此一切諸法皆即眞如斯則會妄顯眞可絶疑矣如首楞嚴經云佛告阿難我非勑汝執爲非心但汝於心微細揣摩若離前塵有分別性即眞汝心若分別性離塵無體斯則前塵分別影事昔人有揀金頌云君不見澄清麗水出黃金逐浪隨波永被沉有幸得逢良鑒者披砂細揀暫知音因此遂蒙皇上寵直

入瓊樓寶篋中一練一明光照耀一迴掌上一廻欽以此塵沙含妙寶故喻衆生覺照心衆生無始沉三有元來流浪被境侵對塵恰似眞如慧離境元無照體心迷即一眞名二體只爲群生不照心若能對境常眞照隨塵離境一般心如來今日除分別意遣衆生妄習心但除妄習存終始眞照何妄不眞心

宗鏡録卷第八十五

音釋

筌𥰆 筌此緣切取魚器𥰆徒奚切兔網也 簶 音緑 閒隙 閒古晏切隙綺戟切閒隙空罅也 弊 毗祭切惡也 篋 苦協切箱屬

宗鏡録卷第八十六

宋慧日永明妙圓正修智覺禪師延壽集

夫確定一心心外無法聖教所印理事圓通只如法華方便品明十界十如相性因縁果報本末初後不濫行相非虚今唯説一心如何合教答一心者即諸法實相也亦諸法實性也然諸法即實相實相即諸法從心所現性相全同依本垂迹理事非異如群波動而水體常露以水奪波波無不盡雖衆法似起而心性恒現以心收法法無不空大品經云不見一法出法性外又云一切法趣色是趣不過如台教釋法華經十法界十如因果之法一切唯心造者則心具一切法一切法者只是十如十如者即如是相如是性如是體如是力如是作如是因如是縁如是果如是報如是本末究竟等如是相者夫相以據外覽而可別釋論云易知故名爲相如水火相異則易可知如人面色具諸休否覽外相即知其内昔孫劉相顯曹公相隱相者舉聲大哭四海三分百姓荼毒若言有相闇者不知若言無相占者洞解當隨善相者信人面外具一切相也心亦如是具一切相衆生相隱彌勒相顯如來善知故遠近皆記不善觀者不信心具一切相當隨如實觀者信心具一切相也如是性者性以據内不改名性又性名性分種類之義分分而不同各各不可改如火以熱爲性水以濕爲性等不改約理種類約事又性是實性實性即是理性極實無過即一心佛性之異名耳又無行經云稱不動性即不改義今明内性不可改如竹中火

性雖不可見不得言無燧人乾草徧燒一切心亦如是具一切五陰性雖不可見不得言無以智眼觀具一切性如是體者體是主質義此十法界陰入俱用色心爲體質也如是力者堪任義如王力士千萬技能病故謂無病差有用心亦如是具有如來十力煩惱病故不能運動如實觀之具一切力如是作者運爲建立義若離心者更無所作故知心具一切作也如是因者招果爲因亦名爲業十法界業起自於心但使有心諸業具足若無於心即無諸業以一切善惡凡聖等業唯心造故如是緣者緣名緣由助業皆是緣義無明愛等能潤於業即心爲緣離心緣不起故如是果者克獲爲果若自心造善克獲樂果若自心造惡克獲苦果如是報者酬因爲報

一念心正妙報相酬一念心邪劣果潜現風和響順形直影端故則邪正在心得喪由我相爲本報爲末本末悉入緣生緣生故空則空等也相但有字報亦但有字悉假施設則假等也又相即無相無相而相非相非無相報亦然一一皆入如實之際則中等也若三塗以表苦爲相定惡聚爲性摧折色心爲體登刀入鑊爲力起十不善爲作有漏惡業爲因愛取等爲緣惡習果爲果三惡趣爲報本末皆癡爲等乃至菩薩佛類者緣因爲相了因爲性正因爲體四弘爲力六度萬行爲作智慧莊嚴爲因福德莊嚴爲緣三菩提爲果大涅槃爲報本末皆智爲先導爲等故知十界十如善惡因緣凡聖果報皆是一心終無別法斯乃發究竟菩提心者之慈父度虛妄

生死野者之導師轉凡入聖之津梁會俗歸眞之蹊徑矣譬如天樂隨衆生念出種種聲亦如摩尼隨意所求雨種種寶此心無盡孕法何窮色法尚然眞靈豈劣○問凡聖既同一心云何聖人成一切種智凡夫觸事不知乎答只爲凡夫背覺合塵爲塵所隔迷眞徇妄被妄所遮所以教中誚之爲生盲不開智眼訶之作聾俗豈達眞聞自心與他心二俱不了焉能博通萬類成一切種智乎如守護國界主陀羅尼經云佛言善男子若諸佛子欲得成就阿耨多羅三藐三菩提者若欲善能知自心者乃至應先發起大慈悲心普爲衆生歸依三寶受菩薩戒等是以自心難知莫能善察不入宗鏡焉能照明若了自心即是頓發菩提心者是以心之綿密世莫能知古人有心隱篇云二儀之大可以章程測也三綱之動可以圭表度也雷霆之聲可以鐘鼓傳也風雨之變可以音律知也故有象可覩不能匿其量有光可見不能隱其跡有聲可聞不能藏其響有色可察不能滅其性以夫天地陰陽之難明猶可以術數揆而耳目知至於人心則異於是矣心居於內情伏於衷非可以算數測也凡人之心險於山川難知於天天有春秋冬夏旦暮之期人者厚貌深情不可而知故有心剛而色柔容毅而質弱意强而行慢性悄而事緩假飾於外以蔽其情喜不必愛怒不必憎笑未必樂泣未必哀其藏情隱行未易測也他心尚不可測外境則焉能知故起信論云衆生以依染心能見能現妄取境界迷平等性故以一切法常

靜無有起相無明不覺妄與法違故不能得隨順世間一切境界種種知故是知心外無法法外無心但了一心諸塵自會起心背法即乖法體既與法違則不通達若能順法界性合眞如心則般若無知無所不知矣○問若了一心何用廣知諸法答一心是總諸法是別別雖從總事起千差若不子細通明遮照雙運則理孤事寡不入圓通維摩經云善能分別諸法相於第一義而不動台教云於諸法門文義教海須了非字非非字雙照字非字不可說非不可說不可見非不可見何所簡擇何所不簡擇何所攝何所不攝何所棄何所不棄是則俱是非則悉非能於墨色通達一切非於一切非通達一切是通達一切非非非是一切法邪一切法正若於墨色不如是解則不知字與非字如蟲食木莫辯所歸似鳥言空何知旨趣○問一色一香無非中道以何爲中道答且約古師四句分別如中論玄樞云問汝以不生不滅爲中道有此中道不若有此中道則不名中道若無此中道無亦不名中二俱不可得何名中道答有四義一有此中道何者本將中道破偏何得無中道以有空義故一切法得成若無空義者一切則不成空即中道也二無此中道何者爲破偏病是故說中偏病既亡中藥須遣若有中道中還是病三亦有中道亦無中道何者至理虛存故名亦有無形無相故名亦無如涅槃經云內外合故名爲中道四非有中道非無中道何者既云中道何得是有既云中道何得是無此是一往爲言耳若更

再論則非四句所謂言語道斷心行處滅問若爾云何取定答若也有執則無所不礙若也無執則無所不通如智論云若人見般若是則名被縛若不見般若是亦名被縛若人見般若是則名解脱若不見般若是亦名解脱中道即實相是有也中道即性空是無也亦名爲假名亦有亦無也亦名爲中道非有非無也故知無執則四句皆是涅槃經云有緣服毒生無緣服毒死有服甘露傷命而早夭或有服甘露壽命得長存此之謂矣問爲中即是道爲離中別有道爲道即是中爲離道別有中答如彼中品人此則是中而非道如彼三乘人道此即是道而非中如彼菩薩道此即亦中亦是道如彼外道道此即非中又非道今言中道者即菩薩道離中無別道離道無別中即以道爲中即以中爲道此之中義即是一心道即是心心即是道以眞心徧一切處故所以云一色一香無非中道前辯所見不同故論得失若入宗鏡則泯同平等三乘五性若內若外無非一心中道矣又中道者以一眞心不住有無二邊故稱中道若言其有相不可尋若言其無性不可易所以菩薩以行契理觀一切法雙遮雙照雙亡雙流台教明雙亡正入常冥中道無心亡照任運寂知雙亡即亡空亡假故名爲寂正入只是入中故名爲照而亡而照故曰雙流遮流約智用亡照約智體無心釋智體智體成就不須作意念念忘照而常任運而寂而知寂即是亡知即是照又能所雙寂故曰雙亡門理歷然稱爲正入正入則理無不契雙亡

則相無不寂斯即不住空有遮照分明不滯二邊方成正入肇論云有心者衆庶是也無心者太虚是也衆庶處於妄想太虚絶於靈照豈可以處妄想絶靈照而語聖心乎故須遮照無滯體用自在方成理行之門華嚴經云菩薩住是不思議於中思議不可盡住是不可思議地思與非思俱寂滅若唯遮思議境者則凡聖絶分故非但遮常心亦應融常心是則於中思議不可盡遮融無二則思與非思體俱寂滅方曰眞不思議也是則遮照無滯理事不虧即遮而照故雙非即是雙行即照而遮故雙行即是雙遣不壞本而常末萬行紛然不壞末而常本一心恒寂所以色塵體寂香界性空執作有無之邊邪達成唯心之中理法法皆圓願海塵塵盡具行門應念而六度咸成目擊而眞心普徧如無盡意菩薩經云普賢如來國土彼諸菩薩當見佛時尋能分別諸深妙義具足成就六波羅蜜何以故若不取色相即是具足檀波羅蜜若除色相即是具足尸波羅蜜若觀色盡即是具足羼提波羅蜜若見色寂滅即是具足毗梨波羅蜜若不行色相即是具足禪波羅蜜若不戲論色相即是具足般若波羅蜜是諸菩薩即觀佛時尋具如是六波羅蜜得無生忍○問此唯識門未了之人以何方便而爲開導答初覺之人先以比知後當信驗攝論云一切時處皆唯有識其有未得眞智覺者於唯識中云何比知由聖教及正理如教云如是三界皆唯有心理顯者如於定心中隨所觀見諸青瘀等所知影像一切無別青瘀

等事但見自心又云外種内爲緣外法種子皆是衆生感受用業熏種子依阿賴耶力所變現是故外種離内無别有種如有頌言天地風虛空陂池方大海皆眞内所作外義俱非有又頌云聖教及正理各别有功能爲生於信慧無一不成故是以識生此識說名相分知此相唯内心變外義不成故如有頌言於一端嚴婬女身出家躭欲及餓狗鵰屍昌艷美飲食三種分别各不同以前塵無決定相唯心自分姸醜若外法是實云何各隨自見不同是以比知唯心自現非他境界古德云菩薩從初正信創發心時即觀本識自性緣起因果之體得成正信故攝論云得彼本識說菩薩初起應先觀諸法如實因緣此之謂也如實者無非一心餘皆虛妄若有猛提直入之者頓悟圓信之人即初發心時便成正覺不動塵勞之位徧坐一切道場靡移所習之門遊戲十方國土是以法華經偈云得如是乘令諸子等日夜劫數常得遊戲與諸菩薩及聲聞衆乘此寶乘直至道場以是因緣十方諦求更無餘乘除佛方便若能依實修行果滿不離一念如還原觀云卷舒無礙隱顯同時一際絶其始終出入亡於表裏初心正覺攝多生於刹那十信道圓一念該於佛地即無生顯而幻有立兩相泯而雙事存攝法界而攝一塵舉一身而十身現○問既以聖教正理比知已生勝解欲入聖位緣何境界親證修行答但了人法二空即入此觀人法何以成空以唯有意言分别故攝論云從願樂位乃至究竟位若欲入唯識觀修加

行縁何境界縁意言分别爲境離此無别外境何以故此意言分别似文字言説及義顯現唯有意言分别無别有名言菩薩能通達名無所有則離外塵邪執又此義依名言唯意言分别前已遣名此下依名遣義義者即六識所縁境離名無别此境名言旣唯意分别故義亦無别體菩薩通達義無所有亦離外塵邪執又此名義自性差别唯假説爲量前已遣名義名義旣無自性及差别云何可立若離假説無别名義自性及名義差别由證見此二法不可得故名爲通達智整禪師六行法云大乘頓悟菩薩能觀唯識無外空者謂觀相空唯是空解心作空解無外相空是故大根知唯識者則滅空解離諸縁觀故智論云菩薩行般若波羅蜜時普觀諸法皆空空亦復空滅諸觀得無㝵般若波羅蜜以此文證無外相空大根觀智則證空空謂法空空有皆是妄見悉是當時意分别作如人心起則唯見人微塵心起則唯見微塵空心起時則唯見空是故空有皆是心作故諸凡聖見境不同皆是當時意言有異是以世諦各唯有識覺無外邊則名眞諦以其二諦不相離故即以無外名爲眞諦是故若能觀見唯識即知無外則亦達眞此達眞時則無外解便遣世俗妄取之心故攝論云知塵無所有通達眞知唯有識通達俗若不通達俗無以能得見眞以離俗無眞故若不通達眞無以遣俗以俗無别體故所以通達眞俗由能解唯識理故以此文證觀唯識者即達二諦能遣妄心雖復就實唯識無境稱情則有凡

聖大小謂若見塵意謂是人如此意言則是凡夫若觀此身意謂是塵如此意言則是二乘若觀細塵意謂體空如此意言是小菩薩若觀空有知皆意言即是大乘大菩薩人故諸衆生雖皆唯識意言不同凡聖各異故大根人知唯識者恒觀自心意言爲境此初觀時雖未成聖分知意言則是菩薩故攝論云初修觀者則是凡夫菩薩此等能觀深法空者即亦曾逕小乘觀來非是不解衆生無我一往即能頓見法空故攝論云若得法無我必先得人無我故知學大要先從小雖復從小漸頓仍别謂觀生空執爲極者後觀相空進學名漸若有久習知小非極即解空空名爲頓悟雖知心外無境然入觀時亦從塵起以其色塵唯佛不見以佛常證唯識無境妄想盡故不見外塵故彼論云如來常不出觀故寂靜若大菩薩入眞觀時則知唯識亦不見塵故彼論云菩薩若入無分别觀一切塵不顯現以此文證故知大聖入眞觀時皆不見色自餘凡聖莫問大小未入空觀則皆見塵大根出觀雖妄見塵若入觀時則知唯識以其自知妄作塵解無塵可破便證唯心若能觀中了知唯心後雖出觀妄見自他尋復思時知自妄見不同凡小定執有外乃至觀空猶見能所故彼論云菩薩以無分别後智觀此因果相然無顛倒不執有外塵内根唯識是實有法故知大根一證唯心後雖出觀不執有外若觀自心妄見境時則知衆生各唯有識故大菩薩乃至佛來常知衆生唯心妄見謂知衆生或作名解名則是凡意言分

別情謂似外名字顯現理是心作是自心相或作名下所說法解法義則是意言分別情謂有外法義顯現理實法義亦是心相故彼論云十二部經是名爲教十二部經所詮是名爲理心相似此理敎顯現以此文證所緣境界悉是心作名爲心相但此心相亦名心影亦名相識及境界識稱諸凡小謂與心異理無別體實唯一識故彼論云唯識不出二法一者相識二者見識似塵顯現名相謂所緣境似識顯現名見謂能緣識定心亦爾顯現似塵謂異定心一分似識一分似塵此二實唯是識以此文證境界相識即心無別唯情妄見以其唯是妄念作故即此是相識亦名相結故彼論云結有二種一者相結二者麤重結相結難解麤重結難滅心分別諸塵名相結由此分別起欲瞋等惑名麤重結若得無分別智即解相結相結不起麤重結即隨滅以此文證境是相結凡小迷執故名難解是故諸法名之與義皆是心作凡小不知理實無始所緣名義常是凡夫意言分別故彼論云凡夫從本來意言分別有二種一似名二似義名義攝一切法皆盡此名義但是意言分別所作離此無別餘法以此文證故知凡夫妄見境界或名或義皆是當時意言分別如食蒗蕩妄見針火據彼妄情意謂是實不知妄見謂有外火據實唯是意作火解火則唯是意言分別謂有火名名是意言謂有火事事是意言衆生妄見自身他身地水火風等皆亦似彼雖復就實義唯識無外據凡妄情謂有能所故彼論云唯識義不失亦

不無能取所取義雖復據情謂有內外理唯一心無別塵體故彼論云識所變異雖有內外事相不同實唯一識無有塵等別體故知自他內外事相唯是一心轉變妄解故諸大聖知生妄見自恒不見凡所見境如人不食莨菪之者唯見他人妄見鍼火自仍不見空中火事佛知唯識其事似此故不同凡妄見境界以生妄見本無外塵是以如來恒不見色唯凡與聖有見不見但眞與妄莫不唯識凡唯識直是妄心故唯識論偈云唯識無境界無塵虛妄見若佛唯識但有眞心故攝論云唯有眞如及眞智獨存說名法身又唯識論云諸佛如來行處唯有眞識更無餘識以此文證佛無識故故不同凡妄見外境以實唯識本無外故業不同者一質異見如人見水鬼見爲火魚謂住處天以爲地又如舍利弗妄見穢土螺髻梵王即此見淨若使實有水火染淨同處相妨不得和合以各妄見齊無外故多心共處得作別解若諸衆生同業之者妄見則同更無別解此同業者遞互爲因妄想見聞唯心緣合故唯識論云一切衆生虛妄分別思惟憶念彼說我聞依彼前人說者意識於此聽人聞者意識起如是心彼說我聞而實無有彼前境界故偈言遞共增上因彼此心緣合以此文證業相由者遞互爲因各妄見聞以其六道皆心緣合三界則是唯心轉作故十地經云三界虛妄但一心作論自釋言一心作者唯心轉故故知三界同見別見皆是自心轉變解異同見聞者雖心緣合心無形相恒非內外若謂心外有他

心者則是妄解實無外識故唯識論云而實無有外識可取乃至二乘知他心者謂有外識亦仍是妄故彼論云虚妄分别此心知彼心彼心知此心以此文證實無外識直是凡小妄作外解故彼論云他心智者不如實知何以故以自内心虚妄分别以爲他心不能了知問曰若言凡小作他心解云何得與他心相應釋言由先方便想作他解似他解故得與相應凡小不知自作他解便謂我今知他人心雖作他解得與相應謂有能所猶非實知故彼論云世間他心智者於彼二法不如實知以彼能取可取境界虚妄分别故以此等文證無外識故作外解皆非實知若觀心識本無形相非彼非此無來無去不依外解息分别時則是實知一切生心故智論云若一切衆生心心數法性實有不虚誑者佛不能知一切衆生心心數法以一切衆生心心數法性實虚誑無來無去故佛能知一切衆生心心數法譬如比丘貪求者不得供養無所貪求則無所乏短心亦如是若分别取相則不得實法不得實法故不能通達知一切衆生心心數法若不取相無所分别則得實法故能通達知一切衆生心心數法無所罣礙以此文證心無去來佛知無外稱實能知不同凡小他心智者向外緣心猶雜妄識故唯識論偈云他心知於境不如實覺知以非離識境唯佛如實知以此文證佛知唯識自作他解無外可取以知自心作諸心解永斷向外分别之心入楞伽經云如實知一切諸法唯是自心是故不生分别之心以此文

證佛知他心即是自心離外分別但緣自心意言爲境爲諸衆生心識無邊各各異解差別難量佛離外念一心徧知如水不動萬像現中此佛一心知諸心時一作多解多即是一如彼一水照諸萬像雖即一水而與水外萬像相應佛心亦爾徧照他心雖是一心作諸心解而與一切他心相應由久修學唯識觀成故離外念方能徧知故華嚴經頌云摩醯首羅智自在大海龍王降雨時悉能分別數其滴於一念中皆明了無量億劫勤修學得是無上菩提智云何當於一念中不知一切衆生心故知諸佛念念徧知此即是佛意言分別雖知世諦各唯識時別知諸心是佛分別據恒自覺唯自意言離外念邊無復分別故諸大智觀唯識者緣自意言知世諦時即亦達眞離外分別是故大乘從凡至佛皆觀自心意言爲境則知心外無別他心凡聖等心雖非内外仍有因緣爲他變者如維摩經云即時天女以神通力變舍利弗令如天女天自化身如舍利弗此變舍利弗令心異見非有別身改形換質衆生心中修勝行者則有無中妄見佛業由有勝業感佛神力令心變異似見化身故攝論云於他修行地中由佛本願自在力故彼識似衆生變異顯現故名變化身以此文證如來化身如釋迦等皆是凡小自心變作以妄見佛成道化生後還妄見如來滅度此妄見者由佛變故彼論云菩提涅槃爲二但變異他心令他爲二體實不有以此文證佛變他心令妄見佛心外無佛據諸凡小不知妄見謂有外佛來度衆

生故經偈云佛不得佛道亦不度衆生衆生强分别作佛度衆生故攝論云由觀行人識爲增上緣故餘人識變異如觀行人願力顯現故知定無外塵唯有本識以此文證見聖化者皆由佛力爲增上緣故彼論云淺行菩薩欲作衆生利益事於現在先發願竟即入眞觀出觀後隨所欲樂方得成就若深行菩薩欲作利益衆生事現在不須發願及入觀出觀但由本願力隨所欲作一切皆成若聲聞等得九定自在因此定自在得六通自在於一物中隨願樂力各能變異爲無異種若諸塵實有自性此事則不得成以此文證本無外境聖力令他無中見化以皆妄見無外境故若多聖人同處變物各隨意成亦不相礙故彼論云於一物中若多觀行人别願同能變異一境此變異得成何故得成隨彼意成故實無外境唯有識故是故各隨彼意得成以此文證於一處中多聖變化隨意各别令諸衆生見境各異和而不同叅而不亂此義甚深大根方知故至佛來皆觀唯識故彼論云從願樂位乃至究竟位通名唯識觀以此文證大乘入道同觀唯識漸明至佛言觀唯識願樂位者謂從師友聞説唯識即能解者心生願樂由有願樂學思量時即是大乘願樂位人故彼論云諸菩薩但由聽聞一切法唯有識依此教隨聞起信樂心於一切法唯識理中意言分别生由此願樂意言分别故説菩薩已入唯識觀作如此知名入唯識願樂位以此文證學觀唯識即是大根菩薩入道上來總明大小入道淺深雖别皆唯修

慧以其慧觀是正道體若不修觀餘行皆非此明慧觀是入道體如上所說若了一切境界唯是意言分別則意無所思口無所說攀緣既息名相即空妙明眞心從此披露故得塵勞路絶生死河枯念念冥眞心心念道所以金剛三昧經云佛言善不善法從心化生一切境界意言分別制之一處衆緣斷滅何以故一本不起三用無施住於如理六道門杜

宗鏡録卷第八十六

音釋

確苦角切堅也 蹊胡雞切徑路也 揆渠癸切度也 悄吉掾切躁急也

瘀依倨切 齅許救切以鼻擥氣也 創初亮切始也 蒗來宕切與蘭同

蒗蕩毒草名

宗鏡録卷第八十七

宋慧日永明妙圓正修智覺禪師延壽集

夫入道之門觸途咸是簡要分別無出四門今約天台四教藏通別圓各有四門入道前三教四門廣在彼說今引圓教四門堪當入道一有門二空門三亦有亦空門四非有非空門止觀云圓教四門妙理頓說異前藏通二教圓融無礙異於別教歷別若有門即假寄於有以爲言端而此有門亦即三門一門無量門無量門一門非一非四而言一四此即圓門相也若有爲門即生死之有是實相之有一切法趣有有即法界出法界外更無法可論生死即涅槃涅槃即生死無二無別舉有爲門端耳實具一切法圓通無礙是名有門三門亦如是此門微妙不可思議豈同藏通拙度而但空別教不融而隔別又圓四門皆妙無麤若有門爲法界攝一切法況復三門空門即是法界攝一切法況復三門餘二亦如是法相平等無復優劣若爾無四門之異但因順根機赴緣四說如四指指一月一指四又如藏通別圓四教如空中四點雖四點似別不出一空雖四指不同唯指一月一有門者觀見思假即是法界具足佛法又諸法即是法性因緣乃至第一義亦是因緣大經云因滅無明即得熾然三菩提燈是名有門二空門者觀幻化見思及一切法不在因不屬緣我及涅槃是二皆空唯有空病空病亦空此即三諦皆空也三亦空亦有門幻化見思雖無真實分別假名則不可盡如一微塵中有大千經卷於第一義而不動善

能分别諸法相亦如大地一能生種種芽無名相中假名相説乃至佛亦但有名字是爲亦空亦有門四非空非有門觀幻化見思即是法性法性不可思議非世故非有非出世故非空一色一香無非中道一中一切中毗盧遮那徧一切處豈有見思而非實法是名非空非有門云何一門即是三門一門尚是一切法何止三耶所以者何觀因緣所生法是初門一切皆初門初門即空一空一切空即是第二門此初門即假一假一切假即是第三門此初門即中一中一切中即是第四門初門即是三門三門即是一門但舉一門爲名雖有四名理無隅别即是圓教四門正是今之所用也若爾何用前來種種分别但凡情闇鈍不説不知先誘開之後入正道法華經云雖説種種道其實爲一乘若得此意終日分别無所分别涅槃名爲復有一行是如來行法華名正直捨方便但説無上道大品名爲一切種智知一切法淨名稱爲瞻蔔林不齅餘香華嚴稱爲法界即是此四門意也故知若了一心修行因果圓備猶如地萬物出生故猶如海衆寶所聚故猶如車能運載故猶如城善防護故是以大涅槃經云佛言我爲須達説言長者心爲城主長者若不護心則不護身口又華嚴入法界品中寶眼主城神眷屬圍遶於虛空中而現其身種種妙物以爲嚴飾手持無量衆色寶華以散善財作如是言善男子應守護心城謂不貪一切生死境界應莊嚴心城謂專意趣求如來十力應淨治心城謂畢竟斷除慳嫉諂誑應

清凉心城謂思惟一切諸法實性應增長心城謂成辦一切助道之法應嚴飾心城謂造立諸禪解脫宫殿應照曜心城謂普入一切諸佛道場聽受般若波羅蜜法應增益心城謂普攝一切佛方便道應堅固心城謂恒勤修習普賢行願應防護心城謂常專禦扞惡友魔軍應廓徹心城謂開引一切佛智光明應善補心城謂聽受一切佛所説法應扶助心城謂深信一切佛功德海應廣大心城謂大慈普及一切世間應善覆心城謂集衆善法以覆其上應寛廣心城謂大悲哀愍一切衆生應開豁心城謂悉捨所有隨應給施應密護心城謂防諸惡欲不令得入應嚴肅心城謂逐諸惡法不令其住應決定心城謂集一切智助道之法恒無退轉應安立心城謂正念三世一切如來所有境界應瑩徹心城謂明達一切佛正法輪修多羅中所有法門種種緣起應部分心城謂普曉示一切衆生皆令得見薩婆若道應住持心城謂發一切三世如來諸大願海應富實心城謂集一切周徧法界大福德聚應令心城明了謂普知衆生根欲等法應令心城自在謂普攝一切十方法界應令心城清淨謂正念一切諸佛如來應知心城自性謂知一切法皆無有性應知心城如幻謂以一切智了諸法性佛子菩薩摩訶薩若能如是淨修心城則能積集一切善法釋曰夫城者能防外寇護國安人堅密牢强即無衆患况心城須護密守關津無令外緣六塵魔賊所侵内結煩惱奸臣所亂防非禁惡常加瑩淨之功立德運慈廣備

莊嚴之事遂得四門無滯一道常通力敵大千威臨法界可以撫提弱喪攝化無遺伏外降魔永固眞基矣華嚴疏云城有三義一防外敵二養人衆三開門引攝今言法城通教理行果行契理教則無不俱嚴故各有三義謂了心城之性空則衆惑不入見恒沙性德則萬行爰增道無不通則自他引攝便能契果絕百非以成解脫養衆德以全法身開般若而無不通矣方顯教城無非養所詮旨句句通神有斯多義淨名疏云佛法如城能爲行人防非擬敵故名爲城若護佛法即是護城又陰界入法即空即空之理名涅槃衆生是王而種性具足恒沙佛法如城中人物故立一切衆生即大涅槃即菩提相但此妙理外爲天魔外道之所欲壞内爲通別見思之所侵菩薩爲護衆生本有涅槃之城不令妄起諸愛見也○問聖人大寶曰位若無位次即是天魔外道既有信入須假鍊磨於初心方便門中證解唯識約教所分有幾位次荅有五位門準識論云謂具大乘二種性者略於五位漸次悟入一本性住種性謂無始來依附本識法爾所得無漏法因二習所成種性謂聞法界等流法已聞所成等熏習所成要具大乘此二種性方能漸次悟入唯識乃至云何漸次悟入唯識謂諸菩薩於識性相資粮位中能深信解在加行位能漸伏除所取能取引發眞見在通達位如實通達修習位中如所見理數數修習伏斷餘障至究竟位出障圓明能盡未來化有情類復令悟入唯識性相何謂悟入唯識五位一資粮位頌

曰乃至未起識求住唯識性於二取隨眠猶未能伏滅論曰從發深固大菩提心乃至未起順決擇分求住唯識眞勝義性劑此皆是資粮位攝爲趣無上正等菩提修習種種勝資粮故爲有情故勤求解脫由此亦名順解脫分此位菩薩依因善友作意資粮四勝力故於唯識義雖深信解而未能了能所取空多住外門修菩薩行故於二取所引隨眠猶未有能伏滅功力令彼不起二取現行此二取言顯二取取執取能取所取性故二取習氣名彼隨眠隨逐有情眠伏藏識或隨增過故名隨眠即是所知煩惱障種煩惱障者謂執徧計所執實我薩迦邪見而爲上首百二十八根本煩惱及彼等流諸隨煩惱此皆擾惱有情身心能障涅槃名煩惱障所知障者謂執徧計所執實法薩迦邪見而爲上首見疑無明愛恚慢等覆所知境無顛倒性能障菩提名所知障乃至菩薩住此資粮位中二麤現行雖有伏者而於細者及二隨眠止觀力微未能伏滅此位未證唯識眞如依勝解力修諸勝行應知亦是解行地攝乃至所修勝行謂福及智等釋云本性住種性者未聞正法但無漏種無始自成不曾熏習令其增長名本種性性者體也性者類也謂本性成住此菩薩種子性類差別不由今有名本性住種性菩薩地説無始法爾六處殊勝名本性住種性習所成種性者此聞正法已去令無漏舊種增長數習種性菩薩地説聞十二分教法界等流平等而流又法界性善順惡違具諸功德此亦如是故名等流依因善友

作意資粮四勝力故者此上四力攝論云能悟入中大乘多聞熏習相續此乃因力已得奉事無量諸佛出現於世即善友力已得一向決定勝解非諸惡友所能動揺名作意力已善積習諸善根等名資粮力隨眠義者隨逐有情常在生死眠伏藏識不現餘處故名隨眠或隨增過故名隨眠隨逐有情多增過失故名隨眠何故眠者乃是增義如人睡眠眠即滋多故過失增是隨眠義即二障種也二加行位頌曰現前立少物謂是唯識性以有所得故非實住唯識論曰菩薩先於初無數刧善備福德智慧資粮順解脱分既圓滿已爲入見道住唯識性復修加行伏除二取謂煖頂忍世第一法此四總名順決擇分順趣眞實決擇分故乃至菩薩此四加行中猶於現前安立少物謂是唯識眞勝義性以彼空有二相未除帶相觀心有所得故非實安住眞唯識理彼相滅已方實安住依如是義故有頌言菩薩於定位觀影唯是心義想既滅除審觀唯自想如是住自心知所取非有以能取亦無後觸無所得乃至此加行位未遣相縛於麤重縛亦未能斷唯能伏除分別二取違見道故於俱生者及二隨眠有漏觀心有所得故有分别故未全伏除全未能滅乃至此位亦是解行地攝未證唯識眞勝義故釋云四總名順決擇分者則名眞實決擇分決擇是智即擇法也決簡疑品彼猶豫故擇簡見品彼不擇故分者是支因義即擇法覺支現前立少物者心上變如名爲少物此非無相故名帶相若證眞時此相便滅相者

即是空所執相三通達位頌曰若時於所緣智都無所得爾時住唯識離二取相故論曰若時菩薩於所緣境無分別智都無所得不取種種戲論相故爾時乃名實住唯識眞勝義性即證眞如智與眞如平等平等俱離能取所取相故能所取相俱是分別有所得心戲論現故乃至此智雖有見分而無分別說非能取非取全無雖無相分而可說此帶如相起不離如故如自證分緣見分時不變而緣此亦應爾變而緣者便非親證如後得智應有分別故應許此有見無相加行無間此智生時體會眞如名通達位初照理故亦名見道乃至前眞見道證唯識性後相見道證唯識相二中初勝故頌偏說前眞見道根本智攝後相見道後得智攝諸後得智有二分耶乃至此智現身土等爲諸有情說正法故若不變現似色聲等寧有現身說法等事轉色蘊依不現色者轉四蘊依應無受等又若此智不變似境離自體法應非所緣緣色等時應緣聲等又緣無法等應無所緣緣彼體非實無勝用故由斯後智二分俱有釋曰又若此智不變似境離自體法應非所緣者既無相分自他之心他身土等離自巳體之法不帶影像應非所緣緣直親照彼不變爲相故不同眞如眞如即是智自體故問若爾眞如應非所緣緣無似境相故答不然帶如之相起故離自體法既無影像不可言帶彼相起如何說有所緣緣彼皆離自體故既亦帶相起名所緣緣色等時應緣聲等緣色等智不帶聲等相故又緣無法等應無所緣緣者

不變爲無相爲見所緣故以無相分直照於無無非有體所緣緣義如何得成由此故知佛亦不能親緣於無此文理證也四修習位頌曰無得不思議是出世間智捨二麤重故便證得轉依論曰菩薩從前見道起已爲斷餘障證得轉依復數修習無分別智此智遠離所取能取故說無得及不思議或離戲論說爲無得妙用難測名不思議是出世間無分別智斷世間故名出世間二取隨眠是世間本唯此能斷獨得出名或出世名依二義立謂體無漏及證眞如此智具斯二種義故獨名出世餘智不然即十地中無分別智數修此故捨二麤重二障種子立麤重名性無堪任違細輕故令彼永滅故說爲捨此能捨彼二麤重故便能證得廣大轉依依謂所依即依他起與染淨法爲所依故染謂虛妄徧計所執淨謂眞實圓成實性轉謂二分轉捨轉得由數修習無分別智斷本識中二障麤重故能轉捨依他起上徧計所執及能轉得依他起中圓成實性由轉煩惱得大涅槃轉所知障證無上覺成立唯識意爲有情證得如斯二轉依果或依即是唯識眞如生死涅槃之所依故愚夫顛倒迷此眞如故無始來受生死苦聖者離倒悟此眞如便得涅槃畢竟安樂由數修習無分別智斷本識中二障麤重故能轉滅依如生死及能轉證依如涅槃此即眞如離雜染性如雖性淨而相雜染故離雜染時假說新淨即此新淨說爲轉依修習位中斷障證得雖於此位亦得菩提而非此中頌意所顯頌意但顯轉唯識性二乘

滿位名解脱身在大牟尼名法身故云何證得二種轉依謂十地中修十勝行斷十重障證十眞如二種轉依由斯證得五究竟位頌曰此即無漏界不思議善常安樂解脱身大牟尼名法論曰前修習位所得轉依應知是究竟位相此謂此前二轉依果即是究竟無漏界攝諸漏永盡非漏隨增性淨圓明故名無漏界者藏義此中含容無邊希有大功德故或是因義能生五乘世出世間利樂事故莊嚴經論說四加行位偈曰爾時此菩薩次第得定心唯見意言故不見一切義釋曰此菩薩初得定心離於意言不見自相總相一切諸義唯見意言此見即是菩薩煖位此位名明如佛灰河經中所說明此明名見法忍偈曰爲長法明故堅固精進故法明增長已通達唯心住釋曰此中菩薩爲增長法明故起堅固精進住是法明通達唯心此通達即是菩薩頂位偈曰諸義悉是光由見唯心故得斷所執亂是則住於忍釋曰此中菩薩若見諸義悉是心光非心光外别有異見爾時得所執亂滅此見即是菩薩忍位偈曰所執亂雖斷尚餘能執故斷此復速證無間三摩提釋曰此中菩薩爲斷能執亂故復速證無間三摩提問有何義故此三摩提名無間答由能執亂滅時爾時入無間故受此名此入無間即是菩薩世間第一法位乃至五位第一資粮位初學唯識爲發心之始第一發心分依止大菩提而發心故菩薩善生有四義一種子勝以菩提心爲種子故二生毋勝以般若波羅蜜爲生毋故三胎藏勝以福智二

聚住持爲胎藏故四乳母勝以大悲長養爲乳母故第二通達位頌曰已知義類性善住唯心光現見法界故解脱於二相論曰此位由解一切諸義唯是意言爲性則了一切諸義悉是心光菩薩爾時名善住唯識從彼後現見法界了達所有二相即解脱能執所執第三見道位頌曰心外無有物物無心亦無以解二無故善住眞法界論曰此位如彼現見法界故解心外無有所取物所取物無故亦無能取心由離所取能取二相故應知善住法界自性第四修道位頌曰無分別智力恒平等徧行爲壞過聚體如藥能除毒論曰此位菩薩入第一義智轉依已以無分別智恒平等作及徧處行何以故爲壞依止依他性熏習稠林過聚相故此智力譬如阿伽陀

藥能除一切衆毒第五究竟位頌曰緣佛善成法心根安法界解念唯分別速窮功德海論曰緣佛善成法者諸菩薩於佛善成立一切妙法中作總聚緣故問云何總聚緣答心根安法界是故此心名根此後起觀如前觀事處處念轉解知諸念唯是分別非實有故如此知已速窮功德海即佛果功德海能速窮彼岸故攝論偈云福德智慧二資粮菩薩善備無邊際於法思量善決巳故了義趣唯言類若知諸義唯是言即住似彼唯心理便能現證眞法界是故二相悉蠲除體知離心無別物由此即會心非有智者了達二皆無等住二無眞法界慧者無分別智力周徧平等常順行滅依榛梗過失聚如大良藥消衆毒佛説妙法善成立安慧并根法界中了知

念趣唯分別勇猛疾歸德海岸釋曰復有現觀伽他如經莊嚴論說其中難解於此顯示福德智慧二資粮菩薩善備無邊際者資粮有二種一福德資粮二智慧資粮謂施等三波羅蜜多是福德資粮第六般若波羅蜜多是智慧資粮精進波羅蜜多二資粮攝何以故若爲智慧而行精進是智慧資粮若爲福德而行精進是福德資粮如是靜慮波羅蜜多亦通二種若縁無量而修靜慮是福德資粮餘是智慧資粮如是資粮是誰所有謂諸菩薩長遠難度名無邊際如無邊語非無有邊但以多故得無邊稱此亦如是於法思量善決已者要由定後思惟諸法方善決定非餘所能故了義趣唯言類者謂了知諸義唯意言爲因若知諸義唯是言即住似彼唯心理者謂若了知似義顯現唯是意言即住似義唯心正理便能現證眞法界是故二相悉蠲除者謂從此後現證眞如永離所取能取二相如入現證次當顯示體知離心無別物由此即會心非有者體知離心無所縁義彼無有故即會能縁心亦非有智者了達二皆無者謂諸菩薩了達此二悉皆是無等住二無眞法界者謂平等住離義離心眞實法界慧者無分別智力者謂諸菩薩無分別智所有勢力周徧平等常順行者於平等中隨順而行觀契經等一切諸法猶如虛空性平等故內外諸法皆如是觀故名周徧常恒滅依榛梗過失聚如大良藥消衆毒者滅謂除滅依謂所依即所依中雜染法因極難了故如谿谷林榛梗難入過失聚者是雜染法熏習

自性佛說妙法善成立安慧并根法界中者謂由佛教善安其慧置眞如中及能緣彼根本心中根本心者謂緣如來所有正教總爲一相應知即是無分別心了知念趣唯分別者謂彼安住根本心已爲說正教由後得智念諸義趣知此念趣唯是分別勇猛疾歸德海岸者謂諸菩薩由無分別智及後得智巧方便故速趣佛果功德海岸如是五頌總略義者謂第一頌顯資粮道第二頌初半顯加行道後半第三顯於見道第四一頌顯於修道第五一頌顯究竟道金剛三昧經云大力菩薩言云何二入不生於心心本不生云何有入佛言二入者一謂理入二謂行入理入者深信衆生不異眞性不一不共但以客塵之所翳障不去不來凝住覺觀諦觀佛性不有不無無已無他凡聖不二金剛心地堅住不移寂靜無爲無有分別是名理入行入者心不傾倚影無流易於所有處靜念無求風鼓不動猶如大地捐離心我救度衆生無生無相不取不捨菩薩心無出入無出入心入不入故故名爲入菩薩如是入法法相不空不空之法法不虛棄何以故不無之法具足功德非心非影法爾清淨又云佛言從闡提心乃至如來如來實相住五等位一者信位信此身中眞如種子爲妄所翳捨離妄心淨心清白知諸境界意言分別二者思位思者觀諸境界唯是意言意言分別隨意顯現所見境界非我本識知此本識非法非義非所取非能取三者修位修者常起能起所起同時故先以智導排諸障難云離蓋纏四者行

位行者離諸行地心無取捨極淨根利不動心如決定實性大般涅槃唯性空大五者捨位捨者不住性空正智流易大悲如相相不住如三藐三菩提虛心不證心無邊際不見處所是至如來善男子五位一覺從本利入若化衆生從其本處如上經論所言諸佛菩薩四加行位唯識五位等皆從一心分其深淺從本起末似現初心因末顯本復歸元地所以經云五位一覺從本利入若化衆生從其本處如上諸位但是一心因智有淺深證分初後於行布中似有皆降如慤疏云首楞嚴經於一念上立六十位如珠中影像物類雖多珠全是一一中含衆像衆像還入一珠中如六十位中一一位含六十位且如位位全是心證一心能生多心多心還入一心心心互含有何障礙

宗鏡録卷第八十七

音釋

禦扞（禦牛倨切拒也　扞侯旰切抵也）數數（並所角切頻也）榛（鉏臻切木叢生也）慤（苦角切）

宗鏡録卷第八十八

宋慧日永明妙圓正修智覺禪師延壽集

夫證唯識理而登佛果從初資粮位至究竟位具幾智而得成就答唯一無分別智約初後有三種一加行無分別謂尋思等智即是道因二無分別智即是道正體三無分別後智即是出觀智謂道果○問此三智行相如何答攝論云無分別智自性應知離五種相一離非思惟故二離非覺觀地故三離滅想受定寂靜故四離色自性故五於眞實義離異分別故此智若由離思惟故名無分別智熟眠放逸狂醉同離思惟應得此智若由過覺觀地故名無分別智從二定以上已過覺觀應得此智若依此二義凡夫應得此智是處能離心及心法應説名無分別智謂想受滅定等若人在此位中得無分別智此則不成智何以故於滅定等位無心及心法故若言如色自性智自性亦如此如色鈍無知此智應鈍無知若於眞實義由已分別顯現是分別應成無分別智何以故此分別能分別眞實義謂此義眞實若智離五相緣眞實義起若不異分別眞實義謂此法眞實但緣眞實義如眼識不以分別爲性是名無分別智無分別智衆行中最爲上首更以偈顯諸菩薩自性五種相所離無分別智性於眞無分別菩薩以無分別智爲體無分別智與菩薩不異無分別智自性即是菩薩自性由於眞無分別故離五相得無分別名又三智總以喩顯頌曰如五求受塵如五正受塵如非五受塵三智譬如是釋曰譬如人在眼等五識

中求覓五塵或緣實或緣虛意識與五識相間起故加行無分別智亦爾或證一分爲實或不證爲虛譬如人正在五識中得眞實境無分別無言說根本無分別智亦爾得眞實境無分別無言說譬如人在意識中但緣先所受塵名緣虛境有分別有言說無分別後智亦爾緣虛境有分別有言說又偈云如人初開目是名加行智如人正閉目是無分別智即彼復開眼後得智亦爾應知如虛空是無分別智於中現色像後得智亦爾○問此無分別智從何而成答了一切名義無所有故能成無分別智攝論頌云鬼畜人天等各隨其所應一切意有異故知義不成過去等及夢幷餘二影像無有爲攀緣然彼攀緣成釋曰若義成於境無無分別智此智若不有佛果無可得於一物中各隨其意見有差別是故應知義無所有故彼等所取即不成就若爾義無所有故識應不緣境而生答亦有識不緣境而生如夢及過去未來等無實攀緣即自攀緣如鏡像及定境謂自心爲境而攀緣若義有自性爲境則無無分別智此智若有有佛果可得○問於宗鏡中最初信入有何位次答若圓信人初有五品位台教據法華經分別功德品依圓教立五品位第一品初發一念信解心第二品加讀誦第三品加說法第四品兼行六度第五品正行六度從初品須依靜處建立道場於六時中行四三昧懺六根罪修習五悔五悔者一懺悔破大惡業罪二勸請破謗法罪三隨喜破嫉妬罪四迴向破諸有罪五發願順空無相願所

得功德不可限量譬算校計亦不能說若能勤行五悔方便助開觀門一心三諦豁爾開明如臨淨鏡徧了諸色一念心中圓解成就不加功力任運分明正信堅固無能移動此名深信隨喜心即初品弟子位也分別功德品云若有聞佛壽命長遠解其義趣是人所得功德無有限量能起如來無上之慧乃至若聞是經而不毀呰起隨喜心當知已爲深信解相即初品文也以圓解觀心修行五悔更加讀誦善言妙義與心相會如膏助火是時心觀益明名第二品也經云何況讀誦受持之者斯人則爲頂戴如來又以增品信心修行五悔更加說法轉其內解導利前人以曠濟故化功歸已心更一轉倍勝於前名第三品也經云若有受持讀誦爲他人說若自書若教人書供養經卷不須復起塔寺及造僧坊供養衆僧又以增進心修行五悔兼修六度福德力故倍助觀心更一重深進名第四品也經云況復有人能持是經兼行六度其德最勝無量無邊譬如虛空東西南北四維上下無量無邊是人功德亦復如是無量無邊疾至一切種智又以此心修行五悔正修六度自行化他事理具足心觀無礙轉勝於前不可比喻名第五品也經云又爲他人種種因緣隨義解說此法華經復能清淨持戒與柔和者而共同止忍辱無瞋志念堅固常貴坐禪得諸深定精進勇猛攝諸善法利根智慧善答問難乃至當知是人已趣道場近阿耨多羅三藐三菩提坐道樹下始自初品終至初住一生可修一生可證不待位登

七地爾乃修習何假歡喜始入雙流前教所以高其位者方便之説圓教位下者眞實之說法華經云如此之事是我方便諸佛亦然今當爲汝説最實事即此意也又約藏通別圓四教論位高以言優劣如圓教圓修至十行中第二行便與別教妙覺位齊若登三行所有智斷別人不識其名況知其法大乘別教詮中道佛性不空之理尚此懸殊何況藏通但空灰斷之果若從圓教第三行乃至十向十地等妙二覺所有智斷皆非境界別教但知至十行第二行中只斷無明爲已家之極果不知是他家之下因譬如搆𧁳石爲基以金寶飾上豈如從基至頂悉累金剛非唯高位有殊亦乃實非實別乃至約斷惑門論斷不斷者別教但明斷不論不斷圓具二義若教道明斷證道不斷例如小乘方便論斷證眞不論斷不斷今亦如是若不思議觀者內不見有煩惱可斷煩惱性不障菩提菩提不障煩惱煩惱即菩提菩提即煩惱故淨名云佛爲增上慢人説斷婬怒癡名爲解脫無增上慢者婬怒癡性即解脫六根六塵而無限礙只眼中見色亦眼中入三解脫門華嚴明十眼乃至六根皆明於一塵中具十方三世諸佛八相成道轉法輪度衆生皆不斷而明了又五品位同小乘五停心觀令五品以四弘誓願四種三昧以明五停心四弘誓願明四種停心四種三昧明第五停心四弘誓願者一者未度令度二者未解令解三者未安令安四者未滅令滅四種三昧者一常行二常坐三半行半坐四非行非坐且四弘誓

願明四種停心者生死苦諦即是涅槃無二無別此即信事順理信是道元功德母此是第一誓願未度苦諦令度苦諦是初品信理停心煩惱即菩提無二無別是爲未解集諦令解集諦是第二品讀誦解脫停心即是大悲拔苦與前兩誓願未安道諦令安道諦即是以無惓之慈而爲說法即第三品說法停心未入滅諦令入滅諦即是兼行六度六度蔽此岸生死即第四停心大慈與樂與此兩誓願四種三昧明第五停心者此四三昧皆修念佛破障道罪自有人數息覺觀不休若念佛若稱名即破覺觀怗然心定故經云若有衆生多於貪欲常念觀音即便得離破根本無明又云一念知一切法是道場皆是念佛法門也即常行三昧諸佛停立現前覩法界佛也常坐三昧者繫緣法界一念法界而念佛也半行半坐三昧者思惟諸佛實法法華經云當成就四法爲諸佛護念此語初心行人若人行道者常好坐禪觀心無心法不住法名大懺悔非行非坐三昧者行住坐卧語默等皆是摩訶衍以不可得故若三藏中以事觀緣事謂數息不淨慈悲界分別念佛五停心觀等今圓教五品之位以理觀緣理生死即涅槃煩惱即菩提生命是衆生之息命涅槃是法身之息命雖不可數而可散動明寂對於數息也煩惱是底下之穢惡菩提是尊極之淨理對前顯後故以文字解脫對不淨停心也若大悲誓願拔因果苦者若有我所尚不自出況拔他苦謂無我所故所以發慈悲心自拔拔他若大慈誓願與因果樂

者若於十二因緣起無明癡愛尚自無樂況與他樂令自無癡故能與他樂耳若小乘念生身應佛相好令念法身相好事理永殊乃至藏教佛與圓教十信心位齊以同除界內四住煩惱故十信雖與三藏佛同除界內煩惱齊而十信又圓伏界外根本無明藏教尚未識住地無明云何稱伏三藏佛位猶稱爲劣況二乘乎所以云同除四住此處爲齊若伏無明三藏即劣佛尚猶劣二乘可知令略明圓信初入之位其五十二位智斷行相廣在彼明故知圓信頓修與漸證權機功行鍊磨日劫相倍入此宗鏡功德無邊是以祖師云即心是者疾發心行者遲故台教云大機扣佛譬忍辱草圓應頓說譬出醍醐又頓教最初始入內凡仍呼爲乳呼爲乳者意不在

淡以初故本故如牛新生血變爲乳純淨在身犢子若啾牛即出乳佛亦如是始坐道場新成正覺無明等血轉變爲明八萬法藏十二部經具在法身大機犢子先感得乳乳爲衆味之初譬頓在衆教之首故以華嚴爲乳耳如大涅槃經云雪山有草名曰肥膩牛若食者純得醍醐無有青黄赤白黒色穀草因緣則有色味之異是諸衆生以明無明業因緣故生於二相若無明轉則變爲明一切諸法善不善等亦復如是無有二相則法華一乘之教爲醍醐耳華嚴論云此華嚴大意一乘正宗但識滅時亡情塵頓絶唯眞智境一念則五位齊明爲全將佛果以爲因故設凡夫住世百年及以多劫而於自見不見須臾可遷不見當成佛不見已成佛不見現成佛

十住之位法既如是更有何生不成佛耶更有何生而成正覺此華嚴經是本法界門一切諸佛本住大宅一切佛子究竟所歸化身權乘總居其外若有入者一入全眞此位中初發心住菩薩見道住佛知見入佛知見直與如來同身心性智相故頓印五位行相總在其中如持明鏡普臨衆色此經法門法合如是所有歎說應如是知應如是信解爲法界法門圓無始終於一念中歲月晦明重重無盡一毫之內佛境衆生境色相無邊一成一切成一壞一切壞又華嚴經即以普門法界普見法門如來藏身三昧境因陀羅網莊嚴法世界海旋重重妙智一時同得爲一證一切證一斷一切斷故即自身之內有十方諸佛刹海莊嚴佛身之內即自身之境重重隱現十方世界法合如斯猶如衆流歸於大海雖未入海潤性無差若入大海皆同鹹味一切衆生亦復如是迷之與悟雖然有殊本來佛海元本不出○問眞如寂滅本無次第之殊法界虛玄豈有階降之別云何一眞體上而分五位十地之名答若以唯識眞性則性融一切尚不指一何況分多以解行證入之門不無深淺如太虛空本無差異嬰孩之時覩唯不遠長大之後見則無邊非彼空之有短長乃是眼之自明昧又如大摩尼寶處礦雖淨無良工巧治焉能成器如蘇迷盧山雖寶所集無日輪迴照何以出光又如指畫虛空是無數量之數量猶心量法界乃非淺深之淺深如華嚴論云初地菩薩多百法明門王化多百佛世界二地菩薩多千法明門

王化多千佛世界者不同權教實有分限如前數法互相徹入又如人以指畫空作百千微塵數復以手除之令盡然彼空中無有增減以情量故見彼虛空數有增減此經亦爾所有菩薩安立諸地法門增減亦復如是爲成諸有情故使令進修若也一槩皆平無心進也凡夫無有策修之心發心修至不修方知萬法無修也而實教菩薩一得一切得爲稱法體中無前後故猶如帝網光影互相叅徹相入無前後際也亦如百千寶鏡同臨妙像一一鏡中影像相入色像齊平如佛果位中諸菩薩爲從性起法身根本智爲十位之中創證心故所有法門境界皆悉依本以體用通收皆悉徹故還以性齊即時齊故更有餘不齊之法爲不可也又云十住以來菩薩所行皆是助道非是正位故意欲明行所行者是爲助道無住無行任眞自體名之爲正果故若以初發心住以法性無相根本智不離無作用之體行諸萬行菩薩與佛因果本來體齊若簡佛果無作無修菩薩正加巳行來總名助道以動寂無礙正助元來不異一法門也眉目不可不簡體用圓寂正助全同此即全別全同門還以重玄門思之可解聞所未聞之法聞之不疑全別全同境界難解佛及凡夫各自別有是全別義故二見恒存若全同故便成滯寂圓融道理事理不礙若也法門全分兩向是凡夫法全合一體是二乘法但以理事自在其道在中留心滅之此亦不可以心存之此亦不可此助道行門與正智果德無作之門體合無二事中軌則不

可不分以其體用不可一向全别以全同作全别以全别作全同不可全别無全同不可全同無全别如迷此同别二門即智不自在又經云智入三世悉皆平等者明智能隨俗言入三世即俗體本眞故言平等以總别同異成壞門六相義該括即總而全别即别而全總即同而俱異即異而恒同即成而俱壞即壞而俱成皆非情繫一異俱不俱有無非有無常無常生滅相故如是皆是如來理智體用依正悉自在故以自體無念力大智照之可見是以若上上根人頓了心空入眞唯識性現行餘習種子俱亡則何用更立地位只爲中下之根或有緣信或有正信或有解悟或有證悟根機莫等見解不同於妄功用中分其深淺雖即明知信入唯識心境俱空以微細想念不盡未得全除分分鍊磨於昇進中故有地位差别以根塵五陰微細難亡若得識陰盡方起地位了無所得究竟圓成如淨瑠璃内含寶月如首楞嚴經云佛告阿難及諸大衆汝等當知有漏世界十二類生本覺妙明覺圓心體與十方佛無二無别由汝妄想迷理爲咎癡愛發生生發徧迷故有空性化迷不息有世界生則此十方微塵國土非無漏者皆是迷頑妄想安立當知虚空生汝心内猶如片雲點太清裏況諸世界在虚空耶汝等一人發眞歸元此十方空皆悉消殞云何空中所有國土而不振裂次消五陰之文如經云此五陰元重疊生起生因識有滅從色除理則頓悟乘悟併消事非頓除因次第盡消色陰文云佛告阿難當知汝坐

道場消落諸念其念若盡則諸離念一切精明動靜不移憶忘如一當住此處入三摩提如明目人處大幽闇精性妙淨心未發光此則名爲色陰區宇若目明朗十方洞開無復幽黯名色陰盡是人則能超越劫濁觀其所由堅固妄想以爲其本盡受陰文云佛告阿難彼善男子修三摩提奢摩他中色陰盡者見諸佛心如明鏡中顯現其像若有所得而未能用猶如魘人手足宛然見聞不惑心觸客邪而不能動此則名爲受陰區宇若魘咎歇其心離身返觀其面去住自由無復留礙名受陰盡是人則能超越見濁觀其所由虚明妄想以爲其本盡想陰文云佛告阿難彼善男子修三摩提受陰盡者雖未漏盡心離其形如鳥出籠已能成就從凡身上歷菩薩六十聖位得意生身隨往無礙譬如有人熟寐寱言是人雖則無别所知其言已成音韻倫次令不寐者咸悟其語此則名爲想陰區宇若動念盡浮想消除於覺明心如去塵垢一倫生死首尾圓照名想陰盡是人則能超煩惱濁觀其所由融通妄想以爲其本盡行陰文云佛告阿難彼善男子修三摩提想陰盡者是人平常夢想消滅寤寐恒一覺明虚靜猶如晴空無復麤重前塵影事觀諸世間大地山河如鏡鑒明來無所黏過無蹤跡虚受照應了罔陳習唯一精眞生滅根元從此披露見諸十方十二衆生畢殫其類雖未通其各命由緒見同生基猶如野馬熠熠清擾爲浮根塵究竟樞穴此則名爲行陰區宇若此清擾熠熠元性性入元澄一澄元習如波

瀾滅化爲澄水名行陰盡是人則能超衆生濁觀其所由幽隱妄想以爲其本盡識陰文云佛告阿難彼善男子修三摩提行陰盡者諸世間性幽清擾動同分生幾倏然隳裂沉細綱紐補特伽羅酬業深脉感應懸絶於涅槃天將大明悟如雞候鳴瞻顧東方已有精色六根虛靜無復馳逸内外湛明入無所入深達十方十二種類受命元由觀由執元諸類不召於十方界已獲其同精色不沉發現幽祕此則名爲識陰區宇若於群召已獲同中消磨六門合開成就見聞通隣互用清淨十方世界及與身心如吠瑠璃内外明徹名識陰盡是人則能超越命濁觀其所由罔象虛無顛倒妄想以爲其本乃至識陰若盡則汝現前諸根互用從互用中能入菩薩金剛乾慧圓明精心於中發化如淨瑠璃内含寶月如是乃超十信十住十行十廻向四加行心菩薩所行金剛十地等覺圓明入於如來妙莊嚴海圓滿菩提歸無所得○問既論初心入道何用廣録上地行位答若論其道必有其果若無行位即是天魔外道經論所說微細難知台教有六即之文仁王具五忍之位恐墮上慢執解不修皆是古聖所詮不敢不録非是叨濫自立異端唯望後賢願遵先製○問佛地功德都具幾法成就圓滿答成就五法具攝一切佛地功德故佛地論云一清淨法界者一切如來眞實自體無始時來自性清淨具足種種過十方界極微塵數性相功德無生無滅猶如虛空徧一切有情平等共有與一切法不一不異非有非無離一

切相一切分别一切名言皆不能得唯是清淨聖智之所證二空無我所顯眞如爲其自性諸聖分證諸佛圓證二大圓鏡智者能現生一切境界諸智影像一切身土影像所依任持一切佛地功德窮未來際無有斷盡三平等性智謂觀自他一切平等建立佛地無住涅槃四妙觀察智謂於一切境界差别常觀無礙於大衆會能現一切自在作用斷一切疑雨大法雨五成所作智謂能徧於一切世界隨所應化成熟有情釋曰清淨法界者則無垢淨識眞如一心即此正宗凡聖共有此一法界是四智之體四智則一體之用以諸佛現證衆生不知以不知故執爲八識之名以現證故能成四智之相若昧之則八識起執藏之號七識得染汙之名六識起徧計之情五識變根塵之境若了之賴耶成圓鏡之體持功德之門末那爲平等之原一自他之性第六起觀察之妙轉正法之輪五識與所作之功垂應化之迹斯則一心匪動識智自分不轉其體但轉其名不分其理而分其事○問於五法中一清淨法界者即是自性清淨圓明之體從本已來性自滿足非生因之所生唯了因之所了此則不論心境其四智等行相不同於妙用時各緣何境答識論云圓鏡智相應心品有義但緣眞如爲境是無分别智非後得智行相所緣不可知故莊嚴論說大圓鏡智於一切境不愚迷故又此決定緣無漏種及身土等諸影像故行緣微細說不可知如阿賴耶識亦緣俗故緣眞如故是無分别智緣餘境故後得智攝其體是

一隨用分二了俗由證眞故說爲後得平等性智相應心品有義但緣第八淨識如染第七緣藏識故有義但緣眞如爲境緣一切法平等性故有義徧緣眞俗爲境莊嚴論說緣諸有性自他平等隨他勝解示現無邊佛影像故由斯此品通緣眞俗二智所攝於理無違妙觀察智相應心品緣一切法自相共相皆無障礙二智所攝成所作智相應心品有義但緣五種現境莊嚴論說如來五根一一皆於五境轉故有義此品亦能徧緣三世諸法不違正理佛地經說成所作智起作三業諸變化事決擇有情心行差別領受去來現在等義若不徧緣無此能故又後得智攝此四心品雖皆徧能緣一切法而用有異謂鏡智品現自受用身淨土相持無漏種平等智品現他受用身淨土相成所作智品能現變化身及土相觀察智品觀察自他功能過失雨大法雨破諸疑網利樂有情如是等門差別多種○問成所作智與第六識相應起於化用與觀察智性有何差別答識論云觀察智觀諸法自相共相此所作智唯起化故有差別此二智品應不並生一類二識不俱起故同體用分俱亦非失或與第七淨識相應依眼等根緣色等境是平等智作用差別謂淨第七起他受用身土相者平等品攝起變化者成事品攝○問說有爲法皆蘊處攝如來純無漏法還具蘊處界不答識論云處處經說轉無常蘊獲得常蘊界處亦然寧說如來非蘊處界故言非者是密意說又佛身中十八界等皆悉具足而純無漏此轉依果又

不思議超過尋思言議道故微妙甚深自內證故○問此智是佛知見無師自爾何假因緣稱揚開示答此智雖不約緣生而從緣顯若執無因皆成外道如古師云佛法雖有無師智自然智而是常住眞理要假緣顯則亦因緣矣法華經云佛種從緣起楞伽經云大慧白佛佛說常不思議彼諸外道亦有常不思議何以異耶佛言彼諸外道無有常不思議以無因故我說常不思議有因因於內證豈得同耶是則眞常亦因緣起故知無有一法不從心而生三乘之道悉皆內證若心外立義任說幽玄皆成外道又若入唯識智雖不執前境不同愚闇無知無見雖照境虛智眼斯在能斷金剛般若論頌云雖不見諸法非無了境眼所以永嘉集云夫境非智而不了智非境而不生智生則了境而生境了則智生而了智生而了了無所了了境而生生無能生生無能生雖智而非有了無所了雖境而非無無即不無有即非有有無雙照妙悟蕭然如火得薪彌加熾盛薪喻發智之多境火比了境之妙智其詞曰達性空而非縛雖緣假而無著有無之境雙照中觀之心歷落又頌曰若智了於境即是境空智如眼了空華是了空華眼若智了於智即是智空智如眼了眼空是了眼空眼智雖了境空及以了智空非無了境智境空智猶有了境智空智無境智不了如眼了空華及以了眼空非無了空眼華空眼猶有了華眼空眼無華眼不了

宗鏡録卷第八十八

音釋

搆古候切集也嗽所角切吮也礦古猛切殞于敏切落也魘於琰切睡中魘蓋氣窒心懼神亂則魘也寱倪猘切寐言也熠弋入切光盛也

宗鏡録卷第八十九

宋慧日永明妙圓正修智覺禪師延壽集

夫諸佛唯一法身云何說三身差別答約用分三其體常一識論云如是法身有三相別一自性身謂諸如來眞淨法界受用變化平等所依離相寂然絕諸戲論具無邊際眞常功德是一切法平等實性即此自性亦名法身大功德法所依止故二受用身此有二種一自受用謂諸如來修集無量福慧資粮所起無邊眞實功德及極圓淨常徧色身相續湛然盡未來際恒自受用廣大法樂二他受用謂諸如來由平等智示現微妙淨功德身居純淨土爲住十地諸菩薩衆現大神通轉正法輪決衆疑網令彼受用大乘法樂三變化身謂諸如來由成事智變現無量隨類化身居淨穢土爲未登地諸菩薩衆二乘異生稱彼機宜現通說法令各獲得諸利樂事是以轉滅三心得三身一根本心即第八識轉得法身二依本心即第七識轉得報身三起事心即前六識轉得化身又一斷德斷一切煩惱即法身二智德總四智爲報身三恩德恩憐悲育一切有情爲化身則八解六通一心而起三身四智八識所成終無一理一行而從外來皆從自識施爲一心而轉乃至一身無量身如華嚴所明無量身雲重重無盡皆從性起無礙圓融又古德問夫法身者法是軌持義軌謂軌則令物生解即法身能令三根本智而生解故持謂任持不捨自性謂持法身凝然之體不捨無爲之自體故且如根本智正證如時不作如解能所冥合一體

如日光與虛空合不分彼此是無分別如何得明軌解若有軌解義即有分別若有分別即與後得智何別答凡論分別有其三種一隨念分別刹那後念續於前念二計度分別即周徧計度三自性分別任運緣境不帶名言今本智證如但無隨念計度二分別名無分別然不妨有自性分別如人飲水雖無言說然冷煖自知故知亦有軌義○問變化身與他受用身爲是眞實心是化現心答此二身是化然化不離眞識論云此二身雖無眞實心及心所而有化現心心所法無上覺者神力難思故能化現無形質法若不爾者云何如來現貪瞋等久已斷故云何聲聞及傍生等知如來心如來實心等覺菩薩尚不知故由此經說化無量類皆令有心又說如來成所作智化作三業又說變化有依他心依他實心相分現故乃至自性法身唯有眞實常樂我淨離諸雜染衆善所依無爲功德無色心等差別相用自受用身具無量種妙色心等眞實功德若他受用及變化身唯具無邊似色心等利樂他用化相功德是以如來妙體清淨法身不去不來如影如像猶四王天之日月顯清淨水中不出不入似憍尸迦之宮殿現瑠璃地內非有非無涅槃無名論云法身無像應物以形般若無知對緣而照萬機頓赴而不撓其神千難殊對而不干其慮動若行雲止猶谷神豈有心於彼此情繫于動靜者乎既無心於動靜亦無像於去來去來不以像故無器而不形動靜不以心故無感而不應然則心生於有心像出於有像

像非我出故金石流而不燋心非我生故日用而不勤紜紜自彼於我何爲所以智周萬物而不勞形充八極而無患益不可盈損不可虧寧復痾癘中建壽極雙樹靈竭天棺體盡焚燎者哉是以諸佛不出世亦不入涅槃本悟眞心成道眞心無形豈有出没耶但隨有心機熟衆生感見報化之身所有見聞皆是衆生心中之影像故云心生於有心像出於有像則諸佛無心無身豈有勞慮疲患者乎復禮法師述三身義云法身猶虛空之性雲蒸即翳霧斂即明其性本常矣報身若乘空之日赫矣高昇朗然大照其體恒在矣化身如鑒水之影泚清即現流濁乃昏顯晦不恒往來無定夫化佛者豈他歟報身圓應之用報身者何哉悲智所成之體也悲以廣濟爲理智以善權爲業所以因時降跡隨物現身身跡者用也悲智者體也體是其本用是其末依體興用攝末歸本欲求其異理可然乎報身即化也化身即法也化身即法理微矣還寄影喻而述焉夫水中之日影也不從外來不從内出不此不彼不異不一不無其狀不有其質倏然而存忽焉而失像著而動性靈而謐執實者爲妄知妄者了實日何謂也日若從外來者水外寧在乎若從内出者水内先有乎若言在此者於彼不見乎若言在彼者於此不覩乎若言是異者一見有二乎若言是一者二見豈一乎若言是無者於見可亡乎若言是有者求體曾得乎謂其生生無所從謂其滅滅無所往不生矣不滅矣性相寂然心言路斷斯可謂見水影之實性

也見影之性者可見化身實性見化之性者即證法身之體也淨名云佛身即法身也又觀身實相觀佛亦然般若云若見諸相非相即見如來又離一切諸相即名諸佛是以舉足下足道場觸處而無盡開眼閉眼諸佛現前而不滅如上所說一體三身理事相成體用交徹不出不在隱顯同時皆是一心本宗正義是以一身多身皆是法界所悟一法即無礙法界即事之理全在多中所現乃是即理之事全居一內又成壞一際縁起同時如始造衆寶像時十年像成百年像壞初得一寶之時十年像成百年像壞總在得寶縁起之時以百年不去現在不住衆寶縁中無成壞體以明智慈萬行諸波羅蜜三十七道品衆善法中以成如來身然一一縁中無我無作者無成壞體方名正覺○問諸佛法身湛然明淨如何起六根之相答一以即相明眞何乖大用二以利他勝業不斷化門如寶性論云依自利利他成就業義故說偈云無漏及偏至不滅法與恒清涼不變異不退寂靜處諸佛如來身如虛空無相妙色常湛然六根甚明淨佛眼見衆色耳聞一切聲鼻能齅諸香舌能練衆味身覺三昧觸意知一切法除諸稠林行佛離虛空相又偈云如虛空無相而現色等相法身亦如是具足六根相又偈云如來鏡像身而不離本體猶如一切色不離於虛空如法華經中明六根清淨眼見一切色耳聞一切聲鼻齅一切香舌了一切味身現一切境意知一切法等○問若衆生可度則諸佛界增衆生界滅若不可度諸有

行願皆悉唐捐如何會通斷其邪見答經云一切愚癡凡夫不如實知一法界故不如實見一法界故起邪見心謂衆生界增衆生界減所以只爲不如實了一法界心故見增減又經云衆生定相不可得故又經云衆生界無性故衆生界無邊故古德云以要言之衆生界猶如虛空假使無量勝神通者各無量劫行於虛空求空邊際終不可盡非以不盡不名遊行非以遊行令得其際當知此中佛度生道理亦爾非以當得令其有終非以無終說有無得是故若難一切衆生皆當作佛是則衆生雖多必有終盡之疑無不通也起信論明不思議業相則諸佛境界云何不思議以非一非異不有不無非言思可定情解所測故稱不思議之業相此不思議之業相者謂與衆生作六根境界故寶性論云諸佛如來身如虛空無相爲勝智者作六根境界示現微妙色出顯妙音聲令齅佛戒香與佛妙法味便覺三昧觸令知深妙法常化衆生是眞如之用故云不思議業也此本覺用與衆生心本來無二但不覺隨流用即不現用則於彼心中稱根顯現而不作意我現差别故云隨根自然相應見無不益是隨染本覺之相所以菩薩能行非道通達正道若入宗鏡門究竟之道則染淨由心無非無正若入方便門分别之道則菩薩大悲力故常行無礙古德問云非道之行是煩惱業菩薩應斷云何行之答有三義一漸捨門止惡行善二捨相門善惡俱離三隨相利益門染淨俱行此第三門更有三意一約行自行修淨化他

隨染二約人化凡同染化聖同淨三約法隨世間法必須現染修菩薩法必須修淨又問菩薩行非道修何道答道有三種一證道謂二空眞如正體智證二助道緣修萬行助顯眞理三不住道即是悲智不住生死不住涅槃所以菩薩示行現同其事爲欲同惡止惡同善進善若其踈異教化即難故須行非而度脱之皆令悟入同體眞心耳所以入楞伽經云出世間上上波羅蜜者如實能知但是自心虛妄分別見外境界爾時實知唯是自心見内外法不虛妄分別不取内外自心色相故菩薩摩訶薩如實能知一切法故行檀波羅蜜爲令一切衆生得無怖畏安隱樂故乃至菩薩如實觀察自心分別之相不見分別不墮二邊依如實修行轉身不見一法生不見一法滅自身内證聖行修行是菩薩般若波羅蜜還原觀云智身影現衆緣觀者謂智體唯一能鑒衆緣緣相本空智體寂照諸緣相盡如如獨存謂有爲之法無不俱含眞性故知眞心徧一切處無緣不具無法不隨所以華嚴經云佛身充滿於法界普現一切衆生前隨緣赴感靡不周而恒處此菩提座大智度論云如日照天下不能令高者下下者高但顯現而已佛亦如是於諸法無所作故經云佛身無爲不墮諸數○問一心實相福智同如云何分眞化虛實之佛身有供養福田之優劣答佛非眞化眞化從心心眞則眞福無邊心假則假報有限如惡心出佛身血執佛身實有則血從心生若敬心欲見佛化身則佛從心現故知隱顯在我佛身無爲

優劣唯心福田平等如大智度論問云佛若無分別者供養眞佛乃至無餘涅槃福故不盡供養化佛亦爾不佛答供養化佛眞佛其福無異何以故佛得諸法實相故供養福無盡化佛亦不離實相故若供養者心能不異其福亦等問曰化佛無十力等諸功德云何與眞佛等答曰十力等諸功德皆入諸法實相若十力等離諸法實相則非佛法墮顛倒邪見問曰若爾眞化中定有諸法實相者何以言惡心出佛身血得逆罪不說化佛答曰經中但說惡心出佛身血不辯眞化若供養化佛得具足福者惡心毀呰亦應得逆罪惡人定謂化佛是眞而惡心出血血則爲出便得逆罪故知隨心虛實佛無定形實相理中罪福俱寂○問報化既同實相云何教中說佛壽量有其延促答一心眞如性無盡故即十方諸佛之壽量是以山斤海滴尚可比方空界地塵猶能知數況如來常樂我淨法身慧命豈窮邊際乎故云法性壽者非得命根亦無連持强指不遷不變名之爲壽此壽非長量亦非短量無延促强指法界同虛空量此即非身之身無壽之壽不量之量也故金光明經偈云一切諸水可知幾滴無有能數釋尊壽命諸須彌山可知斤兩無有能量釋尊壽命一切大地可知塵數無有能算釋尊壽命虛空分界尚可盡邊無有能計釋尊壽命法華疏釋如來壽量品云壽者受也若法身眞如不隔諸法故名爲受若報身境智相應故名爲受若應身一期報得百年不斷故名爲受法身如來以如理爲命報身如來以

智慧爲命應身如來以同緣理爲命法身如來如理命者有佛無佛性相常然不論相應與相續亦無有量及無量經云非如非異非虚非實蓋是詮量法身如理命也詮量報身如來者以如如智契如如境境發智爲報智冥境爲受境既無量無邊常住不滅智亦如是函大蓋大經偈云我智力如是久修業所得慧光照無量壽命無數劫此是詮量報身如來智慧命也詮量應身者應身同緣緣長同長緣促同促紜紜自彼於我無爲經云數數現生數數現滅或復自說名字不同年紀大小此是詮量應佛同緣命也無生義云性自爾者即是法性空空即菩提今生身命從過去貪取中生意既是法性空當知今生身命亦即全從法性空中出法性既空所生身命亦還法性空去故涅槃經云　如八大河及諸小河悉入大海如是一切人中天上地及虚空壽命大河悉入如來壽命海中又如阿耨達池出四大河如來亦爾出一切命命既從如出還如去六根亦如是從如出還如去若信如上所說如來壽量佛親校量功德譬如有人於無量億劫行五波羅蜜不如以般若正智發一念信心比前功德百千萬倍故法華經偈云是人於百千萬億劫數中行此諸功德如上之所說有善男女等聞我說壽命乃至一念信其福過於彼○問既立一心正報之身須有一心依報之土身已具三土有幾種答隨義區分相亦多種華嚴具十土或一二三等開合不定台教云佛國有四一染淨國凡聖同居二有餘國方便人住三果

報國純法身菩薩居即因陀羅網無障礙土四常寂光即妙覺所居又經論通辯有五古釋云一法性土眞如爲體或五法中以清淨法界爲體眞如與法界總相門中即不殊別相門中即有異眞如徧一切因果兼該通即廣清淨法界即狹唯果位故二實報土力無畏等一切功德無漏五陰以爲體性攝相歸性以眞如爲體因修萬行果起酬因眞實果報之所招感名實報土於佛自受用身中以四智爲身所依十力四無所畏功德以之爲土三色相土攝境從心自利後得智爲體最極自在淨識爲相第八無垢名爲淨識大圓鏡智後得智中之所變攝相歸性亦以眞妙爲體若約相別四塵爲體四他受用土攝境從心利他後得智爲體攝相歸性以眞如爲體若約相別四塵爲體五變化土菩薩變化土有漏者同前攝境從心本識爲體無漏者同前自利後得智爲體佛亦同此體約性眞如爲體相別四塵五塵爲體然變土者若第八識中從種子變生四塵五塵現行者名因緣變佛唯無漏菩薩漏通有淨穢若六七識所變者名分別變佛唯無漏報化二土或通淨穢若第七識有漏位中但內緣第八識見分不能變土若無漏六七後得智中能變之者唯通影不可受用爲不從種生故但可現淨穢之相教化衆生上諸身土言總體則皆以一心法界如來藏性爲體以法爾故約別體則如上所辯○問淨穢二土爲當同體異見爲當別體異見爲當無體妄見爲當有體妄見答非同非異不有不無但隨自心因業

所現安法師云淨穢二土四句分別一質不成淨穢虧盈異質不成一理齊平無質不成緣起萬形有質不成搜原即寘故楞伽經偈云不知唯心現是故分二見如實但知心分別即不生密嚴經偈云是心有二性如鏡含衆像亦如水現月瞖者見毛輪毛輪瓔珞珠此皆無所有但從病瞖眼若斯而顯現瓶衣皆自識衆生亦復然虛妄計我人不知恒執取衆生及瓶等種種諸形相內外雖不同一切從心起依止賴耶識一切諸種子心如境界現是故說世間世間非作者業及微塵作但是阿賴耶變現似於境清涼記云此上分別淨穢二土四句是一向遮過實則即異即同即有即無若互相形奪則一異而兩亡有無雙寂若圓融無礙則即一即多即無即有有是無有無是有無多即是一之多一是即多之一有無即事理無礙一多兼事事無礙由此重重故華嚴藏刹一一塵中皆見法界又依正無二四句渾融一佛身即刹者佛體即是法性土故廢他從已佛體虛故土外無佛法性無二故二刹即佛身者刹體即是法性身故廢已從他刹體虛故佛外無法性無二故由性無二以性融相故身刹相即三俱者謂有身有土不壞相故若無身土無可相即故四泯者謂佛即刹故非佛刹即佛故非刹以互奪故。問身土既總唯一心法界之體如何是自他各受用身土之行相答一體雖同不妨互徧同中有異自入於他異中有同他徧於自古德問云自受用身土一一無邊諸佛身土不相障礙行相如何答如水乳

一處其體無別鵝王飲之但得其乳不得其水乍見將謂水乳是一若飲巳即知有異又如衆燈光同處一室自色不可分若論光體元來各別自受用身雖合一處元來各各有異皆自受用法樂則一一皆具入識故所以得互徧非同一體無異非一非異可辯佛身○問既是眞如何分身土耶答據義立之於眞如中以性成萬德爲身以空之理爲土約義即別體不相離又眞理中具四德常淨二德爲土我樂二德爲身故云我此土淨而汝不見則眞身含萬法爲土耳若心外取土見相迷眞成妄想之垢故稱爲穢若見心性則名淨耳是以一法不動異見常生迷有作塵勞悟空成佛國非移妙喜匪變娑婆亦非神力所爲法性何曾遷變猶眩瞖之者同處各觀蠅髮毛輪所見差別如執外境界皆是妄心如經云例如今目覩山河皆是無始見病○問心外無法道外無心云何諸佛自稱出世得道廣說教門答只爲衆生不了唯心妄生外境以不實故所以諸佛出世若有一法是實則諸佛終不出世所說方便教門不爲知者說但爲未知者破執除疑似形言教若執喪疑消則無道可得無法可說思益經云佛言我坐道塲時唯得顛倒所起煩惱畢竟空性以無所得故得以無所知故知又思益梵天問文殊師利得何法故名爲得道文殊師利言若法不自生不彼生亦不衆緣生從本巳來常無有生得是法故說名得道又問若法不生爲何所得答言若知法不生即名爲得是故佛說若見諸有爲法不生相即入

正位又問云何名爲正位答言我及涅槃等不作二是名正位夫正位者即自眞心入此位中諸見自泯入佛境界經云如來不應以色見不應以法見不應以相見不應以好見不應以法性見大集經云爾時衆中有一天子名曰勝意語不可說菩薩言善男子若一切法不可說者衆生云何而得言說不可說言善男子汝寧知響有言說不勝意言善男子響者皆從因緣而有善男子是響之因爲定在內爲定在外天子言善男子如是因者不定在內不定在外天子一切衆生强作二想而有所說諸法之性實不可說天子言善男子若不可說云何如來宣說八萬四千法聚令諸聲聞受持讀誦天子如來世尊實無所說無所說者即是如來天子汝知何等爲如來耶將不謂色受想行識是如來乎將不說佛是去來現在有爲無爲陰界諸入三界所攝是因是果是和合耶或想非想亦想非想非想非非想耶不也善男子天子若如是等非如來者云何可說若不可說如何而言如來世尊演說八萬四千法聚是故八萬四千法聚實不可說聲聞受者亦不可說不可說者即是正義若無說即是眞實楞伽經云我唯說無始虛僞妄想習氣種種諸惡三有之因不能覺知自心現量而生妄想攀緣外性斯則但了自心外境無性以不覺心量故妄取外緣若知心即是道心即是法豈於心外有法可說耶所以華嚴經頌云諸佛不說法佛於何有說但隨其自心爲說如是法廣百論云諸有行願隨順世俗所見所聞强假

施設勝義理中二俱不許一切分別戲論絶故非諸如來有法可説亦無有法少有所得問若爾精進則爲唐捐應棄如來甘露聖教答爲欲方便除倒見執施設二事俱無有過問既言一切所見能見皆無所有云何無過答雖無眞實所見能見而諸愚夫顛倒爲有除彼增上慢見隨順世間施設無過若能隨此聖教修行隨俗説爲眞佛弟子世俗愚夫隨自心變顛倒境相而起見心佛非其境於彼無用乃至謂佛世尊在昔因位爲欲利樂一切有情發起無邊功用願行由此證得無分別慧因此慧力發起無量利樂有情作用無盡諸有情類用佛願行所得妙慧爲增上緣自心變現能順世間最勝生道及順上緣又本願行亦非顛倒以能了知諸法實義於一切法無所執著能爲無上妙果生因雖復發心起諸勝行求無上果利樂有情然是幻師起諸幻事都無所執故非顛倒又古德問衆生即佛心衆生衆生心佛自教化佛心衆生何故説言佛悲願力答即此眞心是佛悲願謂同體大悲及自體無障礙願等即性起大用也又衆生者即是諸雜雜心識念念起滅故號衆生經云佛告比丘汝等日夜常生無量百千衆生若能智照不起相續之念即是度衆生又了念即空無有起處即是度盡無量百千衆生不見有一衆生而得滅度者台教云無明爲父貪愛爲母六根爲男六塵爲女識爲媒嫁出生無量煩惱爲子孫故經云有念即生死無念即泥洹○問若如上説成佛度生不離一念諸佛何以發願更度他

衆生答雖發願度生皆令傚此眞修究竟同此指歸一念所以先發誓度盡一切衆生方成正覺則念盡心澄天眞獨朗即成佛義也先佛已如是自度竟然後轉示他人即是眞實之慈離此興悲皆成妄想如舍利弗問菴提遮女何不轉女身偈答言自男生我女徒生妄想悲則是不了自是非男錯認衆生之相却乃執生他女徒興彼我之情於一眞内而妄立自他向同體中而强分愛見如古師云有二義門俱無可度一契空如性空寂滅故無可度二契不空同一法性法性平等故無可度故金剛三昧經云若化衆生無生於化不生於化其化大焉又大虛空藏菩薩所問經偈云猶如於幻師害多幻化衆實無有所害所度生亦然幻化及有情諸佛法亦爾

若悟同一性無自性爲性所以先德云八地已上菩薩得無生忍恒河沙世界外有衆生求救菩薩都不起念衆生自然見菩薩到其前與其說法四事供養菩薩得如是智由是無心之心量故我說爲心量亦爲無量之量耳問大涅槃經云解脫之法亦非涅槃如來之身亦非涅槃摩訶般若亦非涅槃如何是涅槃正義答欲知涅槃正義即我眞如心性故經偈云如無生性佛出興如無滅性佛涅槃言辭譬喻悉皆斷一切義成無與等是以非即三法非離三法不縱不橫不並不別豈可言一言三而指斯妙道乎清涼記釋云法身爲所證般若爲能證解脫爲離障又佛身者即是法性有佛身義作二所依故有智慧義徧照法界光明故有解脫義性離一切障

故此三亦不相離今三俱不思議焉可縱俱不思議焉可横俱不思議焉可並俱不思議焉可别意云即一而三即三而一非三非一雙照三一焉可作一三等思故肇論云菩提之道不可圖度高而無上廣不可極淵而無下深不可測大包天地細入無間故謂之道又涅槃無名論云夫涅槃之爲道也寂寥虚曠不可以形名得微妙無相不可以有心知超群有以幽昇量太虚而永久隨之弗得其蹤迎之罔眺其首六趣不能攝其生力負無以化其體潢漭惚恍若存若往五目莫覩其容二聽不聞其響冥冥窈窈誰見誰曉彌綸靡所不在而獨曳於有無之表然則言之者失其真知之者反其愚有之者乖其性無之者傷其軀乃至何者本之有境則五陰永滅推之無鄉而幽靈不竭幽靈不竭則抱一湛然五陰永滅則萬累都捐萬累都捐故與道通洞抱一湛然故神而無功神而無功故至功常存與道通洞故沖而不改沖而不改不可爲有至功常存不可爲無然則有無絶於内稱謂淪於外視聽之所不洎四空之所昏昧恬焉而夷泊焉而泰九流於是乎交歸衆聖於是乎冥會斯乃希夷之境太玄之鄉而欲以有無題牓標其方域而語其神道者不亦邈哉是以心道孤標神無方所豈在有無之朕迹見聞之影響乎所以般若波羅蜜經云文殊師利如是應知彼一切法不起不滅名爲如來又梵王問經云第一義中佛不出世亦不涅槃從本已來無起滅故般若燈論偈云不應捨生死不應立涅槃生死及涅槃

無二無分別乃至如般若波羅蜜經云佛告極勇猛菩薩言善男子色無縛無脫受想行識無縛無脫若色至識無縛無脫是名般若波羅蜜又如梵王所問經云佛言梵王我不得生死不得涅槃何以故言生死者但是如來假施設故而無一人於中流轉說涅槃者亦假施設而無一人般涅槃者○問宗鏡唯心者何分始末乎答始末是迷心之義約用行布門中相雖歷然體常融即起信鈔○問云據其論旨初是一心後亦一心初後何別答初之一心心當能起後之一心心當所歸雖前後體同且為始終義異由是行布諸門歷然又云但以本是一心離名絶相任其迷悟萬法隨生生法本空但唯一體宗鏡亦爾為廣義用前後不同然是一心之前後前後之一心耳所以理事平等何者非初無以立後初等於後非後無以成初後等於初又理從事顯理等於事事因理成事等於理故云萬法雖殊不能自異也況宗鏡中一尚不能一豈況異乎所以起信論云一切諸法平等平等鈔釋有二一謂眞性於一切法中平等如像中鏡二即諸法本空故平等如鏡中鏡

宗鏡録卷第八十九

音釋

痾癘（痾烏何切癘郎計切痾癘並病也）謐（覓畢切靜也）眩（黃絹切目無常主也）眺（他弔切視也）潢漭（潢戶廣切漭莫朗切潢漭水大貌）惚（呼骨切）恍（呼晃切惚恍不分明也）

宗鏡録卷第九十

宋慧日永明妙圓正修智覺禪師延壽集

夫如上所説涅槃非有故經云設有一法過涅槃者我亦説如幻如夢即後學之人徒勞景慕答斯言破著非壞法性如觀和尚云難一切法如幻者妄法緣生可許如幻涅槃眞實又不從緣如何同幻故牒釋有二意一明雖眞而亦從緣雖非緣生而是緣顯亦空無性二明涅槃非幻爲破著涅槃心云如幻耳是則破心中涅槃亦顯涅槃體即眞而成妙有故知四種涅槃初後俱有所以唯識論云一本來自性清淨涅槃謂一切法相眞如理雖有客塵而本性淨具無數量微妙功德無生無滅湛若虛空一切有情平等共有與一切法不一不異離一切相一切分別尋思路絶名言道斷唯眞聖者自内所證其性本寂故名涅槃二有餘依涅槃謂即眞如出煩惱障雖有微苦所依未滅而障永寂故名涅槃三無餘依涅槃謂即眞如出生死苦煩惱既盡餘依亦滅衆苦永寂故名涅槃四無住處涅槃謂即眞如出所知障大悲般若常所輔翼由斯不住生死涅槃利樂有情窮未來際用而常寂故名涅槃○問夫言法身者心爲法家之身身是積聚義積集含藏一切萬法故名爲心即何用更立般若及解脫二法答法身即是人人俱有靈智故名般若若得般若照則顯現法身故經云隱名如來藏顯名爲法身又若得般若則一切處無著不爲境縛即是解脫若顯法身得解脫功全由般若非唯此二法一切萬行皆由般若成立故五

度如盲般若如導若布施無般若唯得一世榮後受餘殃債若持戒無般若暫生上欲界還墮泥犂中若忍辱無般若報得端正形不證寂滅忍若精進無般若徒興生滅功不趣眞常海若禪定無般若但行色界禪不入金剛定若萬善無般若空成有漏因不契無爲果故知般若是險惡徑中之導師迷闇室中之明炬生死海中之智檝煩惱病中之良醫碎邪山之大風破魔軍之猛將照幽途之赫日警昏識之迅雷抉愚盲之金錍沃渴愛之甘露截癡網之慧刃濟貧乏之寶珠若般若不明萬行虛設祖師云不識玄旨徒勞念靜不可剎那忘照率爾相違以此三法不縱不橫非一非異能成涅槃秘藏如大涅槃經云佛言我今當令一切衆生及以我子四部之衆悉皆安住秘密藏中我亦復當安住是中入於涅槃何等名爲秘密之藏猶如伊字三點若並則不成伊縱亦不成伊如摩醯首羅面上三目乃得成伊三點若別亦不得成我亦如是解脫之法亦非涅槃如來之身亦非涅槃摩訶般若亦非涅槃三法各異亦非涅槃我今安住如是三法爲衆生故名入涅槃所以云法身常種智圓解脫具一切皆是佛法無有優劣故不縱三德相冥同一法界出法界外何處別有法故不橫能種種建立故不一同歸第一義故不異雖三而一雖一而三一則壞於三諦異則迷於一實在境則三諦圓融在心則三觀俱運在因則三道相續在果則三德周圓如是本末相收方入大涅槃秘密之藏古德云此之三德不離一如德

用分異即寂之照爲般若即照之寂爲解脱寂照之體爲法身如一明淨圓珠明即般若淨即解脱圓即法身約用不同體不相離故此三法不縱不横不並不別如天之目似世之伊名秘密藏爲大涅槃又台教類通三軌法一眞性軌二觀照軌三資成軌即是三德以眞性軌爲一乘體此爲法身一切衆生悉一乘故以觀照軌爲般若只點眞性寂而常照便是觀照第一義空以資成軌爲解脱只點眞性法界含藏諸行無量衆善即如來藏三法不一不異如點如意珠中論光論寶光寶不與珠一不與珠異不縱不横三法亦如是令更廣類通十種三法一三道二三識三三佛性四三般若五三菩提六三大乘七三身八三涅槃九三寶十三德此十種三法通收一切凡聖因果諸法今引金光玄義觀心廣釋十種三法門者淨名經云諸佛解脱當於衆生心行中求若不觀自心非巳智分不能開發自身寶藏今欲論凡夫地之珍寶即聞修故明觀心釋也一觀心明三道者一煩惱道過去無明現在愛取三支二業道過去行現在有二支三苦道現在識名色六入觸受未來生死憂悲苦惱七支今觀心王即苦道觀慧數心即煩惱道觀諸數心即業道淨名經云觀身實相觀佛亦然者若頭等六分各各是身此即多身若別有一身則無是處各各非身合時亦無若頭六分求身叵得現在不住故不可得過去因滅亦不可得未來未至亦不可得如是横竪求身畢竟不可得則是無無亦不可得亦有亦無亦不可得非

有非無亦不可得但有名字名字爲身如是名字不在内非四陰中故不在外非色陰中故不在中間非色心合故亦不常自有非離色心故當知名無得物之功物無應名之實假實既空名物安在如此觀身是觀實相觀身是假名假名既如此觀色受想行識亦如是即爲苦道觀也觀煩惱道者煩惱與業皆是身因今且取煩惱爲身因而觀也淨名經云不壞身因而隨一相者應作四句分别誰身因果俱壞誰身因果俱不壞誰壞果不壞因誰壞因不壞果云何身果父母所生頭等六分是也云何身因貪恚癡身口意業等是今且置三業觀貪恚癡等四果以無常苦空觀智破貪恚癡子斷名壞身因不受後有名壞身果凡俗之流名衣好食長養五陰縱心適性放逸貪恚自惱惱他一身死壞復受一身因果相續無有邊際是名因果俱不壞如犯王憲付旃陀羅如怨對者自害其體身既爛壞四陰亦盡是爲壞果貪恚癡身因轉更熾盛彌淪生死無得脫期是爲壞果不壞因以無常觀智斷五分下因縛五分下果身由未盡是名壞身因不壞身果如此四句存壞不同皆不隨一相而隨一相者所謂修大乘觀觀一念貪恚癡心心爲自起爲對塵起爲根塵共起爲離根塵起皆無此義非自非他非共非無因亦非前念滅故起非生非非生亦非滅非非滅如是横竪求心叵得心尚無本何所論壞是名不壞身因而隨一相觀業道者如淨名經云舉足下足無非道場具足一切佛法矣觀舉足時爲是業舉爲是業者

舉爲是業業者共舉爲離業業者舉若業舉不關業者業者舉不關於業各既無舉合亦無舉合既無舉離那得舉舉足既無下足亦無觀行既然住坐卧言語執作亦復如是是爲觀業道實相二觀心明三識者諦觀一念即空即假即中即是觀心識於三識何者意識託緣發意本無其識緣何所發又緣中爲有識爲無識若有識緣即是識何謂爲緣若無識那能發識若意緣合發二俱無故合不能發離亦不可當知此識不在一處從衆緣生從緣生法我説即是空於此空中假作分別是惡識是善識是非惡非善識種種推畫強謂是非識若定空不可作假識若定假不可作空當知空非空假非假非空非假雙亡二邊正顯中道一念識中三觀具足識於三識亦不得三觀故淨名云不觀色不觀色如不觀色性乃至不觀識不觀識如不觀識性雖不得識不得識如不得識性雙照識識如識性宛然無濫以照識性故是菴摩羅識照識如故是阿賴耶識亦照亦滅故是阿陁那識是名觀心中三識三觀心三佛性者一正因佛性佛名爲覺性名不覺即是非常非無常如土内金藏天魔外道所不能壞二了因佛性覺智非常非無常智與理相應如人善知金藏此智不可破壞三緣因佛性一切非常非無常功德善根資助覺知開顯正性如耘除草穢掘出金藏觀心即中是正因佛性即空是了因佛性即假是緣因佛性復次佛是覺智也性者理極也能以覺智照其理極智境相稱合而言之名爲佛性今觀五陰心

稱五陰實相名正因佛性觀假名實相名了因佛性觀諸心數稱心數實相名緣因佛性故經云佛性者不即六法不離六法此之謂也四觀心三般若者一實相般若非寂非照即一切種智二觀照般若非照而照即一切智三方便般若非寂而寂即道種智觀一念心即空即假即中即是三般若何者一念心一切心一切心一心非一非一切一念心一切心者從心生心雜雜沓沓長風駛流不得爲喻日夜常生無量百千萬億衆生六道輪迴十二鈎鎖從闇入闇闇無邊際皆心之過也故言一念心一切心是則凡夫所迷沒處一切心一心者若能知過生猒皆自持出如世小火燒大積薪置一小珠澄清巨海能觀心空從心所生一切心無不即空故言一切心一心如此一心乃是二乘所迷沒處非究竟道雙亡二邊故煩惱非一非一切大經云依智勿依識識但求樂凡夫識求妄樂二乘識求涅槃樂是故雙亡不可依止智則求理如是觀者即是一心三智即空是觀照般若一切智即假是方便般若道種智即中是實相般若一切種智是三智一心中得即空即假即中無前無後不並不別甚深微妙最可依止是爲觀心三般若五觀心三菩提者一眞性菩提以理爲道二實智菩提以智慧爲道三方便菩提以善巧逗會爲道今觀一念之心即空即假即中是三菩提心何者一心一切心交横撩亂如絲如砂如蠶如蛾爲苦爲惱若知即空眞諦菩提心度妄亂心數之衆生通四住之壅若即假發菩提心者空雖

免妄亂經言空亂意衆生而智眼甚盲闇復是三無爲坑是大乘怨烏未具佛法不應滅受而取證若知即假俗諦菩提心度沉空心數之衆生通塵沙之壅分別可否分別時宜分別藥病分別逗會不住無爲故言即假發菩提心空是浮心對治假是沉心對治由病故有藥藥存復成病病去藥止宜應兩捨非空非假雙亡二邊即發中道第一義諦菩提心度二邊心數之衆生通無明壅以不住法住於中道故言即中說時如三次第觀則不然一心中具三菩提心也六觀心三大乘者一理乘理性虛通任運荷諸法故二隨乘智隨於境如蓋隨函三得乘若得果故自解脫若得機故令他解脫觀一念之心即空即假即中是三大乘何者雖觀一念心而實有四運此心廻轉不已所謂未念欲念正念念已從未念運至欲念從欲念運至正念從正念運至念已復更起運運運無窮不知休息如閉目在舟不覺其疾觀一運心即空即假即中一一運心亦復如是從心至心無不即空即假即中是則從三諦運至三諦無不三諦時若隨四運運入生死若隨四運運入涅槃即空之觀乘於隨乘運到眞諦即假之觀乘於得乘運到俗諦即中之觀乘於理乘運到中諦三乘即一乘是乘微妙第一觀智普賢大人所乘故七觀心三身者所謂理法聚名法身智法聚名報身功德法聚名應身諦觀一念心即空即假即中即是三身何者華嚴經頌云心如工畫師造種種五陰若心緣破戒事即地獄身緣無慙憍慢即畜生身緣諂

曲慳貪即餓鬼身緣嫉妬諍競即修羅身緣五戒防五惡即人身緣十善防十惡緣禪定防散亂即天身緣無常苦空無相願即聲聞身緣十二因緣法即緣覺身緣慈悲六度即菩薩身緣眞如實相即佛身登難墜易多緣諸惡身故知諸身皆由心造譬如大地一能生種種芽若觀五受陰洞達空無所有從心所生一切諸身皆空無所有如翻大地草木傾盡故言即空若即空者永沉灰寂尚不能於一空心能起一身云何能得遊戲五道以現其身不能應以佛身得度者爲現佛身應以三乘四衆天龍八部種種身得度者皆悉示現同其事業爲此失故故言即假即假同六道身如是觀身墮在二邊非善觀身善觀身者大經云不得身不得身相乃至畢竟清淨爲此義故云即中言即中者即是法身即空者即是報身即假者即是應身入觀心三涅槃者一性淨二圓淨三方便淨不生不滅名涅槃諸法實相不可染不可淨不染即不生不淨即不滅不生不滅名性淨涅槃修因契理惑畢竟不生智畢竟不滅不生不滅名圓淨涅槃寂而常照機感即生此生非生緣謝即滅此滅非滅不生不滅名方便淨涅槃諦觀心性本來寂滅不染不淨染故名生淨故名滅生滅不能毁故常不能染故淨不能礙故我不能受故樂是爲性淨涅槃若妄念心起悉以正觀觀之令此正觀與法性相應妄念不能毁不能染不能礙不能受者名圓淨涅槃以無緣慈無生示生以同體悲無滅現滅一切生滅境界外道天魔不能毁不能

染不能礙不能受者方便淨涅槃九觀心明三寶者佛法僧是爲三可尊可重爲寶至理可尊名法寶覺理之智可尊名佛寶毗盧遮那徧一切處即事而理此和可尊名僧寶諦觀一念之心即空即假即中是三寶三諦之理不覺故是法寶三諦之智能覺故是佛寶三諦三智相應和故是僧寶無諦智不發無智諦不顯智不和不能大用利益衆生二種皆可尊可重是故俱稱爲寶十觀心明三德者云何三云何德法身般若解脫是爲三常樂我淨是爲德一法身者法名可軌諸佛軌之而得成佛故經云諸佛所師所謂法身者聚也一法具一切法無有缺減故名爲身經云我身即是一切衆生真善知識般若者覺了諸法集散非集非散即是覺了三諦之法

解脫者於諸法無染無住此三法皆具常樂我淨之四德諦觀一念之心即空即假即中即空故一空一切空無假無中而不空空無積聚而名藏藏具足故名之爲德即假故一假一切假無空無中而不假假攝諸法亦名爲藏藏具足故名之爲德即中故一中一切中無空無假而不中中攝一切亦名爲藏藏具足故稱之爲德不可思議不縱不横不並不別諸佛即中爲體故名法身以即空爲命故名般若以即假爲力故名解脫一一皆常樂我淨無有缺減故稱三德一一皆法界多所含藏故稱秘藏故淨名云諸佛解脫當於衆生心行中求當知我心亦然衆生亦然彼我既然諸佛亦然心佛及衆生是三無差別上下種三數亦一非一非一非非一不思議

三法也始終只是一種三法在凡爲三道若入聖成三德其餘約理智行解等成諸三法以爲眷屬究竟不動衆生因地三道成滿諸佛果地三德本末相在因果同時以本有妙理故名三性妙理不虛故名三諦迷此妙理故名三障既有三世輪轉攀緣不息故名十二因緣具足三苦若欲反本還原了達今日三障即是本來三性故名三觀妙理顯現故名三德又軌則行人呼爲三法所照爲三諦所發爲三觀觀成爲三智敎他呼爲三語歸宗呼爲三趣得斯意類一切皆成法門今又以三軌類通因中三道一苦道二煩惱道三業道苦道即眞性軌經云世同相常住豈不即彼生死而是法身耶煩惱道即觀照軌觀照本照惑無惑則無照一切法空是也資成軌即業道惡是善資無惡亦無善書云善者是不善人之師不善者是善人之資經云我等念佛故皆當忍是事惡不來加不得用念所以云善知識者提婆達多是又云苦即法身非顯現故名法身貪恚癡即般若非能明故名般若無所可照性自明了業行繫縛皆名解脫非斷縛而脫亦無體可繫亦無能繫故稱解脫又先德云應說佛地障累盡故稱解脫體色實性即如來身種智圓明爲大般若三事即我何處縱横我即三事若爲成別如是安住乃大涅槃良爲一切諸佛即一色心心爲能變色爲所變所變即相見能變即自證體既無別誰復縱横直由不了心緣生二妄想相縛麤重遂成羈礙迷執色相爲我所身我所身生實由癡闇癡闇覆故見死見

生生死相漂心亦流轉流轉之苦素在身心若能了心及境則妄想不生相縛既除麤重亦遣永絶羈礙遂成解脫通達色相皆藏性現無復我所即如來身照阿陀那甚深細處癡闇不覆爲摩訶般若悟斯本性由來不生體用無窮終亦不滅又三德者有道前性得道中分得道後究竟得若性得者如維摩經云衆生如彌勒如一如無二如此性得法身一切衆生即菩提相不可復得此性得般若一切衆生即涅槃相不可復滅此性得解脫此約道前圓性得道中圓分得即從十住位至等覺四十二位圓修智斷等道後圓究竟得即果上義既了性得須具歷後二德以五忍六即簡其訛濫直至圓滿妙覺究竟之位如入此録中智眼明淨圓修圓解雙照雙遮二鳥俱遊不墮偏見一義不動分別了然如懸鏡高堂無心虛照萬像斯鑒不簡妍媸以絶常無常之靜心照常無常之圓理遮照無滯破立同時即非常非無常而常而無常常與無常唯論眞性一一之性性攝無邊淨名經云畢竟不生不滅是無常義遠大師云實相理窮名爲畢竟體寂無爲名不生滅此不生滅是彼無常眞實性故名無常義肇法師云畢竟者決定之詞也小乘觀法以生滅爲無常義大乘之七以不生滅爲無常義無常名同而幽致殊絶其道虛微故非常情之所能測妙得其旨其唯淨名乎遣常故言無常非謂有無常無常與常俱無故云畢竟不生不滅是無常義又非常者性徹相故非無常者相徹性故如菴提遮女經云生滅與不生

滅交絡而釋經中答文殊師利言若知諸法畢竟生滅變易無定如幻相而能隨其所宜有所說者是爲常義以諸法生不自得生滅不自得滅故云何無常謂若知諸法畢竟不生不滅隨如是相而能隨其所宜而有所說是無常義以諸法自在變易無定明不自得隨如是知說者爲常義也釋曰此意正顯性相交徹二義相成生滅相盡無常即常故不生不滅是無常義隨緣變易常即無常則生滅是常義也又性即相故不生不滅是無常義相即性故生滅是常義互奪則雙非互成則雙立雙樹中間入涅槃者即斯意矣常無常既爾我樂淨等乃至一切諸法皆然即處處而入大涅槃非獨雙林之下若不了此旨悉墮邊邪即塵塵而盡成生死豈止閻浮之中若入宗鏡即一切法趣無常無常攝法無遺義理無盡方真無常總收諸義以爲一致

○問涅槃三德真如一心果上因中收盡無邊義理豈唯十種三法乃至無盡法門息化凝神究竟指歸何法答總別指歸還即指歸三德秘藏如止觀指歸者大涅槃經云安置諸子秘密藏中我亦不久自住其中是名總相指歸別相者身有三種一色身二法門身三實相身若息化論歸者色身歸解脫法門身歸般若實相身歸法身復次三法非三非一不可思議所以者何若謂法身真法身者非法身也當知法身亦身非身非身非非身住首楞嚴經云種種示現作衆色像故名爲身所作辦已歸於解脫智慧照了諸色非色故名非身所作辦已歸於般若實相之身非

色像身非法門身是故非身非非身所作辦已歸於法身達此三身無一異相是名爲歸說此三身無一異相是名爲指俱入秘藏故言指歸當知般若亦知非知非知非不知道種智般若徧知於俗故名爲知所作辦已歸於解脱一切智般若徧知於眞故名爲非知所作辦已歸於般若若一切種智般若徧知於中故名非知非不知所作辦已歸於法身達三般若無一異相是名爲歸說三般若無一異相名爲指俱入秘藏名指歸當知解脱亦脱非脱非脱非非脱方便淨解脱調伏衆生不爲所染名脱所作已辦歸於解脱圓淨解脱不見衆生及解脱相故名非脱所作辦已歸於般若性淨解脱則非脱非非脱所作辦已歸於法身若達若說如此王脱非一異相俱入秘密藏故名爲指歸當知種種相種種說種種神力一一皆入秘密藏中何等是指歸指歸何處誰是指歸言語道斷心行處滅永寂如空是名指歸故知能化所化無盡法門未有一法不指歸宗鏡所以普智禪師云佛道皆因何法成悟心無體蕩無明莫怕落空沉斷見萬法皆從此處生

宗鏡録卷第九十

音釋

抉（一决切挑也）　鎞（邊眉切）　沓（徒合切雜遝也）　嫽（連條切繚也）

宗鏡録卷第九十一

宋慧日永明妙圓正修智覺禪師延壽集

夫凡聖之道同一法身彼此俱亡物我咸絶則心内無得身外無餘如何起應化之身攝機宜之衆答只爲衆生不了自他唯心橫生彼此若自達眞空則諸佛終不出世菩薩亦無功夫古德問云若言自他俱是自心現離心無實我人者諸佛亦見有衆生豈可有妄心未盡耶答諸佛見有衆生俱是緣生幻有不知謂實有我所以造業受報枉有輪迴此由無實我感諸佛慈悲若實有我非是妄有者諸佛何故妄救衆生以我實有不可救故今爲救者定知無我妄計有也故知衆生不離佛界迷不覺知華嚴經頌云佛身非是化亦復非非化於無化法中示有變化形古釋云此則依眞起化眞化各有二義初眞中二者一不變義雖化而常湛然則佛身非是化也二隨緣義謂不守自性無不現時則亦復非非化也化中二者一無體即空義謂攬緣無性故則於無化法中也二從緣幻有義則示有變化形也以隨緣幻有不異不變體空是故現化紛然未嘗不寂眞性湛然未曾不化若不達此理自尚未度焉能化他又以無緣慈如石吸鐵豈分能所之化以同體悲猶若虛空誰見自他之身故先德云窮源莫二執迹多端謂若據本以討源則千途無異轍若三江之浩渺並源出於岷山也乃窮源莫二若執迹多端則據末以適本不知多端是應迹耳故光明覺品頌云一身爲無量無量復爲一了知諸世間現形徧一切此身無所

從亦無所積聚衆生分别故見佛種種身即其義也但是一法身義分二三四五乃至十身且如説五身者叡公維摩疏釋云所謂法性生身亦言功德法身變化法身實相法身虚空法身詳而辯之一法身也何者言其生則本之法性故曰法性生身推其因則是功德所成故言功德法身就其應則無感不形則是變化法身稱其大則彌綸虚空所謂虚空法身語其妙則無相無爲故曰實相法身故知一體不動名逐緣分矣故云同時異處決是多身而是一身全現故非多矣其猶一月一刹那中百川齊現皆即一即多又普現故非一一月故非多如智幢菩薩偈云譬如淨滿月普現一切水影像雖無量本月未曾二是也又經頌云如來清淨妙法身一切三界無倫疋以出世間言語道其性非有非無故雖無所依無不往雖無不至而不去如空中劃夢所見當於佛體如是觀由非眞非應非一非多故不可作眞應一多等思也故光明覺品頌云佛身無生超戲論非是蘊處差别法故難思也又云皆是自他相作之身能所共成之化自他相作者如華嚴經云此菩薩能隨衆生心之所樂能以自身作國土身衆生身業報身聲聞身緣覺身菩薩身如來身法身智身虚空身此即自作他也又隨衆生心之所樂能以衆生身作自身即他作自也能所共成者若無所化之機則無能化之跡又若無所應之身亦無能感之事自他能所非一非異緣起相由成玆容旨然緣起相由者皆是自心爲緣終無心外法能與心爲

緣所以古德云十方諸佛皆我本師海印頓現且法華分身有多淨土如來何不指已淨土而令別往彌陀妙喜思之故知賢首彌陀等佛皆本師矣復何怪哉言賢首者即壽量品中過百萬阿僧祇刹最後勝蓮華世界之如來也經中偈云或見蓮華勝妙刹賢首如來住其中若此不是歎本師者說他如來在他國土爲何用耶且如總持教中亦說三十七尊皆遮那一佛所現謂毗盧遮那如來内心證自受用成於五智從四智流出四如來謂大圓鏡智流出東方阿閦如來平等性智流出南方寶生如來妙觀察智流出西方無量壽如來成所作智流出北方不空成就如來法界清淨智即自當毗盧遮那如來又問若依此義豈不違於平等意趣若言即我者依於平等意趣而說非即我身如何皆說爲本師耶答平等之言乃是一義唯識尚說一切衆生中有屬多佛多佛共化以爲一佛若屬一佛佛能示現以爲多身十方如來一一皆爾今正一佛能爲多身依此而讚本師耳如華嚴不思議解脱境界品頌云佛智通達淨無礙刹那普了三世法皆從心識因緣現生滅無常無自性於一刹中成正覺一切刹處悉亦然一切入一一亦爾隨衆生心而示現大乘千鉢大教王經云如是一切諸佛教化方便法智我皆集在一心中同金剛菩提聖性三摩地故金光明最勝王經云譬如日月無有分別亦如水鏡無有分別光明亦無分別三種和合得有影生如是法如如如如智亦無分別以願自在故衆生有感現應化

身如日月影和合出現如來者無去無來故云往應群機而不去恒歸寂滅而不來何者依體起用故是去以即體之用故不去應機現前合是來以應不離體如月之影故不來又往應合故是去應無應相故不去恒歸寂滅合是來滅不可得故不來乃至一切法皆無來去如經偈云一切法無來是故無有生然於無生法中現起悲化所以大丈夫論云菩薩思惟一切衆生能爲我作端嚴業不使一衆生作不端嚴意菩薩作是思惟言利他者求他人之相都不可得都如自己又云菩薩思惟使我悲猶如虛空一切山河樹木飛鳥走獸皆依空住一切衆生一切時皆入我悲中斯則以同體之大悲何生而不度起平等之大慧何道而不成如華嚴論云無盡功德藏迴向者此位明禪與智冥智與悲會以無盡虛空爲一道場以無盡衆生無明行相而爲佛事身恒承事無盡諸佛而徧周法界化無盡衆生總成佛身表裏相亡始終都盡徧知諸法不壞無心無盡功德藏品云於一毛孔見阿僧祇諸佛出興於世得入法無盡藏者明心性本無大小繫盡身爲智影國土亦然智淨影明大小相入如因陀羅網境界喻是也經云以佛智力觀一切法悉入一法者明萬境雖多皆一心而起心亡境滅萬境皆虛如淨水中衆影也水亡影滅此約破有成無說又以境約智生智虛境幻多相相入不離一虛幻不異虛虛不異幻幻虛無二一異總虛此約以智幻虛自在無礙門說此皆借法況説如實所知唯亡思者智會其智會

者方可用而常眞不惑心境以大願力隨智幻生等衆生數身如應攝化故名無盡功德藏又云法雲地菩薩隨心念力廣大微細自他相入一多大小互參神通德用自在皆隨自心念所成故如一切衆生作用境界皆是自心執業所成人天地獄畜生餓鬼善惡等報果一依心造如此十地菩薩以無作法身大智之力隨所心念莫不十方一時自在皆悉知見以普光明智爲體爲智體無依稱性徧周法界與虛空量等周滿十方世界以無性智大用隨念以不忘失智隨念皆成以具總別智總別同異成壞俱作以廣狹大小自在智化通無礙以與一切衆生同體智能變一切衆生境界純爲淨土之刹以自他無二智一身而作多身多身而作一身以法身無大小離量之智能以毛孔廣容佛刹以等虛空無邊無方之智而一念現生滿十方而無去來以如響智而能響應對現等衆生應形以是具足圓滿福德智而恒居妙刹常與一切衆生同居若非聖所加時力而衆生不見

○又問曰云何見佛出興答曰當見自身無身無心無出無没無内無外不動不寂無思無求世及出世都無住處無心所法無心心法心法無依性無始末以無依住智說如斯法教化衆生皆令悟入是名見佛出興如光明覺品文殊師利頌云世及出世見一切皆超越而能善知法當成大光耀若於一切智發生迴向心見心無所生當獲大名稱衆生無所生亦復無有壞若得如是知當成無上道

又大乘大集經云佛告賢護如火未生或時有人發如是言我於今日先滅是火賢護於意云何彼人是語爲誠實不賢護答言不也世尊佛告賢護如是諸法從本以來畢竟無得云何於今乃作斯說我能證知一切諸法我能了達一切諸法我能覺悟一切諸法我能度脱一切衆生於死生中此非正言所以者何彼法界中本無諸法亦無衆生云何言度但世諦中因縁度耳故知心外無法何所得耶佛身無爲但隨縁現

如肇論云放光云佛如虚空無去無來應縁而現無有方所然則聖人之在天下也寂寞虚無無執無競導而弗先感而後應譬猶幽谷之響明鏡之像對之不知其所以來隨之罔識其所以往慌焉而有惚焉而亡動而逾寂隱而彌彰出幽入冥變化無常其爲稱也因應而作顯迹爲生息迹爲滅生名有餘滅名無餘然則有無之稱本乎無名無名之道于何不名是以聖人居方而方止圓而圓在天而天處人而人原夫能天能人者豈天人之所能哉果以非天非人故能天能人耳是以明鏡無形能現萬形聖人無心能應萬心隱不韜光顯不現迹故論云聖人寂怕無兆隱顯同原存不爲有亡不爲無何者佛言吾無生不生雖生不生無形不形雖形不形○

問如來法身即眞心性如來報身依眞而起若如來化身還有心否答若約體亦不離若約事即分如深密經云曼殊室利菩薩復白佛言世尊如來化身當言有心爲無心耶佛告曼殊室利菩薩曰善男子非是有心亦非

無心何以故無自依心故有依他心故○問經云菩薩闢閉一切諸惡趣門者夫一切衆生隨自心業各受苦報所以經偈云假使百千劫所作業不亡因緣會遇時果報還自受云何菩薩能闢一切惡趣門答只約自心常開六識門何曾暫閉日夜計校緣想一切不善事徧諸境界念念恒造生死地獄經云集起心想名爲地獄若能觀自心識性無所有即是開善趣門若不起心想即是閉惡趣門若得自在智現前即現身生五道入地獄餓鬼畜生等界救苦衆生故禪門中立無念爲宗以爲要學故經偈云勤念於無念佛法不難得何謂不難得以無念故萬境不生當處解脱若有念起非獨開惡趣之門二十五有一時俱現故知萬質皆從念異十二之類縱橫千差盡逐相生八萬之門競起如信心銘云眼若不睡諸夢自除心若不異萬法一如以諸法無體從自心生心若不生外境常寂故云萬法本閑而人自鬧所以肇論云是以聖人乘眞心以履順則無滯而不通審一氣以觀化故所遇而順適無滯而不通故能渾雜致純所遇而順適則觸物而一如此則萬象雖殊而不能自異不能自異故知象非眞象象非眞象則雖象而非象然則物我同根是非一氣潛微幽隱殆非群情之所盡故知乘一心而履踐則何往而不眞如禀一氣而化行則何物而不順如莊子云天地一氣而能萬化老子云天得一以清地得一以寧神得一以靈萬物得一以生故聖人以一眞心而觀萬境則所遇而順適觸物而冥一矣是

知諸法無體緣假相依似有差殊不能自異何者長無長相且自不言我長短無短相亦自不言我短皆是隨念計度分別徧計執著情生則知萬物本虚即象而無象也○問如上所説衆生自心造業自受苦報又云何説代一切衆生苦答約古德釋代苦有七意一起悲意樂事未必能二修諸苦行能與物爲增上緣即名代苦三留惑潤生受有苦身爲物説法令不造惡因亡果喪即名代苦四若見衆生造無間業當受大苦無畏方便要須斷命自隨地獄令彼脱苦五由初發心常處惡道乃至飢世身爲大魚即名爲代六大願與苦皆同眞性令以即眞之大願潛至即眞之苦七法界爲身自他無異衆生受苦即是菩薩初唯意樂次二爲緣次二實代後二理觀然約有緣方能代耳還源觀云普代衆生受苦德者謂菩薩修諸行法不爲自身但欲廣益群生怨親平等普令斷惡備修萬行速證菩提又是菩薩本行菩薩道時大悲大願以身爲質於三惡趣救贖一切受苦衆生要令得樂盡未來際心無退屈不於衆生希望毛髮報恩之心也經頌云廣大悲雲徧一切捨身無量等剎塵以昔劫海修諸行令此世界無諸垢謂衆生妄執念念遷流名之爲苦菩薩教令了蘊空寂自性本空故言離苦○問曰衆生無邊苦業亦無邊云何菩薩而能代受答曰菩薩代衆生受苦者由大悲方便力故但以衆生妄執不了業體從妄而生無由出苦菩薩教令修行止觀兩門心無暫替因亡果喪苦無由生但令不入三塗名爲代

衆生受苦也是以三界生死之苦者皆是衆生妄受以不了根塵無性本末常空於畢竟無中執成究竟之有因玆貪取結業受生於無量劫來受輪迴苦無明所𨵗莫省莫知菩薩於是垂大悲心愍玆顛倒説性空之法藥破情有之病根則達苦無生不造惡業知諸受互起能破惑因妄受之苦既空對治之樂自絶所以先德云苦是樂樂是苦只箇修行斷門戸亦無苦亦無樂本來自性無繩索以玆妙悟入一際門遂得人法俱空不爲心境所縛當處解脱求出苦源豈非代苦乎又經云説法是大神變能令即凡成聖變禍爲祥於地獄火輪之中踊淨刹蓮臺之上豈非神變耶○問一切境界因心分別若有分別即屬無明故云無心分別一切法正有心分別一切法邪諸佛如來已斷無明無有心相云何能知眞俗差別之境名一切種智答以法無自體故即分別無分別以體不礙緣故無分別即分別如起信論云自體顯照故名爲覺者謂有難言若無別體何能普現衆生心行故答云自體顯現如珠有光自照珠體珠體喻心光喻於智心之體性即諸法性照諸法時是自照耳故論文甚分明然論中問曰虚空無邊故世界無邊世界無邊故衆生無邊衆生無邊故心行差別亦復無邊如是境界不可分劑難知難解若無明斷無有心想云何能了名一切種智答曰一切境界本來一心離於想念以衆生妄見境界故心有分劑以妄起想念不稱法性故不能決了諸佛如來離於見想無所不徧心眞實故即是諸

法之性自體顯照一切妄法有大智用無量方便隨諸衆生所應得解皆能開示種種法義是故得名一切種智釋云心眞實故則是諸法之性佛心離想體一心原離妄想故名心眞實體一心故爲諸法性是則佛心爲諸妄法之體一切妄法皆是佛一心相相現於自體自體照其相如是了知有何爲難故能自體顯照一切妄法是謂無所見故無所不見之由也鈔云以内迷眞理識外見塵故於如量之境不能隨順種種知也如人動目天地傾摇故不能如實知也是知心海波停萬像齊鑒澄潭浪起諸境皆昏

宗鏡録卷第九十一

音釋

轍 直列切 軌轍也　岷 武巾切 山名　劃 胡麥切 剖劃也　慌惚 慌呼廣切 惚呼骨切 慌惚不分明也　韜 土刀切 藏也

宗鏡録卷第九十二

宋慧日永明妙圓正修智覺禪師延壽集

夫約世諦門中凡聖天絶凡夫心外立法妄執見聞聖人旣了一心云何同凡知見答聖雖知見常了物虛如同幻生無有執著如大涅槃經云迦葉菩薩白佛言世尊若以因此煩惱之想生於倒想一切聖人實有倒想而無煩惱是義云何佛言善男子云何聖人而有倒想迦葉菩薩言世尊一切聖人牛作牛想亦說是牛馬作馬想亦說是馬男女大小舍宅車乘去來亦爾是名倒想善男子一切凡夫有二種想一者世流布想二者著想一切聖人唯有世流布想無有著想一切凡夫惡覺觀故於世流布生於著想一切聖人善覺觀故於世流布不生著想是故凡夫名爲倒想聖人雖知不名倒想又以境本自空何須壞相以心靈自照豈假緣生不同凡夫能所情執知見故肇論云夫有所知則有所不知以聖心無知故無所不知不知之知乃曰一切知故經云聖心無知無所不知信矣是以聖人虛其心而實其照終日知而未甞知也如止水鑒影豈立能所之心則境智俱空何有覺知之想楞伽經云佛告大慧爲世間以彼惑亂諸聖亦現而非顛倒大慧如春時燄火輪垂髮乾闥婆城幻夢鏡像世間顛倒非明智也然非不現釋曰上七喻者明境即是一而見有殊然聖人用彼惑亂之境一同凡現色等諸塵以聖人無念著故而非顛倒然聖人非不見彼惑亂法見時正同水月鏡像龍樹菩薩云日光著塵微風吹之曠

野中轉名之爲燄愚夫見云謂之野馬渴人見之以爲流水業報亦爾煩惱日光熱諸行塵邪憶念風於生死曠野中吹之令轉妄見爲人爲鬼爲男爲女渴愛染著耽湎無已不近聖法無由識之夫火日外朗水鏡内照光在上爲影光在下爲像像以明傳而像現於水形以日映而光隔爲影二物雖虚而所待妄有妄有雖空而狂惑見之見之以不狂則形與影一像與形同世法亦爾衆縁所起起者之有與所起之縁俱爲空物無一異也而人以虚妄風病顛倒故不應見而見不應聞而聞若得大慧之明則風狂心息無此見也又般若無知者不同木石不是有知者非同情想古德云佛見無我不是無知但是不知知不見見以知是不知知故即無心而不知見是不見見故無色而不見無色而不見故由不見見也無心而不知故以不知知也如淨名經云所見色與盲等者崇福䟽云譬如五指塗空空無像現不以空無像現便言指不塗空豈以五指塗空便欲令空中像現事亦不然不妨熾然塗空空中元無像現豈以眼根見色便令如盲豈以眼根如盲而便都無所見不妨滿眼見色了色本自性空雖然見色之時元來與盲無異但息自分别心非除法也法本自空無所除也又所聞聲與響等者豈是不聞但一切聲皆如谷響無執受分别也所以滿眼見色滿耳聞聲不隨不壞了聲色之正性故何者若隨聲色之門即墮凡夫之執分别妍醜之相深著愛憎領受毁讚之音妄生欣猒若壞聲色之相即同小乘

之心則有三過一色等性空無可壞故若壞方空非本空故二由空即眞同法性故若壞方眞事在理外故三由即空不待壞故壞則斷滅是以如來五眼洞照無遺豈同凡夫生盲二乘眇目都無見耶但不隨不壞離二見之邊邪非有非空契一心之中理則逢緣無礙觸境無生矣是以萬物本虛從心見實因想念而執無執有隨惑亂之門以取著而成幻成狂受雜染之報若能反照唯心大智鑒窮實相眞原則幻夢頓惺影像俱寂然後以不二相洞見十方用一心門統收萬彙則見無所見衆相參天聞無所聞群音揭地如此了達心虛境空則入大總持門紹佛乘種性楞伽經云謂覺自心現量外性非性不妄想相起佛乘種性若迷外法以心取心則成業幻之門績衆生種性首楞嚴經偈云自心取自心非幻成幻法不取無非幻非幻尚不生幻法從何立故知一切染淨諸法皆從取生是以云取我是垢不取我是淨若無能取所取之心亦無是幻非幻之法非幻實法尚乃不生幻起虛蹤憑何建立又如心外見法盡成相待以無體無力緣假相依故所以楞伽經偈云以有故有無以無故有有若無不應受若有不應想若開方便或說有治無說無破有即無所礙如十地毗婆沙論偈云若用有與無亦遮亦應聽雖言心不著是則無有過若約正宗則有無雙泯故大智度論云佛有不言無無不言有但說諸法實相譬如日光不作高下平等一照佛亦如是非令有作無非令無作有是知若迷大旨則見有無如

涅槃論云無名曰有無之數誠巳法無不該理無不統然其所統俗諦而矣經曰眞諦何耶涅槃道是俗諦何耶有無法是何者有者有於無無者無於有有無所以稱有無有所以稱無然則有生於無無生於有雖有無無離無無有有無相生其猶高下相傾有高必有下有下必有高矣然則有無雖殊俱未免于有此乃言像之所以形是非之所以生豈足以統夫幽極而擬夫神道者乎是以論稱出有無者良以有無之數止乎六境之内六境之内非涅槃之宅故借出以祛之耳庶希道之流髣髴幽途託情絶域得意忘言體其非有非無耳豈曰有無之外别有妙道而可稱哉經曰三無爲者蓋是群生紛擾生于篤患篤患之尤莫先於有絶有之稱莫先於無故借無以明其非有明其非有非謂無也有名曰論旨云涅槃既不出有無又不在有無不在有無則不可於有無得之矣不出有無則不可離有無求之矣求之無所便應都無然復不無其道其道不無則幽途可尋所以千聖同轍未甞虛返者也其道既存而曰不出不在必有異旨可得聞乎無名曰夫言由名起名以相生相因可相無相無名無名無說無說無聞經云涅槃非法非非法無聞無說非心所知吾何故言之而子欲聞之耶雖然善吉有言衆若能以無心而受無聽而聽者吾當以無言言之庶述其道亦可以言淨名曰不離煩惱而得涅槃天女曰不出魔界而入佛界然則玄道在於妙悟妙悟在於即眞即眞則有無齊觀有無齊觀則彼巳莫二

所以天地與我同根萬物與我一體同我則非復有無異我則乖於會通所以不出不在而道存乎其間矣何者夫至人虛心冥照理無不統懷六合於胷中而靈鑒有餘鏡萬像於方寸而其神常虛至能拔玄根於未始即群動以靜心恬愴淵默妙契自然所以處有不有居無不無居無不無故不無於無處有不有故不有於有故能不出有無而不在有無者也然則法無有無之相聖無有無之知聖無有無之知則無心於內法無有無之相則無數於外於外無數於內無心此彼寂滅物我冥一怕爾無朕乃曰涅槃涅槃若此圖度絕矣豈容責之於有無之內又可徵之於有無之外耶釋曰玄道在於妙悟妙悟在於即眞者夫幽玄之道無名無相淺近之情知莫及麤浮之意解難量唯當妙悟之時方省斯旨得其旨故實不思議心境融通如同神變指法界於掌內收萬像於目前如鏡照空舍一時平現既無前後亦絕中間妙旨煥然言思絕矣可謂妙悟可謂即眞則有無齊觀彼已莫二不出不在其道在茲乎○問六塵境界但依妄念而有差別若無念之人還見一切境界不答妄念執有前塵作實知解妙性不通遂成差別若無念之人非是離念但是即念無念念無異相雖有見聞皆如幻化又一念頓圓常見十法界萬法中道之理古德問云若言念唯無念豈得總不聞不見人畜聲色等耶答恒聞見以聞見即不聞見故何者以但聞見聲色等法即是眼耳等識見聞也知是畜等色聲自是意識分別也然眼

等識見聞性無別但稱色等法得更無異縁也意識妄有了知無體所知如幻也故云所見色與盲等又觀彼色聲等法從縁生縁無作者自性不有故非人畜等也又人畜等由名相起名相非彼即妄除也即此但由見聞等故即無念心非謂盲聾人一念無念也如說聞不聞見不見等是也故經云常求無念實相智慧等是也又但就縁起名見求縁見實不生此見乃名眞見何以故無見之見照法界故所以寶藏論云無眼無耳謂之離有見有聞謂之微無我無造謂之離有通有達謂之微又離者涅槃微者般若般若故頓興大用涅槃故寂滅無餘無餘故煩惱永盡大用故聖化無窮若人不達離微者雖復苦行頭陀遠離塵境斷貪恚癡法忍成就經無量劫數終不入眞實何以故依止所行故心有所得不離顛倒夢想惡覺諸見若復有人體解離微者雖復近有妄想習氣及見煩惱數數覺知離微之義此人不久即入眞實無上道也何以故了正見根本也釋曰離微者萬法之體用也離者即體經中云自性離故亦云自性空故斯乃無名無相非見非聞通凡聖之體爲眞俗之原思益經云知離名爲法即諸佛所師所謂法也微者即用有見有聞能通能達以微者妙也於無見中有見於無聞中有聞斯乃不思議之法微妙難知唯佛能覺思益經云知法名爲佛離微不二體用和融名之爲僧則一體三寶常現世間有佛無佛性相常住即正見之本眞實之門矣故聖人照體是無約用爲有此有不有即有以

辯於無當無非無即無以辯於有有而不有是妙有無而不無是真無故真無是涅槃之體如太虛不雜於五色猶明鏡不合於萬像故稱離也妙有是般若之用於不二法内現妙神通向無作門中與大佛事故稱微也是以凡夫不達離微故常被内結所縛外塵所羈外道即執作斷常二乘遂證爲生滅若不入宗鏡中難究離微之妙旨矣○問無明違理自性差別者其事可然本覺淨法云何復説恒沙差別功德答由對治彼染法差別故成始覺萬德差別也起信論云對業識等差別染法故説本覺恒沙性德如是染淨皆是真如隨緣顯現似而無體染法尚空淨法何有淨名經云見垢實性即無淨相又所言淨者對垢得名因客塵煩惱不染而染穢汙真性稱之爲垢因始覺般若不淨而淨開悟本心名之爲淨是以真如一心湛然不動名義唯客垢淨本空祖師云性本清淨淨無淨相方見我心華嚴經頌云若有知如來體相無所有修習得明了是人疾作佛故經云一切衆生無始已來常入涅槃菩提非可修相非可生相畢竟無得無有色相而可得見見色相者當知皆是隨染幻用非是智色不空之相以智相不可得故釋云隨染幻用者無流法也染幻性自差別者是無明法也以彼無明迷平等理是故其性自差別諸無流法順平等性空論其性即無差別但隨染法差別相故説無流有差別耳又若能觀心性法爾顯性起功德是無盡法門非論差別

如無盡意菩薩經云云何菩薩觀心念處乃

至我今當勤修習莊嚴不離心性云何心性云何莊嚴心性者猶如幻化無主無作無有施設莊嚴者所作布施悉以迴向嚴淨佛土乃至以一念智成阿耨多羅三藐三菩提舍利弗是名菩薩正心念處而不可盡釋曰心雖性空能成萬行了之而頓圓正覺修之而廣備莊嚴故云體性雖空能成法則又云以有空義故一切法得成若離此眞空之門無有一法建立則菩薩行廢佛道不成如不依風輪世界隳壞○問一切衆生無始無明種子堅牢現行濃厚云何一念而得頓除答根隨結使體性本空愚夫不了自生纒縛若明佛知見開悟本心更有何塵境而能障礙乎寶積經云佛言譬如然燈一切黒闇皆自無有無所從來去無所至非東方來去亦不至南西北方四維上下不從彼來去亦不至而此燈明無有是念我能滅闇但因燈明法自無闇明闇俱空無作無取如是迦葉實智慧生無智便滅智與無智二相俱空無作無取迦葉譬如千歲冥室未曾見明若然燈時於意云何闇寧有念我久住此不欲去耶不也世尊若然燈時是闇無力而不欲去必當磨滅如是迦葉百千萬劫久習結業以一實觀即皆消滅其燈明者聖智慧是其黒闇者諸結業是所言一實觀者即是唯心眞如實觀離心之外盡成虛幻故稱一實境界亦云實相實地實際實法乃至名佛知見聖智慧等以此一心法治煩惱病如熱疾得汗無有不應手差者出要之道唯在兹乎

如大智度論云爾時菩薩照明菩薩道其心

安隱自念我但斷著心道自然至知是事已念衆生深著世間而畢竟空亦空無性無有住處衆生難可信受爲令衆生信受是法故覺一切法修行生起是度衆生方便法觀衆生心行所起知好何法念何事何所志願觀時悉知衆生所著處皆是虛誑顛倒憶想分別故著無有根本實事爾時菩薩大歡喜作是念衆生易度耳所以者何衆生所著皆是虛誑無實譬如人有一子喜不淨中戲聚土爲穀以草木爲鳥獸而生愛著人有奪者瞋恚啼哭其父知已此子今雖愛著此事易離耳至大自休何以故此物非眞故菩薩亦如是觀衆生愛著不淨臭身及五欲是無常種種苦因知是衆生得信等五善根成就時即能捨離若小兒所著實是眞物雖復年至百歲著之轉深不可得捨若衆生所著物定實有者雖得信等五根著之轉深亦不能離以諸法皆空虛誑不實故得無漏清淨智慧眼時即能遠離所著大自慚愧譬如狂病所作非法惺悟之後羞慙無顏菩薩知衆生易度已安住般若中以方便力教化衆生是以如來密藏經云若人父爲緣覺而害盜三寶物母爲羅漢而汙不實事謗佛兩舌間賢聖惡口罵聖人壞亂求法者五逆初業之瞋奪持戒人物之貪邊見之癡是爲十惡者若能知如來說因緣法無我人衆生壽命無生無滅無染無著本性清淨又於一切法知本性清淨解知信入者我不說是人趣向地獄及諸惡道果何以故法無積聚法無集惱一切法不生不住因緣和合而得生起起已還滅若

心生已滅一切結使亦生已滅如是解無犯處若有犯有住無有是處台教釋云此經具指四菩提心若知如來說因緣法即指初藏教菩提心若無生無滅指第二通教菩提心若本性清淨指第三別教菩提心若於一切法知本性清淨指第四圓教菩提心初菩提心已能除重重十惡況第二第三第四菩提心耶行者聞此勝妙功德當自慶幸如闇處伊蘭得光明栴檀故知見佛罪滅如阿闍世王之深懺得道業亡若鴦崛摩羅之重罪但了無人無我緣生性空無我則無能受罪之人性空又無所受罪之法人法俱寂罪垢何生以心生罪生心滅罪滅故若能如是信入諦了圓明猶伊蘭之林布栴檀之香氣若積闇之室耀桂燼之光明能悟此心功力無量纔入宗鏡業海頓枯如風吹雲似湯沃雪猶燈破闇若火焚薪如密嚴經頌云如火燎長焚須臾作灰燼智火焚業薪當知亦如是又如燈破闇一念盡無餘諸業習闇冥無始之熏聚牟尼智燈起刹那皆頓滅所以大涅槃經云有智慧時則無煩惱故云夫免三塗惡業者要須離有無二相證解一心方得解脫也是知迷從自心迷悟還自心悟迷悟無性但任緣興如華嚴論問云一切衆生本有不動智何故不應真常何故隨染答一切衆生以此智故而生三界者爲智無性不能自知是智非智善惡苦樂等法爲智體無性但隨緣現如空中響應物成音無性之智但應緣分別以分別故癡愛隨起因癡愛故即我所病生有我所故自他執業便起因執取故號

曰末那執取不斷名之爲識因識種子生死相續以生死故衆苦無量以苦無量方求不苦之道迷不知苦者不能發心知苦求眞者還是本智會苦緣故方能知苦不會苦緣不能知苦故知苦緣故方能發心求無上道有種性菩薩以宿世先已知苦發信解種强者雖受人天樂果亦能發心求無上道是故因智隨迷因智隨悟是故如人因地而倒因地而起正隨迷時名之爲識正隨悟之時名之爲智在纏名識在覺名智識之與智本無自名但隨迷悟而立其名故不可繫常繫斷也此智之與識但隨迷悟立名若覔始終如空中求迹如影中求人如身中求我依住所在終不可得也故無長短處所之相也如此無明及智無有始終若得菩提時無明不滅何以故爲本無故更無有滅若隨無明時不動智亦不滅爲本無故亦更無滅但爲隨色聲香所取緣名爲無明但爲知苦發心緣名之爲智但隨緣名之爲有故體本無也如空中響思之可見是以若入宗鏡成佛義圓昇降隨緣知衆生無永沉之義聖凡不隔明諸佛有同體之文○問上所說一心諸法門海爲復是自行權實法化他權實法答若說隨自意自行權實則但說一心門若隨他意化他權實廣門八萬法今但說自行權實本末歸宗台教云若佛心中所觀十界十如皆無上相唯是一佛法界如海總衆流十車共一轍此即自行權實若隨他等意則有九法界千如即是化他權實隨他則開隨自則合橫竪周照開合自在雖開無量無量而一雖合爲

一一而無量雖無量一而非一非無量雖非一非無量而一而無量○問此自他權實二門於正理中決定耶答但隨化門無有決定經云無有定法故號阿耨菩提若執一門皆成外道或定一相即是魔王是以一切法權一切法實一切法亦權亦實一切法非權非實台教云若一切法權何所不破如來有所說尚復是權況復人師若一切法皆實者何所不破唯此一事實但一究竟道寧得衆多究竟道耶若一切法亦權亦實復何所不破一切悉有權有實不得一向權一向實若一切法非權非實復何所不破何得紛紜强生建立古德云即實而權則有而不有即權而實則無而不無若雙遮權實即有無俱非若雙照權實則有無俱是若非遮非照則是非俱非而遮而照則是非俱是若是非俱是終日非而不非若是非俱非終日是而不是若是而不是則非是非非之非若非而不非則非是是之是是則心該色末色徹心原心色一如何非何是故知心外有法是非競生法外無心取捨俱喪○問此宗鏡録何教所攝答眞唯識性理無偏圓約見不同略分五教一小乘教唯說六識不知第八賴耶二初教說有賴耶生滅亦不言有如來藏三終教有如來藏生滅不生滅和合爲賴耶識四頓教總無六七八識等何以故以一心眞實從本已來無有動念體用無二是故無有妄法可顯五一乘圓教說普賢圓明之智不言唯識次第又言佛子三界虛僞唯一心作亦攝入故此宗則圓教所攝乃是如來所說法門

之根本以如來依此心成佛故此心得爲如來根本之義無有一法不收無有一理不具如明鏡照物曷有遺餘若寶印文成更無前後○問凡立五乘之道皆爲運載有心若境識俱亡則無乘可說今約方便乘理不無此宗究竟何乘所攝答於諸乘中一乘所攝亦云最上之乘出過諸法頂故亦云不思議乘非情識測量故今所言一乘者即一心也以運載爲義若攀緣取境則運入六趣之門若妄想不生運至一實之地楞伽經云云何得一乘道覺謂攝所攝妄想如實處不生妄想是名一乘覺斯則了生死妄即涅槃眞頓悟一心更無所趣乃不覺而覺稱爲大覺不來而來名爲如來所以情塵已遣人乘即是眞歸心跡未亡佛乘猶非究竟何者有心分別一切皆邪無意攀緣萬途自正是以無乘之乘爲一乘無教之教爲眞教舉足而便登寶所言下而即契無生若未能萬境齊觀一法頓悟遂乃教開八教乘出五乘則寶所程遥豈唯五百無生路遠何啻三祇論位則天地懸殊校功則日劫相倍雖登聖位猶爲絶分之人經劫練磨唯得假名之稱若達斯旨直入無疑當迷心而見悟心全成覺道即世智而成眞智靡易絲毫可謂虛明自照不勞心力矣○問既有能説必對所機此宗鏡録當何等機答當上上機若已達者憑佛旨而印可若未入者假教理以發明又若圓通之人不俟更述日覺聖智無説無示眞如妙性無得無聞若闇昧之者須假助成因教理而照心即言詮而體道若宗明則教息道顯則言

空絶待眞心境智俱亡矣如是則方入宗鏡深達玄門眞能聽佛説經親談妙旨可謂得諸法之性徹一心之原

如首楞嚴經云阿難承佛悲救深誨垂泣叉手而白佛言我雖承佛如是妙音悟妙明心元所圓滿常住心地而我悟佛現説法音現以緣心允所瞻仰徒獲此心未敢認爲本元心地願佛哀愍宣示圓音拔我疑根歸無上道佛告阿難汝等尚以緣心聽法此法亦緣非得法性如人以手指月示人彼人因指當應看月若復觀指以爲月體此人豈唯亡失月輪亦亡其指何以故以所標指爲明月故豈唯亡指亦復不識明之與暗何以故即以指體爲月明性明暗二性無所了故汝亦如是若以分別我説法音爲汝心者此心自應離分別音有分別性譬如有客寄宿旅亭暫止便去終不常住而掌亭人都無所去名爲亭主此亦如是若眞汝心則無所去云何離聲無分別性斯則豈唯聲分別心分別我容離諸色相無分別性如是乃至分別都無非色非空拘舍利等昧爲冥諦離諸法緣無分別性則汝心性各有所還云何爲主釋曰阿難言而我悟佛現説法音現以緣心允所瞻仰徒獲此心未敢認爲本元心地者阿難尚認緣心聽佛説法音以爲常住眞心取佛定旨佛言若執因緣心聽只得因緣法以法隨情變境逐心生故又定緣佛音聲是自心者若説法聲斷時分別心應滅此心如客不常住故今時多迷自性本聞但隨能所之聞一向徇他聲流轉此聲是對因緣所生法非眞

實有但因聲而立名字因名字而有詮表若旋復本聞則脫聲塵之境所脫之境旣虛能脫之名何立則能脫所脫皆空以强記多聞是識想邊際本非實故若因聞見性則多聞有助顯之功若背性徇聞則畜聞成邪思過悞故文殊頌云今此娑婆國聲論得宣明衆生迷本聞循聲故流轉阿難縱强記不免落邪思豈非隨所淪旋流獲無妄阿難汝諦聽我承佛威力宣說金剛王如幻不思議佛母眞三昧汝聞微塵佛一切祕密門欲漏不先除畜聞成過悞將聞持佛佛何不自聞聞聞非自然生因聲有名字旋聞與聲脫能脫欲誰名一根旣返原六根成解脫見聞如幻瞖三界若空華聞復瞖根除塵消覺圓淨故知若耳根歸本原六根皆寂滅以六根同一心故何者在眼曰見在耳曰聞若攝用歸根時見聞如幻瞖若攝境歸心時三界若空華則瞖滅塵消覺圓心淨如是解者則是因指見月藉教明宗者也若執指爲月迷心徇文者如經云如人以手指月示人彼人因指當應看月若復觀指以爲月體此人豈唯亡失月輪亦亡其指夫三乘十二分教如標月指若能見月了知所標若因教明心從言見性者則知言教如指心性如月眞悟道者終不滯言實見月人更不存指或看經聽法之時不一一消歸自巳但逐文句名身而轉即是觀指以爲月體此豈唯不見自性亦不辯於教文指月雙迷教觀俱失故經云此人豈唯亡失月輪亦亡其指又旣亡其指非唯不了自心之眞妄亦乃不識教之遮表錯亂顛倒莫

辯方隅猶鳥言空如鼠云即似形音響豈合正宗故經云豈唯亡指亦復不識明之與暗何以故即以指體爲月明性明暗二性無所了故所以證道詞云吾早年來積學問亦曾討疏尋經論分別名相不知休入海算沙徒自困却被如來苦訶責數他珍寶有何益從來蹭蹬覺虛行多年枉作風塵客種性邪錯知解不達如來圓頓制二乘精進勿道心外道聰明無智慧亦愚癡亦小騃空拳指上生實解執指爲月枉施功根境法中虛捏怪不見一法即如來方得名爲觀自在是以若實眞心不逐他聲而起分別湛然恒照性自了故如掌亭人都無所去云何離色離聲無分別性此須得旨親見性時方知離聲色諸緣性自常住不假前塵所起知見則悟無始已來皆是執聲爲聞而生顚倒故文殊頌云旋汝倒聞機反聞聞自性性成無上道圓通實如是若非色非空都無分別不見性之人到此之時全歸斷滅便同外道拘捨離等已眼不開昧爲冥諦以冥寂闇昧無知以爲至極從此復立二十五諦迷眞實心成外道種或有禪宗不得旨者法學起空見人多拂心境俱空執無分別將狂解癡盲以爲至道然非離因緣求法性滅妄心取眞心對增上慢人初學之者不可雷同應須甄別如經云離諸法緣無分別性則汝心性各有所還云何爲主阿難言若我心性各有所還則如來說妙明元心云何無還唯垂哀愍爲我宣說佛告阿難且汝見我見精明元此見雖非妙精明心如第二月非是月影汝應諦聽今當示汝

無所還地阿難此大講堂洞開東方日輪昇天則有明耀中夜黑月雲霧晦暝則復昏暗戶牖之隙則復見通牆宇之間則復觀壅分別之處則復見緣頑虛之中徧是空性鬱埻之像則紆昏塵澄霽斂氛又觀清淨阿難汝咸看此諸變化相吾今各還本所因處云何本因阿難此諸變化明還日輪何以故無日不明明因屬日是故還日暗還黑月通還戶牖壅還牆宇緣還分別頑虛還空鬱埻還塵清明還霽則諸世間一切所有不出斯類汝見八種見精明性當欲誰還何以故若還於明則不明時無復見暗雖明暗等種種差別見無差別諸可還者自然非汝不汝還者非汝而誰則知汝心本妙明淨汝自迷悶喪本受輪於生死中常被漂溺是故如來名可憐愍故知一切衆生即今見精明心非定眞妄昧之則麤明之則妙只於八種不還之中了了見性常住云何隨境流轉失本眞常永沒苦輪常漂死海大聖憐愍非不驚嗟阿難示起疑心寄破情執釋迦微細開演直指覺原可謂不易凡身頓成聖體現於生滅顯出圓常宗鏡前後明文一一全證於此又江西馬祖和尚問亮座主蘊何經業對云講三十本經論師云正講時將什麼講對云將心講師云心如工技兒意如和技者爭解講他經對云不可是虛空講也師云却是虛空講得座主於言下大悟遂下階禮拜驀自汗流師云者鈍根阿師用禮拜作什麼其座主却迴本寺語學徒言某一生學業將謂天下無人敵者今日被開元寺老宿一唾淨盡我爾許多

時皆是誑謼汝遂散學徒一入西山更無消息又如有學士問馬祖和尚如水無筋骨能勝萬斛舟時如何師云我遮裏水亦無舟亦無說什麼筋骨又學人問龍潭和尚久嚮龍潭及至到來爲什麼龍亦不見潭亦不見師云却是子親到龍潭又俗官王常侍問先洞山和尚五十二位菩薩中爲甚麼不見妙覺菩薩師云却是常侍親見所以智者大師一生弘教雖廣垂開示唯顯正宗如止觀中云究竟指歸何處言語道斷心行處滅永寂如空又觀心論中云復以傷念一家門徒隨逐積年看心稍久遂不研覈問心是以不染内法著外文字偷記注而奔走負經論而浪行何不絕語置文破一微塵讀大千經卷若能如上聽法講經提宗問答方諧祖意稱可佛心如遇此機可歸宗鏡

宗鏡録卷第九十二

音釋

湎彌兖切溺也　眇亡沼切偏盲也　彙于貴切類也　揭居竭切舉也　恬憺恬徒兼切憺徒覽切恬憺安靜也　隳許規切敗壞也　燎力照切燒也　燼徐刃切火餘也　啻失利切止也　翳於計切目病也　蹭蹬蹭千鄧切蹬徒亘切蹭蹬失道也　騃五駭切癡也　垺蒲没切　紆憶俱切縈也　壅於隴切障也塞也　驀莫白切猶忽也　謼虛訝切誑也　覈下革切考實也

宗鏡録卷第九十三

宋慧日永明妙圓正修智覺禪師延壽集

夫宗鏡録是實相法門若信得何福若毀得何罪答此一心實相之門般若甚深之旨於難信之中或有信者法利無盡唯佛能知若有毀者謗般若罪過莫大焉現世受殃生身陷獄何以受報如此廣大以般若是一切世出世間凡聖之母猶如大地無物不從地生或若謗之則謗一切佛地三寶功德如十法界中一切衆生若昇若沉若愚若智無不皆從般若中來若不得般若威光實無一塵可立如般若經云欲尊貴自在乃至欲得菩提當學般若又云若欲得六根完具當學般若乃至鬼畜亦要完具以此鬼畜皆從學般若來故知不信宗鏡無有是處如諸法無行經云爾時文殊師利言世尊師子吼皷音王如來滅度之後爾時有菩薩比丘名曰喜根時爲法師質直端正不壞威儀不捨世法爾時衆生普皆利根樂聞深論其喜根法師於衆人前不稱讚少欲知足細行獨處但教衆人諸法實相所謂一切法性即是貪欲之性貪欲性即是諸法性瞋恚性即是諸法性愚癡性即是諸法性其喜根法師以是方便教化衆生衆生所行皆是一相各不相是非所行之道心無瞋癡以無瞋癡因緣故逮得法忍於佛法中決定不壞世尊爾時復有比丘法師行菩薩道名曰勝意其勝意比丘護持禁戒得四禪四無色定行十二頭陀世尊是勝意比丘有諸弟子其心輕動樂見他過世尊後於一時勝意菩薩入聚落乞食悞至喜根

弟子家見舍主居士子即到其所敷座而坐爲居士子稱讚少欲知足細行説無利語過讚嘆遠衆樂獨行者又於居士子前復説喜根法師過失是比丘不實以邪見道教化衆生是雜行者説婬欲無障礙瞋恚無障礙愚癡無障礙一切諸法皆無障礙是居士子利根得無生法忍即語勝意比丘大德汝知貪欲爲是何法勝意言居士我知貪欲是煩惱居士子言大德是煩惱爲在内在外耶勝意比丘言不在内不在外大德若貪欲不在内不在外不在東西南北四維上下十方即是無生若無生者云何説若垢若淨爾時勝意比丘瞋恚不喜從座起去作如是言是喜根比丘以妄語法多惑衆人是人以不學入音聲法門故聞佛音聲則喜聞外道音聲則瞋於梵行音聲則喜於非梵行音聲則瞋以不學入音聲法門故乃至爾時喜根菩薩於衆僧前説是諸偈云貪欲是涅槃恚癡亦如是如此三事中有無量佛道若有人分別貪欲瞋恚癡是人去佛遠譬如天與地菩提與貪欲是一而非二皆入一法門平等無有異凡夫聞怖畏去佛道甚遠貪欲不生滅不能令心惱若人有我心及有得見者是人爲貪欲將入於地獄貪欲之實性即是佛法性佛法之實性亦是貪欲性是二法一相所謂是無相若能如是知則爲世間導若有人分別是持戒毁戒以持戒誑故輕蔑於他人是人無菩提亦無有佛法但自安住立有所得見中若住空閑處自貴而賤人尚不得生天何況於菩提皆由著空閑住於邪見故邪見與菩

提皆等無有異但以名字數語言故别異若人通達此則爲近菩提分别煩惱垢即是著淨見無菩提佛法住有得見中若貪著佛法是則遠佛法貪無礙法故則還受苦惱若人無分别貪欲瞋恚癡入三毒性故則爲見菩提是人近佛道疾得無生忍若見有爲法與無爲法異是人終不得解於有爲法若知二性同必爲人中尊佛不見菩提亦不見佛法不著諸法故降魔成佛道若欲度衆生勿分别其性一切諸衆生皆同於涅槃若能如是見是則得成佛其心不閙靜而現閙靜相是於天人中則爲是大賊是人無菩提亦無有佛法若作如是願我當得作佛如是之凡夫無明力所牽佛法湛清淨其喻如虚空此中無可取亦無有可捨佛不得佛道亦不度衆生凡夫强分别作佛度衆生是人於佛法則爲甚大遠若見衆生苦則是受苦者衆生無衆生而説有衆生住衆生相中則無有菩提若人見衆生是畢竟解脱無有婬恚癡知是爲世將若人見衆生不見非衆生不得佛法實佛同衆生性若能如是知則爲世間將乃至説是諸偈法時三萬諸天子得無生法忍萬八千人漏盡解脱即時地裂勝意比丘墮大地獄以是業障罪因緣故百千億那由他劫於大地獄受諸苦毒從地獄出七十四萬世常被誹謗若千百千劫乃至不聞佛之名字自是巳後還得值佛出家學道而無志樂於六十二萬世常返道入俗亦以業障餘罪故於若千百千世諸根闇鈍世尊爾時喜根法師於今東方過十萬億佛土有國名寳莊

嚴於中得阿耨多羅三藐三菩提號曰勝光明威德王如來應供正徧知今現在彼其勝意比丘今我身是世尊我未入如是法相門時受如是苦分別苦顛倒苦是故若發菩薩心者若發小乘心者不欲起如是業障罪不欲受如是苦惱者不應拒逆佛法無有處所可生瞋癡佛告文殊師利汝聞是諸偈得何等利世尊我畢是業障罪已聞是偈因緣故所在生處利根智慧得深法忍巧說深法文殊師利爲誰力故能憶如是無量阿僧祇劫罪業因緣世尊諸菩薩有所念有所說有所思惟皆是佛之神力所以者何一切諸法皆從佛出故知若不信宗鏡中所說實相之理則如勝意比丘沒寃受裂地之大苦若有信如是說則如文殊師利智慧演深法之妙辯

信毀交報因果無差普勸後賢應深信受若信般若福廣具前文今述謗方等罪略引誠證如大般若經中廣說謗法之罪謂此方墮阿鼻地獄此土劫壞罪猶未畢移置他方阿鼻地獄中他方復經劫壞罪亦未盡復移他方如是巡歷十方十方各經劫盡還生此土阿鼻地獄中千佛出世救之猶難若欲說其所受之身聞者當吐熱血而死故善現請說所受之身佛竟不說乃至華嚴地獄天子法華不輕四衆皆是不信悉墮阿鼻若有聞者應須驚懼以爲鑒誡普曉群蒙次明信毀現受報者第一明信者唐釋慧璿姓董氏住襄陽少出家聽三論初住光福寺居山頂引汲爲勞明欲往他寺夜見神人身長一丈衣以紫袍頂禮璿曰請住於此常講大乘經勿以

小乘爲慮其小乘者如高山無水不能利人大乘經者猶如大海自止此山多佛出世一人讀誦說大乘能令所住珍寶光明眷屬榮勝若有小乘前事並失唯願弘持勿孤所望法師須水此易得耳來月八日定當得之自往劒南慈母山大泉請一龍王去也言已不現恰至來月七日夜大風卒起從西南來雷震雨霔唯見清泉香而且美合衆幸及亡龍泉漸便乾竭信之爲益其類是焉第一明毀者佛藏經云於未來世當有比丘不修身戒心慧是人輕笑如來所說畢竟空法又云若有聞空即當驚畏是人可愍直至地獄無有救者唐釋慧眺姓莊氏少出家以小乘爲業住襄陽報善寺哲公座下龍泉開講三論心生不忍曰三論明空講者著空發言訖舌出三尺眼耳鼻並皆流血七日不語有伏律師聞其拔舌告曰汝太癡也一言毀謗罪過五逆可信大乘方得免耳乃令燒香發願懺悔前言舌還收入遂往哲公所誓心斂迹唯聽大乘後住香山神足寺足不跨閫常習大乘時講華嚴等經用申懺謝常於衆中陳其前失獨處一房常坐常念貞觀十一年四月三日在寺後松林坐禪見有三人來形貌奇異禮拜請受菩薩戒訖曰禪師大利根若不改心信大乘者千佛出世猶在地獄又昔有人謗大乘臨終出現牛聲則知華報昭然果報寧失已上皆是障深不信或智淺謬傳依文起見悉成謗法如文殊師利巡行經云文殊師利言大德舍利弗若人說言過去未來現在如來有依不依如是之人則謗如來何以

故眞如無念亦無所念眞如不退眞如無相今宗鏡大意所録之文或祖或教但有一字一句若理若事若智若行皆悉迴向指歸眞如一心何者心之實性名曰眞如性以不改爲義眞以無僞得名如則不變不異以此心性周徧圓融横該十方竪徹三際至一切時處未甞間斷凡有一毫善根悉皆迴向念念合眞如之體體無不寂一一順眞如之用用何有窮所以但契一如自含衆德如華嚴經中眞如相迴向有一百句一一句中無不同指皆爲成就一心妙門如經云佛子此菩薩摩訶薩正念明了其心堅住遠離迷惑專意修行深心不動成不壞業趣一切智終不退轉志求大乘勇猛無畏植諸德本普安世間生勝善根修白淨法大悲增長心寶成就乃

至譬如眞如徧一切處無有邊際善根迴向亦復如是徧一切處無有邊際譬如眞如眞實爲性善根迴向亦復如是了一切法眞實爲性譬如眞如恒守本性無有改變善根迴向亦復如是守其本性始終不改譬如眞如以一切法無性爲性善根迴向亦復如是了一切法無性爲性譬如眞如無相爲相善根迴向亦復如是了一切法無相爲相譬如眞如若有得者終無退轉善根迴向亦復如是若有得者於諸佛法永不退轉譬如眞如一切諸佛之所行處善根迴向亦復如是一切如來所行之處譬如眞如離境界相而爲境界善根迴向亦復如是離境界相而爲三世一切諸佛圓滿境界譬如眞如能有安立善根迴向亦復如是悉能安立一切衆生譬如

眞如性常隨順善根迴向亦復如是盡未來劫隨順不斷譬如眞如無能測量善根迴向亦復如是等虛空界盡衆生心無能測量譬如眞如充滿一切善根迴向亦復如是一刹那中普周法界譬如眞如常住無盡善根迴向亦復如是究竟無盡譬如眞如無有比對善根迴向亦復如是普能圓滿一切佛法無有比對譬如眞如體性堅固善根迴向亦復如是體性堅固非諸惑惱之所能沮譬如眞如不可破壞善根迴向亦復如是一切衆生不能損壞譬如眞如照明爲體善根迴向亦復如是以普照明而爲其性譬如眞如無所不在善根迴向亦復如是於一切處悉無不在譬如眞如徧一切時善根迴向亦復如是徧一切時譬如眞如性常清淨善根迴向亦復如是住於世間而體清淨譬如眞如於法無礙善根迴向亦復如是周行一切而無所礙譬如眞如爲衆法眼善根迴向亦復如是能爲一切衆生作眼譬如眞如性無勞倦善根迴向亦復如是修行一切菩薩諸行恒無勞倦譬如眞如體性甚深善根迴向亦復如是其性甚深譬如眞如無有一物善根迴向亦復如是了知其性無有一物譬如眞如性非出現善根迴向亦復如是其體微妙難可得見譬如眞如離衆垢翳善根迴向亦復如是慧眼清淨離諸癡翳譬如眞如性無與等善根迴向亦復如是成就一切諸菩薩行最上無等譬如眞如體性寂靜善根迴向亦復如是善能隨順寂靜之法譬如眞如無有根本善根迴向亦復如是能入一切無根本法

譬如眞如體性無邊善根迴向亦復如是淨諸衆生其數無邊譬如眞如體性無著善根迴向亦復如是畢竟遠離一切諸著譬如眞如無有障礙善根迴向亦復如是除滅一切世間障礙譬如眞如非世所行善根迴向亦復如是非諸世間之所能行譬如眞如體性無住善根迴向亦復如是一切生死皆非所住譬如眞如性無所作善根迴向亦復如是一切所作悉皆捨離譬如眞如體性安住善根迴向亦復如是安住眞實譬如眞如與一切法而共相應善根迴向亦復如是與諸菩薩聽聞修習而共相應譬如眞如一切法中性常平等善根迴向亦復如是於諸世間修平等行譬如眞如不離諸法善根迴向亦復如是盡未來際不捨世間譬如眞如一切法中畢竟無盡善根迴向亦復如是於諸衆生迴向無盡譬如眞如與一切法無有相違善根迴向亦復如是不違三世一切佛法譬如眞如普攝諸法善根迴向亦復如是盡攝一切衆生善根譬如眞如與一切法同其體性善根迴向亦復如是與三世佛同一體性譬如眞如與一切法不相捨離善根迴向亦復如是攝持一切世出世法譬如眞如無能映蔽善根迴向亦復如是一切世間無能映蔽譬如眞如不可動搖善根迴向亦復如是一切魔業無能動搖譬如眞如性無垢濁善根迴向亦復如是修菩薩行無有垢濁譬如眞如無有變易善根迴向亦復如是愍念衆生心無變易譬如眞如不可窮盡善根迴向亦復如是非諸世法所能窮盡譬如眞如性常

覺悟善根迴向亦復如是普能覺悟一切諸法譬如真如不可失壞善根迴向亦復如是於諸衆生起勝志願永不失壞譬如真如能大照明善根迴向亦復如是以大智光照諸世間譬如真如不可言說善根迴向亦復如是一切言語所不可說譬如真如持諸世間善根迴向亦復如是能持一切菩薩諸行譬如真如隨世言說善根迴向亦復如是隨順一切智慧言說譬如真如徧一切法善根迴向亦復如是徧於十方一切佛刹現大神通成等正覺譬如真如無有分別善根迴向亦復如是於諸世間無所分別譬如真如徧一切身善根迴向亦復如是徧十方刹無量身中譬如真如體性無生善根迴向亦復如是方便示生而無所生譬如真如無所不在善根迴向亦復如是十方三世諸佛土中普現神通而無不在譬如真如徧在於夜善根迴向亦復如是於一切夜放大光明施作佛事譬如真如徧在於晝善根迴向亦復如是悉令一切在晝衆生見佛神變演不退輪離垢清淨無空過者譬如真如徧在半月及以一月善根迴向亦復如是於諸世間次第時節得善方便於一念中知一切時譬如真如徧在年歲善根迴向亦復如是住無量劫明了成熟一切諸根皆令圓滿譬如真如徧成壞劫善根迴向亦復如是住一切劫清淨無染教化衆生咸令清淨譬如真如盡未來際善根迴向亦復如是盡未來際修諸菩薩清淨妙行成滿大願無有退轉譬如真如徧住三世善根迴向亦復如是令諸衆生於一刹那

見三世佛未曾一念而有捨離譬如眞如徧一切處善根迴向亦復如是超出三界周行一切悉得自在譬如眞如住有無法善根迴向亦復如是了達一切有無之法畢竟清淨譬如眞如體性清淨善根迴向亦復如是能以方便集助道法淨治一切諸菩薩行譬如眞如體性明潔善根迴向亦復如是令諸菩薩悉得三昧明潔之心譬如眞如體性無垢善根迴向亦復如是遠離諸垢滿足一切諸清淨意譬如眞如無我我所善根迴向亦復如是以無我我所清淨之心充滿十方諸佛國土譬如眞如體性平等善根迴向亦復如是獲得平等一切智智照了諸法離諸癡翳譬如眞如超諸數量善根迴向亦復如是與超數量一切智乘大力法藏而同止住興徧十方一切世界廣大法雲譬如眞如平等安住善根迴向亦復如是發生一切諸菩薩行平等住於一切智道譬如眞如徧住一切諸衆生界善根迴向亦復如是滿足無礙一切種智於衆生界悉現在前譬如眞如無有分別普住一切音聲智中善根迴向亦復如是具足一切諸言音智能普示現種種言音開示衆生譬如眞如永離世間善根迴向亦復如是普使衆生永出世間譬如眞如體性廣大善根迴向亦復如是悉能受持去來今世廣大佛法恒不忘失勤修一切菩薩諸行譬如眞如無有間息善根迴向亦復如是爲欲安處一切衆生於大智地於一切劫修菩薩行無有間息譬如眞如體性寛廣徧一切法善根迴向亦復如是淨念無礙普攝一切寛

廣法門譬如眞如徧攝群品善根迴向亦復如是證得無量品類之智修諸菩薩眞實妙行譬如眞如無所取著善根迴向亦復如是於一切法皆無所取除滅一切世間取著普令清淨譬如眞如體性不動善根迴向亦復如是安住普賢圓滿行願畢竟不動譬如眞如是佛境界善根迴向亦復如是令諸衆生滿足一切大智境界滅煩惱境悉令清淨譬如眞如無能制伏善根迴向亦復如是不爲一切衆魔事業外道邪論之所制伏譬如眞如非是可修非不可修善根迴向亦復如是捨離一切妄想取著於修不修無有分別譬如眞如無有退捨善根迴向亦復如是常見諸佛發菩提心大誓莊嚴永無退捨譬如眞如普攝一切世間言音善根迴向亦復如是

能得一切差別言音神通智慧普發一切種種言詞譬如眞如於一切法無所希求善根迴向亦復如是令諸衆生乘普賢乘而出離於一切法無所貪求譬如眞如住一切地善根迴向亦復如是令一切衆生捨世間地住智慧地以普賢行而自莊嚴譬如眞如無有斷絶善根迴向亦復如是於一切法得無所畏隨其類音處處演説無有斷絶譬如眞如捨離諸漏善根迴向亦復如是令一切衆生成就法智了達於法圓滿菩提無漏功德譬如眞如無有少法而能壞亂令其少分非是覺悟善根迴向亦復如是普令開悟一切諸法其心無量遍周法界譬如眞如過去非始未來非末現在非異善根迴向亦復如是爲一切衆生新新恒起菩提心願普使清淨永

離生死譬如眞如於三世中無所分别善根迴向亦復如是現在念念心常覺悟過去未來皆悉清淨譬如眞如成就一切諸佛菩薩善根迴向亦復如是發起一切大願方便成就諸佛廣大智慧譬如眞如究竟清淨不與一切諸煩惱俱善根迴向亦復如是能滅一切衆生煩惱圓滿一切清淨智慧釋曰是知百句之内一一義中無一字而不約心明無一行而不隨性起可謂眞該行末無一一行而非眞行徹眞原無一一眞而非行如是則理事周備心境融通匪著有以凝空免滯眞而染俗能令頓生正信步步成菩薩之因門直顯圓修念念滿諸佛之果海所以具録百句廣大全文究竟證明宗鏡妙旨今則普勸十方學士一切後賢但願道富人貧情踈德

厚以法爲侶以智爲先用慈修身開物是務爲法施主匪悋家風無問不從有疑咸决則履佛行處免負本心妙行恒新至道如在所以證道歌云窮釋子口稱貧實是身貧道不貧貧則身常披縷褐道則心藏無價珍無價珍用無盡利物應機終不悋三身四智體中圓八解六通心地印斯則以法界爲身虚空爲量情亡取捨見泯自他以物心爲心何門不順以彼意爲意何法能違入宗鏡中法爾如是故書云以兆人之耳聽以四海之目視以已身知人身以已心知人心聖人無常心以百姓爲心又云攝已從他萬事消和攝他從已諸事競起則内外指歸證明無盡○問信受毁謗此宗鏡法罪福何重答此乃群賢之父諸佛之母萬善由生信謗豈不獲報重

耶所以法華經云又如大梵天王一切衆生之父此經亦復如是一切聖賢學無學及發菩薩心者之父起信鈔云若謗此法以深自害亦害他人斷絶一切三寶之種一切如來皆依此法得涅槃故一切菩薩因之修行得入佛智故

宗鏡録卷第九十三

音釋

蔑莫結切輕易也　霔之戍切霡霔也　眺他弔切　跨苦化切足過也　閫苦本切門限也　縷褐縷力主切藍縷也褐胡葛切編枲短衣也

宗鏡録卷第九十四

宋慧日永明妙圓正修智覺禪師延壽集

引證章第三

夫所目宗鏡大旨煥然前雖問答決疑猶慮難信上根纔覽頓入總持之門中下雖覩猶墮謗疑之地今重爲信力未深纖疑不斷者更引大乘經一百二十本諸祖語一百二十本賢聖集六十本都三百本之微言總一佛乘之眞訓可謂舉一字而攝無邊教海立一理而收無盡眞詮一一標宗同龍宮之徧覽重重引證若鷲嶺之親聞普令眠雲立雪之人坐參知識遂使究理探玄之者盡入圓宗尋古佛之叢林如臨皎日履祖師之閫域猶瞰淨天大覺昭然即肉眼而圓通佛眼疑情豁爾當凡心而顯現眞心可謂現知指法界於掌内便同親證探妙旨於懷中

大般若經云一切如來同在一處自性清淨無漏界攝又云三世諸佛住十方界爲諸有情宣説正法無不皆用本性空爲佛眼離本性空無别方便釋曰本性空者即是自性清淨心本性即自性空即清淨義此心則凡聖本有今古常然衆生不知諸佛因兹指授含靈現具祖師爲此相傳故云離此别無方便

大方廣佛華嚴經頌云言詞所説法小智妄分别是故生障礙不了於自心不能了自心云何知正道彼由顛倒想增長一切惡

大涅槃經云信於二諦一乘之道更無異趣爲是衆生速得解脱又云道者雖無色像可見稱量可知而實有用善男子如衆生心雖非是色非長非短非麤非細非縛非解非是

見法而亦是有

寶積經云一切法虛妄如夢以唯念故又云自爲洲渚自爲歸處法爲洲渚法爲歸處無別洲渚無別歸處釋曰起信論云所言法者即衆生心故知所向皆心豈有歸處住自境界無別方所

法華經偈云又復不行上中下法有爲無爲實不實法亦不分別是男是女不得諸法不知不見是則名爲菩薩行處一切諸法空無所有無有常住亦無起滅是名智者所親近處顛倒分別諸法有無是實非實是生非生在於閑處修攝其心安住不動如須彌山觀一切法皆無所有猶如虛空無有堅固不生不出不動不退常住一相是名近處釋曰若入一心一相之門尚無常住之法豈有起滅之緣自然不動如山心安如海可謂菩薩行處諸佛所居矣故華嚴經頌云法性如虛空諸佛於中住

大集經云云何菩薩修心念處觀是心性不見內入心不見外入心不見內外入心不見陰中心不見界中心旣不見已作是思惟如是心緣爲異不異若心異緣則一時中應有二心若心即緣不應復能觀於自心猶如指端不能自觸心亦如是作是觀已見心無住無常變異所緣處滅又云不見一法一法相貌一法光明若如是見是名佛法之正見

圓覺經云一時婆伽婆入於神通大光明藏三昧正受一切如來光嚴住持是諸衆生清淨覺地身心寂滅平等本際圓滿十方不二隨順於不二境現諸淨土又云善男子一切

衆生種種幻化皆生如來圓覺妙心猶如空華從空而有幻華雖滅空性不壞衆生幻心還依幻滅諸幻盡滅覺心不動依幻說覺亦名爲幻若說有覺猶未離幻說無覺者亦復如是是故幻滅名爲不動善男子一切菩薩及末世衆生應當遠離一切幻化虛妄境界由堅執持遠離心故心如幻者亦復遠離遠離爲幻亦復遠離離遠離幻亦復遠離得無所離即除諸幻譬如鑽火兩木相因火出木盡灰飛煙滅以幻修幻亦復如是諸幻雖盡不入斷滅善男子知幻即離不作方便離幻即覺亦無漸次一切菩薩及末世衆生依此修行如是乃能永離諸幻釋曰知幻即離不作方便者以幻無定相自性常離離即空也即一切凡聖垢淨萬法皆同幻如空故何用更作方便而求離離幻即覺亦無漸次者當離之時全成大覺即離即覺平等一照旣無前後豈有漸次耶

密嚴經偈云一切諸世間譬如熱時炎以諸不實相無而妄分別覺因所覺生所覺依能覺離一則無二譬如光共影無心亦無境量及所量事但依於一心如是而分別能知所知法唯依心妄計若了所知無能知則非有心爲法自性及人之所渴入於八地中而彼得清淨九地行禪定十地大開覺法水灌其頂而成世所尊法身無有盡是佛之境界究竟如虛空心識亦如是又云爾時金剛藏菩薩告諸大衆仁者阿賴耶識從無始來爲戲論熏習諸業所繫輪迴不已如海因風起諸識浪恒生恒滅不斷不常而諸衆生不自覺

知隨於自識現衆境界若自了知如火焚薪即皆息滅入無漏位名爲聖人

楞伽經云第一義諦者但唯是心種種外相悉皆無有彼愚夫執著惡見欺誑自他不能明見一切諸法如實住處大慧一切諸法如實者謂能了達唯心所現

首楞嚴經云佛告文殊及諸大衆十方如來及大菩薩於其自住三摩地中見與見縁并所想相如虚空華本無所有此見及縁元是菩提妙淨明體云何於中有是非是文殊吾今問汝如汝文殊更有文殊是文殊者爲無文殊如是世尊我眞文殊無是文殊何以故若有如者則二文殊然我今日非無文殊於中實無是非二相佛言此見妙明與諸空塵亦復如是本是妙明無上菩提淨圓眞心妄爲色空及與聞見如第二月誰爲是月又誰非月文殊但一月眞中間自無是月非月是以汝今觀見與塵種種發明名爲妄想不能於中出是非是由是精眞妙覺明性故能令汝出指非指

四十二章經云出家沙門者斷欲去愛識自心原達佛本理悟無爲法内無所得外無所求心不繫道亦不結業無念無作非修非證不歷諸位而自崇最名之曰道又佛言覩天地念非常覩世界念非常覩靈覺即菩提如是心識得道疾矣

金剛三昧經云佛言如是衆生之心實無别境何以故心本淨故理無穢故以染塵故名爲三界三界之心名爲别境是境虚妄從心化生心若無妄即無别境大力菩薩言心若

在淨諸境不生此心淨時應無三界佛言如是菩薩心不生境境不生心何以故所見諸境唯所見心心不幻化則無所見大方廣入如來智德不思議經云皆悉了達諸法實相自性平等猶如虛空又云於一法中了一切法無分別智常現在前釋曰一法者即是自心此心爲諸法平等之性於自心性中了一切法有何分別不增不減經云甚深義者即第一義諦第一義諦者即衆生界衆生界者即如來藏如來藏者即法身釋曰夫心者爲諸法總持之門作萬有眞實之性故稱第一義諦雜雜心念故號衆生是心之界即衆生界從眞如性起名曰如來無所缺減乃目爲藏能積聚恒沙功德故名法身是以仁王經云最初一念具足八萬四千波羅蜜

集福德三昧經云如瑠璃寶器隨所在處不失其性如是若有菩薩住是三昧雖在家當說是人名爲出家能不失是法界體性釋曰是以悟心方能得道見性是名出家若見性則在家出家若不見性則出家在家故阿難未見性前自懺悔言我身雖出家心不入道佛地經云當知清淨法界者譬如虛空雖徧諸色種種相中而不可說有種種相體唯一味如是如來清淨法界雖復徧至種種相類所知境界而不可說有種種相體唯一味釋曰清淨法界者即一心無雜之法界以法爲界豈有邊畔則一切色中皆有虛空性況一切法中皆有安樂性以隱覆此性故隨所知境應其情量現種種境界若以空明即有空

現若以色明即有色現但隨處發明即隨處現所現種種皆妄心生相不可得唯一味眞心湛然不動不空羂索經云持眞言者以心置心觀自之心作於一切諸佛如來廣大出生殊勝尊妙菩薩地經云迷聖道者不知理道從自心生唯常苦身以求解脱如犬逐塊不知尋本所以大莊嚴論釋云譬如師子被打射時而彼師子尋逐人來譬如癡犬被人打擲便逐瓦石不知尋本言師子者喻智慧人解求其本而滅煩惱然癡犬者即是外道五熱炙身不識心本

法集經云能知一切唯是一心名爲心自在於其掌中出諸珍寶亦以虚空而爲庫藏名爲物自在一切身口意業以智爲本名智自在又云觀世音白佛言菩薩若受持一法一切諸佛法自然如在掌中何者是一法所謂大悲釋曰此是同體大悲此悲性徧一切衆生界故能一雨普潤蘭艾齊榮一念咸收邪正俱濟

大灌頂經云禪思比丘無他想念唯守一法然後見眞釋曰一法爲宗諸塵無寄他緣自絶妙性顯然志當歸一而何智不明尋流得源而何疑不釋撮要之旨斯莫大焉

寶雲經云一切諸法心爲上首若知於心則能得知一切諸法

般舟三昧經偈云諸佛從心得解脱心者無垢名清淨五道鮮潔不受染有解此者成大道釋曰五道由心心體常淨雖徧五道不受彼色則淪五趣而不墜居一相而非昇展法界而不周入微塵而非縮以眞如一心本性

清淨無增減故以此一法能收一切似濫觴一滴之水與四海水潤性無差如芥子孔中之空等十方空包容匪別故云天得一以清地得一以寧萬物得一以生人得一而道成又云聖人抱一爲天下式即此宗鏡作禪門之法式也

大方等陀羅尼經云舍利弗問文殊言受記當於何求文殊師利言當於如如性中求釋曰如如性即是一切衆生眞心之性思益經云衆生如即是漏盡解脫如以一切法悉入於如無有體性即是諸佛解脫於衆生心行中求

因果經偈云一切造善惡皆從心想生是故眞出家皆以心爲本

大法炬陀羅尼經云佛告毗舍佉如是色相不可眼見當知彼是心識境界唯意所知是故不可以眼見毗舍佉一切衆生所有心意不可言說唯佛智知

像法決疑經云今日坐中無央數衆各見不同或見如來入涅槃或見如來住世一劫若減一劫若無量劫或見如來丈六之身或見小身或見大身或見報身蓮華藏世界海爲千百億釋迦牟尼佛說心地法門或見法身同於虛空無有分別無相無礙徧同法界或見此處山林地土沙礫或見七寶或見此處乃是三世諸佛所行之處或見此處即是不思議諸佛境界眞實之法釋曰故知佛無定形隨識而自分麤妙境無異相因心而空見短長可謂現證法門理歸宗鏡

如來興顯經偈云諸佛所行性一切諸衆生

皆在心性中相可相同相現寶藏經云菩薩問文殊師利以何緣故一切諸法皆是佛法文殊言如佛智所覺又問如何佛智所覺乃至答言解自心如故

修行慈分經云一切諸法體相微細皆悉空寂凡夫之人以自分別生諸境界自分別中還自繫縛乃至未了心之自性剎爾許時如在夢中妄著諸境復應觀察一切三界皆悉是空空不礙空

入楞伽經偈云爾時佛神力復化作山城崔嵬百千相嚴飾對須彌無量億華園皆是衆寶林香氣廣流布芬馥未曾聞一一寶山中皆示現佛身亦有羅婆那夜叉衆等住十方佛國土及於諸佛身佛子夜叉王皆來集彼山而此楞伽城所有諸衆等皆悉見自身入化楞伽中如來神力作亦同彼楞伽諸山及園林寶莊嚴亦爾一一山中佛皆有大慧問如來悉爲說内身所證法出百千妙聲說此經法已佛及諸佛子一切隱不現羅婆那夜又忽然見自身在己本宫殿更不見餘物而作是思惟向見者誰作說法者爲誰是誰而聽聞我所見何法而有此等事彼諸佛國土及諸如來身如此諸妙事今皆何處去爲是夢所憶爲是幻所作爲是實城邑爲乾闥婆城爲是瞖妄見爲是陽燄起爲夢石女生爲我見火輪爲見火輪煙我所見云何復自深思惟諸法體如是唯自心境界内心能證知而諸凡夫等無明所覆障虚妄心分別而不能覺知能見及所見一切不可得說者及所說如是等亦無佛法眞實體非有亦非無法

相恒如是唯自心分別如見物爲實彼人不見佛不住分別心亦不能見佛不見有諸行如是名爲佛若能如是見彼人見如來智者如是觀一切諸境界轉身得妙身即是佛菩薩

虚空孕菩薩經偈云一切諸法相眞實無知者若人住諸陰六根皆蔽塞釋曰故知諸法皆眞無知無見纔有知見即落識陰則一心不通六根闇塞終不能見無見之見知無知之知若有見之見則不見一切若無知之知則無所不知所以賢護經云若菩薩觀四念處時無法可見無聲可聞無聞見故則無有法可得分別亦無有法可得思惟而亦非瞽盲聾故但是諸法無可見故以唯一眞心見外無法

寶星經云爾時世尊告妙音梵王汝今何故目不暫捨乃至無相觀於我耶善男子頗有一法名爲佛耶頗有一物可名爲名耶釋曰故知名體俱空妙旨斯在是以絶觀方見如来有無之觀皆是虚妄不入宗鏡豈辯眞佛乎

十住斷結經云一切諸法常自存在衆生不達爲興莊嚴法法自生法法自滅法法不生法法不滅法生法滅性不移轉斯是菩薩大士之道非諸凡俗之所及也釋曰一切諸法常自存在者眞心不易性相恒如衆生不達爲興莊嚴者以外道執斷見小乘證無常菩薩爲對治凡小故不盡有爲常修福業不住無爲深入智淵廣大莊嚴雲興萬行念念圓滿十波羅蜜拔斷常外道之曲木出邪見之

稠林拯偏眞小果之坐身昇解脱之坑底所以華嚴經云第七遠行地當修十種方便慧殊勝道所謂雖善修空無相無願三昧而慈悲不捨衆生雖得諸佛平等法而樂常供養佛雖入觀空智門而勤修習福德雖遠離三界而莊嚴三界雖畢竟寂滅諸煩惱燄而能爲一切衆生起滅貪瞋癡煩惱燄雖知諸法如幻如夢如影如響如燄如化如水中月如鏡中像自性無二而隨心作業無量差別雖知一切國土猶如虛空而能以清淨妙行莊嚴佛土雖知諸佛法身本性無身而以相好莊嚴其身雖知諸佛音聲性空寂滅不可言說而能隨一切衆生出種種差別清淨音聲雖隨諸佛了知三世唯是一念而隨衆生意解分別以種種相種種時種種劫數而修行

釋曰經云雖善修空無相無願三昧者是對治凡夫著有徇樂之見而慈悲不捨衆生者是對治二乘沉空畏苦之見下諸句義皆同此釋故云聲聞畏苦緣覺無悲俱失菩薩二利之行

須眞天子經云須眞天子問文殊師利菩薩不從三脱門而求道耶文殊答言天子不可從空而成道亦不可於無相而成道亦不可於無願而成道也所以者何於是中無心意識念亦無動故有心意識念念動者乃成其道也釋曰若取三解脱門作證者即是溺實際之海背靈覺之原遺性徇空何成大道若直了神解心性念念菩提果圓不墮斷見之邪無豈涉常見之實有介爾起意大用現前無得無依非取非捨從眞起行體用相收以

行契眞卷舒一際可謂心心合道念念冥眞矣故還原觀云用則波騰海沸全眞體以運行體則鏡淨水澄舉隨緣而會寂斯則不離體之用用乃波騰不離用之體體常湛寂體雖湛寂常在萬緣用雖波騰恒冥一際

大方廣師子吼經云佛告電髮菩薩善男子法唯一字所謂無字本無言說何所言說善男子當知無說是爲眞說爾時淨身菩薩承佛威神白佛言世尊若無所說是爲眞說者啞默不言皆應說法佛言如是善男子如汝所說非唯啞默者說法不啞默者亦皆說法而不知法世尊云何一切衆生說法而不知法善男子如生盲人處日光中而不見日傍人爲說以他聲故乃知有日如是諸法悉入法界法界無字離諸字性非諸衆生而能宣辯釋曰審知未達宗人依通見解隨他語轉妄有所說如彼盲者不見日光聽傍人聲豈窮日體若眼開親見即知本無名字言說故知有言傷旨不達法界是以經云如是諸法悉入法界法界無字離諸字性若能深達一字唯心法界自然言語道斷法爾知解情亡豈是無辯智不能窮也如肇論云釋迦掩室於摩竭淨名杜口於毗耶須菩提唱無說以顯道釋梵絶聽而雨華斯則理爲神御口以之默豈曰無辯辯所不能言也

普超三昧經決狐疑品云於是阿闍世王曰唯願濡首解我狐疑濡首答言大王所疑恒河沙等諸佛世尊所不能決時王自省無救護從榻而墮如斷大樹摧折躃地大迦葉曰大王自安莫懷恐懅勿以爲懼所以者何濡

首童眞被大智鎧善權方便而設此言可徐而問時王即起問濡首曰向者所說恒河沙諸佛不能爲我而決狐疑濡首報曰王意云何假若有人而自說言我以塵暝灰煙雲霧汙染虛空寧堪任乎答不能汙濡首又問設令大王取此空洗之使淨寧堪任乎答曰不能淨濡首報曰吾以是向者說言恒河沙等諸佛世尊所不能決也釋曰一切衆生不了自性清淨心故妄生垢淨迷悟自没遂於無疑中起疑於無決中求決若能諦了豁爾意消即見一切染淨諸法皆同虛空性既達虛空性不可染淨方悟本心未曾迷悟設有說無生無得之理皆是一期隨宜方便若入宗鏡妙旨了然尚無疑與無疑何懷決不決耶月燈三昧經頌云譬如有童女夜卧夢産子生欣死憂慼諸法亦復然如人飲酒醉見地悉迴轉其實未曾動諸法亦復然如淨虛空月影現於清池非月形入水諸法亦復然如人自好喜執鏡而照面鏡像不可得諸法亦復然如人在山谷歌哭言笑響聞聲不可得諸法亦復然釋曰狂醉見聞事何眞實昏夢境界憂喜皆虛鏡裏之形因誰所起谷中之響起自何來所以入楞伽經云佛告楞伽王譬如有人於水鏡中自見其像於燈月中自見其影於山谷中自聞其響便生分別而起取著此亦如是法與非法唯是分別由分別故不能捨離但更增長一切虛妄不得寂滅寂滅者所謂一心一心者是最勝三昧從此能生自證聖智以如來藏而爲境界法王經云於諸法中若說高下即名邪說其

口當破其舌當裂何以故一切衆生心垢同一垢心淨同一淨衆生若病同一病衆生須藥應須一藥若說多法即名顛倒何以故爲妄分别析善惡法破一切法故隨機說法斷佛道故釋曰同一病須一藥者以一心爲病還以一心爲藥以心生則法生心滅則法滅故若說多法即名顛倒者若諦自心尚不得一何況說多以心外見法即成顛倒如狂心見鬼病眼生華無中執有豈成眞正隨機說法斷佛道故者執有前機早違大旨更說多法實壞正宗如法華經云若有深愛法者亦不爲多說以心法甚深非多非少既不可多說亦不可少說以非多故不增以非少故不減以不增故不生以不減故不滅故華嚴經頌云一切法不生一切法不滅若能如是解諸佛常現前又藥王菩薩云我捨兩臂必當得佛金色之身兩臂即是斷常二法若捨生滅斷常之見則心佛現前頓成佛體故云必當得佛金色之身

無涯際總持經云一念之頃能知三世一切諸法悉皆平等無不通達其人終無異行亦無異念釋曰無涯際總持經者以名標宗謂眞心無際總持萬法攝歸一體故云平等如是通達之人終無異行者以知心外無法可作差别故亦無異念者以心內無法可起思惟故所以華嚴經十迴向品云菩薩摩訶薩如是迴向時眼終不見有不淨佛刹亦不見有異相衆生以心境一如故不退轉法輪經云善知一切衆生無相悉同法界非見非不見何以故法界即是一切衆生心界是名言

行

持世經云三界唯皆是識是心意識亦無形無方不在法内不在法外凡夫爲虚妄相應所縛於識陰中貪著於我若我所

瓔珞經云佛言吾今有十四億大衆以金剛口說決定義佛子我昔法會有一億八千無垢大士即於法會達一性原頓覺無二一切諸法皆一合相從法會出各於十方説此瓔珞又云行從心得心淨道成

思益經云聖人無所斷凡夫無所生是二不出法性平等之相釋曰以凡夫迷執心外有法妄見法生若聖人明見心外無法無法可生了凡無生即聖無斷則是入一心不二法門故云不出法性平等之相以無有一法出法性外故如華嚴經頌云法性徧在一切處一切衆生及國土三世悉在無有餘亦無形相而可得勝跡菩薩所解諸法經云法唯一字所謂無字本無言説當知無説是爲眞説

釋曰心爲一字中王攝盡無邊之教海心爲諸佛智母演出無盡之眞詮若能發明決定信入則如來常不説法是名具足多聞亦是唯願少聞多解義趣即斯旨矣故涅槃䟽云涅槃之義浩然無盡欲舉一蔽諸指醎淡海者即一心也

法句經偈云森羅及萬像一法之所印云何一法中而見有種種又云雖誦千章句義不正不如一要聞可滅意釋曰雖誦千章者但徇音聲不知正義不如一要者若了一心爲萬法之要達宗則息意意息則境空以萬法常虚隨意生形故

不思議光菩薩經偈云一切非如法等住於如中覺了知是已無過無功德釋曰一切非如法者即是心外徧計妄執無體之法若了妄無實則一切諸法等住於一如心中如是覺知則覺外無法可爲對待染淨俱空故如思益經云菩薩所化衆生無有功德以無對處故因有過患方顯功德以眞心徧一切處故更無一法可爲過患旣無所治過患亦無能治功德二俱不立故云無過無功德

諸法無行經云善住天子問文殊言若有人來求出家者當云何答文殊言若不發出家心者當教汝眞出家法何者若求出家是求三界及以五欲未來報等彼不見心故不證法心無爲故故不發心釋曰若證自心即入無爲之理若是無爲之理則無心可發斯則是眞發心是眞出家矣

法華三昧觀經云所謂十方三世衆生若大若小乃至一稱南無佛者皆當作佛唯一大乘無二無三一切諸法一相一門所謂無生滅畢竟空相唯有此大乘無有二也習如是觀者五欲自斷五蓋自除五根增長即得禪定釋曰一稱南無佛皆當作佛者若法界含生三乘五性能歸命一心無不成佛以離自心一相一門外更無有法可作歸依無二無三畢竟空寂如是觀者五欲自斷以六塵境隨妄念故有無念則無境何用更斷故能不斷五欲而淨諸根諸根既淨五蓋自除五根五力自然增長不退即得禪定乃至六度萬行悉皆成就如金剛三昧經云空心不動具六波羅蜜心空則一切皆空故云唯有此大

乘無有二也

雜藏經云爲善福隨履惡禍追響之應聲善惡如音非天龍鬼神所授非先禰所爲造之者心成者身口矣佛説偈曰心爲法本心尊心使中心念惡即言即行罪苦自追車轢于轍心爲法本心尊心使中心念善即言即行福樂自追如影隨形

宗鏡録卷第九十四

音釋

瞰苦暫切視也　劑在詣切分劑也　崔嵬崔昨回切嵬五灰切崔嵬高峻貌　芬馥芬芳文切馥房六切芬馥香氣也　矬昨禾切短也　濡而兗切　躃房益切倒也　懅其據切怖也　鎧可亥切甲也　禰奴禮切祖禰也　轢郎擊切車踐也

宗鏡録卷第九十五

宋慧日永明妙圓正修智覺禪師延壽集

勝天王般若經云三世如來同在一處自性清淨無漏法界若一若異不可思議智慧神力同一法界般若方便二相平等釋曰同在一處自性清淨者一切凡聖皆以無所住而住自性清淨心祕密藏之一處若一若異不可思議者以報身妙土之相相入相資故云若異以法身自體之性相徧相即故云若一如芥瓶燈室同異難量故云不可思議般若方便二相平等者諸佛以般若方便常相輔翊何者以般若觀空不住生死以方便涉有不住涅槃以不住生死故智眼常明以不住涅槃故悲心恒續悲智體同故云平等最勝王經云離無分別智更無勝智離法如如無勝境界釋曰一切境界皆是意言分別則無境唯識若了識空但一眞心成無分別智此乃無等之智第一之說豈有餘智更能過者此眞如一心之性爲萬法之所依故離此之外何處別有纖塵能爲標指若離此一心境智或有所見皆是瞖眼狂心不見眞實所以如來不思議境界經云如衆瞖者同於一處見各差別互不相礙皆由眼瞖不見正色衆生亦爾色性無礙心緣異故蔽於正見不了眞實

禪要經云棄諸蓋菩薩白佛言世尊禪門祕要爲有一門爲是多門若有多者法則有二若是一者云何容受無量無邊衆生而不迫迮佛言善男子此禪要門亦非是一亦非多數一切衆生性同虛空雖同虛空各於身心

自有禪門實不共修何以故息口不言冥合於理口為禪門攝眼分別混合無異眼為禪門耳所聞聲了知虛妄畢竟寂滅猶如聾人耳為禪門乃至身意亦復如是善男子攝諸塵勞入不二門曠徹清虛湛然凝定釋曰心是禪門身為慧聚禪能洞寂慧能起照寂照無差方入平等如永嘉集云以奢摩他故雖寂而常照以毗婆舍那故雖照而常寂以優畢叉故非照而非寂照而常寂故說俗而即眞寂而常照故說眞而即俗非寂而非照故杜口於毗耶故知若了念本不起常在等持不察境因念生翻悟眞心亦動所以圓覺經云雲駛月運舟行岸移不知妄想之雲自飛眞月何動豈悟攀緣之舟常泛覺岸靡移如圓覺疏序云心本是佛由念起而漂沉岸實不移因舟行而驚驟

大樹緊那羅王所問經云爾時天冠菩薩問於大樹緊那羅王如是琴中妙偈從何而出答言善男子從諸衆生音聲中出又問諸衆生音從何而出答言善男子衆生音聲從虛空出乃至當知是聲即虛空性聞已便滅若其滅已同空性住是故諸法若說不說同虛空性是故應當不捨空際如音聲分諸法亦爾乃至又以音聲名為言說然是音聲無有住處若無住處則無堅實則名為實若其是實則不可壞若不可壞則無有起若無有起則無有滅若無有滅是名清淨若是清淨是則白淨若是白淨是則無垢若是無垢則是光明若是光明則是心性若是心性則是出過若是出過則出過諸相若出過諸相則是

正位若菩薩在正位是則名得無生法忍釋曰入一心正位是究竟指歸最後垂示言窮理極更無過矣

大方等修多羅王經云爾時世尊告頻婆娑羅王言行識滅已初識次生或生天中或生人中或生地獄或生畜生或生餓鬼大王以初識不斷自心相續應受報處而生其中大王觀諸生滅頗有一法從於今世至未來世大王如是行識終時名之爲滅初識起時名之爲生大王行識滅時去無所至初識生時無所從來何以故識性離故大王行識行識空滅時滅業空初識初識空生時生業空觀諸業果亦不失壞大王當知以初識心相續不斷而受果報

華手經云佛言復次堅意菩薩以善修習一佛相故隨意自在欲見諸佛皆能現前堅意譬如比丘心得自在觀一切入取青色相能得信解一切世界皆一青相是人所緣唯一青色觀内外法皆一青色於是緣中得自在力故堅意菩薩亦復如是隨其所聞諸佛名字在何世界即取是佛及世界相皆緣現前菩薩善修習此念佛緣故觀諸世界盡皆作佛常善修習是觀力故便能了達一切諸緣皆爲一緣謂現在佛緣是名得一相三昧門

佛昇忉利天爲母説經云佛告月氏天子何謂菩薩曉了一切猶如虚空其三界者心之所爲不計斯心無有色像亦不可覩無有處所無有教令猶如幻化因其心本而求諸法則不可得若以於心不求于心則無所獲心不可逮以不得心一切諸法亦不可得諸法

則無有法無形類想亦無有影而無所有及與實諦亦無所覩無所覩者於一切法心無所入知一切法無所成就亦無所生譬如虛空

菩薩念佛三昧經云心如金剛善根穿徹一切法故心如迦隣提衣柔輭善根能作業故心如大海善根攝諸戒聚故心如平石善根住持一切事業故心如山王善根發生一切善法故心如大地善根負持衆生事業故

演道俗業經云佛告長者智慧有四事一曰解於身空四大合成散壞本無主名二曰其生三界皆心所爲心如幻化倚立衆形三曰了知五陰本無處所隨其所著因有斯情四曰曉十二緣本無根原因對而現是爲四佛於是頌曰悉解其身空四大而合成散滅無處所從心而得生五陰本無根所著以爲名十二緣無端了此至大安

善夜經云佛言過去之法不應追念未來之法不應希求現在之法不應住著若能如是當處解脫釋曰此緣三世之境是相續識若初心人未得一念不生或前念忽起但後念莫續亦漸相應若欲頓消直觀一念生時不得起處自然前後際斷當處虛寂如金剛般若經云過去心不可得未來心不可得現在心不可得以無得故自不相續

入一切佛境界經云佛言若得修行正念法者彼無一法非是佛法何以故以覺一切法空故乃至文殊師利言修行正念者不取不捨即名正念不觀不異名爲行不著不縛不脫名爲行不去不來名爲行文殊師利正念

行者彼處無行無利無果無證何以故文殊師利心自性清淨故彼心客塵煩惱染而自性清淨心不染而彼自性清淨心即體無染不染者彼處無對治法故以何法對治能滅此煩惱何以故彼清淨非淨即是本淨若本淨者即是不生若不生者彼即不染若不染者彼不離染法若不離染法者彼滅一切染以何等法滅一切染彼不生若不生者是菩提菩提者名爲平等平等者名爲眞如眞如者名爲不異不異者名爲如實住一切有爲無爲法釋曰但了無生即入平等言平等者即一切有爲無爲如實之性見此性故以無住義住一切法中若不達一切法是一心眞如平等無生之性在染離染俱爲煩惱所染若了諸法無生則一切有爲無爲皆是菩提之道何所染耶

海龍王經云佛告龍王是無盡藏總持說德無量入無極慧集菩薩行乃至嚴淨道場逮諸佛法是謂無盡之藏總持其有文字名號之數及法諸數遊于正法皆來歸斯無盡之藏爲總持也菩薩入斯於諸文字無所分别諸法清白不壞本淨故乃至由是總持後當來世是離垢總持所流布處皆是如來之所建立八萬四千法藏是總持門爲首也八萬四千行皆來歸於總持八萬四千三昧皆從總持八萬四千總持無盡之藏總持爲本原釋曰以一切衆生自性清淨心是諸法總持之門從心所生用不失體故云不壞本淨故末不離本故云皆是如來之所建立萬法出生故云無盡之藏凡聖之地故號本原

大方廣如來祕密藏經云是時大德阿難白言世尊是無量志莊嚴王菩薩自以其身供養如來當以何身覺菩提道時華室中諸菩薩等問阿難言於意云何可以身覺於菩提耶阿難勿作斯觀當以身心覺於菩提阿難報言諸善丈夫若非身心覺於菩提當用何等而覺菩提諸菩薩言大德阿難身之實性是菩提實性菩提實性是心實性心之實性即是一切法之實性覺是一切諸法實性故名覺菩提

堅固女經云堅固女言復次舍利弗所言阿耨多羅三藐三菩提者我不見彼法爲阿耨多羅三藐三菩提舍利弗言若不見有法名阿耨多羅三藐三菩提者汝云何發菩提心欲覺菩提女言欲令行邪道衆生住正道故我發阿耨多羅三藐三菩提心乃至佛言善哉善哉能如是知未來當得阿耨多羅三藐三菩提女言世尊無有見如是法不得菩提者是故我今必定當得阿耨多羅三藐三菩提佛言妹汝未來世教化衆生耶女言世尊無有見如是法不教化者是故我今必定當能教化衆生佛言汝於來世作大導師耶女言世尊無有見如是法不作導師是故我今必定當得作大導師釋曰故知若有見如是唯心一法入宗鏡中法爾常爲一切教化之主十方大導之師以自得本故能普攝一切枝末之法悉還歸於一心本地故決定無疑矣如攝波歸水會色歸空有何疑哉

大莊嚴法門經云佛言復次長者子清淨攀緣方便行菩薩於一切衆生心法中悉有菩

提何以故若彼心無色離色分别體性如幻彼此内外不相續者是名菩提復次長者子菩薩不應覺於餘事但覺自心何以故覺自心者即覺一切衆生心故若自心清淨即是一切衆生心清淨故如自心體性即是一切衆生心體性如自心離垢即是一切衆生心離垢如自心離貪即是一切衆生心離貪如自心離瞋即是一切衆生心離瞋如自心離癡即是一切衆生心離癡如自心離煩惱即是一切衆生心離煩惱作此覺者名一切智知覺釋曰若了一心徧知一切夫一切者是一之一切故名一切智知覺若各隨相解則不得名一切智知覺以不覺諸法自性故所以華嚴經頌云世間一切法但以心爲主隨解取衆相顛倒不如實

大乘本生心地觀經云爾時文殊師利菩薩白佛言世尊如佛所説過去已滅未來未至現在不住三世所有一切心法本性皆空彼菩提心説何名發善哉世尊願爲解説斷諸疑網令趣菩提佛告文殊師利善男子諸心法中起衆邪見爲欲除斷六十二見種種見故心心所法我説爲空如是諸見無依止故譬如叢林蒙密茂盛師子白象虎狼惡獸潛住其中毒發害人逈絶行跡時有智者以火燒林因林空故諸大惡獸無復遺餘心空見滅亦復如是乃至善男子以是因緣服於空藥除邪見已自覺悟心能發菩提此覺悟心即菩提心無有二相善男子自覺悟心有四種義云何爲四謂諸凡夫有二種心諸佛菩薩有二種心善男子凡夫二心其相云何一

者眼識乃至意識同緣自境名自悟心二者離於五根心心所法和合緣境名自悟心善男子賢聖二心其相云何一者觀眞實理智二者觀一切境智善男子如是四種名自悟心釋曰凡夫二心者一根境同緣心此則和合而生無有自體凡夫執實故說爲空二離根境心即是眞心不從緣生若了此心即眞發菩提之道賢聖二心者一理智心即第一義諦空有兩亡性相俱寂二境智心即隨緣俗諦眞俗雙照理事相含若入宗鏡之中總前凡聖四心或入相資門若聖若凡交徹無礙或入相泯門若一若多冥同性海成具光明定意經云何謂廣一心曰孝事父母則一其心尊敬師友而一其心斷愛遠俗而一其心入三十七品而一其心空閑寂寞而一其心在衆煩亂而一其心多欲多諍多作多惱於是之處而一其心褒訕利失善惡之事於是不摇而一其心數息入禪捨六就淨而一其心身自能行復教他人此謂廣一心也

文殊師利問經偈云若見有一法餘法悉應見以一法空故一切法亦空釋曰心有法則有心空法則空萬法一心宗空有皆無寄舉一例諸悉歸宗鏡

大乘千鉢大教王經云曼殊室利菩薩對世尊大衆菩薩前告言若有一切菩薩及一切有情衆生志求無上菩提修持眞實佛金剛聖性三摩地一切法者一切法即是一切有情心是也爲有情衆生心地法藏有煩惱種性煩惱種性則是菩提性者有情心處本性眞淨空無所得是故有情心是大圓鏡智心

處是也
摩訶衍寶嚴經云譬如畫師作鬼神像即自恐懼如是迦葉諸凡愚人自造色聲香味細滑之法輪轉生死不知此法亦復如是
文殊悔過經云文殊師利言人民所行衆德本者志性各異使入總持光明之慧其有諸天一切人民愁憂苦惱爲除衆患悉入總持光明之耀一切諸論文字本際入於總持光明之耀一切諸行諸想所應悉入總持光明之耀使致普門諸根轉輪使入總持光明之門一切莊嚴清淨衆飾使入總持光明之門乃至住於一事普見衆事住於衆事悉見一事則以一事入一切事以一切事入於一事則以一義告誨開化一切諸義以一切義與發一義以無因緣入於諸緣化于諸緣令入無緣以無事法入于衆生性行各異從其相行而教誨之釋曰夫能泯異性永拔苦輪融諸行門清淨嚴飾者悉令入一心總持之門被宗鏡光明之耀故能住一事而見衆事以一成多用諸義而發一義以多成一一成多而用徧多成一而體融體用交羅一多自在
觀佛三昧海經云復次阿難譬如有人貧窮薄福依諸豪貴以存性命時有王子遇行出遊執大寶瓶於寶瓶内藏王印綬是時貧者詐來親附得王寶瓶擎持逃走王子覺已遣六大兵乘六黒象手執利劒疾走追之時持瓶人走入深草空野澤中見曠野澤滿中毒蛇四面吐毒吸持瓶者時貧窮人㦏惶恐怖馳走東西蛇亦隨之無藏避處於空澤中見一大樹蓊鬱扶踈甚適其意頭戴寶瓶攀樹

而上既上樹已六兵乘象馳疾如風尋復來至貧人見已吞王寶印持瓶冠頭以手覆面生貪惜故不忍見之時六黑象以鼻絞樹令樹倒躃貧人落地身體散壞唯金印在寶瓶現光諸蛇見光四散馳走佛告阿難住念佛者心印不壞亦復如是釋曰夫觀佛三昧者則諦了自心名爲觀佛既識心已不爲境亂湛然常定名爲三昧有人貧窮薄福者有人者有即二十五有人即一切衆生以無法財名爲貧窮不悟心佛故稱薄福依諸豪貴者即是諸佛菩薩以存性命者即是依觀佛三昧門得見自性以成慧命乃至貧人落地者即是於凡夫身達人法二空證會一心住眞如地身體散壞者既洞唯識之性身見自亡唯金印在者即是悟心常住所以一鉢和尚云塵勞滅盡眞如在一顆圓明無價珠寶瓶現光者即般若智照諸蛇見光四散馳走者即四大之身蛇三毒之煩惱智了即空名爲馳走住念佛者心印不壞亦復如是者以無念智見眞覺性故云住念佛者諸塵不動一體不移名爲心印恒住法位究竟寂滅名爲不壞況如唯金印在故稱亦復如是所以起信論云得見心性名究竟覺即斯旨矣

首楞嚴三昧經云爾時佛告現意天子汝可示現首楞嚴三昧本事少分現意天子語堅意言仁者欲見首楞嚴三昧少勢力不答言天子願樂欲見現意天子善得首楞嚴三昧力故即現變令衆會者皆作轉輪聖王三十二相而自莊嚴及諸眷屬七寶侍從乃至復現神力普令衆會皆如釋迦牟尼佛身相好

威儀名有比丘眷屬圍遶釋曰天子名現意者以一切法從意生形因心所現故名現意是知自心如幻無有定儀所見差殊隨心生滅若能知幻無實即見眞性以得眞性故方能周徧法界示如幻法門普現色身引幻衆生同歸實地

轉有經偈云若爲眞實說眼則不見色意不知識法此是最祕密釋曰入此一心祕密之藏則能所俱亡不與六塵作對故云眼不見色等

大法鼓經云一切衆生悉有佛性無量相好莊嚴照明以彼性故一切衆生得般涅槃釋曰故知一切衆生悉有正因佛性以萬行莊嚴爲引出性乃至因圓爲至得果性畢竟成就一心常樂涅槃之道

寶頂經云佛言迦葉譬如有人怖畏虛空搥胷呌呼作如是言善友汝等爲我除此虛空除此虛空迦葉於汝意云何此空爲可除不迦葉言不可世尊佛言迦葉若有如是沙門婆羅門怖畏性空我說是人失心狂亂所以者何迦葉一切諸法並是說空方便若畏此空云何不畏一切諸法若惜諸法云何不惜此空佛性論問云此經爲顯何義答爲示一切諸法本性非有故說法空非關法滅然後得空故於空性不應生怖釋曰一切諸法並是說空方便者夫有所說皆爲顯空所以空則一切法法則一切空非先有而後無寧歸斷滅豈先無而後有不墮無常是以性本常空空無間斷體應諸有有自繁興能入斯宗聞諸法空心大歡喜不了此義聞諸法空心

大怖畏以不了法空違現量境執爲外解聞說唯心之旨恐墮空見之門心境俱迷遂生怖畏

度一切諸佛境界經云佛言文殊師利菩提者無相無緣云何無相云何無緣不得眼識是無相不見色是無緣不得耳識是無相不聞聲是無緣乃至意法亦如是釋曰無相則無能緣之心無緣則無所緣之境能所俱亡眞心自現

文殊師利行經偈云過現未來法唯語無眞實彼若於實處一相無差別釋曰若說三世所有之法皆是世諦語言若了一心眞實之處一道自無差別何言之所議意之所緣耶

宗鏡録卷第九十五

音釋

迫迮 迫博陌切迮側革切迫迮猶陜隘也 駛 爽士切疾也 鶩驟 鶩亡遇切亂馳也驟鋤祐切疾走也 褒訕 褒博毛切揚美也訕所晏切謗毀也 蓊 烏孔切蓊鬱草木盛貌

宗鏡録卷第九十六

宋慧日永明妙圓正修智覺禪師延壽集

菩薩處胎經云譬如泉源陂池五河駛流各各有名悉歸于海便無本名亦如須彌峙立難動雜色衆鳥往依附山皆同一色便無本色菩薩摩訶薩教化衆生淨佛國土亦復如是衆生心識所念不同若干思想能令一切至解脱門想定意滅便無本念同一解脱

十善業道經云爾時世尊告龍王言一切衆生心想異故造業亦異由是故有諸趣輪轉龍王汝見此會及大海中形色種類各别不耶如是一切靡不由心造乃至又觀此諸大菩薩妙色嚴淨一切皆由修集善業福德而生又諸天龍八部衆等大威勢者亦因善業福德所生今大海中所有衆生形色麤鄙或大或小皆由自心種種想念作身語意諸不善業是故隨業各自受報

寂照神變三摩地經云佛告賢護寂照神變三摩地者謂一切法平等性智一切言説不現行智乃至悟入心智於心自性能隨覺智於引不引及引發中成善巧智

師子莊嚴王菩薩請問經云佛言如是一法隨心變現即能具足六波羅蜜應當廣説教化衆生爲大利益乃至成佛

賢劫定意經云若有菩薩平等三昧諸根具足聖慧成就是曰一心又云其在禪定不著内外亦無中間是曰一心

舍利弗陀羅尼經云唯修一心念佛不以色見如來不以無色見如來不以相不以好不以戒定慧解脱解脱知見不以生不以家不

以姓不以眷屬乃至非自作非他作若能如是名爲念佛賫主天子所問經云賫主天子問言文殊師利云何菩薩能清淨心答言天子若知諸心皆是一心如是菩薩名得淨心大乘流轉諸有經偈云諸法唯假名但依名字立離於能詮語所詮不可得釋曰故知法但有名因名立法又名因於語語因覺觀覺觀心不起能所悉皆空

弘道廣顯定意經云佛言又復三事心之所生諸法無常從其心生諸法皆苦亦由心生諸法無我亦從心生乃至能一其心知衆生心順行化之是則心力

阿含經偈云我與已爲親不與他爲親智者善調我則得生善趣釋曰所以云天下至親無過於心可謂入道真要修行妙門若善調之速登大果所以般若經云調心爲善哉調心招樂果

雜藏經偈云心能導世間心能徧攝受如是心一法皆自在隨行

文殊菩薩問法身經云如言摩尼寶舍有四角從一角視悉見諸角無所缺減是故見諸本際釋曰若了一心本際何法不通以諸法從心所生皆同一際住此際中一一圓滿舉目咸是何待意思智不能知言不能及故云金剛寶藏無所缺減

象腋經偈云種種幻無實凡夫人見異是中無有異一切同一相

老姥經云眼見好色即是意意即是色是二者俱空無所有生滅亦如是

無所希望經云時舍利弗知諸衆會心之所

念即時告此諸比丘言仁等何故發於斯言吾等之身從今已往無佛世尊因從異學出爲沙門時諸比丘報舍利弗吾從今始敬事六師一切所歸爲一相耳不倚六入是以不見若干種師不想出家沙門也釋曰倚六入而爲差妄分邪正歸一相而爲本彼我雙亡如是解者可謂眞出家矣

寂調音所問經云寂調音天子言文殊師利何等如與垢淨等文殊師利言空無相無願如所以者何涅槃空故天子如瓦器中空寶器中空無二無別如是天子垢空淨空俱同一空無二無別釋曰器雖不等空本無形垢淨雖殊性何曾異如是了者入無相門頓悟眞空不墮修證

月藏經偈云諸法無有二導師捨憎愛一道如虛空此是佛境界又偈云不分別諸法不見有衆生諸法唯一相得見佛境界

佛語經云佛言若有處語是魔王語是魔見語不名佛語善男子若無一切諸處語者是名佛語釋曰無一切諸處語者即是無所證之法亦無能證之智既無有法豈可說耶但了唯心自然無語無語是眞語故云無法可說是名說法若著處所若有所說悉違本宗不見法性如云報化非眞佛亦非說法者

雜藏經偈云如世有良醫以妙藥救病諸佛亦如是爲物說唯心

大乘理趣經偈云一切有爲法如乾闥婆城衆生妄心取雖現非實有諸法非因生亦非無因生虛妄分別有是故說唯心無明妄想見而是色相因藏識爲所依隨緣現衆像如

是目有瞖妄見空中華習氣擾濁心從是三有現眼識依賴耶能現種種色譬如鏡中像分別不在外所見皆自在非常亦非斷賴耶識所變能現於世間法性皆平等一切法所依藏識恒不斷末那計爲我集起說爲心思量性名意了別義爲識是故說唯心心外諸境界妄見毛輪華所執實皆無咸是識心變色具色功德皆依賴耶識凡愚妄分別謂是眞實有睡眠與惛醉行住及坐卧作業及士用皆依藏識起有情器世間非由自在作亦非神我造非世性微塵如木中火性雖有未能燒因燧方火生由此破諸暗展轉互爲因賴耶爲依止諸識從彼生能起漏無漏如海遇風緣起種種波浪現前作用轉無有間斷時藏識海亦然境界風所動恒起諸識浪無間斷亦然如酪未鑽搖其酥人不見施功既不已醍醐方可得賴耶妄熏習隱覆如來藏修習純熟時正智方明了諸識隨緣轉不見本覺心自覺智現前眞性常不動

寶雨經云菩薩云何行心念處善男子菩薩作是思惟心實無常執著爲常實是其苦執著爲樂本無有我執著爲我本來不淨執著爲淨其心輕動無時暫停以不停故於諸雜染能爲根本壞滅善道開惡趣門生長三毒與隨煩惱等作其因緣爲主爲導又能積集淨不淨業迅速流轉如旋火輪亦如奔馬如火焚燒如水增長徧知諸境如世彩畫菩薩如是觀察心時便得自在得自在已於諸法中亦無罣礙是名菩薩善行心念處

持世經云佛言持世何謂菩薩摩訶薩循心

觀心菩薩摩訶薩觀心生滅住異相如是觀時作是念是心無所來去無所至但識緣相故生無有本體無一定法可得是心無來無去無住異可得是心非過去未來現在是心識緣故從憶念起是心不在內不在外不在兩中間是心無一生起相是心無性無定無有生者無使生者起雜業故說名爲心識雜緣故說名爲心念念生滅相續不斷故說名爲心但令衆生通達心緣相故心中無心相是心從本已來不生不起性常清淨客塵煩惱染故有分別心不知心亦不見心何以故是心空性自空故本體無所有是心無有一定法定法不可得故是心無法若合若散是心前際不可得後際不可得中際不可得是心無形無能見者心不自見不知自性但凡夫顛倒相應以虛妄緣識相故起是心空無我無我所無常無堅牢無不變異相如是思惟得循心念處是人爾時不分別是心是非心但善知心無生相通達是心無生性何以故心無決定性亦無決定相智者通達是心無生無相爾時如實觀心集沒滅相如是觀時不得心若集相若沒滅相不復分別心滅不滅而能得心眞清淨相諸菩薩以是清淨心客塵所不能惱何以故諸菩薩見知心清淨相亦知衆生心清淨作是念心垢故衆生垢清淨故衆生淨如是思惟時不得心垢相不得心淨相但知是心常清淨相持世諸菩薩摩訶薩循心觀心如是

寶網經偈云普徧諸佛土法王之境界釋師子人尊一毛光所照釋曰如無量無邊諸佛

土不出一毛頭心地以智了達者故云光所照

十住經云金剛藏菩薩是菩薩三千大千世界所有衆生一時問難以無量無邊音聲差別問難是菩薩於一念中悉受如是問難但以一音皆令開解釋曰但以一音皆令開解者萬法從心何疑不釋依心所示何法不融可謂得佛法之精華開人天之眼目

廣博嚴淨經偈云自在世導師不可說而說於空中作結即空而解之釋曰心有即結心空即解若無於心無結無解故首楞嚴經云佛告阿難此寶華巾汝知此巾元止一條我六綰時名有六結汝審觀察巾體是同因結有異於意云何初綰結成名爲第一如是乃至第六結生吾今欲將第六結名成第一不不也世尊六結若存斯第六名終非第一縱我歷生盡其明辯如何令是六結亂名佛言六結不同循顧本因一巾所造令其雜亂終不得成則汝六根亦復如是畢竟同中生畢竟異佛告阿難汝必嫌此六結不成願樂一成復云何得阿難言此結若存是非鋒起於中自生此結非彼彼結非此如來今日若總解除結若不生則無彼此尚不名一六云何成佛言六解一亡亦復如是由汝無始心性狂亂知見妄發發妄不息勞見發塵如勞目睛則有狂華於湛精明無因亂起一切世間山河大地生死涅槃皆即狂勞顛倒華相阿難言此勞同結云何解除如來以手將所結巾偏掣其左問阿難言如是解不不也世尊旋復以手偏牽右邊又問阿難如是解不不

也世尊佛告阿難吾今以手左右各牽竟不能解汝設方便云何解成阿難白佛言世尊當於結心解即分散佛告阿難如是如是若欲除結當於結心釋曰左右偏掣況有無二見當於結心即正明中道所以昧眞空而有無情起執根塵而一六義生諦了自心解縛俱泯故知垢淨解縛悉從自心以心垢故見垢心淨故見淨心縛故見縛心解故見解若無於心何垢何淨如首楞嚴三昧經云爾時會中有一菩薩名魔界行不汙現於魔宮語惡魔言汝寧不聞佛說首楞嚴三昧無量衆生皆發阿耨多羅三藐三菩提心出汝境界亦皆當復度脱餘人出汝境界魔即報言我聞佛說首楞嚴三昧名字以被五縛不能得往所謂兩手兩足及頸又問惡魔誰繫汝者魔即答言我適發心欲往壞亂聽受首楞嚴三昧者即被五縛我適復念諸佛菩薩有大威德難可壞亂我若往者或當自壞不如自住於此宮殿作是念已即於五縛而得解脱菩薩答言如是一切凡夫憶想分別顛倒取相是故有縛動念戲論是故有縛見聞覺知是故有縛此中實無縛者解者所以者何諸法無縛本解脱故諸法無解本無縛故常解脱相無有愚癡如來以此法門說法若有衆生得知此義欲求解脱勤心精進則於諸縛而得解脱

寶篋經云文殊師利告大德舍利弗如恒沙劫火災熾然終不燒空如是舍利弗一一衆生恒河沙劫造作逆罪不善之業然其心性終不可汙

大虚空藏菩薩所問經偈云虚空離生滅法界無去來衆色現於空諸法依心住空無色非色心性亦復然虚空唯假名心意識如是菴提遮女經偈云我雖内室中尊如目前現仁稱阿羅漢常隨不能見釋曰故知念念釋迦出世步步彌勒下生以自業所遮對面不見十地尚隔羅縠二乗可知守護國主陀羅尼經云爾時世尊告一切法自在王菩薩摩訶薩言此深三昧以菩提心而爲其因以大慈悲而爲根本方便修習無上菩提以爲究竟善男子此中何者名爲菩提善男子欲知菩提當了自心若了自心即了菩提何以故心與菩提眞實之相畢竟推求俱不可得同於虚空故菩提相即虚空相是故菩提無所證相無能證相亦無能所契合之相何以故菩提畢竟無諸相故善男子以一切法即虚空相是故菩提畢竟無相爾時一切法自在王菩薩復白佛言世尊若此菩提同虚空一切智體當何所求云何證得菩提現前一切智智當於何生佛告一切法自在王菩薩言善男子一切智體當於心求一切智智及與菩提從心而生何以故心之實性本清淨故善男子此心之性不在内不在外不在中間善男子一切如來説此心相非青非黄非赤非白非紅非紫亦非金色非長非短非圓非方非明非暗非男非女非非男女亦復非是亦男亦女善男子此心非欲界性非色界性非無色界性非天龍非夜叉非乾闥婆非阿脩羅非迦樓羅非緊那羅非摩睺羅伽人非人等一切同類善男子此心不住於眼亦復

不住耳鼻舌身意於三世中亦不可見何以故此心同於虛空相故以是義故遠離一切麤細分別何以故此虛空性即心性故如其心性即菩提性如菩提性即陀羅尼性善男子是故此心虛空菩提陀羅尼性無二無二分無別無斷如是一切皆以大慈大悲而爲根本方便波羅蜜之所攝受善男子是故當知我今於此諸菩薩等大衆之中說如是法爲淨廣大菩提心故爲令一切了自心故是故一切法自在王若有善男子善女人欲知菩提眞實性者當了自心如其心性即菩提性云何而能了知心性謂此心性於一切相若形若顯乃至若五陰若六入若十二處若十八界如是等法觀察推求竟不可得善男子若諸菩薩如是了知即得成就第一清淨法光明門住此門已任運得此不可思議一切智智諸佛境界甚深三昧

文殊般若經云佛告文殊師利汝已供養幾所諸佛文殊師利言我及諸佛如幻化相不見供養及與受者佛告文殊師利汝今可不住佛乘耶文殊師利言如我思惟不見一法何當得住於佛乘佛言文殊師利汝不得佛乘乎文殊師利言如佛乘者但有名字非可得亦不可見我云何得佛言文殊汝得無礙智乎文殊師利言我即無礙云何以無礙而得無礙佛言汝坐道場乎文殊師利言一切如來不坐道場我今云何獨坐道場何以故現見諸法住實際故釋曰若了一心實際則一切無所得於無所得中故能成辦無邊佛事於事事中皆不違實際故若如是解者未

必是不坐道場是坐道場當坐道場時是不坐道場矣何以故道場等不出實際故大品經云若住一切法不住般若波羅蜜不住一切法方住般若波羅蜜釋曰若住法則不見般若若住般若則不見法以法有相般若無相有無相反故爾又非離有相法別立無相般若以相即無相全是般若故經云色無邊故般若無邊又云若學般若應學一切法何以故夫般若者是無住義起心即是住著若不住一切法即是般若故云若學般若應學一切法設住般若亦成愚闇但一切處皆無住則無非般若

金剛場陀羅尼經云文殊白佛言頗有一法菩薩行已能入一切陀羅尼諸法門不佛言有一字法門菩薩得已能說千萬字法門而此一字法門亦不可盡說諸法已還攝入一字法門

轉女身經云若於諸法不見差別是則必能成就衆生又云若知諸法皆解脱相是則名爲究竟解脱釋曰執心爲境觸目塵勞知境是心無非解脱所以二乘只證人空但離人我虛妄名爲解脱未得法空一切解脱以不識心故如入楞伽經偈云諸法無法體而說唯是心不見於自心而起於分別

出曜經云身被戒鎧心無慧劔者則不能壞結使元首故知若不觀心妙慧成就則不能斷無明根本所以首楞嚴經云持犯但束身非身無所束元非徧一切云何獲圓通

正法華經云第一大道無有兩正釋曰志當歸一萬法所宗如國無二王家無二主若離

此別有所求則成兩道如菩薩行方便經云夫求法者名不求於一切諸法又云若有所求則不能師子吼也若無所求能師子吼釋曰涅槃經云師子吼者決定說一切衆生皆有佛性若知自心佛性具足則性外豈有法而可求耶

那先經云王問那先何等爲一其心者那先言諸善獨有一心最第一一其心者諸善皆隨之那先言譬若樓陛當有所倚諸善道者皆著一心

雜藏經云闍王施寶衣與文殊師利菩薩文殊忽於座上隱身不見如是展轉施諸菩薩聲聞亦復如是乃至自著亦不見身因茲悟道釋曰夫祖佛起教之由莫不皆是破身心二執故金剛經云佛說非身是名大身寶藏論云清虛之理畢竟無身心亦如是若能直悟自他身心俱不可得心外無法萬境皆空即同闍王所悟

無量義經云佛告大莊嚴菩薩有一法門能令菩薩疾得菩提世尊是法門者字號何等其義云何善男子是一法門名無量義菩薩欲得修學無量義者應當觀察一切諸法自本來今性相空寂無大無小無生無滅非住非動不進不退猶如虛空無有二法而諸衆生虛妄橫計是此是彼是得是失釋曰是一法門名無量義者即是一心門能生無量義以不守自性隨緣成諸法正隨緣時亦不失自性以衆生不了故但隨起動之緣不見寂滅之性故於諸法橫計有無彼此得失

如來示教勝軍王經云大王當知譬如男子

或諸女人於其夢中夢心所見可愛園林可愛山谷可愛國邑及諸異類彼夢覺已所見皆無如是大王國祚身命虚僞無常一切皆如夢之所見故知夢中境界覺時境界唯心所見更無有異世人但信夢境是虚例執晝境是實是以大覺垂慇說況比知將所信之虚破所信之實令所信之實同所信之虚頓悟法空皆入宗鏡入法界體性經云爾時長老舍利弗從自住處出往詣文殊師利童子住處到已不見文殊師利即詣佛所到已在佛別門外邊而住爾時世尊告文殊師利童子言文殊師利是舍利弗比丘今在門外爲欲聽法汝令使入文殊師利言世尊若彼舍利弗際若法界際世尊此二際豈有在内在外若中間二耶佛言不也文殊師利言世尊言實際者亦非實際如是際非際無内無外不來不去世尊長老舍利弗際即是實際舍利弗界即是法界世尊然此法界無出無入不來不去其長老舍利弗從何處來當入何所佛言文殊師利若我在内共諸聲聞語論汝在於外而不聽入汝意豈不生苦惱想耶文殊師利言不也世尊何以故世尊凡所說法不離法界如來說法即是法界法界即是如來界說法界如法界言說界無二無別所有名者說者此等皆不離法界世尊以是義故我不苦惱世尊若我恒河沙劫等不來至世尊說法所我時不生愛樂亦無憂惱何以故若有二者即生憂惱法界無二故無惱耶釋曰是以内外無際真俗一原入宗鏡中忻戚不盈於懷抱住無一處憎愛靡挂於情田

故知不去不來見佛匪移於當念非近非遠聞法豈越於毫端得文殊之心方知法爾起衆生之見自隔情塵深密解脫經云諸佛如來善覺所覺離於二行到無相處行諸佛行得諸如來一切平等到無障礙之所去處能到一切不退法輪能到不可降伏境界不可思議體能到一切三世平等徧至一切諸世界身到於諸法無疑之處能到一切究竟智行悉能到於法智無疑境界得諸一切無分別身能答一切菩薩問智能到無二行之彼岸能到諸佛無有差別解脫智處能到無邊無中三昧境界廣大如法界究竟若虛空盡未來際釋曰夫親到諸法無疑之處悟心方知頓照萬境無相之門見性方了斯乃如來行處大覺所知故云廣大如法界究竟若虛空無始無終盡未來際

金剛王菩薩秘密念誦儀軌經云端身正坐作是思惟一切諸法從自心起從本已來皆無所有

彌勒成佛經偈云久念衆生苦欲拔無由脫今日證菩提豁然無所有釋曰心識念念攀緣繫縛塵境不得自在即是衆生苦若了境空無縛內結不生證會一心根塵俱寂即入性空法界證無相菩提所以法華三昧經云無著無所依無累心寂滅本性如虛空是名無上道又法華經云諸佛於此得阿耨多羅三藐三菩提諸佛於此轉于法輪諸佛於此而般涅槃是以諸佛入相成道菩薩四攝度生自利利他悉皆於此本性空中成辦

雜藏經云譬如兩木相揩則自生火還燒其

木火不從風出不從水出不從地出其四魔者亦復如是皆從心生不從外來譬如畫師畫作形像隨手大小雖因緣合有彩有板有筆畫師不畫不能成像四魔如是心已堅固便無所起釋曰是以一心不動法不現前如畫師不畫且無形像故不動一心有大功德如法句經云佛言善男子善知識者有大功德能令汝等於貪欲瞋恚愚癡邪見五蓋五欲衆塵勞中建立佛法不起一心得大功德譬如有人持堅牢船渡於大海不動身心而到彼岸

宗鏡録卷第九十六

音釋

陂波爲切澤也　峙池爾切屹立也　山腋羊益切　姥莫補切　燧徐醉切取火木也　鑽借官切穿也　綰烏板切繫也　鋒敷容切鋒起謂如鋒刃齊起銳而難犯也　掣昌列切挽也　縠胡谷切縐紗也　陛部禮切升高之階也　揩苦皆切摩也

宗鏡録卷第九十七

宋慧日永明妙圓正修智覺禪師延壽集

夫佛教已明須陳祖意達佛乘者皆與了義相應如法華經云是人有所思惟籌量言說皆是佛法無不真實亦是先佛經中所說

第一毗婆尸佛偈云身從無相中受生猶如幻出諸形像幻人心識本來無罪福皆空無所住

第二尸棄佛偈云起諸善法本是幻造諸惡業亦是幻身如聚沫心如風幻出無根無實性

第三毗舍浮佛偈云假借四大以爲身心本無生因境有前境若無心亦無罪福如幻起亦滅

第四拘留孫佛偈云見身無實是佛見了心如幻是佛了了得身心本性空斯人與佛何殊別

第五拘那舍牟尼佛偈云佛不見身知是佛若實有知別無佛智者能知罪性空坦然不懼於生死

第六迦葉佛偈云一切衆生性清淨從本無生無可滅即此身心是幻生幻化之中無罪福

第七釋迦牟尼佛偈云幻化無因亦無生皆即自然見如是諸法無非自化生幻化無生無所畏復告摩訶迦葉吾有清淨法眼涅槃妙心實相無相微妙正法付囑於汝無令斷絶聽吾偈曰法本法無法無法法亦法今付無法時法法何曾法

西天第一祖摩訶迦葉傳法偈云法法本來

法無法無非法何於一法中有法有不法

第二祖阿難傳法偈云本來付有法付了言無法各各須自悟悟了無無法

第三祖商那和修傳法偈云非法亦非心無心亦無法說是心法時是法非心法

第四祖優波毱多尊者傳法偈云心自本來心本心非有法有法有本心非心非本法

第五祖提多迦亦名香衆初投優波毱多出家尊者問曰爲心出家耶身出家耶香衆曰我來出家非爲身心而求利益尊者曰不爲身心復誰出家香衆曰夫出家者無我之故無我之故即心不生滅心不生滅即是常既是常故佛亦常心無形相其體亦爾尊者曰汝當大悟心自明朗依佛法中度恒沙衆付法偈云通達本法心無法無非法悟了同未悟無心得無法

第六祖彌遮迦付法偈云無心無可得說得不名法若了心非心始解心心法

第七祖婆須蜜付法偈云心同虛空界示等虛空法證得虛空時無是無非法

第八祖佛陀難提付法偈云虛空無内外心法亦如是若了虛空故是達眞如理

第九祖伏駄蜜多尊者問佛陀難提尊者偈云父母非我親誰爲最親者諸佛非我道誰爲最道者偈答云汝言與心親父母非可比汝行與道合諸佛心即是外求有相佛與汝不相似欲識汝本心非合亦非離因茲悟道付法偈云眞理本無名因名顯眞理受得眞實法非眞亦非僞

第十祖脅尊者傳法偈云眞體自然眞因眞

說有理領得眞實法無行亦無止
第十一祖富那夜奢時脅尊者於一樹下以手指樹下地告大衆曰此地若變爲金色當有聖者而入此會言當未久須臾之頃以爲金色尊者舉手而見一人當會前立尊者曰汝從何來夜奢曰我心非往尊者曰何處所住夜奢曰我心非止尊者曰汝不定耶夜奢曰諸佛亦然尊者曰汝非諸佛夜奢曰諸佛亦非爾時夜奢說偈讃曰師坐金色地常說眞實義迴光而照我令入三摩地又傳法偈云迷悟如隱顯明暗不相離今付隱顯法非一亦非二
第十二祖馬鳴尊者傳法偈云隱顯即本法明暗元不二今付悟了法非取亦非弃
第十三祖毗羅尊者傳法偈云非隱非顯法說是眞實際悟此隱顯法非愚亦非智
第十四祖龍樹尊者行化到南印土彼國人多修福業不會佛理唯行小辯不具大智及問佛性而云布施我求福業非解佛性汝會佛性爲我說之師曰汝欲學道先除我慢生恭敬心方得佛性衆曰佛性大小師曰非汝所知非說大小若說大小即是大小非佛性也彼衆曰我欲棄小辯歸于大海龍樹即爲說法對大衆而現異相身如月輪當於座上唯聞說法不覩其形彼衆有一長者名曰提婆謂諸衆曰識此瑞不彼衆曰非其大聖誰能識也爾時提婆心根宿淨亦見其相默然契會乃告衆曰師現佛性之義非師身者無相三昧形如滿月佛性之義也語未訖師即現本身座上說偈曰身現滿月相以表諸佛

體說法無其形用辯非聲色又傳法偈云爲明隱顯法方說解脫理於法心不證無瞋亦無喜

第十五祖迦那提婆尊者傳法偈云本對傳法人爲說解脫理於法實無證無終亦無始

第十六祖羅睺羅尊者傳法偈云於法實無證不取亦不離法非有無相內外云何起

第十七祖僧迦難提尊者傳法偈云心地本無生因種從緣起緣種不相妨華果亦復爾

第十八祖伽耶舍多初第十七祖僧迦難提因至其舍忽見一子手執銅鏡而至師所尊者曰子幾歲耶子曰我當百歲是時尊者見答百歲覆問曰汝當無知看甚幼小答吾百歲非其理也子曰我不會理正當百歲尊者曰子善機耶子曰佛偈云若人生百歲不會諸佛機未若生一日而得決了之時尊者敬之深知是聖又徵問曰汝執此鏡意況如何爾時童子以偈答曰諸佛大圓鏡內外無瑕翳兩人同得見心眼俱相似父母見子奇異遂捨出家尊者即領遊化至一古寺而爲受戒名曰伽耶舍多於彼殿上有銅鈴被風搖響尊者問曰彼風鳴耶彼鈴鳴耶彼銅鳴耶子曰我心鳴耳非風銅鈴尊者曰非風銅鈴我心誰耳子曰二俱寂靜非三昧耶尊者曰善哉眞比丘善會諸佛理善說諸法要善識眞實義又告曰我今將此法眼藏付囑於汝汝受吾偈當行化之偈曰心地本無生因種從緣起緣種不相妨華果亦復爾伽耶舍多後付鳩摩羅多傳法偈曰有種有心地因緣能發萌於緣不相礙當生生不生

第十九祖鳩摩羅多尊者傳法偈云性上本無生爲對求人説於法既無得何懷決不決

第二十祖闍夜多尊者傳法偈云言下合無生同於法界性若能如是解通達事理竟

第二十一婆修槃頭尊者傳法偈云泡幻同無礙如何不了悟達法在其中非今亦非古

第二十二祖摩拏羅付鶴勒尊者傳法偈後即從座起踊身虚空作十八變訖却歸本座以手指地化爲一泉而説偈言心地清淨泉能潤於一切從地而涌出徧滿十方際又傳法偈云心逐萬境轉轉處實能幽隨流認得性無喜亦無憂

第二十三祖鶴勒尊者付法已竟即從座起踊身虚空作十八變已却歸本座寂然滅度爾時大衆欲分舍利各自起塔臨闍維訖欲分舍利爾時尊者現身説偈一法一切法一切一法攝吾身非有無何分一切塔又傳法偈云認得心性時可説不思議了了無所得得時不説知

第二十四祖師子尊者傳法偈云正説知見時知見俱是心當心即知見知見即于今

第二十五祖婆舍多尊者傳法偈云聖人説知見當境無非是我今悟真性無道亦無理

第二十六祖不如密多尊者傳法偈云真性心地藏無頭亦無尾應緣而化物方便呼爲智

第二十七祖般若多羅尊者傳法偈云心地生諸種因事復因理果滿菩提圓華開世界起

西天波羅提尊者化異見王現神通力乘雲

至王殿前爾時大王問乘雲者曰汝爲是邪汝爲是正波羅提尊者答曰我非邪正而來正邪大王若正我無邪正王又問曰何者是佛波羅提曰見性是佛王曰師見性不波羅提曰我見佛性王曰性在何處波羅提曰性在作用王曰是何作用今不覩見波羅提曰今現作用王自不識王曰師既所見云有作用當於我處而有之不波羅提曰王若作用現前總是王若不用體亦難見王曰若當用之幾處出現師曰若出用時當有其八卓立雲端以偈告曰在胎曰身處世名人在眼曰見在耳曰聞在鼻辯氣在口談論在手執捉在脚運奔徧現俱該法界収攝不出微塵識者知是佛性不識者喚作精魂

此土初祖菩提達磨多羅南天竺國王第三之子常好理論心念衆生而不識佛又自歎曰世有形法而易了之唯佛心法難有會者爾時般若多羅尊者至于其國王賜一寶珠其珠光明璨然殊妙尊者見已用珠試曰此寶珠者有大光明能照于物更有好珠能勝此不菩提多羅曰此是世寶未得爲上於諸光中智光爲上此是世明未得爲上於諸明中心明第一其此珠者所有光明不能自照要假智光智辯於此既辯此已即知是珠既知是珠即明其寶若明其寶寶不自寶若辯其珠珠不自珠珠不自珠者要假智珠而辯世珠寶不自寶者要假法寶以明俗寶然則師有其道其寶既現衆生有道心寶亦然尊者異之因出家悟道遂行化此土實誌識是傳佛心印觀音聖人師述安心法門云迷時

人逐法解時法逐人解則識攝色迷則色攝識但有心分別計校自心現量者悉皆是夢若識心寂滅無一動念處是名正覺問云何自心現答見一切法有有自不有自心計作有見一切法無無自不無自心計作無乃至一切法亦如是並是自心計作有自心計作無又若人造一切罪自見已之法王即得解脫若從事上得解者氣力壯從事中見法者即處處不失念從文字解者氣力弱即事即法者深從汝種種運爲跳踉顛蹶悉不出法界亦不入法界若以界入界即是癡人凡有所施爲終不出法界心何以故心體是法界故問世間人種種學問云何不得道答由見已故不得道已者我也至人逢苦不憂遇樂不喜由不見已故所以不知苦樂者由亡已故得至虛無已自尚亡更有何物而不亡也問諸法既空阿誰修道答有阿誰須修道若無阿誰即不須修道阿誰者亦我也若無我者逢物不生是非是者我自是而物非是也非者我自非而物非非也即心無心是爲通達佛道即物不起見名爲達道逢物直達知其本原此人慧眼開智者任物不任已即無取捨違順愚者任已不任物即有取捨違順不見一物名爲見道不行一物名爲行道即一切處無處即是法處即作處無作處無作法即見佛若見相時則一切處見鬼取相故墮地獄觀法故得解脫若見憶想分別即受鑊湯爐炭等事現見生死相若見法界性即涅槃性無憶想分別即是法界性心非色故非有用而不廢故非無又用而常空故非有

空而常用故非無傳法偈云吾本來茲土傳法救迷情一華開五葉結果自然成

第二祖可大師云凡夫謂古異今謂今異古復離四大更有法身解時即今五陰心是圓淨涅槃此心具足萬行正稱大宗傳法偈云本來緣有地因地種華生本來無有種華亦不能生

第三祖璨大師傳法偈云華種雖因地從地種華生若無人下種華種盡無生

第四祖道信大師云夫欲識心定者正坐時知坐是心知有妄起是心知無妄起是心知無內外是心理盡歸心心既清淨淨即本性內外唯一心是智慧相明了無動心名自性定又示融大師云百千妙門同歸方寸恒沙功德總在心原一切定門一切慧門一切行門悉皆具足神通妙用並在汝心傳法偈云華種有生性因地華生生大緣與性合當生生不生

第五祖弘忍大師云欲知法要心是十二部經之根本唯有一乘法一乘者一心是但守一心即心真如門一切法行不出自心唯心自知心無形色諸祖只是以心傳心達者印可更無別法又云一切由心邪正在已不思一物即是本心唯智能知更無別行傳法偈云有情來下種因地果還生無情既無種無性亦無生

第六祖慧能大師云汝等諸人自心是佛更莫狐疑心外更無一法而能建立皆是自心生萬種法經云心生種種法生其法無二其心亦然其道清淨無有諸相汝莫觀淨及空

其心此心無二無可取捨行住坐臥皆一直心即是淨土依吾語者決定菩提傳法偈云心地含諸種普雨悉皆生頓悟華情巳菩提果自成讓大師云一切萬法皆從心生若達心地所作無礙汝今此心即是佛故達磨西來唯傳一心之法三界唯心森羅及萬像一法之所印凡所見色皆是自心心不自心因色故心汝可隨時即事即理都無所礙菩提道果亦復如是從心所生即名爲色知色空故生即不生馬大師問曰如何用意合禪定無相三昧師曰汝若學心地法門猶如下種我說法要譬如天澤汝緣合故當見于道馬大師又問曰和尚云見道道非色故云何能覩師曰心地法眼能見于道無相三昧亦復然矣馬大師曰有成壞不師曰若契此道無始無終不成不壞不聚不散不長不短不靜不亂不急不緩若如是解當名爲道汝受吾教聽吾偈言心地含諸種遇澤悉皆萌三昧華無相何壞復何成

吉州思和尚云即今語言即是汝心此心是佛是實相法身佛經云有三阿僧祇百千名號隨世界應處立名如隨色摩尼珠觸青即青觸黃即黃寶本色如指不自觸刀不自割鏡不自照隨像所現之處各各不同得名優劣不同此心與虛空齊壽若入三昧門無不是三昧若入無相門總是無相隨立之處盡得宗門語言啼笑屈伸俯仰各從性海所發故得宗名相好之佛是因果佛即實相佛家用經云三十二相八十種好皆從心想生亦云法性家焰又云法性功勳隨其心淨即佛

土淨諸念若生隨念得果應物而現謂之如來隨應而去故無所求一切時中更無一法可行自是得法不以得更得是以法不知法法不聞法平等即佛佛即平等不以平等更行平等故云獨一無伴迷時迷於悟悟時悟於迷迷還自迷悟還自悟無有一法不從心生無有一法不從心滅是以迷悟總在一心故云一塵含法界非心非佛者眞爲本性過諸數量非聖無辯辯所不能言無佛可作無道可修經云若知如來常不說法是名具足多聞即見自心具足多聞故草木有佛性者皆是一心飯食作佛事衣服作佛事故

嵩山安和尚昔讓和尚與坦然禪師在荆州玉泉聽律二人共相謂言我聞禪宗最上佛乘何必局此小宗而失大理遂乃雲遊博問先知至嵩山安和尚處問如何是祖師西來意旨師云何不問自家意旨問他別人意旨作什麼問如何是坦然意旨師云汝須密作用問如何是密作用伏請指示師舉目視之二人當時大悟

崛多三藏師因行至太原定襄縣歷村見秀大師弟子結草爲庵獨坐觀心師問作什麼對云看靜師曰看者何人靜者何物其僧無對問此理如何乞師指示師曰何不自看何不自靜師見根性遲迴乃曰汝師是誰對云秀和尚師曰汝師只教此法爲當別有意旨云只教某看靜師曰西天下劣外道所習之法此土以爲禪宗也大悞人其僧問三藏師是誰師曰六祖又云正法難聞汝何不往彼中其僧聞師示訓便往曹溪禮見六祖具陳

上事祖曰誠如崛多所言汝何不自看何不自靜教誰靜汝言下大悟

智策和尚遊行北地遇見五祖下智隍禪師二十年修定師問在此間作什麼隍云入定師云入定者爲有心入也爲無心入也若有心入者即一切有情悉皆有心亦合得定若言無心入者一切無情亦合得定隍曰吾正入定之時不見有有無之心師曰若不見有有無之心即是常定不應更有出入隍無對却問汝師是誰云六祖問汝師以何法爲禪定師曰妙湛圓寂體用如如五陰本空六塵非有不出不入不定不亂禪性無住離住禪寂禪性無生離生禪想心如虛空亦無虛空之量隍聞此說未息疑心遂振錫南行直往曹溪禮見六祖祖乃亦如上說隍於言下大悟

南嶽思大和尚云若言學者先須通心心若得通一切法一時盡通聞說淨不生淨念即是本自淨聞說空不取空譬如鳥飛於空若住於空必有墮落之患無住是本自性體寂而生其心是照用即寂是自性定即照是自性慧即定是慧體即慧是定用離定無別慧離慧無別定即定之時即是慧即慧之時即是定即定之時無有定即慧之時無有慧何以故性自如故如燈光雖有二名其體不別即燈是光即光是燈離燈無別光離光無別燈即燈是光體即光是燈用即定慧雙修不相去離

牛頭融大師絶觀論問云何者是心答六根所觀並悉是心問心若爲答心寂滅問何者

爲體答心爲體問何者爲宗答心爲宗問何者爲本答心爲本問若爲是定慧雙遊云心性寂滅爲定常解寂滅爲慧問何者是智云境起解是智何者是境云自身心性爲境問何者是舒云照用爲舒何者爲卷云心寂滅無去來爲卷舒則彌遊法界卷則定跡難尋問何者是法界云邊表不可得名爲法界法照禪師云經云三阿僧祇百千名號皆是如來異名即眞心之别稱也又經云萬法不出一心此義是也夫縛從心縛解從心解縛解從心不關餘事出要之術唯有觀心乃至若舉一心門一切唯一心若一法非心則是心外有誰能在心外别制一條者

梵禪師云若知一切法皆是法即得解脱眼是法色是法經云不見法還與法作繫縛亦不見法還與法作解脱

藏禪師云於一切法無所得者即心是道眼不得一切色耳不得一切聲

緣禪師云譬如家中有大石尋常坐卧或作佛像心作佛解畏罪不敢坐皆是意識筆頭畫作自忙自怕石中實無罪福

安禪師云直心是道何以故直念直用更不觀空亦不求方便經云直視不見直念不思直受不行直説不煩

覺禪師云若悟心無所屬即得道跡眼見一切色眼不屬一切色是自性解脱經云一切法不相屬故心與一切法各不相知

圓寂尼云一切法唯心無對即自性解脱經云一切法不與眼作對何以故法不見法法不知法

堯禪師云了心識性自體恒眞所緣念處無非佛法

朗禪師云凡有所見皆自心現道似何物而欲修之煩惱似何物而欲斷之

稠禪師云一切外緣名無定相是非生滅一由自心若自心不心誰嫌是非能所俱無即諸相恒寂

慧慈禪師云夫法性者大道也法是法身性是覺性即衆生自然性也是以金剛般若如大火聚三昧焰焰諸累莫入故稱天上天下唯我獨尊

慧滿禪師云諸佛說心令知心相是虛妄法今乃重加心相深違佛意又增論議殊乖大理常齎四卷楞伽經以爲心要隨說隨行

宗鏡録卷第九十七

音釋

趜 渠六切　脅 虛業切　璨 倉案切光貌　跳踉 跳徒聊切踉龍張切

顛蹶 顛都年切仆也蹶居月切僵也

宗鏡録卷第九十八

宋慧日永明妙圓正修智覺禪師延壽集

南岳思大和尚偈云頓悟心源開寶藏隱顯靈蹤現眞相獨行獨坐常巍巍百億化身無數量縱令逼塞滿虛空看時不見微塵相可笑物空無比況口吐明珠光晃晃尋常見說不思議一語標宗言下當

龎居士頌云萬法從心起心生萬法生生生不了有來去枉虛行寄語修道人空生有不生如能達此理不動出深坑

寒山子詩云男兒大丈夫作事莫莽鹵徑直鐵石心直取菩提路邪道不用行行之必辛苦不要求佛果識取心王主

懶瓚和尚詞云莫謾求眞佛眞佛不可見妙性及靈臺何曾受熏練心是無事心面是孃生面劫石可移動箇中無改變又云吾有一言絶慮忘緣巧說不得只用心傳更有一語無過直與細於毫末大無方所本自圓成不勞機杼

騰騰和尚詞云修道道無可修問法法無可問迷人不悟色空達者本無逆順八萬四千法門至理不過方寸煩惱正是菩提淨華生於泥糞識取自家城邑莫謾遊他州郡

高僧釋法喜臨遷化時告衆云三界虛妄但是一心端坐而卒

高僧釋靈潤云捨外塵邪執得意言分別捨唯識想得眞法界前觀無相捨外塵相後觀無生捨唯識想又常與法侶登山遊觀野火四合衆並奔散唯潤安行如常顧陟語諸屬曰心外無火火實自心謂火可逃無由免火

及火至潤潛然自斂
高僧釋法空入臺山幽居每有清聲召曰空禪如是非一自後法空知是自心境界以法遣之遂乃安靜初以禪修終爲對礙遂學大乘離相從所學者並以此誨之以法爲親以法爲侶
高僧釋靖邁臨終云心非道外行在言前言畢坐蛻
高僧釋通達因以木打塊塊破形消旣覩斯變廓然大悟心跡
高僧釋轉明凡有所諮學者常以平等唯心一法志而奉之
高僧釋道英入水卧雪而無寒苦如是隨事以法對之縱任自在不以爲難良由唯識之旨洞曉心腑外事之質豈得礙乎當講起信至心眞如門奄然入定
高僧釋道世云勤勇懺悔者雖知依理須知心妄動遠離前境經云譬如氎華千斤不如眞金一兩喻能觀心强即滅罪强
伏陀禪師云籍教明宗深信含生同一眞性凡聖一路堅住不移不隨他教與道冥符寂然無爲名爲理入
高僧釋智通云若夫尋近大乘修正觀者察微塵之本際計一念之初原便可荆棘播無常之音梟獍説甚深之法十方淨土未必過此矣
高僧釋曇遂每言三界虚妄但是一心追求外境未悟難息
高僧解脱和尚依華嚴作佛光觀於清宵月夜光中忽見化佛説偈云諸佛祕密甚深法

曠劫修行令乃得若人開明此法門一切諸佛皆隨喜解脫和尚乃禮拜問云此法門如何開示於人化佛遂隱身不現空中偈答云方便智爲燈照見心境界欲知眞實法一切無所見

太原和尚云夫欲發心入道先須識自本心若不識自本心如狗逐塊非師子王也善知識直指心者即今語言是汝心舉動施爲更是阿誰除此之外更無別心若言更別有者即如演若覓頭經云信心清淨即生實相又經云無依是佛母佛從無處生

天皇和尚云只令身心即是性身心不可得即三界不可得乃至有性無性總不可得無佛無衆生無師無弟子心空三界一切總空以要言之三界內外下至螻蟻蠢動之者悉在一塵中彼此咸等一一皆如是各各不相妨一切法門千般萬種只明見性更無餘事

興善和尚云從上已來祖佛相傳一心之法以心印心不傳餘法初祖指一言以直說譬如龍吐水至津津滿至河乃至大海龍是水之源以知如今已後學人相傳一心之法皆是簡要說而喚心時不得別覓佛當佛時不得更求心是以若人信自心是佛此人所有言說當能轉法輪若人不信自心是佛此人所有言說皆是謗方等大乘所以經云性外得菩提譬如壓砂求油不是油正因

顒禪師有問涅槃明衆生即佛性佛性即衆生但以時異有淨不淨未審非情亦是衆生不答經云文殊問金色女汝身有五陰十二入十八界不女言如我身有五陰十二入十

八界梵網經云一切地水是我先身一切火風是我本體又依正二身互相依立華嚴經云一切法無相是則佛眞體經明若計靈智之心是常色是敗壞無常者則外道斷常之見華嚴明衆生界即佛界佛界即法界法界之外更無別法乃至萬法雖異其體常同若不迷於所同體用常無有二無二之旨蓋出世之要津一念相應不隔凡成聖矣

卧輪禪師云詳其心性湛若虛空本來不生是亦不滅何須收捺但覺心起即須向内反照心原無有根本即無生處無生處故心即寂靜無相無爲

南泉和尚云然燈佛道了也若心想所思出生諸法虛假合集彼皆不實何以故心尚無有何所出生若取諸法猶如分別虛空如人取聲安置篋中亦如吹網欲令氣滿又云如令但會一如之理直下修行又云但會無量劫來性不變即是修行

汾州無業和尚初問馬祖三乘至理粗亦研窮常聞禪師即心是佛實未能了伏願指示馬祖曰即汝不了底心即是更無別物不了時是迷了時是悟亦猶手作拳拳作手也師又問如何是祖師西來密傳心印祖曰大德正閙在且去別時來一足始跨門限祖云大德便却迴頭祖云是什麼遂豁然大悟示徒云祖師來此土觀其衆生有大乘根性唯傳心印印汝諸人迷情得之者即不論凡之與聖愚之與智多虛不如少實大丈夫兒不如直下休歇去好頓息萬緣截生死流迥出常格靈光獨照物類不拘巍巍堂堂三界獨步

何必身長丈六紫磨金輝項佩圓光舌相長廣若以色見我是人行邪道設有眷屬莊嚴不求而自至山河大地不礙眼光一聞千悟獲大總持又臨終告衆云汝等見聞知覺之性與虛空齊壽猶如金剛不可破壞一切諸法如影如響無有實者經云唯此一事實餘二即非眞言訖奄然而化

眞覺大師云夫心性靈通動靜之原莫二眞如絶慮緣計之念非殊惑見紛馳窮之則唯一寂靈原不狀鑒之則乃千差千差不同法眼之名自立一寂非異慧眼之號斯存理量雙消佛眼之功圓著是以三諦一境法身之理恒清三智一心般若之明常照境智冥合解脫之應隨機非縱非橫圓伊之道玄會故知三德妙性宛爾無乖一心深廣難思何出要而非路是以即心爲道者可謂尋流而得源矣

神秀和尚云一切非情以是心等現故染淨隨心有轉變故無有餘性要依緣故謂緣等之法皆無自性空有不俱即有情正有時非情必空故他即自故何以故他無性以自作故即有情修證是非情修證也經云其身周普等眞法界既等法界非情門空全是佛故又非情正有時有情必空故自即他故何以故自無性以他作故即非情無修無證是有情無修無證也善財觀樓閣時徧周法界有情門空全一閣故經云衆生不違一切刹刹不違一切衆生雖云有無同時分相斯在矣

隋朝命大師融心論云圓機對教無教不圓理心涉事無事非理無事非理何亂而不定

無亂不定則定亂兩亡無事非理故事理雙絶乃至雖離二邊非有邊而可離言亡四句實無句而可亡此處幽立融心可會若以心融心非融心矣心常如實何所融也實不立心説融心矣

智達禪師心境頌云境立心便有心無境不生若將心繫境心境兩俱盲境心各自住心境性恒清悟境心無起迷心境共行若迷心作境心境亂縱横悟境心元淨知心境本清知心無境性了境心無形境虚心寂寂心照境泠泠

甘泉和尚云夫欲發心入道先須識自本心心者萬法衆生之本三世諸佛祖十二部經之宗雖即觀之不見其形應用自在所作無礙洞達分明了了無異若未識者以信爲先信者信何物信心是佛無始無明輪迴生死四生六道受種種形只爲不敢認自心是佛若能識自心心外更無别佛佛外無别心乃至舉動施爲更是阿誰除此心外更無别心若言别更有者汝即是演若達多將頭覓頭亦復如是千經萬論只緣不識自心若了自心本來是佛者一切唯假名況復諸三有則明鏡可以鑒容大乘可以印心又云求經覓佛不如將理勘心若勘得自心本自清淨不須磨瑩本自有之不因經得何乃得知經云修多羅教如標月指若復見月了知所標若能如是解者一念相應即名爲佛

普岸大師云大道虚曠唯一眞心善惡勿思神清物表更復何憂

潙山和尚云内外諸法盡知不實從心化生

悉是假名任他法性周流莫斷莫續

臨濟和尚云如今諸人與古聖何別你且欠少什麽六道神光未曾間歇若能如是秖是箇一生無事人欲得與祖佛不別但莫向外馳求你一念清淨光是你屋裏法身佛你一念無分別光是你屋裏報身佛你一念差別光是你屋裏化身佛此三種身即是今日目前聽法底人此三種是名言明知是光影大德且要識取弄光影底人是諸佛本源是一切道流歸舍處你四大六根及虛空不解聽法說法是箇什麽物歷歷地孤明勿箇形段是這箇解說法聽法所以向你道向五陰身田內有無位眞人堂堂顯露無絲髮許間隔何不識取大心心法無形通貫十方在眼曰見在耳曰聞本是一精明分成六和合心若不生隨處解脫灌溪和尚偈云五陰山中古佛堂毗盧晝夜放圓光箇中若了非同異即是華嚴徧十方

石頭和尚云且汝心體離斷離常性非垢淨湛然圓滿凡聖齊等應用無方三界六道唯自心現水月鏡像有生滅耶汝能知之無所不備諸聖所以降靈垂範廣述浮言蓋欲顯法身本寂令歸根耳

黃蘗和尚云達磨西來唯傳一心法直下指一切衆生心本來是佛不假修行但令識取自心見自本性莫別求法云何識自心即如今言語者是汝心若不言語又不作用心體猶如虛空相似實無相貌亦無方所亦不一向是無只是有而不見又云但悟一心更無少法可得此即眞佛佛與衆生一心更無有

異不如言下自認取本法此法即心心外無法此心即法法外無心

丹霞和尚云汝等保護一靈之物不是汝造作得不是汝詺貌得吾此地無佛無涅槃亦無道可修無法可證道不屬有無更修何法唯此餘光在在處處則是大道

水潦和尚云若説一法十方諸佛收入一法中百千妙門在一毛頭上千聖同轍決定不別普照十方猶如明鏡心地若明一切事盡皆看破從上巳來以心傳心本心即是法

仰山和尚云頓悟自心無相猶若虛空寄根發明即本心具恒沙妙用無别所持無别安立即本地即本土

大顛和尚云老僧往年見石頭和尚問曰阿那箇是汝心對云言語者是心被師喝出經日却問前日既不是心除此之外何者是心師云除却揚眉動目一切之事外直將心來對云無心可來師云汝先來有心何得言無心無心盡同謗我時於言下大悟即對云既令某甲除却揚眉動目一切之事和尚亦須除之師云我除竟對云將示和尚了也師云汝既將示我心如何對云不異和尚師云不關汝事對云本無物師云汝亦無物對云既無物即真物師云真物不可得汝心現量意旨如此也大須護持

三平和尚偈云即此見聞非見聞無餘聲色可呈君箇中若了渾無事體用無妨分不分又偈云見聞知覺本非因當體虛玄絶妄真見相不生癡愛業洞然全是釋迦身

安國和尚云經云應無所住而生其心無所

住者不住色不住聲不住迷不住悟不住體不住用而生其心者即是一切處而顯一心若住善生心即善現若住惡生心即惡現本心即隱沒若無所住十方世界唯是一心信知風幡不動是心動有檀越問和尚是南宗北宗答云我非南宗北宗心爲宗又問和尚曾看教不答云我不曾看教若識心一切教看竟學人問何名識心見性答喻如夜夢見好與惡若知身在牀上安眠全無憂喜即是識心見性如今有人聞作佛便喜聞入地獄即憂不達心佛在菩提牀上安眠妄生憂喜歸宗和尚云即心是佛徹底唯性山河大地一法所印是大神咒眞實不虛是諸佛之本原菩提之根骨佛何者是即今言下是更無別人經云譬如一色隨衆生見得種種名一切法唯是一法隨處得名

大悲和尚云能知自心性含於萬法終不別求念念功夫入於實相若不見是義勤苦累劫亦無功夫

草堂和尚云夫帝網未張千瓔焉覩宏綱忽舉萬目自開心佛雙照觀也心佛雙亡止也定慧既均亦何心而不佛何佛而不心心佛既然則萬境萬緣無非三昧也

百丈慧海和尚因撥火示潙山靈祐因茲頓悟百丈乃謂曰此暫時岐路經云欲見佛性當觀因緣時節時節既至如迷忽悟似忘忽憶方省舊道已物不從他得是故祖師云悟了同未悟無心得無法秖是無虛妄凡聖等心本來心法元自備足是汝今既爾善自護持又廣語問云見不答見又問見復如何答

見無二既云無二不以見見於見若見更見爲前見是爲後見是經云見見之時見非是見所以云不行見法不行聞法不行覺法諸佛疾與授記又云自心是佛照用屬菩薩自心是主宰照用屬客如波說水照萬有以顯功若能寂照不存玄旨自然貫於今古如云神無照功至功常存又云如今欲得驀直悟解但人法俱泯俱絕俱空

盤山和尚云大道無中復誰前後長空絕跡何用量之空既如是道豈言哉心月孤圓光吞萬像光非照境境亦非存光境俱亡復是何物譬如擲劍揮空莫論及之不及斯乃空輪無跡劍刃非虧若能如是心心無知全人即佛全佛即人人佛無異始爲道矣

大梅和尚初問馬祖如何是佛答即汝心是問如何是法答亦汝心是問祖無意耶答汝但識取自心無法不備後住梅山云衆云汝等諸人應當各自明心達本勿逐其末但得其本其末自至汝等欲得其本但識取汝心此心元是一切世間出世間法之根本但心不附一切善惡而生即知萬法本自如如時有學人問心外別無法耶答祖佛是汝心生耳心是萬法之本豈別有法過於心耶釋曰如六祖云善惡都莫思量自然得入心體湛然常寂妙用恒沙以諸佛是極善邊際衆生是極惡邊際以善惡收盡一切法故云若不思量全歸心體但有微毫之法皆是思想心生如寒山子頌云萬機俱泯跡方見本來人泯之一字未必須泯以心外元無一法所見唯心如谷應自聲鏡寫我像秪謂衆生不達

鼓動心機立差别之前塵如空華起滅織無邊之妄想似燄水奔騰不復一心本源故令泯絶若入心體雖云湛然不落斷滅自然從體起用周徧恒沙又大梅云此心法門眞如妙理不增不減種種方便善能應用當知總是此性本來具足不生不滅能知三世一切作用所以云我觀久遠猶若今日常在於其中經行及坐卧

巖頭和尚云於三界中有無唯自已知更無餘事但識自已本來面目喚作無依神蕩蕩地若道别有法有祖賺汝到底但向方寸中看迥迥明朗但無欲無依便得决了

高城和尚謌云無相心能運耀應聲應色隨方照雖在方而不在方任運高低總能妙尋無頭復無尾燄光運運從何起只者如今全是心心用明心心復爾不居方何處覔運用無蹤復無跡識取如今明覔人終朝莫謾别求的勤心學近叢林莫將病眼認華針説教本窮無相理廣讀元來不識心識取心了取境識心了境禪河靜若能了境便識心萬法都如闥婆影

千頃和尚云一切衆生驢騾象馬蜈蚣蚰蜒十惡五逆無明妄念貪瞋不了之法並從如來藏中顯現本來是佛只爲衆生從無始劫來瞥起一念從此奔流迶至今日所以佛出世來令滅意根絶諸分别一念相應便超正覺豈用教他多知多解擾亂身心所以菩提光明不得發現汝今但能絶得見聞覺知於物境上莫生分别隨時著衣喫飯平常心是道此法甚難學人問和尚夜後無燈時如何

師云悟道之人常光現前有什麽晝夜問何不見和尚光師云擬將什麽眼見學人云世人同將現在眼見師彈指云苦哉一切衆生根塵相涉從無始來認賊爲子至于今日常被枷鎖汝將眼見意識分别擬求佛道即是背却本心逐念流轉如此之人對面隔越

惟政和尚云古聖今聖其理齊焉昔日日今日日照不雨鮮昔日風今日風鼓無二動一滴之水潤焉大海之水潤焉又頌云一念得心頓超三界見無所見貪瞋爛壞

牛頭山忠和尚學人問夫入道者如何用心答曰一切諸法本自不生今則無滅汝但任心自在不須制止直見直聞直來直去須行即行須住即住此即是眞道經云緣起是道場知如實故又問今欲修道作何方便而得解脱答曰求佛之人不作方便頓了心原明見佛性即心是佛非妄非眞故經云正直捨方便但説無上道又問眞如妙法理智幽深淺識之徒如何得見答曰汝莫謗佛佛不如是説一切諸法非深非淺汝自不見謂言甚深若也見時觸目盡皆微妙何以高推菩薩别立聖人且如生公云非曰智深物深於智耳此傷不逮之詞耳汝莫揀擇法莫存取捨心故云法無有比無相待故夫經者以身心爲義華嚴經云身是正法藏心爲無礙燈照了諸法空名曰度衆生

夾山和尚云目前無法意在目前不是目前法非耳目之所到

大安和尚云汝諸人各自身中有無價大寶從眼門放光照破山河大地耳門放光領覽

一切善惡音聲六門晝夜常放光明亦名放光三昧汝自不識在四大身中内外扶持不教傾側兩脚牙子大檐得石二檐從獨木橋上過亦不教伊倒地且是什麽汝若覓毫髮即不可見故志公云内外推尋覓總無境上施爲渾大有

長沙和尚偈云最甚深最甚深法界人身便是心迷者迷心爲衆剎悟時剎海是眞心身界二塵元實相分明達此號知音又學人問盡法界衆生識心最初從何而有偈答云性地生心王心爲萬法師心滅心師滅方得契如如

龍牙和尚云夫言修道者此是勸喻之詞接引之語從上已來無法與人只是相承種種方便爲説出意旨令識自心究竟無法可得無道可修故云菩提道自然今言法者是軌持之名道是衆生體性未有世界早有此性世界壞時此性不滅喚作隨流之性常無變異動靜與虛空齊等喚作世間相常住亦名第一義空亦名本際亦名心王亦名眞如解脱亦名菩提涅槃百千異號皆是假名雖有多名而無多體會多名而同一體會萬義而歸一心若識自家本心喚作歸根得旨譬如人欲得諸流水但向大海中求欲識萬法之相但向心中契會會得玄理舉體全眞萬像森羅一法所印

德山和尚云若有一塵一法可得與汝執取生解皆落天魔外道只是箇靈空尚無纖塵可得處處清淨光明洞達表裏瑩徹又云汝莫愛聖聖是空名更無別法只是箇炟爀靈

空無礙自在不是莊嚴修證得從佛至祖皆傳此法而得出離

牛頭下佛窟和尚云若人不信一文殊說十方文殊一時說一佛涅槃一切諸佛俱涅槃何以故不達色根本故問了色性無所有是本不答此是住觀語非是即事見根本若即事見者只汝生老病身及無明婬怒是色根本事外無理故是以若了一色根本即舉十方色同名爲一說一切說一涅槃一切涅槃當知色體無性性無不包又云雖同凡夫而非凡夫不得凡夫不壞凡夫謂別有殊勝在心外者即墮魔網我今自觀身心實相作佛即是見十方佛同行同證處問佛身無漏戒定熏修五陰不縛不脫不敢有疑且如大品經云衆生不善五陰之身亦不縛不脫甚令人驚疑答若向衆生五陰外別有諸佛解脫無有是處只了衆生自性從本已來無有一法可得誰縛誰脫何得更有縛脫之異問經云衆生與佛平等無有縛脫何得六道衆生沉淪不得解脫答衆生不了色心清淨妄想顛倒不得解脫若知人法常空其中實無縛脫問作何觀行懺悔臨終免被業牽答汝須深信諸佛所行所說處與我今日所行所說處無別乃至成佛尚不得涅槃相何況中間罪福妄業可得此是眞實正知正見眞實修行眞實懺悔但於行住坐卧不失此觀臨終自然不失正念

佛窟下雲居和尚心境不二篇云世出世間俱不越自一念妄心而有一念纔起萬像分劑一念相生便成心境若非心境何得有念

可見既有所見之念又有能見之心將知念即是境見即是心所見之念便成色蘊能見之心便成四蘊經云五蘊是世間一念具五蘊一一蘊中皆具五蘊故得一不礙多多不礙一所以心境交通互爲賔主經云境智互相涉入重重無盡即是一塵含法界一一法皆徧也觀自一念動即恒沙世界一時振動觀自一念常定即六道衆生悉皆常定若諦了一念之體即恒沙世界常現自心由迷一念即境智胡越

大珠和尚云心性無形即是微妙法身心性體空即是虗空無邊身示行莊嚴即是功德法身此法身是萬化之本隨處立名智用無盡是無盡藏問何者是法身答心能生恒沙萬法故號法家之身經云一念心塵中演出恒沙偈時人自不識問眞法幻法各有種性不答佛法無種應物而現若心眞也一切皆眞若有一法不眞眞義則不圓若心幻也一切皆幻若有一法不是幻幻法則有定若心空也一切皆空若有一法不空空義則不圓迷時人逐法悟罷法由人森羅萬像至空而極百川衆流至海而極一切賢聖至佛而極十二部經五部毗尼四圍陀論至心而極心是總持都院萬法之原亦是大智慧藏無住涅槃百千名號皆是心之異名

先洞山和尚心丹訣云吾有藥號心丹煩惱爐中鍊歲年知伊不變胎中色照耀光明徧大千開法眼覩毫端能變凡聖刹那間要知眞假成功用一切時中鍛鍊看無形狀勿方圓言中無物物中言有心用即乖眞用無意

安禪無不禪亦無滅亦無起森羅萬像皆驅使不論州土但將來入此爐中無不是無一意是吾意無一智是吾智無一味無不異色不變轉難辯更無一物於中現莫將一物制伏他體合真空非鍛鍊

先曹山和尚云佛心墻壁瓦礫是者亦喚作性地亦稱體全功亦云無情解說法若知有這裏得無辯處十方國土山河大地石壁瓦礫虛空與非空有情無情草木叢林通爲一身喚作得記亦云一字法門亦云總持法門亦云一塵一念亦喚作同轍若是性地不知有諸佛千般喻不得萬種況不成千聖萬聖盡從這裏出從來不變異故云十方薄伽梵一路涅槃門

靈辯和尚云夫一心不思議妙義無定相應時而用不可定執經云一切賢聖皆以無爲法而有差别用有差别隨處得名究竟不離自心此心能壞一切能成一切故云一切法皆是佛法心作天心作人心作鬼神畜生地獄皆心所爲好惡皆由心要生亦得要不生亦得即是無礙義只今一切施爲行住坐卧即是心相心相無相故名實相體無變動亦名如來如者不變不異也無中現有有中現無亦曰神變亦曰神通總是一心之用隨處差别即多義一中解無量無量中解一了彼互生起當成無所畏又東方入正定西方從定出若了心外無法一切唯心即無一法當情無有好惡是非即不怖生死一切處皆是解脱故云當成無所畏縱然心外有一切境法亦從自心妄想因緣而生無有自性其體

本空如幻如化

先雲居和尚云佛法有什麽多事行得即是但知心是佛莫愁佛不解語欲得如是事還須如是人若是如是人愁箇什麽若云如是事即不難自古先德淳素任眞元來無巧設有人問如何是道或時荅瓻甎木頭作麽皆重元來他根本脚下實有力即是不思議人把土成金若無如是事饒你説得蔟華蔟錦相似直道我放光動地世間更無過也盡説却了合殺頭人總不信受元來自家脚下虚無力釋曰雲居和尚乃物外宗師此土七生爲善知識道德孤邁智海泓深具大慈悲常盈千衆所示徒云但知心是佛莫愁佛不解語者此爲今時學人一向外求但學大乘之語不能返本内自觀心明見天眞之佛若了此心佛即自然智無師之智現前何煩外學如云從門入者非實又云從天降下即貧窮從地涌出却富貴若從心地涌出智寶有何窮盡故云無盡之藏但若得心眞實去根脚下諦去自然出語盡與實相相應言下救人生死變凡爲聖捉礫成金道有亦得道無亦得句句悉成言教若也心中未諦圓信不成空任虚浮只成自誑直饒辯説縱横只增狂慧設或説得天華墜石點頭事若不眞總成妖幻所以志公見雲光法師講法華經感天華墜云是皷蚕之義是以先聖誠言實爲後學龜鏡可以刻骨可以書紳令徧搜揚深有意矣

宗鏡録卷第九十八

音釋

畐方逼切滿也　莽鹵莽莫補切鹵郎古切莽鹵苟且也　瓚在但切

杼直呂切機之持緯者曰杼　櫱博陌切　潦郎到切　覿徒歷切見也

潙俱爲切　蜈蚣蜈五乎切蚣古紅切　蚰蜒蚰以周切蜒以然切　炟

爀炟當割切爀呼格切炟爀照明貌　瓳甎瓳盧谷切甎職緣切　齩五巧切嚙也

宗鏡録卷第九十九

宋慧日永明妙圓正修智覺禪師延壽集

夫製論釋經傍申佛意或法身大士垂迹闡助化之門或得旨高人依教弘法施之道乃至義疏章鈔銘訣讃序等與宗鏡相應者皆當引證是以衆生言論悉法界之所流外道經書盡諸佛之所説

大智度論云諸法入佛心中唯一寂滅一三昧門攝無量三昧如牽衣一角舉衣皆得亦如得蜜蜂王餘蜂盡攝又頌云佛法相雖空亦復不斷滅雖生亦非常諸行業不失諸法如芭蕉一切從心生若知法無實是心亦復空

毗婆沙論云善覺長者爲那伽説四韋陀典曰若人心生而不起若人心起而不滅心起而起心滅而滅又云若離初發心則不成無上道所以云一切功德皆在初心

大乘攝論云問何以故此識取此識爲境答無有法能取餘法雖不能取此識變生顯現如塵譬如依面見面謂我見影此影顯現相似異面

顯揚論云由所依所縁力而得建立由所依力者謂立眼識乃至意識由所縁力者謂立色識乃至法識青識黄識乃至苦識樂識

發菩提心論云過去已滅未來未至現在不住雖如是觀心心數法生滅散壞而常不捨聚集善根助菩提法是名菩薩觀三世方便

大乘阿毗達磨雜集論云如契經等法如理作意發三摩地依止定心思惟定中所知影像觀此影像不異定心依此影像捨外境想

唯定觀察自想影像爾時菩薩了知諸法唯自心故内住其心知一切種所取境界皆無所有所取無故一切能取亦非眞實故次了知能取非有次復於内捨離所得二種自性證無所得依此道理佛薄伽梵妙善宣説偈云菩薩依靜定觀心所現影捨離外塵想唯定觀自想如是内安心知所取非有次觀能取空後觸二無得依者謂轉依捨離一切麤重得清淨轉依故

十二門論偈云衆縁所生法是即無自性若無自性者云何有是法釋曰故知萬法從心所生皆無自性所依之心尚空能依之法何有

入大乘論云若離衆生則無有得菩提道者從衆生界出生一切諸佛菩提如尊者龍樹所説偈云不從虚空有亦非地種生但從煩惱中而證成菩提故知從心證道不假他縁能成無師自然之智

倶舍論云眼所現見名爲所見從他傳聞名爲所聞自運巳心諸所思構名爲所覺自内所受及自所證名爲所知

佛地論云現見虚空雖與種種色相相應而無諸色種種相故如煙霧等共相應故有時見空有種種相由虚妄分別力故但見煙等有種種相非見虚空以虚空性不可見故乃至心淨法界離名言故一切名言皆用分別所起爲境然諸法教亦不唐捐是證法界展轉因故如見字書解所説義由此法教是諸如來大悲所流能展轉説離言説義如以衆彩彩畫虚空甚爲希有若以言説説離言義

復過於彼

般若論云須菩提言如來無所說此義云何無有一法唯獨如來說餘佛不說謂佛所說但是傳述古佛之教非自製作釋曰故知此法過去佛已說今佛現說未來佛當說所以一佛說時十方佛同證乃至智慧刹土眞俗等法凡聖等性皆同無二以唯共一心故終無異旨如華嚴經佛不思議品云佛子諸佛世尊有十種無二行自在法何等爲十所謂一切諸佛悉能善說授記言辭決定無二一切諸佛悉能隨順衆生心念令其意滿決定無二一切諸佛悉能現覺一切諸法演說其義決定無二一切諸佛悉能具足去來今世諸佛智慧決定無二一切諸佛悉知三世一切刹那即一刹那決定無二一切諸佛悉知三世一切佛刹入一佛刹決定無二一切諸佛悉知三世一切佛語即一佛語決定無二一切諸佛悉知三世一切諸佛與其所化一切衆生體性平等決定無二一切諸佛悉知世法及諸佛法性無差別決定無二一切諸佛悉知三世一切諸佛所有善根同一善根決定無二是爲十又信心銘云要急相應唯言不二可成堅信永斷纖疑則宗鏡之文傳光不朽矣

廣百論云覺慧等諸心心法非隨實有諸法轉變但隨串習成熟種子及心所現衆緣勢力變生種種境界差別外道等隨其自心變生種種諸法性相若法性相是實有者豈可如是隨心轉變諸有智者不應許彼所執現在實法有生以必不從去來二世更無第三

可從生故滅必隨生生既非有滅亦定無乃至三世行皆相待立如長短等何有實性又頌云眼中無色識識中無色眼色内二俱無何能令見色依他起性即是心心法從緣起時變似種種相名等塵應知有心心法但無心外所執諸塵云何定知諸法唯識故佛告善現無毛端量實物可依

寶藏論云夫天地之内宇宙之間中有一寶祕在形山識物靈照内外空然寂寞難見其謂玄玄巧出紫微之表用在虚無之間端化不動獨而無雙聲出妙響色吐華容窮觀無所寄號空空唯留其聲不見其形唯留其功不見其容幽顯朗照物理玄通森羅寶印萬像眞宗乃至其寶也焕焕煌煌朗照十方隱寂無物圓應堂堂應聲應色應陰應陽奇物無根妙用常存晌目不見側耳不聞其本也冥其化也形其爲也聖其用也靈可謂大道之眞精其精甚靈萬有之因凝然常住與道同倫故經云隨其心淨即佛土淨任用森羅其名曰聖

釋摩訶衍論云一切諸法一心量無心外法以無心外法故豈一心法與一心法作障礙事亦一心法與一心法作解脱事無有障礙無有解脱一心之法一即是心心即是一無一别心無心别一一切諸法平等一味一相無相作一種光明心地之海

寶生論偈云微笑降伏大魔軍明智覺了除衆欲於此大乘能善住深識愛原唯自心

寶性論偈云如空徧一切而空無分别自性無垢心亦徧無分别

金剛三昧論云一切心相本來無本本無本處空寂無生若心無生即入空寂空寂心地即得心空善男子無相之心無心無我一切法相亦復如是者一切心相種子爲本求此本種永無所得若是現在則與果俱無本末異如牛兩角若已過去則無作因無體性故猶如兎角如是道理本來法爾故言本來無本又生滅心生必依本處本處既無則不得生當知心相本來無生故言空寂無生所入空寂即是一心一切所依名之爲地故言即入空寂之心地。○分別功德論云有諸沙門行諸禪觀或在塚間或在樹下時在塚間觀於死屍夜見餓鬼打一死屍沙門問曰何以打此死屍耶答曰此死屍困我如是是以打之道人曰何以不打汝心打此死屍當復何益也於須臾頃復有一天以天曼陀羅華散一臭屍沙門問曰何爲散華此臭屍耶答曰由我此屍得生天上此屍即是我之善友故來散華報往昔恩道人答曰何以不散華汝心中乃散臭屍夫爲善惡之本皆心所爲乃捨本求末耶

思益論云不見一切諸法是菩提相不證一法而證諸法是故說爲應正徧知

金剛論云教中譬如星宿爲日所映有而不現能見心法亦復如是釋曰此有二解一若迷心爲境如日爍眼光入室不見自物如被外境所換不見自心亦復如是二若以悟境是心則萬法如星宿一心如日光心光徧爍時無法可披露

法性論云蓋聞之先覺曰體空入寂莫先於

見法尋法窮原莫妙於得性得性則照本照本則達自然達自然見緣起見緣起斯見法也將窮其原必存其要要而在用者其唯心法乎心法者神明之營魄精識之册譽其運轉也彌綸於萬行其感物也會通於羣數統極而言則無不在矣

顯性論云一念見性者見性是凡聖之本體普徧一切而不為一切之所傾動在染不染而能辯染在淨不淨而能辯淨其性不在一切法而能徧一切法若觀一法即不見性若不觀一法亦不見性其性不在觀不在不觀於一衆生身中見心性時一切衆生悉皆見於一微塵中見心性時一切微塵悉皆見以性徧凡聖善惡故凡處徹聖處聖處徹凡處善惡相徹本性自爾以一切法並不得取並不可捨性相自爾自性淨故終日說不得一說終日聞不得一聞終日見不得一見終日知不得一知並非凡聖之所安立是故經云若我出世及不出世此法常然

顯宗論云我此禪門一乘妙旨以無念為宗無住為本眞空為體妙有為用夫眞如無念非念想能知實相無生豈色心能見眞如無念念者即念眞如實相無生生者即生實相無住而住常住涅槃無行而行能超彼岸如如不動動用無窮念念無求常求無念用而常空空而常用用而不有即是眞空空而不無便成妙有妙有即摩訶般若眞空即清淨涅槃般若無見能見涅槃涅槃無生能生般若西天諸祖共傳無住之心同說如來知見

顯正論云問欲顯何義名為顯正答欲顯明

一切衆生本原清淨無生心體即是諸佛之正性也所以者何一切萬法心爲其本然其心性都無所依體自圓融不礙萬法雖應現萬法而性自常眞無住無依不可取捨

勝天王經云清淨心性爲諸法本自性無本虛妄煩惱皆從邪念顛倒而生當知此心即是最勝清淨第一義諦一切諸佛證知所歸

問曰定以何法爲心體答曰不應求心之定體何以故心非所緣無無相故亦云非能所絶相待故體不可染性常淨故非合非散自性離故不礙緣起性虛融故不可說示名字空故諸法虛淨緣相離故靈照不竭用無盡故果報不同作業異故因果宛然不斷絶故亦非眞實業性如幻故又不斷絶現施爲故亦不可取畢竟空故諸法平等一相如故境智無差離分別故萬法即空性無生故是以一切分別不離自心一切諸境不離名相若了萬法不了自心分別無由能絶乃至楞伽經云若彼心滅盡無乘及乘者無有乘建立我說爲一乘彼心者即取相所得心也一乘者即離相清淨無生心也此心悉能包含運載一切諸法故名一乘

法苑珠林云夫壅其流者未若杜其源揚其湯者未若撲其火何者源出於水源未杜而水不窮火沸於湯火未撲而湯詎息故有杜源之客不壅流而自乾撲火之人不揚湯而自止故知心爲源境爲流不察本心源但隨諸法轉意如火事如湯不制自意地唯從境界流斯皆失本迷源隨流徇末若能頓明意地直了心源不求脱於諸塵不繫縛於一法

可謂究末遇本尋流得源矣遂乃無功而自辦無作而自成顯此一心萬法如鏡

歸心論云夫論心性者若别説一一生佛皆以法界爲身一一摩耶胎内亦如是廣狹皆等不相妨礙若總説一一生佛同在胎内十方諸如來同共一法身互隱互顯互存互奪重重互現皆不思議法身説時不增不説時不減性海如是豈可言盡不盡耶

六妙門云此爲大根人善識法要不由次第懸照諸法之原所謂衆生心也一切法由心而起若能反觀心性不得心原即知萬法皆無根本

頓教五位門云第一識心者語是心見是心聞是心覺是心知是心此是第一悟一一能知如許多心皆是一心一心能徧一切處第二知身同無情身不知痛痒好惡一切皆是心不干身事心能作人畜心能作魚鳥第三破四大身身即是空空即是無生空無内外中間離一切相第四破五陰色陰若有四陰不虚色陰若無四陰何有第五見性成佛湛然常住

十住經序云以靈照故統名一心以所緣故總號一法若夫名隨數變則浩然無際統以心法則未始有二

十二門論序云論之者欲以窮其心原盡其至理也若一理之不盡則衆異紛然有惑趣之乖一原之不窮則衆途扶疎有殊致之迹殊致之不夷乖趣之不泯大士之憂也

般若燈論序云始夫萬物非有一心如幻心如幻故雖動而恒寂物非有故雖起而無生

是以聖人説如幻之心鑒非有之物了物非物則物物性空知心無心則心心體寂達觀之士得其會歸而忘其所寄於是分別戲論不待遣而自除無得觀門弗假修而已入蕩蕩焉不出不在無住無依者也

華嚴論云猶如大海有清淨德而能影現七金山等衆生心海影現六道四生分明顯現山河大地色空明闇等

緣生論云元是一心積爲三界凡則迷而起妄聖則悟以通眞

陀羅尼三昧法門偈云是法法中高猶如須彌山是法法中海衆源所共歸是法法中明猶如星中月是法法中燈能破無邊闇是法法中地荷載徧十方是法法中母出生諸佛種

法華演祕云事理圓融者即種種事稱理而徧以眞如理爲洪鑪融萬事爲大冶鐵汁洋溢無異相也若開權顯實一切唯心者亦先融爲本事事無礙也重重交映如地獄苦報身各自徧難思妙事本自如此佛佛自覺衆生不知今解此知即衆生心是佛智也即事玄妙入心成觀

法華玄贊疏云如經中說一時者即是唯識時説聽二徒心識之上變作三時相狀而起實是現在隨心分限變作短長事緒終訖總名一時如夢所見謂有多生覺位唯心都無實境聽者心變三世亦爾唯意所緣是不相應行蘊法界法處所攝此言一時一則不定約刹那二則不定約相續三則不定約四時六時八時十二時等四則不定約成道已後

年數時節名爲一時但是聽者根熟感佛爲說說者慈悲應機爲談說聽事訖緫名爲一時不定約刹那等者聽法之徒根器或鈍說時雖短聽解時長或說者時長聽者亦久於一刹那猶未能解故非刹那亦不定約相續者猶能說者得陀羅尼說一字義一切皆了或能聽者得淨耳意聞一字時一切能解故非相續由於一會聽者根機有利有鈍如來神力或延短念爲長刧或促多刧爲短念亦不定故緫約說聽究竟名時亦不定約四時六時八時十二時者一日一月照四天下長短暄寒近遠晝夜諸方不定恒二天下同起用故又除已下上諸天等無此四時及八時等經擬上地諸方流通若說四時等流行不徧故亦不定約成道已後年數時節者三乘凡聖所見佛身報化年歲短長成道已來近遠各不同故釋曰上所說不定約刹那時及相續時與四時六時八時十二時等及約成道已後年數時節名爲一時者以長短不定前後無憑但說唯心之一時可爲定量無諸過失事理相當旣亡去取之情又絕斷常之見不唯一時作唯識解實乃萬義皆歸一心則稱可教宗深諧祕旨能開正見永滅羣疑所以經云一切諸法以實際爲定量又云但以大乘而爲解說令得一切種智故知但說大無過夫言大乘者即是一心之乘乘是運載義若論運載豈越心耶又夫不識心人若聽法看經但隨名相不得經旨如僧崖云今聞經語句句與心相應又釋法聰因聽慧敏法師說法得自於心蕩然無累乃至見一切

境亦復如是若不觀心盡隨物轉是故大乘入道安心法云若以有是爲是有所不是若以無是爲是則無所不是一智慧門入百千智慧門見柱作柱解得柱相不作柱解觀心是柱法無柱相是故見柱即得柱法一切形色亦復如是故華嚴經頌云世間一切法但以心爲主隨解取衆相顛倒不如實又古人云六道羣蒙自此門出歷千劫而不返一何痛哉是知因心得道如出必由戸何所疑乎百法鈔云大乘一切皆是心所變故離心之外更無有法即萬般造作皆不離心千種起言豈超心外

法界觀序云法界者一切衆生身心之本體也從本已來靈明廓徹廣大虛寂唯一眞之境而已無有形貌而森羅大千無有邊際而含容萬有昭昭於心目之間而相不可覩晃晃於色塵之内而理不可分非徹法之慧目離念之明智不能見自心如此之靈通也於是稱法界性說華嚴經令一切衆生自於身中得見如來廣大智慧而證法界也乃至於佛身一毛端則徧一切含一切也世界爾衆生爾塵塵爾念念爾法法爾無有法定有自體而獨立者

提婆傳云提婆菩薩博識淵覽才辯絶倫擅名天竺爲諸國所推所愧以爲所不盡者唯以人不信用其言爲憂其國中有大天神驗黃金像之坐身二丈號曰大自在天人有求願能令現世如意提婆詣廟求入拜見主廟者言天像至神人有見者旣不敢正視又令人退後失守百日汝但詣門求願何須見耶

提婆言若神必能如汝所說乃當令我見之若不如是豈是吾之所欲見耶時人奇其志氣伏其明正隨入廟者數千萬人提婆既入天像挺動其眼怒目視之提婆問天神則神矣何其小也當以精靈感人智德伏物而假黄金以目多動玻瓈以熒惑非所望也即便登梯鑿出其眼時諸觀者咸有疑意大自在天何爲一小婆羅門所困將無名過其實理屈其詞耶提婆曉衆人言神明遠大故以近事試我我得其心故登金聚出玻瓈令汝等知神不假質精不託形吾既不慢神亦不辱也言已而出即以其夜求諸供備明日清旦敬祠天神提婆先名既重加以智慕神契其所發言聲之所及無不響應一夜之中供具精饌有物必備大自在天變一肉形數高四丈左眼枯没而來在坐歷觀供饌歎未曾有嘉其德力能有所致而告之言汝得我心人得我形汝以心供人以質饋知而敬我者汝畏而誣我者人汝所供饌盡善盡美矣唯無我之所須能以見與真上施也提婆言神鑒我心惟命是從神言我所乏者左眼能與我者便可出之提婆言敬如天命即以左手出眼與之天神力故出而隨生索之不已從旦終朝出眼數萬天神讚曰善哉摩納真上施也欲求何願必如汝意提婆言我禀明於心不假外也唯恨悠悠童蒙不知信受我言神賜我願必當令我言不虚設唯此爲請他無所須神言必如所願於是而退詣寺受出家法剃髮法服周遊揚化於天竺大國之都四衢道中敷高座作三論言一切諸聖中佛聖

最第一一切諸法中佛法正第一一切救世衆佛僧爲第一八方諸論士有能壞此語者我當斬首以謝其屈所以者何立理不明是爲愚癡愚癡之頭非我所須斬以謝屈甚不惜也八方論士既聞此言亦各來集而立誓言我等不如亦當斬首愚癡之頭亦所不惜提婆言我所修法仁活萬物要不如者當剃汝鬚髮以爲弟子不斬首也立此要已各撰名理建無方論而與酬酢智淺情近者一言便屈智深情遠者極至二日則辭理俱匱即皆下髮如是日日王家送衣鉢終竟三月度十餘萬人釋曰禀明於心不假外者審如斯悟何往不從故能德動明神鑒大自在天之眼化諸人意度十萬外道之心可謂救世良醫度人妙術不得斯旨悲願何成自利利他理窮於此

天台無量壽佛疏云就一字說者釋論云所行如所說所說即是教如即是理行即是行佛即是法身觀即般若無量壽即解脫當知即一達三即三達一一中解無量無量中解一於一字上達無量義況諸字況一題況一經況一切經耶故經云若聞首題名字所得功德不可限量若不如上解者安獲無限功德耶釋云若不歸一心解安獲無限功德以無量功德即一心具足若離心所見皆不圓滿悉成邪倒設具行門皆成分限

起信疏云夫眞心寥廓絶言像於筌罤沖漠希夷亡境智於能所非生非滅四相之所不遷無去無來三際莫之能易但以無住爲性隨泒分歧逐迷悟而昇沉任因緣而起滅雖

繁興鼓躍未始動於心原靜鑒虛凝未嘗乖於業果故使不變性而緣起染淨恒分不捨緣而即眞凡聖一致其猶波無異水之動故即水以辯於波水無異動之濕故即波以明於水是則動靜交徹眞俗雙融生死涅槃夷齊同貫

安樂集云問何因一念佛之力能斷一切諸障答如經云譬如有人用師子筋以爲琴絃音聲一奏一切餘絃悉皆斷壞若人菩提心中行念佛三昧者一切煩惱一切諸障悉皆斷滅亦如有人構取牛羊驢馬一切諸乳置一器中若將師子乳一渧投之直過無難一切諸乳悉皆破壞變爲清水若人但能菩提心中行念佛三昧者一切惡魔諸障直過無難

寶藏論注云實此非彼實彼非此鳥跡空文奇特現矣者破彼此也諸法如幻比鳥跡空文皆從心生奇特現矣又云光超日月德越太清萬物無作一切無名轉變天地自在縱橫者萬物不能自立人爲作名皆自心起轉變天地了一切唯心則萬法無累其神明即所向自由即自在縱橫天台涅槃疏云煩惱與身一時者除彼所計之一時若是所解言一時者此是前後而一時一時而前後只於一時義中說有前後即煩惱爲前身屬於後何以故因果無二色心體一三道三德一念無乖五陰五脫刹那理等貴在破執執巳了性同空空無前後如炷與明一時有要因炷有明煩惱與身亦然故知前後一心一心前後如是解者有何差別只恐心外取法而自

異耳

杜順和尚攝境歸心眞空觀云謂三界所有法唯是一心心外更無一法可得故曰歸心謂一切分別但由自心曽無心外境能與心爲縁何以故由心不起外境本空論云由依唯識故境本無體眞空義成故以塵無有故本識即不生由此方知由心現境由境顯心心不至境境不入心常作此觀智慧甚深

唯識序云離心之境克湮即識之塵斯在帶數之名攸顯唯識之稱兆彰故得一心之旨永傳而不窮八識之燈恒然而無盡

宗鏡録卷第九十九

音釋

眴舒閏切目動也　爍書藥切閃爍也　酢疾各切酬酢也　筌罤筌此縁切取魚器也罤杜奚切免弶也　湮於眞切没也

宗鏡録卷第一百

宋慧日永明妙圓正修智覺禪師延壽集

東國義相法師釋華嚴經云當知此一部華嚴經雖七處九會而唯在十地品所以者何以根本攝法盡故雖在十地不同而唯在初地何以故不起一地普攝一切諸地功德故一地中雖多分不同而唯在一念何以故三世九世即一念故一切即一故如一念多念亦如是一即是一切一念即多念陀羅尼法主伴相成一即爲主一切爲伴隨舉一法盡攝一切乃至一文一句盡攝一切何以故若無此彼不成故陀羅尼法法如是故經云如來於一語言中演出無邊契經海

復禮法師云觀業義者夫業因心起心爲業用業引心而受形心隨業而作境然則因業受身身還造業從心作境境復生心若影隨形而曲直猶響隨聲而大小矣

慧集法師悟道頌云普光初學道無邊世界動迴天復轉地併入一毛孔

弘沇法師云若人執衆生心外别有無情佛性不徧皆違如來藏徧法界義唯識論云根身器世間即是賴耶相分相分不離見分又云若時於所緣智都無所得離二取相故真實住唯識如第六識緣現在心唯一刹那誰爲能所設緣三世亦現在心妄分能所若得此意三界唯心法界一相亦何不適

神鍇法師云一念淨心微細如芥子森羅萬像猶若須彌萬像雖復衆多要從一心變起離心之外畢竟無法是則攝相從心云内須彌於芥子也

元康法師云明悟入者如來說法八萬四千所明至理更無異道華嚴經云一道出生死涅槃經云一道清淨大品經云一相無相淨名經云不二法門論云自知不隨他寂滅無戲論無異無分別是則名實相乃羣賢所趣衆義同歸咸指一心之實道矣

智者大師與陳宣帝書云夫學道之法必須先識根原求道由心又須識心之體性分明無惑功業可成一了千明一迷萬惑心無形相內外不居境起心生境亡心滅色大心廣色小心微乃至知心空寂即入空寂法門知心無縛即入解脫法門知心無相即入無相法門覺心無心即入真如法門若能知心如是者即入智慧法門

裴休圓覺疏序云夫血氣之屬必有知凡有知者必同體所謂眞淨明妙虛徹靈通卓然而獨存者也衆生之本原故曰心地諸佛之所得故曰菩提交徹融攝故曰法界寂靜常樂故曰涅槃不濁不漏故曰清淨不妄不變故曰真如離過絶非故曰佛性護善遮惡故曰總持隱覆含攝故曰如來藏超越玄祕故曰密嚴國統衆德而大備爍羣昏而獨照故曰圓覺其實皆一心也背之則凡順之則聖迷之則生死始悟之則輪迴息親而求之則止觀定慧推而廣之則六度萬行引而爲智然後爲正智依而爲因然後爲正因其實皆一法也終日圓覺而未甞圓覺者凡夫也欲證圓覺而未極圓覺者菩薩也住持圓覺而具足圓覺者如來也離圓覺無六道捨圓覺無三乘非圓覺無如來泯圓覺無眞法其實

皆一道也三世諸佛之所證蓋證此也如來爲大事出現蓋爲此事也三藏十二部一切修多羅蓋詮此也釋曰心之一法名爲普法欲照此心應須普眼虛鑒寂照靈知非偏小而可窮以圓滿而能覺故曰圓覺此約能證也眞如妙性寂滅無爲具足周徧無有缺減故曰圓覺此約所證也能所冥合唯是一心此一心能爲一切萬法之性又能現三乘六道之相攝相歸性曾無異轍則世出世間昇降雖殊凡有種種施爲莫不皆爲此也離此則上無三寶一乘下無四生九有

臺山釋曯楞伽經訣云佛法大旨舉要言之不出心爲大旨所以楞伽經以心爲正宗故云佛語心爲宗無門爲法門所言心者謂佛語心所言宗者謂心實處又云迷則萬惑累心解則眞照法界迷則生死紛紜解則涅槃常寂迷解雖殊莫不皆是一心隱顯三藏法師云衆生之類是菩薩佛土驗此六識即究竟果處而惑者終日作迷解

跋陀三藏云理心者心非理外理非心外心即是理理即是心心理平等名之爲理理照能明名之爲心覺心理平等名之爲佛心會實性者不見生死涅槃有別凡聖無異境智一如理事俱融眞俗齊觀圓通無礙名修大道

釋道世云四禪無像三達皆空千佛異迹一智心同

澄觀和尚華嚴疏云上來諸門乃至無盡不離一心一心即法界故起信云所言法者謂衆生心心體即大心之本智即方廣觀心起

行即華嚴覺心性相即是佛覺非外來全同所覺故理智不殊理智形奪雙亡寂照則念念皆是華嚴性海則物我皆如泯同平等爲未了者令了自心若知觸物皆心方了心性故梵行品云知一切法即心自性成就慧身不由他悟然今法學之者多弃内而外求習禪之者好亡縁而内照並爲偏執俱滯二邊旣心境如如則平等無礙昔曾瑩兩面鏡鑑一盞燈置一尊容而重重交光佛佛無盡見夫心境互照本智雙入心中悟無盡之境境上了難思之心心境重重智照斯在又即心了境界之佛即境見唯心如來心佛重重而本覺性一皆取之不可得則心境兩亡照之不可窮則理智交徹心境旣爾境境相望心心互研萬化紛綸皆一致也唯證相應名佛華嚴矣釋云今人只解即心即佛是心作佛不知即境即佛是境作佛今明以如爲佛心境皆如心如即佛境如焉非又心有心性心能作佛境有心性安不作佛以心收境則心中見佛是境界之佛以境收心境中見佛是唯心如來

華嚴錦冠云觀心釋大方廣佛華嚴經者若約教詮義則有多門若不攝歸一心於我何預夫言大者即是心體心體無邊故名爲大方是心相相具德相之法故名方廣是心用心有稱體之用佛是心果心解脱處名佛華是心因心所引行喻之以華嚴是心功心能善巧嚴飾目之爲嚴經是心教心起名言詮顯此理故名爲經然心之一字雖非一切能爲一切觀者以三大中具四法界對彼四界

故成四觀法本如是故依法而觀若依此悟解念念即是華嚴法界念念即是毗盧遮那法界也

肇論注云近而不可知者其唯物性乎者尚書云天生萬物唯人之靈有情無情爲萬物也靈是心之性亦即萬物之性也即物之性空目擊而非遥雖近而不可知也故論云遠不可見如空中鳥跡近不可見如眼中之藥遠喻三祇至道近喻即眞不見也

如上所引祖教委細披陳可以永斷纖疑圓成大信若神珠在掌寶印當心諸佛常現目前法界不離言下是以從初標宗於一心演出無量名義無量名義不出理智非理不智故理外無智非智不理故智外無理亦攝智從理離體無用攝用歸體體性自離故體即非體即一切法如虚空性空性亦空畢竟寂滅斯滅亦滅不知以何言故强名之無盡眞心耳今還攝無量義海總歸一句乃至無句一字一點卷舒自在不動一心究竟指歸言思絶矣又此乃是内證自心眞性絶待無依平等法門如華嚴疏鈔云悟一切法自性平等者入於諸法眞實之性故謂眞實性中無差别相無種種相無無量相萬法一如何有不等此眞實性依何立故復次明證無依法所謂不依於色不依於空若萬法依空空無所依今萬法依眞眞無所依即無依印法門故捨離世間世間即有種種差别斯則性尚不立何況於相亦不依空立色亦不依色立空亦無異無不異無即無不即斯見即絶强名内證爾○問如上解釋引證皆是祖佛之

言何不自語答我若自語一切茫然罔措津涯豈有申問之處設祖佛之教皆是隨他意語曲順時機是以世尊言三世諸佛所說之法吾四十九年不加一字又經云先佛已說後佛隨順若能如是了達則知佛語是自語自語是佛語故本師云一切外道經書皆是佛說非外道說又云釋迦如來語提婆達多語無二無别若於此不信不明皆成二見常縈分别凡聖之想恒生取捨自他之情欲紹吾宗無有是處○問前標宗章已廣說唯心之旨何故十帙之中卷卷委曲重說答此是祕要之門難信之法轉深轉細難解難知悉抱疑情盡居惑地夫疑者於諸諦理猶豫爲性能障善品爲業故疑有多種略說具三一疑自謂已不能入理二疑師謂彼不能善教三疑法謂於所學爲令出離爲不出離況如有病之人疑自疑醫疑藥病終不愈若具前三疑終不能決定信入今宗鏡所録皆是正直捨方便但說無上道隨聞一法盡合圓宗實可以斷深疑成大信如清涼記云謂聞空莫疑斷是即事之空非斷滅故聞有莫疑常非定性有從緣有故聞雙是莫疑兩分但雙照二諦無二體故聞雙非莫疑無據以但遮過令不著故又聞空莫疑有是即有之空故聞有莫疑空是即空之有故聞雙是莫疑雙非是即非有無爲有無故聞雙非莫疑雙是是即有無方是非有無故是知諦了一心羣疑頓斷則有不能有空不能空凡不能凡聖不能聖豈世間言語是非之所惑哉如佛藏經云佛告舍利弗須彌山王爲高大不高大

世尊舍利弗四天下中普雨大石皆如須彌有人以手承接此石無有遺落如芥子者於意云何爲希有不希有世尊舍利弗如來所說一切諸法無生無滅無相無爲令人信解倍爲希有舍利弗譬如有人以一切衆生置左手中右手接舉三千世界山河草木皆能令是一切衆生同心喜樂其意不異於意云何爲希有不希有世尊舍利弗如來所說一切諸法無生無滅無相無爲令人信解倍爲希有此宗鏡文所以前後廣引者只爲此心深奥故難信祕密故難知乃至菩薩大智尚須佛力所加豈況淺劣而能知者如寶雨經云佛言云何菩薩深信如來意業祕密若諸菩薩聞於如來意之祕密謂如來所有意樂法義依止於心依心而住一切菩薩聲聞緣覺及諸有情無能知者唯除如來之所加持是以雖前引後證文廣義繁則語語内而利益根機聞聞中而驚新耳目何厭重說起此慢心所以本師云行住坐卧常說妙法又云我於得道夜及涅槃夜是二夜中間常說般若是以機多生熟信有淺深前聞熏而未堅後聞熏而方入如大智度論云譬如摇樹取果熟者前墮若未熟者更須後摇又如捕魚前網不盡後網乃得又云復次是般若波羅蜜相甚深難解難知佛知衆生心根有利鈍鈍根者少智爲其重說若利根者一說二說便悟不須種種說譬如駃馬下一鞭便走駑馬多鞭乃去如是等種種因緣故經中重說無咎又問曰上來數說是般若波羅蜜甚深因緣今何以復重說答曰處處說甚深多有

所利益凡人不知謂爲重説譬如大國王未有嫡子求禱神祇積年無應時王出行夫人産子男遣信告王大夫人産男王聞喜而不答乃至十反使者白王向所白者王不聞耶王曰我即聞之久來願滿故喜心内悦樂聞不已耳即勑有司賜此人百萬兩金一語十萬兩王聞使者言語語中有利益非是重説不知者謂爲重處處説甚深亦如是佛與菩薩須菩提知大有利益須菩提聞佛説深般若不能得底轉覺甚深聽者處處聞甚深得禪定智慧利益等凡夫人謂爲重説且如國王聞於一語有多利益賜十萬兩金此乃增生死根成於識樂今聞宗鏡卷卷之中文文之内重重唱道一一標宗長菩提根成於法樂盡大地爲黄金未酬一字請不生怠猒於頻聞令已達者重堅信心使未入者速發聞慧○問此宗鏡門還受習學不答學則不無略有二義一者若論大宗根本正智不從心學非在意思圓明了知不因心念故台教云手不執卷常讀是經口無言音徧誦衆典佛不説法恒聞梵音心不思惟普照法界此論上上根器聞而頓悟親自證時二者若未省達亦有助發之力印可之功或機思遲迴乃至中根下品及學差别智門須依明師以辯邪正先以聞解信入後以無思契同須得物物圓通事事無滯方乃逢縁對境不失旨迷宗故云會萬物爲自巳者其唯聖人乎又若約大綱應須自省設有相助亦指自知如有學人問先德如何是禪答悟自理爲禪問如理心性但是假名何者是實答有三阿僧祇

百千名號但假施設實相無相如虛空須自反悟問悟後更有何法答只箇悟處是法從緣發明反得自理問此性還可示人令見不答還示渠教自省達即得不是眼見耳聞意知之事此箇眞精妙明性不同太虛木石天生靈妙不思議即自性佛法僧若不悟推求欲見一毫亦不可得但離前塵好醜即是自家本心若一毫不盡與佛道者無有是處問見色但見色如何見心答即思思之是阿誰見色問豈不是當境者全是不應更求見答自思量看是之與不是莫問他人若直下見更不圖度佛法只在方寸心外斷行蹤但一心一智慧離內外中間取受三際理玄便入無爲道問悟何心是道答悟心無心即是道問請爲指示答指示了也汝自不見問是何

物教學人見答教渠直下見也不是物又先德問即今見何物答見本心問見與本心爲別不別答不別眞如體上自有照用以明故得名爲見以不動故得名爲心又自性清淨名照常見自性名用故知此心目前顯露何須問答豈假推窮即圓滿門是成現法如有學人問忠國師和尚如何是解脫心答解脫心者本來自有視之不見聽之不聞搏之不得衆生日用而不知此之是也此乃直指目擊道存今古常然凡聖共有夫宗鏡所録皆是佛說設有菩薩製作法師解釋亦是達佛說意順佛所言以此土衆生皆以聞慧入三摩地故須以音聲爲佛事顯示正義破除邪執非言不通此有二義一者約畢竟門則實不可說如起信論云一切諸法從本已來離

言説相離名字相離心縁相又云復次究竟離妄執者當知染法淨法皆悉相待無有自相可説是故一切法從本已來非色非心非智非識非有非無畢竟不可説相而有言説者當知如來善巧方便假以言説引導衆生得其旨趣者皆爲離念歸於眞如以念一切法令心生滅不入實智故此是引導一切初發菩提心人且令自利理行成就歸於實智究竟指歸宗鏡矣二者約方便門是利他行故云如來善巧方便假以言説引導衆生又不可一向執發言爲非起念成過何者以即言無言即念無念是知言言契道念念歸宗若分別門不無二説若畢竟門言思絶矣○問如上所立一心之旨能攝無量法門融通一切此心爲復能含一切法能生一切法爲

復自生他生共生無因生答此心不縱不横非他非自何者若云心含一切法即是横若云心生一切法即是縱若云自生心不生心若云他生既不得自云何有他若云共生自他既無將何爲共若云無因生有因尚不生况無因乎○問心非四性者教中云何説意根生意識心如工畫師無不從心造則是自生又云心不孤起必藉縁而起有縁思生無縁思不生則是他生又云所謂六觸因縁生六受得一切法則是共生又云十二因縁非佛天人脩羅作性自爾則無因生既屬教文云何成過答諸佛隨縁差別俯爲群機生善破惡令入第一義理皆是四悉方便權施空拳誑小兒誘度於一切○問既非縱横不墮四性則一切法是心心是一切法不答是則

成二○問如是則一切不立俱非耶答非亦成二如文殊言我眞文殊無是文殊若有是者則二文殊然我今日非無文殊於中實無是非二相○問既無二相宗一是不答是非既乖大旨一二還背圓宗○問如何得契斯旨答境智俱亡云何說契○問如是則言思道斷心智路絶矣答此亦强言隨他意轉雖欲隱形而未亡跡○問如何得形跡俱亡答本無朕跡云何欲亡○問如是則如人飲水冷煖自知當大悟時方合斯旨答我此門中亦無迷悟合與不合之道理撒手似君無一物徒勞苦說數千般此事萬種況不成千聖定不得大地載不起虚空包不容非大器人無由檐荷如古德云盡十方世界覓一人爲伴不得又云只有一人承紹祖位終無第二人若未親到徒勞神思直饒說玄之又玄妙中更妙若以方便於稱揚門中助他信入一期傍讃即不然若於自已分上親照之時特地說玄說妙起一念殊勝不可思議之解皆落魔界所以圓覺經云虚僞浮心多諸巧見不能成就圓覺又先德偈云得之不得天魔得玄之又玄外道玄抛却父孃村草裏認他黄葉作金錢百丈竿頭快撒手不須觀後復觀前如今但似形言跡紋綵生時皆是執方便門迷眞實道並是認他黄葉喚作金錢若大悟之時似百丈竿頭放身更不顧於前後此宗鏡中是一切凡聖大捨身命之處不入此宗皆非究竟○問畢竟如何答亦無畢竟○問前云不入此宗皆非究竟此又云何稱無畢竟答前對增上慢人未得爲得認虚妄

爲眞實執顛倒作圓常爲破情塵權稱究竟今論見性豈言虚實耶○問以此通明之後如何履踐答教誰履踐○問莫不成斷滅不答尚不得常住云何斷滅○問乞最後一言答化人問幻士谷響答泉聲欲達吾宗旨泥牛水上行○問此録括略微細理事圓明於慕道人得何資益答若第一義中無利無功德就世俗門内似有於稱揚總有二途能俾初學一者爲未信人令成正信攝歸一念不外馳求二者爲已信人助成觀力理行堅固疾證菩提步步而不滯寶所功程念念而流入薩婆若海似乘廣大之輦立至寶坊如駕堅牢之船坐登覺岸○問集此宗鏡有何功德答此不思議大威德法門但有見聞深獲善利如一塵落嵩嶽之崗隴已帶陵雲滴露入滄海之波瀾便同廣潤可謂直紹菩提之種全生諸佛之家何況信解受持正念觀察爲人敷演傳布施行約善利門無法比喻功德無盡非種智而不可稱量利樂何窮過太虚而莫知邊際以滿空珍寶供養恒沙如來化十方衆生盡證辟支佛果未若弘宣斯旨開演此宗以玆校量莫能儔比可謂下佛種子於衆生身田之中抽正法芽向煩惱欲泥之内然後七覺華發菩提果成展轉相生至無盡際如華嚴探玄記云於遺法中見聞信向此無盡法成金剛種子當必得此圓融普法如經云吞服金剛喻小火廣燒喻又如兜率天子從地獄出得十地無生思展轉利益不可窮盡皆由宿聞此法爲本因故頌云雖在於大海及劫盡火中決定信無疑必得聞

此經大智度論云受持般若校量功德於是持邊正憶念最勝今如諸佛憐愍衆生故爲解其義令易解勝自行正憶念是時佛欲廣分别福德故説言若有人盡形壽供養十方佛不如爲他解説般若義此中説勝因緣三世諸佛皆學般若成無上道乃至教恒河沙世界中人令得聲聞辟支佛道不如爲他人演説般若波羅蜜義此中説因緣是諸賢聖皆從般若波羅蜜出故首楞嚴經云佛告阿難若復有人徧滿十方所有虚空盈滿七寶持以奉上微塵諸佛承事供養心無虚度於意云何是人以此施佛因緣得福多不阿難答言虚空無盡珍寶無邊昔有衆生施佛七錢捨身猶獲轉輪王位況復現前虚空既窮佛土充徧皆施珍寶窮劫思議尚不能及是福云何更有邊際佛告阿難諸佛如來語無虚妄若復有人身具四重十波羅夷瞬息即經此方他方阿鼻地獄乃至窮盡十方無間靡不經歷能以一念將此法門於末劫中開示未學是人罪障應念消滅變其所受地獄苦因成安樂國得福超越前之施人百倍千倍千萬億倍如是乃至算數譬喻所不能及所以讃弘此典善利無邊謂首楞嚴經以如來藏心爲宗如來藏者即第八阿賴耶識密嚴經偈云如來清淨藏世間阿賴耶如金與指鐶展轉無差别以諸佛了之成清淨藏異生執之爲阿賴耶如眞金隨工匠爐火之緣標指鐶之異名作圓小之幻根金體不動名相妄陳類眞心隨衆生染淨之緣成凡聖之異名現昇沉之幻相心性不動名相本空認

假名而二見俄分悟眞體而一心圓證迷悟即於言下法喻皎在目前昧之者歷劫而浪修達之者當體而凝寂法華經云我滅度後能竊爲一人說法華經乃至一句當知是人則如來使如來所遣行如來事何況於大衆中廣爲人說竊爲一人者竊者私也若私地只爲一人說此一句此人則是從一心眞如中遣來作使告報異生直了一如之理即是行眞如中事以眞如無邊至一切處故則所得法利亦隨眞如之性無量無盡又云當知是人與如來共宿則爲如來手摩其頭乃至入如來室著如來衣坐如來座以要言之持此經人四威儀中舉足下足皆不離一心眞如諸佛行處矣鴦崛魔羅經云若人過去曾值諸佛供養奉事聞如來藏於彈指頃暫得聽受縁是善業諸根純熟所生殊勝富貴自在由是衆生今猶純熟所生殊勝富貴自在由彼往昔曾值諸佛暫得聽聞如來藏故乃至佛告鴦崛魔羅非是如來爲第一難事更有難事鴦崛魔羅譬如士夫擔須彌山王及大地大海經百千歲此爲大力第一難不鴦崛魔羅白佛言是如來境界非彼聲聞縁覺所及佛告鴦崛魔羅彼非大力非爲甚難若以大海一塵爲百億分百千億劫持一塵去乃至將竭餘如牛跡復能擔負須彌山王大地河海百千億劫而彼不能於正法住世餘八十年時演說如來常恒不變如來之藏唯菩薩人中之雄能說如來常恒不變如來之藏護持正法我說此人第一甚難又法華見寶塔品云若接須彌擲置他方無數佛土亦未

爲難若以足指動大千界遠擲他國亦未爲難又云假使有人手把虚空而以遊行亦未爲難又云假使劫燒檐負乾草入中不燒亦未爲難我滅度後若持此經爲一人說是則爲難故知竭海移山非無爲之力任使躡虚履水皆有漏之通曷若開諸佛心演如來藏紹菩提種入一乘門能託聖胎成眞佛子何以故謂得本故如從源出水因乳得酥如鴦崛魔羅經云復次文殊師利如知乳有酥故方便鑽求而不鑽水以無酥故如是文殊師利衆生知有如來藏故精勤持戒淨修梵行復次文殊師利如知山有金故鑿山求金而不鑿樹以無金故如是文殊師利衆生知有如來藏故精勤持戒淨修梵行言我必當得成佛道復次文殊師利若無如來藏者空修梵行如窮劫鑽水終不得酥故知入宗鏡中見如來性菩提道果應念俱成如下水之舟似便風之火若背宗鏡不識自心設福智齊修終不成就如求乳鑽水離山鑿金任歷三祇豈有得理如宗鏡所録前後之文皆是諸佛五眼所覩五語所說無一言而不諦非一義而不圓可俟後賢決定信入如月上經偈云假動須彌山倒地脩羅住處皆悉滅大海枯涸月天墜如來終不出妄言假使十衆同心或火成水水成火無量功德最大尊利益衆生無異說大地虚空成渾沌百剎同入芥子中羅網可用縛猛風如來終不有妄語以兹誠實可徧傳持功德無邊言思罔及所以唯識論偈云作此唯識論非我思量處諸佛妙境界福德施羣生斯論大旨非情識知解

之所思量乃是大覺不思議絶妙境界以此弘揚不思議無盡之福悉用普施一切法界無量含生同入此宗齊登佛地華嚴疏主藏法師發願偈云誓願見聞修習此圓融無礙普賢法乃至失命終不離盡未來際願相應以此善根等此性普潤無盡衆生界一念多劫修普行盡成無上佛菩提

宗鏡録卷第一百

音釋

沇余準切　鍇口駭切　鑠書藥切銷也　⿰目蓋烏蓋切　帙直一切書卷也　駃古穴切馬生七日超母曰駃　駑乃乎切駑駘下馬也　鐶戶關切

佛果圜悟禪師碧巖集
秣陵遠庵吳自弘　校
天界比丘　性湛　閱

清刻龍藏佛說法變相圖

碧巖集序

至聖命脉列祖大機換骨靈方頤神妙術其惟雪竇禪師具超宗超格正眼提掇正令不露風規秉烹佛煅祖鉗鎚頌出衲僧向上巴鼻銀山鐵壁孰敢鑽研蚊咬鐵牛難爲下口不逢大匠焉悉玄微粤有佛果老人住碧巖日學者迷而請益老人愍以垂慈剔抉淵源剖析底理當陽直指豈立見知百則公案從頭一串穿來一隊老漢次第總將按過須知趙璧本無瑕纇相如謾誑秦王至道實乎無言宗師垂慈救弊儻如是見方知徹底老婆其或泥句沈言未免滅佛種族普照幸親師席得聞未聞道友集成簡編鄙拙敘其本末時建炎戊申暮春晦日叅學嗣祖比丘普照謹序

佛果圜悟禪師碧巖集目録

卷一

卷二

卷三

卷四

卷五

佛果圜悟禪師碧巖集目録終

佛果圜悟禪師碧巖集卷第一

秣陵遠庵吳自弘　校

天界比丘　性湛　閱

垂示云隔山見烟早知是火隔墻見角便知是牛舉一明三目機銖兩是衲僧家尋常茶飯至於截斷衆流東湧西沒逆順縱橫與奪自在正當恁麼時且道是甚麼人行履處看取雪竇葛藤

舉梁武帝問達磨大師(說這不唧嚠漢)如何是聖諦第一義(是甚繫驢橛)磨云廓然無聖(將謂多少奇特箭過新羅可煞明白)帝曰對朕者誰(滿面慚惶強惺惺果然摸索不着)磨云不識(咄再來不直半文錢)帝不契(可惜許却較些子)達磨遂渡江至魏(這野狐精不免一場懡儸從西過東從東過西)帝後舉問志公(貪兒思舊債傍人有眼)志公云陛下還識此人否(和志公趕出國始得好與三十棒達磨來也)帝云不識(却是武帝承當得達磨公案)志公云此是觀音大士傳佛心印(胡亂指注臂膊不向外曲)帝悔遂遣使去請(果然把不住向道不唧嚠)志公云莫道陛下發使去取(東家人死西家人助哀也好一時趕出國)闔國人去佗亦不回(志公也好與三十棒不知脚跟下放大光明)

達磨遙觀此土有大乘根器遂泛海得得而來單傳心印開示迷塗不立文字直指人心見性成佛若恁麼見得便有自由分不隨一切語言轉脫體現成便能於後頭與武帝對譚幷二祖安心處自然見得無計較情塵一刀截斷灑灑落落何必更分是分非辨得辨失雖然恁麼能有幾人武帝嘗披袈裟自講放光般若經感得天花亂墜地變黃金辨道奉佛誥詔天下起寺度僧依教修行人謂之佛心天子達磨初見武帝帝問朕起寺度僧

有何功德磨云無功德早是惡水驀頭澆若透得這箇無功德話許你親見達磨且道起寺度僧爲什麽都無功德此意在什麽處帝與婁約法師傅大士昭明太子持論眞俗二諦據敎中説眞諦以明非有俗諦以明非無眞俗不二卽是聖諦第一義此是敎家極妙窮玄處帝便拈此極則處問達磨如何是聖諦第一義磨云廓然無聖天下衲僧跳不出達磨與他一刀截斷如今人多少錯會却去弄精魂瞠眼睛云廓然無聖且喜沒交涉五祖先師嘗説只這廓然無聖若人透得歸家穩坐一等是打葛藤不妨與他打破漆桶達磨就中奇特所以道叅得一句透千句萬句一時透自然坐得斷把得定古人道粉骨碎身未足酧一句了然超百億達磨劈頭與他一拶多少漏逗了也帝不省却以人我見故再問對朕者誰達磨慈悲忒煞又向道不識直得武帝眼目定動不知落處是何言説到這裏有事無事拈來卽不堪端和尚有頌云一箭尋常落一鵰更加一箭巳相饒直歸少室峯前坐梁主休言更去招復云誰欲招帝不契遂潛出國這老漢只得懡㦬渡江至魏時魏孝明帝當位乃北人種族姓拓跋氏後來方名中國達磨至彼亦不出見直過少林面壁九年接得二祖彼方號爲壁觀婆羅門梁武帝後問志公公云陛下還識此人否帝曰不識且道與達磨道底是同是别似則也似是則不是人多錯會道前來達磨是答他禪後來武帝是對他志公乃相識之識且得沒交涉當時志公恁麽問且道作麽生祗對

何不一棒打殺免見搽胡武帝却供他欵道不識志公見機而作便云此是觀音大士傳佛心印帝悔遂遣使去取好不唧噹當時等他道此是觀音大士傳佛心印亦好擯他出國猶較些子人傳志公天鑒四年化去達磨普通八年方來自隔十餘年何故却道同時相見此必是謬傳據傳中所載如今不論這事只要知他大綱且道達磨是觀音志公是觀音問那箇是端的底觀音既是觀音爲什麽却有兩箇何止兩箇成羣作隊時後魏光統律師菩提流支三藏與師論議師斥相指心而褊局之量自不堪任競起害心數加毒藥至第六度化縁已畢傳法得人遂不復救端居而逝葬於熊耳山定林寺後魏宋雲奉使於葱嶺遇師手携隻履而往武帝追憶自撰碑文云嗟夫見之不見逢之不逢遇之不遇今之古之怨之恨之復讃云心有也曠刼而受沈淪心無也刹那而成正覺且道達磨即今在什麽處蹉過也不知

聖諦廓然（箭過新羅咦）何當辨的（過也有什麽難辨）對朕者誰（再來不直半文錢又恁麽去也）還云不識（三箇四箇中也咄）因茲暗渡江（穿人鼻孔不得却被別人穿蒼天蒼天好不大丈夫）豈免生荆棘（脚跟下已深數丈）闔國人追不再來千古萬古空相憶（兩重公案用追作麽在什麽處大丈夫志氣何在）（換手搥胷望空啓告）休相憶（道什麽向鬼窟裏作活計）清風匝地有何極（果然大小雪竇向草裏輥）師顧視左右云這裏還有祖師麽（你待番欵那猶作這去就）自云有（塌薩阿勞）喚來與老僧洗脚（更與三十棒趕出也未爲分外作這去就猶較些子）

且據雪竇頌此公案一似善舞太阿劍相似

向虛空中盤礴自然不犯鋒鋩若是無這般手段纔拈着便見傷鋒犯手若是具眼者看他一拈一掇一褒一貶只用四句楷定一則公案大凡頌古只是繞路說禪拈古大綱據欵結案而已雪竇與他一揆劈頭便道聖諦廓然何當辨的雪竇於佗初句下着這一句不妨奇特且道畢竟作麽生辨的直饒鐵眼銅睛也摸索不着到這裏以情識卜度得麽所以雲門道如擊石火似閃電光這箇些子不落心機意識情想等你開口堪作什麽計較生時鷂子過新羅雪竇道你天下衲僧何當辨的對朕者誰着箇還云不識此是雪竇忒煞老婆重重爲人處且道廓然與不識是一般兩般若是了底人分上不言而諭若是未了底人决定打作兩橛諸方尋常皆道雪竇重拈一徧殊不知四句頌盡公案了後爲慈悲之故頌出事跡因茲暗渡江豈免生荆棘達磨本來茲土與人解粘去縛抽釘拔楔剗除荆棘因何却道生荆棘非止當時諸人卽今脚跟下已深數丈闔國人追不再來千古萬古空相憶可煞不丈夫且道達磨在什麽處若見達磨便見雪竇末後爲人處雪竇恐怕人逐情見所以撥轉關棙子出自己見解云休相憶清風匝地有何極旣休相憶你脚跟下事又作麽生雪竇道卽今箇裏匝地清風天上天下有何所極雪竇拈千古萬古之事抛向面前非止雪竇當時有何極你諸人分上亦有何極他又怕人執在這裏再着方便高聲云這裏還有祖師麽自云有雪竇到這裏不妨爲人赤心片片又自云喚來與

老僧洗脚大煞減人威光當時也好與本分手脚且道雪竇意在什麽處到這裏喚作驢則是喚作馬則是喚作祖師則是如何名邈往往喚作雪竇使祖師去也且喜沒交涉且道畢竟作麽生只許老胡知不許老胡會

垂示云乾坤窄日月星辰一時黑直饒棒如雨點喝似雷奔也未當得向上宗乘中事設使三世諸佛只可自知歷代祖師全提不起一大藏教詮注不及明眼衲僧自救不了到這裏作麽生請益道箇佛字拖泥帶水道箇禪字滿面慚惶久參上士不待言之後學初機直須究取

舉趙州示衆云(這老漢作什麽莫打這葛藤)至道無難(非難非易)唯嫌揀擇(眼前是什麽三祖猶在)纔有語言是揀擇是明白(兩頭三面少賣弄魚行水濁鳥飛落毛)老僧不在明白裏(賊身已露這老漢向什麽處去)是汝還護惜也無(敗也也有一箇半箇)時有僧問既不在明白裏護惜箇什麽(也好與一拶舌拄上齶)州云我亦不知(拶殺這老漢倒退三千)僧云和尚既不知爲什麽却道不在明白裏(看走向什麽處去逐教上樹去)州云問事即得禮拜了退(賴有這一着這老賊)

趙州和尚尋常舉此話頭只是惟嫌揀擇此是三祖信心銘云至道無難唯嫌揀擇但莫憎愛洞然明白纔有是非是揀擇是明白纔恁麽會蹉過了也鋏釘膠粘堪作何用州云是揀擇是明白如今參禪問道不在揀擇中便坐在明白裏老僧不在明白裏汝等還護惜也無汝諸人既不在明白裏且道趙州在什麽處爲什麽却教人護惜五祖先師常說道垂手來似過你你作麽生會且道作麽生

是垂手處識取鉤頭意莫認定盤星這僧出來也不妨奇特捉趙州空處便去摻他既不在明白裏護惜箇什麼趙州更不行棒行喝只道我亦不知若不是這老漢被他摻着徃徃忘前失後賴是這老漢會轉身自在處所以如此答他如今禪和子問着也道我亦不知不會爭奈同途不同轍這僧有奇特處方始會問和尚既不知爲什麼却道不在明白裏更好一摻若是別人徃徃分疏不下趙州是作家只向他道問事即得禮拜了退這僧依舊無奈這老漢何只得飲氣吞聲此是大手宗師不與你論玄論妙論機論境一向以本分事接人所以道相罵饒你接觜相唾饒你潑水殊不知這老漢平生不以棒喝接人只以平常言語只是天下人不柰何葢爲他平生無許多計較所以橫拈倒用逆行順行得大自在如今人不理會得只管道趙州不答話不爲人說殊不知當面蹉過

至道無難（三重公案滿口含霜道什麼）言端語端（魚行水濁七花八裂搽胡也）一有多種（分開好只一般有什麼了期）二無兩般（何堪四五六七打葛藤作什麼）天際日上月下（覿面相呈頭上漫漫脚下漫漫切忌昂頭低頭）檻前山深水寒（一死更不再活）髑髏識盡喜何立（還覺寒毛卓豎麽棺木裏瞠眼盧行者是它同叅）枯木龍吟銷未乾（咄枯木再生花達磨遊東土）難難（邪法難扶倒一說這裏是什麼所在說難說易）揀擇明白君自看（瞎將謂由別人賴值自看不干山僧事）

雪竇知他落處所以如此頌至道無難便隨後道言端語端舉一隅不以三隅反雪竇道一有多種二無兩般似三隅反一你且道什麼處是言端語端處爲什麼一却有多種二

却無兩般若不具眼向什麽處摸索若透得這兩句所以古人道打成一片依舊見山是山水是水長是長短是短天是天地是地有時喚天作地有時喚地作天有時喚山不是山喚水不是水畢竟怎生得平穩去風來樹動浪起船高春生夏長秋收冬藏一種平懷泯然自盡則此四句頌頓絶了也雪竇有餘才所以分開結裹筭來也只是頭上安頭道至道無難言端語端一有多種二無兩般雖無許多事天際日上時月便下檻前山深時水便寒到這裏言也端語也端頭頭是道物物全眞豈不是心境俱忘打成一片處雪竇頭上太孤峻生末後也漏逗不少若叅得透見得徹自然如醍醐上味相似若是情解未忘便見七花八裂決定不能會如此說話髑髏識盡喜何立枯木龍吟銷未乾只這便是交加處這僧恁麽問趙州恁麽答州云至道無難唯嫌揀擇纔有語言是揀擇是明白老僧不在明白裏是汝還護惜也無時有僧便問既不在明白裏又護惜箇什麽州云我亦不知僧云和尚既不知爲什麽却道不在明白裏州云問事即得禮拜了退此是古人問道底公案雪竇拶來一串穿却用頌至道無難唯嫌揀擇如今人不會古人意只管咬言嚼句有甚了期若是通方作者始能辨得這般說話不見僧問香嚴如何是道嚴云枯木裏龍吟僧云如何是道中人嚴云髑髏裏眼睛僧後問石霜如何是枯本裏龍吟霜云猶帶喜在如何是髑髏裏眼睛霜云猶帶識在僧又問曹山如何是枯木裏龍吟山云血脉

不斷如何是髑髏裏眼睛山云乾不盡什麽人得聞山云盡大地未有一箇不聞僧云未審龍吟是何章句山云不知是何章句聞者皆喪復有頌云枯木龍吟眞見道髑髏無識眼初明喜識盡時消息盡當人那辨濁中清雪竇可謂大有手脚一時與你交加頌出然雖如是都無兩般雪竇末後有爲人處更道難難只這難難也須透過始得何故百丈道一切語言山河大地一一轉歸自已雪竇凡是一拈一掇到末後須歸自已且道什麽處是雪竇爲人處揀擇明白君自看既是打葛藤頌了因何却道君自看好彩教你自看且道意落在什麽處莫道諸人理會不得設使山僧到這裏也只是理會不得

垂示云一機一境一言一句且圖有箇入處好肉上剜瘡成窠成窟大用現前不存軌則且圖知有向上事蓋天蓋地又摸索不着恁麽也得不恁麽也得太廉纖生恁麽也不得不恁麽也不得太孤危生不涉二途如何即是請試舉看

舉馬大師不安（這漢漏逗不少帶累別人去也）院主問和尚近日尊候如何（四百四病一時發三日後不送亡僧是好手仁義道中）大師云日面佛月面佛（可煞新鮮養子之緣）

馬大師不安院主問和尚近日尊候如何大師云日面佛月面佛祖師若不以本分事相見如何得此道光輝此箇公案若知落處便獨步丹霄若不知落處往往枯木巖前差路去在若是本分人到這裏須是有驅耕夫之牛奪飢人之食底手脚方見馬大師爲人處如今多有人道馬大師接院主且喜沒交涉

如今衆中多錯會瞠眼云在這裏左眼是日面右眼是月面有什麽交涉驢年未夢見在只管蹉過古人事只如馬大師如此道意在什麽處有底云點平胃散一盞來有什麽巴鼻到這裏作麽生得平穩去所以道向上一路千聖不傳學者勞形如猿捉影只這日面佛月面佛極是難見雪竇到此亦是難頌却爲他見得透用盡平生工夫指注他諸人要見雪竇麽看取下文

日面佛月面佛開口見膽如兩面鏡相照於中無影像　五帝三皇是何物太高生莫謾化好可貴可賤　二十年來曾苦辛自是你落草不干山僧事啞子喫苦瓜　爲君幾下蒼龍窟何消恁麽莫錯用心好也莫道無奇特　屈愁殺人愁人莫向愁人說　堪述向阿誰說說與愁人愁殺人　明眼衲僧莫輕忽更須子細咄倒退三千

神宗在位時自謂此頌諷國所以不肯入藏雪竇先拈云日面佛月面佛一拈了却云五帝三皇是何物且道他意作麽生適來已説了也直下注佗所以道垂鉤四海只釣獰龍只此一句已了後面雪竇自頌他平生所以用心叅尋二十年來曾苦辛爲君幾下蒼龍窟似箇什麽一似人入蒼龍窟裏取珠相似後來打破漆桶將謂多少奇特元來只消得箇五帝三皇是何物且道雪竇語落在什麽處須是自家退步看方始見得他落處豈不見興陽剖侍者答遠録公問娑竭出海龍宮震動面相呈事若何剖云金翅鳥王當宇宙箇中誰是出頭人遠云忽遇出頭又作麽生剖云似鶻捉鳩君不信髑髏前驗始知親遠云恁麽則屈節當胷退身三步剖云須彌脚

下烏龜立更待臨時點額回所以三皇五帝亦是何物人多不見雪竇意只管道諷國若恁麼會只是情見此乃禪月題公子行云錦衣鮮華手擎鶻閑行氣貌多輕忽稼穡艱難總不知五帝三皇是何物雪竇道屈堪述明眼衲僧莫輕忽多少人向蒼龍窟裏作活計直饒是頂門具眼肘後有符明眼衲僧照破四天下到這裏也莫輕忽須是子細始得

垂示云青天白日不可更指東劃西時節因緣亦須應病與藥且道放行好把定好試舉看

舉德山到潙山擔板漢野狐精挾複子於法堂上不妨令人疑着衲敗缺從東過西從西過東可煞有禪作什麼顧視云無無便出好與三十棒可煞氣衝天真師子兒善師子吼雪竇着語云勘破了也錯果然點德山至門首却云也不得草草放去收來頭上太高生末後太低生知過必改能有幾人便具威儀再入相見依前作這去就已是第二重敗鈌嶮潙山坐次令眼看這老漢捋虎鬚也須是這般人始得德山提起坐具云和尚改頭換面無風起浪潙山擬取拂子須是那漢始得運籌帷幄之中不妨坐斷天下人舌頭德山便喝拂袖而出野狐精見解這一喝也有權也有實也有照也有用一等是拏雲攫霧者就中奇特雪竇着語云勘破了也錯果然點德山背却法堂着草鞋便行風光可愛公案未圓贏得項上頭失却脚下鞋已是喪身失命了也潙山至晚問首座適來新到在什麼處東邊落節西邊拔本眼觀東南意在西北首座云當時背却法堂着草鞋出去也靈龜曳尾潙山云此子已後向孤峯頂上盤結草庵呵佛罵祖去在賊過後張弓天下衲僧跳不出雪竇着語云雪上加霜錯果然點夾山下三箇點字諸人還會麼有時將一莖

草作丈六金身用有時將丈六金身作一莖草用德山本是講僧在西蜀講金剛經因教中道金剛喩定後得智中千刼學佛威儀萬刼學佛細行然後成佛他南方魔子便說卽心是佛遂發憤擔疏鈔行脚直往南方破這魔子輩看他恁麼發憤也是箇猛利底漢初到澧州路上見一婆子賣油糍遂放下疏鈔且買點心喫婆云所載者是什麼德山云金剛經疏鈔婆云我有一問你若答得布施油糍作點心若答不得別處買去德山云但問婆云金剛經云過去心不可得現在心不可得未來心不可得上座欲點那箇心山無語婆遂指令去參龍潭纔跨門便問久響龍潭及乎到來潭又不見龍又不現龍潭和尚於屏風後引身云子親到龍潭師乃設禮而退至夜間入室侍立更深潭云何不下去山遂珍重揭簾而出見外面黑却回云門外黑潭遂點紙燭度與山山方接潭便吹滅山豁然大悟便禮拜潭云子見箇什麼便禮拜山云某甲自今後更不疑着天下老和尚舌頭至來日潭上堂云可中有箇漢牙如劍樹口似血盆一棒打不回頭他時異日向孤峯頂上立吾道去在山遂取疏鈔於法堂前將火炬舉起云窮諸玄辨若一毫置於太虛竭世樞機似一滴投於巨壑遂燒之後聞潙山盛化直造潙山便作家相見包亦不解直上法堂從東過西從西過東顧視云無無便出且道意作麼生莫是顛麼人多錯會用作建立直是無交涉看他恁麼不妨奇特所以道出羣須是英靈漢敵勝還他師子兒選佛若無如

是眼假饒千載又奚爲到這裏須是通方作者方始見得何故佛法無許多事那裏着得情見來是他心機那裏有如許多阿勞所以玄沙道直似秋潭月影靜夜鐘聲隨扣擊以無虧觸波瀾而不散猶是生死岸頭事到這裏亦無得失是非亦無奇特玄妙既無奇特玄妙作麽生會他從東過西從西過東且道意作麽生潙山老漢也不管他若不是潙山也被他折挫一上看他潙山老作家相見只管坐觀成敗若不深辨來風爭能如此雪竇着語云勘破了也一似鐵橛相似衆中謂之着語雖然在兩邊却不住在兩邊作麽生會他道勘破了也什麽處是勘破處且道勘破德山勘破潙山德山遂出到門首却要拔本自云也不得草草要與潙山掀出五臟心肝法戰一場再具威儀却回相見潙山坐次德山提起坐具云和尚潙山擬取拂子德山便喝拂袖而出可煞奇特衆中多道潙山怕他有甚交涉潙山亦不忙所以道智過於禽獲得禽智過於獸獲得獸智過於人獲得人參得這般禪盡大地森羅萬象天堂地獄草芥人畜一時作一喝來他亦不管掀倒禪床喝散大衆他亦不顧如天之高似地之厚潙山若無坐斷天下人舌頭底手脚時驗他也大難若不是他一千五百人善知識到這裏也分踈不下潙山是運籌帷幄決勝千里德山背却法堂着草鞋便出去且道他意作麽生你道德山是勝是負潙山恁麽是勝是負雪竇着語云堪破了也是他下工夫見透古人誵訛極則處方能恁麽不妨奇特訥堂云雪

竇着兩箇勘破作三段判方顯此公案似傍人斷二人相似後來這老漢緩緩地至晚方問首座適來新到在什麽處首座云當時背却法堂着草鞋出去也潙山云此子已後向孤峯頂上盤結草庵呵佛罵祖去在且道他意旨如何潙山老漢不是好心德山後來呵佛罵祖打風打雨依舊不出他窠窟被這老漢見透平生伎倆到這裏喚作潙山與他受記得麽喚作澤廣藏山理能伏豹得麽若恁麽且喜沒交涉雪竇知此公案落處敢與他斷更道雪上加霜又重拈起來教人見若見得去許你與潙山德山雪竇同參若也不見切忌妄生情解

一勘破（言猶在耳過）二勘破（兩重公案）雪上加霜曾嶮墮（三段不同在什麽處）飛騎將軍入虜庭（嶮敗單之將無

勞再斬喪身失命）再得完全能幾箇（死中得活）急走過（傍若無人三十六策盡你神通堪作何用）不放過（理能伏豹穿却鼻孔）孤峯頂上草裏坐（果然穿過鼻孔也未爲奇特爲什麽却在草裏坐）咄（會麽兩及相傷兩兩三三舊路行唱拍相隨便打）

雪竇頌一百則公案一則則焚香拈出所以大行於世他更會文章透得公案盤礴得熟方可下筆何故如此龍蛇易辨衲子難瞞雪竇參透這公案於節角諸訛處着三句語撮來頌出雪上加霜幾乎嶮墮只如德山似什麽一似李廣天性善射天子封爲飛騎將軍深入虜庭被單于生獲廣時傷病置廣兩馬間絡而盛卧廣遂詐死睨其傍有一胡兒騎善馬廣騰身上馬推墮胡兒奪其弓矢鞭馬南馳彎弓射退追騎以故得脫這漢有這般手段死中得活雪竇引在頌中用比德山再

入相見依舊被他跳得出去看他古人見到說到行到用到不妨英靈有殺人不貶眼底手脚方可立地成佛有立地成佛底人自然殺人不貶眼方有自由自在分如今人有底問着頭上一似衲僧氣概輕輕拶着便腰做段股做截七支八離渾無些子相續處所以古人道相續也大難看他德山潙山如此豈是𡙡𡙡真真底見解再得完全能幾箇急走過德山喝便出去一似李廣被捉後設計一箭射殺一箇番將得出虜庭相似雪竇頌到此大有工夫德山背却法堂着草鞋出去道得便宜殊不知這老漢依舊不放他出頭在雪竇道不放過潙山至晚間問首座適來新到在什麼處首座云當時背却法堂着草鞋出去也潙山云此子他日向孤峯頂上盤結草庵呵佛罵祖去在幾曾是放過來不妨奇特到這裏雪竇為什麼道孤峯頂上草裏坐又下一喝且道落在什麼處更叅三十年

垂示云大凡扶竪宗敎須是英靈底漢有殺人不貶眼底手脚方可立地成佛所以照用同時卷舒齊唱理事不二權實並行放過一着建立第二義門直下截斷葛藤後學初機難為湊泊昨日恁麼事不獲已今日又恁麼罪過彌天若是明眼漢一點謾他不得其或未然虎口裏橫身不免喪身失命試舉看

舉雪峯示衆云 一盲引衆盲不為分外 盡大地撮來如粟米粒大 是什麼手段山僧從來不弄鬼眼睛 拋向面前 只恐拋不下有什麼伎倆 漆桶不會 倚勢欺人自領出去莫謾大衆好 打鼓普請看 瞎打鼓為三軍

長慶問雲門雪峯與麼道還有出頭不得處

麽門云有慶云作麽生門云不可總作野狐精見解雪峯云匹上不足匹下有餘我更與你打葛藤拈拄杖云還見雪峯麽咄王令稍嚴不許攙奪行市大潙喆云我更與你諸人土上加泥拈拄杖云看看雪峯向諸人面前放屙咄爲什麽屎臭也不知雪峯示衆云盡大地撮來如粟米粒大古人接物利生有奇特處只是不妨辛懃三上投子九到洞山置漆桶木杓到處作飯頭也只爲透脱此事及至洞山作飯頭一日洞山問雪峯作什麽峯云淘米山云淘沙去米淘米去沙峯云沙米一齊去山云大衆喫箇什麽峯便覆盆山云子緣在德山指令見之纔到便問從上宗乘中事學人還有分也無德山打一棒云道什麽因此有省後在鰲山阻雪謂巖頭云我當時在德山棒下如桶底脱相似巖頭喝云你不見道從門入者不是家珍須是自己胷中流出葢天葢地方有少分相應雪峯忽然大悟禮拜云師兄今日始是鰲山成道如今人只管道古人特地做作教後人依規矩若恁麽正是謗他古人謂之出佛身血古人不似如今人苟且豈以一言半句以當平生若扶豎宗教續佛壽命所以吐一言半句自然坐斷天下人舌頭無你着意路作情解涉道理處看他此箇示衆葢爲他曾見作家來所以有作家鉗鎚凡出一言半句不是心機意識思量鬼窟裏作活計直是超羣拔萃坐斷古今不容擬議他家用處盡是如此一日示衆云南山有一條鱉鼻蛇汝等諸人切須好看取時稜道者出衆云恁麽則今日堂中大有

人喪身失命去在又云盡大地是沙門一隻眼汝等諸人向什麽處屙又云望州亭與汝相見了也烏石嶺與汝相見了也僧堂前與汝相見了也時有僧出便問僧堂前卽且置如何是望州亭烏石嶺相見處雪峯驟步歸方丈他常舉這般語示衆只如道盡大地撮來如粟米粒大這箇時節且道以情識卜度得麽須是打破羅籠得失是非一時放下洒洒落落自然透得他圈繢方見他用處且道雪峯意在什麽處人多作情解道心是萬法之主盡大地一時在我手裏且喜沒交涉到這裏須是箇眞實漢聊聞舉着徹骨徹髓見得透且不落情思意想若是箇本色行脚衲子見他恁麽已是卽當爲人了也看他雪竇頌云

牛頭沒（閃電相似蹉過了也）馬頭回（如擊石火）曹溪鏡裏絶塵埃（打破鏡來與你相見須是打破始得）打鼓看來君不見（剌破你眼睛莫輕易好漆桶有什麽難見處）百花春至爲誰開（法不相饒一場狼藉葛藤窟裏出頭來）

雪竇自然見他古人只消去他命脉上一劄與他頌出牛頭沒馬頭回且道說箇什麽見得透底如早朝喫粥齋時喫飯相似只是尋常雪竇慈悲當頭一鎚擊碎一句截斷只是不妨孤峻如擊石火似閃電光不露鋒鋩無你湊泊處且道向意根下摸索得麽此兩句一時道盡了也雪竇第三句却通一線道略露些風規早是落草第四句直下更是落草若向言上生言句上生句意上生意作解作會不唯帶累老僧亦乃辜負雪竇古人句雖如此意不如此終不作道理繫縛人曹溪鏡

裏絶塵埃多少人道靜心便是鏡且喜沒交涉只管作計較道理有什麽了期這箇是本分説話山僧不敢不依本分牛頭沒馬頭回雪竇分明説了也自是人不見所以雪竇如此郎當須道打鼓看來君不見癡人還見麽更向你道百花春至爲誰開可謂豁開戶牖與你一時八字打開了也及乎春來幽谷野澗乃至無人處百花競發你且道更爲誰開

舉雲門垂語云十五日已前不問汝（半河南半河北這裏不收舊曆日）十五日已後道將一句來（不免從朝至暮切忌道着來日是十六日月如流）自代云日日是好日（收鰕跳不出斗誰家無明月清風還知麽海神知貴不知價）

雲門初參睦州州旋機電轉直是難湊泊尋常接人纔跨門便搊住云道道擬議不來便推出云秦時轆轢鑽雲門凡去見至第三回纔敲門州云誰門云文偃纔開門便跳入州搊住云道道門擬議便被推出門一足在門閫内被州急合門拶折雲門脚門忍痛作聲忽然大悟後來語脉接人一模脱出睦州後於陳操尚書宅住三年睦州指往雪峯處去至彼出衆便問如何是佛峯云莫寐語雲門便禮拜一住三年雪峯一日問子見處如何門云某甲見處與從上諸聖不移易一絲毫許靈樹二十年不請首座常云我首座生也又云我首座牧牛也復云我首坐行脚也忽一日令撞鐘三門前接首座衆皆訝之雲門果至便請入首座寮解包靈樹人號曰知聖禪師過去未來事皆預知一日廣主劉王將興兵躬入院請師决臧否靈樹已先知怡然坐化廣主怒曰和尚何時得疾侍者對曰師

不曾有疾適封一合子令侯王來呈之廣主開合得一帖子云人天眼目堂中首座廣主悟旨遂寢兵請雲門出世住靈樹後來方住雲門師開堂說法有鞠常侍致問靈樹果子熟也未門云什麼年中得信道生復引劉王昔爲賣香客等因緣劉王後謚靈樹爲知聖禪師靈樹生生不失通雲門凡三生爲王所以失通一日劉王詔師入內過夏共數人尊宿皆受內人問訊說法唯師一人不言亦無人親近有一直殿使書一偈貼在碧玉殿上云大智修行始是禪禪門宜默不宜喧萬般巧說爭如實輸却雲門總不言雲門尋常愛說三字禪顧鑒咦又說一字禪僧問殺父殺母佛前懺悔殺佛殺祖向什麼處懺悔門云露又問如何是正法眼藏門云普直是不容擬議到平鋪處又却罵人若下一句語如鐵橛子相似後出四哲乃洞山初智門寛德山圓香林遠皆爲大宗師香林十八年爲侍者凡接他只叫遠侍者遠云喏門云是什麼如此十八年一日方悟門云我今後更不叫汝雲門尋常接人多用睦州手段只是難爲湊泊有抽釘拔楔底鉗鎚雪竇道我愛韶陽新定機一生與人抽釘拔楔垂箇問頭示衆云十五日已前不問汝十五日已後道將一句來坐斷千差不通凡聖自代云日日是好日十五日已前這語已坐斷千差十五日已後這語也坐斷千差是他不道明日是十六後人只管隨語生解有什麼交涉他雲門立箇宗風須是有箇爲人處垂語了却自代云日日是好日此語通貫古今從前至後一時坐

斷山僧如此說話也是隨語生解他殺不如自殺纔作道理墮坑落壍雲門一句中三句俱備葢是他家宗旨如此垂一句語須要歸宗若不如此只是杜撰此事無許多論說而未透者却要如此若透得便見古人意旨看取雪竇打葛藤

去却一（七穿八穴向什麽處去放過一着）拈得七（拈不出却不放過）上下四維無等匹（何似生上是天下是地東南西北與四維有什麽等匹爭奈拄杖在我手裏）徐行踏斷流水聲（莫問脚跟下雖爲體究打入葛藤窠裏去了也）縱觀寫出飛禽跡（眼裏亦無此消息野狐精見解依前只在舊窠窟裏）草茸茸（腦後拔箭是什麽消息墮在平實處）烟冪冪（未出這窠窟足下雲生）空生巖畔花狼籍（在什麽處不唧㗘漢勘破了也）彈指堪悲舜若多（四方八面盡法界向舜若多鼻孔裏道將一句來在什麽處）莫動着（前言何在動着時如何）動着三十棒（自領出去便打）

雪竇頌古偏能如此當頭以金剛王寶劒揮一下了然後略露些風規雖然如此畢竟無有二解去却一拈得七人多作筭數會道去却一是十五日已前事雪竇驀頭下兩句言語印破了却露出教人見去却一拈得七切忌向言句中作活計何故胡餅有什麽汁人多落在意識中須是向語句未生已前會取始得大用現前自然見得也所以釋迦老子成道後於摩竭提國三七日中思惟如是事諸法寂滅相不可以言宣我寧不說法疾入於涅槃到這裏覓箇開口處不得以方便力故爲五比丘說已至三百六十會說一代時敎只是方便所以脫珍御服着弊垢衣不得已而向第二義門中淺近之處誘引諸子若敎他向上全提盡大地無一箇半箇且道作

麼生是第一句到這裏雪竇露些意教人見你但上不見有諸佛下不見有衆生外不見有山河大地内不見有見聞覺知如大死底人却活相似長短好惡打成一片一一拈來更無異見然後應用不失其宜方見他道去却一拈得七上下四維無等匹若於此句透得直得上下四維無有等匹森羅萬象草芥人畜着着全彰自巳家風所以道萬象之中獨露身惟人自肯乃方親昔年謬向途中覔今日看來火裏氷天上天下惟我獨尊人多逐末不求其本先得本正自然風行草偃水到渠成徐行踏斷流水聲徐徐行動時浩浩流水聲也應踏斷縱觀寫出飛禽跡縱目一觀直饒是飛禽跡亦如寫出相似到這裏鑊湯爐炭吹教滅劍樹刀山喝便摧不爲難事雪竇到此慈悲之故恐人坐在無事界中復道草茸茸烟羃羃所以蓋覆却直得草茸茸烟羃羃且道是什麼人境界喚作日日是好日得麼且喜沒交涉直得徐行踏斷流水聲也不是縱觀寫出飛禽跡也不是草茸茸也不是烟羃羃也不是直饒總不恁麼正是空生巖畔花狼籍也須是轉過那邊始得豈不見須菩提巖中宴坐諸天雨花讚嘆尊者曰空中雨花讚嘆復是何人天曰我是天帝釋尊者曰汝何讚嘆天曰我重尊者善説般若波羅蜜多尊者曰我於般若未嘗説一字汝云何讚嘆天曰尊者無説我乃無聞無説無聞是眞般若又復動地雨花雪竇亦曾有頌云雨過雲凝曉半開數峯如畫碧崔嵬空生不解巖中坐惹得天花動地來天帝既動地

雨花到這裏更藏去那裏雪竇又道我恐逃之逃不得大方之外皆充塞忙忙擾擾知何窮八面清風惹衣裓直得淨躶躶赤洒洒都無纖毫過患也未爲極則且畢竟如何即是看取下文云彈指堪悲舜若多梵語舜若多此云虛空神以虛空爲體無身覺觸得佛光照方現得身你若得似舜若多神時雪竇正好彈指悲歎又云莫動着動着時如何白日青天開眼瞌睡

垂示云聲前一句千聖不傳未曾親覲如隔大千設使向聲前辨得截斷天下人舌頭亦未是性懆漢所以道天不能蓋地不能載虛空不能容日月不能照無佛處獨稱尊始較些子其或未然於一毫頭上透得放大光明七縱八橫於法自在自由信手拈來無有不是且道得箇什麼如此奇特復云大衆會麼從前汗馬無人識只要重論蓋代功卽今事且致雪竇公案又作麼生看取下文

舉僧問法眼（道什麼擔枷過狀）慧超咨和尚如何是佛（道什麼眼睛突出）法眼云汝是慧超（依模脫出鐵餕餡就身打劫）

法眼禪師有啐啄同時底機具啐啄同時底用方能如此答話所謂超聲越色得大自在縱奪臨時殺活在我不妨奇特然如此箇公案諸方商量者多作情解會者不少不知古人凡垂示一言半句如擊石火似閃電光直下撥開一條正路後人只管去言句上作解會道慧超便是佛所以法眼恁麼答有者道大似騎牛覓牛有者道問處便是有什麼交涉若恁麼會去不惟辜負自己亦乃深屈古

人若要見他全機除非是一棒打不回頭底漢牙如劍樹口似血盆向言外知歸方有少分相應若一一作情解盡大地是滅胡種族底漢只如超禪客於此悟去也是他尋常管帶叅究所以一言之下如桶底脫相似只如則監院在法眼會中也不曾叅請入室一日法眼問云則監院何不來入室則云和尚豈不知某甲於青林處有箇入頭法眼云汝試爲我舉看則云某甲問如何是佛林云丙丁童子來求火法眼云好語恐你錯會可更說看則云丙丁屬火以火求火如某甲是佛更去覔佛法眼云監院果然錯會了也則不憤便起單渡江去法眼云此人若回可救若不回救不得也則到中路自忖云他是五百人善知識豈可賺我耶遂回再叅法眼云你但問我我爲你答則便問如何是佛法眼云丙丁童子來求火則於言下大悟如今有者只管瞠眼作解會所謂彼既無瘡勿傷之也這般公案久叅者一舉便知落處法眼下謂之箭鋒相拄更不用五位君臣四料簡直論箭鋒相拄是他家風如此一句下便見當陽便透若向句下尋思卒摸索不着法眼出世有五百衆是時佛法大興時韶國師久依疎山自謂得旨乃集疎山平生文字頂相領衆行脚至法眼會下他亦不去入室只令叅徒隨衆入室一日法眼陞座有僧問如何是曹源一滴水法眼云是曹源一滴水其僧惘然而退韶在衆聞之忽然大悟後出世承嗣法眼有頌呈云通玄峯頂不是人間心外無法滿目青山法眼印云只這一頌可繼吾宗子後

有王侯敬重吾不如汝看他古人恁麼悟去是什麼道理不可只教山僧說須是自已二六時中打辦精神似恁麼與他承當他日向十字街頭垂手爲人也不爲難事所以僧問法眼如何是佛法眼云汝是慧超有甚相辜負處不見雲門道舉不顧卽差互擬思量何劫悟雪竇後面頌得不妨顯赫試舉看

江國春風吹不起 盡大地那裏得這消息文彩已彰 鷓鴣啼在深花裏 喃喃何用又被風吹別調中豈有恁麼事 三級浪高魚化龍 通這一路莫謾大衆好踏着龍頭 癡人猶戽夜塘水 扶籬摸壁挨門傍戶衲僧有什麼用處守株待兎

雪竇是作家於古人難咬難嚼難透難見節角諸訛處頌出教人見不妨奇特雪竇識得法眼關棙子又知慧超落處更恐後人向法眼言句下錯作解會所以頌出這僧如此問法眼如是答便是江國春風吹不起鷓鴣啼在深花裏此兩句只是一句且道雪竇意在什麼處江西江南多作兩般解會道江國春風吹不起用頌汝是慧超只這箇消息直饒江國春風也吹不起鷓鴣啼在深花裏用頌諸方商量這話浩浩地似鷓鴣啼在深花裏相似有什麼交涉殊不知雪竇這兩句只是一句要得無縫無罅明明向汝道言也端語也端蓋天蓋地他問如何是佛法眼云汝是慧超雪竇道江國春風吹不起鷓鴣啼在深花裏向這裏薦得去可以丹霄獨步你若作情解三生六十劫雪竇第三第四句忒煞傷慈爲人一時說破超禪師當下大悟處如三級浪高魚化龍癡人猶戽夜塘水禹門三級浪孟津卽是龍門禹帝鑿爲三級今三月三

桃花開時天地所感有魚透得龍門頭上生角昻鬃鬣尾拏雲而去跳不得者點額而回癡人向言下咬嚼似戽夜塘之水求魚相似殊不知魚已化爲龍也端師翁有頌云一文大光錢買得箇油糍喫向肚裏了當下不聞飢此頌極好只是太拙雪竇頌得極巧不傷鋒犯手舊時慶藏主愛問人如何是三級浪高魚化龍我也不必在我且問你化作龍去即今在什麽處

垂示云會則途中受用如龍得水似虎靠山不會則世諦流布羝羊觸藩守株待兎有時一句如踞地獅子有時一句如金剛王寶劍有時一句坐斷天下人舌頭有時一句隨波逐浪若也途中受用遇知音別機宜識休咎相共證明若也世諦流布具一隻眼可以坐斷十方壁立千仞所以道大用現前不存軌則有時將一莖草作丈六金身用有時將丈六金身作一莖草用且道憑箇什麽道理還委悉麽試擧看

擧翠嵓夏末示衆云一夏以來爲兄弟說話（開口焉知恁麽）看翠嵓眉毛在麽（只贏得眼睛也落地和鼻孔也失了入地獄如箭射）保福云作賊人心虛（灼然是賊識賊）長慶云生也（舌頭落地將錯就錯果然）雲門云關（走在什麽處去天下衲僧跳不出敗也）

古人有晨參暮請翠嵓至夏末却恁麽示衆然而不妨孤峻不妨驚天動地且道一大藏教五千四十八卷不免說心說性說頓說漸還有這箇消息麽一等是恁麽時節翠嵓就中奇特看他恁麽道且道他意落在什麽處古人垂一鉤終不虛設須是有箇道理爲人

人多錯會道白日青天説無向當話無事生事夏末先自説過先自點檢免得別人點檢他且喜沒交涉這般見解謂之滅胡種族歷代宗師出世若不垂示於人都無利益圖箇什麽到這裏見得透方知古人有驅耕夫之牛奪飢人之食手段如今人問着便向言句下咬嚼眉毛上作活計看他屋裏人自然知他行履處千變萬化節角誵訛着着有出身之路便能如此與他酬唱此語若無奇特雲門保福長慶三人咂咂地與他酬唱作什麽保福云作賊人心虛只因此語惹得適來説許多情解且道保福意作麽生切忌向句下覓他古人你若生情起念則換你眼睛殊不知保福下一轉語截斷翠嵒脚跟長慶云生也人多道長慶隨翠嵒脚跟轉所以道生也且得沒交涉不知長慶自出他見解道生也各有出身處我且問你是什麽處是生處一似作家面前金剛王寶劍直下便用若能打破常流見解截斷得失是非方見長慶與他酬唱處雲門云關不妨奇特只是難叅雲門大師多以一字禪示人雖一字中須具三句看他古人臨機酬唱自然與今時人迥別此乃下句底樣子他雖如此道意決不在那裏既不在那裏且道在什麽處也須仔細自叅始得若是明眼人有照天照地底手脚直下八面玲瓏雪竇爲他一箇關字和他三箇穿作一串頌出

翠嵒示徒 這老賊教壞人家男女 千古無對 千箇萬箇也有一箇半箇分一節 關字相酬 不信道不妨奇特若是恁麽人方解恁麽道 失錢遭罪 飲氣吞聲雪竇也不少和聲便打 潦倒保福

同行道伴猶作這去就兩箇三箇抑揚難得放行把住誰是同生同死莫謗他好且喜沒交涉嘮嘮翠嵒這野狐精合取口好分明是賊道着也不妨捉敗了也白圭無玷還辨得麼天下人不知價誰辨眞假多只是假山僧從來無眼碧眼胡僧長慶相諳是精識精須是他始得未得一半在眉毛生也在什麼處從頂門上至脚跟下一莖草也無

雪竇若不恁麼慈悲頌出令人見爭得名善知識古人如此一一皆是事不獲已蓋爲後學着他言句轉生情解所以不見古人意旨如今忽有箇出來掀倒禪牀喝散大衆恠他不得雖然如此也須實到這田地始得雪竇道千古無對他只道看翠嵒眉毛在麼有什麼奇特處便乃千古無對須知古人吐一言半句出來不是造次須是有定乾坤底眼始得雪竇着一言半句如金剛王寶劍如踞地獅子如擊石火似閃電光若不是頂門具眼爭能見他古人落處這箇示衆直得千古無對過於德山棒臨濟喝且道雪竇爲人意在什麼處你且作麼生會他道千古無對關字相酬失錢遭罪這箇意如何直饒是具透關底眼到這裏也須子細始得且道是翠嵒失錢遭罪是雪竇失錢遭罪是雲門失錢遭罪你若透得許你具眼潦倒保福抑揚難得抑自已揚古人且道保福在什麼處是抑什麼處是揚嘮嘮翠嵒分明是賊且道他偷什麼來雪竇却道是賊切忌隨他語脉轉却到這裏須是自有操持始得白圭無玷頌翠嵒大似白圭相似更無些瑕翳誰辨眞假可謂罕有人辨得雪竇有大才所以從頭至尾一串穿却末後却方道長慶相諳眉毛生也且道

生也在什麽處急着眼看

垂示云明鏡臨臺妍醜自辨鏌鎁在手殺活臨時漢去胡來胡來漢去死中得活活中得死且道到這裏又作麽生若無透關底眼轉身處到這裏灼然不奈何且道如何是透關底眼轉身處試舉看

舉僧問趙州如何是趙州（河北河南總説不着爛泥裏有剌不在河南正在河北）州云東門西門南門北門（開也相罵饒你接觜相唾饒你潑水見成公案還見麽便打）

大凡叅禪問道明究自己切忌揀擇言句何故不見趙州舉道至道無難唯嫌揀擇又不見雲門道如今禪和子三箇五箇聚頭口喃喃地便道這箇是上才語句那箇是就身處打出語不知古人方便門中爲初機後學未明心地未見本性不得已而立箇方便語句如祖師西來單傳心印直指人心見性成佛那裏如此葛藤須是斬斷語言格外見諦透脱得去可謂如龍得水似虎靠山久叅先德有見而未透透而未明謂之請益若是見得透請益却要語句上周旋無有凝滯久叅請益與賊過梯其實此事不在言句上所以雲門道此事若在言句上三乘十二分教豈是無言句何須達磨西來汾陽十八問中此問謂之驗主問亦謂之探拔問這僧致箇問頭也不妨奇特若不是趙州也難抵對他這僧問如何是趙州趙州是本分作家便向道東門西門南門北門僧云某甲不問這箇趙州州云你問那箇趙州後人喚作無事禪賺人不少何故他問趙州州答云東門西門南門北門所以只答他趙州你若恁麽會三家村

裏漢更是會佛法去只這便是破滅佛法如將魚目比況明珠似則似是則不是山僧道不在河南正在河北且道是有事是無事也須是子細始得遠録公云末後一句始到牢關指南之旨不在言詮十日一風五日一雨安邦樂業鼓腹謳歌謂之太平時節謂之無事不是拍盲便道無事須是透過關棙子出得荆棘林淨躶躶赤灑灑依前似平常人由你有事也得無事也得七縱八横終不執無定有有般底人道本來無一星事但只遇茶喫茶遇飯喫飯此是大妄語謂之未得謂得未證謂證元來不曾叅得透見人說心說性說玄說妙便道只是狂言本來無事可謂一盲引衆盲殊不知祖師未來時那裏喚天作地喚山作水來爲什麽祖師更西來諸方陞

堂入室說箇什麽盡是情識計較若是情識計較情盡方見得透若見得透依舊天是天地是地山是山水是水古人道心是根法是塵兩種猶如鏡上痕到這箇田地自然淨躶躶赤灑灑若極則理論也未是安穩處在到這裏人多錯會打在無事界裏佛也不禮香也不燒似則也似争奈脫體不是纔問着却是極則相似纔撥着七花八裂坐在空腹高心處及到臘月三十日換手搥胸已是遲了也這僧恁麽問趙州恁麽答且道作麽生摸索恁麽也不得不恁麽也不得畢竟如何這些子是難處所以雪竇拈出來當面示人趙州一日坐次侍者報云大王來也趙州矍然云大王萬福侍者云未到和尚州云又道來也叅到這裏見到這裏不妨奇特南禪師拈

云侍者只知報客不知身在帝鄉趙州入草求人不覺渾身泥水這些子實處諸人還知麽看取雪竇頌

句裏呈機劈面來（響魚行水濁莫謗趙州好）爍迦羅眼絶纖埃（撒沙撒土莫帶累趙州撈天摸地作什麽）東西南北門相對（開也那裏有許多門背却趙州城向什麽處去）無限輪鎚擊不開（自是你輪鎚不到開也）

趙州臨機一似金剛王寶劍擬議卽截却你頭往往更當面換却你眼睛這僧也敢捋虎鬚致箇問頭大似無事生事爭奈句中有機他既呈機來趙州也不辜負他問頭所以亦呈機答不是他特地如此蓋爲透底人自然合轍一似安排來相似不見有一外道手握雀兒來問世尊云且道某甲手中雀兒是死耶是活耶世尊遂騎門閫云你道我出耶入耶（一本云世尊豎起拳頭云開也合也）外道無語遂禮拜此話便似這公案古人自是血脉不斷所以道問在答處答在問處雪竇如此見得透便道句裏呈機劈面來句裏有機如帶兩意又似問人又似問境相似趙州不移易一絲毫便向他道東門西門南門北門爍迦羅眼絶纖埃此頌趙州人境俱奪向句裏呈機與他答此謂之有機有境纔轉便照破他心膽若不如此難塞他問頭爍迦羅眼者是梵語此云堅固眼亦云金剛眼照見無碍不惟千里明察秋毫亦乃定邪決正辨得失別機宜識休咎雪竇云東西南北門相對無限輪鎚擊不開既是無限輪鎚何故擊不開自是雪竇見處如此你諸人又作麽生得此門開去請參詳看

垂示云恁麼恁麼不恁麼不恁麼若論戰也箇箇立在轉處所以道若向上轉去直得釋迦彌勒文殊普賢千聖萬聖天下宗師普皆飲氣吞聲若向下轉去醯鷄蠛蠓蠢動含靈一一放大光明一一壁立萬仞儻或不上不下又作麼生商量有條攀條無條攀例試舉看

舉睦州問僧近離甚處（探竿影草）僧便喝（作家禪客）（且莫詐明頭也解恁麼去）州云老僧被汝一喝（陷虎之機賺人）（作麼）僧又喝（看取頭角似則似是則未是只恐龍頭蛇尾）州云三喝四喝後作麼生（逆水之波未曾有一人出得頭入那裏去）僧無語（果然摸索不着）州便打云（若使睦州盡令而行盡大地草木悉斬爲三段）這掠虛頭漢（放過一着落在第二）

大凡扶豎宗教須是有本分宗師眼目有本分宗師作用睦州機鋒如閃電相似愛勘座主尋常出一言半句似箇荊棘叢相似著手脚不得他纔見僧來便道現成公案放你三十棒又見僧云上座僧回首州云擔板漢又示衆云未有箇入頭處須得箇入頭處既得箇入頭處不得辜負老僧睦州爲人多如此這僧也善雕琢爭奈龍頭蛇尾當時若不是睦州也被他惑亂一場只如他問近離什麼處僧便喝且道他意作麼生這老漢也不忙緩緩地向他道老僧被汝一喝似領他話在一邊又似驗他相似斜身看他如何這僧又喝似則似是則未是被這老漢穿却鼻孔來也遂問云三喝四喝後作麼生這僧果然無語州便打云這掠虛頭漢驗人端的處下口便知音可惜許這僧無語惹得睦州道掠虛頭漢若是諸人被睦州道三喝四喝後作麼

生合作麼生祇對免得他道掠虛頭漢這裏若是識存亡別休咎脚踏實地漢誰管三喝四喝後作麼生只爲這僧無語被這老漢便據款結案聽取雪竇頌出

兩喝與三喝 雷聲浩大雨點全無自古至今罕有人恁麼 作者知機變 若不是作家爭驗得只恐不恁麼 若謂騎虎頭 因瞎漢虎頭如何騎多少人恁麼會也有人作這見解 二俱成瞎漢 親言出親口何止兩箇自領出去 誰瞎漢 教誰辨賴有末後句洎乎賺殺人 拈來天下與人看 看即不無覷着即瞎闍黎若着眼看則兩手揞空恁麼舉且道是第幾機

雪竇不妨有爲人處若不是作者只是胡喝亂喝所以古人道有時一喝不作一喝用有時一喝却作一喝用有時一喝如踞地獅子有時一喝如金剛王寶劍興化道我見你諸人東廊下也喝西廊下也喝且莫胡喝亂喝直饒喝得興化上三十三天却撲下來氣息一點也無待我甦醒起來向汝道未在何故興化未曾向紫羅帳裏撒眞珠與你諸人在只管胡喝亂喝作什麼臨濟道我聞汝等總學我喝我且問你東堂有僧出西堂有僧出兩箇齊下喝那箇是賓那箇是主你若分賓主不得已後不得學老僧所以雪竇頌道作者知機變這僧雖被睦州收他却有識機變處且道什麼處是這僧識機變處鹿門智禪師點這僧云識法者懼喦頭道若論戰也箇箇立在轉處黃龍心和尚道窮則變變則通這箇些子是祖師坐斷天下人舌頭處你若識機變舉着便知落處有般漢不管他道三喝四喝作什麼只管喝將去說什麼三十二十喝喝到彌勒佛下生謂之騎虎頭若恁麼

知見不識睦州則固是要見這僧太遠在如人騎虎頭須是手中有刀兼有轉變始得雪竇道若恁麽二俱成瞎漢雪竇似倚天長劍凛凛全威若會得雪竇意自然千處萬處一時會便見他雪竇後面頌只是下注脚又道誰瞎漢且道是賓家瞎是主家瞎莫是賓主一時瞎麽拈來天下與人看此是活處雪竇一時頌了也爲什麽却道拈來天下與人看且道作麽生看開眼也着合眼也着還有人免得麽

夾山無碍禪師降魔表　慧芳附刊

臣聞三乘路廣法界無涯智海晏清十方安泰時有魔軍競起侵撓心田六賊既强心王驚動朝生百怪暮起千邪撼惑眞如困勞法體菩提道路隔絶不通破壞涅槃傷殘三寶無爲珠玉悉被偷將大藏法財皆遭劫奪塵勞翳日欲火亘天飄蕩法城焚燒聖境臣乃見如斯暴亂恐佛法以難存遂與六波羅蜜商量同爲剪滅遣性空爲宻使聽探魔軍見今屯在五蘊山中有八萬四千餘衆既知體勢計在刹那遂點十八界雄兵並立體空爲號人人有無碍之力箇箇懷勇健之能直心爲見性之功一正去百邪之亂擐堅固甲執三昧鏘智箭禪弓光明慧劍向大乘門中訓練寂滅山内安營三明嶺上開旗八正路邊排布遣大覺性爲捉生之將游歷四方搜求妄想之踪抄截無明之蹟復使慈悲王破三毒之寨忍辱帥伐嗔怒之城精進軍除傲慢之妖喜捨士捉慳貪之賊邌巡而魔軍大起

殺氣衝天臣乃部領摩訶一時齊入當爾之時眼不觀色耳不聽聲鼻不嗅香舌不了味身不受觸意不攀緣一志向前念念不退倏忽而魔軍大敗六賊全輸殺戮無邊掃除蕩盡生擒妄想活捉無明領向涅槃場中以慧劍斬爲三段煩惱林當時摧折人我山化作微塵癡愛網遭智火焚燒邪見林被慧風吹竭因兹三明再朗四智重圓內外無瑕廓然清淨心王坐懽喜之殿眞如登解脫之樓自性遊無碍之堂三身踞法空之座從兹法界寧靜永絶囂塵共渡生死之河齊到菩提之岸魔軍既退合具奏聞

佛果圜悟禪師碧巖集卷第一

音釋

虜 郎古切音魯北狄曰虜以其習尚虜掠也　𡗨奊 上力結切音列下吉屑切音結頭傾也人多節目也　諡 神至切音示行之跡也　戽 荒故切呼去聲舟中抒水器也　鬃 祖宗切音悰馬鬃也　掊 普偶切音剖擊也　囂 吁驕切音鴞喧

佛果圜悟禪師碧巖集卷第二

秣陵遠庵吳自弘校

天界比丘性湛閲

垂示云佛祖大機全歸掌握人天命脉悉受指呼等閑一句一言驚羣動衆一機一境打鎖敲枷接向上機提向上事且道什麽人曾恁麽來還有知落處麽試舉看

舉黄檗示衆云（打水碍盆一口吞盡天下衲僧跳不出）汝等諸人盡是噇酒糟漢恁麽行脚（道着踏破草鞋掀天搖地）何處有今日（用今日作什麽不妨驚羣動衆）還知大唐國裏無禪師麽（老僧不會一口吞盡也是雲居羅漢）時有僧出云只如諸方匡徒領衆又作麽生（也好與一拶踣機不得不恁麽）檗云不道無禪只是無師（直得分疎不下兎解氷消龍頭蛇尾漢）

黄檗身長七尺額有圓珠天性會禪師昔遊天台路逢一僧與之談笑如故相識熟視之目光射人頗有異相乃偕行屬溪水暴漲乃植杖捐笠而止其僧率師同渡師曰請渡彼即褰衣躡波如履平地回顧云渡來渡來師咄云這自了漢吾早知捏怪當斫汝脛其僧歎曰眞大乘法器言訖不見初到百丈丈問云巍巍堂堂從什麽處來檗云巍巍堂堂從嶺中來丈云來爲何事檗云不爲別事百丈深器之次日辭百丈丈云什麽處去檗云江西禮拜馬大師去丈云馬大師已遷化去也你道黄檗恁麽問是知來問是不知來問却云某甲特地去禮拜福緣淺薄不及一見未審平日有何言句願聞舉示丈遂舉再參馬祖因緣祖見我來便竪起拂子我問云即此用離此用祖遂掛拂子於禪牀角良久祖却

問我汝已後鼓兩片皮如何爲人我取拂子豎起祖云卽此用離此用我將拂子掛禪牀角祖振威一喝我當時直得三日耳聾黃蘗不覺悚然吐舌丈云子已後莫承嗣馬大師麽蘗云不然今日因師舉得見馬大師大機大用若承嗣馬師他日已後喪我兒孫丈云如是如是見與師齊減師半德智過於師方堪傳授子今見處宛有超師之作諸人且道黃蘗恁麽問是知而故問耶是不知而問耶須是親見他家父子行履處始得黃蘗一日又問百丈從上宗乘如何指示百丈良久蘗云不可教後人斷絕去百丈云將謂汝是箇人遂乃起入方丈蘗與裴相國爲方外友裴鎮宛陵請師至郡以所解一編示師師接置於座略不披閱良久乃云會麽裴云不會蘗云若便恁麽會得猶較些子若也形於紙墨何處更有吾宗裴乃以頌贊云自從大士傳心印額有圓珠七尺身掛錫十年棲蜀水浮盃今日渡漳濱八千龍象隨高步萬里香花結勝因擬欲事師爲弟子不知將法付何人師亦無喜色云心如大海無邊際口吐紅蓮養病身自有一雙無事手不曾輕揖等閑人蘗住後機鋒峭峻臨濟在會下睦州爲首座問云上座在此多時何不去問話濟云教某甲問什麽話卽得座云何不去問如何是佛法的的大意濟便去問三度被打出濟辭座曰蒙首座令三番去問被打出恐因緣不在這裏暫且下山座云子若去須辭和尚去方可首座預去白蘗云問話上座甚不可得和尚何不穿鑿教成一株樹去與後人爲陰凉

蘗云吾已知濟來辭蘗云汝不得向別處去直向高安灘頭見大愚去濟到大愚遂舉前話不知某甲過在什麼處愚云蘗與麼老婆心切爲你徹困更說什麼有過無過濟忽然大悟云黃蘗佛法無多子大愚搊住云你適來又道有過而今却道佛法無多子濟於大愚脇下築三拳愚托開云汝師黃蘗非干我事一日蘗示衆云牛頭融大師橫說竪說猶未知向上關棙子在是時石頭馬祖下禪和子浩浩地說禪說道他何故却與麼道所以示衆云汝等諸人盡是噇酒糟漢恁麼行脚取笑於人但見八百一千人處便去不可只圖熱鬧也可中總似汝如此容易何處更有今日事也唐時愛罵人作噇酒糟漢人多喚作黃蘗罵人具眼者自見他落處大意垂一鈎釣人問衆中有不惜身命底禪和便解恁麼出衆問他道只如諸方匡徒領衆又作麼生也好一撥這老漢果然分疎不下便却漏逗云不道無禪只是無師且道意在什麼處他從上宗旨有時擒有時縱有時殺有時活有時放有時收敢問諸人作麼生是禪中師山僧恁麼道已是和頭沒却了也諸人鼻孔在什麼處良久云穿却了也

凜凜孤風不自誇猶自不知有也端居寰海定龍蛇是雲居羅漢也要別緇素也要皁白分明大中天子曾輕觸說什麼大中天子天大地須從地起更高爭奈有天何三度親遭弄爪牙死蝦蟆多口作什麼未爲奇特猶是小機巧若是大機大用現前盡十方世界乃至山河大地盡在黃蘗處乞命

雪竇此一頌一似黃蘗眞贊相似人却不得作眞贊會他底句下便有出身處分明道凜

凛孤風不自誇黄檗恁麽示衆且不是争人負我自逞自誇若會這箇消息一任七縱八横有時孤峯頂獨立有時鬧市裏横身豈可僻守一隅愈捨愈不歇愈尋愈不見愈檐荷愈没溺古人道無翼飛天下有名傳世間盡情捨却佛法道理玄妙奇特一時放下却較些子自然觸處現成雪竇道端居寰海定龍蛇是龍是蛇入門來便驗取謂之定龍蛇眼擒虎兕機雪竇又道定龍蛇兮眼何正擒虎兕兮機不全又道大中天子曾輕觸三度親遭弄爪牙黄檗豈是如今惡脚手從來如此大中天子者續咸通傳中載唐憲宗有二子一曰穆宗一曰宣宗宣宗乃大中也年十三少而敏黠常愛跏趺坐穆宗在位時因早朝罷大中乃戲登龍牀作揖羣臣勢大臣見而謂之心風乃奏穆宗穆宗見而撫歎曰我弟乃吾宗英胄也穆宗於長慶四年晏駕有三子曰敬宗文宗武宗敬宗繼父位二年内臣謀易之文宗繼位一十四年武宗即位常唤大中作癡奴一日武宗恨大中昔日戲登父位遂打殺致後苑中以不潔灌而復甦遂潛遁在香嚴閑和尚會下後剃度爲沙彌未受具戒後與志閑遊方到廬山因志閑題瀑布詩云穿雲透石不辭勞地遠方知出處高閑吟此兩句佇思久之欲釣他語脉看如何大中續云溪澗豈能留得住終歸大海作波濤閑方知不是尋常人乃默而識之後到鹽官會中請大中作書記黄檗在彼作首座檗一日禮佛次大中見而問曰不着佛求不着法求不着僧求禮拜當何所求檗云不着佛求

不着法求不着僧求常禮如是大中云用禮何爲檗便掌大中云太麄生檗云這裏什麽所在說麄說細檗又掌大中後繼國位賜黃檗爲麄行沙門裴相國在朝後奏賜斷際禪師雪竇知他血脉出處使用得巧如今還有弄爪牙底麽便打

垂示云殺人刀活人劍乃上古之風規亦今時之樞要若論殺也不傷一毫若論活也喪身失命所以道向上一路千聖不傳學者勞形如猿捉影且道既是不傳爲什麽却有許多葛藤公案具眼者試說看

舉僧問洞山如何是佛（鐵蒺藜天下衲僧跳不出）山云麻三斤（灼然破草鞋指槐樹罵柳樹爲秤鎚）

這箇公案多少人錯會直是難咬嚼無你下口處何故淡而無味古人有多少答佛話或云殿裏底或云三十二相或云杖林山下竹筋鞭及至洞山却道麻三斤不妨截斷古人舌頭人多作話會道洞山是時在庫下秤麻有僧問所以如此答有底道洞山問東答西有底道你是佛更去問佛所以洞山遶路答之死漢更有一般道只這麻三斤便是佛且得沒交涉你若恁麽去洞山句下尋討參到彌勒佛下生也未夢見在何故言語只是載道之器殊不知古人意只管去句中求有什麽巴鼻不見古人道道本無言因言顯道見道即忘言若到這裏還我第一機來始得只這麻三斤一似長安大路一條相似舉足下足無有不是這箇話與雲門餬餅話是一般不妨難會五祖先師頌云賤賣擔板漢貼秤麻三斤千百年滯貨無處着渾身你但打疊

得情塵意想計較得失是非一時淨盡自然會去

金烏急（左眼半斤快鷂提不及火焰裏橫身）玉兎速（右眼八兩姮娥宮裏作窠窟）善應何曾有輕觸（如鐘在扣如谷受響）展事投機見洞山（錯認定盤星自是闍黎恁麼見）跛鱉盲龜入空谷（自領出去同坑無異土阿誰打你鷂子死）花簇簇錦簇簇（兩重公案一狀領過依舊一般）南地竹兮北地木（三重也有四重公案頭上安頭）因思長慶陸大夫（癩兒牽伴山僧也恁麼雪竇也恁麼）解道合笑不合哭（呵呵蒼天夜半更添冤苦）咦（咄是什麼便打）

雪竇見得透所以劈頭便道金烏急玉兎速與洞山答麻三斤更無兩般日出月沒日日如是人多鮮解只管道金烏是左眼玉兎是右眼纔問着便瞠眼云在這裏有什麼交涉若恁麼會達磨一宗掃地而盡所以道垂鉤四海只釣獰龍格外玄機爲尋知己雪竇是出陰界底人豈作這般見解雪竇輕輕去敲關擊節處畧露些子教你見便下箇注脚道善應何曾有輕觸洞山不輕酧這僧如鐘在扣如谷受響大小隨應不敢輕觸雪竇一時突出心肝五臟呈似你諸人了也雪竇有靜而善應頌云覿面相呈不在多端龍蛇易辨衲子難瞞金鎚影動寶劍光寒直下來也急着眼看洞山初參雲門門問近離甚處山云渣渡門云夏在甚麼處山云湖南報慈門云幾時離彼中山云八月二十五門云放你三頓棒參堂去師晚間入室親近問云某甲過在什麼處門云飯袋子江西湖南便恁麼去洞山於言下豁然大悟遂云某甲他日向無人烟處卓箇庵子不蓄一粒米不種一莖菜

常接待往來十方大善知識盡與伊抽却釘拔却楔拈却膱脂帽子脫却鶻臭布衫各令灑灑落落地作箇無事人去門云身如柳子大開得許大口洞山便辭去他當時悟處直下頴脫豈同小見後來出世應機麻三斤語諸方只作答佛話會如何是佛杖林山下竹筋鞭丙丁童子來求火只管於佛上作道理雪竇云若恁麼作展事與投機會正似跛鱉盲龜入空谷何年日月尋得出路去花簇簇錦簇簇此是僧問智門和尚洞山道麻三斤意旨如何智門云花簇簇錦簇簇會麼僧云不會智門云南地竹兮北地木僧回舉似洞山山云我不爲汝說我爲大衆說遂上堂云言無展事語不投機承言者喪滯句者迷雪竇破人情見故意引作一串頌出後人却轉生情見道麻是孝服竹是孝杖所以道南地竹兮北地木花簇簇錦簇簇是棺材頭邊畫底花草還識羞麼殊不知南地竹兮北地木與麻三斤只是阿爺與阿爹相似古人答一轉語決是意不恁麼正似雪竇道金烏急玉兎速自是一般寬曠只是金鍮難辨魚魯參差雪竇老婆心切要破你疑情更引箇死漢因思長慶陸大夫解道合笑不合哭若論他頌只頭上三句一時頌了我且問你都盧只是箇麻三斤雪竇却有許多葛藤只是慈悲忒煞所以如此陸亘大夫作宣州觀察使參南泉泉遷化亘聞喪入寺下祭却呵呵大笑院主云先師與大夫有師資之義何不哭大夫云道得即哭院主無語亘大哭云蒼天蒼天先師去世遠矣後來長慶聞云大夫合笑

不合哭雪竇借此意大綱道你若作這般情解正好笑莫哭是即是末後有一箇字不妨誵訛更道咦雪竇還洗得脫麽

垂示云雲凝大野徧界不藏雪覆蘆花難分朕迹冷處冷如氷雪細處細如米末深深處佛眼難窺密密處魔外莫測舉一明三即且止坐斷天下人舌頭作麽生道且道是什麽人分上事試舉看

舉僧問巴陵如何是提婆宗白馬入蘆花道什麽點

巴陵云銀椀裏盛雪塞斷你咽喉七花八裂

這箇公案人多錯會道此是外道宗有什麽交渉第十五祖提婆尊者亦是外道中一數因見第十四祖龍樹尊者以針投鉢龍樹深器之傳佛心宗繼爲第十五祖楞伽經云佛語心爲宗無門爲法門馬祖云凡有言句是提婆宗只以此箇爲主諸人盡是衲僧門下客還曽體究得提婆宗麽若體究得西天九十六種外道被汝一時降伏若體究不得未免着返披袈裟去在且道是作麽生若道言句是也沒交涉若道言句不是也沒交涉且道馬大師意在什麽處後來雲門道馬大師好言語只是無人問有僧便問如何是提婆宗門云九十六種汝是最下一種昔有僧辭大隋隋云什麽處去僧云禮拜普賢去大隋竪起拂子云文殊普賢盡在這裏僧畫一圓相以手托呈師又抛向背後隋云侍者將一貼茶來與者僧去雲門別云西天斬頭截臂這裏自領出去又云赤旛在我手裏西天論議勝者手執赤旛負墮者返披袈裟從偏門出入西天欲論議須得奉王勅於大寺中聲

鐘擊鼓然後論議於是外道於僧寺中封禁鐘鼓爲之沙汰時迦那提婆尊者知佛法有難遂運神通登樓撞鐘欲擯外道外道遂問樓上聲鐘者誰提婆云天外道云天是誰婆云我外道云我是誰婆云我是你外道云你是誰婆云你是狗外道云狗是誰婆云狗是你如是七返外道自知負墮伏義遂自開門提婆於是從樓上持赤旛下來外道云汝何不後婆云汝何不前外道云汝是賤人婆云汝是良人如是展轉酧問提婆折以無碍之辯由是歸伏時提婆尊者手持赤旛義墮者旛下立外道皆斬首謝過時提婆止之但化令削髮入道於是提婆宗大興雪竇後用此事而頌之巴陵衆中謂之鑒多口常縫坐具行脚深得他雲門脚跟下大事所以奇特後出世法嗣雲門先住岳州巴陵更不作法嗣書只將三轉語上雲門如何是道明眼人落井如何是吹毛劍珊瑚枝枝撐着月如何是提婆宗銀椀裏盛雪雲門云他日老僧忌辰只舉此三轉語報恩足矣自後果不作忌辰齋依雲門之囑只舉此三轉語然諸方答此話多就事上答唯有巴陵恁麼道極是孤峻不妨難會亦不露些子鋒鋩八面受敵着着有出身之路有陷虎之機脫人情見若論一色邊事到這裏須是自家透脫了卻須是遇人始得所以道道吾舞笏同人會石鞏彎弓作者諳此理若無師印授擬將何法語玄談雪竇隨後拈提爲人所以頌出

老新開千兵易得一將難求多口阿師端的別是什麼端的頂門上一着夢見也未解道銀椀裏盛雪蝦跳不出斗兩重公案多少人

喪身失命九十六箇應自知兼身在內闍黎還知麽一坑埋却不知却問天邊月遠之遠矣自領出去望空啟告提婆宗提婆宗道什麽山僧在這裏滿口含霜赤旛之下起清風百雜碎打云已着了也你且去斬頭截臂來與你道一句

老新開新開乃院名也端的別雪竇讚歎有分且道什麽處是別處一切語言皆是佛法山僧如此說話成什麽道理去雪竇徵露些子意道只是端的別後面打開云解道銀椀裏盛雪更與你下箇注脚九十六箇應自知負墮始得你若不知問取天邊月古人曾答此話云問取天邊月雪竇頌了末後須有活路有獅子返擲之句更提起與你道提婆宗提婆宗赤旛之下起清風巴陵道銀椀裏盛雪爲什麽雪竇却道赤旛之下起清風還知雪竇殺人不用刀麽

舉僧問雲門如何是一代時教直至如今不了座主不會葛藤窠裏雲門云對一說無孔鐵鎚七花八裂老鼠咬生薑

禪家流欲知佛性義當觀時節因緣謂之教外別傳單傳心印直指人心見性成佛釋迦老子四十九年住世三百六十會開談頓漸權實謂之一代時教這僧拈來問云如何是一代時教雲門何不與他紛紛解說却向他道箇對一說雲門尋常一句中須具三句謂之函蓋乾坤句隨波逐浪句截斷衆流句放去收來自然奇特如斬釘截鐵教人義解卜度他底不得一大藏教只消三箇字四方八面無你穿鑿處人多錯會却道對一時機宜之事故說又道森羅及萬象皆是一法之所印謂之對一說更有道只是說那箇一法有什麽交涉非唯不會更入地獄如箭殊不知

古人意不如此所以道粉骨碎身未足酧一句了然超百億不妨奇特如何是一代時教只消道箇對一說若當頭薦得便可歸家穩坐若薦不得且伏聽處分

對一說（活鱍鱍言猶在耳不妨孤峻）太孤絕（傍觀有分何止壁立千仞豈有恁麼事）無孔鐵鎚重下楔（鉗會名言也雲門老漢也是泥裏洗土塊雪竇也是粧餙）閻浮樹下笑呵呵（四州八縣不曾見箇漢同道者方知能有幾人知）昨夜驪龍拗角折（非止驪龍拗折有誰見來還有證明麼啞）別別（讚歎有分須是雪竇始得有什麼別處）韶陽老人得一橛（在什麼處更有一橛分付阿誰德山臨濟也須退到三千那一橛又作麼生便打）

對一說太孤絕雪竇讚之不及此語獨脫孤危光前絶後如萬丈懸崖相似亦如百萬軍陣無你入處只是忒煞孤危古人道欲得親切莫將問來問問在答處答在問端直是孤峻且道什麼處是孤峻處天下人奈何不得這僧也是箇作家所以如此問雲門又恁麼答大似無孔鐵鎚重下楔相似雪竇使文言用得甚巧閻浮樹下笑呵呵起世經中說須彌南畔吠琉璃樹映閻浮洲中皆青色此洲乃大樹爲名名閻浮提其樹縱廣七千由旬下有閻浮壇金聚高二十由旬以金從樹下出生故號閻浮樹所以雪竇自說他在閻浮樹下笑呵呵且道他笑箇什麼笑昨夜驪龍拗角折只得瞻之仰之讚歎雲門有分雲門道對一說似箇什麼如拗折驪龍一角相似到這裏若無恁麼事焉能恁麼說話雪竇一時頌了末後却道別別韶陽老人得一橛何不道全得如何只得一橛且道那一橛在什麼處直得穿過第二人

垂示云殺人刀活人劒乃上古之風規是今時之樞要且道如今那箇是殺人刀活人劒試舉看

舉僧問雲門不是目前機亦非目前事時如何蹉跳作什麽倒退三千里門云倒一說平出款出自人口也不得放過荒草裏橫身

這僧不妨是箇作家解恁麽問頭邊謂之請益此是呈解問亦謂之藏鋒問若不是雲門也不奈他何雲門有這般手脚他旣將問來不得已而應之何故作家宗師如明鏡臨臺胡來胡現漢來漢現古人道欲得親切莫將問來問何故問在答處答在問處從上諸聖何曾有一法與人那裏有禪道與你來你若不造地獄業自然不招地獄果你若不造天堂因自然不受天堂果一切業緣皆是自作自受古人分明向你道若論此事不在言句上若在言句上三乘十二分教豈是無言句更何用祖師西來前頭道對一說這裏却道倒一說只爭一字爲什麽却有千差萬別且道誵訛在什麽處所以道法隨法行法幢隨處建立不是目前機亦非目前事時如何只消當頭一點若是具眼漢一點也謾他不得問處旣誵訛答處須得恁麽其實雲門騎賊馬趕賊有者錯會道本是主家話却是賓家道所以雲門云倒一說有什麽死急這僧問得好不是目前機亦非目前事時如何雲門何不答他別言語却只向他道倒一說雲門一時打破他底到這裏道倒一說也是好肉上剜瘡何故言迹之興白雲萬里異途之所由生也設使一時無言無句露柱燈籠何曾

有言句還會麽若不會到這裏也須是轉動始知落處

倒一說（放不下七花八裂須彌南畔卷盡五千四十八）分一節（在你邊在我邊半河南半河北把手共行）同死同生爲君訣（泥裏洗土塊着甚來由放你不得）八萬四千非鳳毛（羽毛相似太煞減人威光漆桶如麻如粟）三十三人入虎穴（唯我能知一將難求野狐精一隊）別別（有什麽別處少賣弄一任踍跳）擾擾怱怱水裏月（青天白日迷頭認影着忙作什麽）

雪竇亦不妨作家於一句下便道分一節分明放過一着與他把手共行他從來有放行手段敢與你入泥入水同死同生所以雪竇恁麽頌其實無他只要與你解粘去縛抽釘拔楔如今却因言句轉生情解只如巖頭道雪峯雖與我同條生不與我同條死若非全機透脫得大自在底人焉能與你同死同生何故爲他無許多得失是非滲漏處故洞山云若要辨認向上之人眞僞者有三種滲漏情滲漏見滲漏語滲漏見滲漏機不離位墮在毒海情滲漏智常向背見處偏枯語滲漏體玅失宗機昧終始此三滲漏宜已知之又有三玄體中玄句中玄玄中玄古人到這境界全機大用遇生與你同生遇死與你同死向虎口裏橫身放得手脚千里萬里隨你銜去何故還他得這一着子始得八萬四千非鳳毛者靈山八萬四千聖衆非鳳毛也南史云齊時謝超宗陳郡陽夏人謝鳳之子博學文才傑俊朝中無比當世爲之獨步善爲文爲王國常侍王母殷淑儀甍超宗作誄奏之武帝見其文大加歎賞曰超宗殊有鳳毛古詩云朝罷香烟携滿袖詩成珠玉在揮毫欲

知世掌綵綸美池上如今有鳳毛昔日靈山會上四衆雲集世尊拈花唯迦葉獨破顏微笑餘者不知是何宗旨雪竇所以道八萬四千非鳳毛三十三人入虎穴阿難問迦葉云世尊傳金襴袈裟外別傳何法迦葉召阿難阿難應喏迦葉云倒却門前刹竿着阿難遂悟已後祖祖相傳西天此土三十三人有入虎穴底手脚古人道不入虎穴爭得虎子雲門是這般人善能同死同生宗師爲人須至如此據曲彔木牀上坐捨得教你打破容你將虎鬚也須是到這般田地始得具七事隨身可以同生同死高者抑之下者舉之不足者與之在孤峯者救令入荒草落荒草者救令處孤峯你若入鑊湯爐炭我也入鑊湯爐炭其實無他只要與你解粘去縛抽釘拔楔脫却籠頭卸却角馱平田和尚有一頌最好靈光不昧萬古嶶猷入此門來莫存知解別別擾擾忽忽水裏月不妨有出身之路亦有活人之機雪竇拈了教人自去明悟生機莫隨他語句你若隨他正是擾擾忽忽水裏月如今作麽生得平穩去放過一着

垂示云道無横徑立者孤危法非見聞言思迥絶若能透過荊棘林解開佛祖縛得箇穩密田地諸天捧花無路外道潛窺無門終日行而未嘗行終日說而未嘗說便可以自由自在展啐啄之機用殺活之劍直饒恁麽更須知有建化門中一手擡一手搦猶較些子若是本分事上且得沒交涉作麽生是本分事試舉看

舉僧問鏡清學人啐請師啄（無風起浪作什麽你用許）

多見解作什麼清云還得活也無剳買帽相頭將錯就錯不可總恁麼僧云若不活遭人怪笑相帶累撐天拄地擔板漢清云也是草裏漢果然自領出去放過即不可

鏡清承嗣雪峯與本仁玄沙踈山太原孚輩同時初見雪峯得旨後常以啐啄之機開示後學善能應機説法示衆云大凡行脚人須具啐啄同時眼有啐啄同時用方稱衲僧如母欲啄而子不得不啐子欲啐而母不得不啄有僧便出問母啄子啐於和尚分上成得箇什麼邊事清云好箇消息僧云子啐母啄於學人分上成得箇什麼邊事清云露箇面目所以鏡清門下有啐啄之機這僧亦是他門下客會他家裏事所以如此問學人啐請師啄此問洞下謂之借事明機那裏如此子啐而母啄自然恰好同時鏡清也好可謂拳踢相應心眼相照便答道還得活也無其僧也好亦知機變一句下有賓有主有照有用有殺有活僧云若不活遭人怪笑清云也是草裏漢一等是入泥入水鏡清不妨惡脚手這僧既會恁麼問爲什麼却道也是草裏漢所以作家眼目須是恁麼如擊石火似閃電光構得構不得未免喪身失命若恁麼便見鏡清道草裏漢所以南院示衆云諸方只具啐啄同時眼不具啐啄同時用有僧出問如何是啐啄同時用南院云作家不啐啄啐啄同時失僧云猶是學人疑處南院云作麼生是你疑處僧云失南院便打其僧不肯院便趕出僧後到雲門會裏舉前話有一僧云南院棒折那其僧豁然有省且道意在什麼處其僧却回見南院院適已遷化却見風穴纔

禮拜穴云莫是當時問先師啐啄同時底僧麽僧云是穴云你當時作麽生會僧云某甲當初時如燈影裏行相似穴云你會也且道是箇什麽道理這僧都來只道某甲當初時如燈影裏行相似因甚麽風穴便向他道你會也後來翠巖拈云南院雖然運籌帷幄爭奈土曠人稀知音者少風穴拈云南院當時待他開口劈脊便打看他作麽生若見此公案便見這僧與鏡清相見處諸人作麽生免得他道草裏漢所以雪竇愛他道草裏漢便頌出

古佛有家風（言猶在耳千古傍㨾莫謗釋迦老子好）對揚遭貶剥（鼻孔爲什麽却在山僧手裏八棒對十三你作麽生放過一着便打）子母不相知（既不相知爲什麽却有啐啄天然）是誰同啐啄（百雜碎老婆心切且莫錯認）啄覺（道什麽落在第二頭）猶在殼（何不出頭來）重遭撲（錯便打兩重公案三重四重了也）天下衲僧徒名邈（放過了也不須舉起還有名邈得底麽若名邈得也是草裏漢千古萬古黑漫漫塡溝塞壑無人會）

古佛有家風雪竇一句頌了也凡是出頭來直是近傍不得若近傍着則萬里崖州纔出頭來便是落草直饒七縱八横不消一捏雪竇道古佛有家風不是如今恁麽也釋迦老子初生下來一手指天一手指地目顧四方云天上天下唯我獨尊雲門道我當時若見一棒打殺與狗子喫却貴要天下太平如此方酧得恰好所以啐啄之機皆是古佛家風若達此道者便可一拳拳倒黃鶴樓一踢踢翻鸚鵡洲如大火聚近之則燎却面門如太阿劍擬之則喪身失命此箇唯是透脫得大解脫者方能如此苟或迷源滯句決定構這

般說話不得對揚遭貶剥則是一賓一主一問一答於問答處便有貶剥謂之對揚遭貶剥雪竇深知此事所以只向兩句下頌了末後只是落草爲作注破子母不相知是誰同啐啄母雖啄不能致子之啐子雖啐不能致母之啄各不相知當啐啄之時是誰同啐啄若恁麽會也出雪竇末後句不得在何故不見香嚴道子啐母啄子覺無殼子母俱忘應緣不錯同道唱和妙玄獨脚雪竇不妨落草打葛藤道啄此一字頌鏡清答道還得活也無覺頌這僧道若不活遭人怪笑爲什麽雪竇却便道猶在殼雪竇向石火光中別緇素閃電機裏辨端倪鏡清道也是草裏漢雪竇道重遭撲者難處些子是鏡清道也是草裏漢喚作鏡清換人眼睛得麽這句莫是猶在殼麽且得沒交涉那裏如此若會得繞天下行脚報恩有分山僧恁麽說話也是草裏漢天下衲僧徒名邈誰不是名邈者到這裏雪竇自名邈不出却更累他天下衲僧且道鏡清作麽生是爲這僧處天下衲僧跳不出

垂示云斬釘截鐵始可爲本分宗師避箭畏刀焉能爲通方作者針劄不入處則且置白浪滔天時如何試舉看

舉僧問香林如何是祖師西來意（大有人疑着猶有這箇消息在）林云坐久成勞（魚行水濁鳥飛落毛合取狗口好作家眼目鋸解秤錘）

香林道坐久成勞還會麽若會得百草頭上罷却干戈若也不會伏聽處分古人行脚結交擇友爲同行道伴撥草瞻風是時雲門旺化廣南香林得得出蜀與鵝湖鏡清同時先

參湖南報慈後方至雲門會下作侍者十八年在雲門處親得親聞他悟時雖晚不妨是大根器居雲門左右十八年雲門常只喚遠侍者纔應喏門云是什麽香林當時也下語呈見解弄精魂終不相契一日忽云我會也門云何不向上道將來又住三年雲門室中垂大機辦多半爲他遠侍者隨處入作雲門凡有一言一句都收在遠侍者處香林後歸蜀初住導江水晶宮後住青城香林智門祚和尚本浙人盛聞香林道化特來入蜀參禮祚乃雪竇師也雲門雖接人無數當代道行者只香林一派最盛歸川住院四十年八十歲方遷化嘗云我四十年方打成一片凡示衆云大凡行脚參尋知識要帶眼行須分緇素看淺深始得先須立志而釋迦老子在因地時發一言一念皆是立志後來僧問如何是室內一盞燈林云三人證龜成鼈又問如何是衲衣下事林云臘月火燒山古來答祖師意甚多唯香林此一則坐斷天下人舌頭無你計較作道理處僧問如何是祖師西來意林云坐久成勞可謂言無味句無味無味之談塞斷人口無你出氣處要見便見若不見切忌作解會香林曾遇作家來所以有雲門手段有三句體調人多錯會道祖師西來九年面壁豈不是坐久成勞有什麽巴鼻不見他古人得大自在處他是脚踏實地無許多佛法知見道理臨時應用所謂法隨法行法幢隨處建立雪竇因風吹火傍指出一箇半箇

一箇兩箇千萬箇何不依而行之如麻似粟成羣作隊作什麽

脫却籠頭卸角馱從今日去應須灑灑落落還休得也未左轉右轉隨後來猶自放不下影影響響便打紫胡要打劉鐵磨山僧拗折拄杖子更不行此令賊過後張弓便打嶮雪竇直下如擊石火似閃電光撥出放教你見聊聞舉着便會始得也不妨是他屋裏兒孫方能恁麼道若能直下便恁麼會去不妨奇特一箇兩箇千萬箇脫却籠頭卸角馱灑灑落落不被生死所染不被聖凡情解所縛上無攀仰下絕已躬一如他香林雪竇相似何必只是千萬箇直得盡大地人悉皆如此前佛後佛也悉皆如此苟或於言句中作解會便似紫胡要打劉鐵磨相似其實纔舉和聲便打紫胡參南泉與趙州岑大蟲同參時劉鐵磨在潙山下卓庵諸方皆不奈何他一日紫胡得得去訪云莫便是劉鐵磨否磨云不敢胡云左轉右轉磨云和尚莫顛倒胡和聲便打香林答這僧問如何是祖師西來意却云坐久成勞若恁麼會得左轉右轉隨後來也且道雪竇如此頌出意作麼生無事好試請舉看

舉肅宗皇帝本是代宗此誤問忠國師百年後所須何物預搔待痒果然起模畫樣老老大大作這去就不可指東作西國師云與老僧作箇無縫塔把不住帝曰請師塔樣好與一劄國師良久云會麼停囚長智直得指東劃西將南作北直得口似匾檐帝云不會賴值不會當時更與一拶教伊滿口含霜却較些子國師云吾有付法弟子躭源却諳此事請詔問之賴值不掀倒禪床何不與他本分草料莫搽胡人好放過一着國師遷化後可惜果然錯認定盤星帝詔躭源問此意如何子承父業去也落在第二頭第三頭源云湘之南潭之北也是把不住兩兩三三作什麼半開半合雪竇着語

云獨掌不浪鳴一盲引衆盲果然隨語生解隨邪逐惡作什麽中有黃金充一國上是天下是地無這箇消息是誰分上事雪竇着語云山形拄杖子拗折了也也是起模畫樣無影樹下合同船祖師喪了也闍黎道什麽雪竇着語云海晏河清洪波浩渺白浪滔天猶較些子瑠璃殿上無知識咄雪竇着語云拈了也賊過後張弓言猶在耳

肅宗代宗皆玄宗之子孫爲太子時常愛參禪爲國有巨盜玄宗遂幸蜀唐本都長安爲安禄山僭據後都洛陽肅宗攝政是時忠國師在鄧州白崖山住庵今香嚴道場是也四十餘年不下山道行聞于帝里上元二年勅中使詔入内待以師禮甚敬重之嘗與帝演無上道師退朝帝自攀車而送之朝臣皆有慍色欲奏其不便國師具他心通而先見聖奏曰我在天帝釋前見散粟天子如閃電光相似帝愈加敬重及代宗臨御復延止光宅寺十有六載隨機說法至大曆十年遷化山南府青銼山和尚昔與國師同行國師嘗奏帝令詔他三詔不起常罵國師耽名愛利戀着人間國師於他父子三朝中爲國師他家父子一時參禪據傳燈録所考此乃是代宗設問若是問國師如何是十身調御此却是代宗問也國師緣終將入涅槃乃辭代宗代宗問曰國師百年後所須何物也只是平常一箇問端這老漢無風起浪却道與老僧造箇無縫塔且道白日青天如此作什麽做箇塔便了爲什麽却道做箇無縫塔代宗也不妨作家與你一撥道請師塔樣國師良久云會麽奇怪這些子最是難參大小大國師被他一撥直得口似匾檐然雖如此若不是這

老漢幾乎弄倒了多少人道國師不言處便是塔樣若恁麼會達磨一宗掃地而盡若謂良久便是啞子也合會禪豈不見外道問佛不問有言不問無言世尊良久外道禮拜贊歎曰世尊大慈大悲開我迷雲令我得入及外道去後阿難問佛外道有何所證而言得入世尊云如世良馬見鞭影而行人多向良久處會有什麼巴鼻五祖先師拈云前面是珍珠瑪瑙後面是瑪瑙珍珠左邊是觀音勢至右邊是文殊普賢中間有箇旛子被風吹着道胡盧胡盧國師云會麼帝曰不會却較些子且道這箇不會與武帝不識是同是別雖然似則似是則未是國師云吾有付法弟子耽源却諳此事請詔問之雪竇拈云獨掌不浪鳴代宗不會則且置耽源還會麼只消道箇請師塔樣盡大地人不奈何五祖先師拈云你是一國之師爲箇什麼不道却推與弟子國師遷化後帝詔耽源問此意如何源便來爲國師胡言漢語説道理自然會他國師説話只消一頌（祖庭事苑出齊時）湘之南潭之北中有黃金充一國無影樹下合同船瑠璃殿上無知識耽源名應眞在國師處作侍者後住吉州耽源寺時仰山未參耽源源言重性惡不可犯住不得仰山先去參性空禪師有僧問性空如何是祖師西來意空云如人在千尺井中不假寸繩出得此人即答汝西來意僧云近日湖南暢和尚亦爲人東語西話空乃喚沙彌拽出這死屍着（沙彌仰山）山後舉問耽源如何出得井中人耽源曰咄癡漢誰在井中仰山不契後問潙山山乃呼慧寂山應

諾溈云出了也仰山因此大悟云我在耽源處得體溈山處得用也只是這一箇頌子引人邪解不少人多錯會道相是相見談是談論中間有箇無縫塔所以道中有黃金充一國帝與國師對答便是無影樹下合同船帝不會遂道琉璃殿上無知識又有底道湘是湘州之南潭是潭州之北中有黃金充一國須官家貶眼顧視云這箇是無縫塔若恁麼會不出情見只如雪竇下四轉語又作麼生會今人殊不知古人意且道湘之南潭之北你作麼生會中有黃金充一國你作麼生會無影樹下合同船你作麼生會瑠璃殿上無知識你作麼生會若恁麼見得不妨慶快平生湘之南潭之北雪竇道獨掌不浪鳴不得已與你說中有黃金充一國雪竇道山形拄杖子古人道識得拄杖子一生參學事畢無影樹下合同船雪竇道海晏河清一時豁開戶牖八面玲瓏瑠璃殿上無知識雪竇道拈了也一時與你說了也不妨難見見得也好只是有些子錯認處隨語生解至末後道拈了也却較些子雪竇分明一時下語了後面單頌箇無縫塔子

無縫塔（這一縫大小大道什麼）見還難（非眼可見瞎）澄潭不許蒼龍蟠（見麼洪波浩渺蒼龍向甚處蟠這裏直得摸索不着）層落落（莫眼花眼花作什麼）影團團（通身是眼落七落八兩兩三三舊路行左轉右轉隨後來）千古萬古與人看（見麼瞎漢作麼生看闍黎覰得見麼）

雪竇當頭道無縫塔見還難雖然獨露無私則是要見時還難雪竇忒煞慈悲更向你道澄潭不許蒼龍蟠五祖先師道雪竇頌古一

册我只愛他澄潭不許蒼龍蟠一句猶較些子多少人去他國師良久處作活計若恁麽會一時錯了也不見道卧龍不鑒止水無處有月波澄有處無風浪起又道卧龍長怖碧潭清若是這箇漢直饒洪波浩渺白浪滔天亦不在裏許蟠雪竇到此頌了後頭着些子眼目豖出一箇無縫塔隨後説道曾落落影團團千古萬古與人看你作麽生看即今在什麽處直饒你見得分明也莫錯認定盤星

垂示云一塵舉大地收一花開世界起只如塵未舉花未開時如何着眼所以道如斬一綟絲一斬一切斬如染一綟絲一染一切染只如今便將葛藤截斷運出自己家珍高低普應前後無差各各現成儻或未然看取下文

舉俱胝和尚凡有所問（有什麽消息鈍根阿師）只竪一指（這老漢也要坐斷天下人舌頭熱則普天普地熱寒則普天普地寒換却天下人舌頭）

若向指頭上會則辜負俱胝若不向指頭上會則生鐵鑄就相似會也恁麽去不會也恁麽去高也恁麽去低也恁麽去是也恁麽去非也恁麽去所以道一塵纔起大地全收一花欲開世界便起一毛頭獅子百億毛頭現圓明道寒則普天普地寒熱則普天普地熱山河大地下徹黄泉萬象森羅上通霄漢且道是什麽物得恁麽奇怪若也識得不消一捏若識不得礙塞殺人俱胝和尚乃婺州金華人初住庵時有一尼名實際到庵直入更不下笠持錫遶禪牀三帀云道得即下笠如是三問俱胝無對尼便去俱胝曰天勢稍晚

且留一宿尼曰道得即宿胝又無對尼便行胝歎曰我雖處丈夫之形而無丈夫之氣遂發憤要明此事擬棄庵往諸方叅請打疊行脚其夜山神告曰不須離此來日有肉身菩薩來爲和尚說法不須去果是次日天龍和尚到庵胝乃迎禮具陳前事天龍只竪一指而示之俱胝忽然大悟是他當時鄭重專注所以桶底易脫後來凡有所問只竪一指長慶道美食不中飽人喫玄沙道我當時若見拗折指頭玄覺云玄沙恁麼道意作麼生雲居錫云只如玄沙恁麼道是肯伊是不肯伊若肯伊何言拗折指頭若不肯伊俱胝過在什麼處先曹山云俱胝承當處莽鹵只認得一機一境一種是拍手撫掌見他西園奇怪玄覺又云且道俱胝還悟也未爲什麼承當處莽鹵若是不悟又道平生只用一指頭禪不盡且道曹山意在什麼處當時俱胝實然不會及乎到他悟後凡有所問只竪一指因什麼千人萬人羅籠不住撲他不破你若用作指頭會決定不見古人意這般禪易叅只是難會如今人纔問着也竪指竪拳只是弄精魂也須是徹骨徹髓見透始得俱胝庵中有一童子於外被人詰曰和尚尋常以何法示人童子竪起指頭歸而舉似師俱胝以刀斷其指童子叫喚走出俱胝召一聲童子回首俱胝却竪起指頭童子豁然領解且道見箇什麼道理及至遷化謂衆曰吾得天龍一指頭禪平生用不盡要會麼竪起指頭便脫去後來明招獨眼龍問國泰深師叔云古人道俱胝只念三行呪便得名超一切人作麼

生與他拈却三行咒深亦竪起一指頭招云不因今日爭識得這瓜州客且道意作麼生秘魔平生只用一杈打地和尚凡有所問只打地一下後被人藏却他棒却問如何是佛他只張口亦是一生用不盡無業云祖師觀此土有大乘根器惟單傳心印指示迷塗得之者不揀愚之與智凡之與聖且多虛不如少實大丈夫漢卽今直下休歇去頓息萬緣去超生死流迥出常格縱有眷屬莊嚴不求自得無業一生凡有所問只道莫妄想所以道一處透千處萬處一時透一機明千機萬機一時明如今人總不恁麼只管恣意情解不會他古人省要處他豈不是無機關轉換處爲什麼只用一指頭須知俱胝到這裏有深啇爲人處要會得省力麼還他圓明道寒則普天普地寒熱則普天普地熱山河大地通上孤危萬象森羅徹下嶮峻什麼處得一指頭禪來

對揚深愛老俱胝（癩兒牽伴同道方知不免是一機一境）宇宙空來更有誰（兩箇三箇更有一箇也須打殺）曾向滄溟下浮木（全是這箇是則是太孤峻生破草鞋有什麼用處）夜濤相共接盲龜（撈天摸地有什麼了期接得堪作何用據令而行趕向無佛世界接得闍黎一箇瞎漢）

雪竇會四六文章七通八達凡是誵訛奇特公案偏愛去頌對揚深愛老俱胝宇宙空來更有誰今時學者抑揚古人或賓或主一問一答當面提持有如此爲人處所以道對揚深愛老俱胝且道雪竇愛他作什麼自天地開闢以來更有誰人只是老俱胝一箇若是別人須參雜唯是俱胝老只用一指頭直至

老死時人多邪解道山河大地也空人也空法也空直饒宇宙一時空來只是俱胝老一箇且得没交涉曾向滄溟下浮木如今謂之生死海衆生在業海之中頭出頭没不明自巳無有出期俱胝老垂慈接物於生死海中用一指頭接人似下浮木接盲龜相似令諸衆生得到彼岸夜濤相共接盲龜法華經云如一眼之龜值浮木孔無没溺之患大善知識接得一箇如龍似虎底漢敎他向有佛世界互爲賓主無佛世界坐斷要津接得箇盲龜堪作何用

垂示云堆山積嶽撞墻磕壁佇思停機一場苦屈或有箇漢出來掀翻大海踢倒須彌喝散白雲打破虛空直下向一機一境坐斷天下人舌頭無你近傍處且道從上來是什麽人曾恁麽試舉看

舉龍牙問翠微如何是祖師西來意諸方舊話也要勘過微云與我過禪板來用禪板作什麽泊合放過崄牙過禪板與翠微也是把不住駕與青龍不解騎可惜許當面不承當微接得便打看打得箇死漢濟甚事也落在第二頭了也牙云打即任打要且無祖師西來意這漢話在第二頭賊過後張弓牙又問臨濟如何是祖師西來意諸方舊公案再問將來不直半分錢濟云與我過蒲團來曹溪波浪如相似無限平人被陸沉一狀領過一坑埋却牙取蒲團過與臨濟依前把不住依前不伶俐依稀越國髣髴揚州濟接得便打著可惜打這般死漢一模脫出牙云打即任打要且無祖師西來意灼然在鬼窟裏作活計將謂得便宜賊過後張弓

翠微芝和尚云當時如是今時衲子皮下還有血麽潙山喆云翠微臨濟可謂本分宗師龍牙一等是撥草瞻風不妨與後人作龜鑑

住院後有僧問和尚當時還肯二尊宿麽牙云肯卽肯只是無祖師西來意龍牙瞻前顧後應病與藥大潙則不然待伊問和尚當時還肯二尊宿麽明不明劈脊便打非惟扶豎翠微臨濟亦不辜負來問石門聰云龍牙無人拶着猶可被箇衲子挨着失却一隻眼雪竇云臨濟翠微只解把住不解放開我當時如作龍牙待伊索蒲團禪板拈起劈面便打五祖戒云和尚得恁麽面長或云祖師土宿臨頭黃龍新云龍牙驅耕夫之牛奪飢人之食既明則明矣因什麽却無祖師西來意會麽棒頭有眼明如日要識眞金火裏看大凡激揚要妙提唱宗乘向第一機下明得可以坐斷天下人舌頭儻或躊躇落在第二這二老漢雖然打風打雨驚天動地要且不曾打着箇明眼漢古人叅禪多少辛苦立大丈夫志氣經歷山川叅見尊宿龍牙先叅翠微臨濟後叅德山遂問學人仗鏌鎁劒擬取師頭時如何德山引頸云囫牙云師頭落也山微笑便休去次到洞山洞山問近離甚處牙云德山來洞山云德山有何言句牙遂舉前話洞山云他道什麽牙云他無語洞山云莫道無語且試將德山落底頭呈似老僧看牙於此有省遂焚香遥望德山禮拜懺悔德山聞云洞山老漢不識好惡這漢死來多少時救得有什麽用處從他擔老僧頭遶天下走龍牙根性聰敏擔一肚皮禪行脚直向長安翠微便問如何是祖師西來意微云與我過禪板來牙取禪板與微微接得便打牙云打卽任打要且無祖師西來意又問臨濟如何是

祖師西來意濟云與我過蒲團來牙取蒲團與臨濟濟接得便打牙云打卽任打要且無祖師西來意他致箇問端不妨要見他曲彔木床上老漢亦要明自已一段大事可謂言不虛設機不亂發出在做工夫處不見五洩叅石頭先自約曰若一言相契卽住不然卽去石頭據座洩拂袖而出石頭知是法器卽垂開示洩不領其旨告辭而出至門石頭呼之云闍黎洩回顧石頭云從生至死只是這箇回頭轉腦更莫別求洩於言下大悟又麻谷持錫到章敬遶禪床三匝振錫一下卓然而立敬云是是又到南泉依前遶床振錫而立南泉云不是不是此是風力所轉終成敗壞谷云章敬道是和尚爲什麽道不是南泉云章敬卽是是汝不是古人也不妨要提持透脫此一件事如今人纔問着全無些子用工夫處今日也只是恁麽明日也只是恁麽你若只恁麽盡未來際也未有了日須是抖擻精神始得有少分相應你看龍牙發一問道如何是祖師西來意翠微云與我過禪板來牙過與微微接得便打牙當時取禪板時豈不知翠微要打他也不得便道他不會爲什麽却過禪板與他且道當機承當得時合作麽生他不向活水處用自去死水裏作活計一向作主宰便道打卽任打要且無祖師西來意又走去河北叅臨濟依前恁麽問濟云與我過蒲團來牙過與濟濟接得便打牙云打卽任打要且無祖師西來意且道二尊宿又不同法嗣爲什麽答處相似用處一般須知古人一言一句不亂施爲他後來住院

有僧問云和尚當時見二尊宿是肯他不肯他牙云肯則肯要且無祖師西來意爛泥裏有刺放過與人已落第二這老漢把得定只做得洞下尊宿若是德山臨濟門下須知別有生涯若是山僧則不然只向他道肯卽未肯要且無祖師西來意不見僧問大梅如何是祖師西來意梅云西來無意鹽官聞云一箇棺材兩箇死漢玄沙聞云鹽官是作家雪竇道三箇也有只如這僧問祖師西來意却向他道西來無意你若恁麽會墮在無事界裏所以道須參活句莫參死句活句下薦得永刼不忘死句下薦得自救不了龍牙恁麽道不妨盡善古人道相續也大難他古人一言一句不亂施爲前後相照有權有實有照有用賓主歷然互換縱橫若要辨其親切龍牙雖不昧宗乘爭奈落在第二頭當時二尊宿索禪板蒲團牙不可不知他意是他要用他胸襟裏事雖然如是不妨用得太峻龍牙恁麽問二老恁麽答爲什麽却無祖師西來意到這裏須知別有箇奇特處雪竇拈出令人看

龍牙山裏龍無眼瞎謾別人卽得泥裏洗土塊天下人總知死水何曾振古風忽然活時無奈何累及天下人出頭不得禪板蒲團不能用教阿誰說你要禪板蒲團作什麽莫是分付闍黎麽只應分付與盧公也則分付不着漆桶莫作這般見解

雪竇據欵結案他雖恁麽頌且道意在什麽處甚處是無眼甚處是死水裏到這裏須是有變通始得所以道澄潭不許蒼龍蟠死水何曾有獰龍不見道死水不藏龍若是活底龍須向洪波浩渺白浪滔天處去此言龍牙

走入死水中去被人打他却道打卽任打要且無祖師西來意招得雪竇道死水何曾振古風雖然如此且道雪竇是扶持伊是减他威光人多錯會道爲什麽只應分付與盧公殊不知却是龍牙分付與人大凡參請須是向機上辨別方見他古人相見處禪板蒲團不能用翠微云與我過禪板來牙過與他豈不是死水裏作活計分明是駕與青龍只是他不解騎是不能用也只應分付與盧公往往喚作六祖非也不曾分付與人若道分付與人要用打人却成箇什麽去昔雪竇自呼爲盧公他題晦迹自貽云圖畫當年愛洞庭波心七十二峯青而今高卧思前事添得盧公倚石屏雪竇要去龍牙頭上行又恐人錯會所以別頌要翦人疑解雪竇復拈云

這老漢也未得勦絕復成一頌（灼然能有幾人知自知較一半賴有末後句）盧公付了亦何憑（盡大地討恁麽人也難得敎誰領話）坐倚休將繼祖燈（草裏漢打入黑山下坐落在鬼窟裏去也）堪對暮雲歸未合（一箇半箇舉著卽錯果然出不得）遠山無限碧層層（塞却你眼塞却你耳没溺深坑更叅三十年）

盧公付了亦何憑有何憑據直須向這裏恁麽會去更莫守株待兎髑髏前一時打破無一點事在胸中放敎洒洒落落地又何必要憑或坐或倚不消作佛法道理所以道坐倚休將繼祖燈雪竇一時拈了也他有箇轉身處末後自露箇消息有些子好處道堪對暮雲歸未合且道雪竇意在什麽處暮雲歸欲合未合之時你道作麽生遠山無限碧層層依舊打入鬼窟裏去到這裏得失是非一時坐斷洒洒落落始較些子遠山無限碧層層

且道是文殊境界耶是普賢境界耶是觀音境界耶到此且道是什麽人分上事

佛果圜悟禪師碧岩集卷第二

音釋

褰苦堅切音牽揭衣也　鍮他侯切音偷鍮石銅似金　倪研奚切音霓端倪也

鱍北末切音鉢魚掉尾貌　擾爾紹切饒上聲煩也亂也　鼈必列切邊入聲甲蟲也　儻他曩切湯上聲倜儻卓異也又或然之辭　擐胡貫切音患擐甲執兵又貫也

佛果圜悟禪師碧岩集卷第三

秣陵遠庵吳自弘校

天界比丘性　湛閱

垂示云建法幢立宗旨錦上鋪花脫籠頭卸角馱太平時節或若辨得格外句舉一明三其或未然依舊伏聽處分

舉僧問智門蓮花未出水時如何鉤在不疑之地泥裏洗土塊那裏得這消息來智門云蓮花一二三四五六七疑殺天下人僧云出水後如何莫向鬼窟裏作活計又恁麼去也門云荷葉幽州猶自可最苦是江南兩頭三面笑殺天下人

智門若是應機接物猶較些子若是截斷衆流千里萬里且道這蓮花出水與未出水是一是二若恁麼見得許你有箇入處雖然如是若道是一顢頇佛性儱侗眞如若道是二心境未忘落在解路上走有什麼歇期且道古人意作麼生其實無許多事所以投子道你但莫着名言數句若了諸事自然不着即無許多位次不同你一切法一切法攝不得本無得失夢幻如許多名目不可强與佗安立名字誑謼你諸人得麼你諸人問故所以有言你若不問教我向你道什麼即得一切事皆是你將得來都不干我事古人道欲識佛性義當觀時節因緣不見雲門舉僧問靈雲云佛未出世時如何雲豎起拂子僧云出世後如何雲亦竪起拂子雲門云前頭打着後頭打不着又云不說出與不出何處有伊問時節也古人一問一答應時應節無許多事你若尋言逐句了無交涉你若能言中透得言意中透得意機中透得機放令閑閑地方見智門答話處問佛未出世時如何牛頭

未見四祖時如何斑石内混沌未分時如何父母未生時如何雲門道從古至今只是一段事無是無非無得無失無生與未生古人到這裏放一綫道有出有入若是未了底人扶籬摸壁依草附木或教他放下又打入莽莽蕩蕩荒然處去若是得底人二六時中不依倚一物雖不依倚一物若露一機一境作麼生摸索他這僧問道蓮花未出水時如何智門云蓮花便只攔門一答不妨奇特諸方皆謂之顛倒語那裏如此不見嵒頭道常貴未開口已前猶較些子古人露機處已是漏逗了也如今學者不省古人意只管去理論出水與未出水有什麼交涉不見僧問智門如何是般若體門云蚌含明月僧云如何是般若用門云兎子懐胎看他如此對答天下人討他語脉不得或有人問夾山道蓮花未出水時如何只對他道露柱燈籠且道與蓮花是同是别出水後如何對他道杖頭挑日月脚下太泥深你且道是不是且莫錯認定盤星雪竇忒煞慈悲打破人情解所以頌出

蓮花荷葉報君知（老婆心切見成公案文彩已彰也）出水何如未出時（泥裏洗土塊分開好不可儱侗去也）江北江南問王老（主人公在什麼處問王老師作什麼你自踏破草鞋）一狐疑了一狐疑（一坑埋却自是你疑不免疑情未息打云會麼）

智門本是浙人得得入川參香林既徹却回住隋州智門雪竇是他的子見得好窮玄極妙直道蓮花荷葉報君知出水何如未出時這裏要人直下便會山僧道未出水時如何露柱燈籠出水後如何杖頭挑日月脚下太泥深你且莫錯認定盤星如今人咬人言句

者有甚麼限你且道出水時是什麼時節未出水時是什麼時節若向這裏見得許你親見智門雪竇道你若不見江北江南問王老雪竇意道你只管去江北江南問尊宿出水與未出水江南添得兩句江北添得兩句一重添一重展轉生疑且道何時得不疑去如野狐多疑冰凌上行以聽水聲若不鳴方可過河參學人若一狐疑了一狐疑幾時得平穩去

垂示云大方無外細若隣虛擒縱非他卷舒在我必欲解粘去縛直須削迹吞聲人人坐斷要津箇箇壁立千仞且道是什麼人境界試舉看

舉雪峰示衆云南山有一條鼈鼻蛇（見怪不怪其怪自壞大小大怪事不妨令人疑着）汝等諸人切須好看（囙一場漏逗）長慶云今日堂中大有人喪身失命（普州人送賊以己妨人）僧舉似玄沙（同坑無異土奴見婢殷勤同病相憐）玄沙云須是稜兄始得雖然如此我即不恁麼（不免作野狐精見解是什麼消息毒氣傷人）僧云和尚作麼生（也好摟着這老漢）玄沙云用南山作什麼（釣魚船上謝三郎只這野狐精猶較些子喪身失命也不知）雲門以拄杖攛向雪峰面前作怕勢（怕他作什麼一子親得一等是弄精魂諸人試辨看）

你若平展一任平展你若打破一任打破雪峰與巖頭欽山同行凡三到投子九上洞山後參德山方打破漆桶一日辛巖頭訪欽山至鼇山店上阻雪巖頭每日只是打睡雪峰一向坐禪巖頭喝云噇眠去每日牀上恰似七村裏土地相似佗時後日魔魅人家男女去在峰自點胷云某甲這裏未穩在不敢自

瞞頭云我將謂你已後向孤峰頂上盤結草庵播揚大教猶作這箇語話峰云某甲實未穩在頭云你若實如此據你見處一一道來是處我與你證明不是處與你剗却峰遂舉見鹽官上堂舉色空義得箇入處頭云此去三十年切忌舉着峰又舉見洞山過水頌得箇入處頭云若與麽自救不了後到德山問從上宗乘中事學人還有分也無山打一棒道什麽我當時如桶底脫相似頭遂喝云你不聞道從門入者不是家珍峰云他後如何即是頭云他日若欲播揚大教一一從自已胷襟流出將來與我蓋天蓋地去峰於言下大悟便禮拜起來連聲叫云今日始是鼇山成道今日始是鼇山成道後回閩中住象骨山自貽作頌云人生倏忽暫須臾浮世那能得久居出嶺纔登三十二入閩早是四旬餘他非不用頻頻舉已過應須旋旋除奉報滿朝朱紫貴閻王不怕佩金魚凡上堂示衆云一一蓋天蓋地更不說玄說妙亦不說心說性突然獨露如大火聚近之則燎却面門似太阿劍擬之則喪身失命若也佇思停機則沒交涉只如百丈問黃檗甚處去來檗云大雄山下採菌去來丈云還見大蟲麽檗便作虎聲丈便拈斧作斫勢檗遂打百丈一摑丈吟吟而笑便歸陞座謂衆云大雄山有一大蟲汝等諸人切須好看老僧今日親遭一口趙州凡見僧便問曾到此間麽云曾到或云不曾到州總云喫茶去院主云和尚尋常問僧曾到與不曾到總道喫茶去意旨如何州云院主主應諾州云喫茶去紫胡門下立一

牌牌上書云紫胡有一狗上取人頭中取人腰下取人脚擬議則喪身失命或新到纔相看師便喝云看狗僧纔回首師便歸方丈正如雪峰道南山有一條鼈鼻蛇汝等諸人切須好看正當恁麼時你作麼生祇對不躡前蹤試請道看到這裏也須是會格外句始得一切公案語言舉得將來便知落處看他恁麼示衆且不與你說行說解還將情識測度得麼是他家兒孫自然道得恰好所以古人道承言須會宗勿自立規矩言須有格外句須要透關若是語不離窠窟墮在毒海中也雪峰恁麼示衆可謂無味之談塞斷人口長慶玄沙皆是他家屋裏人方會他恁麼說話只如雪峰道南山有一條鼈鼻蛇諸人還知落處麼到這裏須是具通方眼始得不見眞淨有頌云打鼓弄琵琶相逢兩會家雲門能唱和長慶解隨邪古曲無音韻南山鼈鼻蛇何人知此意端的是玄沙只如長慶恁麼祇對且道意作麼生到這裏如擊石火似閃電光方可搆得若有纖毫去不盡便搆他底不得可惜許人多向長慶言下生情解道堂中纔有聞處便是喪身失命有者道元無一星事平白地上說這般話疑人人聞他道南山有一條鼈鼻蛇你便疑著若恁麼會且得沒交涉只去他言語上作活計既不恁麼會又作麼生會後來有僧舉似玄沙玄沙云須是稜兄始得雖然如是我即不恁麼僧云和尚又作麼生沙云用南山作什麼但看玄沙語中便有出身處便云用南山作什麼若不是玄沙也大難酬對只如他恁麼道南山有一

條鼈鼻蛇且道在什麼處到這裏須是向上人方會恁麼說話古人道釣魚船上謝三郎不愛南山鼈鼻蛇却到雲門以拄杖攛向雪峰面前作怕勢雲門有弄蛇手脚不犯鋒鋩明頭也打着暗頭也打着他尋常爲人如舞太阿劍相似有時飛向人眉毛眼睫上有時飛向三千里外取人頭雲門攛拄杖作怕勢且不是弄精魂他莫也是喪身失命麼作家宗師終不去一言一句上作活計雪竇只爲愛雲門契證得雪峰意所以頌出

象骨巖高人不到(千箇萬箇摸索不着非公境界)到者須是弄蛇手(是精識精是賊識賊成羣作隊作什麼也須是同火始得)稜師備師不奈何(一狀領過放過一着)喪身失命有多少(罪不重科帶累平人)韶陽知(猶較些子這老漢只具一隻眼老漢不免作伎倆)重撥草(落草漢有什麼用處果然在什麼處便打)南北東西無處討(有麼有麼闍黎眼瞎)忽然突出拄杖頭(看高着眼便打)抛對雪峰大張口(自作自受吞却千箇萬箇濟什麼事天下人摸索不着)大張口兮同閃電(兩重公案果然頼有末後句)剔起眉毛還不見(蹉過了也五湖四海覓恁麼人也難得如今在什麼處)如今藏在乳峰前(向什麼處去也大小雪竇也作這去就山僧今日也遭一口)來者一一看方便(瞎莫向脚跟下看看取上座脚跟下着一箭了也)師高聲唱云看脚下(賊過後張弓第二頭第三頭重言不當吃)

象骨巖高人不到到者須是弄蛇手雪峰山下有象骨巖雪峰機鋒高峻罕有人到他處雪竇是他屋裏人毛羽相似同聲相應同氣相求也須是通方作者共相證明只這鼈鼻蛇也不妨難弄須是解弄始得若不解弄反被蛇傷五祖先師道此鼈鼻蛇須是有不傷犯手脚底機於他七寸上一揑揑住便與老

僧把手共行長慶玄沙有這般手脚雪竇道稜師備師不柰何人多道長慶玄沙不柰何所以雪竇獨美雲門且得没交涉殊不知三人中機無得失只是有親疎且問諸人什麼處是稜師備師不柰何處喪身失命有多少此頌長慶道今日堂中大有人喪身失命到這裏須是有弄蛇手子細始得雪竇出他雲門所以一時撥却獨存雲門一箇道韶陽知重撥草菴爲雲門知他雪峰道南山有一條鼈鼻蛇落處所以重撥草雪竇頌到這裏更有妙處云南北東西無處討你道在什麼處忽然突出拄杖頭元來只在這裏你不可便向拄杖頭上作活計去也雲門以拄杖攛向雪峰面前作怕勢雲門便以拄杖作鼈鼻蛇用有時却云拄杖子化爲龍吞却乾坤了也山河大地甚處得來只是一條拄杖子有時作龍有時作蛇爲什麼如此到這裏方知古人道心隨萬境轉轉處實能幽頌道拋對雪峰大張口大張口兮同閃電雪竇有餘才拈出雲門毒蛇云只這大張口兮同於閃電相似你若擬議則喪身失命剔起眉毛還不見向什麼處去也雪竇頌了須去活處爲人將雪峰蛇自拈自弄不妨殺活臨時要見麼云如今藏在乳峰前乳峰乃雪竇山名也雪竇有頌云石牕四顧滄溟窄寥寥不許白雲白長慶玄沙雲門雖弄得了不見却云如今藏在乳峰前來者一一看方便雪竇猶涉廉纖在不言便用却高聲喝云看脚下從上來有多少人拈弄且道還曾傷着人不曾傷着人

師便打

垂示云玉將火試金將石試劍將毛試水將杖試至於衲僧門下一言一句一機一境一出一入一挨一拶要見深淺要見向背且道將什麼試請舉看

舉保福長慶遊山次這兩箇落草漢福以手指云只這裏便是妙峰頂平地上起骨堆切忌道着掘地深埋慶云是則是可惜許若不是鐵眼銅睛幾被惑了同病相憐兩箇一坑埋却雪竇着語云今日共這漢遊山圖箇什麼不妨減人斛兩猶較些子傍人按劍復云百千年後不道無只是少少賣弄也是雲居羅漢後舉似鏡清有好有惡清云若不是孫公便見髑髏遍野同道者方知大地茫茫愁殺人奴見婢慇懃設使臨濟德山出來也須喫棒

保福長慶鏡清總承嗣雪峰他三人同得同證同見同聞同拈同用一出一入遞相挨拶蓋爲他是同條生底人舉着便知落處在雪峰會裏居常問答只是他三人古人行住坐臥以此道爲念所以舉着便知落處一日遊山次保福以手指云只這裏便是妙峰頂如今禪和子恁麼問着便只口似匾擔賴值問着長慶你道保福恁麼道圖箇什麼古人如此要驗他有眼無眼是他家裏人自然知他落處便對他道是即是可惜許且道長慶恁麼道意旨如何不可一向恁麼去也似則似罕有等閑無一星事賴是長慶識破他雪竇着語云今日共這漢遊山圖箇什麼且道落在什麼處復云百千年後不道無只是少雪竇解點胷正似黃檗道不道無禪只是無師雪竇恁麼道也不妨險峻若不是同聲相應爭得如此孤危奇怪此謂之着語落在兩邊雖落在兩邊却不住兩邊後舉似鏡清清云

若不是孫公便見髑髏徧野孫公乃長慶俗姓也不見僧問趙州如何是妙峰孤頂州云老僧不答你這話僧云爲什麽不答這話州云我若答你恐落在平地上教中說妙峰孤頂德雲比丘從來不下山善財去參七日不逢一日却在别峰相見及乎見了却與他說一念三世一切諸佛智慧光明普見法門德雲既不下山因什麽却在别峰相見若道他下山教中道德雲比丘從來不曾下山常在妙峰孤頂到這裏德雲與善財的的在那裏自後李長者打葛藤打得好道妙峰孤頂是一味平等法門一一皆眞一一皆全向無得無失無是無非處獨露所以善財不見到稱性處如眼不自見耳不自聞指不自觸如刀不自割火不自燒水不自洗到這裏教中大有老婆相爲處所以放一線道於第二義門立賓立主立機境立問答所以道諸佛不出世亦無有涅槃方便度衆生故現如斯事且道畢竟作麽生免得鏡淸雪竇恁麽道去當時不能拍掐相應所以盡大地人髑髏徧野鏡淸恁麽證將來那兩箇恁麽用將來雪竇後面頌出更顯煥頌云

妙峰孤頂草離離（和身沒却腳下已深數丈也）拈得分明付與誰（用作什麽大地沒人知乾屎橛堪作何用拈得鼻孔失却口）不是孫公辨端的（了也不知錯看箭着賊）髑髏着地幾人知（更不再活如麻似粟闍黎拈得鼻孔失却口）

妙峰孤頂草離離草裏輥有什麽了期拈得分明付與誰什麽處是分明處頌保福道只這裏便是妙峰頂不是孫公辨端的孫公見什麽道理便云是則是可惜許只如髑髏着

地幾人知汝等諸人還知麼瞎

垂示云高高峰頂立魔外莫能知深深海底行佛眼覷不見直饒眼似流星機如掣電未免靈龜曳尾到這裏合作麼生試舉看

舉劉鐵磨到溈山(不妨難湊泊這老婆不守本分)山云老牸牛汝來也(點探竿影草向什麼處見諸訛)磨云來日臺山大會齋和尚還去麼(箭不虛發大唐打鼓新羅舞放去太速收來太遲)溈山放身臥(中也你向什麼處見溈山誰知遠煙浪別有好思量)磨便出去(過也見機而作)

劉鐵磨(尼)也如擊石火似閃電光擬議則喪身失命禪道若到緊要處那裏有許多事他作家相見如隔墻見角便知是牛隔山見煙便知是火拶着便動捺着便轉溈山道老僧百年後向山下檀越家作一頭水牯牛左脇下書五字云溈山僧某甲且正當恁麼時喚作溈山僧即是喚作水牯牛即是如今人問着管取分疎不下劉鐵磨久叅機鋒峭峻人號爲劉鐵磨去溈山十里卓庵一日去訪溈山山見來便云老牸牛汝來也磨云來日臺山大會齋和尚還去麼溈山放身便臥磨便出去你看他一如說話相似且不是禪又不是道喚作無事會得麼溈山去臺山自隔數千里劉鐵磨因什麼却令溈山去齋且道意旨如何這老婆會他溈山說話緜來線去一放一收互相酬唱如兩鏡相照無影像可觀機機相副句句相投如今人三搭不迴頭這老婆一點也瞞他不得這箇却不是世諦情見如明鏡當臺明珠在掌胡來胡現漢來漢現是他知有向上事所以如此如今只管做無事會四祖演和尚道莫將有事爲無事往往

事從無事生你若叅得透去見他恁麽如尋常人説話一般多被言語隔碍所以不會唯是知音方會他底只如乾峰示衆云舉一不得舉二放過一着落在第二雲門出衆云昨日有一僧從天台來却往南岳去乾峰云典座今日不得普請看他兩人放則雙放收則雙收溈仰下謂之境致風塵草動悉究端倪亦謂之隔身句意通而語隔到這裏須是左撥右轉方是作家

曾騎鐵馬入重城（慣戰作家塞外將軍七事隨身）勑下傳聞六國清（狗銜赦書寰中天子爭奈海晏河清）猶握金鞭問歸客（是什麽消息一條拄杖兩人扶相招同往又同來）夜深誰共御街行（君向瀟湘我向秦且道行作什麽）

雪竇頌諸方以爲極則一百頌中這一頌最具理路就中極妙貼體分明頌出曾騎鐵馬入重城頌劉鐵磨恁麽來勑下傳聞六國清頌溈山恁麽問猶握金鞭問歸客頌磨云來日臺山大會齋和尚還去麽夜深誰共御街行頌溈山放身便卧磨便出去雪竇有這般才調急切處向急切處頌緩緩處向緩緩處頌風穴亦曾拈同雪竇意此頌諸方皆美之高高峰頂立魔外莫能知深深海底行佛眼覷不見看他一箇放身卧一箇便出去若更周遮一時求路不見雪竇頌意最好是曾騎鐵馬入重城若不是同得同證焉能恁麽且道得箇什麽意不見僧問風穴溈山道老牸牛汝來也意旨如何穴云白雲深處金龍躍僧云只如劉鐵磨道來日臺山大會齋和尚還去麽意旨如何穴云碧波心裏玉兎驚僧云溈山便作卧勢意旨如何穴云老倒疎慵

無事日閑眠高臥對青山此意亦與雪竇同
也
垂示云機不離位墮在毒海語不驚羣陷於
流俗忽若擊石火裏別緇素閃電光中辨殺
活可以坐斷十方壁立千仞還知有恁麼時
節麼試舉看
舉蓮花峰庵主拈拄杖示衆云看頂門上具一隻眼
也是時人窠窟古人到這裏爲什麼不肯住不可向虛
空裏釘橛權立化城衆無語千箇萬箇如麻似粟却較些子可惜許一棚俊
鶻自代云爲他途路不得力若向途中辨猶爭半月程
設使得力堪作什麼豈可全無一箇復云畢竟如何千人萬人只向
箇裏坐却千人萬人中一箇兩箇會又自代云楖標橫擔不
顧人直入千峰萬峰去也好與三十棒只爲他擔板腦後見
腮莫與往來
諸人還裁辨得蓮花峰庵主麽脚跟也未點

地在國初時在廬山蓮花峰卓庵古人既得
道之後茅茨石室中折脚鐺兒內煮野菜根
喫過日且不求名利放曠隨緣垂一轉語且
要報佛祖恩傳佛心印纔見僧來便拈拄杖
云古人到這裏爲什麼不肯住前後二十餘
年終無一人答得只這一問也有權有實有
照有用若也知他圈繢不消一捏你且道因
什麼二十年如此問既是宗師所爲何故只
守一橛若向箇裏見得自然不向情塵上走
凡二十年中有多少人與他平展下語呈見
解做盡伎倆設有箇道得也不到他極則處
况此事雖不在言句中非言句即不能辨不
見道道本無言因言顯道所以驗人端的處
下口便知音古人垂一言半句亦無他只要
見你知有不知有他見人不會所以自代云

爲他途路不得力看他道得自然契理契機幾曾失却宗旨古人云承言須會宗勿自立規矩如今只管撞將去便了得則得爭奈顢頇儱侗若到作家漢將三要語印空印泥印水驗他便見方木逗圓孔無下落處到這裏討一箇同得同證臨時向什麽處求若是知有底人開懷通箇消息有何不可若不遇人且卷而懷之且問你諸人拄杖子是衲僧尋常用底因什麽却道途路不得力古人到此不肯住其實金屑雖貴落眼成翳石室善道和尚當時遭沙汰常以拄杖示衆云過去諸佛也恁麽未來諸佛也恁麽現前諸佛也恁麽雪峰一日僧堂前拈拄杖示衆云這箇只爲中下根人時有僧出問云忽遇上上人來時如何峰拈拄杖便去雲門云我即不似雪峰打破狼籍僧問未審和尚如何雲門便打大凡參問也無許多事爲你外見有山河大地内見有見聞覺知上見有諸佛可求下見有衆生可度直須一時吐却然後十二時中行住坐卧打成一片雖在一毛頭上寬若大千沙界雖居鑊湯爐炭中如在安樂國土雖居七珍八寶中如在茅茨蓬蒿下這般事若是通方作者到古人實處自然不費力他見無人搆得他底復自徵云畢竟如何又奈何不得自云楖標横擔不顧人直入千峰萬峰去這箇意又作麽生且道指什麽處爲地頭不妨句中有眼言外有意自起自倒自放自收豈不見嚴陽尊者路逢一僧拈起拄杖云是什麽僧云不識嚴云一條拄杖也不識嚴復以拄杖地上劄一下云還識麽僧云不識

嚴云土窟子也不識嚴復以拄杖擔云會麽僧云不會嚴云楖栗横擔不顧人直入千峰萬峰去古人到這裏爲什麽不肯住雪竇有頌云誰當機舉不賺亦還希摧殘峭峻銷鑠玄微重關曾巨闢作者未同歸玉兎乍圓乍缺金烏似飛不飛盧老不知何處去白雲流水共依依因什麽山僧道腦後見腮莫與往來纔作計較便是黑山鬼窟裏作活計若見得徹信得及千人萬人自然羅籠不住奈何不得動着拶着自然有殺有活雪竇會他意道直入千峰萬峰去方始成頌要知落處看取雪竇頌云

眼裏塵沙耳裏土（懞懂三百擔鶻鶻突突有什麽限更有恁麽漢）

千峰萬峰不肯住（你向什麽處去且道是什麽消息）

落花流水太茫茫（好箇消息閃電之機徒勞佇思左顧千生右顧萬劫）

剔起眉毛何處去（脚跟下更贈一對眼元來只在這裏還截得庵主脚跟麽雖然如是也須是到這田地始得打云爲什麽只在這裏）

雪竇頌得甚好有轉身處不守一隅便道眼裏塵沙耳裏土此一句頌蓮花峰庵主衲僧家到這裏上無攀仰下絶己躬於一切時中如癡似兀不見南泉道學道之人如癡鈍者也難得禪月詩云常憶南泉好言語如斯癡鈍者還希法燈云誰人知此意令我憶南泉南泉又道七百高僧盡是會佛法底人唯有盧行者不會佛法只會道所以得他衣鉢且道佛法與道相去多少雪竇拈云眼裏着沙不得耳裏着水不得或若有箇漢信得及把得住不受人瞞祖師言教是什麽熱碗鳴聲便請高掛鉢囊拗折拄杖管取一員無事道人又云眼裏着得須彌山耳裏着得大海水

有一般漢受人商量祖佛言教如龍得水似虎靠山却須挑起鉢囊橫擔拄杖亦是一員無事道人復云恁麽也得不恁麽也得然後没交涉三員無事道人中要選一人爲師正是這般生鐵鑄就底漢何故或遇惡境界或遇奇特境界到他面前悉皆如夢相似不知有六根亦不知有旦暮直饒到這般田地切忌守寒灰死火打入黑漫漫處去也須是有轉身一路始得不見古人道莫守寒巖異草青坐却白雲宗不妙所以蓮花峰庵主道爲他途路不得力直須是千峰萬峰去始得且道喚什麽作千峰萬峰雪竇只愛他道榔標橫擔不顧人直入千峰萬峰去所以頌出且道向什麽處去還有知得去處者麽落花流水太茫茫落花紛紛流水茫茫閃電之機眼前是什麽劈起眉毛何處去雪竇爲什麽也不知他去處只如山僧道適來舉拂子且道即今在什麽處你諸人若見得與蓮花峰庵主同參其或未然三條椽下七尺单前試去參詳看

舉僧問百丈如何是奇特事（言中有嚮句裏呈機驚殺人有眼不曾見）丈云獨坐大雄峰（凜凜威風四百州坐者立者二俱敗訣）僧禮拜（伶俐衲僧也有恁麽人要見恁麽事）丈便打（作家宗師何故來言不豐令不虛行）

臨機具眼不顧危亡所以道不入虎穴爭得虎子百丈尋常如虎插翅相似這僧也不避死生敢捋虎鬚便問如何是奇特事這僧也具眼百丈便與他擔荷云獨坐大雄峰其僧便禮拜衲僧家須是別未問已前意始得這僧禮拜與尋常不同也須是具眼始得莫教

平生心膽向人傾相識還如不相識只這僧問如何是奇特事百丈云獨坐大雄峰僧禮拜丈便打看他放去則一時俱是收來則掃蹤滅跡且道他便禮拜意旨如何若道是好因甚百丈便打他作什麽若道是不好他禮拜有什麽不得處到這裏須是識休咎別緇素立向千峰頂上始得這僧便禮拜似捋虎鬚相似只爭轉身處賴值百丈頂門有眼肘後有符照破四天下深辨來風所以便打若是別人無奈他何這僧以機投機以意遣意他所以禮拜如南泉云文殊普賢昨夜三更起佛見法見各與二十棒貶向二鐵圍山去也時趙州出衆云和尚棒敎誰喫泉云王老師有什麽過州禮拜宗師家等閑不見他受用處纔到當機拈弄處自然活鱍鱍地五祖先師常說如馬前相撲相似你但常教見聞聲色一時坐斷把得定作得主始見他百丈且道放過時作麽生看取雪竇頌出云

祖域交馳天馬駒（五百年一間生千人萬人中有一箇半箇子承父業）

化門舒卷不同途（已在言前渠儂得自由還他作家手段）

電光石火存機變（劈面來也左轉右轉還見百丈爲人處也無）

堪笑人來捋虎鬚（好與三十棒重賞之下必有勇夫不免喪身失命放過闍黎一著）

雪竇見得透方乃頌出天馬駒日行千里橫行豎走奔驟如飛方名天馬駒雪竇頌百丈於祖域之中東走向西西走向東一來一往七縱八橫殊無少礙如天馬駒相似善能交馳方見自由處這箇自是得他馬祖大機大用不見僧問馬祖如何是佛法大意祖便打云我若不打你天下人笑我去在又問如何

是祖師西來意祖云近前來向你道僧近前祖劈耳便掌云六耳不同謀看他恁麽得大自在於建化門中或卷或舒有時舒不在卷處有時卷不在舒處有時卷舒俱不在所以道同塗不同轍此頌百丈有這般手脚雪竇道電光石火存機變頌這僧如擊石火似閃電光只在些子機變處巖頭道却物爲上逐物爲下若論戰也箇箇立在轉處雪竇道機輪曾未轉轉必兩頭走若轉不得有什麽用處大丈夫漢也須是識些子機變始得如今人只管供他款被他穿却鼻孔有什麽了期這僧於電光石火中能存機變便禮拜雪竇道堪笑人來捋虎鬚百丈似一箇大蟲相似堪笑這僧去捋虎鬚

垂示云問一答十舉一明三見兎放鷹因風吹火不惜眉毛則且置只如入虎穴時如何試舉看

舉僧問雲門樹凋葉落時如何（是什麽時節家破人亡人亡家破）雲門云體露金風（撑天拄地斬釘截鐵淨躶躶赤洒洒平步青霄）

若向箇裏薦得始見雲門爲人處其或未然依舊只是指鹿爲馬眼瞎耳聾誰人到這境界且道雲門爲復是答他話爲復是與他酬唱若道答他話錯認定盤星若道與他唱和且得没交涉既不恁麽畢竟作麽生你若見得透衲僧鼻孔不消一捏其或未然依舊打入鬼窟裏去大凡扶豎宗乘也須是全身擔荷不惜眉毛向虎口横身任他横拖倒拽若不如此爭能爲得人這僧致箇問端也不妨嶮峻若以尋常事看他只似箇管閑事底僧

若據衲僧門下去命脈裏覷時不妨有妙處且道樹凋葉落是什麼人境界十八問中此謂之辨主問亦謂之借事問雲門不移易一絲毫只向他道體露金風答得甚妙亦不敢辜負他問頭葢爲他問處有眼答處亦端的古人道欲得親切莫將問來問若是知音底舉着便知落處你若向雲門語脈裏討便錯了也只是雲門句中多愛惹人情解若作情解會未免喪我兒孫雲門愛恁麼騎賊馬趂賊不見僧問如何是非思量處門云識情難測這僧問樹凋葉落時如何門云體露金風句中不妨把斷要津不通凡聖須會他舉一明三舉三明一你若去他三句中求則腦後拔箭他一句中須具三句函葢乾坤句隨波逐浪句截斷衆流句自然恰好雲門三句中且道用那句接人試辨看頌曰

既問有宗深辨來風箭不虛發答亦攸仝豈有兩般如鐘待扣功不浪施三句可辨上中下如今是第幾句須是向三句外薦取始得一鏃遼空中過也㘞着磕着箭過新羅大野兮涼飇颯颯普天匝地還覺骨毛卓竪麼放行去也長天兮疎雨濛濛風浩浩水漫漫頭上漫漫脚下漫漫君不見少林久坐未歸客更有不唧𠺕漢帶累殺人黃河頭上瀉將過來靜依熊耳一叢叢開眼也着合眼也着鬼窟裏作活計眼瞎耳聾誰到這境界不免打折你版齒

古人道承言須會宗勿自立規矩古人言不虛設所以道大凡問箇事也須識些子好惡若不識尊卑去就不識淨觸信口亂道有什麼利濟凡出言吐氣須是如鉗如鋏有鉤有鏁須是相續不斷始得這僧問處有宗旨雲門答處亦然雲門尋常以三句接人此是極則也雪竇頌這公案與頌大龍公案相類三

句可辨一句中具三句若辨得則透出三句外一鏃遼空鏃乃箭鏃也射得太遠須是急着眼看始得若也見得分明可以一句之下開展大千沙界到此頌了雪竇有餘才所以展開頌出道大野兮涼飆颯颯長天兮疎雨濛濛且道是心是境是玄是玅古人道法法不隱藏古今常顯露他問樹凋葉落時如何雲門道體露金風雪竇意只作一境如今眼前風拂拂地不是東南風便是西北風直須便恁麼會始得你若更作禪道會便沒交涉君不見少林久坐未歸客達磨未歸西天時九年面壁靜悄悄地且道是樹凋葉落且道是體露金風若向這裏盡古今凡聖乾坤大地打成一片方見雲門雪竇的的為人處靜依熊耳一叢叢熊耳即西京嵩山少林也前山也千叢萬叢後山也千叢萬叢諸人向什麼處見還見雪竇爲人處麼也是靈龜曳尾

舉南泉參百丈涅槃和尚丈問從上諸聖還有不爲人說底法麼和尚合知壁立萬仞還覺齒落麼泉云有落草了也孟八郎作什麼便有恁麼事丈云作麼生是不爲人說底法看他作麼生看他手忙腳亂將錯就錯但試問看泉云不是心不是佛不是物果然納敗闕果然漏逗不少丈云說了也莫與他說破從他錯一平生不合與他恁麼道泉云某甲只恁麼和尚作麼生賴有轉身處與長即長與短即短理長則就丈云我又不是大善知識爭知有說不說看他手忙腳亂藏身露影去死十分爛泥裏有刺恁麼那賺我泉云某甲不會作可恁麼賴值不會即打你頭破賴值這漢只恁麼丈云我太煞爲你說了也雪上加霜龍頭蛇尾作什麼

到這裏也不消即心不即心不消非心不非

心直下從頂至足眉毛一莖也無猶較些子即心非心壽禪師謂之表詮遮詮此是涅槃和尚惟政禪師也昔時在百丈作西堂開田說大義者是時南泉已見馬祖了只是往諸方決擇百丈致此一問也大難酬云從上諸聖還有不爲人說底法麼若是山僧掩耳而出看這老漢一場懡㦬若是作家見他恁麼問便識破得他南泉只據他所見便道有也是孟八郎百丈便將錯就錯隨後道作麼生是不爲人說底法泉云不是心不是佛不是物這漢貪觀天上月失却掌中珠丈云說了也可惜許與他注破當時但劈脊便棒教他知痛痒雖然如是你且道什麼處是說處據南泉見處不是心不是佛不是物不曾說着且問你諸人因什麼却道說了也他語下又無蹤迹若道他不說百丈爲什麼却恁麼道南泉是變通底人便隨後一拶云某甲只恁麼和尚又作麼生若是別人未免分疎不下爭奈百丈是作家答處不妨奇特便道我又不是大善知識爭知有說不說南泉便道箇不會是渠果會來道不會莫是眞箇不會百丈云我太煞爲你說了也且道什麼處是說處若是弄泥團漢時兩箇淈淈[illegible][illegible]若是二俱作家時如明鏡當臺其實前頭二俱作家後頭二俱放過若是具眼漢分明驗取且道作麼生驗他看雪竇頌出云

祖佛從來不爲人各自守疆界有條攀條記得箇元字脚在心入地獄如箭

衲僧今古競頭走踏破草鞋拗折拄杖高掛鉢囊

明鏡當臺列像殊墮也破也打破鏡來與你相見

一一面南看北斗還見老僧騎佛殿出山門麼新羅國裏曾上堂大唐國裏未打鼓

斗柄垂落處也不知在什麼處無處討瞎可惜許棿子落地標子成七入片拈得鼻孔失却口那裏得這消息來果然恁麼便打釋迦老子出世四十九年未曾說一字始從光耀土終至跋提河於是二中間未曾說一字恁麼道且道是說是不說如今滿龍宮盈海藏且作麼生是不說豈不見修山主道諸佛不出世四十九年說達磨不西來少林有妙訣又道諸佛不曾出世亦無一法與人但能觀衆生心隨機應病與藥施方遂有三乘十二分教其實祖佛自古至今不曾爲人說只這不爲人正好參詳山僧常說若是添一句甜蜜蜜地好好觀來正是毒藥若是劈脊便棒驀口便摑推將出去方始親切爲人衲僧今古鏡頭走到處是也問不是也問問佛問祖問向上問向下雖然如此若未到這田地也少不得如明鏡當臺列像殊只消一句可辨明白古人道萬象及森羅一法之所印又道森羅及萬象總在箇中圓神秀大師云身是菩提樹心如明鏡臺時時勤拂拭勿使惹塵埃大滿云他只在門外雪竇恁麼道且道在門内在門外你等諸人各有一面古鏡森羅萬象長短方圓一一於中顯現你若去長短處會卒摸索不着所以雪竇道明鏡當臺列像殊却須是一一面南看北斗既是面南爲什麼却看北斗若恁麼會得方見百丈南泉相見處此兩句頌百丈挨撥處丈云我又不是大善知識爭知有說不說雪竇到此頌得落在死水裏恐人錯會却自提起云即今目前斗柄垂你更去什麼處討你纔拈得鼻孔失却口拈得口失却鼻孔了也

垂示云魚行水濁鳥飛毛落明辨主賓洞分
緇素直似當臺明鏡掌内明珠漢現胡來聲
彰色顯且道爲什麼如此試舉看
舉僧問大隋劫火洞然大千俱壞未審這
箇壞不壞這箇是什麼物這一句天下衲僧摸索不着預搔待痒隋
云壞無孔鐵鎚當面擲没却鼻孔未開口已前勘破了也僧云恁麼
則隨他去也没量大人語脉裏轉却果然錯認隋云隨他
去前箭猶輕後箭深只這箇多少人摸索不着水長船高泥多佛大若道隨他去在什麼處若道不隨他去又作麼生便打
大隋眞如和尚承嗣大安禪師乃東川鹽亭
麼人參見六十餘員善知識昔時在潙山會
僧云火頭一日潙山問云子在此數年亦不
多少箇問來看如何隋云令某甲問箇什麼
處若潙山云子便不會問如何是佛隋以手
切莫山口山云汝巳後覓箇掃地人也無後

歸川先於堋口山路次煎茶接待往來凡三
年後方出世開山住大隋有僧問劫火洞然
大千俱壞未審這箇壞不壞這僧只據教意
來問教中云成住壞空三災劫起壞至三禪
天這僧元來不知話頭落處且道這箇是什
麼人多作情解道這箇是衆生本性隋云壞
僧云恁麼則隨他去也隋云隨他去只這箇
多少人情解摸索不着若道隨他去在什麼
處若道不隨他去又作麼生不見道欲得親
切莫將問來問後有僧問修山主劫火洞然
大千俱壞未審這箇壞不壞山主云不壞僧
云爲什麼不壞主云爲同於大千壞也碍塞
殺人不壞也碍塞殺人其僧既不會大隋說
話是他也不妨以此事爲念却持此問直往
舒州投子山投子問近離甚處僧云西蜀大

隋投云大隋有何言句僧遂舉前話投子焚
香禮拜云西蜀有古佛出世汝且速回其僧
復回至大隋隋已遷化這僧一場懡㦬後有
唐僧景遵題大隋云了然無別法唯道印南
能一句隨他語千山走衲僧蛩寒鳴砌葉鬼
夜禮龕燈吟罷孤窻外徘徊恨不勝所以雪
竇後面引此兩句頌出如今也不得作壞會
也不得作不壞會畢竟作麽生會急着眼看
劫火光中立問端道什麽已是錯了也衲僧猶滯兩
重關坐斷此人如何救得百匝千重也有脚頭脚底可憐一句隨
他語天下衲僧作這般計較千句萬句也不消得有什麽難截斷他脚跟處
萬里區區獨往還業識茫茫蹉過也不知自是他踏破草鞋
雪竇當機頌出句裏有出身處劫火光中立
問端衲僧猶滯兩重關這僧問處先懷壞與
不壞是兩重關若是得底人道壞也有出身
處道不壞也有出身處可憐一句隨他語萬
里區區獨往還須這僧持此問投子又復回
大隋可謂萬里區區也

舉僧問趙州承聞和尚親見南泉是否千聞
不如一見拶眉分八字州云鎮州出大蘿蔔頭撑天拄地
斬釘截鐵箭過新羅腦後見腮莫與往來
這僧也是箇久參底問中不妨有眼爭奈趙
州是作家便答他道鎮州出大蘿蔔頭可謂
無味之談塞斷人口這老漢大似箇白拈賊
相似你纔開口便換却你眼睛若是特達英
靈底漢直下向擊石火裏閃電光中纔聞舉
着剔起便行苟或佇思停機不免喪身失命
江西澄散聖判謂之東問西答喚作不答話
不上他圈繢若恁麽會爭得遠錄公云此是
傍瞥語收在九帶中若恁麽會夢也未夢見

在更帶累趙州去有者道鎮州從來出大蘿蔔頭天下人皆知趙州從來參見南泉天下人皆知這僧却更問道承聞和尚親見南泉是否所以州向他道鎮州出大蘿蔔頭且得没交涉都不恁麼會畢竟作麼生會他家自有通霄路不見僧問九峰承聞和尚親見延壽來是否峰云山前麥熟也未正對得趙州答此僧話渾似兩箇無孔鐵鎚趙州老漢是箇無事底人你輕輕問着便換却你眼睛若是知有底人細嚼來嚥若是不知有底人一似渾崙呑箇棗

鎮州出大蘿蔔（天下人知切忌道着一回擧着一回新）天下衲僧取則（爭奈不恁麼誰用這閑言長語）只知自古自今（半開半合如麻似粟自古也不恁麼如今也不恁麼）爭辨鵠白烏黑（全機頴脱長者自長短者自短識得者貴也不消得辨）賊賊（咄更不是別自是擔枷過狀）衲僧鼻孔曾拈得（穿過了也裂轉）

鎮州出大蘿蔔你若取他爲極則早是錯了也古人把手上高山未免傍觀者哂人皆知道這箇是極則語却畢竟不知極則處所以雪竇道天下衲僧取則只知自古自今爭辨鵠白烏黑雖知今人也恁麼答古人也恁麼答何曾分得緇素來雪竇道也須是去他石火電光中辨其鵠白烏黑始得公案到此頌了也雪竇自出意向活鱍鱍處更向你道賊賊衲僧鼻孔曾拈得三世諸佛也是賊歷代祖師也是賊善能作賊換人眼睛不犯手脚獨許趙州且道什麼處是趙州善做賊處鎮州出大蘿蔔頭

佛果圜悟禪師碧巖集卷第三

音釋

蚌步項切音棒蛤屬 鼇牛刀切音敖海中大鼈 佩步昧切音背大帶也又玉佩 躡尼輒切音捻登也蹈也 脇虛業切險入聲身左右腋下也 鐺抽庚切音撐釜屬有耳足 翅丑智切癡去聲鳥翼也 捋盧活切鸞入聲撮取也 颷卑遙切音標暴風從下而上也

佛果圜悟禪師碧巖集卷第四

秣陵遠庵吳自弘校

天界比丘性　湛閲

垂示云動則影現覺則氷生其或不動不覺不免入野狐窟裏透得徹信得及無絲毫障翳如龍得水似虎靠山放行也瓦礫生光把定也眞金失色古人公案未免周遮且道評論什麼邊事試舉看

舉麻谷持錫到章敬遶禪牀三匝振錫一下卓然而立曹溪樣子一模脱出直得驚天動地敬云是是泥裏洗土塊賺殺一船人是什麼語話繫驢橛子雪竇著語云錯放過則不可猶較一著在麻谷又到南泉遶禪牀三匝振錫一下卓然而立依前泥裏洗土塊再運前來蝦跳不出斗泉云不是不是何不承當殺人不眨眼是什麼語話雪竇著語云錯放過不可麻谷當時云章敬道是和尚爲什麼道不是主人公在什麼處這漢元來取人舌頭漏逗了也泉云章敬即是是汝不是也好殺人須見血爲人須爲徹瞞却多少人來此是風力所轉終成敗壞果然被他籠罩爭奈自已何

古人行脚徧歷叢林直以此事爲念要辨他曲彔木牀上老和尚具眼不具眼古人一言相契即住一言不契即去看他麻谷到章敬遶禪牀三匝振錫一下卓然而立章敬云是是殺人刀活人劍須是本分作家雪竇云錯落在兩邊你若去兩邊會不見雪竇意佗卓然而立且道爲什麼事雪竇爲什麼却道錯什麼處是他錯處章敬道是什麼處是是處雪竇如坐讀判語麻谷檐箇是字便去見南泉依然遶禪牀三匝振錫一下卓然而立泉云不是不是殺人刀活人劍須是本分宗師

雪竇云錯章敬道是是南泉云不是不是爲復是同是別前頭道是爲什麽也錯後頭道不是爲什麽也錯若向章敬句下薦得自救也不了若向南泉句下薦得可與佛祖爲師雖然恁麽衲僧家須是自肯始得莫一向取人口辯他問既一般爲什麽一箇道是一箇道不是若是通方作者得大解脱底人必須別有生涯若是機境不忘底決定滯在這兩頭若要明辨古今坐斷天下人舌頭須是明取這兩錯始得及至後頭雪竇頌也只頌這兩錯雪竇要提活鱍鱍處所以如此若是皮下有血底漢自然不向言句中作解會不向繫驢橛上作道理有者道雪竇代麻谷下這兩錯有什麽交涉殊不知古人着語鎻斷要關這邊也是那邊也是畢竟不在這兩頭慶藏主道持錫遶禪牀如是不是俱錯其實亦不在此你不見永嘉到曹溪見六祖遶禪牀三匝振錫一下卓然而立祖云夫沙門者具三十威儀八萬細行大德從何方而來生大我慢爲甚麽六祖却道他生大我慢此箇也不説是也不説不是是與不是都是繫驢橛唯有雪竇下兩錯猶較些子麻谷云章敬道是和尚爲什麽道不是這老漢不惜眉毛漏逗不少南泉道章敬則是是汝不是南泉可謂見兎放鷹慶藏主云南泉忒煞郎當不是便休更與佗出過道此是風力所轉終成敗壞圓覺經云我今此身四大和合所謂髮毛爪齒皮肉筋骨髓腦垢色皆歸於地唾涕膿血皆歸於水暖氣歸火動轉歸風四大各離今者妄身當在何處佗麻谷持錫遶禪牀既

是風力所轉終成敗壞且道畢竟發明心宗底事在什麽處到這裏也須是生鐵鑄就底箇漢始得豈不見張拙秀才參西堂藏禪師問云山河大地是有是無三世諸佛是有是無藏云有張拙秀才云錯藏云先輩曾參見什麽人來拙云參見徑山和尚來某甲凡有所問話徑山皆言無藏云先輩有何眷屬拙云有一山妻兩箇癡頑又却問徑山有甚眷屬拙云徑山古佛和尚莫謗渠好藏云待先輩得似徑山時一切言無張拙俛首而已大凡作家宗師要與人解粘去縛抽釘拔楔不可只守一邊左撥右轉右撥左轉但看仰山到中邑處謝戒邑見來於禪牀上拍手云和尚仰山即東邊立又西邊立又於中心立然後謝戒了却退後立邑云什麽處得此三昧

來仰山云於曹溪印子上脫將來邑云汝道曹溪用此三昧接什麽人仰云接一宿覺仰山又復問中邑云和尚什麽處得此三昧來邑云我於馬祖處得此三昧來似恁麽說話豈不是舉一明三見本逐末底漢龍牙示衆道夫參學人須透過祖佛始得新豊和尚道見祖佛言教如生寃家始有參學分若透不得即被祖佛瞞去時有僧問祖佛還有瞞人之心也無牙云汝道江湖還有碍人之心也無又云江湖雖無碍人之心自是時人過不得所以江湖却成碍人去不得道江湖不碍人祖佛雖無瞞人之心自是時人透不得祖佛却成瞞人去也不得道祖佛不瞞人若透得祖佛過此人即過却祖佛也須是體得祖佛意方與從上古人同如未透得儻學佛學

祖則萬劫無有得期又問如何得不被祖佛瞞去牙云直須自悟去到這裏須是如此始得何故爲人須爲徹殺人須見血南泉雪竇是這般人方敢拈弄頌云

此錯彼錯（惜取眉毛據令而行天上天下唯我獨尊）切忌拈却（兩箇無孔鐵鎚直饒千手大悲也提不起或若拈去闍黎喫三十棒）四海浪平（天下人不敢動着東西南北一等家風近日多雨水）百川潮落（淨躶躶赤洒洒且得自家安穩直得海晏河清）古策風高十二門（何似這箇杖頭無眼切忌向拄杖頭上作活計）門門有路空蕭索（一物也無賺你平生覷着即瞎）非蕭索（果然賴有轉身處已瞎了也便打）作者好求無病藥（一死更不再活十二時中爲什麼瞌睡撈天摸地作什麼）

這一箇頌似德山見潙山公案相似先將公案着兩轉語穿作一串然後頌出此錯彼錯切忌拈却雪竇意云此處一錯彼處一錯切忌拈却拈却即乖須是如此着這兩錯直得四海浪平百川潮落可煞清風明月你若向這兩錯下會得更沒一星事山是山水是水長者自長短者自短五日一風十日一雨所以道四海浪平百川潮落後面頌麻谷持錫去古策風高十二門古人以鞭爲策衲僧家以拄杖爲策（祖庭事苑中古策擧錫杖經）西王母瑤池上有十二朱門古策即是拄杖頭上清風高於十二朱門天子及帝釋所居之處亦各有十二朱門若是會得這兩錯拄杖頭上生光古策也用不着古人道識得拄杖子一生參學事畢又道不是標形虛事持如來寶杖親蹤跡此之類也到這裏七顛八倒於一切時中得大自在門門有路空蕭索雖有路只是空蕭索雪竇到此自覺漏逗更與你打破然雖

如是也有非蕭索處任是作者無病時也須
是先討些藥喫始得
垂示云十方坐斷千眼頓開一句截流萬機
寢削還有同死同生底麼見成公案打疊不
下古人葛藤試請舉看
舉定上座問臨濟如何是佛法大意多少人到此茫然猶有這箇在許卽當作什麼濟下禪牀擒住與一掌今日捉敗老婆心切天下衲僧跳不出便托開定佇立已落鬼窟裏蹉過了也未免失却鼻孔傍僧云定上座何不禮拜冷地裏有人覷破全得他力東家人死西家人助哀定方禮拜將勤補拙忽然大悟如暗得燈如貧得寶將錯就錯且道定上座見箇什麼便禮拜
看他恁麼直出直入直往直來乃是臨濟正
宗有恁麼作用若透得去便可翻天作地自
得受用定上座是這般漢被臨濟一掌禮拜
起來便知落處他是向北人最朴直既得之
後更不出世後來全用臨濟機也不妨頴脫
一日路逢巖頭雪峰欽山三人巖頭乃問甚
處來定云臨濟頭云和尚萬福定云已順世
了也頭云某等三人特去禮拜福緣淺薄又
值歸寂未審和尚在日有何言句請上座舉
一兩則看定遂舉臨濟一日示衆云赤肉團
上有一無位眞人常從汝諸人面門出入未
證據者看看時有僧出問如何是無位眞人
濟便擒住云道道僧擬議濟便托開云無位
眞人是什麼乾屎橛便歸方丈巖頭不覺吐
舌欽山云何不道非無位眞人被定擒住云
無位眞人與非無位眞人相去多少速道速
道山無語直得面黃面青巖頭雪峰近前禮
拜云這新戒不識好惡觸忤上座望慈悲且
放過定云若不是這兩箇老漢搊殺這尿牀

鬼子又在鎮州齋回到橋上歇逢三人座主一人問如何是禪河深處須窮底定擒住擬抛向橋下時二座主連忙救云休休是伊觸忤上座且望慈悲定云若不是二座主從他窮到底去看他恁麽手段全是臨濟作用更看雪竇頌出云

斷際全機繼後蹤黄河從源頭濁了也子承父業持來何必在從容在什麽處爭奈有如此人無脚手人還得他也無巨靈擡手無多子嚇殺人少賣弄打一拂子更不再勘分破華山千萬重乾坤大地一時露出墮也

雪竇頌斷際全機繼後蹤持來何必在從容黄檗大機大用唯臨濟獨繼其蹤拈得將來不容擬議或若躊躇便落陰界楞嚴經云如我按指海印發光汝暫舉心塵勞先起巨靈擡手無多子分破華山千萬重巨靈神有大神力以手擘開太華放水流入黄河定上座疑情如山堆岳積被臨濟一掌直得瓦解冰消

垂示云東西不辨南北不分從朝至暮從暮至朝還道伊瞌睡麽有時眼似流星還道伊惺惺麽有時呼南作北且道是有心是無心是道人是常人若向箇裏透得始知落處方知古人恁麽不恁麽且道是什麽時節試舉看

舉陳操尚書看資福福見來便畫一圓相是精識精是賊識賊若不蘊籍爭識這漢還見金剛圈麽操云弟子恁麽來早是不着便何況更畫一圓相今日撞着個瞌睡漢這老賊福便掩却方丈門賊不打貧兒家已入宅圈續了也雪竇云陳操只具一隻眼雲竇頂門具眼且道他意在什麽處也好與一圓相灼然龍頭蛇尾當時好與一拶教伊進亦無門退亦

無路且道更與他什麼一拶

陳操尚書與裴休李翺同時凡見一僧來先請齋襯錢三百須是勘辨一日雲門到相看便問儒書中即不問三乘十二分教自有座主作麼生是衲僧家行脚事雲門云尚書曾問幾人來操云即今問上座門云即今且置作麼生是教意操云黃卷赤軸門云這箇是文字語言作麼生是教意操云口欲談而辭喪心欲緣而慮亡門云口欲談而辭喪爲對有言心欲緣而慮亡爲對妄想作麼生是教意操無語門云見說尚書看法華經是否操云是門云經中道一切治生產業皆與實相不相違背且道非非想天即今有幾人退位操又無語門云尚書且莫草草師僧家拋却三經五論來入叢林十年二十年尚自不柰何尚書又爭得會操禮拜云某甲罪過又一日與衆官登樓次望見數僧來一官人云來者總是禪僧操云不是官云焉知不是操云待近來與你勘過僧至樓前操驀召云上座僧舉頭書謂衆官云不信道唯有雲門一人他勘不得他參見睦州來一日去參資福資福見來便畫一圓相資福乃潙山仰山下尊宿尋常愛以境致接人見陳操尚書便畫一圓相爭柰操却是作家不受人瞞解自點檢云弟子恁麼來早是不着便那堪更畫一圓相福掩却門這般公案謂之言中辨的句裏藏機雪竇道陳操只具一隻眼雪竇可謂頂門具眼且道意在什麼處也好與一圓相若總恁麼地衲僧家如何爲人我且問你當時若是諸人作陳操時堪下得箇什麼語免得雪

實道他只具一隻眼所以雪竇踏翻須云團團珠遶玉珊珊三尺杖子攪黄河須是碧眼胡僧始得生鐵鑄就馬載驢駝上鐵船用許多作什麽有什麽限且與闍黎着分付海山無事客有人不安若是無事客也不消得須是無事始得釣鼇時下一圈攣恁麽來恁麽去一時出不得若是蝦蟆堪作什麽蝦蜆螺蚌怎生奈何須是釣鼇始得雪竇復云天下衲僧跳不出兼身在内一坑埋却闍黎還跳得出麽團團珠遶玉珊珊馬載驢駝上鐵船雪竇當頭頌出只頌箇圓相若會得去如虎戴角相似這箇些子須是桶底脫機關盡得失是非一時放却更不要作道理會也不得作玄妙會畢竟作麽生會這箇須是馬載驢駝上鐵船這裏看始得別處則不可分付須是將去分付海山無事底客你若肚裏有些子事即承當不得這裏須是有事無事違情順境若佛若祖奈何他不得底人方可承當若有禪可參有凡聖情量決定承當他底不得承當得了作麽生會他道釣鼇時下一圈攣釣鼇須是圈攣始得所以風穴云慣釣鯨鯢沉巨浸却嗟蛙步輾泥沙又云巨鼇莫戴三山去吾欲蓬萊頂上行雪竇復云天下衲僧跳不出若是巨鼇終不作衲僧見解若是衲僧終不作巨鼇見解

舉仰山問僧近離甚處天下人一般也要問過因風吹火不可不作常程僧云廬山實頭人難得山云曾遊五老峯麽因行不妨掉臂何曾蹉過僧云不曾到移一步面赤不如語直也似忘前失後山云闍黎不曾遊山太多事生惜取眉毛好這老漢着甚死急雲門云此語皆爲慈悲之故有落草之談殺人刀活人劍兩箇三箇要知山上路須是去來人不驗人端的處下口便知音古人道沒量大人

向語脉裏轉却若是頂門具眼舉着便知落處看他一問一答歷歷分明雲門爲什麽却道此語皆爲慈悲之故有落草之談古人到這裏如明鏡當臺明珠在掌胡來胡現漢來漢現一箇蠅子也過他鑑不得且道作麽生是慈悲之故有落草之談也不妨險峻到這田地也須是箇漢始可提掇雲門拈云這僧親從廬山來因什麽却道闍黎不曾遊山潙山一日問仰山云諸方若有僧來汝將什麽驗他仰山云某甲有驗處潙山云子試舉看仰云某甲尋常見僧來只舉拂子向伊道諸方還有這箇麽待伊有語只向伊道這箇即且置那箇如何潙山云此是向上人牙爪豈不見馬祖問百丈什麽處來丈云山下來祖云路上還逢着一人麽丈云不曾祖云爲什麽不曾逢着丈云若逢着即舉似和尚祖云那裏得這消息來丈云某甲罪過祖云却是老僧罪過仰山問僧正相類此當時待他道曾到五老峰麽這僧若是箇漢但云禍事却道不曾到這僧既不作家仰山何不據令而行免見後面許多葛藤却云闍黎不曾遊山所以雲門道此語皆爲慈悲之故有落草之談若是出草之談則不恁麽

出草入草 頭上漫漫脚下漫漫半開半合他也恁麽我也恁麽 誰解尋討 頂門具一隻眼闍黎不解尋討 白雲重重 千重百匝頭上安頭 紅日杲杲 破也瞎舉眼即錯 左顧無暇 瞎漢依前無事你作許多伎倆作什麽 右盼已老 一念萬年過 君不見寒山子 癩兒牽伴 行太早 也不早 十年歸不得 即今在什麽處 灼然 忘却來時道 渠儂得自由放過一着便打莫做這忘前失後好

出草入草誰解尋討雪竇却知他落處到這

裏一手擡一手搦白雲重重紅日杲杲大似草茸茸煙羃羃到這裏無一絲毫屬凡無一絲毫屬聖徧界不曾藏一一葢覆不得所謂無心境界寒不聞寒熱不聞熱都盧是箇大解脫門左顧無暇右盼已老懶瓚和尚隱居衡山石室中唐德宗聞其名遣使召之使者至其室宣言天子有詔尊者當起謝恩瓚方撥牛糞火尋煨芋而食寒涕垂頤未嘗荅使者笑曰且勸尊者拭涕瓚曰我豈有工夫爲俗人拭涕耶竟不起使回奏德宗甚欽嘆之似這般清寥寥白的的不受人處分直是把得定如生鐵鑄就相似只如善道和尚遭沙汰後更不復作僧人呼爲石室行者每踏碓忘移步僧問臨濟石室行者忘移步意旨如何濟云没溺深坑法眼圓成實性頌云理極忘情謂如何有喻齊到頭霜夜月任運落前溪果熟兼猿重山長似路迷舉頭殘照在元是住居西雪竇道君不見寒山子行太早十年歸不得忘却來時道寒山子詩云欲得安身處寒山可長保微風吹幽松近聽聲愈好下有斑白人嘮嘮讀黃老十年歸不得忘却來時道永嘉又道心是根法是塵兩種猶如鏡上痕痕垢盡時光始現心法雙忘性即眞到這裏如癡似兀方見此公案若不到這田地只在語言中走有甚了日

垂示云定龍蛇分玉石別緇素決猶豫若不是頂門上有眼肘臂下有符往往當頭蹉過只如今見聞不昧聲色純眞且道是皁是白是曲是直到這裏作麼生辨

舉文殊問無着近離什麼處不可不借問也有這箇消

息

無着云南方草窠裏出頭何必擔向眉毛上大方無外為什麽却有南方殊云南方佛法如何住持若問別人則禍生猶掛唇齒在着云末法比丘少奉戒律實頭人難得殊云多少衆當時便與一喝一拶拶倒了也着云或三百或五百盡是野狐精果然漏逗無着問文殊此間如何住持拶着便回轉鎗頭來也殊云凡聖同居龍蛇混雜敗缺不少置得腳忙手亂着云多少衆還我話頭來也不得放過殊云前三三後三三顛言倒語且道是多少千手大悲數不足

無着遊五臺至中路荒僻處文殊化一寺接他宿遂問近離甚處着云南方殊云南方佛法如何住持着云末法比丘少奉戒律殊云多少衆着云或三百或五百無着却問文殊此間如何住持殊云凡聖同居龍蛇混雜着云多少衆殊云前三三後三三却喫茶文殊舉起玻璃盞子云南方還有這箇麽着云無殊云尋常將什麽喫茶着無語遂辭去文殊令均提童子送出門首無着問童子云適來道前三三後三三是多少童子云大德着應喏子云是多少又問此是何寺童子指金剛後面着回首化寺童子悉隱不見只是空谷彼處後來謂之金剛窟後有僧問風穴如何是清涼山主穴云一句不遑無着問迄今猶作野盤僧若要參透平平實實腳踏實地向無着言下薦得自然居鑊湯爐炭中亦不聞熱居寒冰上亦不聞冷若要參透使孤危峭峻如金剛王寶劍向文殊言下薦取自然水洒不着風吹不入不見漳州地藏問僧近離甚處僧云南方藏云彼中佛法如何僧云商量浩浩地藏云爭似我這裏種田博飯喫且道與文殊答處是同是別有底道無着答

處不是文殊答處也有龍有蛇有凡有聖有什麽交涉還辨明得前三三後三三麽前箭猶輕後箭深且道是多少若向這裏透得千句萬句只是一句若向此一句下截得斷把得住相次問到這境界

千峰盤屈色如藍（還見文殊麽）誰謂文殊是對談（設使普賢也不顧蹉過了也）堪笑清涼多少衆（且道笑什麽已在言前）前三三與後三三（試請脚下辨看爛泥裏有刺碗子落地楪子成七片）

千峰盤屈色如藍誰謂文殊是對談有者道雪竇只是重拈一偏不曾頌着只如僧問法眼如何是曹源一滴水眼云是曹源一滴水又僧問瑯瑯覺和尚清淨本然云何忽生山河大地覺云清淨本然云何忽生山河大地不可也喚作重拈一偏明招獨眼龍亦頌其意有葢天葢地之機道廓周沙界勝伽藍滿目文殊是對談言下不知開佛眼回頭只見翠山巖廓周沙界勝伽藍此指草窟化寺所謂有權實雙行之機滿目文殊是對談言下不知開佛眼回頭只見翠山巖正當恁麽時喚作文殊普賢觀音境界得麽要且不是這箇道理雪竇只改明招底用却有針線千峰盤屈色如藍更不傷鋒犯手句中有權有實有理有事誰謂文殊是對談一夜對談不知是文殊後來無着在五臺山作典座文殊每於粥鍋上現被無着拈攪粥篦便打雖然如是也是賊過後張弓當時等他道南方佛法如何住持劈脊便棒猶較些子堪笑清涼多少衆雪竇笑中有刀若會得這笑處便見他道前三三與後三三

舉長沙一日遊山歸至門首（今日一日只管落草前頭也是落草後頭也是落草）首座問和尚什麼處去來（也是勘過這老漢箭過新羅）沙云遊山來（不可落草敗缺不少草裏漢）首座云到什麼處來（授若有所至未免落草相牽入火坑）沙云始隨芳草去又逐落花回（漏逗不少元來只在荊棘林裏坐）座云大似春意（相隨來也將錯就錯一手擡一手搦）沙云也勝秋露滴芙蕖（土上加泥前箭猶輕後箭深有什麼了期）雪竇着語云謝答話（一火弄泥團漢三箇一狀領過）

長沙鹿苑招賢大師法嗣南泉與趙州紫胡輩同時機鋒敏捷有人問教便與說教要頌便與頌你若要作家相見便與你作家相見仰山尋常機鋒最爲第一一日同長沙翫月次仰山指月云人人盡有這箇只是用不得沙云恰是便倩你用𠰒仰山云你試用看沙一踏踏倒仰山起云師叔一似箇大蟲後來人號爲岑大蟲因一日遊山歸首座亦是他會下人便問和尚什麼處去來沙云遊山來座云到什麼處去來沙云始隨芳草去又逐落花回須是坐斷十方底人始得古人出入未嘗不以此事爲念看他賓主互換當機直截各不相饒既是遊山爲什麼却問道到什麼處去來若是如今禪和子便道到夾山亭來看他古人無絲毫道理計較亦無住着處所以道始隨芳草去又逐落花回首座便隨他意向他道大似春意沙云也勝秋露滴芙蕖雪竇云謝答話代末後語也也落兩邊畢竟不在這兩邊昔有張拙秀才看千佛名經乃問百千諸佛但聞其名未審居何國土還化物也無沙云黃鶴樓崔顥題詩後秀才曾題也未拙云未曾題沙云得閑題取一篇也

好岑大蟲平生爲人直得珠回玉轉要人當面便會頌云

大地絕纖埃豁開戶牖當軒者誰盡少這箇不得天下太平何人眼不開頂門上放大光明始得撒土撒沙作什麼始隨芳草去漏逗不少不是一回落草賴值前頭已道了又逐落花回處處全真且喜歸來脚下泥深三尺羸鶴翹寒木左之右之添一句更有許多閑事在狂猿嘯古臺却因觀着力添一句也不得減一句也不得長沙無限意便打末後一句道什麼一坑埋却墮在鬼窟裏咄草裏漢賊過後張弓更不可放過

且道這公案與仰山問僧近離甚處僧云廬山仰云曾到五老峰麽僧云不曾到仰云闍黎不曾遊山辨緇素看是同是別到這裏須是機關盡意識忘山河大地草芥人畜無些子滲漏若不如此古人謂之猶在勝妙境界不見雲門道直得山河大地無纖毫過患猶爲轉物不見一切色始是半提更須知有全提時節向上一竅始解穩坐若透得依舊山是山水是水各住自位各當本體如大拍盲人相似趙州道雞鳴丑愁見起來還漏逗裙子褊衫箇也無袈裟影裏些些子裩無襠袴無口頭上青灰三五斗本爲修行利濟人誰知翻成不喞𠺕若得眞實到這境界何人眼不開一任七顛八倒一切處都是這境界都是這時節十方無壁落四面亦無門所以道始隨芳草去又逐落花回雪竇不妨巧只去他左邊貼一句右邊貼一句一似一首詩相似羸鶴翹寒木狂猿嘯古臺雪竇引到這裏自覺漏逗驀云長沙無限意咄如作夢却醒相似雪竇雖下一喝未得勦絕若是山僧即不然長沙無限意掘地更深埋

垂示云掣電之機徒勞佇思當空霹靂掩耳難諧腦門上播紅旗耳背後輪雙劍若不是眼辨手親爭能搆得有般底低頭佇思意根下卜度殊不知髑髏前見鬼無數且道不落意根不抱得失忽有箇恁麽舉覺作麽生祇對試舉看

舉盤山垂語云三界無法（箭既離弦無返回勢月明照見夜行人中也識法者懼好和聲便打）何處求心（莫瞞人好不勞重舉自點檢看便打云是什麽）

向北幽州盤山寶積和尚乃馬祖下尊宿後出普化一人師臨遷化謂衆云還有人邈得吾眞麽衆皆寫眞呈師師皆叱之普化出云某甲邈得師云何不呈似老僧普化便打筋斗而出師云這漢向後如風狂接人去在一日示衆云三界無法何處求心四大本空佛依何住璿璣不動寂止無痕覿面相呈更無餘事雪竇拈兩句來頌亘是渾金璞玉不見道瘥病不假驢駝藥山僧爲什麽道和聲便打只爲佗擔枷過狀古人道聞稱聲外句莫向意中求且道他意作麽生亘得奔流度刃電轉星飛若擬議尋思千佛出世也摸索他不着若是深入閫奥徹骨徹髓見得透底盤山一場敗缺若承言會宗左轉右轉底盤山只得一橛若是拖泥帶水聲色堆裏轉未夢見盤山在五祖先師道透過邪邊方有自由分不見三祖道執之失度必入邪路放之自然體無去住若向這裏道無佛無法又打入鬼窟裏去古人謂之解脱深坑本是善因而招惡果所以道無爲無事人猶遭金鎖難也須是窮到底始得若向無言處言得行不得

處行得謂之轉身處三界無法何處求心你若作情解只在他言下死却雪竇見處七穿八穴所以頌出

三界無法（言猶在耳）何處求心（不勞重舉自點檢看打云是什麼）白雲爲蓋（頭上安頭千重萬重）流泉作琴（聞麼相隨來也一聽一堪悲）一曲兩曲無人會（不落宫商非干角徵借路經過五音六律盡分明自領出去聽則聾）雨過夜塘秋水深（迅雷不及掩耳直得拖泥帶水在什麼處便打）

三界無法何處求心雪竇頌得一似華嚴境界有者道雪竇無中唱出若是眼皮綻底終不恁麼會雪竇去他傍邊貼兩句道白雲爲蓋流泉作琴蘇内翰見照覺有頌云溪聲便是廣長舌山色豈非清淨身夜來八萬四千偈他日如何舉似人雪竇借流泉作一片長舌頭所以道一曲兩曲無人會不見九峰乾和尚道還識得命麼流泉是命湛寂是身千波競起是文殊家風一亘晴空是普賢境界流泉作琴一曲兩曲無人會這般曲調也須是知音始得若非其人徒勞側耳古人道聾人也唱胡家曲好惡高低總不聞雲門道舉不顧即差互擬思量何劫悟舉是體顧是用未舉已前朕兆未分已前見得坐斷要津若朕兆纔分見得便有照用若朕兆分後見得落在意根雪竇忒煞慈悲更向你道却似雨過夜塘秋水深此一頌曾有人論量羨雪竇有翰林之才雨過夜塘秋水深也須是急着眼看更若遲疑即討不見

垂示云若論漸也返常合道鬧市裏七縱八横若論頓也不留朕迹千聖亦摸索不着儻或不立頓漸又作麼生快人一言快馬一鞭

正恁麼時誰是作者試舉看
舉風穴在郢州衙內上堂云倚公說禪道什麼祖
師心印狀似鐵牛之機千人萬人撼不動諸訛節角在什麼
處三要印開不犯鋒鋩去即印住正令當行錯住即印破
再犯不容看取令行時授便打只如不去不住看無頓置處多少諸
訛印即是不印即是天下人頭出頭沒有分文彩已彰但請撿
倒禪牀喝散大衆時有盧陂長老出問某甲有鐵
牛之機釣得一箇暗曉得不妨奇特請師不搭印好箇話頭
爭奈誵訛穴云慣釣鯨鯢澄巨浸却嗟蛙步輾
泥沙似鶻捉鳩寶網漫空神駒千里陂佇思可惜許也有出身處可惜
放過穴喝云長老何不進語攙旗奪鼓炒鬧來也陂擬
議三回死了兩重公案穴打一拂子好打這箇令須是恁麼人行始
得穴云還記得話頭麼試舉看何必雪上加霜陂
擬議開口一死更不再活這漢鈍置殺人遭他毒手穴又打一
拂子牧主云佛法與王法一般灼然却被傍人覷破

穴云見箇什麼道理也好與一摑却回鎗頭來也牧主
云當斷不斷返招其亂似則似是則未是須知傍人有眼東
家人死西家人助哀穴便下座將錯就錯見機而變且得參學事畢
風穴乃臨濟下尊宿臨濟當初在黃檗會下
栽松次檗云深山裏栽許多松作什麼濟云
一與山門作境致二與後人作標榜道了便
钁地一下檗云雖然如是子已喫二十棒了
也濟又打地一下云噓噓檗云吾宗到汝大
興於世溈山喆云臨濟恁麼大似平地喫交
雖然如是臨危不變始稱真丈夫檗云吾宗
到汝大興於世大似憐兒不覺醜後來溈山
問仰山黃檗當時只囑付臨濟一人別更有
在仰山云有只是年代深遠不欲舉似和尚
溈山云雖然如是吾亦要知但舉看仰山云
一人指南吳越令行遇大風即止此乃讖風

穴也穴初參雪峰五年因請益臨濟入堂兩堂首座齊下一喝僧問臨濟還有賓主也無濟云賔主歷然穴云未審意旨如何峰云吾昔與岩頭欽山去見臨濟在途中聞已遷化若要會他賓主話須是參他宗派下尊宿穴後又見瑞岩常自喚主人公自云喏復云惺惺着他後莫受人瞞却穴云自拈自弄有什麽難後在襄州鹿門與廓侍者過夏廓指他來參南院穴云入門須辨主端的請師分一日遂見南院舉前話云某甲特來親覲南院云雪峰古佛一日見鏡清清問近離甚處穴云自離東來清云還過小江否穴云大舸獨飄空小江無可濟清云鏡水圖山鳥飛不渡子莫盜聽遺言穴云滄海尚怯艨艟勢列漢飛帆渡五湖清竪起拂子云爭奈這箇何穴云這箇是什麽清云果然不識穴云出没卷舒與師同用清云杓卜聽虛聲熟睡饒譫語穴云澤廣藏山理能伏豹清云赦罪放愆速須出去穴云出即失乃便出至法堂上自謂言大丈夫公案未了豈可便休却回再入方丈清坐次便問某適來輒呈騃見冒瀆尊顔伏蒙和尚慈悲未賜罪責清云適來從東來豈不是翠巖來穴云雪竇親棲寶葢東清云不逐亡羊狂解息却來這裏念詩篇穴云路逢劍客須呈劍不是詩人莫獻詩清云詩速祕却畧借劍看穴云梟首甑人携劍去清云不獨觸風化亦自顯顢頇穴云若不觸風化馬明古佛心清云何名古佛心穴又云再許允容師今何有清云東來衲子菽麥不分穴云只聞不已而已何得抑已而已清云巨浪

湧千尋澄波不離水穴云一句截流萬機寢削便禮拜凊以拂子點三點云俊哉且坐喫茶風穴初到南院便問入門須辨主端的請師分院左手拍膝一下穴便喝院右手拍膝一下穴亦喝院舉左手云這箇即從闍黎又舉右手云這箇又作麽生穴云瞎院遂拈拄杖穴云作什麽某甲奪却拄杖打看和尚莫言不道院便擲下拄杖云今日被這黃面浙子鈍置一上穴云和尚大佀持鉢不得詐道不饑院云闍黎莫曾到此間麽穴云是何言歟院云好好借問穴云也不得放過院云且坐喫茶你看俊流自是機鋒峭峻南院亦未辨得他至次日南院只作平常問云今夏在什麽處穴云鹿門與廓侍者同過夏院云元來親見作家來又云佗向你道什麽穴云始

終只教某甲一向作主院便打推出方丈云這般納敗缺底漢有什麽用處穴自此服膺在南院會下作園頭一日院到園裏問云南方一棒作麽生商量穴云作奇特商量穴云和尚此間作麽生商量院拈起棒云棒下無生忍臨機不讓師穴於是豁然大悟是時五代離亂郢州牧主請師度夏是時臨濟一宗大盛他凡是問答垂示不妨語句尖新攢花簇錦字字皆有下落一日牧主請師上堂示衆云祖師心印狀似鐵牛之機去即印住住即印破只如不去不住印即是不印即是何故不似石人木馬之機直下似鐵牛之機無你撼動處你才去即印住你才住即印破教你百雜碎只如不去不住印即是不印即是看他恁麽垂示可謂鈎頭有餌是時座下有

盧陂長老亦是臨濟下尊宿敢出頭來與他對機便轉他話頭致箇問端不妨奇特道某甲有鐵牛之機請師不搭印爭奈風穴是作家便荅他道慣釣鯨鯢沉巨浸却嗟蛙步輾泥沙也是言中有響雲門云垂鈎四海只釣獰龍格外玄機爲尋知巳巨浸乃十二頭水牯牛爲鈎餌却只釣得一蛙出來此語且無玄妙亦無道理計較古人道若向事上覰則易若向意根下卜度則没交涉盧陂佇思見之不取千載難逢可惜許所以道直饒講得千經論一句臨機下口難其實盧陂要討好語對他不欲行令被風穴一向用攙旗奪鼓底機鋒一向逼將去只得没奈何俗諺云陣敗不禁苕箒掃當初更要討鎗法敵他等你討得來即頭落也牧主亦久參風穴解道佛法與王法一般穴云你見箇什麽牧主云當斷不斷返招其亂風穴渾是一團精神如水上葫蘆子相似捺着便轉按着便動解隨機說法若不隨機翻成妄語穴便下座只如臨濟有四賓主話夫叅學之人大須仔細如賓主相見有語論賓主往來或應物見形全體作用或把機權喜怒或現半身或乘獅子或乘象王有如真正學人便喝先拈出一箇膠盆子善知識不辨是境便上他境上作模様學人便喝前人不肯放下此是膏肓之病不堪醫治喚作賓看主或是善知識不拈出物隨學人問處便奪學人被奪抵死不放此是主看賓或有學人應一箇清淨境出善知識辨得是境把他拋向坑裏學人言大好善知識知識即云咄哉不識好惡學人禮拜此喚

作主看主或有學人披枷帶鎖出善知識前知識更與他安一重枷鎖學人歡喜彼此不辨呼爲賓看賓大德山僧所舉皆是辨魔揀異知其邪正不見僧問慈明一喝分賓主照用一時行時如何慈明便喝又雲居弘覺禪師示衆云譬如獅子捉象亦全其力捉兎亦全其力時有僧問未審全什麽力雲居云不欺之力看佗雪竇頌出

擒得盧陂跨鐵牛（千人萬人中也要呈巧藝敗軍之將不再斬）三玄戈甲未經酬（當局者迷受災如受福受降如受敵）楚王城畔朝宗水（說什麽朝宗水浩浩充塞天地任是四海也須倒流）喝下曾令却倒流（不是這一喝截却你舌頭咄驚走陝府鐵牛嚇殺嘉州大像）

雪竇知風穴有這般宗風便頌道擒得盧陂跨鐵牛三玄戈甲未輕酬臨濟下有三玄三要凡一句中須具三玄一玄中須具三要僧問風穴如何是第一句穴云三要印開朱點窄未容擬議主賓分如何是第二句穴云妙辨豈容無着問漚和不負截流機如何是第三句穴云但看棚頭弄傀儡抽牽全籍裏頭人風穴一句中便具三玄戈甲七事隨身不輕酬他若不如此爭奈盧陂何後面雪竇要出臨濟下機鋒莫道是盧陂假饒楚王城畔洪波浩渺白浪滔天盡去朝宗只消一喝也須教倒流

垂示云途中受用底似虎靠山世諦流布底如猿在檻欲知佛性義當觀時節因緣欲煅百鍊精金須是作家爐鞴且道大用現前底將什麽試驗

舉僧問雲門如何是清淨法身（搕𢶍堆頭見丈六金）

身斑斑駁駁是什麼門云花藥欄問處不眞答來鹵莽塈着磕着曲不藏直僧云便恁麼去時如何渾崙吞箇棗放憨作麼門云金毛獅子也褒也貶兩采一賽將錯就錯是什麼心行諸人還知這僧問處麼雲門答處麼若知得兩口同無一舌若不知未免顢頇僧問玄沙如何是清淨法身沙云膿滴滴地具金剛眼試請辨看雲門不同別人有時把定壁立萬仞無你湊泊處有時與你開一線道同死同生雲門三寸甚密有者道是信彩答去若恁麼會且道雲門落在什麼處這箇是屋裏事莫向外卜度所以百丈道森羅萬象一切語言皆銷歸自巳令轉轆轆地向活鱍鱍處便道若擬議尋思便落第二句了也永嘉道法身覺了無一物本源自性天眞佛雲門驗這僧其僧亦是他屋裏人自是久參知他屋裏事進云便恁麼去時如何門云金毛獅子且道是肯他是不肯他是褒他是貶他巖頭道若論戰也箇箇立在轉處又道他參活句不參死句活句下薦得永劫不忘死句下薦得自救不了又僧問雲門佛法如水中月是否門云清波無透路進云和尚從何而得門云再問復何來僧云正恁麼去時如何門云重疊關山路須知此事不在言句上如擊石火似閃電光搆得搆不得未免喪身失命雪竇是其中人便當頭頌出

花藥欄言猶在耳莫顢頇如麻似粟也有些子自領出去星在秤兮不在盤太葛藤各自向衣單下返觀不免說道理便恁麼渾崙吞箇棗太無端自領出去灼然莫錯怪他雲門好金毛獅子大家看放出一箇半箇也是箇狗子雲門也是普州人送賊

雪竇相席打令動絃別曲一句一句判將去

此一頌不異拈古之格花藥欄便道莫顢頇人皆道雲門信彩答將去總作情解會伦底所以雪竇下本分草料便道莫顢頇蓋雲門意不在花藥欄處所以雪竇道星在秤兮不在盤這一句忒煞漏逗水中元無月月在青天如星在秤不在於盤且道那箇是秤若辨明得出不辜負雪竇古人到這裏也不妨慈悲分明向你道不在這裏在那邊去且道那邊是什麼處此頌頭邊一句了後面頌這僧道便恁麼去時如何雪竇道這僧也太無端且道是明頭合暗頭合會來恁麼道不會來恁麼道金毛獅子大家看還見金毛獅子麼瞎

垂示云休去歇去鐵樹開花有麼有麼黠兒落節直饒七縱八橫不免穿他鼻孔且道誵訛在什麼處試舉看

舉陸亘大夫與南泉語話次陸云肇法師道天地與我同根萬物與我一體也甚奇怪（鬼窟裏作活計畫餅不可充饑也是草裏商量）南泉指庭前花（道什麼咄經有經師論有論師不干山僧事咄大丈夫當時下得一轉語不唯截斷南泉亦乃與天下衲僧出氣）召大夫云時人見此一株花如夢相似（鴛鴦繡了從君看莫把金針度與人莫寐語引得黃鶯下柳條）

陸亘大夫久參南泉尋常留心於理性中游泳肇論一日坐次遂拈此兩句以爲奇特問云肇法師道天地與我同根萬物與我一體也甚奇怪肇法師乃晉時高僧與生融濬同在羅什門下謂之四哲幼年好讀莊老後因寫古維摩經有悟處方知莊老猶未盡善故綜諸經乃造四論莊老意謂天地形之大也

我形亦爾也同生於虛無之中莊生大意只論齊物肇公大意論性皆歸自已不見他論中道夫至人空洞無象而萬物無非我造會萬物爲自已者其唯聖人乎雖有神有人有賢有聖各别而皆同一性一體古人道盡乾坤大地只是一箇自已寒則普天普地寒熱則普天普地熱有則普天普地有無則普天普地無是則普天普地是非則普天普地非法眼云渠渠渠我我我南北東西皆可可不可可但唯我無不可所以道天上天下唯我獨尊石頭因看肇論至此會萬物爲自已處豁然大悟後作一本叅同契亦不出此意看他恁麼問且道同什麼根同那箇體到這裏也不妨奇特豈同他常人不知天之高地之厚豈有恁麼事陸亘大夫恁麼問奇則甚奇只是不出教意若道教意是極則世尊何故更拈花祖師更西來作麼南泉答處用衲僧巴鼻與佗拈出痛處破他窠窟遂指庭前花召大夫云時人見此一株花如夢相似如引人向萬丈懸崖上打一推令他命斷你若平地上推倒彌勒佛下生也只不解命斷亦如人在夢欲覺不覺被人喚醒相似南泉若是眼目不正必定被他搽糊將去看他恁麼說話也不妨難會若是眼目定動活底聞得如醍醐上味若是死底聞得翻成毒藥古人道若於事上見墮在常情若向意根下卜度卒摸索不着巖頭道此是向上人活計只露目前些子如同電拂南泉大意如此有擒虎兕定龍蛇底手脚到這裏也須是自會始得不見道向上一路千聖不傳學者勞形如猿捉

影看他雪竇頌出

聞見覺知非一一（森羅萬象無有一法七花八裂眼耳鼻舌身意一時是箇無孔鐵鎚）山河不在鏡中觀（我這裏無這箇消息長者自長短者自短青是青黃是黃你向什麼處觀）霜天月落夜將半（引你入草了也徧界不曾藏切忌向鬼窟裏坐）誰共澄潭照影寒（有麽有麽若不同牀睡焉知被底穿愁人莫向愁人說說向愁人愁殺人）

南泉小睡語雪竇大睡語雖然作夢却作得箇好夢前頭說一體這裏說不同聞見覺知非一一山河不在鏡中觀若道在鏡中觀然後方曉了則不離鏡處山河大地草木叢林莫將鏡鑑若將鏡鑑便爲兩段但只可山是山水是水是法住法位世間相常住山河不礙眼光且道向什麽處觀還會麽到這裏向霜天月落夜將半這邊與你打併了也那邊你自相度還知雲竇以本分事爲人麽誰共澄潭照影寒爲復自照爲復共人照須是絕機絕解方到這境界即今也不要澄潭也不待霜天月落即今作麽生

佛果圜悟禪師碧巖集卷第四

音釋

珊（師姦切音山珊瑚生海中色赤又珊瑚佩聲）攣（郎旬切音戀手足曲也又閭圓切）煨（烏魁切音威煨燼盆中火也）霹靂（上匹亦切音僻下郎狄切音力霹靂迅雷又雷神名）寱（七稔切侵上聲卧也息也）黠（胡八切音轄堅黑也又黠慧）窠窟（上苦禾切音科鳥在穴曰窠下苦骨切坤入聲孔穴也）醍醐（上田黎切音題下洪孤切音胡醍醐酥之精液）

佛果圜悟禪師碧巖集卷第五

秣陵遠庵吳自弘校

天界比丘性湛　閱

垂示云是非交結處聖亦不能知逆順縱橫時佛亦不能辨爲絶世超倫之士顯逸羣大士之能向氷凌上行劒刃上走直下如麒麟頭角似火裏蓮花宛見超方始知同道誰是好手者試舉看

舉趙州問投子大死底人却活時如何有恁麼事賊不打貧兒家慣曾作客方憐客投子云不許夜行投明須到看樓打樓是賊識賊若不同牀卧焉知被底穿

趙州問投子大死底人却活時如何投子對他道不許夜行投明須到且道是什麼時節無孔笛撞著氈拍版此謂之驗主問亦謂之心行問投子趙州諸方皆美之得逸羣之辯二老雖承嗣不同看他機鋒相投一般投子一日爲趙州置茶筵相待自過蒸餅與趙州州不管投子令行者過胡餅與趙州州禮行者三拜且道他意是如何看他盡是向根本上提此本分事爲人有僧問如何是道答云道如何是佛答云佛又問金鎖未開時如何答云開金雞未鳴時如何答云無這箇音響鳴後如何答云各自知時投子平生問答總如此看趙州問大死底人却活時如何他便道不許夜行投明須到直下如擊石火似閃電光還他向上人始得大死底人都無佛法道理玄妙得失是非長短到這裏只恁麼休去古人謂之平地上死人無數過得荊棘林是好手也須是透過那邊始得雖然如是如今人到這般田地早是難得或若有依倚有

解會則沒交涉喆和尚謂之見不淨潔五祖先師謂之命根不斷須是大死一番却活始得浙中永安和尚道言鋒若差鄉關萬里直須懸崖撒手自肯承當絕後再甦欺君不得非常之旨人焉廋哉趙州問意如此投子是作家亦不辜負他所問只是絕情絕迹不妨難會只露面前些子所以古人道欲得親切莫將問來問問在答處答在問處若非投子被趙州一問也大難酬對只爲他是作家漢舉著便知落處頌云

活中有眼還同死（兩不相知翻來覆去若不藴藉爭辯得這漢緇素）藥忌何須鑒作家（若不驗過爭辯端的遇著試與一鑒又且何妨也要問過）古佛尚言曾未到（賴是有伴千聖也不傳山僧亦不知）不知誰解撒塵沙（即今也不少開眼也著合眼也著闍黎恁麼舉落在什麼處）

活中有眼還同死雪竇是知有底人所以敢頌古人道他參活句不參死句雪竇道活中有眼還同於死漢相似具眼如同活人古人道殺盡死人方見活人活盡死人方見死人趙州是活底人故作死問驗取投子如藥性所忌之物故將去試驗相似所以雪竇道藥忌何須鑒作家此頌趙州問處後面頌投子古佛尚言曾未到只這大死底人却活處古佛亦不曾到天下老和尚亦不曾到任是釋迦老子碧眼胡僧也須再參始得所以道只許老胡知不許老胡會雪竇道不知誰解撒塵沙不見僧問長慶如何是善知識眼慶云有願不撒沙保福云不可更撒也天下老和尚據曲彔木牀上行棒行喝竪拂敲牀現神通作主宰盡是撒沙且道如何免得

垂示云單提獨弄帶水拖泥敲唱俱行銀山
鐵壁擬議則髑髏前見鬼尋思則黑山下打
坐明明杲日麗天颯颯清風匝地且道古人
還有諸訛處麼試舉看

舉龐居士辭藥山這老漢作怪也山命十禪客相
送至門首也不輕他是甚麼境界也須是識端倪底衲僧始得居士
指空中雪云好雪片片不落別處無風起浪指頭
有眼這老漢言中有響時有全禪客云落在甚麼處
中也相隨來也果然上鉤來士打一掌著果然勾賊破家全云
居士也不得草草棺木裏瞠眼士云汝恁麼稱
禪客閻老子未放汝在第二杓惡水潑了何止閻老子山僧
這裏也放不過全云居士作麼生麤心不改又是要喫棒這僧從
頭到尾不著便士又打一掌果然雪上加霜喫棒了呈款云眼
見如盲口說如啞更有斷和句與他讀判語又雪竇別
云初問處但握雪團便打是則是賊過後張弓也是漏逗

不少雖然如是要見箭鋒相拄爭柰落在鬼窟裏了也
龐居士參馬祖石頭兩處有頌初見石頭便
問不與萬法爲侶是什麼人聲未斷被石頭
掩却口有個省處作頌道日用事無別唯吾
自偶諧頭頭非取捨處處沒張乖朱紫誰爲
號青山絕點埃神通并妙用運水及搬柴後
參馬祖又問不與萬法爲侶是什麼人祖云
待你一口吸盡西江水即向汝道士豁然大
悟作頌云十方同聚會個個學無爲此是選
佛場心空及第歸爲佗是作家後列剎相望
所至競譽到藥山盤桓既久遂辭藥山山至
重佗命十人禪客相送是時值雪下居士指
雪云好雪片片不落別處全禪客云落在什
麼處士便掌全禪客既不能行令居士令行
一半令雖行全禪客恁麼酬對也不是佗不

知落處各有機鋒卷舒不同然有不到居士處所以落他架下難出他彀中居士打了更與說道理云眼見如盲口說如啞雪竇別前語云初問處但握雪團便打雪竇恁麼要不辜他問端只是機遲慶藏主道居士機如掣電等你握雪團到幾時和聲便應和聲打方始勦絕雪竇自頌他打處云

雪團打雪團打（爭柰落在第二機不勞拈出頭上漫漫脚下漫漫）龐老機關沒可把（往往有人不知只恐不恁麼）天上人間不自知（是什麼消息雪竇還知麼）眼裏耳裏絕瀟灑（箭鋒相拄眼見如盲口說如啞）瀟灑絕（作麼生向什麼處見龐老與雪竇）碧眼胡僧難辯別（達磨出來向你道什麼打云闍黎道什麼一坑埋却）

雪團打雪團打龐老機關沒可把雪竇要在居士頭上行古人以雪明一色邊事雪竇意道當時若握雪團打時居士縱有如何機關亦難搆得雪竇自誇他打處殊不知有落節處天上人間不自知眼裏耳裏絕瀟灑眼裏也是雪耳裏也是雪正住在一色邊亦謂之普賢境界一色邊事亦謂之打成一片雲門道直得盡乾坤大地無纖毫過患猶爲物轉不見一色始是半提若要全提須知有向上一路始得到這裏須是大用現前針劄不入不聽他人處分所以道他參活句不參死句古人道一句合頭語萬劫繫驢橛有什麼用處雪竇到此頌殺了復轉機道只此瀟灑絕直饒是碧眼胡僧也難辨別碧眼胡僧尚難辨別更教山僧說箇什麼

垂示云定乾坤句萬世共遵擒虎兕機千聖莫辨直下更無纖翳全機隨處齊彰要明向

上鉗鎚須是作家爐鞴且道從上來還有恁麼家風也無試舉看

舉僧問洞山寒暑到來如何迴避（不是這箇時節劈頭劈面在什麼處）山云何不向無寒暑處去（天下人尋不得藏身露影蕭何賣却假銀城）僧云如何是無寒暑處（賺殺一船人隨他轉也一釣便上）山云寒時寒殺闍黎熱時熱殺闍黎（眞不掩僞曲不藏直臨崖看虎兕特地一場愁掀翻大海踢倒須彌且道洞山在什麼處）

黃龍新和尚拈云洞山袖頭打領腋下剜襟爭柰這僧不甘如今有箇出來問黃龍且道如何支遣良久云安禪不必須山水滅却心頭火自凉諸人且道洞山圈繢落在什麼處若明辨得始知洞山下五位回互正偏接人不妨奇特到這向上境界方能如此不消安排自然恰好所以道正中偏三更初夜月明前莫怪相逢不相識隱隱猶懷舊日嫌偏中正失曉老婆逢古鏡分明覿面更無眞休更迷頭還認影正中來無中有路出塵埃但能不觸當今諱也勝前朝斷舌才兼中至兩刃交鋒不須避好手還同火裏蓮宛然自有衝天氣兼中到不落有無誰敢和人人盡欲出常流折合還歸炭裏坐浮山遠録公以此公案爲五位之格若會得一則餘者自然易會巖頭道如水上葫蘆子相似捺著便轉殊不消絲毫氣力曾有僧問洞山文殊普賢來參時如何山云趕向水牯牛羣裏去僧云和尚入地獄如箭山云全得佗力洞山道何不向無寒暑處去此是偏中正僧云如何是無寒暑處山云寒時寒殺闍黎熱時熱殺闍黎此是正中偏雖正却偏雖偏却圓曹洞録中備

載子細若是臨濟下無許多事這般公案直下便會有者道大好無寒暑有什麽巴鼻古人道若向劒刃上走則快若向情識上見則遲不見僧問翠微如何是祖師西來意微云待無人來向你道遂入園中行僧云此間無人請和尚道微指竹云這一竿竹得恁麽長那一竿竹得恁麽短其僧忽然大悟又曹山問僧恁麽熱向什麽處迴避僧云鑊湯爐炭裏迴避山云鑊湯爐炭裏如何迴避僧云衆苦不能到看他家裏人自然會他家裏人說話雪竇用他家裏事頌出

垂手還同萬仞崖不是作家誰能辨得何處不圓融正勅既行諸侯避道

正偏何必在安排若是安排何處有今日作麽生兩頭不涉風行草偃水到渠成

琉璃古殿照明月圓陀陀地切忌認影且莫當頭

忍俊韓獹空上階不是這回蹉過了也逐塊作什麽打

云你與這僧同參

曹洞下有出世不出世有垂手不垂手若不出世目視雲霄若出世便灰頭土面目視雲霄卽是萬仞峯頭灰頭土面卽是垂手邊事有時灰頭土面卽在萬仞峯頭有時萬仞峯頭卽是灰頭土面其實入鄽垂手與孤峯獨立一般歸源了性與差別智無異切忌作兩橛會所以道垂手還同萬仞崖直是無你湊泊處正偏何必在安排若到用時自然如此不在安排也此頌洞山答處後面道琉璃古殿照明月忍俊韓獹空上階此正頌這僧逐言語走洞下有此石女木馬無底籃夜明珠死蛇等十八般大綱只明正位如月照琉璃古殿似有圓影洞山答道何不向無寒暑處去其僧一似韓獹逐塊連忙上階捉其月影

相似又問如何是無寒暑處山云寒時寒殺闍黎熱時熱殺闍黎如韓獹逐塊走到階上又却不見月影韓獹乃出戰國策云韓氏之獹駿狗也中山之兎狡兎也是其犬方能尋其兎雪竇引以喻這僧也只如諸人還識洞山爲人處麼良久云討甚

舉禾山垂語云習學謂之聞絕學謂之鄰天下衲僧跳不出無孔鐵鎚一箇鐵橛子過此二者是爲眞過頂門上具一隻眼作什麼僧出問如何是眞過道什麼一筆勾下有一個鐵橛子山云解打鼓鐵橛鐵蒺藜確確又問如何是眞諦道什麼兩重公案又有一箇鐵橛子山云解打鼓鐵橛鐵蒺藜確確又問卽心卽佛卽不問如何是非心非佛道什麼這箇搕㩧堆三段不同又一箇鐵蒺藜子山云解打鼓鐵橛鐵蒺藜確確又問向上人來時如何接道什麼遭他第四杓惡水來也又有一箇鐵橛子山云解打鼓鐵橛鐵蒺藜確確且道落在什麼處朝到西天暮歸東土

禾山垂示云習學謂之聞絕學謂之鄰過此二者是爲眞過此一則語出寶藏論學至無學謂之絕學所以道淺聞深悟深聞不悟謂之絕學一宿覺道吾早年來積學問亦曾討疏尋經論習學旣盡謂之絕學無爲閑道人及至絕學方始與道相近直得過此二學是謂眞過其僧也不妨明敏便拈此語問禾山山云解打鼓所謂言無味語無味欲明這箇公案須是向上人方能見此語不涉理性亦無議論處直下便會如桶底脫相似方是衲僧安穩處始契得祖師西來意所以雲門道雪峯輥毬禾山打鼓國師水碗趙州喫茶盡是向上拈提又問如何是眞諦山云解打鼓眞諦更不立一法若是俗諦萬物俱備眞俗

無二是聖諦第一義又問卽心卽佛卽不問如何是非心非佛山云解打鼓卽心卽佛卽易求若到非心非佛卽難少有人到又問向上人來時如何接山云解打鼓向上人卽是透脫灑落底人此四句語諸方以爲宗旨謂之禾山四打鼓只如僧問鏡清新年頭還有佛法也無清云有僧云如何是新年頭佛法清云元正啓祚萬物咸新僧云謝師答話清云老僧今日失利似此答話有十八般失利又僧問淨果大師鶴立孤松時如何果云脚底下一場懡㦬又問雪覆千山時如何果云日出後一場懡㦬又問會昌沙汰時護法神向什麼處去果云三門外兩箇漢一場懡㦬諸方謂之三懡㦬又保福問僧殿裏是什麼佛僧云和尚定當看福云釋迦老子僧云莫瞞人好福云却是你瞞我又問僧云你名什麼僧云咸澤福云或遇枯涸時如何僧云誰是枯涸者福云我僧云和尚莫瞞人好福云却是你瞞我又問僧你作什麼業喫得恁麼大僧云和尚也不小福作蹲身勢僧云和尚莫瞞人好福云却是你瞞我又問浴主浴鍋闊多少主云請和尚量看福作量勢主云和尚莫瞞人好福云却是你瞞我諸方謂之保福四瞞人又如雪峯四漆桶皆是從上宗師各出深妙之旨接人之機雪竇後面引一落索依雲門示衆頌出此公案

一拽石（寰中天子勑癩兒牽伴向上人恁麼來）二般土（塞外將軍令兩箇一狀領過同病相憐）

發機須是千鈞弩（若是千鈞也透不得不可輕酬豈爲死蝦蟆）

象骨老師曾輥毬（也有人曾恁麼來有箇無孔鐵鎚阿誰不知）

爭似禾山解打鼓（鐵楔子須還這

老漢始得一子親得報君知雪竇也未夢見在雪上加霜你還知麽莫莽鹵也有些子儱儱侗侗甜者甜兮苦者苦謝答話錯下注脚好與三十棒喫棒得也未便打依舊黑漫漫

歸宗一日普請拽石宗問維那什麽處去維那云拽石去宗云石且從汝拽卽不得動著中心樹子木平凡有新到至先令般三轉土木平有頌示衆云東山路窄西山低新到莫辭三轉泥嗟汝在途經日久明明不曉却成迷後來有僧問云三轉內卽不問三轉外事作麽生平云鐵輪天子寰中勑僧無語平便打所以道一拽石二般土發機須是千鈞弩雪竇以千鈞之弩喻此話要見他爲人處三十斤爲一鈞一千鈞則三萬斤若是獰龍虎狼猛獸方用此弩若是鷦鷯小可之物必不可輕發所以千鈞之弩不爲鼷鼠而發機象骨老師曾輥毬卽雪峯一日見玄沙來三箇木毬一齊輥玄沙便作斫牌勢雪峯深肯之雖然總是全機大用處俱不如禾山解打鼓多少徑截只是難會所以雪竇道爭似禾山解打鼓又恐人只在話頭上作活計不知來由莽莽鹵鹵所以道報君知莫莽鹵也須是實到這般田地始得若要不莽鹵甜者甜兮苦者苦雪竇雖然如是拈弄畢竟也跳不出

垂示云要道便道舉世無雙當行卽行全機不讓如擊石火似閃電光疾焰過風奔流度刃拈起向上鉗鎚未免亡鋒結舌放一線道試舉看

舉僧問趙州萬法歸一一歸何處拶著這老漢堆山積嶽切忌向鬼窟裏作活計州云我在青州作一領布衫重七斤果然七縱八橫拽却漫天網還見趙州麽衲僧鼻孔曾拈得還

知趙州落處麽若這裏見得便乃天上天下唯我獨尊水到渠成風行草偃苟或未然老僧在你脚跟下

若向一擊便行處會去天下老和尚鼻孔一時穿却不柰你何自然水到渠成苟或躊躇老僧在你脚跟下佛法省要處言不在多語不在繁只如這僧問趙州萬法歸一一歸何處他却答道我在青州作一領布衫重七斤若向語句上辨錯認定盤星不向語句上辨爭柰却恁麽道這箇公案雖難見却易會雖易會却難見難則銀山鐵壁易則直下惺惺無你計較是非處此話與普化道來日大悲院裏有齋話更無兩般一日僧問趙州如何是祖師西來意州云庭前栢樹子僧云和尚莫將境示人州云老僧不曾將境示人看他恁麽向極則轉不得處轉得自然蓋天蓋地若轉不得觸途成滯且道他有佛法商量也無若道他有佛法他又何曾說心說性說玄說妙若道他無佛法旨趣他又不曾辜負你問頭豈不見僧問木平和尚如何是佛法大意平云這箇冬瓜如許大又僧問古德深山懸崖迥絕無人處還有佛法也無古德云有僧云如何是深山裏佛法古德云石頭大底大小底小看這般公案誵訛在什麽處雪竇知他落處故打開義路與你頌出

編辟曾挨老古錐 何必挨著這老漢挨拶向什麽處去

七斤衫重幾人知 再來不直半分錢直得口似匾檐又却被他贏得一籌

如今拋擲西湖裏 還雪竇手脚始得山僧也不要

下載清風付與誰 自古自今且道雪竇與他酧唱與他下注脚一子親得

十八問中此謂之編辟問雪竇道編辟曾挨老古錐編辟萬法教歸一致這僧要挨拶他

趙州州也不妨作家向轉不得處有出身之路敢開大口便道我在青州作一領布衫重七斤雪竇道這箇七斤布衫能有幾人知如今拋擲西湖裏萬法歸一一亦不要七斤布衫亦不要一時拋在西湖裏雪竇住洞庭翠峰有西湖也下載清風付與誰此是趙州示衆你若向北來與你上載你若向南來與你下載你若從雪峰雲居來也是箇擔板漢雪竇道如此清風堪付阿誰上載者與你說心說性說玄說妙種種方便若是下載更無許多義理玄妙有底擔一擔禪到趙州處一點也使不著一時與他打疊教灑灑落落無一星事謂之悟了還同未悟時如今人盡作無事會有底道無迷無悟不要更求只如佛未出世時達磨未來此土時不可不恁麼也用佛出世作什麼祖師更西來作什麼總如此有什麼干涉也須是大徹大悟了依舊山是山水是水乃至一切萬法悉皆成現方始作箇無事底人不見龍牙道學道先須有悟由還如爭鬪快龍舟雖然舊閣閑田地一度贏來方始休只如趙州這箇七斤布衫話子看他古人恁麼道如金如玉山僧恁麼說諸人恁麼聽總是上載且道作麼生是下載三條椽下看取

垂示云一槌便成超凡越聖片言可折去縛解粘如氷凌上行劍刃上走聲色堆裏坐聲色頭上行縱橫妙用則且置剎那便去時如何試舉看

舉鏡清問僧門外是什麼聲（等閑垂一鈎不患聾問什麼）僧云雨滴聲（不妨實頭也好箇消息）清云衆生顛

倒迷已逐物事生也慣得其便鐃鉤搭索還他本分手脚僧云和尚作麽生果然納敗缺轉槍來也不妨難當却把槍頭倒刺人清云洎不迷已咄直得分踈不下僧云洎不迷已意旨如何撥著這老漢逼殺人前箭猶輕後箭深清云出身猶可易脫體道應難養子之緣雖然如是德山臨濟向什麽處去不喚作雨滴聲喚作什麽聲直得分踈不下只這裏也好薦取古人垂示一機一境要接人一日鏡清問僧門外是什麽聲僧云雨滴聲清云衆生顚倒迷已逐物又問門外什麽聲僧云鵓鳩聲清云欲得不招無間業莫謗如來正法輪又問門外什麽聲僧云蛇咬蝦蟆聲清云將謂衆生苦更有苦衆生此語與前頭公案更無兩般衲僧家於這裏透得去於聲色堆裏不妨自由若透不得便被聲色所拘這般公案諸方謂之煆煉語若是煆煉只成心行不見他古人爲人處亦喚作透聲色一明道眼二明聲色三明心宗四明忘情五明展演然不妨子細爭柰有窠臼在鏡清恁麽問門外什麽聲僧云雨滴聲清却道衆生顚倒迷已逐物人皆錯會喚作故意轉人且得沒交涉殊不知鏡清有爲人底手脚膽大不拘一機一境忒煞不惜眉毛鏡清豈不知是雨滴聲何消更問須知古人以探竿影草要驗這僧這僧也善挨撥便道和尚又作麽生直得鏡清入泥入水向他道洎不迷已其僧迷已逐物則故是鏡清爲什麽也迷已須知驗他句中便有出身處這僧太懞懂要勦絕此話更問道只箇洎不迷已意旨如何若是德山臨濟門下棒喝已行鏡清通一線道隨他打葛藤更向他道出身猶可易脫體

道應難雖然恁麼古人道相續也大難他鏡清只一句便與這僧明脚跟下大事雪竇頌云

虛堂雨滴聲從來無間斷大家在這裏作者難酬對果然不知山僧從來不是作者有權有實有放有收殺活擒縱若謂曾入流剃頭入膠盆不喚作雨滴聲喚作什麼聲依前還不會山僧幾曾問你來這漆桶還我無孔鐵鎚來會不會兩頭坐斷兩處不分不在這兩邊南山北山轉霶霈頭上脚下若喚作雨聲則瞎不喚作雨聲喚作什麼聲到這裏須是脚踏實地始得

虛堂雨滴聲作者難酬對若喚作雨聲則是迷已逐物不喚作雨聲又如何轉物到這裏任是作者也難酬對所以古人道見與師齊減師半德見過於師方堪傳授又南院道棒下無生忍臨機不讓師若謂曾入流依前還不會教中道初於聞中入流忘所所入既寂動靜二相了然不生若道是雨滴聲也不是若道不是雨滴聲也不是前頭頌兩喝與三喝作者知機變正類此頌若道是入聲色之流也不是若喚作聲色依前不會他意譬如以指指月月不是指會與不會南山北山轉霶霈也

垂示云天何言哉四時行焉地何言哉萬物生焉向四時行處可以見體於萬物生處可以見用且道向什麼處見得衲僧離却言語動用行住坐卧併却咽喉唇吻還辨得麼

舉僧問雲門如何是法身多少人疑著千聖跳不出漏逗不少門云六不收斬釘截鐵八角磨盤空裏走靈龜曳尾朕兆未分時薦得已是第二頭朕兆已生後薦得又落第三首若更向言語上辨得且喜沒交涉

雲門道六不收直是難搆若向朕兆未分時搆得已是第二頭若向朕兆已生後薦得又

落第三首若向言句上辨明卒摸索不著且畢竟以何爲法身若是作家底聊聞舉著剔起便行苟或佇思停機伏聽處分太原孚上座本爲講師一日登座講次說法身云竪窮三際橫亘十方有一禪客在座下聞之失笑孚下座云某甲適來有甚短處願禪者爲說看禪者云座主只講得法身量邊事不見法身孚云畢竟如何卽是禪者云可暫罷講於靜室中坐必得自見孚如其言一夜靜坐忽聞打五更鐘忽然大悟遂敲禪者門云我會也禪者云你試道看孚云我從今日去更不將父母所生鼻孔扭捏也又教中道佛眞法身猶若虛空應物現形如水中月又僧問夾山如何是法身山云法身無相如何是法眼山云法眼無瑕雲門道六不收此公案有者道只是六根六塵六識此六皆從法身生六根收他不得若恁麼情解且得沒交涉更帶累雲門要見便見無你穿鑿處不見教中道是法非思量分別之所能解他答話多惹人情解所以一句中須具三句更不辜你問頭應時應節一言一句一點一畫不妨有出身處所以道一句透千句萬句一時透且道是法身是祖師放你三十棒雪竇頌云

一二三四五六 屓而復始滴水滴凍費許多工夫作什麼 碧眼胡僧數不足 三生六十劫達磨何曾夢見闍黎爲什麼知而故犯 少林謾道付神光 一人傳虛萬人傳實從頭來已錯了也 卷衣又說歸天竺 賺殺一船人懡㦬不少 天竺茫茫無處尋 在什麼處始是太平如今在什麼處 夜來却對乳峰宿 刺破你眼睛也是無風起浪且道是法身是佛身放你三十棒

雪竇善能於無縫罅處出眼目頌出教人見

雲門道六不收雪竇爲什麽却道一二三四五六直是碧眼胡僧也數不足所以道只許老胡知不許老胡會須是還他屋裏兒孫始得適來道一言一句應時應節若透得去方知道不在言句中其或未然不免作情解五祖老師道釋迦牟尼佛下賤客作兒庭前栢樹子一二三四五若向雲門言句下諦當見得相次到這境界少林謾道付神光二祖始名神光及至後來又道歸天竺達磨葬於熊耳山之下時宋雲奉使西歸在葱嶺見達磨手携隻履歸西天去使回奏聖開墳惟見遺下一隻履雪竇道其實此事作麽生分付旣無分付卷衣又說歸天竺且道爲什麽此土却有二三遞相恁麽傳來這裏不妨誵訛也須是搆得始可入作天竺茫茫無處尋夜來却對乳峯宿且道卽今在什麽處師便打云瞎

舉王太傅入招慶煎茶（作家相聚須有奇特等閑無事大家著一隻眼惹禍來也）時朗上座與明招把銚（一火弄泥團漢不會煎茶帶累別人）朗翻却茶銚（事生也果然）太傅見問上座茶爐下是什麽（果然禍事）朗云捧爐神（果然中他箭了也不妨奇特）太傅云旣是捧爐神爲什麽翻却茶銚（何不與他本分草料事生也）朗云仕官千日失在一朝（錯指注是什麽語話杜撰禪和如麻似粟）大傅拂袖便去（灼然作家許他具一隻眼）明招云朗上座喫却招慶飯了却去江外打野榸（更與三十棒這獨眼龍只具一隻眼也須是明人點破始得）朗云和尚作麽生（摸著也好與一摸終不作這般死郎當見解）招云非人得其便（果然只具一隻眼道得一半一手擡一手搦）雪竇云當時但踏倒茶爐（爭柰賊過後張弓雖然如是也未稱德山門下客一等是潑郎潑賴就中奇特）

欲識佛性義當觀時節因緣王太傅知泉州久叅招慶一日因入寺時朗上座煎茶次翻却茶銚太傅也是箇作家纔見他翻却茶銚便問上座茶爐下是什麽朗云捧爐神不妨言中有響爭柰首尾相違失却宗旨傷鋒犯手不惟辜負自己亦且觸忤他人這箇雖是無得失底事若拈起來依舊有親踈有皂白若論此事不在言句上却要向言句上辨箇活處所以道他參活句不參死句據朗上座恁麽道如狂狗逐塊太傅拂袖便去似不肯他明招云朗上座喫却招慶飯了却去江外打野榸野榸即是荒野中火燒底木橛謂之野榸用明朗上座不向正處行却向外邊走朗撥云和尚又作麽生招云非人得其便明招自然有出身處亦不辜負他所問所以道

俊狗咬人不露牙潙山喆和尚云王太傅大似相如奪璧直得鬚鬢衝冠蓋明招忍俊不禁難逢其便大潙若作朗上座見他太傅拂袖便行放下茶銚呵呵大笑何故見之不取千載難逢不見寶壽問胡釘鉸久聞胡釘鉸莫便是否胡云是壽云還釘得虛空麽胡云請師打破將來壽便打胡不肯壽云異日自有多口阿師爲你點破在胡後見趙州舉似前話州云你因什麽被他打胡云不知過在什麽處州云只這一縫尚不柰何更教他打虛空來胡便休去州代云且釘這一縫胡於是有省京兆米七師行脚歸有老宿問云月夜斷井索人皆喚作蛇未審七師見佛時喚作什麽七師云若有所見即同衆生老宿云也是千年桃核忠國師問紫璘供奉聞說

供奉解註思益經是否奉云是師云凡當註經須解佛意始得奉云若不會意爭敢言註經師遂令侍者將一碗水七粒米一隻筯在碗上送與供奉問云是什麽義奉云不會師云老僧意尚不會更說甚佛意王太傅與朗上座如此話會不一雪竇末後却道當時但與踏倒茶爐明招雖是如此終不如雪竇雪峰在洞山會下作飯頭一日淘米次山問作什麽峰云淘米山云淘米去沙淘沙去米峰云沙米一時去山云大衆喫箇什麽峰便覆却盆山云子因緣不在此雖然恁麽爭似雪竇云當時但踏倒茶爐一等是什麽時節到他用處自然騰今煥古有活脫處頌云

來問若成風（箭不虛發偶爾成文不妨要妙）應機非善巧（弄泥團漢有什麽限方木逗圓孔不妨撞著作家）堪悲獨眼龍（只具一隻眼只得一橛）曾未呈牙爪（也無牙爪可呈說什麽牙爪也不得欺他）牙爪開（你還見麽雪竇却較些子若有恁麽手脚踏倒茶爐）生雲雷（盡大地人一時喫棒天下衲僧無著身處旱天霹靂）逆水之波經幾回（七十二棒翻成一百五十）

來問若成風應機非善巧太傅問處似運斤成風此出莊子郢人泥壁餘一小竅遂圜泥擲補之時有少泥落在鼻端傍有匠者云公補竅甚巧我運斤爲你取鼻端泥其鼻端泥若蠅子翼使匠者斲之匠者運斤成風而斲之盡其泥而不傷鼻郢人立不失容所謂二俱巧妙朗上座雖應其機語無善巧所以雪竇道來問若成風應機非善巧堪悲獨眼龍曾未呈牙爪明招道得也太奇特爭柰未有拏雲攫霧底爪牙雪竇傍不肯忍俊不禁代他出氣雪竇暗去合他意自頌他踏倒茶爐

語牙爪開生雲雷逆水之波經幾回雲門道不望你有逆水之波但有順水之意亦得所以道活句下薦得永刼不忘朗上座與明招語句似死若要見活處但看雪竇踏倒茶爐

垂示云七穿八穴攙鼓奪旗百匝千重瞻前顧後踞虎頭收虎尾未是作家牛頭沒馬頭回亦未爲奇特且道過量底人來時如何試舉看

舉三聖問雪峰透網金鱗未審以何爲食（不妨縱橫自在此問太高生你合只自知何必更問）峰云待汝出網來向汝道（減人多少聲價作家宗師天然自在）聖云一千五百人善知識話頭也不識（迅雷霹靂可煞驚羣一任跨跳）峰云老僧住持事繁（不在勝負放過一著此語最毒）

雪峰三聖雖然一出一入一挨一撥未分勝負在且道這二尊宿具什麼眼目三聖自臨濟受訣徧歷諸方皆以高賔待之看他致箇問端多少人摸索不著且不涉理性佛祖却問道透網金鱗以何爲食且道他意作麼生透網金鱗尋常旣不食他香餌不知以什麼爲食雪峰是作家匠似閑只以一二分酬他却向他道待汝出網來向汝道汾陽謂之呈解問洞下謂之借事問須是超倫絶類得大受用頂門有眼方謂之透網金鱗爭柰雪峯是作家不妨減人聲價却云待汝出網來向汝道看他兩家把定封疆壁立萬仞若不是三聖只此一句便去不得爭柰三聖亦是作家方解向他道一千五百人善知識話頭也不識雪峯却道老僧住持事繁此語得恁麼頑慢他作家相見一擒一縱逢强卽弱遇賤卽貴你若作勝負會未夢見雪峯在看他二

人最初孤危峭峻末後二俱死郎當且道還有得失勝負麼他作家酬唱必不如此三聖在臨濟作院主臨濟遷化垂示云吾去後不得滅吾正法眼藏三聖出云爭敢滅却和尚正法眼藏濟云已後有人問你作麼生三聖便喝濟云誰知吾正法眼藏向這瞎驢邊滅却三聖便禮拜他是臨濟眞子方敢如此酬唱雪竇末後只頌透網金鱗顯他作家相見處頌云

透網金鱗千兵易得一將難求何似生千聖不柰何休云滯水向他雲外立活鱍鱍地且莫鈍置好放出又何妨搖乾蕩坤作家作家未是他奇特處振鬣擺尾誰敢辨端倪做得個伎倆費弄出來不妨驚羣千尺鯨噴洪浪飛轉過那邊去不妨奇特盡大地人一口吞盡一聲雷震清飈起有眼有耳如聾如盲誰不悚然清飈起在什麼處咄天上人間知幾幾雪峯牢把陣頭三聖牢把陣脚

撒土撒沙作什麼打云你在什麼處透網金鱗休云滯水五祖道只此一句頌了也旣是透網金鱗豈居滯水必在洪波浩渺白浪滔天處且道二六時中以何爲食諸人且向三條椽下七尺單前試定當看雪竇道此事隨分拈弄如金鱗之類振鬣擺尾時直得乾坤動搖千尺鯨噴洪浪飛此頌三聖道一千五百人善知識話頭也不識如鯨噴洪浪相似一聲雷震清飈起頌雪峯道老僧住持事繁如一聲雷震清飈起相似大綱頌他兩箇俱是作家清飈起天上人間知幾幾且道這一句落在什麼處飈者風也當清飈起時天上人間能有幾人知

垂示云度越階級超絕方便機機相應句句相投儻非入大解脫門得大解脫用何以權

衡佛祖龜鑑宗乘且道當機直截逆順縱橫如何道得出身句試請舉看

舉僧問雲門如何是塵塵三昧（天下衲僧盡在這裏作寰窟滿口含霜撒沙撒土作什麽）門云鉢裏飯桶裏水（布袋裏盛錐金沙混雜將錯就錯含元殿裏不同長安）還定當得麽若定當得雲門鼻孔在諸人手裏若定當不得諸人鼻孔在雲門手裏雲門有斬釘截鐵句此一句中具三句有底問著便道鉢裏飯粒粒皆圓桶裏水滴滴皆濕若恁麽會且不見雲門端的爲人處頌云

鉢裏飯桶裏水（露也撒沙撒土作什麽漱口三年始得）多口阿師難下嘴（縮却舌頭識法者懼爲什麽却恁麽舉）北斗南星位不殊（喚東作西作什麽坐立儼然長者長法身短者短法身）白浪滔天平地起（脚下深數丈賓主互換驀然在你頭上你又作麽生打）擬不擬（蒼天蒼天咄）止不止（說什麽更添怨苦）箇箇無覗長者子（郎當不少傍觀者哂）

雪竇前面頌雲門對一說話道對一說太孤絕無孔鐵鎚重下楔後面又頌馬祖離四句絕百非話道藏頭白海頭黑明眼衲僧會不得若於此公案透得便見這箇頌雪竇當頭便道鉢裏飯桶裏水言中有響句裏呈機多口阿師難下嘴隨後便與你下注脚也你若向這裏要求玄妙道理計較轉難下嘴雪竇只到這裏也得他愛恁麽頭上先把定恐衆中有具眼者覷破也到後面須放過一著俯爲初機打開頌出教人見北斗依舊在北南星依舊只在南所以道北斗南星位不殊白浪滔天平地起忽然平地上起波瀾又作麽生若向事上覷則易若向意根下尋卒摸索不著這箇如鐵橛子相似擺撥不得插嘴不

得你若擬議欲會而不會止而不止亂呈懞袋正是箇箇無裩長者子寒山詩道六極常嬰苦九維徒自論有才遺草澤無勢閉蓬門日上巖猶暗煙消谷尚昏其中長者子箇箇總無裩

佛果圜悟禪師碧巖集卷第五

音釋

灑沙下切沙上聲灑落也　兕詳子切詞上聲　趕古旱切干上聲追也　獹龍都切音盧韓獹犬也　涸曷各切音鶴水竭　鹵郎古切音魯鹵莽輕脱苟且也　羸餘輕切音盈輸之對也　滂霈上與滂同平聲下滂佩切音配滂霈雨貌又水流貌　吻武粉切音刎口脣邊曰吻　郢庚頂切音穎地名在楚　攫丘縛切匡入聲攫取也

佛果圜悟禪師碧巖集卷第六

秣陵遠庵吳自弘校

天界比丘性湛　閱

垂示云纔有是非紛然失心不落階級又無摸索且道放行即是把住即是到這裏若有一絲毫解路猶滯言詮尚拘機境盡是依草附木直饒便到獨脫處未免萬里望鄉關還搆得麼若未搆得且只理會箇現成公案試舉看

舉雪峰住庵時有兩僧來禮拜（作甚麼一狀領過）峰見來以手托庵門放身出云是甚麼（鬼眼睛無孔笛子擎頭戴角）僧亦云是甚麼（泥彈子氈拍板箭鋒相拄）峰低頭歸庵（爛泥裏有刺如龍無足似蛇有角就中難爲措置）僧後到巖頭（也須是問過始得同道方知）頭問甚麼處來（也須是作家始得這漢往往納敗闕若不是同參洎乎放過）僧云嶺南來（傳得甚麼消息來也須是通箇消息還見雪峰麼）頭云曾到雪峰麼（勘破了多時不可道不到）僧云曾到（實頭人難得打作兩橛）頭云有何言句（便恁麼去也）僧舉前話（便恁麼去也重重納敗闕）頭云他道甚麼（好劈口便打失却鼻孔了也）僧云他無語低頭歸庵（又納敗闕你且道他是甚麼）頭云噫我當初悔不向他道末後句（洪波浩渺白浪滔天）若向伊道天下人不奈雪老何（癩兒牽伴不必須彌也須粉碎且道他圈繢在甚麼處）僧至夏末再舉前話請益（已是不惺惺正賊去了多時賊過後張弓）頭云何不早問（好與拗倒禪床過也）僧云未敢容易（這棒本是這僧喫穿却鼻孔停囚長智已是兩重公案）頭云雪峰雖與我同條生不與我同條死（漫天網地）要識末後句只這是（賺殺一船人我也不信洎乎分疎不下）

大凡扶竪宗教須是辨箇當機知進退是非明殺活擒縱若忽眼目迷黎麻羅到處逢問

便問逢荅便荅殊不知鼻孔在別人手裏只如雪峰巖頭同參德山此僧參雪峰見解只到恁麽處及乎見巖頭亦不曾成得一事虛煩他二老宿一問一答一擒一縱直至如今天下人成節角譊訛不下且道節角譊訛在甚麽處雪峰雖遍歷諸方末後於鼇山店巖頭因而激之方得勦絕大徹巖頭後值沙汰於湖邊作渡子兩岸各懸一板有人過敲板一下頭云你過那邊遂從蘆葦間舞棹而出雪峰歸嶺南住庵這僧亦是久參底人雪峰見來以手托庵門放身出云是甚麽如今有底恁麽問著便去他語下咬嚼這僧亦怪也只向他道是甚麽峰低頭歸庵往往喚作無語會去也這僧便摸索不著有底道雪峰被這僧一問直得無語歸庵殊不知雪峰意有毒害處雪峰雖得便宜爭奈藏身露影這僧後辭雪峰持此公案令巖頭判旣到彼巖頭問甚麽處來僧云嶺南來頭云曾到雪峰麽若要見雪峰只此一問也好急著眼看僧云曾到頭云有何言句此語亦不空過這僧不曉只管逐他語脉轉頭云他道甚麽僧云他低頭無語歸庵這僧殊不知巖頭著草鞋在他肚皮裏行幾回了也巖頭云噫我當初悔不向他道末後句若向他道天下人不奈雪老何巖頭也是扶强不扶弱這僧依舊黑漫漫地不分緇素懷一肚皮疑眞箇道雪峰不會至夏末再舉前話請益巖頭頭云何不早問這老漢計較生也僧云未敢容易頭云雪峰雖與我同條生不與我同條死要識末後句只這是巖頭太煞不惜眉毛諸人畢

竟作麽生會雪峰在德山會下作飯頭一日齋晚德山托鉢下至法堂峰云鐘未鳴鼓未響這老漢托鉢向甚麽處去山無語低頭歸方丈雪峰舉似巖頭頭云大小德山不會末後句山聞令侍者喚至方丈問云汝不肯老僧那頭密啟其語山至來日上堂與尋常不同頭於僧堂前撫掌大笑云且喜老漢會末後句他後天下人不奈他何雖然如是只得三年此公案中如雪峰見德山無語將謂得便宜殊不知著賊了也蓋爲他曾著賊來後來亦解做賊所以古人道末後一句始到牢關有者道巖頭勝雪峰則錯會了也巖頭常用此機示衆云明眼漢沒窠臼却物爲上逐物爲下這末後句設使親見祖師來也理會不得德山齋晚老子自捧鉢下法堂去巖頭道大小德山未會末後句在雪竇拈云曾聞說箇獨眼龍元來只具一隻眼殊不知德山是箇無齒大蟲若不是巖頭識破爭知得昨日與今日不同諸人要會末後句麽只許老胡知不許老胡會自古及今公案萬別千差如荊棘林相似你若透得去天下人不奈何三世諸佛立在下風你若透不得巖頭道雪峰雖與我同條生不與我同條死只這一句自然有出身處雪竇頌云

末後句（已在言前將謂真箇覰著則瞎）爲君說（舌頭落也說不著有頭無尾有尾無頭）明暗雙雙底時節（葛藤老漢如牛無角似虎有角彼此是恁麽）同條生也共相知（是何種族彼此沒交涉君向瀟湘我向秦）不同條死還殊絕（拄杖子在我手裏爭怪得山僧你鼻孔爲什麽在別人手裏）還殊絕（還要喫棒麽什麽摸索處）黃頭碧眼須甄別（盡大地人亡鋒結舌我也恁麽他人却不恁麽只許

老胡知不許老胡會南北東西歸去來收脚跟下猶帶五色線在乞你一條拄杖子夜深同看千巖雪猶較半月程從他大地雪漫漫塡溝塞壑無人會也只是箇瞎漢還識得末後句麼便打末後句爲君說雪竇頌此末後句他意極有落草相爲頌則煞頌只頌毛彩些子若要透見也未在更敢開大口便道明暗雙雙底時節與你開一綫路亦與你一句打殺了也末後更與你注解只如招慶一日問羅山云巖頭道恁麼恁麼不恁麼不恁麼意旨如何羅山召云大師師應諾山云雙明亦雙暗慶禮謝而去三日後又問前日蒙和尚垂慈只是看不破山云盡情向你道了也慶云和尚是把火行山云若恁麼據大師疑處問將來慶云如何是雙明亦雙暗山云同生亦同死慶當時禮謝而去後有僧問招慶同生亦同死時如何慶云合取狗口僧云大師收取口喫飯其僧却來問羅山云同生不同死時如何山云如牛無角僧云同生亦同死時如何山云如虎戴角末後句正是這箇道理羅山會下有僧便用這箇意致問招慶慶云彼此皆知何故我若東勝昇洲道一句西瞿耶尼洲也知天上道一句人間也知心心相知眼眼相照同條生也則猶易見不同條死也還殊絕釋迦達磨也摸索不著南北東西歸去來有些子好境界夜深同看千巖雪且道是雙明雙暗是同條生是同條死具眼衲僧試甄別看

舉僧問趙州久響趙州石橋到來只見畧彴也有人來捋虎鬚也是衲僧本分事州云汝只見畧彴且不見石橋慣得其便這老漢賣身去也僧云如何是石

橋（上鈎來也果然）州云渡驢渡馬（一網打就直得盡大地人無出氣處一死更不再活）趙州有石橋蓋李膺造也至今天下有名畧彴者即是獨木橋也其僧故意減他威光問他道久響趙州石橋到來只見畧彴趙州便道汝只見畧彴且不見石橋據他問處也只是平常說話相似趙州用去釣他這僧果然上鈎隨後便問如何是石橋州云渡驢渡馬不妨言中自有出身處趙州不似臨濟德山行棒行喝他只以言句殺活這公案好好看來只是尋常鬪機鋒相似雖然如是也不妨難湊泊一日與首座看石橋州乃問首座是什麽人造座云李膺造州云造時向什麽處下手座無對州云尋常說石橋問著下手處也不知又一日州掃地次僧問和尚是善知識為什麽有塵州云外來底又問清淨伽藍為什麽有塵州云又有一點也又僧問如何是道州云墻外底僧云不問這箇道問大道州云大道透長安趙州偏用此機他到平實安穩處為人更不傷鋒犯手自然孤峻用得此機甚妙雪竇頌云

孤危不立道方高（須是到這田地始得言猶在耳還他本分草料）

入海還須釣巨鼇（坐斷要津不通凡聖鰕蜆螺蚌不足問大丈夫漢不可兩兩三三）

堪笑同時灌溪老（也有恁麼人曾恁麼來也有恁麼用機關底手脚）

解云劈箭亦徒勞（猶較半月程似則似是則未是）

孤危不立道方高雪竇頌趙州尋常為人處不立玄妙不立孤危不似諸方道打破虛空擊碎須彌海底生塵須彌鼓浪方稱他祖師之道所以雪竇道孤危不立道方高壁立萬

仞顯佛法奇特靈明雖然孤危峭峻不如不立孤危但平常自然轉轆轆地不立而自立不高而自高機出孤危方見玄妙所以雪竇云入海還須釣巨鰲看他具眼宗師等閑垂一語用一機不釣鰕蜆螺蚌直釣巨鰲也不妨是作家此一句用顯前面公案堪笑同時灌溪老不見僧問灌溪久響灌溪及乎到來只見箇漚麻池溪云汝只見漚麻池且不見灌溪僧云如何是灌溪溪云劈箭急又僧問黃龍久響黃龍及乎到來只見箇赤斑蛇龍云子只見赤斑蛇且不見黃龍僧云如何是黃龍龍云拖拖地僧云忽遇金翅鳥來時如何龍云性命難存僧云恁麼則遭他食噉去也龍云謝子供養此總是立孤危是則也是不免費力終不如趙州尋常用底所以雪竇道解云劈箭亦徒勞只如灌溪黃龍卽且置趙州云渡驢渡馬又作麼生會試辨看

垂示云徧界不藏全機獨露觸途無滯著著有出身之機句下無私頭頭有殺人之意且道古人畢竟向什麼處休歇試舉看

舉馬大師與百丈行次見野鴨子飛過（兩箇落草漢草裏輥驀頭作什麼）大師云是什麼（和尚合知這老漢鼻孔也不知）丈云野鴨子（鼻孔已在別人手裏只管供款第二杓惡水更毒）大師云什麼處去也（前箭猶輕後箭深第二回啗啄也合自知）丈云飛過去也（只管隨他後轉當面蹉過）大師遂扭百丈鼻頭（父母所生鼻孔却在別人手裏別轉鎗頭換轉鼻孔來也）丈作忍痛聲（只在這裏還喚作野鴨子得麼還識痛痒麼）大師云何曾飛去（莫瞞人好這老漢元來只在鬼窟裏作活計）

正眼觀來却是百丈具正因馬大師無風起浪諸人要與佛祖為師參取百丈要自救不

了參取馬祖大師看他古人二六時中未嘗不在箇裏百丈丱歲離塵三學該練屬大寂闡化南昌乃傾心依附二十年爲侍者及至再參於喝下方始大悟而今有者道本無悟處作箇悟門建立此事若恁麼見解如獅子身中蟲自食獅子肉不見古人道源不深者流不長智不大者見不遠若用作建立會佛法豈到如今看他馬大師與百丈行次見野鴨子飛過大師豈不知是野鴨子爲甚麼却恁麼問且道他意落在什麼處百丈只管隨他後走馬祖遂扭他鼻孔丈作忍痛聲馬祖云何曾飛去百丈便省而今有底錯會纔問著便作忍痛聲且喜跳不出宗師家爲人須爲敎徹見他不會不免傷鋒犯手只要教他明此事所以道會則途中受用不會則世諦

流布馬祖當時若不扭住只成世諦流布也須是逢境遇緣宛轉教歸自己十二時中無空缺處謂之性地明白若只依草附木認箇驢前馬後有何用處看他馬祖百丈恁麼用雖似昭昭靈靈却不住在昭昭靈靈處百丈作忍痛聲若恁麼見去徧界不藏頭頭成現所以道一處透千處萬處一時透馬祖次日陞堂衆纔集百丈出卷却拜蓆馬祖便下座歸方丈次問百丈我適來上堂未曾說法你爲什麼便卷却蓆丈云昨日被和尚扭得鼻孔痛祖云你昨日向甚處留心丈云今日鼻頭又不痛也祖云你深知今日事丈乃作禮却歸侍者寮哭同事侍者問云你哭作什麼丈云你去問取和尚侍者遂去問馬祖祖云你去問取他看侍者却歸寮問百丈丈却呵

呵大笑侍者云你適來哭而今爲什麽却笑丈云我適來哭如今却笑看他悟後阿轆轆地羅籠不住自然玲瓏雪竇頌云

野鴨子成群作隊又有一隻知何許用作什麽如麻似粟馬祖見來相共語打葛藤有什麽了期說箇什麽獨有馬祖識箇佼低話盡山雲海月情東家杓柄長西家杓柄短知他打葛藤多少依前不會還飛去因莫道他不會言飛過什麽處去欲飛去鼻孔在別人手裏巳是與他下注脚了也却把住老婆心切更道什麽道道什麽道不可也教山僧道不可作野鴨子叫蒼天蒼天脚跟下好與三十棒不知向什麽處去

雪竇劈頭便頌道野鴨子知何許且道有多少馬祖見來相共語此頌馬祖問百丈云是什麽丈云野鴨子話盡山雲海月情頌再問百丈什麽處去馬大師爲他意旨自然脫體百丈依前不會却道飛過去也兩重蹉過欲飛去却把住雪竇據欵結案又云道道此是雪竇轉身處且道作麽生道若作忍痛聲則錯若不作忍痛聲又作麽生會雪竇雖然頌得甚妙爭奈也跳不出

垂示云透出生死撥轉機關等閑截鐵斬釘隨處葢天葢地且道是什麽人行履處試舉看

舉雲門問僧近離甚處不可也道西禪探竿影草不可道東西南北僧云西禪果然可煞實頭當時好與本分草料門云西禪近日有何言句欲舉恐驚和尚深辨來風也似和尚翻似寐語僧展兩手敗闕了也勾賊破家不妨令人疑著門打一掌據令而行好打快便難逢僧云某甲話在你待要翻欵那却似有攙旗奪鼓底手脚門却展兩手賽駕與青龍不解騎僧無語可惜門便打不可放過此棒合是雲門喫何故當斷不斷反招其亂闍黎合喫多少放過一著若不放過合作麽生

雲門問這僧近離甚處僧云西禪這箇是當面話如閃電相似門云近日有何言句也只是平常說話這僧也不妨是箇作家却到去驗雲門便展兩手若是尋常人遭此一驗便見手忙脚亂他雲門有石火電光之機便打一掌僧云打即故是爭柰某甲話在這僧有轉身處所以雲門放開却展兩手其僧無語門便打看他雲門自是作家行一步知一步落處會瞻前亦解顧後不失蹤由這僧只解瞻前不能顧後頌云

虎頭虎尾一時收（殺人刀活人劍須是這僧始得千兵易得一將難求）凜凜威風四百州（坐斷天下人舌頭蓋天蓋地）却問不知何大嶮（不可盲枷瞎棒雪竇元來未知在闍黎相次著也）師云放過一着（若不放過又作麼生盡天下人一時落節擊禪床一下）

雪竇頌得此語極易會大意只頌雲門機鋒所以道虎頭虎尾一時收古人云據虎頭收虎尾第一句下明宗旨雪竇只據欵結案愛雲門會據虎頭又能收虎尾僧展兩手門便打是據虎頭雲門展兩手僧無語門又打是收虎尾頭尾齊收眼似流星自然如擊石火似閃電光直得凜凜威風四百州直得盡大地世界風颯颯地却問不知何太嶮不妨有嶮處雪竇云放過一著且道如今不放過時又作麼生盡大地人總須喫棒如今禪和子總道等他展手時也還他本分草料似則也似是則未是雲門不可只恁麼教你休也須別有事在

垂示云穩密全眞當頭取證涉流轉物直下承當向擊石火閃電光中坐斷誵訛於據虎頭收虎尾壁立千仞則且置放一線道還有

爲人處也無試舉看

舉道吾與漸源至一家弔慰源拍棺云生邪死邪（道什麼好不惺惺這漢猶在兩頭）吾云生也不道死也不道（龍吟霧起虎嘯風生買帽相頭老婆心切）源云爲什麼不道（蹉過了也果然錯會）吾云不道不道（惡水驀頭澆前箭猶輕後箭深）回至中路（太惺惺）源云和尚快與某甲道若不道打和尚去也（却較些子罕逢穿耳客多遇刻舟人似這般不唧嚠漢入地獄如箭）吾云打即任打道即不道（再三須重事就身打劫這老漢滿身泥水初心不改）源便打（好打且道打他作什麼屈棒元來有人喫在）後道吾遷化源至石霜舉似前話（知而故犯不知是不是是則也大奇）霜云生也不道死也不道（可煞新鮮這般茶飯却元來有人喫）源云爲什麼不道（語雖一般意無兩種且道與前來問是同是別）霜云不道不道（天上天下曹溪波浪如相似無限平人被陸沉）源於言下有省（瞎漢且莫瞞山僧好）源一日將鍬子於法堂上從東過西從西過東（也是死中得活好與先師出氣莫問他且看這漢一場懡㦬）霜云作什麼（隨後婁藪也）源云覓先師靈骨（喪車背後抛藥袋悔不慎當初你道什麼）霜云洪波浩渺白浪滔天覓什麼先師靈骨（也須還他作家始得成羣作隊作什麼）雪竇著語云蒼天蒼天（太遲生賊過後張弓）（好與一坑埋却）源云正好着力（且道落在什麼處先師曾向你道什麼這漢從頭到尾直至如今出身不得）太原孚云先師靈骨猶在（大衆見麼閃電相似是什麼破草鞋猶較些子）

道吾與漸源至一家弔慰源拍棺木云生邪死邪若向句下便入得言下便知歸只這便是透脫生死底關鍵其或未然往往當頭蹉過看他古人行住坐卧不妨以此事爲念纔至人家弔慰漸源便拍棺問道吾云生邪死邪道吾不移易一絲毫對他道生也不道死也不道漸源當面蹉過逐他語句走更云爲

什麽不道吾云不道不道吾可謂赤心片片將錯就錯源猶自不惺惺回至中路又云和尚快與某甲道若不道打和尚去也這漢識什麽好惡所謂好心不得好報道吾依舊老婆心切更向他道打卽任打道卽不道源便打雖然如是却是他羸得一籌道吾恁麽血滴滴地爲他漸源得恁麽不瞥地道吾旣被他打遂向漸源云汝且去恐院中知事探得與你作禍密遣漸源出去道吾忒煞傷慈源後來至一小院聞行者誦觀音經云應以比丘身得度者卽現比丘身而爲說法忽然大悟云我當時錯怪先師爭知此事不在言句上古人道沒量大人被語脉裏轉却有底情解道道吾云不道不道便是道了也喚作打背翻筋斗教人摸索不著若恁麽會作麽生得平穩去若脚踏實地不隔一絲毫不見七賢女遊屍陁林遂指屍問云屍在這裏人在什麽處大姊云作麽作麽一衆齊證無生法忍且道有幾箇千箇萬箇只是一箇漸源後到石霜擧前話石霜依前云生也不道死也不道源云爲什麽不道霜云不道不道他便悟去一日將鍬子於法堂上從東過西從西過東意欲呈已見解霜果問云作什麽源云覔先師靈骨霜便截斷他脚跟云我這裏洪波浩渺白浪滔天覔什麽先師靈骨他旣是覔先師靈骨石霜爲什麽却恁麽道到這裏若於生也不道死也不道處言下薦得方知自始至終全機受用你若作道理擬議尋思直是難見漸源云正好著力看他悟後道得自然奇特道吾一片頂骨如金色擊時作銅

聲雪竇著語云蒼天蒼天其意落在兩邊太原孚云先師靈骨猶在自然道得穩當這一落索一時拈向一邊且道作麼生是省要處作麼生是著力處不見道一處透千處萬處一時透若向不道不道處透得去便乃坐斷天下人舌頭若透不得也須是自參自悟不可容易過日可惜許時光雪竇頌云

兎馬有角（斬可煞奇特可煞新鮮）牛羊無角（斬成什麼模樣瞞別人即得）絕毫絕氂（天上天下惟我獨尊你向什麼處摸索）如山如嶽（在什麼處平地起波瀾塑著你鼻孔）黃金靈骨今猶在（截却舌頭塞却咽喉拈向一邊只恐無人識得伊）白浪滔天何處著（放過一著脚跟下蹉過眼裏耳裏著不得）無處著（果然却較些子果然沒溺深坑）隻履西歸曾失却（祖禰不了累及兒孫打云爲什麼却在這裏）

雪竇偏會下注脚他是雲門下兒孫凡一句中具三句底鉗鎚向難道處道破向撥不開處撥開去他緊要處頌出直道兎馬有角牛羊無角且道兎馬爲什麼有角牛羊爲什麼却無角若透得前話始知雪竇有爲人處有者錯會道不道便是道無句是有句兎馬無角却云有角牛羊有角却云無角且得沒交涉殊不知古人千變萬化現如此神通只爲打破你這精靈鬼窟若透得去不消一箇了字兎馬有角牛羊無角絕毫絕氂如山如嶽這四句似摩尼寶珠一顆相似雪竇渾淪地吐在你面前了也末後皆是據款結案黃金靈骨今猶在白浪滔天何處著此頌石霜與太原孚語爲什麼無處著隻履西歸曾失却靈龜曳尾此是雪竇轉身爲人處古人道他參活句不參死句既是失却他一火爲什麼

却競頭爭

垂示云諸佛不曾出世亦無一法與人祖師不曾西來未嘗以心傳授自是時人不了向外馳求殊不知自己脚跟下一段大事因緣千聖亦摸索不著只如今見不見聞不聞說不說知不知從什麼處得來若未能洞達且向葛藤窟裏會取試舉看

舉良禪客問欽山一鏃破三關時如何（嶮不妨奇特不妨是箇猛將）山云放出關中主看（劈面來也也要大家知主山高校山低）良云恁麼則知過必改（見機而作已落第二頭）山云更待何時（有擒有縱風行草偃）良云好箭放不著所在便出（果然擬待翻款那第二棒打人不痛）山云且來闍黎（呼則易遣則難喚得回頭堪作什麼）良回首（果然把不住中也）山把住云一鏃破三關即且止試與欽山發箭看（虎口裏橫身逆水之波見義不爲無勇也）良擬議（果然摸索不著打云可惜許）山打七棒云且聽這漢疑三十年（令合恁麼有始有終頭正尾正這箇棒合是欽山喫）

良禪客也不妨是一員戰將向欽山手裏左盤右轉墜鞭閃鐙末後可惜許弓折箭盡雖然如是李將軍自有家聲在不得封侯也是閑這箇公案一出一入一擒一縱當機覿面提覿面當機疾都不落有無得失謂之玄機稍虧些子力量便有顛蹶這僧亦是箇英靈底衲子致箇問端不妨驚群欽山是作家宗師便知他問頭落處鏃者箭鏃也一箭射透三關時如何欽山意道你射透得則且置試放出關中主看良云恁麼則知過必改也不妨奇特欽山云更待何時看他恁麼祇對欽山所問更無些子空缺處後頭良禪客却道好箭放不著所在拂袖便出欽山纔見他恁

麽道便喚云且來闍黎良禪客果然把不住便回首欽山擒住云一鏃破三關則且止試與欽山發箭看良擬議欽山便打七棒更隨後與他念一道咒云且聽這漢疑三十年如今禪和子盡道爲什麽不打八下又不打六下只打七下不然等他問道試與欽山發箭看便打似則也似是則未是在這箇公案須是胸襟裏不懷些子道理計較超出語言之外方能有一句下破三關及有放箭處若存是之與非卒摸索不著當時這僧若是箇漢欽山也大嶮他既不能行此令不免倒行且道關中主畢竟是什麽人看雪竇頌云

與君放出關中主（中也當頭蹉過退後退後）放箭之徒莫莽鹵（一死不再活大蒲說過了）取箇眼兮耳必聾（左眼半斤放過一著左邊不前右邊不後）捨箇耳兮目雙瞽（右眼八兩）可憐一鏃破三關（只得一路進前則墮坑落塹退後則猛虎銜脚）的的分明箭後路（全機恁麽來時如何道什麽破也墮也）（死漢）君不見（咄打云還見麽）玄沙有言兮（癩兒牽伴打葛藤去也）大丈夫先天爲心祖（那箇不是玄沙）（一句截流萬機寢削鼻孔在我手裏未有天地世界已前在什麽處安身立命）

此頌數句取歸宗頌中語歸宗昔日因作此頌號曰歸宗宗門中謂之宗旨之說後來同安聞之云良公善能發箭要且不解中的有僧便問如何得中的安云關中主是什麽人後有僧舉似欽山山云良公若恁麽也未免得欽山口雖然如是同安不是好心雪竇道與君放出關中主開眼也著合眼也著有形無形盡斬爲三段放箭之徒莫莽鹵若善能放箭則不莽鹵若不善放則莽鹵可知取箇眼兮耳必聾捨箇耳兮目雙瞽且道取箇眼

爲什麽却耳聾捨箇耳爲什麽却雙瞽此語無取捨方能透得若有取捨則難見可憐一鏃破三關的的分明箭後路良禪客問一鏃破三關時如何欽山云放出關中主看乃至末後同安公案盡是箭後路畢竟作麽生君不見玄沙有言兮大丈夫先天爲心祖每常以心爲祖宗極則這裏爲什麽却於天地未生已前猶爲此心之祖若識破這箇時節方識得關中主的的分明箭後路若要中的箭後分明有路且道作麽生是箭後路也須是自著精彩始得大丈夫先天爲心祖玄沙常以此語示衆此乃是歸宗有此頌雪竇誤用爲玄沙語如此參學者若以此心爲祖宗參到彌勒佛下生也未會在若是大丈夫漢心猶是兒孫天地未分已是第二頭且道正當恁麽時作麽生是先天地

垂示云未透得已前一似銀山鐵壁及乎透得了自己元來是鐵壁銀山或有人問且作麽生但向他道若向箇裏露得一機看得一境坐斷要津不通凡聖未爲分外苟或未然看取古人樣子

舉僧問趙州至道無難唯嫌揀擇如何是不揀擇(這鐵蒺藜多少人吞不得大有人疑著在滿口含霜)州云天上天下唯我獨尊(平地上起骨堆衲僧鼻孔一時穿却金剛鑄鐵券)僧云此猶是揀擇(果然隨他轉了也拶著這老漢)州云田庫奴什麽處是揀擇(山高石裂)僧無語(放你三十棒直得目瞪口呿)

僧問趙州至道無難唯嫌揀擇三祖信心銘劈頭便道這兩句有多少人錯會何故至道本無難亦無不難只是唯嫌揀擇若恁麽會

一萬年也未夢見在趙州常以此語問人這僧將此語倒去問他若向語上覔此僧却驚天動地若不在語句上又且如何更參三十年這箇些子關捩子須是轉得始解捋虎鬚也須是本分手段始得這僧也不顧危亡敢捋虎鬚便道此猶是揀擇趙州劈口便塞道田厙奴什麽處是揀擇若問著別底便見腳忙手亂爭奈這老漢是作家向動不得處動向轉不得處轉你若透得一切惡毒言句乃至千差萬狀世間戲論皆是醍醐上味若到著實處方見趙州赤心片片田厙奴乃福唐人鄉語罵人似無意智相似這僧道此猶是揀擇趙州道田厙奴什麽處是揀擇宗師眼目須至恁麽如金翅鳥擘海直取龍吞雪竇頌云

似海之深（是什麽度量淵源難測也未得一半在）如山之固（什麽人撼得猶在半途）蚊䖟弄空裏猛風（也有恁麽底果然不料力可煞不自量）螻蟻撼於鐵柱（同坑無異土且得沒交涉闍黎與他同參）揀兮擇兮（擔水河頭賣道什麽趙州來也）當軒布鼓（已在言前一坑埋却如麻似粟打云塞却你咽喉）

雪竇注兩句云似海之深如山之固僧云此猶是揀擇雪竇道這僧一似蚊䖟弄空裏猛風螻蟻撼於鐵柱雪竇賞他膽大何故此是上頭人用底他敢恁麽道趙州亦不放他便云田厙奴什麽處是揀擇豈不是猛風鐵柱揀兮擇兮當軒布鼓雪竇末後提起教活若識得明白十分你自將來了也何故不見道欲得親切莫將問來問是故當軒布鼓

舉僧問趙州至道無難唯嫌揀擇是時人窠窟否（兩重公案也是疑人處踏著秤鎚便似鐵猶有這箇在莫以己妨人）

州云曾有人問我直得五年分疎不下 面赤 不如語直胡孫喫 毛蟲蚊子咬鐵牛
趙州平生不行棒喝用得過於棒喝這僧問
得來也甚奇怪若不是趙州也難答伊蓋趙
州是作家只向伊道曾有人問我直得五年
分疎不下問處壁立千仞答處亦不輕他只
恁麼會直是當頭若不會且莫作道理計較
不見投子宗道者在雪竇會下作書記雪竇
令參至道無難唯嫌揀擇於此有省一日雪
竇問他至道無難唯嫌揀擇意作麼生宗云
畜生畜生後隱居投子凡去住持將袈裟裹
草鞋與經文僧問如何是道者家風宗云袈
裟裹草鞋僧云未審意旨如何宗云赤脚下
桐城所以道獻佛不在香多若透得脫去縱
奪在我既是一問一答歷歷現成爲什麼趙

州却道分疎不下且道是時人窠窟否趙州
在窠窟裏答他在窠窟外答他須知此事不
在言句上或有箇漢徹骨徹髓信得及去如
龍得水似虎靠山頌云
象王嚬呻 富貴中之富貴誰人不愀然好箇消息 獅子哮吼
作家中作家百獸脚裂好箇入路 無味之談 相罵饒你接觜鐵橛子相
似有什麼咬嚼處分疎不下五年強一葉舟中載大唐湫湫兀然波浪起誰知別有
好思量 塞斷人口 相唾饒你潑水噴闍黎道甚麼 南北東西
有麼有麼天上天下蒼天蒼天 烏飛兔走 自古自今一時活埋
趙州道曾有人問我直得五年分疎不下似
象王嚬呻獅子哮吼無味之談塞斷人口南
北東西烏飛兔走雪竇若無末後句何處更
有雪竇來既是烏飛兔走且道趙州雪竇山
僧畢竟落在什麼處
垂示云該天括地越聖超凡百草頭上指出

涅槃妙心干戈叢裏點定衲僧命脉且道承箇什麼人恩力便得恁麼試舉看

舉僧問趙州至道無難唯嫌揀擇（再運前來道什麼二重公案）纔有語言是揀擇（滿口含霜）和尚如何爲人（撥著這老漢因）州云何不引盡這語（賊是小人智過君子白拈賊騎賊馬趕賊）僧去某甲只念到這裏（兩箇弄泥團漢逢著箇賊垛根難敵手）州云只這至道無難唯嫌揀擇（畢竟只這老漢被他換却眼睛捉敗了也）

趙州道只這至道無難唯嫌揀擇如擊石火似閃電光擒縱殺活得恁麼自在諸方皆謂趙州有逸群之辯趙州尋常示衆有此一篇云至道無難唯嫌揀擇纔有語言是揀擇是明白老僧不在明白裏是汝等還護惜也無時有僧問云既不在明白裏護惜箇什麼州云我亦不知僧云和尚既不知爲什麼道不在明白裏州云問事即得禮拜了退後來這僧只拈他鬭罅處去問他問得也不妨奇特爭奈只是心行若是别人奈何他不得爭奈趙州是作家便道何不引盡這語這僧也會轉身吐氣便道某甲只念到這裏一似安排相似趙州隨聲拈起便答不須計較古人謂之相續也大難他辨龍蛇别休咎還他本分作家趙州換却這僧眼睛不犯鋒鋩不著計較自然恰好你喚作有句也不得喚作無句也不得喚作不有不無句也不得離四句絶百非何故若論此事如擊石火似閃電光急著眼看方見若或擬議躊躇不免喪身失命

雪竇頌云

水灑不著（說什麼太深遠生有什麼共語處）風吹不入（如虛空相似硬剝剝地望空啟告）虎步龍行（他家得自在不妨奇特）鬼

號神泣大衆掩耳草偃風行闍黎莫是與他同參頭長三尺知是誰怪底物何方聖者見麼見麼相對無言獨足立咄縮頭去放過一著山魈放過即不可便打

水灑不著風吹不入虎步龍行鬼號神泣無你啗啄處此四句頌趙州答話大似龍馳虎驟這僧只得一場懡㦬非但這僧直得鬼也號神也泣風行草偃相似末後兩句可謂一子親得頭長三尺知是誰相對無言獨足立不見僧問古德如何是佛古德云頭長三尺頭長二寸雪竇引用未審諸人還識麼山僧也不識雪竇一時脫體畫却趙州眞箇在裏了也諸人須子細著眼看

垂示云諸佛衆生本來無異山河自己寧有等差爲什麼却渾成兩邊去也若能撥轉話頭坐斷要津放過即不可若不放過盡大地不消一捏且作麼生是撥轉話頭處試舉看

舉雲門以拄杖示衆云點化在臨時殺人刀活人劍換却你眼睛了也拄杖子化爲龍何用周遮用化作什麼吞却乾坤了也天下衲僧性命不存還礙著咽喉麼闍黎向什麼處安身立命山河大地甚處得來十方無壁落四面亦無門東西南北四維上下爭奈這箇何

只如雲門道拄杖子化爲龍吞却乾坤了也山河大地甚處得來若道有則瞎若道無則死還見雲門爲人處麼還我拄杖子來如今人不會他雲門獨露處却道即色明心附物顯理且如釋迦老子四十九年說法不可不知此議論何故更用拈花迦葉微笑這老漢便搽胡道吾有正法眼藏涅槃妙心分付摩訶大迦葉更何必單傳心印諸人既是祖師門下客還明得單傳底心麼胸中若有一物

山河大地縱然現前胸中若無一物外則了無絲毫說什麼理與智冥境與神會何故一會一切會一明一切明長沙道學道之人不識眞只爲從前認識神無量刼來生死本癡人喚作本來人忽若打破陰界身心一如身外無餘猶未得一半在說什麼卽色明心附物顯理古人道一塵纔起大地全收且道是那箇一塵若識得這一塵便識得拄杖子纔拈起拄杖子便見縱横妙用恁麼說話早是葛藤了也何况更化爲龍慶藏主云五千四十八卷還曾有恁麼說話麼雲門每向拄杖處拈掇全機大用活鱍鱍地爲人芭蕉示衆云衲僧巴鼻盡在拄杖頭上永嘉亦云不是標形虛事持如來寶杖親蹤跡如來昔於然燈佛時布髮掩泥以待彼佛然燈曰此處當建梵刹時有一天子遂標一莖草云建梵刹竟諸人且道這箇消息從那裏得來祖師道棒頭取證喝下承當且道承當箇什麼忽有人問如何是拄杖子莫是打筋斗麼莫是撫掌一下麼總是弄精魂且喜沒交涉雪竇頌云

拄杖子吞乾坤（道什麼只用打狗）徒說桃花浪奔（掇開向上一竅千聖齊立下風也不在拏雲攫霧處說得千偏萬偏不如手脚羅籠一偏）燒尾者不在拏雲攫霧（左之右之老僧只管看也只是一箇乾柴片）曝腮者何必喪膽亡魂（人人氣宇如王自是你千里萬里爭奈悚然）拈了也（謝慈悲老婆心切）聞不聞（不免落草用聞作什麼）直須灑灑落落（殘羹餿飯乾坤大地甚處得來）休更紛紛紜紜（舉令者先犯相次到你頭上打云放過則不可）七十二棒且輕恕（山僧不曾行此令據令而行賴值得山僧）一百五十難放君（正令當行豈可只恁麼了直饒朝打三千暮打八百堪作）

什麼師驀拈拄杖下座大衆一時走散雪竇龍頭蛇尾作什麼

雲門委曲爲人雪竇截徑爲人所以撥却化爲龍不消恁麼道只是拄杖子吞乾坤雪竇大意免人情解更道徒說桃花浪奔更不必化爲龍也葢禹門有三級浪每至三月桃花浪漲魚能逆水而躍過浪者即化爲龍雪竇道縱化爲龍亦是徒說燒尾者不在拏雲攫霧魚過禹門自有天火燒其尾拏雲攫霧而去雪竇意道縱化爲龍亦不在拏雲攫霧也曝腮者何必喪膽亡魂清凉疏序云積行菩薩尚乃曝腮於龍門大意明華嚴境界非小德小智之所造詣猶如魚過龍門透不過者點額而回困於死水沙磧中曝其腮也雪竇意道旣點額而回必喪膽亡魂拈了也聞不

聞重下注脚一時與你掃蕩了也諸人直須灑灑落落去休更紛紛紜紜你若更紛紛紜紜失却拄杖子了也七十二棒且輕恕雪竇爲你捨重從輕古人道七十二棒翻成一百五十如今人錯會却只算數目合是七十五棒爲什麼却只七十二棒殊不知古人意在言外所以道此事不在言句中免後人去穿鑿雪竇所以引用直饒眞箇灑灑落落正好與你七十二棒猶是輕恕直饒總不如此一百五十難放君一時頌了也却更拈拄杖重重相爲雖然恁麼也無一箇皮下有血

佛果圜悟禪師碧巖集卷第六

音釋

佼古巧切音攪好也 鍵巨展切音件關鍵戶鑰也 氂鄰溪切音犛十毫曰氂 鐙丁鄧切音嶝鞍鐙 瞽功土切音古目有眹而無明 蝱眉庚切音萌蝱人飛蟲 括古活切官入聲包括也 釁許慎切欣去聲鏬隙曰釁 罅呼嫁切 漲知亮切音障大水貌又水泛溢也 罅乎嫁切裂也

佛果圜悟禪師碧巖集卷第七

秣陵遠庵吳自弘校

天界比丘性湛　閱

垂示云建法幢立宗旨還他本分宗師定龍蛇別緇素須是作家知識劒刃上論殺活棒頭上別機宜則且置且道獨據寰中事一句作麼生商量試舉看

舉風穴垂語云（興雲致雨也要爲主爲賓）若立一塵（我爲法王於法自在花簇簇錦簇簇）家國興盛（不是他屋裏事）不立一塵（掃蹤滅跡失却眼睛和鼻孔失也）家國喪亡（一切處光明用家國作什麼全是他家屋裏事）雪竇拈拄杖云（須是壁立千仞始得達磨來也）還有同生同死底衲僧麼（還我話頭來雖然如是要平不平之事須於雪竇商量始得還知麼若知許你自由自在若不知朝打三千暮打八百）

只如風穴示衆云若立一塵家國興盛不立一塵家國喪亡且道立一塵卽是不立一塵卽是到這裏須是大用現前始得所以道設使言前薦得猶是滯殼迷封直饒句下精通未免觸途狂見他是臨濟下尊宿直下用本分草料若立一塵家國興盛野老顰蹙意在立國安邦須藉謀臣猛將然後麒麟出鳳凰翔乃太平之祥瑞也他三家村裏人爭知有恁麼事不立一塵家國喪亡風颯颯地野老爲什麼出來謳歌只爲家國喪亡洞下謂之轉變處更無佛無衆生無是無非無好無惡絕音響蹤跡所以道金屑雖貴落眼成翳又云金屑眼中翳衣珠法上塵已靈猶不重佛祖是何人七穿八穴神通玅用不爲奇特到箇裏衲被蒙頭萬事休此時山僧都不會若更說心說性說玄說玅都用不着何故他家

自有神仙境南泉示衆云黄梅七百高僧盡是會佛法底人不得他衣鉢唯有盧行者不會佛法所以得他衣鉢又云三世諸佛不知有貍奴白牯却知有野老或顰蹙或謳歌且道作麽生會且道他具什麽眼却恁麽須知野老門前别有條章雪竇雙拈了却拈柱杖云還有同生同死底衲僧麽當時若有箇漢出來道得一句互爲賓主免得雪竇這老漢後面自點胸

野老從教不展眉 三千里外有箇人美食不中飽人喫 且圖家國立雄基 太平一曲大家知要行即行要住即住盡乾坤大地是箇解脫門你作麽生立 謀臣猛將今何在 有麽有麽土曠人稀相逢者少且莫點胸 萬里清風只自知 傍若無人教誰掃地也是雲居羅漢

適來雙提了也這裏却只拈一邊放一邊截

長補短捨重從輕所以道野老從教不展眉我且圖家國立雄基謀臣猛將今何在雪竇拈柱杖云還有同生同死底衲僧麽一似道還有謀臣猛將麽一口吞却一切人了也所以道土曠人稀相逢者少還有相知者麽出來一坑埋却萬里清風只自知便是雪竇點胸處也

垂示云以無師智發無作妙用以無緣慈作不請勝友向一句下有殺有活於一機中有縱有擒且道什麽人曾恁麽來試舉看

舉雲門示衆云乾坤之內 土曠人稀六合收不得 宇宙之間 休向鬼窟裏作活計錯過了也 中有一寶 在什麽處光生也切忌向鬼窟裏覓 秘在形山 撥點 拈燈籠向佛殿裏 猶可商量 將三門來燈籠上 雲門大師是即是不妨誵訛猶較些子若子細檢點將來未免屎臭氣

雲門道乾坤之内宇宙之間中有一寶祕在形山且道雲門意在釣竿頭意在燈籠上此乃肇法師寶藏論數句雲門拈來示衆肇公時於後秦逍遥園造論寫維摩經方知莊老未盡其玅肇乃禮羅什爲師又參瓦棺寺跋陀婆羅菩薩從西天二十七祖處傳心印來肇深造其堂奥肇一日遭難臨刑之時乞七日假造寶藏論雲門便拈論中四句示衆大意云如何以無價之寶隱在陰界之中論中語言皆與宗門說話相符合不見鏡清問曹山清虚之理畢竟無身時如何山云理卽如是事作麽生清云如理如事山云瞞曹山一人卽得爭奈諸聖眼何清云若無諸聖眼爭知不恁麽山云官不容針私通車馬所以道乾坤之内宇宙之間中有一寶祕在形山大意明人人具足箇箇圓成雲門便拈來示衆已是十分現成不可更似座主相似與你注解去他慈悲更與你下注脚道拈燈籠向佛殿裏將三門來燈籠上且道雲門恁麽道意作麽生不見古人云無明實性卽佛性幻化空身卽法身又云卽凡心而見佛心形山卽是四大五蘊也中有一寶秘在形山所以道諸佛在心頭迷人向外求内懐無價寶不識一生休又道佛性堂堂顯現住相有情難見若悟衆生無我我面何殊佛面心是本來心面是娘生面刧石可移動箇中無改變有者只認箇昭昭靈靈爲實只是不得其用亦不得其妙所以動轉不得開撥不行古人道窮則變變則通拈燈籠向佛殿裏若是常情可測度得將三門來燈籠上還測度得麽雲門

與你一時打破情識意想得失是非了也雪竇道我愛韶陽新定機一生與人抽釘拔楔又云曲木據位知幾何利刃翦却令人愛他道拈燈籠向佛殿裏這一句已截斷了也又將三門來燈籠上若論此事如擊石火似閃電光雲門道汝若相當去且覔箇入路微塵諸佛在你脚跟下三藏聖教在你舌頭上不如悟去好和尚子莫妄想天是天地是地山是山水是水僧是僧俗是俗良久云與我拈面前按山來看便有僧出問云學人見山是山水是水時如何門云三門爲什麽從這裏過恐你死却遂以手劃一劃云識得時是醍醐上味若識不得反爲毒藥也所以道了了了時無可了玄玄玄處直須呵雪竇又拈云乾坤之內宇宙之間中有一寶秘在形山掛在壁上達磨九年不敢正眼覷着而今衲僧要見劈脊便棒看他本分宗師終不將實法繫綴人玄沙云羅籠不肯住呼喚不回頭雖然恁麽也是靈龜曳尾雪竇頌云

看看（高着眼用看作什麽驪龍玩珠）古岸何人把釣竿（孤危甚孤危壁立甚壁立賊過後張弓腦後見腮莫與往來）雲冉冉（打斷始得）百匝千重炙脂帽子鵓臭布衫）水漫漫（左之右之前遮後擁）明月蘆花君自看（看著則瞎若識得雲門語便見雪竇末後句）

若識得雲門語便見雪竇爲人處他向雲門示衆後面兩句便與你下箇注脚云看看你便作瞠眉瞠眼會且得沒交涉古人道靈光獨耀迥脫根塵體露眞常不拘文字心性無染本自圓成但離妄緣即如如佛若只向瞠眉努眼處坐殺豈能脫得根塵雪竇道看看雲門如在古岸把釣竿相似雲又冉冉水又

漫漫明月映蘆花蘆花映明月正當恁麽時且道是何境界若便直下見得前後只是一句相似

垂示云意路不到正好提撕言詮不及宜急着眼若也電轉星飛便可傾湫倒嶽衆中莫有辨得底麽試擧看

擧南泉一日東西兩堂爭猫兒（不是今日合鬧也一場漏逗）南泉見遂提起云道得卽不斬（正令當行十方坐斷這老漢有定龍蛇手脚）衆無對（可惜放過一隊漆桶堪作什麽杜撰禪和如麻似粟）泉斬猫兒爲兩段（快哉快哉若不如此盡是弄泥團漢賊過後張弓已是第二頭未擧起時好打）

宗師家看他一動一靜一出一入且道意旨如何這斬猫兒話天下叢林商量浩浩地有者道提起處便是有底道在斬處且得都没交渉他若不提起時亦匝匝地作盡道理殊不知他古人有定乾坤底眼有定乾坤底劒你且道畢竟是誰斬猫兒只如南泉提起云道得卽不斬當時忽有人道得且道南泉斬不斬所以道正令當行十方坐斷出頭天外看誰是箇中人其實當時元不斬此話亦不在斬與不斬處此事斬知如此分明不在情塵意見上討若向情塵意見上討則辜負南泉去但向當鋒劒刃上看是有也得無也得不有不無也得所以古人道窮則變變則通而今人不解變通只管向語句上走南泉恁麽提起不可教人合下得甚語只要教人自薦各各自用自知若不恁麽會卒摸索不着

雪竇當頭頌云

兩堂俱是杜禪和（親言出親口一句道斷據欵結案）撥動煙塵不奈何（看你作什麽折合現成公案也有些子）賴得南

泉能舉令舉拂子云一似這箇王老師猶較些子好箇金剛王寶劍用切泥去也一刀兩段任偏頗百雜碎忽有人按住刀看他作什麼不可放過也便打兩堂俱是杜禪和雪竇不向句下死亦不認驢前馬後有撥轉處便道撥動煙塵不奈何雪竇與南泉把手共行一句說了也兩堂首座没歇頭處到處只管撥動煙塵奈何不得賴得南泉與他斷這公案收得淨盡地爭奈前不搆村後不迭店所以道賴得南泉能舉令一刀兩段任偏頗直下一刀兩段更不管有偏頗且道南泉據什麼令

舉南泉復舉前話問趙州也須是同心同意始得同道者方知州便脫草鞋於頭上戴出不免拖泥帶水南泉云子若在却救得猫兒唱拍相隨知音者少將錯就錯

趙州乃南泉的子道頭會尾舉着便知落處南泉晚間復舉前話問趙州州是老作家便脫草鞋於頭上戴出泉云子若在却救得猫兒且道真箇恁麼不恁麼南泉云道得卽不斬如擊石火似閃電光趙州便脫草鞋於頭上戴出佗參活句不參死句日日新時時新千聖移易一絲毫不得須是運出自已家珍方見他全機大用他道我爲法王於法自在人多錯會道趙州權將草鞋作猫兒有者道待他云道得卽不斬便戴草鞋出去自是你斬猫兒不干我事且得没交涉只是弄精魂殊不知古人意如天普蓋似地普擎他父子相投機鋒相合那箇舉頭他便會尾如今學者不識古人轉處空去意路上卜度若要見但去他南泉趙州轉處便見好頌云

公案圓來問趙州言猶在耳不消更斬喪車背後懸藥袋長

安城裏任閑遊得恁麼快活得恁麼自在信手拈來草不可不教你恁麼去也草鞋頭戴無人會也有一箇半箇別是一家風明頭也合暗頭也合歸到家山即便休腳跟下好與三十棒且道過在什麼處只爲你無風起浪彼此放下只恐不恁麼恁麼也大奇

公案圓來問趙州慶藏主道如人結案相似八棒是八棒十三是十三已斷了也却拈來問趙州州是他屋裏人會南泉意旨他是透徹底人㘞着磕着便轉具本分作家眼腦纔聞舉着剔起便行雪竇道長安城裏任閑遊漏逗不少古人道長安雖樂不是久居又云長安甚鬧我國晏然也須是識機宜別休咎始得草鞋頭戴無人會戴草鞋處這些子雖無許多事所以道唯我能知唯我能證方見得南泉趙州雪竇同得同用處且道而今作麼生會歸到家山即便休什麼處是家山他若不會必不恁麼道他既會且道家山在什麼處便打

垂示云無相而形充十虛而方廣無心而應徧剎海而不煩舉一明三目機銖兩直得棒如雨點喝似雷奔也未當得向上人行履在且道作麼生是向上人事試舉看

舉外道問佛不問有言不問無言雖然如是屋裏人也有些子香氣雙劒倚空飛賴是不問世尊良久莫謗世尊其聲如雷坐者立者皆動他不得外道讚歎云世尊大慈大悲開我迷雲令我得入伶俐漢一撥便轉盤裏明珠外道去後阿難問佛外道有何所證而言得入不妨令人疑著也要大家知錮鑪著生鐵佛云如世良馬見鞭影而行且道喚什麼作鞭影打一拂子棒頭有眼明如日要識真金火裏看拾得口喫飯

此事若在言句上三乘十二分教豈是無言

句或道無言便是又何消祖師西來作什麽只如從上來許多公案畢竟如何見其下落這一則公案話會者不少有底喚作良久有底喚作據坐有底喚作默然不對且喜沒交涉幾曾摸索得著來此事其實不在言句上亦不離言句中若稍有擬議則千里萬里去也看他外道省悟後方知亦不在此亦不在彼亦不在是亦不在不是且道是箇什麽天衣懷和尚頌云維摩不黙不良久據坐商量成過咎吹毛匣裏冷光寒外道天魔皆拱手百丈常和尚參法眼眼令看此話法眼一日問你看什麽因緣常云外道問佛話眼云你試舉看常擬開口眼云住住你擬向良久處會那常於言下忽然大悟後示衆云百丈有三訣喫茶珍重歇擬議更思量知君猶未徹

翠巖眞點胸拈云六合九有青黃赤白一一交羅外道會四維陁典論自云我是一切智人在處索人論議他致問端要坐斷釋迦老子舌頭世尊不費纖毫氣力他便省去讃歎云世尊大慈大悲開我迷雲令我得入且道作麽生是大慈大悲處世尊隻眼通三世外道雙眸貫五天溈山眞如拈云外道懷藏至寶世尊親爲高提森羅顯現萬象歷然且畢竟外道悟箇什麽如趂狗逼墻至極則無路處他須回來便乃活鱍鱍地若計較是非一時放下情盡見除自然徹底分明外道去後阿難問佛云外道有何所證而言得入佛云如世良馬見鞭影而行後來諸方便道又被風吹別調中又云龍頭蛇尾什麽處是世尊鞭影什麽處是見鞭影處雪竇云邪正不分

過猶鞭影眞如云阿難金鐘再擊四衆共聞雖然如是大似二龍爭珠長他智者威獰雪竇頌云

機輪曾未轉在這裏果然不動一絲毫轉必兩頭走不落有必落無不東則西左眼半斤右眼八兩明鏡忽臨臺還見釋迦老子麼一撥便轉破也破也敗也敗也當下分妍醜盡大地是箇解脫門好與三十棒還見釋迦老子麼妍醜分兮迷雲開放一線道許你有箇轉身處爭奈只是箇外道慈門何處生塵埃徧界不曾藏退後退後達磨來也因思良馬窺鞭影我有拄杖子不消你與我且道什麼處是鞭影處什麼處是良馬處千里追風喚得回騎佛殿出三門去也轉身自錯放過即不可便打喚得回鳴指三下前不搆村後不迭店拗折拄杖子向什麼處去雪竇雷聲甚大雨點全無

機輪曾未轉轉必兩頭走機乃千聖靈機輪是從本已來諸人命脉不見古人道千聖靈機不易親龍生龍子莫因循趙州奪得連城

壁秦主相如總喪身外道却是把得住作得主未嘗動著何故他道不問有言不問無言豈不是全機處世尊會看風使帆應病與藥所以良久全機提起外道全體會去機輪便阿轆轆地轉亦不轉向有亦不轉向無不落得失不拘凡聖二邊一時坐斷世尊纔良久他便禮拜如今人多落在無不然落在有只管在有無處兩頭走雪竇道明鏡忽臨臺當下分妍醜這箇不曾動着只消箇良久如明鏡臨臺相似萬象不能逃其形質外道云世尊大慈大悲開我迷雲令我得入且道是什麼處是外道入處到這裏須是箇箇自參自究自悟自會始得便於一切處行住坐卧不問高低一時現成更不移易一絲毫纔作計較有一絲毫道理卽礙塞殺人更無入作分

也後面頌世尊大慈大悲開我迷雲令我得入當下忽然分妍醜妍醜分兮迷雲開慈雲何處生塵埃盡大地是世尊大慈大悲門戶你若透得不消一揑此亦是放開底門戶不見世尊於三七日中思惟如是事我寧不說法疾入於涅槃因思良馬窺鞭影千里追風喚得回追風之馬見鞭影而便過千里教回卽回雪竇意賞他道若得俊流方可一撥便轉一喚便回若喚得回便鳴指三下且道是點破是撒沙

垂示云當機覿面提陷虎之機正按傍提布擒賊之略明合暗合雙放雙收解弄死蛇還佗作者

舉巖頭問僧什麼處來（未開口時納敗缺了也穿過髑髏要知來處也不難）僧云西京來（果然一箇小賊）頭云黃巢過後還收得劒麼（平生不曾做草賊不懼頭落便恁麼問好大膽）僧云收得（敗也未識轉身處茅廣漢如麻似粟）巖頭引頸近前云囮（也須識機宜始得陷虎之機是什麼心行）僧云師頭落也（只見錐頭利不見鑿頭方識甚好惡著也）巖頭呵呵大笑（盡天下衲僧不奈何敫殺天下人爭這老漢頭落處不得）僧後到雪峰（依前顢頇）峰問什麼處來（懞懂這僧往往十分納敗缺去不可不說來處也要勘過）僧云巖頭來（果然納敗缺）峰云有何言句（舉得不免喫棒）僧舉前話（便好趕出）雪峰打三十棒趕出（雖然斬釘截鐵因甚只打三十棒拄杖子也未到折在且未是本分何故朝打三千暮打八百若不是同參爭辨端的雖然如是且道雪峰巖頭落在什麼處）

大凡挑囊負鉢撥草瞻風也須是具行脚眼始得這僧眼似流星也被巖頭勘破了一串穿却當時若是箇漢或殺或活舉着便用這僧迓郎當却道收得似恁麼行脚閻羅老子問你索飯錢在知他踏破多少草鞋直到雪

峰當時若有些子眼筋便解瞥地去豈不快
哉這箇因緣有節角誵訛處此事雖然無得
失得失甚大雖然無揀擇到這裏却要具眼
揀擇看他龍牙行脚時致箇問端問德山學
人仗鏌鋣劒擬取師頭時如何德山引頸近
前云囮龍牙云師頭落也山便歸方丈牙後
舉似洞山洞山云德山當時道什麼牙云他
無語洞山云佗無語則且置借我德山落底
頭來看牙於言下大悟遂焚香遥望德山禮
拜懺悔有僧傳到德山處德山云洞山老漢
不識好惡這漢死來多少時也救得有什麼
用處這箇公案與龍牙底一般德山歸方丈
則暗中最妙巖頭大笑他笑中有毒若有人
辨得天下横行這僧當時若辨得出千古之
下免得檢責於巖頭門下已是一場蹉過看

他雪峰老人是同參便知落處也不與他說
破只打三十棒趕出院可以光前絕後這箇
是拈作家衲僧鼻孔爲人底手段更不與他
如之若何教他自悟去本分宗師爲人有時
籠罩不教伊出頭有時放令死郎當地却須
有出身處大小大巖頭雪峰到被箇喫飯禪
和勘破只如巖頭道黄巢過後還收得劒麼
諸人且道這裏合下得什麼語免得他笑又
免得雪峰行棒趕出這裏誵訛若不曾親證
親悟縱使口頭快利至究竟透脫生死不得
山僧尋常教人覷這機關轉處若擬議則遠
之遠矣不見投子問鹽平僧云黄巢過後收
得劒麼僧以手指地投子云三十年弄馬騎
今日却被驢子撲看這僧也不妨是箇作家
也不道收得也不道收不得與西京僧如隔

海在眞如拈云他古人一箇做頭一箇做尾定也雪竇頌云

黃巢過後曾收劒孟八郎漢有什麽用處只是錫刀子一口大笑還應作者知一子親得能有幾箇不是渠儂爭得自由三十山藤且輕恕同條生同條死朝三千暮八百東家人死西家人助哀却與救得活得便宜是落便宜據款結案悔不慎當初也有些子

黃巢過後曾收劒大笑還應作者知雪竇便頌這僧與巖頭大笑處這箇些子天下人摸索不着且道他笑箇什麽須是作家方知這笑中有權有實有照有用有殺有活三十山藤且輕恕頌這僧後到雪峰面前這僧依舊莽鹵峰便據令而行打三十棒趕出且道爲什麽却如此你要盡情會這話麽得便宜是落便宜

舉梁武帝請傅大士講金剛經達磨兄弟來也魚行酒肆卽不無衲僧門下卽不可這老漢老老大大作這般去就大士便於座上揮案一下便下座直得火星迸散似則似是則未是不煩打葛藤武帝愕然兩回三度被人瞞也敎他摸索不著誌公問陛下還會麽黨理不黨情肐膊不向外也好與三十棒帝云不會可惜許誌公云大士講經竟也須逐出國始得當時和誌公一時與趕出國始是作家兩箇漢同坑無異土

梁高祖武帝蕭氏諱衍字叔達立功業以至受齊禪卽位後别註五經講議奉黃老甚篤而性至孝一日思得出世之法以報劬勞於是捨道事佛迺受菩薩戒於婁約法師處披佛袈裟自講放光般若經以報父母時誌公大士以顯異惑衆繫於獄中誌公乃分身遊化城邑帝一日知之感悟極推重之誌公數行遮護隱顯迨不可測時婺州有大士者居雲黃山手栽二樹謂之雙林自稱當來善慧

大士一日修書命弟子上表聞於帝時朝廷以其無君臣之禮不受傅大士將入金陵城中賣魚時武帝或請誌公講金剛經誌公曰貧道不能講市中有傅大士者能講此經帝下詔召之入禁中傅大士既至於講座上揮案一下便下座當時便與推轉免見一場狼籍却被誌公云陛下還會麼帝云不會誌公云大士講經竟也是一人作頭一人作尾誌公恁麼道還夢見傅大士麼一等是弄精魂這箇就中奇特雖是死蛇解弄也活既是講經爲甚却不大分爲二一如尋常座主道金剛之體堅固物物不能壞利用故能摧萬物如此講說方喚作講經雖然如是諸人殊不知傅大士只拈向上關棙子畧露鋒鋩教人知落處直截與你壁立萬仞恰好被誌公不識好惡却云大士講經竟正是好心不得好報如美酒一盞却被誌公以水攙過如一釜羹被誌公將一顆鼠糞汚了且道既不是講經畢竟喚作什麼頌云

不向雙林寄此身（只爲他把不住　囊裏豈可藏錐）却於梁土惹埃塵（若不入草爭見端的　不風流處也風流）當時不得誌公老（作賊不須本有　牽伴底癩兒）也是栖栖去國人（正好一狀　領過便打）

不向雙林寄此身却於梁土惹埃塵傅大士與沒板齒老漢一般相逢達磨初到金陵見武帝帝問如何是聖諦第一義磨云廓然無聖帝云對朕者誰磨云不識帝不契遂渡江至魏武帝舉問誌公公云陛下還識此人否帝云不識誌公云此是觀音大士傳佛心印帝悔遂遣使去取誌公云莫道陛下發使去

取合國人去他亦不回所以雪竇道當時不得誌公老也是栖栖去國人當時若不是誌公爲傅大士出氣也須是趕出國去誌公旣饒舌武帝却被他熱瞞一上雪竇大意道不須他來梁土講經揮案所以道何不向雙林寄此身喫粥喫飯隨分過時却來梁土恁麽指注揮案一下便下座便是他惹埃塵處旣是要殊勝則目視雲霄上不見有佛下不見有衆生若論出世邊事不免灰頭土面將無作有將有作無將是作非將麄作細魚行酒肆橫拈倒用教一切人明此箇事若不恁麽放行直到彌勒下生也無一箇半箇傅大士旣是拖泥帶水賴是有知音若不得誌公老幾乎趕出國了且道卽今在什麽處

垂示云掀天關翻地軸擒虎兕辨龍蛇須是箇活鱍鱍漢始得句句相投機機相應且從上來什麽人合恁麽請舉看

舉仰山問三聖汝名什麽名實相奪勾賊破家聖云慧寂坐斷舌頭攙旗奪鼓仰山云慧寂是我各自守封疆聖云我名慧然鬧市裏奪去此却守本分仰山呵呵大笑可謂是箇時節錦上鋪花天下人不知落處何故土曠人稀相逢者少一似巖頭笑又非巖頭笑一等是笑爲什麽却作兩段具眼者試定當看

三聖是臨濟下尊宿少具出群作略有大機有大用在衆中昻昻藏藏名聞諸方後辭臨濟徧遊淮海到處叢林皆以高賓待之自向北至南方先造雪峰便問透網金鱗未審以何爲食峰云待汝出網來卽向汝道聖云一千五百人善知識話頭也不識峰云老僧住持事繁峰往寺莊路逢獼猴乃云這獼猴各各佩一面古鏡聖云歷刼無名何以彰爲古

鏡峰云瑕生也聖云一千五百人善知識話頭也不識峰云罪過老僧住持事繁後至仰山山極愛其俊利待之於明窻下一日有官人來參仰山山問官居何位云推官山豎起拂子云還推得這箇麽官人無語衆人下語俱不契仰山意時三聖病在延壽堂仰山令侍者持此語問之聖云和尚有事也再令侍者問未審有什麽事聖云再犯不容仰山深肯之百丈當時以禪板蒲團付黄檗拄杖拂子付溈山溈山後付仰山仰山旣大肯三聖聖一日辭去仰山以拄杖拂子付三聖聖云某甲已有師仰山詰其由乃臨濟的子也只如仰山問三聖汝名什麽他不可不知其名何故更恁麽問所以作家要驗人得知子細只似等閑問云汝名什麽更道無計較何故

三聖不云慧然却道慧寂看他具眼漢自然不同三聖恁麽又不是顚一向攙旗奪鼓意在仰山語外此語不墮常情難爲摸索這般漢手段却活得人所以道他參活句不參死句若順常情則歇人不得看他古人念道如此用盡精神始能大悟旣悟了用時還同未悟時人相似隨分一言半句不得落常情三聖知他仰山落處便向他道我名慧寂仰山要收三聖三聖倒收仰山仰山只得就身打劫道慧寂是我是放行處三聖云我名慧然亦是放行所以雪竇後面頌云雙收雙放若爲宗只一句内一時頌了仰山呵呵大笑也有權有實也有照有用爲他八面玲瓏所以用處得大自在這箇笑與巖頭笑不同巖頭笑有毒藥這箇笑千古萬古清風凛凛地雪

竇頌云
雙收雙放若爲宗知他有幾人八面玲瓏將謂真箇有恁麼事
騎虎由來要絕功若不是頂門上有眼肘臂下有符爭得到這裏
騎則不妨只恐你下不得不是恁麼人爭明恁麼事笑罷不知何處
去盡四百軍州覓恁麼人也難得言猶在耳千古萬古有清風只應千
古動悲風如今在什麼處咄既是大笑爲什麼却動悲風大地黑漫漫
雙收雙放若爲宗放行互爲賓主仰山云汝
名什麼聖云我名慧寂是雙放仰山云慧寂
是我聖云我名慧然是雙收其實是互換之
機收則大家收放則大家放雪竇一時頌盡
了也佗意道若不放收若不互換你是你我
是我都來只四箇字因甚却於裏頭出沒卷
舒古人道你若立我便坐你若坐我便立若
也同坐同立二俱瞎漢此是雙收雙放可以
爲宗要騎虎由來要絕功有如此之高風最
上之機要要騎便騎要下便下據虎頭亦得
收虎尾亦得三聖仰山二俱有此之風笑罷
不知何處去且道佗笑箇什麼直得清風凜
凜爲什麼末後却道只應千古動悲風也是
死而不弔一時與你注解了也爭奈天下人
啗啄不入不知落處縱是山僧也不知落處
諸人還知麼

垂示云無啗啄處祖師心印狀似鐵牛之機
透荊棘林衲僧家如紅爐上一點雪平地上
七穿八穴則且止不落寅緣又作麼生試舉
看

舉南泉歸宗麻谷同去禮拜忠國師至中
路三人同行必有我師有什麼奇特也要辨端的南泉於地上畫
一圓相云道得卽去無風起浪也要人知擲却陸沉船若不驗
過爭辨端的歸宗於圓相中坐一人打鑼同道方知麻谷

便作女人拜一人打鼓三箇也得泉云恁麼則不去也半路抽身是好人好一場曲調作家作家歸宗云是什麼心行賴得識破當時好與一掌孟八郎漢當時馬祖盛化於江西石頭道行於湖湘忠國師道化於長安他親見六祖來是時南方擎頭帶角者無有不欲升其堂入其室若不爾爲人所耻這老漢三箇欲去禮拜忠國師至中路做這一場敗缺南泉云恁麼則不去也既是一一道得爲什麼却道不去且道古人意作麼生當時待他道恁麼則不去也劈耳便掌看他作什麼伎倆萬古振綱宗只是這些子機要所以慈明道要牽只在索頭邊撥著點著便轉如水上捺葫蘆子相似人多喚作不相肯語殊不知此事到極則處須離泥離水抜楔抽釘你若作心行會則没交涉

古人轉變得好到這裏不得不恁麼須是有殺有活看他一人去圓相中坐一人作女人拜也甚好南泉云恁麼則不去也歸宗云是什麼心行孟八郎漢又恁麼去也他恁麼道大意要驗南泉南泉尋常道喚作如如早是變了也南泉歸宗麻谷却是一家裏人一擒一縱一殺一活不妨奇特雪竇頌云

由基箭射猿當頭一路誰敢向前觸處得妙未發先中遶樹何太直若不承當爭敢恁麼東西南北一家風已周遮多時也千箇與萬箇如麻似粟野狐精一隊爭奈得南泉何是誰曾中的一箇半箇更没一箇也用不得相呼相喚歸去來一隊弄泥團漢不如歸去好却較些子曹溪路上休登陟太勞生想料不是曹溪門下客低低處平之有餘高高處觀之不足復云曹溪路坦平爲什麼休登陟不唯南泉半路抽身雪竇亦乃半路抽身有事不如無雪竇也患這般病痛

由基箭射猿遶樹何太直由基乃是楚時人姓養名叔字由基時楚莊王出獵見一白猿使人射之其猿捉箭而戲勑群臣射之莫有中者王遂問群臣群臣奏曰由基者善射遂令射之由基方彎弓猿乃抱樹悲號至箭發時猿遶樹避之其箭亦遶樹中殺此乃神箭也雪竇何故却言太直若是太直則不中旣是遶樹何故却云太直雪竇借其意不妨用得好此事出春秋有者道遶樹是圓相若眞箇如此蓋不識語之宗旨不知太直處三箇老漢殊途而同歸一撥一齊太直若是識得他去處七縱八横不離方寸百川異流同歸大海所以南泉道恁麼則不去也若是衲僧正眼覷著只是弄精魂若喚作弄精魂却不是弄精魂五祖先師道他三人是慧炬三昧莊嚴王三昧雖然如此作女人拜他終不作女人拜會雖畫圓相他終不作圓相會旣不恁麼會又作麼生會雪竇道千箇與萬箇是誰曾中的能有幾箇百發百中相呼相喚歸去來頌南泉道恁麼則不去也南泉從此不去故云曹溪路上休登陟滅却荆棘林雪竇把不定復云曹溪路坦平爲什麼休登陟曹溪路絕塵絕迹露躶躶赤洒洒平坦坦翛然地爲什麼却休登陟各自看脚下

垂示云快人一言快馬一鞭萬年一念一念萬年要知直截未舉已前且道未舉已前作麼生摸索請舉看

舉潙山五峰雲巖同侍立百丈阿呵呵終始誵訛君向瀟湘我之東魯百丈問潙山併却咽喉唇吻作麼生道一將難求潙山云却請和尚道借路經過丈

云我不辭向汝道恐已後喪我兒孫（不免老婆心切面皮厚三寸和泥和水就身打劫）潙山五峰雲巖同侍立百丈百丈問潙山併却咽喉唇吻作麼生道山云却請和尚道丈云我不辭向汝道恐已後喪我兒孫百丈雖然如此鍋子已被別人奪去了也丈復問五峰峰云和尚也須併却丈云無人處斫額望汝又問雲巖巖云和尚有也未丈云喪我兒孫三人各是一家古人道平地上死人無數過得荊棘林者是好手所以宗師家以荊棘林驗人何故若於常情句下驗人不得衲僧家須是句裏呈機言中辨的若是擔板漢多向句中死却便道併却咽喉唇吻更無下口處若是變通底人有逆水之波只向問頭上有一條路不傷鋒犯手潙山云却請和尚道且道他意作麼生向箇裏如擊石火似閃電光相似撥他問處便答自有出身之路不費纖毫氣力所以道他參活句不參死句百丈却不采他只云不辭向汝道恐已後喪我兒孫大凡宗師爲人抽釘拔楔若是如今人便道此答不肯他不領話殊不知箇裏一路生機處壁立千仞賓主互換活鱍鱍地雪竇愛他此語風措宛轉自在又能把定封疆所以頌云

却請和尚道（函蓋乾坤已是傷鋒犯手）虎頭生角出荒草（可煞驚羣不妨奇特）十洲春盡花凋殘（觸處清涼讚歎也不及）珊瑚樹林日杲杲（千重百匝爭奈百草頭上尋他不得答處蓋天蓋地）

此三人答處各各不同也有壁立千仞也有照用同時也有自救不了却請和尚道雪竇

便向此一句中呈機了也更就中輕輕撥令人易見云虎頭生角出荒草潙山答處一似猛虎頭上安角有什麼近傍處不見僧問羅山同生不同死時如何山云如牛無角僧云同生亦同死時如何山云如虎戴角雪竇只一句頌了也佗有轉變餘才更云十洲春盡花凋殘海上有三山十洲以百年爲一春雪竇語帶風措宛轉盤礴春盡之際百千萬株花一時凋殘獨有珊瑚樹林不解凋落與太陽相奪其光交映正當恁麼時不妨奇特雪竇用此明佗却請和尚道十洲皆海外諸國之所附一祖洲出反魂香二瀛洲生芝草玉石泉如酒味三玄洲出僊藥服之長生四長洲出木爪玉英五炎洲出火浣布六元洲出靈泉如蜜七生洲有山川無寒暑八鳳麟洲人取鳳喙麟角煎續莖膠九聚窟洲出獅子銅頭鐵額之獸十檀洲（一作流洲）出琨吾石作劒切玉如泥珊瑚外國雜傳云大秦西南漲海中可七八百里到珊瑚洲洲底盤石珊瑚生其石上人以鐵網取之又十洲記云珊瑚生南海底如樹高三二尺有枝無皮似玉而紅潤感月而生凡枝頭皆有月暈　此一則與八卷首公案同看

佛果圜悟禪師碧巖集卷第七

音釋

顰蹙（上皮賓切音貧下子六切宗入聲顰蹙愁貌）綴（朱劣切音拙聯也）瞠（抽庚切音撐直視貌）啗（同啖食也）啄（竹角切音捉鳥食物也）瀛（餘輕切音盈瀛洲神山名）膠（居肴切音交黏也又固也）驗（魚欠切黏去聲證也效也又考視也）暈（禹愠切音運日月旁氣）

佛果圜悟禪師碧巖集卷第八

秣陵遠庵吳自弘校

天界比丘性湛　閱

舉百丈復問五峰併却咽喉唇吻作麼生道（阿呵呵箭過新羅國）峰云和尚也須併却（攙旗奪鼓一句截流萬機寢削）丈云無人處斫額望汝（土曠人稀相逢者少）（此一則與七卷末公案同看）

潙山把定封疆五峰截斷眾流這些子要是箇漢當面提掇如馬前相撲不容擬議直下便用緊迅危峭不似潙山盤礴滔滔地如今禪和子只向架下行不能出他一頭地所以道欲得親切莫將問來問五峰答處當頭坐斷不妨快俊百丈云無人處斫額望汝且道是肯他是不肯他是殺是活見他阿轆轆地只與他一點雪竇頌云

和尚也併却（已在言前了截斷眾流）龍蛇陣上看謀略（須是金牙始解七事隨身慣戰作家）令人長憶李將軍（妙手無多子疋馬单鎗千里萬里千人萬人）萬里天邊飛一鶚（大衆見麽且道落在什麼處中也打云飛過去也）

和尚也併却雪竇於一句中拶一拶云龍蛇陣上看謀略如排兩陣突出突入七縱八橫有鬬將底手脚有大謀略底人疋馬单鎗向龍蛇陣上出沒自在你作麼生圍繞得他若不是這箇人爭知有如此謀略雪竇此三頌皆就裏頭狀出底語如此大似李廣神箭萬里天邊飛一鶚一箭落一鵰定也更不放過雪竇頌百丈問處如一鶚五峰答處如一箭相似山僧只管讚歎五峰不覺渾身泥水了也

舉百丈又問雲巖併却咽喉唇吻作麼生

道蝦蟆窟裏出來道什麽巖云和尚有也未粘皮著骨拖泥滞水前不搆村後不迭店丈云喪我兒孫灼然有此答得半前落後

雲巖在百丈二十年作侍者後同道吾至藥山山問云子在百丈會下爲箇什麽事巖云透脫生死山云還透脫也未巖云渠無生死山云二十年在百丈習氣也未除巖辭去見南泉後復歸藥山方契悟看他古人二十年參究猶自半青半黃粘皮著骨不能穎脫是則也是只是前不搆村後不迭店不見道語不離窠臼焉能出蓋纏白雲橫谷口迷却幾人源洞下謂之觸破故云躍開仙仗鳳凰樓時人嫌觸當今號所以道荊棘林須是透過始得若不透過終始涉廉纖斬不斷適來道前不搆村後不迭店雲巖只管去點檢他人底百丈見他如此一時把來打殺了也雪竇

頌云

和尚有也未公案現成隨波逐浪和泥合水金毛獅子不踞地灼然有什麽用處可惜許兩兩三三舊路行併却咽喉啓吻作麽生道轉身吐氣脚跟丁蹉過了也大雄山下空彈指一死更無再活可悲可痛蒼天中更添怨苦

和尚有也未雪竇據欵結案是則是只是金毛獅子爭奈不踞地獅子捉物藏牙伏爪踞地返擲物無大小皆以全威要全其功雲巖云和尚有也未只是向舊路上行所以雪竇云百丈向大雄山下空彈指

垂示云夫說法者無說無示其聽法者無聞無得說既無說無示爭如不說聽既無聞無得爭如不聽而無說又無聽却較些子只如今諸人聽山僧在這裏說作麽生免得此過具透關眼者試舉看

舉僧問馬大師離四句絶百非請師直指某甲西來意（什麽處得這話頭來那裏得這消息）馬師云我今日勞倦不能爲汝説問取智藏去（退身三步蹉過也不知藏身露影不妨是這老漢推過與別人）僧問智藏（也須與他一拶蹉過也不知）藏云何不問和尚（草裏焦尾大蟲出來也道什麽直得草繩自縛去死十分）僧云和尚教來問（受人處分前箭猶輕後箭深）藏云我今日頭痛不能爲汝説問取海兄去（不妨是八十四員善知識一樣患這般病痛）僧問海兄（轉與別人抱贓叫屈）海云我到這裏却不會（不用切切從教千古萬古黑漫漫）僧舉似馬大師（這僧却有些子眼睛）馬師云藏頭白海頭黑（寰中天子勅塞外將軍令）

這箇公案山僧舊日在成都參真覺覺云只消看馬祖第一句自然一時理會得且道這僧是會來問不會來問此問不妨深遠離四句者有無非有非無非非有非非無離此四句絶其百非只管作道理不識話頭討頭腦不見若是山僧待馬祖道了也便與展坐具禮三拜看他作麽生道當時馬祖若見這僧來問離四句絶百非請師直指某甲西來意以拄杖劈脊便棒趕出看他省不省馬大師只管與他打葛藤以致這漢當面蹉過更令去問智藏殊不知馬大師來風深辨這僧懞懂走去問智藏藏云何不問和尚僧云和尚教來問看他這些子撥著便轉更無閑暇處智藏云我今日頭痛不能爲汝説得問取海兄去這僧又去問海兄海兄云我到這裏却不會且道爲什麽一人道頭痛一人云不會畢竟作麽生這僧却回來舉似馬大師師云藏頭白海頭黑若以解路卜度却謂之相瞞有者道只是相推過有者道三箇總識他問

頭所以不答總是拍盲地一時將古人醍醐上味著毒藥在裏許所以馬祖道待汝一口吸盡西江水卽向汝道與此公案一般若會得藏頭白海頭黑便會西江水話這僧將一檐懞懂換得箇不安樂更勞他三人尊宿入泥入水畢竟這僧不瞥地雖然一恁麼這三箇宗師却被箇擔板漢勘破如今人只管去語言上作活計云白是明頭合黑是暗頭合只管鑽研計較殊不知古人一句截斷意根須是向正脈裏自看始得穩當所以道末後一句始到牢關把斷要津不通凡聖若論此事如當門按一口劒相似擬議則喪身失命又道譬如擲劒揮空莫論及之不及但向八面玲瓏處會取不見古人道這漆桶或云野狐精或云瞎漢且道與一棒一喝是同是別若知千差萬別只是一般自然八面受敵要會藏頭白海頭黑麼五祖先師道封后先生

雪竇頌云

藏頭白海頭黑 半合半開一手擡一手搦金聲玉振 明眼衲僧會不得 更行脚三十年終是被人穿却你鼻孔山僧故是口似匾檐

馬駒踏殺天下人 叢林中也須是這老漢始得放出這老漢 臨濟未是白拈賊 癩兒牽伴直饒好手也被人捉了也 離四句絶百非 道什麼也須是自點檢看阿爺似阿爹 天上人間唯我知 用我作什麼奪却拄杖子或若無人無我無得無失將什麼知

藏頭白海頭黑且道意作麼生這些子天下衲僧跳不出看他雪竇後面合殺得好道直饒是明眼衲僧也會不得這箇些子消息謂之神仙秘訣父子不傳釋迦老子說一代時教末後單傳心印喚作金剛王寶劒喚作正位恁麼葛藤早是事不獲已古人畧露些子

鋒鋩若是透得底人便乃七穿八穴得大自在若透不得從前無悟入處轉說轉遠也馬駒踏殺天下人西天般若多羅讖達磨云震旦雖濶無別路要假兒孫脚下行金雞解銜一粒粟供養十方羅漢僧又六祖謂讓和尚曰向後佛法從汝邊去已後出一馬駒踏殺天下人厥後江西法嗣布於天下時號馬祖馬達磨六祖皆先識馬祖看他作畧果然别只道藏頭白海頭黑便見踏殺天下人處只這一句黑白語千人萬人咬不破臨濟未是白拈賊臨濟一日示衆云赤肉團上有一無位眞人常向汝等諸人面門出入未證據者看看時有僧出問如何是無位眞人臨濟下禪牀搊住云道道僧無語濟托開云無位眞人是什麼乾屎橛雪峰後聞云臨濟大似白拈賊雪竇要與他臨濟相見觀馬祖機鋒尤過於臨濟此正是白拈賊臨濟未是白拈賊也雪竇一時穿却了也却頌這僧道離四句絕百非天上人間唯我知且莫向鬼窟裏作活計古人云問在答處答在問處早是奇特你作麼生離得四句絕得百非雪竇道此事唯我能知直饒三世諸佛也覷不見既是獨自箇知諸人更上來求箇什麼大潙眞如拈云這僧恁麼問馬祖恁麼答離四句絕百非智藏海兄都不知要會麼不見道馬駒踏殺天下人

垂示云鏌鎁横按鋒前剪斷葛藤窠明鏡高懸句中引出毘盧印田地穩密處著衣喫飯神通遊戲處如何湊泊還委悉麼看取下文

舉金牛和尚每至齋時自將飯桶於僧堂

前作舞呵呵大笑云菩薩子喫飯來竿頭絲線從君弄不犯清波意自如醍醐毒藥一時行是則是七珍八寶一時羅列爭奈相逢者少雪竇云雖然如此金牛不是好心是賊識賊是精識精來說是非者便是是非人僧問長慶古人道菩薩子喫飯來意旨如何不妨疑著元來不知落處長慶道什麼

慶云大似因齋慶讚相席打令據款結案

金牛乃馬祖下尊宿每至齋時自將飯桶於僧堂前作舞呵呵大笑云菩薩子喫飯來如此者二十年且道他意在什麼處若只喚作喫飯尋常敲魚擊鼓亦自告報矣又何須更自將飯桶來作許多伎倆莫是他顛麼莫是提唱建立麼若是提唱此事何不去寶華王座上敲床竪拂須要如此作什麼今人殊不知古人意在言外何不且看祖師當時初來底題目道什麼分明說道教外別傳單傳心印古人方便也只教你直截承當去後來人妄自卜度便道那裏有許多事寒則向火熱則乘涼饑則喫飯困則打眠若恁麼以常情義解詮註達磨一宗掃土而盡不知古人向二六時中念念不捨要明此事雪竇云雖然如此金牛不是好心只這一句多少人錯會所謂醍醐上味爲世所珍遇斯等人翻成毒藥金牛既是落草爲人雪竇爲什麼道不是好心因什麼却恁麼道衲僧家須是有生機始得今人不到古人田地只管道見什麼心有什麼佛若作這見解壞却金牛老作家了也須是子細看始得若只今日明日口快些子無有了期後來長慶上堂僧問古人道菩薩子喫飯來意旨如何慶云大似因齋慶讚尊宿家忒煞慈悲漏逗不少是則是因齋慶

讚你且道慶讚箇什麽看他雪竇頌云

白雲影裏笑呵呵笑中有刀熱發作什麽天下衲僧不知落處

兩手持來付與他豈有恁麽事莫謗金牛好喚作飯桶得麽若是本分衲僧不喫這般茶飯

若是金毛獅子子須是他格外始得許他具眼只恐眼不正

三千里外見誵訛不直半文錢一場漏逗誵訛在什麽處瞎漢

白雲影裏笑呵呵長慶道因齋慶讚雪竇道兩手持來付與他且道只是與他喫飯爲當別有奇特若向箇裏知得端的便是箇金毛獅子子若是金毛獅子子更不必金牛將飯桶來作舞大笑直向三千里外便知他敗缺處古人道鑒在機先不消一揑所以衲僧家尋常須是向格外用始得稱本分宗師若只據語言未免漏逗

垂示云靈鋒寶劍常露現前亦能殺人亦能活人在彼在此同得同失若要提持一任提持若要平展一任平展且道不落賓主不拘回互時如何試舉看

舉僧從定州和尚會裏來到烏臼烏臼問定州法道何似這裏言中有響要辨淺深探竿影草太煞瞞人僧云不別死漢中有活底一箇半箇鐵橛子一般踏著實地臼云若不別更轉彼中去便打灼然正令當行僧云棒頭有眼不得草草打人也是這作家始得却是獅子兒臼云今日打著一箇也又打三下說什麽一箇千箇萬箇僧便出去元來是屋裏人只得受屈只是見機而作臼云屈棒元來有人喫在啞子喫苦瓜放去又收來點得回來堪作何用僧轉身云爭奈杓柄在和尚手裏依前三百六十日却是箇伶俐衲僧臼云汝若要山僧回與汝知他阿誰是君阿誰是臣敢向虎口橫身忒煞不識好惡僧近前奪臼手中棒打臼三下也是一箇作家禪客始得賓主互換縱奪臨時臼云

屈棒屈棒（點這老淨著什麼死急）僧云有人喫在（呵呵是幾箇杓柄却在這僧手裏）臼云草草打著箇漢（不落兩邊）臼云和尚（知他是阿誰）僧便禮拜（臨危不變方是丈夫兒）臼云和尚却恁麼去也（點）僧大笑而出（作家禪客大然有在猛虎須得清風隨方知盡始盡終天下人摸索不著）臼云消得恁麼消得恁麼（可惜放過何不劈脊便棒將謂走到什麼處去）

僧從定州和尚會裏來到烏臼臼亦是作家諸人若向這裏識得此二人一出一入千箇萬箇只是一箇作主也恁麼作賓也恁麼二人畢竟合成一家一期勘辨賓主問答始終作家看烏臼問這僧云定州法道何似這裏僧便云不别當時若不是烏臼難奈這僧何臼云若不别更轉彼中去便打爭奈這僧是作家漢便云棒頭有眼不得草草打人臼一向行令云今日打著一箇也又打三下其僧便出去看他兩箇轉轆轆地俱是作家了這一事須要分緇素别休咎這僧雖出去這公案却未了在烏臼始終要驗他實處看他如何這僧却似撐門拄戶所以未見得他烏臼却云屈棒元來有人喫在這僧要轉身吐氣却不與他爭輕輕轉云爭奈杓柄在和尚手裏烏臼是頂門具眼底宗師敢向猛虎口裏橫身云汝若要山僧回與汝這漢是箇肘下有符底漢所謂見義不爲無勇也更不擬議近前奪烏臼手中棒打臼三下臼云屈棒屈棒你且道意作麼生頭上道屈棒元來有人喫在及乎到這僧打他却道屈棒屈棒僧云有人喫在臼云草草打著箇漢頭上道草草打著一箇也到末後自喫棒爲什麼亦道草草打著箇漢當時若不是這僧卓朔地也不

奈他何這僧便禮拜這箇禮拜最毒也不是好心若不是烏臼也識他不破烏臼云却恁麽去也其僧大笑而出烏臼云消得恁麽消得恁麽看他作家相見始終賓主分明斷而能續其實也只是互換之機他到這裏亦不道有箇互換處自是他古人絕情塵意想彼此作家亦不道有得有失雖是一期間語言兩箇活鱍鱍地都有血脉針線不唯於此見得亦乃向十二時中歷歷分明其僧便出是雙放已下是雙收謂之互換也雪竇正恁麽地頌出

呼卽易（天下人總疑著臭肉引來蠅天下衲僧總不知落處）遣卽難（不妨勤絕海上明公秀）互換機鋒子細看（一出一入二俱作家一條拄杖兩人扶且道在阿誰邊）劫石固來猶可壞（袖裏金鎚如何辨取千聖不傳）滄溟深處立須乾（向什麽處安排棒頭有眼獨許他親得）烏臼老烏臼老（可惜許這老漢不識好惡）幾何般（也是箇無端漢百千萬重）與他杓柄太無端（已在言前洎合打破蔡州好與三十棒且道過在什麽處）

呼卽易遣卽難一等是落草雪竇忒煞慈悲尋常道呼蛇易遣蛇難如今將箇瓢子吹來喚蛇卽易要遣時卽難一似將棒與他却易復奪他棒遣去却難須是有本分手脚方能遣得他去烏臼是作家有呼蛇底手脚亦有遣蛇底手段這僧也不是瞌睡底烏臼問定州法道何似這裏便是呼他烏臼便打是遣他僧云棒頭有眼不得草草打人却轉在這僧處便是呼來烏臼云汝若要山僧回與汝僧便近前奪棒也打三下却是這僧遣去乃至這僧大笑而出烏臼云消得恁麽消得恁麽此分明是遣得他恰好看他兩箇機鋒互

換絲來線去打成一片始終賓主分明有時主却作賓有時賓却作主雪竇也讚歎不及所以道互換之機教人且子細看劫石固來猶可壞謂此劫石一由旬四十里廣八萬四千由旬原八萬四千由旬凡五百年乃有天人下來以六銖衣袖拂一下又去至五百年又來如此拂拂盡此石乃爲一劫謂之輕衣拂石刼雪竇道劫石固來猶可壞石雖堅固尚爾可泊磨盡此二人機鋒千古萬古更無有窮盡滄溟深處立須乾任是滄溟洪波浩渺白浪滔天若教此二人向内立地此滄溟也須乾竭雪竇到此一時頌了末後更道烏臼老烏臼老幾何般或擒或縱或殺或活畢竟是幾何般與他杓柄太無端這箇拄杖子三世諸佛也用歷代祖師也用宗師家也用與人抽釘拔楔解粘去縛爭得輕易分付與人雪竇意要獨用賴値這僧當時只與他平展忽若旱地起雷看他如何當抵烏臼過杓柄與人去豈不是太無端

垂示云細如米末冷似氷霜畐塞乾坤離明絶暗低低處觀之有餘高高處平之不足把住放行總在這裏許還有出身處也無試舉看

舉丹霞問僧甚處來（正是不可總没來處也要知來處也不難）僧云山下來（著草鞋入你肚裏過也只是不會言中有響諳含來知也）霞云喫飯了也未（第一杓惡水澆何必定盤星要知端的是黃是綠）僧云喫飯了（果然撞著箇露柱却被旁人穿却鼻孔元來是箇無孔鐵鎚）霞云將飯來與汝喫底人還具眼麼（雖然是倚勢欺人也是據款結案當時好掀倒禪床無端作什麽）僧無語（果然走不得這僧若是作家向他道與和尚眼一般）長慶問保福將

飯與人喫報恩有分爲什麼不具眼也只道得一半通身是遍身是一刀兩段一手擡一手搦福云施者受者二俱瞎漢據令而行一句道盡罕遇其人長慶云盡其機來還成瞎否識甚好惡猶自未肯討什麼碗福云道我瞎得麼兩箇俱是草裏漢龍頭蛇尾當時待他道盡其機來還成瞎否只向他道瞎也只道得一半一等是作家爲什麼前不搆村後不迭店

鄧州丹霞天然禪師不知何許人初習儒學將入長安應舉方宿於逆旅忽夢白光滿室占者曰解空之祥偶一禪客問曰仁者何往曰選官去禪客曰選官何如選佛霞云選佛當往何所禪客曰今江西馬大師出世是選佛之場仁者可往遂直造江西才見馬大師以兩手托幞頭腳一作額馬師顧視云吾非汝師南嶽石頭處去遽抵南嶽還似前意投之石頭云著槽廠去師禮謝入行者堂隨眾作務凡三年石頭一日告眾云來日剗佛殿前草至來日大眾各備鍬钁剗草丹霞獨以盆盛水淨頭於師前跪膝石頭見而笑之便與剃髮又爲說戒丹霞掩耳而出便往江西再謁馬祖未參禮便去僧堂內騎聖僧頸而坐時大眾驚愕急報馬祖祖躬入堂視之曰我子天然霞便下禮拜曰謝師賜法號因名天然他古人天然如此頴脫所謂選官不如選佛也傳燈錄中載其語句直是壁立千仞句句有與人抽釘拔楔底手腳似問這僧道什麼處來僧云山下來這僧却不通來處一如具眼到去勘主家相似當時若不是丹霞也難爲收拾丹霞却云喫飯了也未頭邊總未見得此是第二回勘他僧云喫飯了也懵懂漢元來不會霞云將飯與汝喫底人還具眼

麽僧無語丹霞意道與你這般漢飯喫堪作什麽這僧若是箇漢試與他一劄看他如何雖然如是丹霞也未放你在這僧便眼眨眨地無語保福長慶同在雪峰會下常舉古人公案商量長慶問保福將飯與人喫報恩有分為什麽不具眼不必盡問公案中事大綱借此語作話頭要驗他諦當處保福云施者受者二俱瞎漢快哉到這裏只論當機事句裏有出身之路長慶云盡其機來還成瞎否保福云道我瞎得麽保福意謂我恁麽具眼與你道了也還道我瞎得麽雖然如是半合半開當時若是山僧等他道盡其機來還成瞎否只向他道瞎可惜許保福當時若下得這箇瞎字免得雪竇許多葛藤雪竇亦只用此意頌

盡機不成瞎只道得一半也要驗他過言猶在耳按牛頭喫草失錢遭罪半河南半河北殊不知傷鋒犯手四七二三諸祖師有條攀條帶累先聖不唯只帶累一人盡大地人換手搥胸還我拄杖來帶累山僧也出頭不得寶器持來成過咎過咎深可煞深天下衲僧跳不出無處尋在你脚跟下摸索不著且道深多少天上人間同陸沉天下衲僧一坑埋却還有活底人麼放過一著蒼天蒼天

盡機不成瞎長慶云盡其機來還成瞎否保福云道我瞎得麽一似按牛頭喫草須是等他自喫始得那裏按他頭教喫雪竇恁麽頌自然見得丹霞意四七二三諸祖師寶器持來成過咎不唯只帶累長慶乃至西天二十八祖此土六祖一時埋沒釋迦老子四十九年說一大藏教末後唯傳這箇寶器永嘉道不是標形虛事持如來寶杖親蹤跡若作保福見解寶器持來都成過咎過咎深無處尋

這箇與你說不得但去靜坐向他句中點檢看既是過咎深因什麼却無處尋此非小過也將祖師大事一齊於陸地上平沉却所以雪竇道天上人間同陸沉

垂示云向上轉去可以穿天下人鼻孔似鶻捉鳩向下轉去自己鼻孔在別人手裏如龜藏殼箇中忽有箇出來道本來無向上向下用轉作什麼只向伊道我也知你向鬼窟裏作活計且道作麼生辨箇緇素良久云有條攀條無條攀例試舉看

舉僧問雲門如何是超佛越祖之談 開旱地忽雷投 門云餬餅 舌拄上齶過也

這僧問雲門如何是超佛越祖之談門云餬餅還覺寒毛卓豎麼衲僧家問佛問祖問禪問道問向上向下了更無可得問却致箇問端問超佛越祖之談雲門是作家便水長船高泥多佛大便答道餬餅可謂道不虛行功不浪施雲門復示衆云你勿可作了見人道著祖師意便問超佛越祖之談道理你且喚什麼作佛喚什麼作祖即說超佛越祖之談便問箇出三界你把三界來看有什麼見聞覺知隔礙著你有什麼聲色佛法與汝可了了箇什麼碗以那箇爲差殊之見他古聖勿奈你何横身爲物道箇舉體全真物物覿體不可得我向汝道直下有什麼事早是埋沒了也會得此語便識得餬餅五祖云驢屎比麝香 一作馬糞 所謂直截根源佛所印摘葉尋枝我不能到這裏欲得親切莫將問來問看這僧問如何是超佛越祖之談門云餬餅還識羞慚麼還覺漏逗麼有一般人杜撰道雲門

見兎放鷹便道餬餅若恁麽將餬餅便是超佛越祖之談見去豈有活路莫作餬餅會又不作超佛越祖會便是活路也與麻三斤解打鼓一般雖然只道餬餅其實難見後人多作道理云麄言及細語皆歸第一義若恁麽會且去作座主一生贏得多知多解如今禪和子道超佛越祖之時諸佛也踏在脚跟下祖師也踏在脚跟下所以雲門只向他道餬餅既是餬餅豈解超佛越祖試去參詳看諸方頌極多盡向問頭邊作言語唯雪竇頌得最好試舉看頌云

超談禪客問偏多（箇箇出來便作這般見解如麻似粟）縫罅披離見也麽（已在言前開也自屎不覺臭）餬餅塞來猶不住（將木櫨子換却你眼睛了也）至今天下有誵訛（畫箇圓相云莫是恁麽會麽咬人言語有甚了期大地茫茫愁殺人便打）

超談禪客問偏多此語禪和家偏愛問不見雲門道你諸人橫擔拄杖道我參禪學道便覓箇超佛越祖道理我且問你十二時中行住坐卧屙屎放尿至於茅坑裏蟲子市肆買賣羊肉案頭還有超佛越祖底道理麽道得底出來若無莫妨我東行西行便下座有者更不識好惡作圓相土上加泥添枷帶鎖縫罅披離見也麽他致問處有大小大縫罅雲門見他問處披離所以將餬餅攔縫塞定這僧猶自不肯住却更問是故雪竇道餬餅塞來猶不住至今天下有誵訛如今禪和子只管去餬餅上解會不然去超佛越祖處作道理既不在這兩頭畢竟在什麽處三十年後待山僧換骨出來却向你道

舉古有十六開士（成群作隊有什麽用這一隊不唧𠺕漢）於

浴僧時隨例入浴（撞著露柱漆桶作什麽）忽悟水因（惡水驀頭澆）諸禪德作麽生會他道妙觸宣明（更不干別人事作麽生會他撲落非他物）成佛子住（天下衲僧到這裏摸索不著兩頭三面作什麽）也須七穿八穴始得（一棒一條痕莫辜負山僧好撞著磕著還曾見德山臨濟麽）

楞嚴會上跋陀婆羅菩薩與十六開士各修梵行乃各說所證圓通法門之因此亦二十五圓通之一數也他因浴僧時隨例入浴忽悟水因云既不洗塵亦不洗體且道洗箇什麽若會得去中間安然得無所有千箇萬箇更近傍不得所謂以無所得是眞般若若有所得是相似般若不見達磨謂二祖云將心來與汝安二祖云覔心了不可得這裏些子是衲僧性命根本更總不消得如許多葛藤只消道箇忽悟水因自然了當既不洗塵亦不洗體且道悟箇什麽到這般田地一點也著不得道箇佛字也須諱却他道妙觸宣明成佛子住宣則是顯也妙觸是明也既悟妙觸成佛子住卽住佛地也如今人亦入浴亦洗水也恁麽觸因甚却不悟皆被塵境惑障粘皮著骨所以不能便惺惺去若向這裏洗亦無所得觸亦無所得水因亦無所得且道是妙觸宣明不是妙觸宣明若向箇裏直下見得便是妙觸宣明成佛子住如今人亦觸還見妙處麽妙觸非常觸與觸者合則爲觸離則非也玄沙過嶺磕著脚指頭以至德山棒豈不是妙觸雖然恁麽也須是七穿八穴始得若只向身上摸索有什麽交涉你若七穿八穴去何須入浴便於一毫端上現寶王剎向微塵裏轉大法輪一處透得千處萬處

一時透莫只守一窠一窟一切處都是觀音入理之門古人亦有聞聲悟道見色明心若一人悟去則故是因甚十六開士同時悟去是故古人同修同證同悟同解雪竇拈他教意令人去妙觸處會取出他教眼頌免得人去教網裏籠罩半醉半醒要令人直下灑灑落落頌云

了事衲僧消一箇（現有一箇朝打三千暮打八百跳出金剛圈一箇也不消得）長連床上展脚臥（果然是箇瞌睡漢論劫不論禪）

夢中曾說悟圓通（早是瞌睡更說夢却許你夢見寐語作什麼）

香水洗來驀面唾（咄土上加泥又一重莫來淨地上屙）

了事衲僧消一箇且道了得箇什麼事作家禪客聊聞舉著剔起便行似恁麼衲僧只消得一箇何用成群作隊長連床上展脚臥古人道明明無悟法悟了却迷人長舒兩脚睡無偽亦無眞所以胸中無一事機來喫飯困來眠雪竇意道你若說入浴悟得妙觸宣明在這般無事衲僧分上只似夢中說夢所以道夢中曾說悟圓通香水洗來驀面唾似恁麼只是惡水驀頭澆更說箇什麼圓通雪竇道似這般漢正好驀頭驀面唾山僧道土上加泥又一重

垂示云大用現前不存軌則活捉生擒不勞餘力且道是什麼人曾恁麼來試舉看

舉僧問投子一切聲是佛聲是否（也解捋虎鬚青天轟霹靂自屎不覺臭）投子云是（賺殺一船人賣身與你了也拈放一邊是什麼心行）僧云和尚莫屎沸碗鳴聲（只見錐頭利不見鑿頭方道什麼果然納敗缺）投子便打（著好打放過則不可）又問麄言及細語皆歸第一義是否（第二回捋虎鬚抱贓叫屈作什麼東西南北猶有影響在）投子云是（又是賣身與你了也陷虎

之機也是什麽心行僧云喚和尚作一頭驢得麽只見錐頭利不見鑿頭方雖有逆水之波只是頭上無角含血噀人投子便打著不可放過好打拄杖未到折因什麽便休去投子朴實頭得逸羣之辯凡有致問開口便見膽不費餘力便坐斷他舌頭可謂運籌帷幄之中決勝千里之外這僧將聲色佛法見解貼在他額頭上逢人便問投子作家來風深辨這僧知投子實頭合下做箇圈繢子教投子入來所以有後語投子却使陷虎之機釣他後語出來這僧接他答處道和尚莫屎沸碗鳴聲果然一釣便上若是別人則不奈這僧何投子具眼隨後便打咬猪狗底手脚須還作家始得左轉也隨他阿轆轆地右轉也隨他阿轆轆地這僧既是做箇圈繢子要來捋虎鬚殊不知投子更在他圈繢頭上投子便打這僧可惜許有頭無尾當時等他拈棒便與掀倒禪床直饒投子全機也須倒退三千里又問麤言及細語皆歸第一義是否投子亦云是一似前頭語無異僧云喚和尚作一頭驢得麽投子又打這僧雖然作窠窟也不妨奇特若是曲彔木床上老漢頂門無眼也難折挫他投子有轉身處這僧既做箇道理要撓他行市到了依舊不奈投子老漢何不見巖頭道若論戰也箇箇立在轉處投子放去太遲收來太急這僧當時若解轉身吐氣豈不作得箇口似血盆底漢衲僧家一不做二不休這僧既不能返擲却被投子穿了鼻孔頌云

投子投子灼然天下無這實頭老漢教壞人家男女機輪無阻有什麽奈何他處也有些子放一得二換却你眼睛什麽處見投子

同彼同此[恁麼來也喫棒不恁麼來也喫棒闍黎替他便打]可憐無限弄潮人[叢林中放出一箇半箇放出這兩箇漢天下衲僧恁麼去]畢竟還落潮中死[可惜許爭奈出這圈繢不得愁人莫向愁人說]忽然活[禪床震動驚殺山僧也倒退三千里]百川倒流鬧㴔㴔[嶮徒勞佇思山僧不敢開口投子老漢也須是拗折拄杖始得]

投子投子機輪無阻投子尋常道你總道投子實頭忽然下山三步有人問你道如何是投子實頭處你作麼生祇對古人道機輪轉處作者猶迷他機輪轉轆轆地全無阻隔所以雪竇道放一得二不見僧問如何是佛投子云佛又問如何是道投子云道又問如何是禪投子云禪又問月未圓時如何投子云吞却三箇四箇圓後如何吐却七箇八箇投子接人常用此機答這僧只是一箇是字這僧兩回被打所以雪竇道同彼同此四句一時頌投子了也末後頌這僧道可憐無限弄潮人這僧敢攙旗奪鼓道和尚莫屎沸碗鳴聲又道喚和尚作一頭驢得麼此便是弄潮處這僧做盡伎倆依前死在投子句中投子便打此僧便是畢竟還落潮中死雪竇出這僧云忽然活便與掀倒禪床投子也須倒退三千里直得百川倒流鬧㴔㴔非唯禪床震動亦乃山川岌峈天地陡暗苟或箇箇如此山僧且打退鼓諸人向什麼處安身立命

舉僧問趙州初生孩子還具六識也無[閃電之機說什麼初生孩兒子]趙州云急水上打毬子[過也俊鶻趁不及也要驗過]僧復問投子急水上打毬子意旨如何[也是作家同驗過還會麼過也]子云念念不停流[打葛藤漢]

此六識教家立爲正本山河大地日月星辰

因其所以生來爲先鋒去爲殿後古人道三界唯心萬法唯識若證佛地以八識轉爲四智教家謂之改名不改體根塵識是三前塵元不會分别勝義根能發生識識能顯色分别卽是第六意識第七識末那識能去執持世間一切影事令人煩惱不得自由自在皆是第七識到第八識亦謂之阿賴耶識亦謂之含藏識含藏一切善惡種子這僧知教意故將來問趙州道初生孩子還具六識也無初生孩兒雖具六識眼能見耳能聞然未曾分别六塵好惡長短是非得失他恁麽時總不知學道之人要復如嬰孩榮辱功名逆情順境都動他不得眼見色與盲等耳聞聲與聾等如癡似兀其心不動如須彌山這箇是衲僧家眞實得力處古人道衲被蒙頭萬事休此時山僧都不會若能如此方有少分相應雖然如此爭奈一點也瞞他不得山依舊是山水依舊是水無造作無緣慮如日月運於太虚未嘗暫止亦不道我有許多名相如天普葢似地普擎爲無心故所以長養萬物亦不道我有許多功行天地爲無心故所以長久若有心則有限齊得道之人亦復如是於無功用中施功用一切違情順境皆以慈心攝受到這裏古人尚自呵責道了了了時無可了玄玄玄處直須呵又道事事通兮物物明達者聞之暗裏驚又云入聖超凡不作聲卧龍長怖碧潭清人生若得長如此大地那能留一名然雖恁麽更須跳出窠窟始得豈不見教中道第八不動地菩薩以無功用智於一微塵中轉大法輪於一切時中行住

坐卧不拘得失任運流入薩婆若海衲僧家到這裏亦不可執著但隨時自在遇茶喫茶遇飯喫飯這箇向上事著箇定字也不得著箇不定字也不得石室善道和尚示衆云汝不見小兒出胎時何曾道我會看教當恁麼時亦不知有佛性義無佛性義及至長大便學種種知解出來便道我能我解不知是客塵煩惱十六觀行中嬰兒行爲最哆哆啝啝時喻學道之人離分別取捨心故讚歎嬰兒行况喻取之若謂嬰兒是道今時人錯會南泉云我十八上解作活計趙州道我十八上解破家散宅又道我在南方二十年除粥飯二時是雜用心處曹山問僧菩薩定中聞香象度河歷歷地出什麼經僧云涅槃經山云定前聞定後聞僧云和尚流也山云灘下接取又楞嚴經云湛入合湛入識邊際又楞伽經云相生執礙想生妄想流注生則逐妄流轉若到無功用地猶在流注相中須是出得第三流注生相方始快活自在所以溈山問仰山云寂子如何仰山云和尚問他見解問他行解若問他行解某甲不知若是見解如一瓶水注一缾水若得如此皆可以爲一方之師趙州云急水上打毬子早是轉轆轆地更向急水上打時眨眼便過譬如楞嚴經云如急流水望爲恬靜古人云譬如駛流水水流無定止各各不相知諸法亦如是趙州答處意渾類此其僧又問投子急水上打毬子意旨如何子云念念不停流自然與他問處恰好古人行履綿密答得只似一箇更不消計較你纔問他早知你落處了也孩子六識

雖然無功用爭奈念念不停如峇水流投子恁麼答可謂深辨來風雪竇頌云

六識無功伸一問（有眼如盲有耳如聾明鏡當臺明珠在掌一句道盡）作家曾共辨來端（何必也要辨箇緇素惟証乃知）茫茫急水打毬子（始終一貫過也道什麼）落處不停誰解看（看即瞎過也灘下接取）

六識無功伸一問古人學道養到這裏謂之無功之功與嬰兒一般雖有眼耳鼻舌身意而不能分別六塵蓋無功用也既到這般田地便乃降龍伏虎坐脫立亡如今人但將目前萬境一時歇却何必八地以上方乃如是雖然無功用處依舊山是山水是水雪竇前面頌云活中有眼還同死藥忌何須鑒作家蓋爲趙州投子是作家故云作家曾共辨來端茫茫急水打毬子投子道念念不停流諸人還知落處麼雪竇末後教人自著眼看是故云落處不停誰解看此是雪竇活句且道落在什麼處

佛果圜悟禪師碧巖集卷第八

音釋

鶚（逆各切音諤鷙擊之鳥鷹鶚之屬）礴（弼角切音薄旁礴混同貌盤礴閑定貌）鵰（丁聊切音貂大鷙鳥一名鷲黑色其羽可爲箭羽）勘（苦紺切堪去聲校也）咎（巨九切求去聲愆也過也）畐（芳逼切音拂滿也）鷹（於京切音英鷙鳥一日題肩一日征鳥）噀（同潠含水噴也）活（古活切音括水流聲）陡（當口切音斗峻也頓也崖壁峭絕也）

佛果圜悟禪師碧巖集卷第九

秣陵遠庵吳自弘校

天界比丘性湛　閱

垂示云攙旗奪鼓千聖莫窮坐斷誵訛萬機不到不是神通妙用亦非本體如然且道憑箇什麼得恁麼奇特

舉僧問藥山平田淺草麈鹿成羣如何射得麈中麈把髻投衙擊頭帶角出來腦後拔箭山云看箭就身打劫下坡不走快便難逢着僧放身便倒灼然不同一死更不再活弄精魂漢山云侍者拖出這死漢據令而行不勞再勸前箭猶輕後箭深僧便走棺木裏瞠眼死中得活猶有氣息在山云弄泥團漢有什麼限可惜許放過據令而行雪上加霜雪竇拈云三步雖活五步須死一手擡一手搦直饒走百步也須喪身失命復云看箭且道雪竇意落在什麼處若是同死同生藥山豈得目瞪口呿一向似無孔鐵鎚堪作何用

這公案洞下謂之借事問亦謂之辨主問用明當機鹿與麈尋常易射唯有麈中麈是鹿中之王最是難射此麈鹿常於崖石上利其角如鋒鋌頡利以身護惜羣鹿虎亦不能近傍這僧亦似惺惺引來問藥山用明第一機山云看箭作家宗師不妨奇特如擊石火似閃電光豈不見三平初叅石鞏鞏才見來便作彎弓勢云看箭三平撥開胸云此是殺人箭活人箭鞏彈弓弦三下三平便禮拜鞏云三十年一張弓兩隻箭今日只射得半箇聖人便拗折弓箭三平後舉似大顛顛云既是活人箭為什麼向弓弦上辨三平無語顛云三十年後要人舉此話也難得法燈有頌云古有石鞏師架弓矢而坐如是三十年知音無一箇三平中的來父子相投和子細返思

量元伊是射垛石輩作略與藥山一般三平項門具眼向一句下便中的一似藥山道看箭其僧便作麈放身倒這僧也似作家只是有頭無尾既做圈繢要陷藥山爭奈藥山是作家一向逼將去山云侍者拖出這死漢如展陣向前相似其僧便走也好是則是爭奈不脫洒粘脚粘手所以藥山云弄泥團漢有什麼限藥山當時若無後語千古之下遭人檢點山云看箭這僧便倒且道是會是不會若道是會藥山因什麼却恁麼道弄泥團漢這箇最惡正似僧問德山學人仗鏌鎁劒擬取師頭時如何山引頸近前云囫僧云師頭落也德山低頭歸方丈又巖頭問僧什麼處來僧云西京來巖頭云黃巢過後曾收得劒麼僧云收得巖頭引頸近前云囫僧云師頭落也巖頭呵呵大笑這般公案都是陷虎之機正類此恰是藥山不管他只爲識得破只管逼將去雪竇云這僧三步雖活五步須死這僧雖甚解看箭便放身倒山云侍者拖出這死漢僧便走雪竇道只恐三步外不活當時若跳出五步外天下人便不奈他何作家相見須是賔主始終互換無有間斷方有自由自在分這僧當時既不能始終所以遭雪竇檢點後面亦自用他語頌云

麈中麈(高着眼看擎頭戴角去也)君看取(何似生第二頭走要射便射看作什麼)下一箭(中也須知藥山好手)走三步(活鱍鱍地只得三步死了多時)五步若活(作什麼跳百步忽有箇死中得活時如何)成羣趂虎(一俱並照須與他倒退始得天下衲僧放他出頭也只在草窠裏)正眼從來付獵人(爭奈藥山未肯承當這話藥山則故是雪竇又作麼生也不干藥山事也不干雪竇事也不干山僧事也不干上座事)雪竇

高聲云看箭一狀領過也須與他倒退始得打云已塞却你咽喉了也麈中麈君看取衲僧家須是具麈中麈底眼有麈中麈底頭角有機關有作略任是插翼猛虎戴角大蟲也只得全身遠害這僧當時放身便倒自道我是麈下一箭走三步山云看箭僧便倒山云侍者拖出這死漢這僧便走也甚好爭奈只走得三步五步若活成羣趂虎雪竇道只恐五步須死當時若跳得出五步外活時便能成羣去趂虎其麈中麈角利如鎗虎見亦畏之而走麈爲鹿中王常引羣鹿趂虎入別山雪竇後面頌藥山亦有當機出身處正眼從來付獵人藥山如能射獵人其僧如麈雪竇是時因上堂舉此語束爲一團話高聲道一句云看箭坐者立者一時起不得

垂示云竿頭絲線具眼方知格外之機作家方辨且道作麼生是竿頭絲線格外之機試舉看

舉僧問大龍色身敗壞如何是堅固法身話作兩橛分開也好龍云山花開似錦澗水湛如藍無孔笛子撞着氈拍板渾崙擘不破人從陳州來却往許州去此事若向言語上覓一如掉棒打月且得沒交涉古人分明道欲得親切莫將問來問何故問在答處答在問處這僧擔一擔莽鹵換一擔鶻突致箇問端敗缺不少若不是大龍爭得蓋天蓋地他恁麼問大龍恁麼答一合相更不移易一絲毫頭一似見兎放鷹看孔著楔三乘十二分教還有這箇時節麼也不妨奇特只是言語無味杜塞人口是故道一片白雲橫谷口幾多歸鳥夜迷巢有者道只

是信口答將去若恁麼會盡是滅胡種族漢殊不知古人一機一境敲枷打鎖一句一言渾金璞玉若是衲僧眼腦有時把住有時放行照用同時人境俱奪雙放雙收臨時通變若無大用大機爭解恁麼籠天罩地大似明鏡當臺胡來胡現漢來漢現此公案與花藥欄話一般然意却不同這僧問處不明大龍答處恰好不見僧問雲門樹凋葉落時如何門云體露金風此謂之箭鋒相拄這僧問大龍色身敗壞如何是堅固法身大龍云山花開似錦澗水湛如藍一如君向西秦我之東魯他既恁麼行我却不恁麼行與他雲門一倍相返那箇恁麼行却易見這箇却不恁麼行却難見大龍不妨三寸甚密雪竇頌云

問曾不知（東西不辨弄物不知名買帽相頭）答還不會（南北）

（不分換却髑髏江南江北）月冷風高（何似生今日正當這時節天下人有眼不曾見有耳不曾聞）古巖寒檜（不雨時更好無孔笛子撞着氈拍板）堪笑路逢達道人（也須是親到這裏始得還我拄杖子來成羣作隊恁麼來）不將語默對（向什麼處見大龍將箇什麼對他好）手把白玉鞭（一至七拗折了也）驪珠盡擊碎（留與後人看可惜許）不擊碎（放過一著又恁麼去）增瑕纇（弄泥團作什麼轉見郎當過犯彌天）國有憲章（識法者懼朝打三千暮打八百）三千條罪（只道得一半在八萬四千無量劫來墮無間業也未還得一半在）

雪竇頌得最有工夫前來頌雲門話却云問既有宗答亦攸同這箇却不恁麼却云問曾不知答還不會大龍答處傍瞥直是奇特分明是誰恁麼問未問已前早納敗缺了也他答處俯能恰好應機宜道山花開似錦澗水湛如藍你諸人如今作麼生會大龍意答處傍瞥直是奇特所以雪竇頌出教人知道月

冷風高更撞著古巖寒檜且道他意作麼生會所以適來道無孔笛子撞著氈拍板只這四句頌了也雪竇又怕人作道理却云堪笑路逢達道人不將語默對此事且不是見聞覺知亦非思量分別所以云的的無兼帶獨運何依賴路逢達道人不將語默對此是香嚴頌雪竇引用也不見僧問趙州不將語默對未審將什麼對州云呈漆器這箇便同適來話不落你情塵意想一似什麼手把白玉鞭驪珠盡擊碎是故祖令當行十方坐斷此是劒刃上事須是有恁麼作略若不恁麼總辜負從上諸聖到這裏要無些子事自有好處便是向上人行履處也既不擊碎必增瑕纇便見漏逗畢竟是作麼生得是國有憲章三千條罪五刑之屬三千莫大於不孝憲是法章是條三千條罪一時犯了也何故如此只爲不以本分事接人若是大龍必不恁麼也

舉雲門示衆云古佛與露柱相交是第幾機（三千里外沒交涉七花八裂）自代云（東家人死西家人助哀一合相不可得）南山起雲（乾坤莫覩刀斫不入）北山下雨（點滴不施半河南半河北）

雲門大師出八十餘員善知識遷化後七十餘年開塔觀之儼然如故他見地明白機境迅速大凡垂語別語代語直下孤峻只這公案如擊石火似閃電光直是神出鬼沒慶藏主云一大藏教還有這般說話麼如今人多向情解上作活計道佛是三界導師四生慈父既是古佛爲什麼却與露柱相交若恁麼會卒摸索不著有者喚作無中唱出殊不知

宗師家說話絕意識絕情量絕生死絕法塵入正位更不存一法你纔作道理計較便纏脚纏手且道他古人意作麼生但只使心境一如好惡是非撼動他不得便說有也得無也得有機也得無機也得到這裏拍拍是令五祖先師道大小雲門元來膽小若是山僧只向他道第八機他道古佛與露柱相交是第幾機一時間且向目前包裹僧問未審意旨如何門云一條條三十文買他有定乾坤底眼既無人會後來自代云南山起雲北山下雨且與後學通箇入路所以雪竇只拈他定乾坤處教人見若纔犯計較露箇鋒鋩則當面蹉過只要原他雲門宗旨明他峻機所以頌出云

南山雲（乾坤莫覩刀斫不入）北山雨（點滴不施半河南半河北）四七二三面相覩（幾處覓不見帶累傍人露柱掛燈籠）新羅國裏曾上堂（東湧西沒東行不見西行利那裏得這消息來）大唐國裏未打鼓（遲一刻還我話頭來先行不到末後太過）苦中樂（教阿誰知）樂中苦（兩重公案使誰舉苦便苦樂便樂那裏有兩頭三面來）誰道黃金如糞土（具眼者辨試拂拭看阿剌剌可惜許且道是古佛是露柱）

南山雲北山雨雪竇買帽相頭看風使帆向劍刃上與你下箇注脚直得四七二三面相覩也莫錯會此只頌古佛與露柱相交是第幾機了也後面劈開路打葛藤要見他意新羅國裏曾上堂大唐國裏未打鼓雪竇向電轉星飛處便道苦中樂樂中苦雪竇似堆一堆七珍八寶在這裏了所以末後有這一句了云誰道黃金如糞土此一句是禪月行路難詩雪竇引來用禪月云山高海深人不測

古往今來轉青碧淺近輕浮莫與交地卑只解生荊棘誰道黃金如糞土張耳陳餘斷消息行路難行路難君自看且莫土曠人稀雲居羅漢

垂示云道是是無可是言非非無可非是非已去得失兩忘淨裸裸赤灑灑且道面前背後是箇什麼或有箇衲僧出來道面前是佛殿三門背後是寢堂方丈且道此人還具眼也無若辨得此人許你親見古人來

舉維摩詰問文殊師利（這漢太煞合鬧一場合取口）何等是菩薩入不二法門（知而故犯）文殊曰如我意者（道什麼直得分疎不下擔枷過狀把髻投衙）於一切法（喚什麼作一切法）無言無說（道什麼）無示無識（瞞別人即得）離諸問答（道什麼）是爲入不二法門（用入作什麼用許多葛藤作什麼）於是文殊師利問維摩詰我等各自說已仁者當說何等是菩薩入不二法門（這一靠莫道金粟如來設使三世諸佛也開口不得倒轉鎗頭來也刺殺一人中箭還似射人時）雪竇云維摩道什麼（咄萬箭攢心替他說道理）復云勘破了也（非但當時即今也恁麼雪竇也是賊過後張弓雖然爲衆竭力爭奈禍出私門且道雪竇還見得落處麼夢也未夢見說什麼勘破嶮金毛獅子也摸索不著）

維摩詰令諸大菩薩各說不二法門時三十二菩薩皆以二見有爲無爲眞俗二諦合爲一見爲不二法門後問文殊文殊云如我意者於一切法無言無說無示無識離諸問答是爲入不二法門蓋爲三十二人以言遣言文殊以無言遣言一時掃蕩總不要是爲入不二法門殊不知靈龜曳尾拂迹成痕又如掃箒掃塵相似塵雖去箒迹猶存末後依前除蹤跡於是文殊却問維摩詰云我等各自

說已仁者當自説何等是菩薩入不二法門維摩詰默然若是活漢終不去死水裏浸却若作恁麽見解似狂狗逐塊雪竇亦不説良久亦不説默然據坐只去急急處云維摩道什麽只如雪竇恁麽道還見維摩麽夢也未夢見在維摩乃過去古佛亦有眷屬助佛宣化具不可思議辯才有不可思議境界有不可思議神通妙用於方丈室中容三萬二千獅子寶座與八萬大衆亦不寬狹且道是什麽道理喚作神通妙用得麽且莫錯會若是不二法門唯同得同證方乃相共證知獨有文殊可與酬對雖然恁麽還免得雪竇檢責也無雪竇恁麽道也要與這二人相見云維摩道什麽又云勘破了也你且道是什麽處是勘破處只這些子不拘得失不落是非如萬仞懸崖向上捨得性命跳得過去許你親見維摩如捨不得大似羝羊觸藩雪竇故然是捨得性命底人所以頌出云

除蹤跡（一本作餘蹤跡）

咄這維摩老（咄他作什麽朝打三千暮打八百咄得不濟事好與三十棒）悲生空懊惱（悲他作什麽自有金剛王寶劍爲他閑事長無明勞而無功）臥疾毗耶離（因誰致得帶累一切人）全身太枯槁（病則且置爲什麽口似匾檐飯也喫不得喘也喘不得）七佛祖師來（客來須看賊來須打成羣作隊也須是作家始得）一室且頻掃（猶有這箇在元來在鬼窟裏作活計）請問不二門（若有可説被他説了也打云和闍黎也尋不見）當時便靠倒（蒼天蒼天道什麽）不靠倒（死中得活猶有氣息在）金毛獅子無處討（咄還見麽蒼天蒼天）

雪竇道咄這維摩老頭上先下一咄作什麽以金剛王寶劍當頭直截須朝打三千暮打

八百始得梵語云維摩詰此云無垢稱亦云淨名乃過去金粟如來也不見僧問雲居簡和尚既是金粟如來爲什麽却於釋迦如來會中聽法簡云他不爭人我大解脱人不拘成佛不成佛若道他修行務成佛道轉沒交涉譬如圓覺經云以輪迴心生輪迴見入於如來大寂滅海終不能至永嘉云或是或非人不識逆行順行天莫測若順行則趣佛果位中若逆行則入衆生境界壽禪師道直饒你磨鍊得到這田地亦未可順汝意在直待證無漏聖身始可逆行順行所以雪竇道悲生空懊惱維摩經云爲衆生有病故我亦有病懊惱則悲絶也臥疾毗耶離維摩示疾於毗耶離城也唐時王玄策使西域過其居遂以手板縱横量其室得十笏因名方丈全身太枯槁因以身疾廣爲説法云是身無常無强無力無堅遂朽之法不可信也爲苦爲惱衆病所集乃至陰界入所共合成七佛祖師來文殊是七佛祖師承世尊旨往彼問疾一室且頻掃方丈内皆除去所有唯留一榻等文殊至請問不二法門也所以雪竇道請問不二門當時便靠倒維摩口似匾檐如今禪和子便道無語是靠倒且莫錯認定盤星雪竇拨到萬仞懸崖上却云不靠倒一手擡一手搦他有這般手脚直是用得玲瓏此頌前面拈云維摩道什麽金毛獅子無處討非但當時卽今也恁麽還見維摩老麽盡山河大地草木叢林皆變作金毛獅子也摸索不著垂示云把定世界不漏纖毫盡大地人亡鋒結舌是衲僧正令頂門放光照破四天下是

衲僧金剛眼睛點鐵成金點金成鐵忽擒忽縱是衲僧拄杖子坐斷天下人舌頭直得無出氣處倒退三千里是衲僧氣宇且道總不恁麼時畢竟是箇什麼人試舉看

舉僧到桐峰庵主處便問這裏忽逢大蟲時又作麼生作家弄影漢草窠裏一箇半箇庵主便作虎聲將錯就錯却有牙爪同生同死承言須會宗僧便作怕勢兩箇弄泥團漢見機而作似則也似是則未是庵主呵呵大笑猶較些子笑中有刀亦能放亦能收僧云這老賊也須識破敗也兩箇都放行庵主云爭奈老僧何劈耳便掌可惜放過雪上加霜又一重僧休去恁麼休去二俱不了蒼天蒼天雪竇云是則是兩箇惡賊只解掩耳偷鈴言猶在耳遭他雪竇點檢且道當時合作麼生免得點檢天下衲僧不到

大雄宗派下出四庵主大梅白雲虎溪桐峰看他兩人恁麼眼親手辨且道誵訛在什麼處古人一機一境一言一句雖然出在臨時若是眼目周正自然活鱍鱍地雪竇拈教人識邪正辨得失雖然如此在他達人分上雖處得失却無得失若以得失見他古人則沒交涉如今人須是各各窮到無得失處然後以得失辨人若一向去揀擇言句處用心又到幾時得了去不見雲門大師道行脚漢莫只空遊州獵縣只欲得提搦閑言語待老和尚口動便問禪問道向上向下如何若何大卷抄將去丞向肚皮裏卜度到處火爐邊三箇五箇聚頭舉口喃喃地便道這箇是公才語這箇是就身打出語這箇是事上道底語這箇是體裏語體你屋裏老爺老娘噇却飯了只管說夢便道我會佛法了也將知恁麼行脚驢年得休歇去古人暫時間拈弄豈有

勝負得失是非等見桐峯見臨濟其時在深山卓庵這僧到彼中遂問這裏忽逢大蟲時又作麼生峯便作虎聲也好就事便行這僧也會將錯就錯便作怕勢庵主呵呵大笑僧云這老賊峯云爭奈老僧何是則是二俱不了千古之下遭人點檢所以雪竇道是則是兩箇惡賊只解掩耳偷鈴他二人雖皆是賊當機却不用所以掩耳偷鈴此二老如排百萬軍陣却只鬬掃箒若論此事須是殺人不眨眼底手脚若一向縱而不擒一向殺而不活不免遭人恠笑雖然如是他古人亦無許多事看他兩箇恁麼總是見機而作五祖道神通游戲三昧慧炬三昧莊嚴王三昧自是後人脚跟不點地只去點檢古人便道有得有失有底道分明是庵主落節且得沒交涉雪竇道他二人相見皆有放過處其僧道這裏忽逢大蟲時又作麼生峯便作虎聲此便是放過處乃至道爭奈老僧何此亦是放過處著著落在第二機雪竇道要用便用如今人聞恁麼道便道當時好與行令且莫盲枷瞎棒只如德山入門便棒臨濟入門便喝且道古人意如何雪竇後面便只如此頌出且道畢竟作麼生免得掩耳偷鈴去頌云

見之不取蹉過了也已是千里萬里思之千里悔不慎當初蒼天蒼天好箇斑斑闍黎自領出去爭奈未解用在爪牙未備只恐用處不明待爪牙備向你道君不見大雄山下忽相逢有條攀條無條攀例落落聲光皆振地這大蟲却恁麼去猶較些子幾箇男兒是丈夫大丈夫見也無老婆心切若解開眼同生同死雪竇打葛藤收虎尾兮捋虎鬚忽然突出如何收收天下衲僧在這裏忽有箇出來便與一拶若無收放你三十棒教你轉身吐氣喝打云何

不道這老賊見之不取思之千里正當嶮處都不能使等他道爭奈老僧何好與本分草料當時若下得這手脚他必須有後語二人只解放不解收見之不取早是白雲萬里更說什麼思之千里好箇斑斑爪牙未備是則是箇大蟲也解藏牙伏爪爭奈不解咬人君不見大雄山下忽相逢落落聲光皆振地百丈一日問黃檗云什麼處來檗云山下採菌子來丈云還見大蟲麼檗便作虎聲丈於腰下取斧作斫勢檗約住便掌丈至晚上堂云大雄山下有一虎汝等諸人出入切須好看老僧今日親遭一口後來潙山問仰山黃檗虎話作麼生仰云和尚尊意如何潙山云百丈當時合一斧斫殺因什麼到如此仰山云不然潙山云子又作麼生仰山云不唯騎虎頭亦解收虎尾潙山云寂子甚有嶮崖之句雪竇引用明前面公案聲光落落振於大地也這箇些子轉變自在要句中有出身之路大丈夫見也無還見麼收虎尾兮捋虎鬚也須是本分任你收虎尾捋虎鬚未免一時穿却鼻孔

垂示云把定世界不漏絲毫截斷衆流不存涓滴開口便錯擬議卽差且道作麼生是透關底眼試道看

舉雲門垂語云人人盡有光明在黑漆桶看時不見暗昏昏看時瞎作麼生是諸人光明山是山水是水漆桶裏洗黑汁自代云厨庫三門老婆心切打葛藤作什麼又云好事不如無自知較一半猶較些子

雲門室中垂語接人你等諸人脚跟下各各有一段光明輝騰今古迥絕見知雖然光明

恰到問著又不會豈不是暗昏昏地二十年垂示都無人會他意香林後來請代語門云厨庫三門又云好事不如無尋常代語只一句爲什麼這裏却兩句前頭一句爲你略開一線路教你見若是箇漢聊聞舉著剔起便行他怕人滯在此又云好事不如無依前與你掃却如今人纔聞舉著光明便去瞠眼云那裏是厨庫那裏是三門且得沒交涉所以道識取鉤頭意莫認定盤星此事不在眼上亦不在境上須是絕知見忘得失淨躶躶赤灑灑各各當人分上究取始得雲門云日裏來往日裏辨人忽然半夜無日月燈光曾到處則故是未曾到處取一件物還取得麽叅同契云當明中有暗勿以暗相覩當暗中有明勿以明相遇若坐斷明暗且道是箇什麽所以道心花發明照十方剎盤山云光非照境境亦非存光境俱忘復是何物又云卽此見聞非見聞無餘聲色可呈君箇中若了全無事體用何妨分不分但會取末後一句了却去前頭游戲畢竟不在裏頭作活計古人道以無住本立一切法不得去這裏弄光影弄精魂又不得作無事會古人道寧可起有見如須彌山不可起無見如芥子許二乘人多偏墜此見雪竇頌云

自照列孤明（森羅萬象賓主交參拕轉鼻孔瞎漢作什麽）爲君通一線（何止一線十日並照放一線道卽得）花謝樹無影（打葛藤有什麼了期向什麼處摸索黑漆桶裏盛黑汁）看時誰不見（瞎不可總扶籬摸壁兩瞎三瞎）見不見（兩頭俱坐斷瞎）倒騎牛兮入佛殿（中三門合掌還我話頭來打云向什麽處去也雪竇也只向鬼窟裏作活計還會麽半夜日頭出日午打三更）

自照列孤明自家脚跟下本有此一段光明只是尋常用得暗所以雲門大師與你羅列此光明在你面前且作麽生是諸人光明厨庫三門此是雲門列孤明處也盤山道心月孤圓光吞萬象這箇便是眞常獨露然後與君通一線亦怕人著在厨庫三門處厨庫三門則且從却朝花亦謝樹亦無影日又落月又暗盡乾坤大地黑漫漫地諸人還見麽看時誰不見且道是誰不見到這裏當明中有暗暗中有明皆如前後步自可見雪竇道見不見須好事不如無合見又不見合明又不明倒騎牛兮入佛殿入黑漆桶裏去也須是你自騎牛入佛殿看道是箇什麽道理

垂示云明眼漢没窠臼有時孤峰頂上草漫漫有時鬧市裏頭赤灑灑忽若忿怒那吒現三頭六臂忽若日面月面放普攝慈光於一塵現一切身爲隨類人和泥合水忽若撥著向上竅佛眼也覷不著設使千聖出頭來也須倒退三千里還有同得同證者麽試舉看

舉雲門示衆云藥病相治（一合相不可得）盡大地是藥（苦瓠連根苦擺向一邊）那箇是自已（甜瓜徹蒂甜那裏得這消息來）

【治】（澄之切攻理也音特）

雲門道藥病相治盡大地是藥那箇是自已諸人還有出身處麽二六時中管取壁立千仞德山棒如雨點臨濟喝似雷奔則且置釋迦自釋迦彌勒自彌勒未知落處者往往喚作藥病相投會去世尊四十九年三百餘會應機設教皆是應病與藥如將蜜果換苦葫蘆相似旣淘汝諸人業根令灑灑落落盡大地是藥你向什麽處挿觜若挿得觜許你有

轉身吐氣處便親見雲門你若回顧躊躇管取揷背不得雲門在你脚跟底藥病相治也只是尋常語論你若著有與你說無你若著無與你說有你若著不有不無與你去糞埽堆上現丈六金身頭出頭沒只如今盡大地森羅萬象乃至自己一時是藥當恁麽時却喚那箇是自己你一向喚作藥彌勒佛下生也未夢見雲門在畢竟如何識取鈎頭意莫認定盤星文殊一日令善財去採藥云是藥者採將來善財徧採無不是藥却來白云無不是藥者文殊云是藥者採將來善財乃拈一枝草度與文殊文殊提起示衆云此藥亦能殺人亦能活人此藥病相治話最難看雲門室中尋常用接人金鵞長老一日訪雪竇他是箇作家乃臨濟下尊宿與雪竇論此藥病相治話一夜至天光方能盡善到這裏學解思量計較總使不著雪竇後有頌送他道藥病相治見最難萬重關鎖太無端金鵞道者來相訪學海波瀾一夜乾雪竇後面頌得最有工夫他意亦在賓亦在主自可見也頌云

盡大地是藥（教誰辨的撒沙撒土價高處著）古今何太錯（言中有響一筆勾下咄）閉門不造車（大小雪竇爲衆竭力禍出私門）（坦蕩不掛一絲毫阿誰有閑工大向鬼窟裏作活計）通途自寥廓（脚下便入草上馬見路信手拈來不妨奇特）錯錯（雙劍倚空飛一箭落雙鵰）鼻孔遼天亦穿却（頭落也打云穿却了也）

盡大地是藥古今何太錯你若喚作藥會自古自今一時錯了也雪竇云有般漢不解截斷大梅脚跟只管道貪程太速他解截雲門脚跟爲雲門這一句惑亂天下人雲門云拄

杖子是浪許你七縱八橫盡大地是浪看你頭出頭沒閉門不造車通途自寥廓雪竇道爲你通一線路你若閉門造車出門合轍濟箇甚事我這裏閉門也不造車出門自然寥廓他這裏略露些子縫罅教人見又連忙却道錯錯前頭也錯後頭也錯誰知雪竇開一線路也是錯既然鼻孔遼天爲什麽也穿却要會麽且參三十年你有拄杖子我與你拄杖子你若無拄杖子不免被人穿却鼻孔

垂示云門庭施設且恁麽破二作三入理深談也須是七穿八穴當機敲點擊碎金鎖玄關據令而行直得掃蹤滅跡且道誵訛在什麽處具頂門眼者請試舉看

舉玄沙示衆云諸方老宿盡道接物利生（隨分開個鋪席隨家豐儉）忽遇三種病人來作麽生接（打草只要蛇驚山僧直得目瞪口呿管取倒退三千里）患盲者拈槌竪拂他又不見（端的瞎是則接物利生未必不見在）患聾者語言三昧他又不聞（端的聾是則接物利生未必聾在是那箇未聞在）患啞者教伊說又說不得（端的啞是則接物利生未必啞在是那箇未說在）且作麽生接若接此人不得佛法無靈驗（誠哉是言山僧拱手歸降已接了也便打）僧請益雲門（也要諸方共知著）雲門云汝禮拜著（風行草偃）（咄）僧禮拜起（這僧拗折拄杖子也）雲門以拄杖挃僧退後門云汝不是患盲（端的瞎莫道這僧患盲好）復喚近前來僧近前（第二杓惡水澆觀音來也當時好與一喝）門云汝不是患聾（端的聾莫道這僧患聾好）門乃云還會麽（何不與本分草料當時好莫作聲）僧云不會（兩重公案蒼天蒼天）門云汝不是患啞（端的啞口吧吧地莫道這僧啞好）僧於此有省（賊過後張弓討什麽碗）

玄沙參到絕情塵意想淨裸裸赤灑灑地處

方解恁麽道是時諸方列刹相望尋常示衆道諸方老宿盡道接物利生忽遇三種病人來時作麽生接患盲者拈槌竪拂他又不見患聾者語言三昧他又不聞患啞者教他説又説不得且作麽生接若接此人不得佛法無靈驗如今人若作盲聾瘖啞會卒摸索不著所以道莫向句中死却須是會他玄沙意始得玄沙常以此語接人有僧久在玄沙處一日上堂出問和尚云三種病人話還許學人説道理也無玄沙云許僧便珍重下去沙云不是不是這僧會得他玄沙意後來法眼云我聞地藏和尚舉這僧語方會三種病人話若道這僧不會法眼爲什麽却恁麽道若道他會玄沙爲什麽却道不是不是一日地藏道某甲聞和尚有三種病人話是否沙云是藏云桂琛現有眼耳鼻舌和尚作麽生接玄沙便休去若會得玄沙意豈在言句上他會底自然殊别後有僧舉似雲門門便會他意云汝禮拜著僧禮拜起門以拄杖挃這僧退後門云汝不是患盲復喚近前來僧近前門云汝不是患聾乃云會麽僧云不會門云汝不是患啞其僧於此有省當時若是箇漢等他道禮拜著便與掀倒禪牀豈見有許多葛藤且道雲門與玄沙會處是同是别佗兩人會處都只一般看佗古人出來作千萬種方便意在鈎頭上多少苦口只令諸人各各明此一段事五祖老師云一人説得却不會一人却會説不得二人若來參如何辨得他若辨這兩人不得管取爲人解粘去縛不得在若辨得纔見入門我便著草鞋向你肚裏

走幾遭了也猶自不省討什麼碗出去且莫作盲聾瘖啞會好若恁麼計較所以道眼見色如盲等耳聞聲如聾等又道滿眼不視色滿耳不聞聲文殊常觸目觀音塞耳根到這裏眼見如盲相似耳聞如聾相似方能與玄沙意不爭多諸人還識盲聾瘖啞底漢子落處麼看取雪竇頌云

盲聾瘖啞（已在言前三竅俱明已做一段了也）杳絕機宜（向什麼處摸索還做計較得麼有什麼交涉天上天下正理自由我也恁麼）堪笑堪悲（笑箇什麼悲箇什麼半明半暗）離婁不辨正色（瞎漢巧匠不留蹤端的瞎）師曠豈識玄絲（聾漢大功不立賞端的聾）爭如獨坐虛牕下（須是恁麼始得莫向鬼窟裏作活計一時打破漆桶）葉落花開自有時（即今什麼時節切不得作無事會今日也從朝至暮明日也從朝至暮）復云還會也無（重說偈言）無孔鐵鎚（自領出去可惜放過便打）離婁（莊子天地篇作離朱）玄絲（一作絃絲）

盲聾瘖啞杳絕機宜盡你見與不見聞與不聞説與不説雪竇一時與你掃却了也直得盲聾瘖啞見解機宜計較一時杳絕總用不著這箇向上事可謂眞盲眞聾眞啞無機無宜天上天下堪笑堪悲雪竇一手擡一手搦且道笑箇什麼悲箇什麼堪笑是啞却不啞是聾却不聾堪悲明明不盲却盲明明不聾却聾離婁不辨正色不能辨青黃赤白正是瞎離婁黃帝時人百步外能見秋毫之末其目甚明黃帝游於赤水沉珠令離朱尋之不見令契詬尋之亦不得後令象罔尋之方獲之故云象罔到時光燦爛離婁行處浪滔天這箇高處一著直是離婁之目亦辨他正色不得師曠豈識玄絲周時絳州晉景公之子師曠字子野（一云晉平公之樂太師也）善別五音六律隔

山聞蟻鬬時晉與楚爭霸師曠唯鼓琹撥動風絃知戰楚必無功雖然如是雪竇道他尚未識玄絲在不聾却是聾底人這箇高處玄音直是師曠亦識不得雪竇道我亦不作離婁亦不作師曠爭如獨坐虛窗下葉落花開自有時若到此境界雖然見似不見聞似不聞說似不說饑卽喫飯困卽打眠任他葉落花開葉落時是秋花開時是春各各自有時節雪竇與你一時掃蕩了也又放一線道云還會也無雪竇力盡神疲只道得箇無孔鐵鎚這一句急著眼看方見若擬議又蹉過師舉拂子云還見麼遂敲禪牀一下云還聞麼下禪牀云還說得麼去象罔（一作罔象）

垂示云通身是眼見不到通身是耳聞不及通身是口說不著通身是心鑒不出通身卽且止忽若無眼作麼生見無耳作麼生聞無口作麼生說無心作麼生鑒若向箇裏撥轉得一線道便與古佛同叅叅則且止且道叅箇什麼人

舉雲巖問道吾大悲菩薩用許多手眼作什麼（當時好與本分草料你尋常走上走下作什麼闍黎問作什麼）吾云如人夜半背手摸枕子（何不用本分草料一盲引衆盲）巖云我會也（將錯就錯賺殺一船人同坑無異土未免傷鋒犯手）吾云汝作麼生會（何勞更問也要問過好與一拶）巖云徧身是手眼（有什麼交涉鬼窟裏作活計泥裏洗土塊）吾云道卽太煞道只道得八成（同坑無異土奴見婢慇懃癩兒牽伴）巖云師兄作麼生（取人處分爭得也好與一拶）吾云通身是手眼（鰕跳不出斗換却你眼睛移却舌頭還得十成也未喚爹作爺）

雲巖與道吾同叅藥山四十年脇不著席藥山出曹洞一宗有三人法道盛行雲巖下洞

山道吾下石霜船子下夾山大悲菩薩有八萬四千母陀羅臂大悲有許多手眼諸人還有也無百丈云一切語言文字俱皆宛轉歸於自巳雲巖常隨道吾咨參決擇一日問他道大悲菩薩用許多手眼作什麼當初好與他劈脊便棒免見後有許多葛藤道吾慈悲不能如此却與他說道理意要教他便會却道如人夜半背手摸枕子當深夜無燈光時將手摸枕子且道眼在什麼處他便道我會也吾云汝作麼生會巖云徧身是手眼吾云道卽太煞道只道得八成巖云師兄又作麼生吾云通身是手眼且道徧身是底是通身是底是雖似爛泥却脫灑如今人多去作情解道徧身底不是通身底是只管咬他古人言句於古人言下死了殊不知古人意不在言句上此皆是事不獲巳而用之如今下注却立格則道若透得此公案便作罷參會以手摸渾身摸燈籠露柱盡作通身話會若恁麼會壞他古人不少所以道他參活句不參死句須是絕情塵意想淨躶躶赤灑灑地方可見得大悲話不見曹山問僧應物現形如水中月時如何僧云如驢覷井山云道卽煞道只道得八成僧云和尚又作麼生山云如井覷驢便同此意也你若去語上見總出道吾雲巖圈繢不得雪竇作家更不向句下死直向頭上行頌云

徧身是（四肢八節未是衲僧極則處）通身是（頂門上有半邊猶在窠窟裏瞎）拈來猶較十萬里（放過則不可何止十萬里）展翅鵬騰六合雲（些子境界將謂奇特點）摶風鼓蕩四溟水（些子塵埃將謂天下人不奈你何過）是何埃𡏖兮忽生（重為

禪人下注脚斬拈却著那裏那箇毫氂兮未止別別吹散了也截君不見又恁麼去網珠垂範影重重大小大雪竇作這箇去就可惜許依舊打葛藤棒頭手眼從何起咄賊過後張弓放你不得盡大地人無出氣處放得又須喫棒又打咄云且道山僧底是雪竇底是咄三喝四喝後作麼生徧身是通身是若道背手摸枕子底便是以手摸身底便是若作恁麼見解盡向鬼窟裏作活計畢竟徧身通身都不是若要以情識去見他大悲話直是猶較十萬里雪竇弄得一句活道拈來猶較十萬里後句頌雲巖道吾奇特處云展翅鵬騰六合雲搏風鼓蕩四溟水大鵬吞龍以翼搏風鼓浪其水開三千里遂取龍吞之雪竇道你若大鵬能搏風鼓浪也太煞雄壯若以大悲千手眼觀之只是些子塵埃忽生相似又似一毫氂風吹未止相似雪竇道你若以手摸身用作手眼堪作何用於此大悲話上直是未在所以道是何埃壒兮忽生那箇毫氂兮未止雪竇自謂作家一時拂迹了也爭奈後面依舊漏逗說箇喻子依前只在圈繢裏君不見網珠垂範影重重雪竇引帝網明珠以用垂範手眼且道落在什麼處華嚴宗中立四法界一理法界明一味平等故二事法界明全理成事故三理事無礙法界明理事相融大小無礙故四事事無礙法界明一事徧入一切事一切事徧攝一切事同時交叅無礙故所以道一塵纔舉大地全收一一塵含無邊法界一塵既爾諸塵亦然網珠者乃天帝釋善法堂前以摩尼珠爲網凡一珠中映現百千珠而百千珠俱現一珠中交映重重主伴無盡此用明

事事無礙法界也昔賢首國師立爲鏡燈喻圓列十鏡中設一燈若看東鏡則九鏡鏡燈歷然齊現若看南鏡則鏡鏡如然所以世尊初成正覺不離菩提道場而徧昇忉利諸天乃至於一切處七處九會說華嚴經雪竇以帝網珠垂示事事無礙法界然六相義甚明白卽總卽別卽同卽異卽成卽壞舉一相則六相俱該但爲衆生日用而不知雪竇拈帝網明珠垂範況此大悲話直是如此你若善能向此珠網中明得拄杖子神通妙用出入無礙方可見得手眼所以雪竇云棒頭手眼從何起教你棒頭取證喝下承當只如德山入門便棒且道手眼在什麼處臨濟入門便喝且道手眼在什麼處且道雪竇末後爲什麼更著箇咄子叅

垂示云聲前一句千聖不傳面前一絲長時無間淨躶躶赤灑灑頭鬔鬆耳卓朔且道作麼生試舉看

舉僧問智門如何是般若體通身無影象坐斷天下人古頭用體作什麼門云蚌含明月光呑萬象卽且止棒頭正眼事如何曲不藏直雪上加霜又一重僧云如何是般若用倒退三千里要用作什麼門云兎子懷胎嶮苦瓠連根苦甜瓜徹蔕甜向光影中作活計不出智門窠窟若有箇出來且道是般若體是般若用且要土上加泥

智門道蚌含明月兎子懷胎都用中秋意雖然如此古人意却不在蚌兎上他是雲門會下尊宿一句語須具三句所謂函蓋乾坤句截斷衆流句隨波逐浪句亦不消安排自然恰好便去嶮處答這僧話略露些子鋒鋩不妨奇特雖然恁麼他古人終不去弄光影只

與你指些路頭教人見這僧問如何是般若體智門云蚌含明月漢江出蚌蚌中有明珠到中秋月出蚌於水面浮開口含月光感而產珠合浦珠是也若中秋有月則珠多無月則珠少如何是般若用門云兎子懷胎此意亦無異兎屬陰中秋月生開口吞其光便乃懷胎口中產兒亦是有月則多無月則少他古人答處無許多事他只借其意而答般若光也雖然恁麼他意不在言句上自是後人去言句上作活計不見盤山道心月孤圓光吞萬象光非照境境亦非存光境俱亡復是何物如今人但瞠眼喚作光只去情上生解空裏釘橛古人道汝等諸人六根門頭晝夜放大光明照破山河大地不只止眼根放光鼻舌身意亦皆放光也到這裏直須打疊六根下無一星事淨躶躶赤灑灑地方見此話落處雪竇正恁麼頌出

一片虛凝絕謂情擬心即差動念即隔佛眼也覷不見人天從此見空生須菩提好與三十棒用這老漢作什麼設使須菩提也倒退三千里蚌含玄兎深深意也須是當人始得有什麼意何須更用深深意曾與禪家作戰爭干戈已息天下太平還會麼打云闍黎喫得多少

一片虛凝絕謂情雪竇一句便頌得好自然見得古人意六根湛然是箇什麼只這一片虛明凝寂不消去天上討也不必向別人求自然常光現前是處壁立千仞謂情即是絕言謂情塵也法眼圓成實性頌云理極忘情謂如何得喻齊到頭霜夜月任運落前溪果熟兼猿重山遥似路迷舉頭殘照在元是住居西所以道心是根法是塵兩種猶如鏡上

痕痕垢盡時光始現心法雙忘性卽眞又道三間茅屋從來住一道神光萬境閑莫把是非來辨我浮生穿鑿不相關只此頌亦見一片虛凝絕謂情也人天從此見空生不見須菩提巖中宴坐諸天雨花讚歎尊者云空中雨花讚歎復是何人天云我是梵天尊者云汝云何讚歎天云我重尊者善說般若波羅蜜多尊者云我於般若未嘗說一字汝云何讚歎天云尊者無說我乃無聞無說無聞是眞般若又復動地雨花看他須菩提善說般若且不說體用若於此見得便可見智門道蚌含明月兎子懷胎古人意雖不在言句上爭柰答處有深深之旨惹得雪竇道蚌含玄兎深深意到這裏曾與禪家作戰爭天下禪和子鬧浩浩地商量未嘗有一人夢見在若要與智門雪竇同叅也須是自著眼始得

佛果圜悟禪師碧巖集卷第九

音釋

麈腫與切音主鹿大曰麈羣鹿隨之視麈所往以麈尾所轉爲準古之談者揮焉 纇力遂切音類絲節也又疵也 羝都黎切音低牡羊三歲曰羝性善抵觸 靠口到切音犒理相違也又倚靠 竅苦弔切蹻去聲穴也空也 轍直列切轍入聲車輪所輾跡 躶與裸同赤體也 壒於蓋切音靄塵也 凝魚陵切音寧冰堅也結也定也 鬔與髼同髼鬆髮亂貌

佛果圜悟禪師碧巖集卷第十

秣陵遠庵吳自弘校

天界比丘性湛閱

垂示云超情離見去縛解粘提起向上宗乘扶豎正法眼藏也須十方齊應八面玲瓏直到恁麽田地且道還有同得同證同死同生底麽試舉看

舉鹽官一日喚侍者與我將犀牛扇子來(打葛藤不少何似這箇好消息)侍者云扇子破也(可惜許好箇消息道什麽)官云扇子既破還我犀牛兒來(遍逗不少幽州猶自可最苦是新羅和尚用犀牛兒作什麽)侍者無對(果然是箇無孔鐵鎚可惜許)投子云不辭將出恐頭角不全(似則似爭奈兩頭三面也是說道理)雪竇拈云我要不全底頭角(堪作何用將錯就錯)石霜云若還和尚即無也(道什麽撞著鼻孔)雪竇拈云犀牛兒猶在(嶮泊乎錯認收頭去)資福畫一圓相於中書一牛字(草槀不勞拈出弄影漢)雪竇拈云適來爲什麽不將出(金鍮不辨也是草裏漢)保福云和尚年尊別請人好(僻地裏罵官人辭辛道苦作什麽)雪竇拈云可惜勞而無功(兼身在內也好與三十棒灼然)

鹽官一日喚侍者與我將犀牛扇子來此事雖不在言句上且要驗人平生意氣作略又須得如此藉言而顯於臘月三十日著得力作得主萬境縱然覰之不動可謂無功之功無力之力鹽官乃齊安禪師古時以犀牛角爲扇時鹽官豈不知犀牛扇子破故問侍者侍者云扇子破也看他古人十二時中常在裏許撞著磕著鹽官云扇子既破還我犀牛兒來且道他要犀牛兒作什麽也只要驗人知得落處迦無投子云不辭將出恐頭角不

全雪竇云我要不全底頭角亦向句下便投機石霜云若還和尚卽無也雪竇云犀牛兒猶在資福畫一圓相於中書一牛字爲他承嗣仰山平生愛以境致接人明此事雪竇云適來爲行麽不將出又穿他鼻孔了也保福云和尚年尊別請人好此語道得穩當前三則語却易見此一句語有遠意雪竇亦打破了也山僧舊日在慶藏主處理會道和尚年尊老耄得頭忘尾適來索扇子如今索犀牛兒難爲執侍故云別請人好雪竇云可惜勞而無功此皆是下語格式古人見徹此事各各雖不同道得出來百發百中須有出身之路句句不失血脉如今人問著只管作道理計較所以十二時中要人咬嚼教滴水滴凍求箇證悟處看他雪竇頌一串云

犀牛扇子用多時遇夏則涼遇冬則煖人人具足爲甚不知阿誰不曾用問著元來總不知知則知會則不會莫瞞人好也怪別人不得無限清風與頭角在什麽處不向自已上會向什麽處會天上天下頭角重生是什麽無風起浪盡同雲雨去難追蒼天蒼天也是失錢遭罪雪竇復云若要清風再復頭角重生人人有箇犀牛扇子十二時中全得他力因什麽問著總不知還道得麽請禪客各下一轉語鹽官猶在三轉了也問云扇子既破還我犀牛兒來也有一箇半箇咄也好推倒禪牀時有僧出云大衆叅堂去賊過後張弓被奪却槍前不搆村後不迭店雪竇喝云拋鈎釣鯤鯨釣得箇蝦蟆便下座招得他恁麽地賊過後張弓佛果自徹此語云又且問你諸人這僧道大衆叅堂去是會不會若是不會爭解恁麽道若道會時雪竇又道拋鈎釣鯤鯨只釣得箇蝦蟆便下座且道誵訛在什麽處試請叅詳看

犀牛扇子用多時問著元來總不知人人有箇犀牛扇子十二時中全得他力爲什麽問

著總不知去著侍者投子乃至保福亦總不知且道雪竇還知麼不見無著訪文殊喫茶次文殊舉起玻璃盞子云南方還有這箇麼著云無殊云尋常用什麼喫茶著無語若知得這箇公案落處便知得犀牛扇子有無限清風亦見犀牛頭角崢嶸四箇老漢恁麼道如朝雲暮雨一去難追雪竇復云若要清風再復頭角重生請禪客各下一轉語問云扇子既破還我犀牛兒來時有一禪客出云大衆叅堂去這僧奪得主家權柄道得也煞道只道得八成若要十成便與掀倒禪牀你且道這僧會犀牛兒不會若不會却解恁麼道若會雪竇因何不肯伊爲什麼道拋鉤釣鯤鯨只釣得箇蝦蟇且道畢竟作麼生諸人無事試拈掇看

垂示云動絃別曲千載難逢見兎放鷹一時取俊總一切語言爲一句攝大千沙界爲一塵同死同生七穿八穴還有證據者麼試舉看

舉世尊一日陞座（賓主俱失不是一回漏逗）文殊白槌云諦觀法王法法王法如是（一子親得）世尊便下座（愁人莫向愁人説説向愁人愁殺人打鼓弄琵琶相逢兩會家）

世尊未拈花已前早有這箇消息始從鹿野苑終至拔提河幾曾用著金剛王寶劒當時衆中若有衲僧氣息底漢逴得去免得他末後拈花一場狼籍世尊良久間被文殊一拶便下座那時也有這箇消息釋迦掩室淨名杜口皆似此這箇則已說了也如肅宗問忠國師造無縫塔話又如外道問佛不問有言不問無言之語看佗向上人行履幾曾入鬼

窟裏作活計有者道意在默然處有者道在良久處有言明無語底事無言明有言底事永嘉道默時説説時默總恁麼會三生六十劫也未夢見在你若便直下承當得去更不見有凡有聖是法平等無有高下日日與三世諸佛把手共行後面看雪竇自然見得頌出

列聖叢中作者知莫謗釋迦老子好還佗臨濟德山千箇萬箇中難得一箇半箇法王法令不如斯隨他走底如麻似粟三頭兩面灼然能有幾人到這裏會中若有仙陀客就中難得伶俐人文殊不是作家闍黎定不是何必文殊下一槌更下一槌又何妨第二第三槌總不要當機一句作麼生道嶮

列聖叢中作者知靈山八萬大衆皆是列聖文殊普賢乃至彌勒主伴同會須是巧中之巧奇中之奇方知他落處雪竇意謂列聖叢中無一箇人知有若有箇作家者方知不恁麼何故文殊白槌云諦觀法王法法王法如是雪竇道法王法令不如斯何故如此當時會中若有箇漢頂門具眼肘後有符向世尊未陞座已前覷得破更何必文殊白槌涅槃經云仙陀婆一名四實一者鹽二者水三者器四者馬有一智臣善會四義王若欲灑洗要仙陀婆臣即奉水食索奉鹽食訖奉器飲漿欲出奉馬隨意應用無差灼然須是箇伶俐漢始得只如僧問香嚴如何是王索仙陀婆嚴云過這邊來僧過嚴云鈍置殺人又問趙州如何是王索仙陀婆州下禪牀曲躬叉手當時若有箇仙陀婆向世尊未陞座已前透去猶較些子世尊更陞座便下去已是不著便了也那堪文殊更白槌不妨鈍置他世

尊一上提唱且作麼生是鈍置處

舉僧問大光長慶道因齋慶讚意旨如何（重光這漆桶不妨疑著不問不知）大光作舞（莫賺殺人依舊從前恁麼來）僧禮拜（又恁麼去也是則是只恐錯會）光云見箇什麼便禮拜（也好一摑須辨過始得）僧作舞（依樣畫貓兒果然錯會弄光影漢）光云這野狐精（此恩難報三十二祖只傳這箇）

西天四七唐土二三只傳這箇些子諸人還知落處麼若知免得此過若不知依舊只是野狐精有者道是換轉他鼻孔來瞞人若真箇恁麼成何道理大光善能爲人他句中有出身之路大凡宗師須與人抽釘拔楔去粘解縛方謂之善知識大光作舞這僧禮拜末後僧卻作舞大光云這野狐精不是轉這僧畢竟不知的當你只管作舞遞相恁麼到幾時得休歇去大光道野狐精此語截斷金牛不妨奇特所以道他叅活句不叅死句雪竇只愛他道這野狐精所以頌出且道這野狐精與藏頭白海頭黑是同是別這漆桶又道好師僧且道是同是別還知麼觸處逢渠雪竇頌云

前箭猶輕後箭深（百發百中向什麼處迴避）誰云黃葉是黃金（且作止啼瞞得小兒也無用處）曹溪波浪如相似（弄泥團漢有什麼限依樣畫貓兒放行一路）無限平人被陸沉（遇著活底人帶累天下衲僧摸索不著帶累闍黎出頭不得）

前箭猶輕後箭深大光作舞是前箭復云這野狐精是後箭此是從上來爪牙誰云黃葉是黃金仰山示衆云汝等諸人各自回光返照莫記吾言汝等無始刼來背明投暗妄想根深卒難頓拔所以假設方便奪汝麤識如將黃葉止小兒啼如將蜜果換苦葫蘆相似

古人權設方便爲人及其啼止黃葉非金世尊說一代時教也只是止啼之說這野狐精只要換他業識於中也有權實也有照用方見有衲僧巴鼻若會得如虎插翼曹溪波浪如相似儻忽四方八面學者只管大家如此作舞一向恁麼無限平人被陸沉有什麼救處

垂示云聲前一句千聖不傳面前一絲長時無間淨裸裸赤灑灑露地白牛眼卓朔耳卓朔金毛獅子則且置且道作麼生是露地白牛

舉楞嚴經云吾不見時何不見吾不見之處（好箇消息用見作什麼釋迦老子漏逗不少）若見不見自然非彼不見之相（咄有甚閑工夫不可教山僧作兩頭三面去也）若不見吾不見之地（向什麼處去也釘鐵橛相似咄）自然非物（按牛頭喫草更說什麼口頭聲色）云何非汝（說你說我總沒交涉打云還見釋迦老子麼爭柰古人不肯承當打云脚跟下自家看取還會麼）

楞嚴經云吾不見時何不見吾不見之處若見不見自然非彼不見之相若不見吾不見之地自然非物云何非汝雪竇到此引經文不盡全引則可見經云若見是物則汝亦可見吾之見若同見者名爲見吾吾不見時何不見吾不見之處若見不見自然非彼不見之相若不見吾不見之地自然非物云何非汝辭多不錄阿難意道世界燈籠露柱皆可有名亦要世尊指出此妙精元明奐作什麼物教我見佛意世尊云我見香臺阿難云我亦見香臺卽是佛見世尊云我見香臺則可知我若不見香臺時你作麼生見阿難云我不見香臺時卽是見佛佛云我云不見自是

我知汝云不見自是汝知他人不見處你如何得知古人云到這裏只可自知與人說不得只如世尊道吾不見時何不見吾不見之處若見不見自然非彼不見之相若不見吾不見之地自然非物云何非汝若道認見為有物未能拂迹吾不見時如羚羊掛角聲響蹤跡氣息都絕你向什麼處摸索經意初縱破後奪破雪竇出教眼頌亦不頌物亦不頌見與不見直只頌見佛也

全象全牛翳不殊半邊瞎漢半開半合扶籬摸壁作什麼一刀兩段

從來作者共名模西天四七唐土二三天下老和尚如麻似粟猶自少在

如今要見黃頭老咄這老胡瞎漢在你脚跟下

剎剎塵塵在半途脚跟下蹉過了也更教山僧說什麼驢年還曾夢見麼

全象全牛翳不殊衆盲摸象各說異端出涅槃經僧問仰山和尚見人問禪問道便作一圓相於中書牛字意在於何仰山云這箇也是閑事忽若會得不從外來忽若不會決定不識我且問你諸方老宿於你身上指出那箇是你佛性為復語底是默底是莫是不語不默底是為復總是為復總不是你若認語底是如盲人摸著象尾若認默底是如盲人摸著象耳若認不語不默底是如盲人摸著象鼻若道物物都是如盲人摸著象四足若道總不是抛本象落在空見如是衆盲所見只於象上名邈差別你要好切莫摸象莫道見覺是亦莫道不是祖師云菩提本無樹明鏡亦無臺本來無一物爭得染塵埃又云道本無形相智慧卽是道作此見解者是名眞般若明眼人見象得其全體如佛見性亦然

全牛者出莊子庖丁解牛未嘗見其全牛順理而解游刃自在更不須下手纔舉目時頭角蹄肉一時自解了如是十九年其刃利如新發於硎謂之全牛雖然如此奇特雪竇道縱使得如此全象全牛與眼中翳更不殊從來作者共名模直是作家也去裏頭摸索不著自從迦葉乃至西天此土祖師天下老和尚皆只是名模雪竇直截道如今要見黃頭老所以道要見即便見更要尋覓方見則千里萬里也黃頭老乃黃面老子也你如今要見剎剎塵塵在半途尋常道一塵一佛剎一葉一釋迦盡三千大千世界所有微塵只向一塵中見當恁麼時猶在半途那邊更有半途在且道在什麼處釋迦老子尚自不知教山僧作麼生說得

垂示云有佛處不得住住著頭角生無佛處急走過不走過草深一丈直饒淨裸裸赤灑灑事外無機機外無事未免守株待兔且道總不恁麼作麼生行履試舉看

舉長慶有時云寧說阿羅漢有三毒（焦穀不生芽）不說如來有二種語（已是謗釋迦老子了）不道如來無語（猶自顢頇早是七穿八穴）只是無二種語（周由者也說什麼第三第四種）保福云作麼生是如來語（好一撥道什麼）慶云聾人爭得聞（望空啓告七花八裂）保福云情知你向第二頭道（爭瞞得明眼人換轉鼻孔何止第二頭）慶云作麼生是如來語（錯却較些子）保福云喫茶去（領復云還會麼蹉過了也）

長慶保福在雪峰會下常互相舉覺商量一日平常如此說話云寧說阿羅漢有三毒不說如來有二種語梵語阿羅漢此云殺賊以

功能彰名能斷九九八十一品煩惱諸漏已盡梵行已立此是無學阿羅漢位三毒即是貪嗔癡根本煩惱八十一品尚自斷盡何況三毒長慶道寧說阿羅漢有三毒不說如來有二種語大意要顯如來無不實語法華經云唯此一事實餘二則非真又云唯有一乘法無二亦無三世尊三百餘會觀機逗教應病與藥萬種千般說法畢竟無二種語他意到這裏諸人作麽生見得佛以一音演說法則不無長慶要且未夢見如來語在何故大似人說食終不能飽保福見他平地上說教遂問作麽生是如來語慶云聾人爭得聞這漢知他幾時在鬼窟裏作活計來也保福云情知你向第二頭道果中其言却問師兄作麽生是如來語福云喫茶去鎗頭倒被別人

奪却了也大小長慶失錢遭罪且問諸人如來語還有幾箇須知恁麽見得方見這兩箇漢敗缺子細檢點將來盡合喫棒放一線道與他理會有底云保福道得是長慶道得不是只管隨語生解便道有得有失殊不知古人如擊石火似閃電光如今人不去他古人轉處看只管去句下走便道長慶當時不便用所以落第二頭保福云喫茶去便是第一頭若只恁麽看到彌勒下生也不見古人意若是作家終不作這般見解跳出這窠窟向上自有一條路你若道聾人爭得聞有什麽不是處保福云喫茶去有什麽是處轉沒交涉是故道他叅活句不叅死句這因緣與徧身是通身是因緣一般無你計較是非處須是你脚跟下淨躶躶地方見古人相見處五

祖老師云如馬前相撲相似須是眼辦手親這箇公案若以正眼觀之俱無得失辨箇得失處分箇親疎長慶也須禮拜保福始得何故這箇些子巧處用得好如電轉星飛相似保福不妨牙上生牙爪上生爪頌云

頭兮第一第二我王庫中無如是事古今榜樣隨邪逐惡作什麼臥龍不鑒止水同道方知無處有月波澄四海孤舟獨自行徒勞卜度討什麼椀有處無風浪起嚇殺人還覺寒毛卓恁麼打云來也稜禪客稜禪客勾賊破家鬧市裏莫出頭失錢遭罪三月禹門遭點額退已讓人萬中無一只得飲氣吞聲

頭兮第一第二人只管理會第一第二正是死水裏作活計這箇機巧你只作第一第二會且摸索不著在雪竇云臥龍不鑒止水死水裏豈有龍藏若是第一第二正是止水裏作活計須是洪波浩渺白浪滔天處方有龍藏正似前頭云澄潭不許蒼龍蟠不見道死水不藏龍又道臥龍長怖碧潭清所以道無龍處有月波澄風恬浪靜有龍處無風起浪大似保福道喫茶去正是無風起浪雪竇到這裏一時與你打疊情解頌了也佗有餘韻教成文理依前就裏頭著一隻眼也不妨奇特却道稜禪客稜禪客三月禹門遭點額長慶雖是透龍門底龍却被保福驀頭一點

舉趙州示衆三轉語道什麼三段不同

趙州示此三轉語了末後却云眞佛屋裏坐這一句忒煞郎當他古人出一隻眼垂手接人略借此語通箇消息要爲人你若一向正令全提法堂前草深一丈雪竇嫌他末後一句漏逗所以削去只頌三句泥佛若渡水則爛却了也金佛若渡鑪中則鎔却了也木佛

若渡火便燒却了也有什麼難會雪竇一百則頌古計較葛藤唯此三頌直下有衲僧氣息只是這頌也不妨難會你若透得此三頌便許你罷叅

泥佛不渡水（浸爛鼻孔無風起浪）神光照天地（干他什麼事見兎放鷹）立雪如未休（一人傳虛萬人傳實將錯就錯阿誰曾見你來）何人不離僞（入寺看額二六時中走上走下是什麼闍黎便是）

泥佛不渡水神光照天地這一句頌分明了且道爲什麼却引神光二祖初生時神光燭室亘於霄漢又一夕神人現謂二祖曰何久於此汝當得道時至宜卽南之二祖以神遇遂名神光久居伊洛博及羣書每嘆曰孔老之教祖述風規近聞達磨大師住少林乃往彼晨夕叅叩達磨端坐面壁莫聞誨勵光自忖曰昔人求道敲骨出髓刺血濟飢布髮掩泥投崖飼虎古尚若此我又何如其年十二月九日夜大雪二祖立於砌下遲明積雪過膝達磨憫之曰汝立雪於此當求何事二祖悲淚曰惟願慈悲開甘露門廣度羣品達磨曰諸佛妙道曠劫精勤難行能行非忍而忍豈以小德小智輕心慢心欲冀眞乘無有是處二祖聞誨勵向道益切潜取利刀自斷左臂致於達磨前磨知是法器遂問曰汝立雪斷臂當爲何事二祖曰某甲心未安乞師安心磨曰將心來與汝安祖曰覔心了不可得達磨云與汝安心竟後達磨爲易其名曰慧可後接得三祖燦大師既傳法隱於舒州皖公山屬後周武帝破滅佛法沙汰僧師往來太湖縣司空山居無常處積十餘載無人知者宣律師高僧傳載二祖事不詳三祖傳云

二祖妙法不傳於世賴值末後依前悟他當時立雪所以雪竇道立雪如未休何人不雕僞立雪若未休足恭諂詐之人皆效之一時只成雕僞則是諂詐之徒也雪竇頌泥佛不渡水爲什麽却引這因緣來用他叅得意根下無一星事淨躶躶地方頌得如此五祖尋常教人看此三頌豈不見洞山初和尚有頌示衆云五臺山上雲蒸飯古佛堂前狗尿天刹竿頭上煎餡子三箇胡孫夜簸錢又杜順和尚道懷州牛喫禾益州馬腹脹天下覔醫人灸豬左膊上又傅大士頌云空手把鋤頭步行騎水牛人從橋上過橋流水不流又云石人機似汝也解唱巴歌汝若似石人雪曲應須和若會得此語便會他雪竇頌

金佛不渡鑪 燎却眉毛天上天下唯我獨尊 人來訪紫胡 又恁麼去也只恐喪身失命 牌中數箇字 不識字底猫兒也無話會處天下衲僧挿觜不得只恐喪身失命 清風何處無 又恁麼去也頭上漫漫脚下漫漫又云來也

金佛不渡鑪人來訪紫胡此一句亦頌了也爲什麽却引人來訪紫胡須是作家鑪鞴始得紫胡和尚山門立一牌牌中有字云紫胡有一狗上取人頭中取人腰下取人脚擬議則喪身失命凡見新到便喝云看狗僧纔回首紫胡便歸方丈且道爲什麽却咬趙州不得紫胡又一夕夜深於後架叫云捉賊捉賊黑地逢著一僧攔胷捉住云捉得也捉得也僧云和尚不是某甲胡云是則是只是不肯承當你若會得這話便許你咬殺一切人處處清風凜凜若也未然牌中數箇字決定不柰何若要見他但透得盡方見頌云

木佛不渡火（燒却了也唯我能知）常思破竈墮（東行西行有何不可瀨兒牽伴）杖子忽擊著（在山僧手裏山僧不用人阿誰手裏無）方知辜負我（似你相似摸索不著有什麼用處蒼天蒼天二十年後始得寧可永劫沉淪不求諸聖解脫若向箇裏薦得未免辜負作麼生得不辜負去拄杖子未免在別人手裏）

木佛不渡火常思破竈墮此一句亦頌了雪竇因此木佛不渡火常思破竈墮嵩山破竈墮和尚不稱姓字言行叵測隱居嵩山一日領徒入山塢間有廟甚靈殿中唯安一竈遠近祭祀不輟烹殺物命甚多師入廟中以拄杖敲竈三下云咄汝本塼土合成靈從何來聖從何起恁麼烹殺物命又乃擊三下竈乃自傾破墮落須臾有一人青衣峩冠忽然立師前設拜曰我乃竈神久受業報今日蒙師說無生法已脫此處生在天中特來致謝師曰汝本有之性非吾强言神再拜而沒侍者曰某甲等久參侍和尚未蒙指示竈神得何徑旨便乃生天師曰我只向伊道汝本塼土合成靈從何來聖從何起侍僧俱無對師云會麼僧云不會師云禮拜著僧禮拜師云破也破也墮也墮也侍者忽然大悟後有僧舉似安國師師歎云此子會盡物我一如竈神悟此則故是其僧乃五蘊成身亦云破也墮也二俱開悟且四大五蘊與塼瓦泥土是同是別既是如此雪竇爲什麼道杖子忽擊著方知辜負我因甚却成箇辜負去只是未得拄杖子在且道雪竇頌木佛不渡火爲什麼却引破竈墮公案老僧直截與你說他意只是絕得失情塵意想淨躶躶地自然見他親切處也

垂示云拈一放一未是作家舉一明三猶乖宗旨直得天地陡變四方絕唱雷奔電馳雲行雨驟傾湫倒嶽甕瀉盆傾也未提得一半在還有解轉天關能移地軸底麽試舉看

舉金剛經云若爲人輕賤放一線道又且何妨是人先世罪業驢馱馬載應墮惡道陷墮了也以今世人輕賤故酬本及末只得忍受先世罪業向什麽處摸索種穀不生豆苗則爲消滅雪上加霜又一重如湯消冰

金剛經云若爲人輕賤是人先世罪業應墮惡道以今世人輕賤故先世罪業則爲消滅只據平常講究乃經中常論雪竇拈來頌這意欲打破教家鬼窟裏活計昭明太子科此一分爲能淨業障教中大意説此經靈驗如此之人先世造地獄業爲善力强未受以今世人輕賤故先世罪業則爲消滅此經故能消無量劫來罪業轉重成輕轉輕不受復得佛果菩提據教家轉此二十餘張經便喚作持經有什麽交涉有底道經自有靈驗若恁麽你試將一卷放在閑處看他有感應也無法眼云證佛地者名持此經經中云一切諸佛及諸佛阿耨多羅三藐三菩提法皆從此經出且道喚什麽作此經莫是黃卷赤軸底是麽且莫錯認定盤星金剛諭於法體堅固故物不能壞利用故能摧一切物擬山則山摧擬海則海竭就諭彰名其法亦然此般若有三種一實相般若二觀照般若三文字般若實相般若者即是眞智乃諸人脚跟下一段大事輝騰今古逈絕知見淨裸裸赤灑灑者是觀照般若者即是眞境二六時中放光動地聞聲見色者是文字般若者即能詮文

字卽如今説者聽者且道是般若不是般若古人道人人有一卷經又道手不執經卷常轉如是經若據此經靈驗何止轉重令輕轉輕不受設使敵聖功能未爲奇特不見龎居士聽講金剛經問座主曰俗人敢有小問不知如何主云有疑請問士云無我相無人相既無我人相教阿誰講阿誰聽座主無對却云某甲依文解義不知此意居士乃有頌云無我亦無人作麽有踈親勸君休歷座爭似直求眞金剛般若性外絶一纖塵我聞并信受總是假稱名此頌最好分明一時説了也圭峰科四句偈云凡所有相皆是虛妄若見諸相非相卽見如來此四句偈義全同證佛地者名持此經又道若以色見我以音聲求我是人行邪道不能見如來此亦是四句偈但中間取其義全者僧問晦堂如何是四句偈晦堂云話墮也不知雪竇於此經上指出若有人持此經者卽是諸人本地風光本來面目若據祖令當行本地風光本來面目亦斬爲三段三世諸佛十二分教不消一揑到這裏設使有萬種功能亦不能管得如今人只管轉經都不知是箇什麽道理只管道我一日轉得多少只認黄卷赤軸循行數墨殊不知全從自巳本心上起造箇唯是轉處些子大珠和尚云向空屋裏堆數函經看他放光麽只以自家一念發底心是功德何故萬法皆出於自心一念是靈既靈卽通既通卽變古人道青青翠竹盡是眞如鬱鬱黄花無非般若若見得徹去卽是眞如忽未見得且道作麽生喚作眞如華嚴經云若人欲了知

三世一切佛應觀法界性一切唯心造你若識得去逢境遇緣爲主爲宗若未能明得且伏聽處分雪竇出眼頌大槩要明經靈驗也

頌云

明珠在掌上通霄漢下徹黃泉道什麼四邊諸訛八面玲瓏有功者賞多少分明隨他去也忽若無功時作麼生賞胡漢不來內外絕消息猶較些子全無伎倆展轉沒交涉向什麼處摸索打破漆桶來相見伎倆既無休去歇去阿誰恁麼道波旬失途勘破了也這外道魔王尋蹤跡不見瞿曇瞿曇佛眼覷不見咄識我也無咄勘破了也復云勘破了也一棒一條痕已在言前

明珠在掌有功者賞若有人持得此經有功驗者則以珠賞之他得此珠自然會用胡來胡現漢來漢現萬象森羅縱橫顯現此是有功勳法眼云證佛地者名持此經此兩句頌公案畢胡漢不來全無伎倆雪竇拈轉鼻孔也有胡漢來則教你現若忽胡漢俱不來時又且如何到這裏佛眼也覷不見且道是功勳是罪業是胡是漢直似羚羊掛角莫道聲響蹤跡氣息也無向什麼處摸索至使諸天捧花無路魔外潛覷無門是故洞山和尚一生住院土地神覓他蹤跡不見一日廚前抛撒米麪洞山起心曰常住物色何得作踐如此土地神遂得一見便禮拜雪竇道伎倆既無若到此無伎倆處波旬也教失途世尊以一切衆生爲赤子若有一人發心修行波旬宮殿爲之振烈他便來惱亂修行者雪竇道直饒波旬恁麼來也須教失却途路無近傍處雪竇更自點胸云瞿曇瞿曇識我也無莫是波旬任是佛來還識我也無釋迦老子尚自不見諸人向什麼處摸索復云勘破了也

且道是雪竇勘破瞿曇瞿曇勘破雪竇具眼者試定當看

垂示云一夏嘮嘮打葛藤幾乎絆倒五湖僧金剛寶劍當頭截始覺從來百不能且道作麼生是金剛寶劒貶上眉毛試請露鋒鋩看

舉天平和尚行脚時參西院常云莫道會佛法覔箇舉話人也無漏逗不少這漢是則是爭柰靈龜曳尾一日西院遙見召云從漪鐃鉤搭索了也平舉頭著兩重公案西院云錯也須是爐裏煆過始得劈腹剜心三要印開朱點窄未容擬議主賓分平行三兩步已是半前落後這漢泥裏洗土埿西院又云錯劈腹剜心人皆喚作兩重公案殊不知似水入水如金博金平近前依前不知落處展轉摸索不著西院云適來這兩錯是西院錯是上座錯前箭猶輕後箭深平云從漪錯錯認馬鞍橋喚作驢下頷似恁麼衲僧打殺千箇萬箇有什麼罪西院云錯雪上加霜平休去錯認定盤星果然不知落處撒癡你鼻孔在別人手裏西院云且在這裏過夏待共上座商量這兩錯西院尋常脊梁硬似鐵當時何不趕將出去平當時便行也似衲僧似則似是則未是後住院謂衆云貪兒思舊債也須是點過我當初行脚時被業風吹到思明長老處連下兩錯更留我過夏待共我商量我不道恁麼時錯我發足向南方去時早知道錯了也爭柰這兩錯何千錯萬錯爭柰沒交涉轉見郎當愁殺人

思明先參大覺後承嗣前寶壽一日問踏破化城來時如何壽云利劒不斬死漢明云斬壽便打思明十回道斬壽十回打云這漢著甚死急將箇死屍抵他痛棒遂喝出其時有一僧問寶壽云適來問話底僧甚有道理和尚方便接他寶壽亦打趕出這僧且道寶壽亦趕這僧唯當道他說是說非且別有道理

意作麽生後來俱承嗣寶壽思明一日出見南院院問云甚處來明云許州來院云將得什麽來明云將得箇江西剃刀獻與和尚院云旣從許州來因甚却有江西剃刀思明以衣袖拂一拂院云侍者收取明云阿剌剌天平曾叅焦山主本爲他到諸方叅得些蘿蔔頭禪在肚皮裏到處便輕開大口道我會禪會道當云莫道會佛法覔箇舉話人也無屎臭氣薰人只管放輕薄且如諸佛未出世祖師未西來未有問答未有公案已前還有禪道麽古人事不獲已對機垂示後學喚作公案因世尊拈花迦葉微笑後來阿難問迦葉世尊傳金襴外别傳何法迦葉云阿難阿難應諾迦葉云倒却門前刹竿著只如未拈花阿難未問已前甚處得公案來只管被諸方

冬瓜印子印定了便道我會佛法奇特莫教人知天平正如此被西院叫來連下兩錯直得周章惶怖分踈不下前不搆村後不迭店有者道說箇西來意早錯了也殊不知西院這兩錯落處諸人且道落在什麽處所以道他叅活句不叅死句天平舉頭已是落二落三了也西院云錯他却不薦得當陽用處只道我肚皮裏有禪莫管他又行三兩步西院又云錯却依舊黑漫漫地天平近前西院云適來兩錯是西院錯是上座錯天平云從漪錯且喜沒交涉已是第七第八頭了也西院云且在這裏度夏待共上座商量這兩錯天平當時便行似則也似是則未是也不道他不是只是趕不上雖然如是却有些子衲僧氣息天平後住院謂衆云我當初行脚時被

業風吹到思明和尚處連下兩錯更留我度夏待共我商量我不道恁麼時錯我發足向南方去時早知道錯了也這漢也煞道只是落第七第八頭料掉沒交涉如今人聞他道發足向南方去時早知道錯了也便去卜度道未行脚時自無許多佛法禪道及至行脚被諸方熱瞞不可未行脚時喚地作天喚山作水幸無一星事若總恁麼作流俗見解何不買一片帽戴大家過時有什麼用處佛法不是這箇道理若論此事豈有許多般葛藤你若道我會他不會檐一檐禪遶天下走被明眼人勘破一點也使不著雪竇正如此頌出

禪家流（漆桶一狀領過）愛輕薄（也有些子呵佛罵祖如麻似粟）滿肚叅來用不著（只宜有用處方木不逗圓孔闍黎與他同叅）堪悲堪笑天平老（天下衲僧跳不出不怕旁人攢眉也得人鈍悶）却謂當初悔行脚（未行脚已前錯了也踏破草鞋堪作何用一筆勾下）錯錯（是什麼雪竇已錯下名言了也）西院清風頓銷鑠（西院在什麼處何似生莫道西院三世諸佛天下老和尚亦須倒退三千始得於斯會得許你天下橫行）復云忽有箇衲僧出云錯（一狀領過猶較些子）雪竇錯何似天平錯（西院又出世據欵結案總沒交涉且道畢竟如何打云錯）

禪家流愛輕薄滿肚叅來用不著這漢會則會只是用不得尋常目視雲霄道他會得多少禪及至向烘鑪裏纔烹元來一點使不著五祖先師道有一般人叅禪如琉璃瓶裏擣糍糕相似更動轉不得抖擻不出觸著便破若要活鱍鱍地但叅皮殼漏子禪直向高山上撲將下來亦不破亦不壞古人道設使言前薦得猶是滯殼迷封直饒句下精通未免

觸途狂見堪悲堪笑天平老卻謂當初悔行脚雪竇道堪悲他對人說不出堪笑他會一肚皮禪更使些子不著錯錯這兩錯有者道天平不會是錯又有底道無語底是錯有什麼交涉殊不知這兩錯如擊石火似閃電光是他向上人行履處如仗劒斬人直取人咽喉命根方斷若向此劒刃上行得便七縱八橫若會得兩錯便可以見西院清風頓銷鑠雪竇上堂舉此話意道錯我且問你雪竇這兩錯何似天平錯且叅三十年

垂示云龍吟霧起虎嘯風生出世宗猷金玉相振通方作略箭鋒相拄徧界不藏遠近齊彰古今明辨且道是什麼人境界試舉看

舉肅宗帝問忠國師如何是十身調御（作家君王大唐天子也合知恁麼頭上捲輪冠脚下無憂履）國師云檀越踏毗盧頂上行（須彌那畔把手共行猶有這箇在）帝云寡人不會（何不領話可惜許好彩不分付帝當時便喝更用會作什麼）國師云莫認自己清淨法身（雖然葛藤卻有出身處醉後郎當愁殺人）

肅宗皇帝在東宮時已叅忠國師後來卽位敬之愈篤出入迎送躬自捧車輦一日致箇問端來問國師云如何是十身調御師云檀越踏毗盧頂上行國師平生一條脊梁骨硬如生鐵及至帝王面前如爛泥相似雖然答得廉纖卻有箇好處他道你要會得檀越須是向毗盧頂𩕳上行始得他卻不薦更道寡人不會國師後面忒煞郎當落草更注頭上底一句云莫錯認自己清淨法身所謂人人具足箇箇圓成看他一放一收八面受敵不見道善為師者應機設教看風使帆若只僻

守一隅豈能回互看他黄檗老善能接人遇著臨濟三回便痛施六十棒臨濟當下便會去及至爲裴相國葛藤忒煞此豈不是善爲人師忠國師善巧方便接肅宗帝蓋爲他有八面受敵底手段十身調御者卽是十種他受用身法報化三身卽法身也何故報化非眞佛亦非説法者據法身則一片虚凝靈明寂照太原孚上座在揚州光孝寺講涅槃經有游方僧卽夾山典座在寺阻雪因往聽講講至三因佛性三德法身廣談法身妙理典座忽然失笑孚乃目顧講罷令請禪者問云某素智狹劣依文解義適來講次見上人失笑某必有所短乏處請上人説典座云座主不問卽不敢説座主既問則不可不言某實是笑座主不識法身孚云如此解説何處不是典座云請座主更説一徧孚曰法身之理猶若太虚豎窮三際横亘十方彌綸八極包括二儀隨緣赴感靡不周徧典座曰不道座主説不是只識得法身量邊事實未識法身在孚曰既然如是禪者當爲我説典座曰若如是座主暫輟講旬日於静室中端然静慮收心攝念善惡諸緣一時放却自窮究看孚一依所言從初夜至五更聞鼓角鳴忽然契悟便去叩禪者門典座曰阿誰孚曰某甲典座咄曰教汝傳持大教代佛説法夜半爲什麽醉酒臥街孚曰自來講經將生身父母鼻孔扭揑從今日已後更不敢如是看他奇特漢豈只去認箇昭昭靈靈落在驢前馬後須是打破業識無一絲毫頭可得猶只得一半在古人道不起纖毫修學心無相光中常自

在但識常寂滅底莫認聲色但識靈知莫認妄想所以道假使鐵輪頂上旋定慧圓明終不失達磨問二祖汝立雪斷臂當爲何事祖曰某甲心未安乞師安心磨云將心來與汝安祖曰覔心了不可得磨曰與汝安心竟二祖忽然領悟且道正當恁麼時法身在什麼處長沙云學道之人不識眞只爲從前認識神無量刦來生死本癡人喚作本來人如今人只認得箇昭昭靈靈便瞠眼努目弄精魂有什麼交涉只如他道莫認自已清淨法身且如自已法身你也未夢見在更說什麼莫認教家以清淨法身爲極則爲什麼却不教人認不見道認著依前還不是咄好便與棒會得此意者始會他道莫認自已清淨法身雪竇嫌他老婆心切爭柰爛泥裏有刺豈不

見洞山和尚接人有三路所謂玄路鳥道展手初機學道且向此三路行履僧問師尋常教學人行鳥道未審如何是鳥道洞山云不逢一人僧云如何行山云直須足下無私去僧云只如行鳥道莫便是本來面目否山云闍黎因什麼顛倒僧云什麼處是學人顛倒處山云若不顛倒爲什麼認奴作郎僧云如何是本來面目山云不行鳥道須是見到這般田地方有少分相應直下打疊教削迹吞聲猶是衲僧門下沙彌童行見解在更須回首塵勞繁興大用始得雪竇頌云

足下無私一作無絲

一國之師亦強名何必空花水月　南陽獨許振嘉聲果然坐斷要津千箇萬箇中難得一箇半箇　大唐扶得眞天子可憐生接得堪作何用接得瞎衲僧濟什麼事　曾蹈毗

盧頂上行一切人何不恁麼去直得天上天下上座作麼生踏鐵鎚擊碎黃金骨暢快平生已在言前天地之間更何物茫茫四海少知音全身擔荷撒沙撒土三千刹海夜沉沉高著眼把定封疆你待入鬼窟裏去那不知誰入蒼龍窟三十棒一棒也少不得拈了也還會麼你諸人鼻孔被雪竇穿了也莫錯認自己清淨法身一國之師亦强名南陽獨許振嘉聲此頌一似箇眞贊相似不見道至人無名喚作國師亦是强安名了國師之道不可比倫善能恁麼接人獨許南陽是箇作家大唐扶得眞天子曾踏毗盧頂上行若是具眼衲僧眼腦須是向毗盧頂上行方見此十身調御佛謂之調御便是十號之一數也一身化十身十身化百身乃至千百億身大綱只是一身這一頌却易說後頌他道莫認自己清淨法身頌得水灑不著直是難下口說鐵鎚擊碎黃金骨此頌莫認自己清淨法身雪竇忒煞讚歎佗黃金骨一鎚擊碎了也天地之間更何物直須淨躶躶赤灑灑更無一物可得乃是本地風光一似三千刹海夜沉沉三千大千世界香水海中有無邊刹一刹有一海正當夜靜更深時天地一時澄澄底且道是什麼切忌作閑目合眼會若恁麼會正墮在毒海不知誰入蒼龍窟展脚縮脚且道是誰諸人鼻孔一時被雪竇穿却了也

垂示云收因結果盡始盡終對面無私元不曾說忽有箇出來道一夏請益爲什麼不曾說待你悟來向你道且道爲復是當面諱却爲復別有長處試舉看

舉僧問巴陵如何是吹毛劒斬嶮陵云珊瑚枝枝撐著月光吞萬象四海九州

巴陵不動干戈四海五湖多少人舌頭落地雲門接人正如此他是雲門的子亦各具箇作略是故道我愛韶陽新定機一生與人抽釘拔楔這箇話正恁麽地也於一句中自然具三句函蓋乾坤句截斷衆流句隨波逐浪句答得也不妨奇特浮山遠録公云未透底人叅句不如叅意透得底人叅意不如叅句雲門下有三尊宿答吹毛劒俱云了唯是巴陵答得過於了字此乃得句也且道了字與珊瑚枝枝撐著月是同是別前來道三句可辨一鏃遼空要會這話須是絶情塵意想淨盡方見他道珊瑚枝枝撐著月若更作道理轉見摸索不著此語是禪月懷友人詩曰厚似鐵圍山上鐵薄似雙城仙體纈蜀機鳳雛動魘鼇珊瑚枝枝撐著月王凱家中藏難掘顏回飢漢愁天雪古檜筆直雷不折雪衣石女蟠桃缺佩入龍宮步遲遲繡簾銀簟何參差即不知驪龍失珠知不知巴陵於句中取一句答吹毛劒則是快劒刃上吹毛試之其毛自斷乃利劒謂之吹毛也巴陵只就他問處便答這僧話頭落也不知頌云

要平不平（細若蚍蜉大丈夫漢須是恁麽）大巧若拙（不動聲色藏身露影）或指或掌（看果然這箇不是）倚天照雪（斬覷著則瞎）大冶兮磨礱不下（更用煆煉作什麽千將莫能求）良工兮拂拭未歇（人莫能行直饒千將出來也倒退三千）別別（咄有什麽別處讚歎有分）珊瑚枝枝撐著月（三更月落影照寒潭且道向什麽處去直得天下太平醉後郎當愁殺人）

要平不平大巧若拙古有俠客路見不平以强凌弱即飛劒取强者頭所以宗師家眉藏寶劒袖掛金鎚以斷不平之事大巧若拙巴

陵答處要平不平之事為他語忒煞傷巧返成拙相似何故為佗不當面揮來却去僻地裏一截暗取人頭而人不覺或指或掌倚天照雪會得則如倚天長劍凜凜神威古人道心月孤圓光吞萬象光非照境境亦非存光境俱忘復是何物此寶劍或現在指上忽現掌中昔日慶藏主說到這裏豎手云還見麼也不必在手指上也雪竇借路經過教你見古人意且道一切處不可不是吹毛劍也所以道三汲浪高魚化龍癡人猶戽夜塘水祖庭事苑載孝子傳云楚王夫人嘗夏乘涼抱鐵柱感孕後產一鐵塊楚王令干將鑄為劍三年乃成雙劍一雌一雄干將密留雄以雌進於楚王王秘於匣中常聞悲鳴王問羣臣臣曰劍有雌雄鳴者憶雄耳王大怒即收干將殺之干將知其應乃以劍藏屋柱中因囑妻莫耶曰日出北户南山其松松生於石劍在其中妻後生男名眉間赤年十五問母曰父何在母乃述前事久思惟剖柱得劍日夜欲為父報讎楚王亦募覓其人宣言有得眉間赤者厚賞之眉間赤遂逃俄有客曰子得非眉間赤邪曰然客曰吾甑山人也能為子報父讎赤曰父昔無辜枉被荼毒君今惠念何所須邪客曰當得子頭并劍赤乃與劍并頭客得之進於楚王王大喜客曰願煎油烹之王遂投於鼎中客紿於王曰其首不爛王方臨視客於後以劍擬王頭墮鼎中於是二首相囓客恐眉間赤不勝乃自刎以助之三頭相囓尋亦俱爛（川本無此楚王一段）雪竇道此劍能倚天照雪尋常道倚天長劍光能照雪這些

子用處直得大冶兮磨礱不下任是良工拂拭也未歇良工卽干將是也故事自顯雪竇頌了末後顯出道别别也不妨奇特别有好處與尋常劒不同且道如何是别處珊瑚枝枝撐著月可謂光前絶後獨據寰中更無等匹畢竟如何諸人頭落也老僧更有一小偈

萬斛盈舟信手拏　却因一粒甕吞蛇

拈提百轉舊公案　撒却時人幾眼沙

佛果圜悟禪師碧巖集卷第十

詳觀斯集北板差誤數事乃前人校正之不官也且如二卷中西園爲西國本曇藏禪師乃馬祖之嗣住南嶽西園蘭若故號西園又九卷中雲居簡誤爲雲巖本洞下道膺禪師法嗣乃道簡也住南康軍雲居寺故號雲居二事詳五燈會元又五卷中習字爲卽字八卷中謂此劫石長四十里廣八萬由旬厚亦爾文義尤違愚恐先定由旬之數合云一由旬長四十里後陳石之縱廣今既改正故不惜管見姑存於此達者覽之幸勿金根之謬耳

音釋

硎奚輕切音刑砥石刀刃若新發硎　偈魚胃切危去聲非眞也詭也詐也　雕丁聊切音貂章明貌又刻琢也　脹知亮切音障膨脹　膊伯各切音博肩膊　凜力錦切音廪寒也　搗同擣手推也敲也舂也　雛叢租切音徂鳥子也又鳥子初生而能自啄者曰雛　蹷居月切音厥跌也僵也蹶也又拔也　蹩達列切音别躠也跛也　纈胡結切賢入聲繫也謂繫繒染爲文也　募莫故切音暮廣求也又招也

後序

雪竇頌古百則藂林學道詮要也其間取譬經論或儒家文史以發明此事非具眼宗匠時爲後學擊揚剖析則無以知之圜悟老師在成都時予與諸人請益其說師後住夾山道林復爲學徒扣之凡三提宗綱語雖不同其旨一也門人掇而録之既二十年矣師未嘗過而問焉流傳四方或致踳駁諸方且用其言以其道不能尋繹之而妄有改作則此書遂廢矣學者幸締其傳焉

宣和乙巳春暮上休卐人門友無黨記

U0138064